国家社科基金
GUOJIA SHEKE JIJIN HOUQI ZIZHU XIANGMU
后期资助项目

宋代咏史诗研究

The Study on Historical Poems of Song Dynasty

周小山 著

上海人民出版社

国家社科基金后期资助项目
出版说明

后期资助项目是国家社科基金设立的一类重要项目，旨在鼓励广大社科研究者潜心治学，支持基础研究多出优秀成果。它是经过严格评审，从接近完成的科研成果中遴选立项的。为扩大后期资助项目的影响，更好地推动学术发展，促进成果转化，全国哲学社会科学工作办公室按照"统一设计、统一标识、统一版式、形成系列"的总体要求，组织出版国家社科基金后期资助项目成果。

全国哲学社会科学工作办公室

目　次

绪论　咏史诗与宋代咏史诗

一、对"咏史诗"的认识与界定

关于咏史诗的定义,前人所论甚夥,然终有各种分歧,比如史之范围、咏史与怀古之同异等,言人人殊,莫衷一是。理清这一概念,需要处理好两个问题。

一是不可画地为牢,先入为主。有的学者在讨论咏史诗的定义时,往往特别强调班固《咏史》诗的意义以及《文选》"咏史"类作品的标准作用。过于强调班固《咏史》诗的意义,是未能充分认识班固《咏史》诗的演变与定型的过程。邬国平先生论到:

> 钟嵘《诗品》称"班固咏史"。《文选》三六卷王融《永明九年策秀才文五首》李善注称"班固歌诗",《史记·扁鹊仓公列传》张守节《正义》称"班固诗",是唐以前未必以《咏史》为本诗篇名。将钟嵘本指题材之"咏史"用为题目,当是后人所为。①

此说洵为灼见。"咏史"之称不始于班固,班固那首"三王德弥薄"诗也只是一般意义上的历史题材诗而已,如此,其作为标准的意义自然就消解了。与此同时,我们还要充分领会《文选》"咏史"类目的精神。"咏史"之名被广泛接受,是因为《文选》将其作为一类诗之类目。而这一类目下的诗作有王粲的《咏史诗》咏三良,卢谌的《览古》诗咏蔺相如,更有曹植的《三良诗》,谢瞻的《张子房诗》,虞羲的《咏霍将军北伐》诗,所咏内容一望便知。我们一定要认识到这是萧统等人当年面对魏晋以至齐梁的诗歌成果作出的选择,要从历史的和发展的角度来理解和运用《文选》中"咏史"这一概念,而不能拘泥于《文

---

① 邬国平选注《汉魏六朝诗选》,上海古籍出版社,2005 年,第 99 页。

选》中数量极为有限的作品,以之作为衡量后世诗作是否为咏史诗的标准。再如,有的学者往往根据唐代及其之前咏史诗的情况,特别强调咏史诗的抒情性,强调咏史诗与怀古诗等其他诗歌的区别,但结果往往是"剪不断,理还乱",徒劳无功。总之,不可不顾客观事实,以主观意见强行界定这一概念。

二是必须直面历史,尊重事实。历史的发展,诗人的创作,并不以某种概念,依照预设的规则进行,而是有其内在的发展理路。我们在界定咏史诗的时候,一定要直面诗歌发展的历史以及现有的诗歌作品本身,一定要充分尊重诗歌创作的实际情况,来正确认识咏史诗界定问题,不可以古律今。宋代的咏史诗创作自然与齐梁、隋唐时期的情况大不相同,我们要在宋代诗歌创作的实际情况的基础上,以一种发展的眼光、包容的态度来认识和研究宋代咏史诗。

基于对《文选》"咏史"类基本精神的理解,根据唐宋咏史诗发展的实际情况,本文界定"咏史诗"完全以内容为标准,采用较为宽泛的概念,即以古代的历史人物、历史事件为吟咏对象的诗作。"历史人物""历史事件"亦非现代意义的历史概念,而是尊重作者的认识。比如,刘克庄的《杂咏一百首》诗将明显出于杜撰的人物以及文学形象作为吟咏的对象,并且将吟咏的作品认定为咏史之作。周南《咏史》有《郭汾阳女许桥神》诗,亦是以小说神怪故事为咏史题材。如此,我们自然要尊重作者的意见。依照这样的原则,我们将历史的范围适当扩大,无论是史有明文的书面历史,还是口耳相传的口头历史,无论是现实存在的真实人物,还是形成共识的释道神仙,无论是远古传说,还是当代历史,都予以关注。同时,以内容为中心,则充分尊重吟咏方式的多样,可以直接吟咏史人史事,也可以通过其他相关或交叉题材中的历史内容间接吟咏或局部涉及,因此历史内容充实的怀古诗、历史题材画的题画诗、历史人物相关的咏物诗(如虞姬草、杨妃菊)、具有历史意识的当代历史纪事诗,均纳入"咏史"的范围之内。

二、宋代咏史诗的特点

在宋代之前,咏史诗的创作已经取得了长足的发展,咏史诗从萌芽走向成熟,体式丰富,杰作众多。到宋代,随着宋诗的自立与创新,宋代咏史诗也表现出新的特色,取得了更高的成就,这也是对宋代咏史诗研究的价值所在。宋代咏史诗的基本情况与主要特色表现为以下几点。

首先是数量倍增。较之唐代,宋代的诗歌数量大大增加,《全宋诗》的规模大约为《全唐诗》的五倍。而宋代咏史诗的创作情况,亦与宋诗的基本情况相当,数量激增。因为认定标准各异,统计口径不同,具体统计数字意义不大,但数量过万是基本事实。不仅作家规模庞大,作家个人创作也十分可观,动辄百首的咏史组诗比比皆是,多达数百首之多的咏史作家并不稀奇。这就为宋代咏史诗的研究奠定了深厚的基础。

其次是新变纷呈。宋代咏史诗不仅数量巨大,而且面貌独特,新变纷呈。宋诗创作主体往往集诗人、学者与士大夫于一身,主体性增强,理性精神高扬,学术思想活跃,善于通过对历史的思考和议论表达自己思想和见解,进而从学术领域溢出至于文学创作之中。因此,宋代咏史诗中不乏对现实政治的见解,对学术思想的表达,更不乏对历史事件和历史人物的直接议论,成为诗体史论,蕴含着丰富的思想文化信息,这正是宋代独特的政治文化背景的产物。不仅如此,宋代诗人在唐诗之后,有意识地求新求变,从而在艺术上创造出了有别于唐诗的审美范式,产生了生新瘦硬、刚健遒劲的艺术风格,因此也诞生了可以追迈唐代的经典咏史之作。这是对宋代咏史诗进行系统、深入研究的最重要的价值所在。

再次是解读不易。咏史诗特殊的题材内容天然地具有思想文化信息丰富的属性,较之一般题材自然解读难度更大。而宋代咏史诗因创作主体知识渊博,见识深广,使得诗歌信息含量异常丰富,艺术手法翻新出奇,加之少有笺注,因此造成了宋代咏史诗解读更为不易的结果。即便部分作品有笺注,又因为古人笺注体例重在注明语言、史事之来源,而少关注诗作之构思与命意,因此对于理解诗歌、研究诗歌还有相当的距离。因史料浩繁,检索不易,古今人对咏史诗的笺注,其不确乃至讹误之处,亦在所难免。即便是史事明确的情况下,还要综合考量创作者思想状况及诗作的词气语态的微妙之处,否则极易造成"差之毫厘,谬以千里"的结果。以上种种造成很多宋代咏史诗难以准确解读的特点。

三、宋代咏史诗研究的现状与不足

关于咏史诗的研究,前人已经有了比较丰厚的积累,但也存在着不少问题,多年研究咏史诗的赵望秦先生在其《中国古代咏史诗百年研究回顾》中,对 20 世纪的咏史诗研究作了这样的总结:

从研究对象来看,相对单一,薄厚不均,研究者眼光往往过于集中在有限的几位诗人身上,如左思、大李杜、小李杜、刘禹锡、王安石等,而对其他一些在咏史创作上颇有成就的诗人关注不够,甚至完全忽略,如白居易、元稹、苏轼、李东阳、王世贞、吴伟业、王夫之、王士祯、赵翼等,迄今对他们的咏史之作的专题研究还是空白。从研究范围、选题及其成果的时段分布来看,比例失衡。20 世纪的咏史诗论文 229 篇,除去通论历代咏史诗的 29 篇外,研究两汉魏晋与南北朝的仅有 27 篇,占总数的 11.8%;研究唐代的多达 153 篇,占总数的 66.8%;至于宋以后则十分可怜,仅有 20 篇,只占总数的 8.7%。……论题的重复与欠专精也是一个较为突出的问题,许多论著所论的内容或观点基本雷同,缺少创新。①

可见宋代咏史诗的研究在 20 世纪是相当不足的。21 世纪以来,这种状况略有改观,出现了一系列有关宋代咏史诗的论著。下面对宋代咏史诗研究的重要论著作简要概括,以见其存在问题,寻找本文的研究方向。

最早系统研究宋代咏史诗的是台湾地区 1992 年的两篇硕士论文,分别是陈吉山的《北宋咏史诗探论》和季明华的《南宋咏史诗研究》②,因当时《全宋诗》尚未出版,文献搜集不够充分,论述也不够深入。

2006 年出现了一部全面研究宋代咏史诗的博士论文,张小丽的《宋代咏史诗研究》③,虽然全面,但过于粗疏,如全文三分之一的篇幅论述宋代以及宋前咏史诗发展史,基本属于简介性质的文字,深度不足。再如,宋代的众多的诗人中,只对王安石、苏轼和陆游三位重要诗人做了初步探讨。再如,第五章《宋代政治思想文化与咏史诗》就宋代的政治环境、宋代的学风、宋代的咏史词、史论散文、宋代的绘画与咏史诗的关系作探讨,如此宏大的题目,总共写了 30 页的篇幅,难免挂一漏万。

正是基于张小丽论文的上述问题,2008 年又出现了南京师范大学吴德岗的同题博士论文《宋代咏史诗研究》。此文选取了宋代咏史诗中的几个专题做了"集锦式"④的研究,如《明妃曲》、三苏咏史诗、郑思肖的《一百二十图

① 《淮阴师范学院学报》(哲学社科版)2007 年第一期。
② 该论文于 1997 年由文津出版社出版。
③ 该论文 2009 年由光明日报出版社出版,除了增加第六章《宋代咏史组诗研究》外,基本保持博士论文的原貌。
④ 吴德岗《宋代咏史诗研究》自评语。

诗集》、咏曹娥诗、咏严光诗以及浯溪题咏等一些有价值的问题均有涉及。然而此文的问题正出在了它的"集锦"上,未能在全面考察宋代咏史诗发展的基础上进行专题研究,这样的研究难免缺乏全局观照。另外,此文虽作专题研究,但其绪论中提出的很多有价值的问题都没能深入探讨。

2010年四川大学博士论文《宋代咏史怀古诗词传释接受研究》就宋代及其以后的诗话、词话、笔记中有关咏史怀古诗词的传释进行研究,与宋代咏史诗本身的研究不同。

综合上述情况,我们发现,宋代咏史诗已经开始引起学者的重视,以至于不惜"同题共作",但因为宋代咏史诗这个课题十分庞大,材料之丰富,问题之复杂,不深入其中是很难想象的。宋代咏史诗的研究起步较晚,较少有学殖淹博、识见卓异的大家涉足其中,因此也未能产生引领一时风气的经典著作。大多数研究成果均为硕博论文,而限于博士论文的基本要求,如框架、篇幅等,前人所作往往急于求成,四平八稳,还有诸多未尽之意。现有研究可以归纳为以下两种类型:一是"地毯式"的研究,或失之于"浅"。面面俱到,无所不包,必然难以深入,流于浅显。二是"剪影式"的研究,或失之于"碎"。节选主题,单独探讨,往往不成体系,流于琐碎。

四、研究的思路与构想

鉴于现有研究成果及其存在的问题,根据宋代咏史诗的上述特点,笔者初步制定了本研究的思路、方法和构想。本书以宋代咏史诗为研究对象,具体的研究思路和构想主要有以下四点。

一、夯实文献基础。基于上文关于咏史诗的定义,笔者以《全宋诗》《〈全宋诗〉订补》《〈全宋诗〉辑补》为主要对象,进行全面搜罗,竭泽而渔,无论长篇巨制,还是小碎篇章、断篇残句均纳入收集整理的范围,完成宋代咏史诗的基本搜集工作。进而对相关作品的重出误收、归属不明等问题,进行分析考辨,为进一步的研究奠定可靠的文献基础。

二、强化文本细读。在对宋代咏史诗全面掌握的基础上,进行文本阅读的工作。首先通读全部作品,对宋代咏史诗建立基本认识和整体印象,并发现学术问题、确立研究思路,进而直面研究对象,重点阅读相关作家作品,强化文本细读。阅读过程中,着力攻坚克难,争取将研究对象的绝大部分诗作读通读懂,尽力减少错解误读。同时,不仅把咏史诗当思想史料来对待,发掘其思想意蕴,尤其关注作为文学文本的咏史诗在艺术表现方法和技巧上的独特之处。将思想研究和文学研究都建立在对具体作品阅读的基础上。

三、凸显知人论世。清吴绮《宋金元诗永叙》云:"诗之道本于性情,此之性情非彼之性情。诗之教关于气运,今之气运非昔之气运。"①"本于性情"者指人,"关于气运"者指世,则诗之大者,关乎人、世。对于重要作家的咏史诗,在全面裒辑的基础上,充分结合现有的研究成果,对其咏史诗进行系年,如果不能进行准确系年,也根据其生平经历进行大致的分期,结合其不同时期的生活经历、思想状态、精神面貌,探寻其咏史诗创作的深层内涵和意义,亦即孟子所谓"知人论世"之法。主要围绕"写了什么—为什么写"及"怎么写—为什么这样写"两个中心话题展开讨论。深入挖掘咏史诗创作中反映出来的作家的思想、心态或情绪,并结合时代背景、个体状态探寻产生的原因。在宋代文学发展的宏观观照下,揭示咏史诗发展的艺术成就及特色,勾勒出宋代咏史诗艺术的演进轨迹,并试图以咏史诗为视角,更为细致地反观宋代诗歌发展道路,以期为文学史研究贡献一份力量。

四、加强历史观照。在对具有代表性的作家作品进行重点阅读和研究的基础上,兼顾对宋代咏史诗发展历程的考察,努力探讨宋代咏史诗整体的发展脉络和演进线索。从而在对重点作家作品进行深入研究的同时,对宋代咏史诗的整体发展有一定的认识。在整体观照下进行重点研究,以重点研究深化整体认识,力争重点突出、点面结合。每一章最后设置"小结"即基于这样的考虑。

上述研究思路可以概括为"眼望高空,脚踏实地"。所谓"眼望高空"是指始终着眼于宋代咏史诗的发展演变历程,试图以此窥探中国文学史、中国思想史的发展的一个侧面。所谓"脚踏实地"是指对宋代咏史诗的研究,落实到具体作家的全部咏史作品,避免浮光掠影,舍难求易;落实到对每一首诗逐字逐句的解读,避免大而化之,囫囵吞枣。当然,在具体写作过程中,难免落脚处多,着眼处少,落脚不易,着眼更难,也是势所必然。努力坚持相互配合,相互参照,在有限的能力范围内,对研究对象有更加全面深入的认识和理解。

---

① 清吴绮《宋金元诗永》卷首,《四库全书存目丛书》集部第 393 册影印中国人民大学图书馆藏清康熙十七年思永堂刻本。

第一章　尚辞尚意：北宋中前期
咏史诗及其宋型化

北宋前期因与五代接踵，一些自五代入宋的诗人、诗作的时间断限存在模糊地带，而诗人的思想、诗歌的艺术也不会随着政权的更迭而突变，即使进入宋代，在新的时代氛围、社会风气形成之前，必然经历一个五代诗歌思想、艺术的延续阶段。对这部分中间地带的诗作暂不作专门辨别，一以《全宋诗》为标准，亦不失为体现历史连续性的处理方式。为了更清楚的展示历史发展的继承与新变，以下将五代末年至北宋中前期的咏史诗创作分三个阶段进行论述。

第一节　五代情貌的流衍

唐末五代是藩镇割据、天下大乱的时代，武人跋扈，互相蚕食，武夫悍将是那个时代的主宰，认为"天子，兵强马壮者当为之，宁有种耶"①。后汉刘知远的顾命大臣杨邠常说："为国家者，但得帑藏丰盈，甲兵强盛，至于文章礼乐，并是虚事，何足介意也。"②武力和财货占有重要地位，而以舞文弄墨、逞辞议论为业的文人，则如草芥一般，不仅社会地位极其卑下，而且朝不保夕，命运堪忧，生死难料，陷入了困顿流离的窘境，或死于军阀的屠刀之下，或逃遁于深山幽谷之中，即使少数文人已变成寡廉鲜耻的政客，也轻则受凌蔑，重则遭戕害。事四朝十一主、三如中书、在相位二十余年的"长乐老"冯道，也不敢开罪方镇节帅，其时文人之处境可想而知。虽然南方文人享受较为平静的生活和优厚的待遇，在大的时代背景下，亦难免有惶恐、郁悒、虚无之感。

---

① 五代后晋安重荣语，见宋薛居正等撰《旧五代史》卷九十八《安重荣传》，中华书局，1976年，第1302页。
② 《旧五代史》卷一百七《杨邠传》，第1408页。

在这样一个没有道德和信仰的时代,处身其中的文人无论是地位卑下抑或身居高位,无不感到莫大的空虚、无奈、绝望,有着浓郁的危机感和历史幻灭感,因此更多地摆脱了传统道德伦理的束缚,代之以随波逐流、顺时听命的处世哲学,或摒弃理想操守而追名逐利,于于江南的青山秀水之中弃世归隐。这些思想与情绪在他们的诗歌创作中也表现得淋漓尽致:意蕴瘠枯,情趣偏狭,气象衰微,体式选择趋轻趋短,语言表达浅易平直。

因为文学发展自身的相对独立性与连续性,弥漫于唐末五代的情绪、思想以及总体文学风貌,并没有因为政权的更迭而迅速转变,仍然延续到了宋初的一段时间。咏史诗的创作亦如此,这段时期的诗作不多,除了创作稍微突出的朱存、徐铉二人外,有一个很显著的现象,就是在数量不多的咏史诗中,有相当比重的神仙道教题材的诗作,如陈抟的《俞公岩》[1]《咏毛女》[2]《对御歌》[3]、郭忠恕的《青羊宫》[4]、许坚的《题简寂观》[5]《题幽栖观》[6]《题彭真观》[7]、李昉的《桐柏观》[8]、杨文郁的《题邓真人遗址》[9]、李韶的《题司空山观》[10]、孙迈的《刘仙石诗》[11]、张泊的《题越台》[12]等诗,均表现对世事变幻无常的感慨、对历史虚无的迷惘以及对神仙隐逸的渴慕,这些诗作中多“长生”、“飞升”等字样,使得这一时期的咏史诗有一种挥之不去的飘然之气。其中有些作品表现对世事无常的感慨,如许坚《题彭真观》诗云:

> 千载功成盖豫章,石坛犹在镇仙坊。槛中丹井水常静,门外红尘人自忙。[13]

以彭真观中平静的丹井之水与观外忙碌的红尘之人相映衬,以丹井的历久

---

① 《全宋诗》第 1 册,第 9 页。
② 同上书,第 10 页。据《全宋诗》订补,此诗《全唐诗》卷八六三作《毛女诗》。陈新等补正《〈全宋诗〉订补》,大象出版社,2005 年,第 2 页。
③ 同上书,第 10 页。
④ 同上书,第 148 页。
⑤ 同上书,第 153 页。
⑥ 同上书,第 154 页。
⑦ 《〈全宋诗〉订补》据《舆地纪胜》卷二六补,第 5 页。
⑧ 《全宋诗》第 1 册,第 188 页。
⑨ 同上书,第 215 页。
⑩ 同上书,第 251 页。
⑪ 同上书,第 255 页。
⑫ 同上书,第 260 页。
⑬ 《〈全宋诗〉订补》据《舆地纪胜》卷二六补,第 5 页。

不变凸显人事的虚幻徒劳。也有作品表现历史的虚无之感，如陈抟《对御歌》诗云：

> ……闲思张良，闷想范蠡。说甚孟德，休言刘备。三四君子只是争些闲气，争如臣向青山顶头，白云堆里，展开眉头，解放肚皮，但一觉睡。管什玉兔东升，红轮西坠。①

历史上轰轰烈烈的吴越之争、楚汉之争、三国之争到了五代宋初之时，在陈抟眼中，均已成了过眼烟云，故诗人将这些历史说成是三四君子争闲气，表达了强烈的历史虚无感，以及隐逸自适的理想追求。与陈抟追求隐逸相似的，还有作品表现对神仙与长生的企慕之情，如许坚《题幽栖观》诗云：

> 仙翁上升去，丹井寄晴壑。山色接天台，湖光照寥廓。玉洞绝无人，老桧犹栖鹤。我欲掣青蛇，他时冲碧落。②

张泊《题越台》诗云：

> 我爱真人居，高台倚寥泬。洞天开两扉，邈尔与世绝。缥缈乘鸾女，华颜映绿发。举手拂烟虹，吹笙弄松月。森罗窥万象，境异趣亦别。何必服金丹，飞身向蓬阙。③

前诗在幽栖观的湖光山色之中，生发出掣青蛇、冲碧落的上升之想。后诗通过倾心描绘飘渺绝世的真人之居、华颜绿发的乘鸾女子、烟虹松月的森罗万象，表达了诗人对这种异境别趣的情有独钟，甚至认为居此可以不必飞身蓬阙了。凡此种种，均为乱离之世文人思想空虚、无所寄托的表现。即使在典型的咏史诗中，时代的折光依然清晰可见：

> 良哉吕尚父，深隐始归周。钓石千年在，春风一水流。松根盘藓石，花影卧沙鸥。谁更怀韬术，追思古渡头。（孟宾于《磻溪怀古》）④

---

① 《全宋诗》第 1 册，第 10 页。
② 同上书，第 154 页。
③ 同上书，第 260 页。
④ 同上书，第 33 页。

南游何感思,更甚叶缤纷。一夜耒江雨,百年工部文。青山当日见,白酒至今闻。惟有为诗者,经过时吊君。(孟宾于《耒阳杜工部祠堂》)①

百尺荆台草径荒,如何前日谓云阳。古今不尽迁移恨,依旧台边水渺茫。(孙光宪《荆台》)②

高秋咸镐起霜风,秦汉荒陵树叶红。七国斗鸡方贾勇,中原逐鹿更争雄。南山漠漠云常在,渭水悠悠事旋空。立马举鞭遥望处,阿房遗址夕阳东。(刘兼《咸阳怀古》)③

这些诗作虽然题材内容不同,思想情感各异,但从中我们都能感受一种萧瑟之气,在寂寥落寞的氛围中,连思想的表达都显得虚无缥缈,流露出的只是一缕思绪和几分闲愁,抒写出的只是淡淡的慨叹与怀思。

在这样的时代氛围中,朱存、杨备和徐铉的咏史诗数量较大,亦有一定的成绩,值得重点关注。

一、朱　存

朱存,金陵(今江苏南京)人,“尝读吴大帝而下六朝书,具详历代兴亡成败之迹,南唐时作《览古诗》二百章,章四句。沿初洎末,烂然碁布,阅诗者嘉其用心之勤云”④,可见其创作方式为读六朝史书而成,非有感而发,近于韵体史事而已,故方志“多引为证”⑤。《宋史·艺文志》著录有“朱存《金陵览古诗》二卷”⑥、“朱存《金陵诗》一卷”⑦,盖有不同卷帙行世。此组诗全帙久佚,《全宋诗》自《舆地纪胜》辑得 16 首,多就一地之历史典故敷衍而成,如《东山》诗:

镇物高情济世才,欲随猿鹤老岩隈。山花处处红妆面,髣髴如初拥妓来。⑧

---

① 《全宋诗》第 1 册,第 34 页。
② 同上书,第 51 页。
③ 同上书,第 236 页。
④ 宋周应合撰《景定建康志》卷四十九《耆旧传》,清嘉庆六年孙忠愍祠仿宋刻本。
⑤ 元张铉撰《至大金陵新志》卷十三下之上,影印文渊阁四库全书本。
⑥ 元脱脱等撰《宋史》卷二〇八《艺文志》,第 5351 页,中华书局,1977 年。
⑦ 《宋史》卷二〇八《艺文志》,第 5386 页。
⑧ 《全宋诗》第 1 册,第 4 页。

《晋书·谢安传》云："安虽放情丘壑，然每游赏，必以妓女从。"①此诗即由眼前之红花而联想到谢安携妓游东山事。因东山而称颂谢安的镇物高情与济世之才。朱存处混乱纷争之世，览"历代兴亡成败之迹"，难免有盛衰无常的感慨，如《段石冈》诗：

> 孙吴纪德旧刊碑，草没蟠螭与伏龟。惆怅冈头三段石，至今犹似鼎分时。②

诗人感慨世事无常，孙吴皇皇纪德之碑已断为三段，沦落于荒草之间，由三段石联想到三分国，以见沧桑变化的惆怅之情。

与朱存的这组诗相似的还有后来杨备的《姑苏百题》《金陵览古百题》诗。虽然二人相去数十年之久，但创作取向、艺术风格非常相似，二人之间正是白体诗流行的时期，在此将二人一并加以论述，似乎可以从更广阔的视野考察宋初白体之渊源与流变，更准确地认识文学发展的脉络。

二、杨　备

杨备，字修之，建平（今安徽郎溪）人。仁宗"天圣中为长溪令"，"明道初③，宰华亭"，"尝效白体作《我爱姑苏好》十章，居吴中既久，土风人物皆深详之，又作《姑苏百题》诗。每题笺释其事，至今行于世"④。"庆历中，为尚书虞部员外郎，分司南京上轻车都尉，往复道出江上，赋百篇二韵，命曰《金陵览古百题》诗，各注其事于题之下"⑤。以上《姑苏百题》诗、《金陵览古百题》诗均佚，《全宋诗》从各种方志中辑录其诗作115首，其中有100首为咏史诗。

杨备的咏史诗有两点值得注意。

一是形式上，每首诗下均有自注，是诗歌的重要组成部分，散见于各种方志之中，《全宋诗》仅收录少数作品，如《直渎》⑥诗，其他多有遗佚，以下举

---

① 唐房玄龄等撰《晋书》卷七十九《谢安传》，中华书局，1974年，第2072页。

② 《全宋诗》第1册，第4页。

③ 《绍熙云间志》（明抄本）卷中"知县题名"条载："杨备天圣十年。"天圣十年即明道元年（1032）。

④ 宋龚明之撰、孙菊园校点《中吴纪闻》卷五，上海古籍出版社，1986年，第104页。这条材料最早见于宋邵雍辑《梦林玄解》（明崇祯刻本）卷二十二，但不如《中吴纪闻》详细。

⑤ 宋周应合撰《景定建康志》卷四十九。

⑥ 《全宋诗》第3册，第1431页。

数例,以见梗概。如《仪贤堂》诗云:"两两鹑衣白发翁,讲筵谈柄坐生风。昭明太子欢相得,应与商山四皓同。"①《六朝事迹编类》卷上引"杨修②诗注"云:"在台城内。梁武帝谦恭待士,大通中有四人来,年七十馀,鹑衣蹑履,行丐经年,无人知者。帝召入仪贤堂,给汤沐,解御服赐之,帝问三教九流及汉旧事,了如目前,帝心异之。举朝无识者,惟昭明太子识而礼重之,四人喜揖昭明如旧交,时目之为四公子。"③再如《烽火台》诗云:"一带东流当复阙,筑台相望水云间。丽华应不如褒姒,几许狼烟得破颜。"④《景定建康志》卷二十二引"览古诗注"云:"石头城山最高处,吴时举烽火于此,自建康至西陵五千七百里,有警急,半日而达。"⑤又如《江令宅》诗云:"竹木池台尚俨然,归时白头雪霜寒。青溪隐隐朱门处,曾属中书一品官。"⑥《六朝事迹编类》卷下引"杨修诗注"云:"南朝鼎族多夹青溪,江令宅尤占胜地。后主尝幸其宅,呼为狎客。"⑦从这种自注的形式,可知这组诗是根据各种历史记载敷衍成章的,可以视为韵体方志。与朱存"读吴大帝而下六朝书,具详历代兴亡成败之迹"⑧而成的《金陵览古》诗如出一辙。

二是风格上,从现存杨备诗看,《姑苏百题》《金陵览古百题》诗均浅切平易,与白体诗接近。杨备初"效白体作《我爱姑苏好》十章,居吴中既久,土风人物皆深详之,又作《姑苏百题》诗",可见《姑苏百题》是《我爱姑苏好》的延续,而后来的《金陵怀古百题》又是《姑苏百题》的延续。这可以从杨备的诗作中得到验证,如上文所引《烽火台》、《江令宅》诗,"丽华应不如褒姒"、"曾属中书一品官"等语,都非常浅显。再举数例如下:

> 海上名山即虎丘,生公遗迹至今留。当年说法千人坐,曾见岩边石点头。(《生公讲堂》)⑨

> 路平如砥直如弦,官柳千株拂翠烟。玉勒金羁天下骏,急于奔电更挥鞭。(《驰道》)⑩

---

① 《全宋诗》第 3 册,第 1430 页。
② 杨修即杨备或杨修之之误。
③ 宋张敦颐撰,张忱石点校《六朝事迹编类》卷四,中华书局,2012 年,第 64 页。
④ 《全宋诗》第 3 册,第 1437 页。
⑤ 宋周应合撰《景定建康志》卷二十二。
⑥ 《全宋诗》第 3 册,第 1439 页。
⑦ 宋张敦颐撰,张忱石点校《六朝事迹编类》卷七,第 115 页。
⑧ 宋周应合撰《景定建康志》卷四十九引《耆旧传》。
⑨ 《全宋诗》第 3 册,第 1425 页。
⑩ 同上书,第 1430 页。

古木阴森庙峭然，龙蟠虎踞旧山川。当时鼎足一场梦，空里旋风飞纸钱。（《吴大帝庙》）①

朱存、杨备这类诗作，或晕染历史典故而成，平铺直叙，如杨备《仪贤堂》《烽火台》《江令宅》诗；或发表简单庸常的议论，如朱存《石头城》诗："五城楼雉各相望，山水英灵宅帝王。此地定由天造险，古来长恃作金汤。"②或利用历史与现实之间一些简单的"机巧"生发诗兴，如上文所引朱存《东山》《段石冈》诗由山花之美艳联想到谢安当年所携妓妾之美艳，由三段石联想到三国鼎分。或拙劣地袭用前人的诗意，两首《乌衣巷》诗表现得尤为明显：

阀阅沦亡榱桷移，年年旧燕亦双归。茅檐苇箔无冠盖，不见乌衣见白衣。（《乌衣巷》）③

人物风流往往非，空馀陋巷作乌衣。旧时帘幕无从觅，只有年年社燕归。（《乌衣巷》）④

两首诗无论是意象还是布局均可见点化刘禹锡《乌衣巷》诗的痕迹，而且其中诗句如"阀阅沦亡榱桷移"与"人物风流往往非"、"年年旧燕亦双归"与"只有年年社燕归"诗意亦颇为相近，重复繁琐，寡淡无味。

总之，朱存、杨备这些诗作基本上是一种韵体的历史或方志，表达无病呻吟的历史感慨或浅显简单的历史见解，无论感慨还是见解，都非常单薄，极少个体的主观情感投射，只有那种干瘪的述说或议论，干瘪到了连时代的影子都淡了，几乎穿越到任何时代的村塾中，都不会觉得有任何诧异。而动辄百首的写作形式，也是晚唐五代胡曾等咏史组诗的延续，是文学世俗化、浅薄化的体现，是在思想单薄、艺术平庸的情况下，以数量取胜的一种世俗思维方式的产物。

三、徐　铉

徐铉（917—992），字鼎臣，广陵（今江苏扬州）人。仕南唐，累官至吏部尚书，后入宋为官。有咏史诗8首，多为南唐时所作，可作为其入宋后作

---

① 《全宋诗》第 3 册，第 1435 页。
② 《全宋诗》第 1 册，第 4 页。此诗据《〈全宋诗〉订补》又见杨备诗。
③ 同上书，第 5 页。此诗又见杨备名下，见《全宋诗》第 3 册，第 1436 页。
④ 同上书，第 4 页。据《〈全宋诗〉订补》此诗又见杨备诗（第 1 页）。

品的参照。但因南唐灭亡较晚,亦有一些咏史诗作于赵宋建立之后,已是宋初。

对于徐铉,胡氏《徐公行状》云:"公业隆儒行,奉五常而不隳;志向道风,禀三宝而无玷。"①李昉《徐公墓志铭》云:"祖丘轲兮宗老庄,奉三宝兮师五常。"②二人均明确指出徐铉思想儒释道杂糅的特征。

道家思想与弥漫于五代的仙道之风相通,《徐公墓志铭》又云:"一日晨起方冠带,遽索笔手疏,约束后事,又别署曰:道者,天地之母。书讫而卒,年七十六。"③又自言"某也素为道民"④、"铉爱在弱龄,服膺至道"⑤,均可见其受道家道教影响之深。表现在诗歌中,或与道士赠答交往密切,如《赠奚道士》⑥、《送德迈道人之豫章》⑦等,或极写神仙世界之玄妙,如《步虚词五首》⑧,还有数首神仙道教题材的咏史作品,亦是五代时期大量神仙道教题材咏史诗的一部分,如《题紫阳观》诗云:

> 南朝名士富仙才,追步东卿遂不回。丹井自深桐暗老,祠宫长在鹤频来。岩边桂树攀仍倚,洞口桃花落复开。惆怅霓裳太平事,一函真迹锁昭台。⑨

这是诗人游览茅山紫阳观所作,从南朝名士陶弘景于此得道飞升之事写起,中间两联描写丹井老桐,祠宫白鹤,岩边桂树,洞口桃花,无不展示着神仙去后紫阳观的空寂落寞,最后以玄宗为紫阳观敕书匾额一事作结,慨叹太平之世一去不返。此诗以事起,以事结,中间写景,内蕴感慨,匀称妥帖。

徐铉对神仙道教的喜好是与整个五代乱世的时代气息想通的。此外,儒家思想对他的影响也是非常深远的。徐铉持道自守,秉礼守节,生活细节丝毫不苟。史载,"初,铉至京师,见被毛褐者辄哂之。邠州苦寒,终不御毛

---

① 《宋故金紫光禄大夫左散骑常侍上柱国东海县开国伯食邑七百户责授靖难军节度行军司马徐公年七十六行状》,《徐公文集》卷末,《四部丛刊》影黄丕烈校宋本。此文《全宋文》推断为徐铉门人胡克顺作,见《全宋文》,上海辞书出版社,安徽教育出版社,2006 年,第 9 册,第 299 页。
② 李昉撰《大宋故静难军节度行军司马检校工部尚书东海徐公墓志铭》,《徐公文集》卷末附。
③ 《徐公文集》卷末;又见《宋史》卷四百四十一·《徐铉传》,第 13045—13046 页。
④ 徐铉撰《徐公文集》卷二十六《杨府新建崇道宫碑铭并序》。
⑤ 徐铉撰《徐公文集》卷二十六《洪州西山重建应圣宫碑铭并序》。
⑥ 《全宋诗》第 1 册,第 97 页。
⑦ 同上书,第 118 页。
⑧ 同上书,第 98 页。
⑨ 同上书,第 97 页。

褐，致冷疾"①。徐铉的儒家思想修养，使其咏史诗展示出迥异时俗的一面。

在南唐小国风雨飘摇的处境中，怀抱儒家理想的徐铉，满怀着对当世的忧虑、对自身怀才不遇的慨叹以及对救世英豪的渴望，这些均在其咏史诗中有较为鲜明的表现。

南唐时期，尤其是后主在位的十几年间，虽然国势已是日薄西山，危若累卵，但朝廷上下不思进取，穷奢极欲，满怀忧世之心的徐铉自然忧心忡忡，借史喻今，如《赋得霍将军辞第》诗云：

> 汉将承恩久，图勋肯顾私。匈奴犹未灭，安用以家为。郢匠虽闻诏，衡门竟不移。宁烦张老颂，无待晏婴辞。甲乙人徒费，亲邻我自持。悠悠千载下，长作帅臣师。②

诗中用史传语"匈奴犹未灭，安用以家为"，可谓意味深长，而诗末更是直接明了地点明霍去病此举可作后世之师，讽喻意识十分明显。社会纷乱动荡，作为封建官僚的徐铉渴望旷世奇才拯救苍生，如《谢文静墓下作》诗云：

> 越徼稽天讨，周京乱虏尘。苍生何可奈，江表更无人。岂惮寻荒垄，犹思认后身。春风白杨里，独步泪沾巾。③

此诗题下自注云："时闽岭用师，契丹陷梁宋。"在这样战伐不断的背景下，徐铉经过谢安墓，发出"苍生何可奈"的感慨，虽然谢安墓在荒垄之中，仍去寻找，目的是想找到谢安转世之人，拯救天下苍生，终因不可得而独步沾巾。同时也为小人当道、怀才不遇感到极大的愤慨，《咏梅子真送郭先辈》诗云：

> 忠臣本爱君，仁人本爱民。宁知贵与贱，岂计名与身。梅生为一尉，献疏来君门。君门深万里，金虎重千钧。向永且不用，况复论子真。拂衣遂长往，高节邈无邻。至今仙籍中，谓之梅真人。郭生负逸气，百代继遗尘。进退生自知，得丧吾不陈。斯民苟有幸，期子一朝伸。④

① 《宋史》卷四百四十一《徐铉传》，第13045—13046页。
② 《全宋诗》第1册，第73页。
③ 同上书，第68页。
④ 同上书，第90页。

好仙慕道的徐铉在这里将梅福引为同道中人,而此诗写梅福并不着重其神仙一面,而是侧重其多次上书言事、被专横跋扈的王凤所阻一节,表现出对其报国无门、志向难伸的极大同情,表达了对小人当道的极大愤慨,这既是宽解他人,亦是自抒愤懑。这种愤懑无法排解,久而久之就成了感伤,《题梁王旧园》诗云:

> 梁王旧馆枕潮沟,共引垂藤系小舟。树倚荒台风淅淅,草埋欹石雨修修。门前不见邹枚醉,池上时闻雁鹜愁。节士逢秋多感激,不须频向此中游。[1]

梁园又称梁苑、兔园,为西汉梁孝王刘武所建,规模宏大,宫室相连,为游赏驰猎之胜地。梁孝王在其中广纳宾客,招揽四方豪杰,自山以东游说之士,莫不毕至,一时才彦如司马相如、枚乘、邹阳等均荟萃于此[2],历来为人所称赏。徐铉此诗乃经过宋城所作,看到往昔豪杰贤俊云集的旧馆,荒台衰草,雁悲鹜愁,悲凉之情慨然而生,"节士逢秋多感激,不须频向此中游"中蕴含了太多生不逢时、怀才不遇的无奈和悲慨。

此外,徐铉又有长篇《咏史》诗,对帝王贵族豪奢无度、气焰熏天的讽喻,对赤诚忠节之士怀才不遇、进谏无门的悲慨都充蕴其中,诗云:

> 京洛多权豪,游服相追随。青牛中甸车,白马连环羁。珩佩竞照耀,绅组旧参差。骈鸣行人驻,倏若流风驰。名园不问主,下辇辄成嬉。秦官锡雕盘,光禄假羽卮。侏儒善为优,邯郸有名姬。坐客应馀论,顾眄成恩私。卤簿留国门,谁何不敢讥。归来卧华堂,琐窗承文楣。武夫莹庭阶,璧珰攒荣题。列烛正晶荧,喷香常逶迤。明朝入君门,密侍白玉墀。开言迎合旨,群公默无为。乍请考工地,亦拜床下儿。吹嘘枯稊生,指顾千钧移。回瞻狗名士,猥介尔何施。朱云折槛去,梅福弃官归。寂寞扬子云,口吃不能辞。著书述圣道,徒许俗人嗤。汉室已久坏,往事垂于兹。眇然千载下,慷慨有馀悲。[3]

首先用大量篇幅极写京洛权豪驰骋游乐的场面,生活之奢华、行事之豪荡、

---

[1] 《全宋诗》第 1 册,第 116 页。
[2] 《史记》卷五十八《梁孝王世家》,中华书局,1959 年,第 2083 页。
[3] 《全宋诗》第 1 册,第 131 页。

声威之浩大溢于纸面，而真正狷介之士，朱云折槛，梅福弃官，子云寂寞，致使汉室倾颓。千载之下，仍使人"慷慨有馀悲"。这正是徐铉以汉室影射当下，抒发自我。

与上述大部分五代作者为下层文人不同，徐铉不仅仅是官僚，也是"博古之士，多知典故"①，因此其诗歌文化内涵更为丰富、艺术品格更为超迈，表现为宏赡慷慨，典丽雅正。

称其宏赡慷慨，宏赡是指内容上文化内涵丰富，不再是千篇一律的无病呻吟、不着痛痒的陈词滥调，而是能够根据切实的身世处境选择合适的历史来抒发情感，表达思想。上引《题紫阳观》诗"惆怅霓裳太平事，一函真迹锁昭台"两句，即较为费解，偶有批注亦不确。其中"霓裳太平"指开天盛世，与"仙人衣服"②无关，"一函真迹"指玄宗御笔"紫阳观"。徐铉《茅山紫阳观碑铭》对此事有所涉及："故茅山紫阳观者……及玄靖先生以冲气含和，体庚桑之岁计，玄宗皇帝以尊师重道，屈轩后之淳风。由是天眷遐临，皇心密契，惟新旧馆，再易华题。"③本事可从李德裕的留题石刻窥见："茅山初置紫阳观，敕书于扬州龙兴观李天师旧院，取得送还紫阳观。开成二年七月廿七日淮南节度使检校户部尚书兼扬州长史李德裕。"④其时李德裕所护送的紫阳观玄宗御笔，当即诗中所言之"一函真迹"。诗中用此事既有对仙道的企慕，也有对太平盛世的向往，非渊雅之士不能出之。慷慨是指其诗作中充溢着秾郁的感叹与情思，如吴之振称徐铉入宋后诗"情郁为声，凄楚宛折，则难言之意多焉"⑤，这种"难言之意"造成的"凄楚宛折"入宋前亦有之。虽然还是免不了乱世的悲悯情怀，没有盛世的豪迈激昂，但对五代一片荒芜的咏史诗品格是一个很大的提升。

称其典丽雅正，是指语言典雅不俗，徐铉作为"博通今古"⑥之士，再加上咏史这种特殊的题材，故其咏史诗中多用史书中的语言，如上引《赋得霍

①　宋江少虞撰《宋朝事实类苑》卷二十八引宋敏求《春明退朝录》"都省议朝仪式"条，上海古籍出版社，1981年，第352页。

②　陈贻焮主编《增订注释全唐诗》卷七四九徐铉《题紫阳观》诗注语，文化艺术出版社，2001年，第5册，第32页。

③　宋徐铉《茅山紫阳观碑铭》，《徐公文集》卷十二。《全宋文》第2册，第281页。"先生"误作"先王"。

④　元刘大彬撰《茅山志》卷十五有"黄华老人《雪溪堂法书》刻李赞皇真迹"云云，《续修四库全书》，上海古籍出版社，1996年，第723册，第142页。按：此条材料傅璇琮《李德裕年谱》未及。

⑤　清吴之振等《宋诗钞》，中华书局，1986年，第68页。

⑥　宋释文莹撰，郑世刚、杨立扬点校《湘山野录·续录》，中华书局，1984年，第70页。

将军辞第》诗"匈奴犹未灭,安用以家为"即化用霍去病"匈奴未灭,无以家为也"①之论。《咏史》诗亦是采撷史书中文字结撰而成,是史传文字更为诗化的表达。徐铉咏史诗的语言或精美或雅正,辞采典正宏富,文化气息浓郁,体现了一代儒臣巨笔的风貌,也是作为学者的徐铉自身修养的反映。

总之,这一阶段创作者多为下层文人,思维方式过于局促单一,思想偏狭局促,多抒发微弱纤细的个人情感与一己之见,艺术上也以近体诗为主,多为短章小制,风格平易浅切,单一化、趋同化现象严重,而徐铉以其博学高才与独特经历,连接前后两个阶段,思想内容较为开阔,艺术风貌也更为典丽,但新的时代气象并不明显,还要留待更晚些的作家去展现。

第二节　时代新风的初现

当宋代士大夫通过科举考试登上政治舞台的时候,空虚愁苦的五代之音荡然无存,昂扬自信的时代新风初露端倪,宋代文坛呈现出了崭新时代风貌。至于咏史诗,作者往往把自己置于一个新时代的起点上,评骘往史,傲视前修。同样是渴望人才,在徐铉那里,渴望的呼喊中饱含着深沉的无奈与无助,仅仅是一种渴求之情的抒发而已,以此来纾缓胸中郁积的愁苦愤懑之情,对于呼喊的结果,是不抱希望的。而到了李九龄(965或967年进士)那里,颇有指点江山、激扬文字的意味,评点历史,抒发新见,如其《读三国志》诗:"有国由来在得贤,莫言兴废是循环。武侯星落周瑜死,平蜀降吴似等闲。"②借三国史事指出国之存亡在贤才辅佐,而非兴废循环,体现出新时代赋予的独特视角和宏伟气魄。再如其《望思台》诗:"汉武年高慢帝图,任人曾不问贤愚。直饶四老依前出,消得江充宠佞无。"③指出汉武帝老迈昏庸,举枉错诸直的荒唐行为。作者在诗歌中高谈阔论,既是对历史的评点,也有对当下的展望。

这一阶段的咏史诗,虽然主要还是在白体诗的笼罩之下,但是随着时代的发展,逐渐出现了新的气象:一是以田锡、王禹偁为代表的新兴士大夫不甘于因循守旧,在儒家理想不能实现的情况下,发出了自己的声音,有对理

---

① 《史记》卷一百一十一《卫将军骠骑列传》,第2939页。
② 《全宋诗》第1册,第265页。
③ 同上书,第266页。

想的追寻，有理想不能实现的郁闷与呐喊，发之于咏史诗，展现出了时代新气象；二是西昆诗人群在其自身学识修养积累的基础上，渐渐不满足于白体诗人的浅切平易，致力于对浓丽典雅诗风的追求，虽然尚处于模拟阶段，但对宋代咏史诗艺术品位的提高有着积极意义。以下对这一时期的主要作家作重点分析。

一、宋　白

宋白（936—1012），字太素，一作素臣，大名（今属河北）人，太祖建隆二年（961）进士，官至工部尚书。宋白其人，当时人陈彭年即言其"素无检操"①，虽然史书称源于二人有隙，然观宋白一生行迹，此言亦非无稽之论。《宋史·宋白传》云：

> （太宗）及即位，擢为左拾遗，权知兖州，岁余召还，泰山有唐玄宗刻铭，白摹本以献，且述承平东人望幸之意。……从征太原，判行在御史台。刘继元降，翌日，奏《平晋颂》，太宗夜召至行宫襃慰，且曰："俟还京师当以玺书授职。"白谢于幄中。寻拜中书舍人，赐金紫。……白尝过何承矩家，方陈倡优饮宴，有进士赵庆者，素无行检，游承矩之门，因潜出拜白，求为荐名，及掌贡部，庆遂获荐，人多指以为辞。②

除此之外，司马光《涑水纪闻》、叶梦得《石林燕语》均载宋白知举"多受金银，取舍不公"③而致"物论喧然，以为多遗材"④事。虽然《宋史》对其处处回护，然观其所作所为，知其老于世故，善于阿谀奉承，投机钻营，终非守正不阿之人。诗如其人，宋白之人品操行在其诗歌创作中亦有明显体现。白有《宫词》百首，其中有史实可征者，检得约30首，可称为咏史诗。对于这组诗的创作主旨，其《序》说得很明白：

> 宫中词，名家诗集有之，皆所以夸帝室之辉华，叙王游之壮观；抉彤庭金屋之思，道龙舟凤辇之嬉。……亦非臣子所能知、所宜言也。至于观往迹以缘情，采新声而结意，鼓舞升平之化，揄扬嘉瑞之征，于以示箴

① 《宋史》卷四百三十九《宋白传》，第 37 册，第 13000 页。
② 同上书，第 12998—12999 页。
③ 宋司马光撰，邓广铭、张希清点校《涑水记闻》卷一，中华书局，1989 年，第 21 页。
④ 宋叶梦得撰，宇文绍奕考异，侯忠义点校《石林燕语》卷八，中华书局，1984 年，第 113 页。

规,于以续骚雅,丽以有则,乐而不淫,则与夫瑶池粉黛之词,玉台闺房之怨,不犹愈乎?……言今则思继颂声,述古则庶几风讽也。大雅君子,其将莞然。①

从其序言可见,这组诗明确反对宫词"夸帝室之辉华,叙王游之壮观;抉彤庭金屋之思,道龙舟凤辇之嬉",然而其《宫词》所写正是其所大力反对的"非臣子所能知、所宜言"的内容,且专意"鼓舞升平之化,揄扬嘉瑞之征"以"继颂声"。不仅连篇累牍地描写天下一统、万国来朝的盛世景象,如朝觐、大赦、立储、封王、封禅等大型政治活动,更以极细腻的笔触描写后宫生活的方方面面,举凡日常生活、习俗以及骑马、打球、歌舞等娱乐活动,无所不及,"宋白可以将笔触伸向宫廷生活的各个角落,他用大幅篇章描绘了一个太平盛世的华贵宫廷景象。可以说宋白宫词实际是一篇以诗歌形式写就而成的颂圣赋"②,这些诗作毫无个人情感与思考。至于那些以历史"箴规"、"风讽"之作只是陪衬而已,少之又少。如其中涉及李白的诗作有两首:

> 翰苑新除李谪仙,鳌宫春雨湿花砖。宣来立草和亲诏,一笔书成对御前。(其九)③
> 春营小殿号披香,宣借天孙作学堂。李白宫词多好句,侧书红壁两三行。(其一〇〇)④

对李白之气格、文学成就不置一词,而视之为倡优一般的文学侍臣供帝王欢娱。再如其四写宣州进供红线毯事,诗云:

> 十二楼前御柳垂,九重城里百花时。宣州恰进红丝毯,便遣宫娥舞柘枝。⑤

描写的是花红柳绿时节,宫娥舞蹈于红线毯之上,可谓歌舞升平的景象,与白居易"忧蚕桑之费"的《红线毯》诗相较,高下自现:"红线毯,择茧缫丝清水

---

① 《全宋诗》第 1 册,第 280 页。
② 李冬燕《宋白诗文校注前言·宋白诗分类与风格》(河北师范大学硕士学位论文)。
③ 《全宋诗》第 1 册,第 281 页。
④ 同上书,第 287 页。
⑤ 同上书,第 281 页。

煮,拣丝练线红蓝染。染为红线红于蓝,织作披香殿上毯。披香殿广十丈
馀,红线织成可殿铺。彩丝茸茸香拂拂,线软花虚不胜物。美人蹋上歌舞
来,罗袜绣鞋随步没。……宣城太守知不知? 一丈毯,千两丝,地不知寒人
要暖,少夺人衣作地衣。"①那饱含无数农民血汗和苦痛的、使白居易忧心忡
忡的红线毯,在宋白的笔下竟以如此轻盈欢娱的笔触出之,何谈"箴规""风
讽"? 再如写汉武求仙事,有诗二首:

> 竹宫春祀望神仙,百和烟高杂绛烟。中夜上元来玉座,五云随凤驾
> 珠辁。(其二九)②
>
> 五岳无尘四海清,太平天子爱长生。蓬莱方士壶中宿,旋种仙芝一
> 夜成。(其九五)③

这两首宫词都是描述汉武帝求仙访道、渴望永生之事,五云随凤、仙芝夜成
足以让人心生企羡之情,与"箴规""风讽"无涉。在宋白约三十首的咏史诗
中,半数以上与唐玄宗有关,试举数首如下:

> 龙脑天香撒地衣,锦书新册太真妃。宫官一夜铺黄道,却踏金莲步
> 步归。(其一〇)④
>
> 欢笑声高出禁园,禄儿新样绣初翻。青娥阿监知非礼,心怕君王不
> 敢言。(其二二)⑤
>
> 水晶宫闭月光铺,羯鼓声干雨点粗。一曲未终馀思在,急宣前殿唤
> 花奴。(其二六)⑥
>
> 去年因戏赐霓裳,权戴金冠奉玉皇。久着淡黄心觉厌,春来不敢便
> 红妆。(其三五)⑦
>
> 骠国朝天进乐时,宫商依约似龟兹。教坊风便伶官俊,全曲偷将并
> 不知。(其三六)⑧

---

① 唐白居易著,谢思炜校注《白居易诗集校注》卷四,中华书局,2006 年,第 384 页。
② 《全宋诗》第 1 册,第 282 页。
③ 同上书,第 286 页。
④ 同上书,第 281 页。
⑤ 同上书,第 282 页。
⑥ 同上书。
⑦ 同上书,第 283 页。
⑧ 同上书。

这些诗作均描写唐玄宗奢侈优雅的宫廷生活,表现出赞美歆羡之情,毫无惩戒之意,即使是"非礼"之事,亦说的浮光掠影,不着痛痒。其馀涉及玄宗事者如其三七、其四一、其四二、其四四、其四五、其五一、其五九、其六九、其七六、其八三、其九一、其九六均如此。

宋白咏汉武、明皇之事,其着眼点不在讽喻,而在其"五岳无尘四海清"的太平盛世的渲染以及闲情逸致的书写,消解历史,并使之生活化,因此汉武、明皇昏庸荒唐之行,亦出之以风流雅致之笔,亦有意消解厚重的题材的讽喻教化意味,如其三三云:

> 萧萧宫树正秋风,虎圈门开辇路通。金屋阿娇心胆小,却嗔冯媛独当熊。①

"冯媛当熊"历来作为爱君之典,在这首诗中爱君却不是重点,而是着眼于胆小阿娇的嗔怪之态,讽喻精神尽丧,称其劝百讽一毫不为过。这类宫廷文人咏史作品在宋初也是比较有代表性的一种类型。

宋白长于五代之世,卑靡的时代风气赋予其圆滑的本性,深谙投机钻营之道,极尽阿谀奉承之能,亦有太平盛世赋予的时代优越感。性情流于词章,谄媚之态尽显,而语言平易浅近,风格卑弱流滑,是典型的职业官僚之作。

二、田　锡

田锡(940—1004)②,字表圣,嘉州洪雅(今属四川)人。幼聪悟,好读书属文,太平兴国三年(978)进士。北宋初年,结束了唐季五代的混乱局面,天下一统,歌舞升平,皇帝以太平天子自居,臣下亦乐于歌功颂德,从上文宋白的"鼓舞升平"、"揄扬嘉瑞"的《宫词》即可见一斑。而太宗皇帝尤其喜好舞文弄墨,附庸风雅,经常宣示御制,令侍臣唱和。诗作得好,不仅可以显示才华,还可以得到赏识,加官进爵。诗歌唱和就成了"从皇帝到官僚,从官僚到一般士子都必须具备的本领"以及"宋初官场和文化界的一种主要交际方

---

① 《全宋诗》第 1 册,第 282 页。

② 范仲淹《赠兵部尚书田公墓志铭》云:"以咸平六年十二月十一日,终于私第,享年六十四。"(宋范仲淹著《范文正公文集》卷十三,李勇先、王蓉贵校点《范仲淹全集》,四川大学出版社,2002年,上册,第 318 页)咸平六年为 1003 年,而其卒月已入公历 1004 年。

式"①,朝野上下,风靡一时。这种唱和诗内容上大多流连光景,吟咏性情,表现一种闲适优雅的情趣,而形式上,属对工稳,圆熟流转,风格浅近平易。流风所被,田锡自然未能免俗,不仅未能免俗,为了能与主流风气接轨,还必须深谙此道。田锡年近不惑方中进士,此前深受宋白等人的汲引,文字交往密切,为进入官僚集团,着意投其所好在所难免。入仕之后,更要积极参与,主动交流,以便更好地融入士人群体之中。田锡入仕前后均受宋白的提携汲引,因此在文学上也受到宋白的深刻影响。从其重要文论《贻宋小著书》以及《览韩渥郑谷诗因呈太素》(按:"宋小著"与"太素"均指宋白)诗,不难窥见一些消息。因此田锡的诗歌创作也大量沾染了时代的风气,其律诗"偏重于个人抒怀,题材较狭窄"②。其咏史诗亦有一部分属于这一类作品,试看以下几首诗:

> 溪上严陵古钓台,倚楼凝望自徘徊。先生能保孤高节,英主尝师王霸才。日暮白云迷草莽,岸平春水浸莓苔。登临不尽微吟兴,花落东风首重回。(《登郡楼望严陵钓台》)③

> 闲读铭词扫绿苔,溪边永日自徘徊。白云遗迹今亲到,青史高名不可陪。千古烟霞为己有,一竿风月避谁来。松巅老鹤应相识,时唤和风下钓台。(《钓台怀古》)④

> 止水明沉沉,鉴貌未鉴心。凡凤舞跄跄,知声未知音。楚王欲图霸,不识韩淮阴。淮阴漂母家,独得千黄金。(《千金答漂母行》)⑤

> 金陵王气消,六朝骧霸业。白云千古恨,空江照楼堞。虎丘罗蔓草,姑苏委枫叶。怀贤思伍员,灵涛浩难涉。(《江南曲三首》其三)⑥

上述诸诗,通过对严子陵、韩信、伍子胥的深情咏叹,亦是以"孤高节"、"王霸才"自居,表现出对知音、明主赏识的期待以及对建立不世勋名的渴望,这正是新王朝创立初期广大士人渴望有所建树的时代之音。情思闲适平和,虽然称不上昂扬奋发,亦无五代的愁苦之音。而艺术上,清新流畅,浅近易懂,

---

① 陈植锷《试论王禹偁与宋初诗风》,《中国社会科学》1982 年第 2 期。
② 祝尚书《试论宋初西蜀作家田锡》,《四川大学学报》(哲学社会科学版)1990 年第 2 期。
③ 《全宋诗》第 1 册,第 462 页。
④ 同上书,第 469 页。
⑤ 同上书,第 478 页。
⑥ 同上书,第 479 页。

两首古体诗亦颇为清丽,而《江南曲三首》其三诗尤甚,或是时代风气所致。可以说"清愁中不无奋发的气概,平淡自然中又不乏生动和神采"①。另外,田锡也有与宋白一样点缀太平、渲染盛世的作品,如《华清宫词》诗:

> 绣岭葱茏浮瑞气,云楼霭阙明珠翠。禁城缘岭连九天,一片笙歌如鼎沸。我恐紫麟丹凤洲,移于近甸资宸游。东将太华为城雉,北以渭川为御沟。又疑西王开月圃,白云仙都紫云府。碧瑶新宫初构成,借与明皇自为主。开元之末天宝初,天下太平方晏如。万几多暇频游宴,青门道上驰銮舆。长乐岐头霸陵岸,新丰市井骊山畔。百里烟波锦绣明,宝马香车若珠贯。宫中汤泉瑟瑟文,潺湲长以兰麝熏。白玉莲花蘸飞浪,珠堂绣殿温如春。贵妃承恩貌倾国,三千宫女朝霞饰。谢家有女名阿蛮,歌舞纤柔柳无力。频唤入宫恩宠厚,金粟臂镮颁赐得。秋来岭上霜月明,光照组练金吾兵。槐烟柳露咽宫漏,玉笛一轰岩壑惊。春来岭下春波绿,夜听琵琶将理曲。幽咽轻拢慢捻声,鸾皇引雏啄珠玉。尝记乘舆避暑时,御衣轻似红蕖丝。翠辇将游石渠寺,探得姚崇乘小驷。往来绿树影中行,清凉适称逍遥意。荔支颜色燕脂红,生于南海烟瘴中。南海地遥一万里,使臣日贡华清宫。六宫每从鸾舆到,遗珠落翠长安道。百司既奉玉乘归,汤宫横锁黄金扉。门戈陛戟皆绣衣,朝钟暮鼓含清辉。参差天上朝元阁,往往紫烟飞皓鹤。至今碧落星宿繁,犹似当时挂珠箔。②

这首长达 400 馀字的歌行,有人认为是"对最高统治者奢侈荒淫生活的描绘,则与'冻饿多不活'的挣扎在死亡线上的农民形成鲜明的对照,开苏轼《荔枝叹》的先声"③,则似乎有拔高的嫌疑。此诗的着重点无疑是浓墨重彩地描绘开元天宝的盛世情状。开篇一句"绣岭葱茏浮瑞气"、"天下太平方晏如"即奠定了全诗祥瑞和谐的基调,从宫殿之瑰丽、城郭之广大、气象之祥和、游宴之壮观、生活之奢华、人才之招揽、景色之和穆等方面,步步逼近,层层渲染,大笔如椽,不遗馀力,呈现出一派天下太平、富庶繁华、皇恩浩荡的大唐盛世的景象。对"荔支颜色燕脂红,生于南海烟瘴中。南海地遥一万里,使臣日贡华清宫"一节,不仅毫无微词,反而成了盛世的产物,如同宋白

---

① 祝尚书《试论宋初西蜀作家田锡》。
② 《全宋诗》第 1 册,第 479 页。按:"歌舞纤柔"之"纤"原误作"织"。
③ 祝尚书《试论宋初西蜀作家田锡》。

把杨贵妃与安禄山非礼之事轻描淡写一样。全诗没有任何讽喻之意,对开天盛世、太平天子的描绘,无疑是对太宗及其时代的一种隐喻,与宋白的《宫词》本质上都是文学侍从润色鸿业的产物。与此诗相类似的还有《李謩吹笛歌》①诗,兹不赘述。

如果说上述所论是田锡咏史诗与时代风气相通的一面,而作为宋初名臣的田锡,其思想与个性发而为诗,又体现出了与众不同的一面,而这一面虽然并不为人所注意,但更能代表宋代士大夫的精神以及宋诗发展的真正方向。

田锡出身于三代不仕之家,十五丧母,十八丧父②,家道中落,成年后过着迁徙不定、读书应举的生活,三十九岁才步入仕途。田锡思想中,传统儒家思想的影响非常深刻。早年即如此,"父懿……善教于家,尝命公曰:'汝读圣人之书,而学其道,慎无速为,期二十年,可以从政矣。'公服其训拳拳然,博通群书。"③可见其家学渊源。不仅如此,还对圣人之道身体力行,终身不怠。日常耿介严谨,持正自守:

> 公动必以礼,言必有法,贤不肖咸惮伏之,出处二十年未尝趋权贵之门。在贬废中,乐得其正,晏如也。(范仲淹《田公墓志铭》)④
> 锡耿介寡合……居公庭危坐,终日无懈容。(《宋史·田锡传》)⑤

施政方面,提倡修礼兴学:

> 公自白衣,已有意于风化。上书阙下,请复乡饮礼。又请修藉田礼。……至桐庐郡,以吴越之邦归朝廷未久,人阻礼教,邈如也。公下车,建孔子庙,教之诗书,天子赐九经以佑之。自是睦人举孝秀登搢绅者,比比焉。(范仲淹《田公墓志铭》)⑥
> (太平兴国)七年徙知相州,改右补阙,复上章论事。明年,移睦州,睦州人旧阻礼教,锡建孔子庙,表请以经籍给诸生,诏赐九经,自是人知

① 《全宋诗》第1册,第484页。
② 罗国威《田锡年谱》,《西华大学学报》(哲学社会科学版)2010年第2期;孙华《田锡事迹著作编年》,陕西师范大学2005年硕士论文;张胜海《宋初直臣田锡研究》,暨南大学2006年硕士论文。
③ 《范仲淹全集·文集》卷十三《赠兵部尚书田公墓志铭》,第317—318页。
④ 《范仲淹全集·文集》卷十三,第320页。
⑤ 《宋史》卷二百九十三《田锡传》,第9792页。
⑥ 《范仲淹全集·文集》卷十三,第318—319页。

向学。(《宋史·田锡传》)①

尤其重视行内圣外王之儒家古道,"慕魏徵、李绛之为人,以尽规献替为己任"②,丝毫不顾个人得失,直言极谏,忠君报国,以致君尧舜为理想:

> 及在朝廷知无不言。……僚友谓公曰:"今日之事鲜矣,宜少晦,以远谤忌。"公曰:"事君之诚,惟恐不竭,矧天植其性,岂一赏之夺耶!"……前后章疏凡五十有二,尝谓诸子曰:"吾每言国家事,天子听纳,则人臣之幸。不然,祸且至矣,亦吾之分也。"(范仲淹《田公墓志铭》)③

> 锡天付直性,非苟图名利者也。窃尝以儒术为己任,以古道为事业。噫!图名不以道,虽使名动朝右,不取也;得位不以道,虽贵为王公,不取也。锡谓进贤为道也,诛谗邪为道也,济天下使一物不失所为道也。(田锡《贻杜舍人书》)④

田锡以这样的姿态立朝,以至于皇帝亦称之为"争臣"、"直臣"⑤,范仲淹更是推崇之至:"呜呼田公,天下之正人也。言甚危,命甚奇,尽心而弗疑,终身而无违,呜呼贤哉!"⑥并且在当时就产生了很大的影响,所谓"自田锡奏事鲠直,而后之任言责者始敢于尽言"⑦。

以上以各种材料展示田锡的思想言行,主要是为了说明田锡对传统儒家内圣外王之道的身体力行,作为新兴的宋代士大夫的代表,与那些持禄固位的循默之臣有本质上的区别。虽然尚且处在起步阶段,未能有扭转时代风气的力量和效果,但是已经展示出了时代新风向。而这样的士大夫,其独特的思想必然在适当的时候表现于诗歌创作中。前人已经注意到了"田锡在宋初率先用诗歌反映民间疾苦"⑧的趋势了,但与其说这是"杜甫、白居易新题乐府诗的批判现实主义精神对田锡的深刻影响"⑨,不如说

---

① 《宋史》卷二百九十三《田锡传》,第 9790 页。
② 同上书,第 9792 页。
③ 《范仲淹全集·文集》卷十三,第 318—319 页。
④ 《全宋文》第 5 册,第 220 页。
⑤ 《宋史》卷二百九十三《田锡传》,第 28 册,第 9792 页。
⑥ 《范文正公文集》第十三《赠兵部尚书田公墓志铭》,《范仲淹全集》上册,第 321 页。
⑦ 宋吕中撰《宋大事记讲义》卷四,影印文渊阁四库全书本。
⑧ 祝尚书《试论宋初西蜀作家田锡》。
⑨ 同上书。

是田锡自身已经根深蒂固的儒家思想的反映以及长期以来生活社会下层的结果。具体到咏史诗中,这种新趋势则集中体现在他的《拟古》十六首中,其中可以算作咏史诗者有七首。无论是思想内容还是艺术特色,与上述白体咏史诗都有很大的差别。这组诗表现的内容较为丰富,有对大展宏图的渴望:

> 棠溪出精金,百炼无馀滓。铸得芙蓉剑,灵辉若秋水。陆可断兕犀,阴亦惊神鬼。照物双影寒,中霄灵气紫。有时风雨至,欲作龙蛇起。海酒与陵肉,宝烛延奇士。酣饮取传观,英图各相视。吐气成虹蜺,将平不平事。大笑荆轲辈,卒如儿女子。(《拟古十六首》其一)①

此诗通过出自棠溪、灵辉若水、精良无比的芙蓉宝剑的极力渲染,描写吐气成蜺、蔑视荆轲的奇伟之士,足见其冲天豪气与远大抱负。也有对怀才不遇、壮志难酬的慨叹:

> 中山魏公子,志意邈难侔。朝吸沆瀣精,远与冥鸿游。风高江浪恶,云黄海树秋。青山对独酌,明月在孤舟。心常悬象魏,迹若参公侯。纵横致君术,思一伸良筹。(《拟古十六首》其二)②
> 祢衡鹦鹉词,挥翰无停缀。狂甚于接舆,才不容当世。身居桴鼓下,心在云天际。黄祖悁忿来,殒之如虎噬。浅水游巨鱼,宜失纵横势。(《拟古十六首》其七)③

前一首写信陵君旷世无匹的英豪勇武之气,心怀魏阙,思伸良筹,然终因"风高江浪恶,云黄海树秋",即小人的谗毁陷害,而不得不退隐江湖、独对青山。后一首写祢衡才华横溢,心在云天,然狂甚接舆,招致悁忿,最终殒身虎口。二人均为怀才不遇、壮志难酬的典型。还有对能臣良将、君臣遇合、建立不世功业的赞美,如以下几首诗:

> 汉鼎鸿毛轻,诸侯争弄兵。吴魏已先定,玄德思功名。据鞍髀肉消,感激泪沾缨。南阳有奇士,三顾精诚倾。龙变得风雨,指麾霸王成。

---

① 《全宋诗》第1册,第474页。
② 同上书,第475页。
③ 同上书。

日月若长在,永永悬英声。(《拟古十六首》其四)①

曲逆汉功臣,少年尝窘厄。巷馆虽席门,轩车尽嘉客。事魏言不从,说楚谋无获。来归隆准公,磬伸图霸策。绛灌竞生炉,谗非相见迫。封金欲拂衣,将举鸾皇翩。豁达英主心,信遇终无隔。小节不掩名,勋庸自辉赫。(《拟古十六首》其六)②

赫赫英豪士,韩侯令子孙。千金募死士,博浪报君冤。国耻尚未雪,骥足俄惊奔。待搏如猛虎,未耀同朝暾。霸略师黄石,大计当鸿门。谈笑定安危,功业遂隆尊。鸾皇不啄粟,麒麟不驾辕。将从赤松游,高谢汉皇恩。一旦君臣中,夺宗物论喧。片词为密勿,四皓如飞翻。进退存亡间,以智为身藩。(《拟古十六首》其一五)③

这三首诗分别写诸葛亮、陈平、张良三位奇伟英豪之士,咏其成就了王霸英声、辉赫勋庸、隆尊功业,表现出极大的歆羡之情。然而这些成就的取得,均离不开人主的赏识,如刘备的"三顾精诚倾",刘邦的"豁达英主心"等,因此又有对君臣遇合的向往。同时,田锡作为传统儒家知识分子,还有对世风日下的忧叹:

天风吹雨来,黄土为柔埴。一经女娲手,蹶然含性识。悲哉商子孙,不能述祖德。愚朴变浇漓,化之尤费力。(《拟古十六首》其一二)④

余闻灵凤胶,可以续继弦。又闻返魂香,招魂以其烟。因念三季时,人为世态迁。迁之不自觉,纯信成险艰。中含妒与忌,外即怡温颜。覆人如覆舟,先示其甘言。中夜蹈虎尾,雾海生波澜。投彼机会时,倾亡果忽然。愿得灵凤胶,续之于仁贤。愿得返魂香,返其淳化源。免令古乐府,高歌行路难。(《拟古十六首》其一三)⑤

这两首诗表现出对儒家理想社会的淳朴纯信成了浇漓奸伪的忧虑,对世风浇薄、世路艰难的深沉慨叹。

---

① 《全宋诗》第1册,第475页。
② 同上书。
③ 同上书,第477页。
④ 同上书,第476页。
⑤ 同上书。

　　上述诸诗，无论是对建功立业的向往、君臣遇合的渴望、还是对怀才不遇的慨叹、世风日下的忧虑，都是典型的传统儒家思想内圣外王的体现，虽然不免有儒家思想保守、甚至迂腐的倾向，但非常符合田锡这位崛起于民间、深受儒家思想影响的士人的身份特征。而各种情感思想的抒发与表达，随意赋形，不拘形式，或深宛低沉，或豪迈雄放，时而慷慨陈词，时而欲言又止，无论思想还是艺术，都表现出了与当时流行的白体咏史诗迥然不同的情状。究其根源，无非是白体诗内容浅淡，形式轻巧，功能在于交际应酬，而田锡的《拟古》诗，则在于表达思想，抒发情感，反映现实，于是诗歌就有了充实的思想情感内容和强劲的书写内驱力。在这种情况下，简单平易、讲究工巧清丽的白体诗已经不再适用了，而反映民间疾苦、咏史抒怀则非古体不能尽其意。由此观之，田锡咏史诗这一较为独特的一面正是与其底层出身、儒家思想以及耿介性格有着密切的联系，甚至可以从中窥探到一些真正属于主体意识高扬的宋代士大夫的独有的精神风貌、文学特质。这在其后的王禹偁身上有了更加明显的体现与反映。①

三、王禹偁

　　王禹偁（954—1001），字元之，济州巨野（今山东巨野）人。太平兴国八年（983）进士，授成武县主簿。雍熙元年（984），迁知长洲县。端拱元年（988）应中书试，擢直史馆。次年迁知制诰。淳化二年（991），为徐铉辨诬，贬商州团练副使。五年，再知制诰。至道元年（995）兼翰林学士，坐谤讪罢知滁州，未几改扬州。真宗即位，复知制诰。咸平元年（998）预修《太祖实录》，直笔犯讳，降知黄州。四年（1001）移知蕲州，卒，年四十八。有咏史诗20余首。其咏史诗主要集中在知长洲、贬商周、贬滁州三个阶段。

　　王禹偁出身农家，屡屡自言"臣孤贫无援"②，"家本寒素"，③"少苦寒贱"④，对于其刚直不阿的个性以及报答明主的思想的形成有重要影响。王禹偁又从小接受传统的儒学教育，自言"余总角之岁，就学于乡先生，授经之外，日讽律诗一章"⑤，可见其学习的主要内容是接受传统儒家经典教育，从

---

　　①　陈植锷已经注意到了田锡《咸平集》载有不少古风、歌行"，与"热衷近体而鄙薄古体"的"宋初诗坛流俗"的不同，但未引起足够重视，而仅仅认为"多是拟古之作"。见其《试论王禹偁与宋初诗风》一文。

　　②　王禹偁《黄州谢上表》，《王黄州小畜集》卷二十二，《四部丛刊》影宋本配吕无党抄本。

　　③　王禹偁《送鞠仲谋序》，《王黄州小畜集》卷十九。

　　④　王禹偁《上太保侍中（赵普）书》，王禹偁撰《王黄州小畜集》卷十八。

　　⑤　王禹偁《孟水部诗序》，《王黄州小畜集》卷二十。

而奠定了其思想基础,所谓"学业根孔姬"①、"根源法孔姬"②。王禹偁一生所苦苦持守、努力践行的正是儒家之道,以至于不厌其烦的屡屡申说,文集中"道"、"天道"、"古道"触目皆是:"我欲涉道,如地之渊"③,"消息还依道,生涯只在诗。……自顾才何者,空怜道在兹。……吾道宁穷矣,斯文未已而"④,"位非其人,诱之以利而不往,事匪合道,逼之以死而不随"⑤,"屈于身兮不屈其道,任百谪而何亏,吾当守正直兮佩仁义,期终身以行之"⑥。有此理想,又遭遇新代明君,可谓"吾生非不辰"⑦,遂有奋起之意,自道"国家乘五代之末,接千岁之统,创业守文,垂三十载,圣人之化成矣,君子之儒兴矣"⑧,"明代难遇,犹思报恩"⑨,"明代宁甘退,青云暗有期"⑩,"时清偶直千载运……君恩未报心犹壮,不敢思归七里滩"⑪,"许国丹诚皎日悬"⑫。王禹偁既以致君尧舜为理想,则以"直士"、"良史"自期,以富国安民为己任,期待建立一番不朽的功业。早在未中进士之前,即雄心勃勃,太平兴国五年(980)其《送张咏序》云:"今春举进士,一上中选,将我王命,莅乎崇阳,分君之忧,使帝心休休乎,求民之瘼,使人心熙熙乎。"⑬此语虽对张咏所言,亦暗含其个人理想。步入仕途后,对自己的理想抱负更是直言不讳:"臣才虽无闻,谏则有素"⑭,"謇谔无一言,岂得为直士。褒贬无一词,岂得为良史,多惭富人术,且乏安边议"⑮,"史才愧班固,谏笔谢辛毗"⑯,"官在谏垣,未尝有一言裨补;职当史笔,未尝有一字刊修"⑰,"安边不学赵充国,富民不作田千秋"⑱,

---

① 王禹偁《吾志》,《全宋诗》第 2 册,第 658 页。
② 王禹偁《谪居感事》,《全宋诗》第 2 册,第 709 页。
③ 王禹偁《剑池铭并序》,《全宋文》第 8 册,第 101 页。
④ 王禹偁《谪居感事》,《全宋诗》第 2 册,第 709 页。
⑤ 王禹偁《滁州谢上表》,《王黄州小畜集》卷二十一。
⑥ 王禹偁《三黜赋》,《王黄州小畜集》卷一。
⑦ 王禹偁《吾志》,《全宋诗》第 2 册,第 658 页。
⑧ 王禹偁《送孙何序》,《王黄州小畜集》卷十九。
⑨ 王禹偁《扬州谢上表》,《王黄州小畜集》卷二十二。
⑩ 王禹偁《谪居感事》,《全宋诗》第 2 册,第 709 页。
⑪ 王禹偁《幕次闲吟》其二,《全宋诗》第 2 册,第 747 页。
⑫ 王禹偁《和屯田杨郎中同年留别之什》,《全宋诗》第 2 册,第 775 页。
⑬ 王禹偁《送张咏序》,《全宋文》第 7 册,第 421 页。
⑭ 王禹偁《应诏言事》,《全宋文》第 7 册,第 373 页。
⑮ 王禹偁《对雪》,《全宋诗》第 2 册,第 668 页。
⑯ 王禹偁《谪居感事》,《全宋诗》第 2 册,第 709 页。
⑰ 王禹偁《进端拱箴表》,《王黄州小畜集》卷二十一。
⑱ 王禹偁《对雪示嘉祐》,《全宋诗》第 2 册,第 779 页。

"致君望尧舜,学业根孔姬。自谓志得行,功业如皋夔"①。可见,王禹偁"功名"之心甚切,此"功名"非一己之私利,而是其兼济理想的外在体现。在刚刚步入仕途的知长洲时期,没有经历任何打击和挫折,表现得尤为强烈,常言"身世漂沦极,功名早晚成"②,"七十浮生已半生,徒劳何日见功名"③,"妻儿莫笑甑中尘,只患功名不患贫"④,"一杯有味功名小,万事无心岁月长"⑤。这种思想倾向在其咏史诗中也有体现,作《真娘墓》诗云:

> 女命在于色,士命在于才。无色无才者,未死如尘灰。虎丘真娘墓,止是空土堆。香魂与腻骨,销散随黄埃。何事千百年,一名长在哉。吴越多妇人,死即藏山隈。无色固无名,丘冢空崔嵬。唯此真娘墓,客到情徘徊。我是好名士,为尔倾一杯。我非好色者,后人无相咍。⑥

此诗为王禹偁在知长洲时所作,在真娘题材的诗歌中是非常独特的。"真娘者,吴国之佳人也,时人比于苏小小,死葬吴宫之侧。行客感其华丽,竞为诗,题于墓树,栉比鳞臻"⑦,"吴之妓人,歌舞有名者,死葬于吴武丘寺前,吴中少年从其志也,墓多花草以蔽其上"⑧。而王禹偁此诗却以美女之颜色与士人之才干相类比,对真娘因色而"一名长在"颇为向往,表达诗人亦欲以"才"而留名千古的期望,是王禹偁渴望建功立业的独特体现,角度独特,观点新颖。我们把这首诗放在唐宋文学的大背景下来考察,会有更多认识。咏真娘者,唐人很多,且不乏大诗人,兹举其要者如下:

> 真娘墓,虎丘道,不识真娘镜中面,唯见真娘墓头草。霜摧桃李风折莲,真娘死时犹少年。脂肤荑手不牢固,世间有物难留连。难留连,易销歇,塞北花,江南雪。(白居易《真娘墓》)⑨

---

① 王禹偁《吾志》,《全宋诗》第 2 册,第 658 页。
② 王禹偁《赴长洲县作》其三,《全宋诗》第 2 册,第 689 页。
③ 王禹偁《长洲遣兴》其一,《全宋诗》第 2 册,第 806 页。
④ 王禹偁《长洲遣兴》其二,《全宋诗》第 2 册,第 806 页。
⑤ 王禹偁《松江亭》其二,《全宋诗》第 2 册,第 805 页。
⑥ 《全宋诗》第 2 册,第 686 页。
⑦ 唐范摅撰《云溪友议》卷中"谭生刺"条,古典文学出版社,1957 年,第 42 页。
⑧ 唐李绅《真娘墓》诗自注,唐李绅著、卢燕平校注《李绅集校注》,中华书局,2009 年,第 205 页。
⑨ 唐白居易著,谢思炜校注《白居易诗集校注》卷十二,第 929 页。

蒼蒑林中黄土堆,罗襦绣黛已成灰。芳魄虽死人不怕,蔓草逢春花自开。幡盖向风疑舞袖,镜灯临晓似妆台。吴王娇女坟相近,一片行云应往来。(刘禹锡《和乐天题真娘墓》)①

虎邱山下剑池边,长遣游人叹逝川。胃树断丝悲舞席,出云清梵想歌筵。柳眉空吐效颦叶,榆荚还飞买笑钱。一自香魂招不得,只应江上独婵娟。(李商隐《和人题真娘墓》)②

上述诸诗均通过真娘墓前的花草梅柳、风雨虫鸟、幡盖镜灯联想真娘生前之美貌风情、歌声舞态,在这种怀想追忆之中,表达对红颜薄命的怜悯之情。在王禹偁同时或之后的诗人,也有一些咏真娘的作品:

冰肌玉骨真遗妍,粉作妒云黛作烟。知有香魂埋不得,夜深岩底月中仙。(杨备《真娘墓》)③

何不学仙冢累累,白杨西郭阴风悲。虎邱一叩贞娘墓,薜荔援墙委兰露。千岁蒙茸几树花,夜飘鬼火晓啼鸦。向怜抨瑟弹清月,犹忆吹箫乘彩霞。吴阊少年往来道,黛蛾钗燕谁能好。酒滴春云梦不消,泉声幽咽钟声老。陌上行游缓缓归,昨日红颜今日非。东望阊间穿葬处,玉凫将化湛卢飞。(米芾《贞娘墓歌》)④

歌声舞影散春霞,月殉香魂几落花。休恨天家无分到,汉妃青冢落胡沙。(林景熙《真娘墓》)⑤

这些诗作亦不脱唐人窠臼,无非是通过真娘墓边的各种物象,表达对一代红颜冰肌玉骨、歌声舞影的无限怀念与伤悼之情。而王禹偁的《真娘墓》诗显得尤为亮眼,王禹偁对真娘的绝世佳容、歌声舞影毫不在意,而是对其能迥异群伦、声名长在情有独钟。王禹偁的借古抒怀,体现出刚刚步入仕途的年轻士人对功名的强烈向往与追求,也是处于社会上升期的封建士大夫昂扬进取、奋发有为的精神状态的反映。类似的还有《南园偶题》诗:

① 唐刘禹锡著《刘禹锡集》卷三十二,中华书局,1990 年,第 458 页。
② 唐李商隐著,刘学锴、余恕诚集解《李商隐诗歌集解》,中华书局,2004 年,第 2173 页。
③ 《全宋诗》第 3 册,第 1427 页。
④ 《全宋诗》第 18 册,第 12279 页。
⑤ 《全宋诗》第 69 册,第 43504 页。

天子优贤是有唐，鉴湖恩赐贺知章。他年我若功成去，乞取南园作醉乡。①

南园乃苏州胜概，《石林诗话》云："姑苏南园，钱氏广陵王之旧圃也。老木皆合抱，流水奇石，参错其间，最为上。王翰林元之为长洲县宰时，无日不携客醉饮。"②此时的王禹偁置身南园，酒酣之馀，畅想晚年荣休之时，能如同贺知章晚年敕赐镜湖一样，功成名就，受到天子恩赏而退居名园，安度馀生。王禹偁真正关注的并不是自己晚年的去向问题，而是以什么方式退居林下，"天子优贤"、"恩赐"、"功成去"才是真正的意趣所在。与上文的《真娘墓》诗一同反应出了王禹偁这一时期对建功立业、实现自己的人生理想的憧憬与展望，体现出一种积极向上、踌躇满志的精神状态。

特定的时代赋予了王禹偁昂扬的激情，然而也决定这一时期的诗作无论在思想上还是艺术上，都不够成熟。所谓"欢愉之辞难工"③，沉浸在畅想与展望之中的王禹偁，其诗作难免思想单薄，艺术上也不脱流俗习气。王禹偁与其时的白体诗人宋白、田锡等人交往频繁，深受笼罩诗坛的白体诗风的影响，其本人也成了后期白体诗的主将，因此，这一时期的王禹偁的咏史诗创作深深地打上了白体诗的烙印，从下列几首诗可见一斑：

惜哉吴王墓，秦帝尝开破。应笑埋金玉，千年贾馀祸。不待虎迹销，已闻鲍车过。又是骊山头，炎炎三月火。（《吴王墓》)④

廊坏空留响屧名，为因西子绕廊行。可怜伍相终朝谏，谁记当时曳履声。（《题响屧廊壁》)⑤

朝驱下越坂，夕饮当吴门。停车访古迹，霭霭林烟昏。青山海上来，势若游龙奔。星临斗牛卷，气与东南吞。九折排怒涛，壮哉天地根。落日见海色，长风卷浮云。山椒戴遗祠，兴废今犹存。残香吊木客，倒树哀清猿。我来久沉抱，重此英烈魂。嗟吁属镂锋，冥尔国士冤。峨峨姑苏台，榛棘晚露繁。深居麋鹿游，此事谁能论。因之毛发竖，落叶秋

---

① 《全宋诗》第 2 册，第 692 页。

② 宋叶梦得著《石林诗话》卷下，清何文焕辑《历代诗话》，中华书局，2004 年，第 2 版，第 429 页。

③ 韩愈《荆潭裴均杨凭唱和诗序》，唐韩愈撰，宋魏仲举集注，郝润华、王东峰整理《五百家注韩昌黎集》卷二十，中华书局，2019 年，第 997 页。

④ 《全宋诗》第 2 册，第 686 页。

⑤ 同上书，第 694 页。

纷纷。(《伍子胥庙》)①

前两首诗颇似朱存、杨备等人的作品,仅就一地一事,粗作铺陈,略抒感慨,单薄平淡,无病呻吟。即使如伍子胥这样的题材,如果放在后期,难免满腹牢骚,满纸控诉,而在这里仅仅发几句应景式的议论而已。总之,这一时期的作品在思想和艺术上都难免白体习气。而新诗风是在后来遭受政治打击和挫折后,逐步出现的。

如上文所述,王禹偁怀抱着一腔热血,按照传统儒家的理想,颇欲有所作为。然而经典上的儒家思想,已经不能满足当时现实政治的需要以及皇帝的口味,这也是宋初士大夫面临的一个历史命题,即儒家之道在现实政治中的转化与践行,在这方面,王禹偁显然还十分稚嫩,其所秉持的诸多理想难免有不合时宜乃至迂腐的倾向。王禹偁其人性格刚直,持正自守,不随流俗,遇事直言不隐,自道“遇事难缄默”②,“心无苟合,性昧随时。……议一事必归于正直”③。太宗皇帝即称其“赋性刚直,不能容物”,并让宰相“宜召而戒之”④,其因此难免受到皇帝的疏远和同僚的排挤,屡屡自道心曲:“丹笔方肆直,皇情已见疑。斥逐深山中,穷辱何羸羸。”⑤“某褊狷刚直,为众所知,虽强损之,未能尽去,夫今之领藩服、当冲要者,必先丰厨传以啗人口,勤迎劳以悦人心,无是二者,虽龚、黄无善誉矣。某皆不能也,唯官谤是待。”⑥“如弦伤讦直,投杼觅瑕疵。众铄金须化,群排柱不支。佞权回北斗,谗舌簸南箕。阙下羊肠险,朝端虎尾危。道孤贻众怒,责薄赖宸慈。”⑦从而使其在实现理想的道路上荆棘丛生,举步维艰,多次遭受贬谪,其志难伸,功名未遂,所谓“遭遇诚堪惜,功名窃自悲”⑧,最终其“道不行”⑨。王禹偁的贬谪经历使其思想变得深沉丰富,创作的咏史诗往往感慨良多。

王禹偁一生坚守儒家之道,追求兼济之志,即使在贬谪时期也是初心不改。王禹偁为商州团练副使期间,作《怀贤诗》三首,序云:“仆直东观时,阅

① 《全宋诗》第 2 册,第 807 页。
② 王禹偁《谪居感事》,《全宋诗》第 2 册,第 709 页。
③ 王禹偁《黄州谢上表》,《王黄州小畜集》卷二十二。
④ 宋李焘撰《续资治通鉴长编》卷三十四,中华书局,1979 年,第 4 册,第 752 页。
⑤ 王禹偁《吾志》,《全宋诗》第 2 册,第 658 页。
⑥ 王禹偁《答晁礼丞书》,《王黄州小畜集》卷十八。
⑦ 王禹偁《谪居感事》,《全宋诗》第 2 册,第 709 页。
⑧ 同上书。
⑨ 王禹偁《答晁礼丞书》,《王黄州小畜集》卷十八。

五代史,见近朝名贤立功立事者,耸慕不已,思欲形于歌咏而未遑。今待罪
上洛,不与郡政,专以吟讽为事业,因赋《怀贤诗》三首。"①对"近朝名贤立功
立事者"的"耸慕"之情开宗明义,毫不隐晦,在具体诗作中,赞赏之情更是无
以复加,如其一《桑魏公维翰》诗:

> 魏公王佐才,独力造晋室。挥手廓氛霾,放出扶桑日。感慨会风
> 云,周旋居密勿。下民得具瞻,上帝赉良弼。沉沉帷幄谋,落落政事笔。
> 品流遂甄别,法令颇齐一。跋敕朝据案,论兵夜造膝。多士若鸳鸿,官
> 材咸有秩。诸侯如狼虎,请谒尽股栗。秉钧多事朝,绰绰有纪律。远将
> 留侯比,近以赞皇匹。志在混车书,誓将阐儒术。皇天未厌乱,运去何
> 飙欻。高祖厌寰区,少帝无始卒。老成既疏远,群小相亲昵。黩武兵渐
> 骄,倒悬人不恤。和亲绝强虏,谋帅用悍卒。魏公在藩垣,上疏论得失。
> 七事若丹青,辞切痛入骨。忠言殊不省,直道果见屈。铁马从北来,烟
> 尘昼蓬勃。穹庐易市朝,左衽杂缨绂。主辱臣不死,囚缚自安逸。唯公
> 独遇害,身殒名不没。惜乎英伟才,济世功未毕。一读晋朝史,遗恨空
> 郁郁。子孙亦不振,天道难致诘。②

桑维翰其人,对于后晋来说是不折不扣的忠臣,然而其品行亦不足道,尤其
是对石敬瑭割让幽云十六州一事难辞其咎,被王夫之斥为"万世之罪人"③
亦不无道理,然而在王禹偁这里,俨然塑造成了完人的形象,德行功业均无
可指摘,推崇备至。这里有史书虚美习气影响,然而更多的是王禹偁辅君安
民、立功立事之理想的寄托。王禹偁将桑维翰塑造成以王佐之才位居宰辅,
上弼君主,下抚万民,誓阐儒术,直言敢谏的形象。凡此种种,虽句句言桑维
翰,亦语语关王禹偁,这里的桑维翰与其说是历史上的桑维翰,不如说是王
禹偁理想化之桑维翰,完全是其理想人生事业的外化与投射,王禹偁平生之
志,于此可见一斑。桑维翰的遗憾与失落,也与王禹偁壮志难酬的感慨和疑
惑颇为相似。因此,此诗虽然似为敷衍史传而成,却颇为深沉痛切。其他两
首咏《李兵部涛》《王枢密朴》诗亦大致如此。

　　另外,王禹偁在这里以史传写法入诗,也是值得注意的。除了全篇依次
叙述生平事迹外,还往往在最后说明其子嗣情况,这是其他咏史诗中极少

---

① 《全宋诗》第 2 册,第 663 页。
② 同上书。
③ 清王夫之撰《读通鉴论》卷二十九,中华书局,1975 年,第 1063 页。

见,而在王禹偁的诗作中又是尤其突出的手法。在其吟咏五代宋初人物的九首诗中,言及子孙者多达七首,除了本诗末的"子孙亦不振,天道难致诘"外,其他如《怀贤诗·王枢密朴》诗亦云:"子孙虽众多,必复事未睹。"①《五哀诗》中有四首涉及"子孙"、"遗孤"的情况。正是借鉴史传手法的结果。

在王禹偁贬谪期间,除了对建功立业的理想的坚守,更多的是壮志难酬、功名不遂的悲慨,以及对忠而遭疏、直而被谤的困惑与无奈,对佞幸圣贤未能各得其所、偷桃窃药且白日冲霄的极度愤慨和不平。贬谪商州期间,读《史记》,访四皓庙,写了多首相关诗作,尤其值得注意:

> 四冢累累岂是仙,避秦安汉道空全。紫芝探处应辛苦,何似腰金食万钱。(《问四皓》)②

> 何必骖鸾上五云,由来吾道贵全身。君看白日冲霄者,多是偷桃窃药人。(《代答》)③

> 秦皇焚旧典,汉祖溺儒冠。万民在涂炭,四老方宴安。白云且高卧,紫芝非素餐。南山正优游,东朝忽艰难。高步揖万乘,拂衣归重峦。飞鸿自冥冥,束帛徒戋戋。……(《四皓庙》其一)④

> 小言望小利,载在礼经中。遂有鹰犬辈,拔剑各争功。一出定万乘,去若冥冥鸿。寂寂千古下,孰继采芝翁。(《四皓庙》其二)⑤

> 西山薇蕨蜀山铜,可见夷齐与邓通。佞幸圣贤俱饿死,若无史笔等头空。(《读〈史记〉列传》)⑥

> 西汉十二帝,孝文最称贤。⑦百金惜人力,露台草芊眠。千里却骏骨,鸾旗影迁延。上林慎夫人,衣短无花钿。细柳周将军,不拜容橐鞬。霸业固以盛,帝道或未全。贾生多谪宦,邓通终铸钱。谩道膝前席,不如衣后穿。使我千古下,览之一泫然。赖有佞幸传,贤哉司马迁。(《读〈汉文纪〉》)⑧

---

① 《全宋诗》第 2 册,第 664 页。
② 同上书,795 页。
③ 同上书。
④ 同上书,第 659 页。
⑤ 同上书。
⑥ 同上书,第 723 页。
⑦ 《宋史》卷二百九十三《王禹偁传》:"禹偁献《御戎十策》,大略假汉事以明之:'汉十二君,言贤明者,文景也。'"(第 9793 页)
⑧ 《全宋诗》第 2 册,第 658 页。

　　贾谊因才逐，桓谭以谶疏。古今常似此，吾道竟何如。（《偶题三首》其一）①

　　王禹偁满怀高昂的政治热情，以儒家经典的思想和原则，一心为国，胸怀兼济，却遭到无情的诽谤与贬谪，这让他愤懑不平，疑惑不解。在这里，王禹偁以"白日冲霄"、"腰金万钱"的"偷桃窃药"之辈与"避秦安汉"、辛苦采芝的四皓对比，以拔剑争功的"鹰犬辈"与救民涂炭、平揖万乘的四皓相对比，以铸钱的邓通与采薇的夷齐相对比，以铸钱的邓通与谪宦的贾谊相对比，既表现了对先圣先贤的追怀，对儒家之道的持守，对正道必胜的信心，又表现出对圣贤不及佞幸、正义输于邪道、是非不分、黑白颠倒的极大的困惑与无奈，故而千载之下，览之泫然，不禁发出"古今常似此，吾道竟何如"的无助呐喊。

　　然而，无论是质疑也好，呐喊也罢，王禹偁是注定找不到答案的，因此晚年的王禹偁不再写作纯粹的咏史诗，而是在大量抒发身世之感的作品中，融入相当篇幅的咏史成分，与古人心交神往。如《北楼感事》《闻鸮》诗等，《闻鸮有序》云：

　　　滁，楚地也，郡堞之上鸱鸮巢焉。秋冬永夕，鸣啸不已，妻子惊咤，或终夜不寐，因作诗以喻之，且征前贤放逐而闻是鸟者，总而述云，以见吾志。

　　　元精育万汇，羽族何茫茫。为怪有鸱鸮，为瑞称凤皇。凤皇不时出，未识五色章。吾生在邹鲁，风土殊远方。鸣鸠随乳燕，日夕巢我梁。翩翩杂鸟雀，穿屋率为常。又从筮仕来，五年居帝乡。更直入承明，侍宴趋未央。上林闻莺哢，巧舌如笙簧。鸱鸮徒知名，闻见实未尝。顷年谪商山，听之已悲凉。今兹出内庭，罚郡来永阳。谁知尔鹣鸮，营巢在城墙。年加睡渐少，秋尽漏且长。鸣啸殊不已，历历含微霜。孺人泣我右，稚子啼我傍。吾心非达士，讵免亦伥伥。人生纵百岁，忽若石火光。其间有穷通，幽昧难自量。我爱皋与夔，峨冠虞舜堂。箫韶闻九成，丹穴来锵锵。又爱闳与散，陈力遇文王。鸒鸒听岐山，多士周道昌。嗟嗟汉贾谊，年少谪南荒。故有鵩鸟赋，倚伏理甚详。邹公暨邺侯，放逐同一邦。夜深闻此鸟，韦公涕沾裳。李侯举酒令，斯音非不祥。坐客如不闻，罚之以巨觥。遂使恶鸟声，听之靡所伤。赞皇贬袁州，怀鸮义亦臧。

____
① 《全宋诗》第2册，第757页。

乃知昔贤哲,未免亦凄遑。况予不肖者,冒宠登朝行。报国惟直道,谋身昧周防。四年两度黜,鬓发已苍苍。虽得五品官,销尽百炼钢。何当解印绶,归田谢膏粱。教儿勤稼穑,与妻甘糟糠。凤来非我庆,鹑集非吾殃。优游尽天年,身世俱可忘。①

此诗总述"前贤放逐而闻是鸟者",依次列举皋、夔、闳、散、贾谊、韦陟、李泌、李吉甫等前贤往哲,以建功立业者见其理想,以贤而遭贬者寄其慨叹,咏史与身世之感相融合,不再为了咏史而咏史,而是借史抒怀,以古人之事业寓个人之理想,以古人之酒杯浇一己之块垒。在类比、对比之中,将自己一生对道的追求与持守及其这个过程中的苦痛、困惑、无奈等情感统统寄寓其间,思想复杂,感慨良多,咏史完全成了咏怀的一部分。

王禹偁谪宦时期的咏史诗几乎全为古体,这与其整体的创作发展趋势相一致。据陈植锷统计,"《小畜集》五百三十三首诗中,共有古体(包括歌行)九十六首,大部分创作于谪宦商州以后,光商州时期写的就有三十多首,占总数的三分之一"②。这些古体诗,一改前期白体诗风的影响,从体制轻巧,情思单薄,变为长篇巨制,有为而发。对儒家之道的苦苦坚持与追寻以及遭受贬谪的抑郁之气,充溢胸中,喷薄欲出,故而抒发起来,百转千回,深沉慷慨。

时代赋予了王禹偁对儒家之道的坚守,对理想功业的追求,使其知长洲时期的咏史诗显示出积极进取的精神,昂扬奋发的气象,然而终因时机不成熟以及各种条件的限制,王禹偁的儒家之道注定充满了坎坷与曲折,从而使其咏史诗充溢着饱满的情思与感慨。无论是乐观进取还是感慨良多,较之朱存、徐铉的虚无,宋白的单薄,田锡的微弱,都显示出一种刚劲的气息,自信的力量,即使是满腹牢骚,也是梗概多气。当然,王禹偁咏史诗也有其局限,思想上还偏于单薄,只是初露进取之音,而未形成独立完整的宋型人格。艺术上,还着重于抒发和表达,而顾不上对抒发和表达的艺术水平的追求。

四、西昆诗人

西昆一派,历来论者甚夥,早在 1937 年千帆先生就有《西昆派评述》一文专门论述。多年来,《西昆酬唱集》及其相关问题成为一时显学,各种著述不

① 《全宋诗》第 2 册,第 678 页。
② 陈植锷《试论王禹偁与宋初诗风》。

断涌现,仅笺注本就有三种:清周桢、王图伟注《西昆酬唱集》①、郑再时笺注《西昆酬唱集笺注》②、王仲荦注《西昆酬唱集注》③。各种专著专论更是数不胜数,专著有曾枣庄《论西昆体》④,周益忠《西昆研究论集》⑤,傅蓉蓉《西昆体与宋型诗建构》⑥,张明华《西昆体研究》⑦等。专题论文数十篇,其中比较重要的除上述程先生的早期论文外,还有杨牧之《〈西昆酬唱集〉刍议》⑧,陈植锷《西昆酬唱诗人生卒年考》⑨,金启华《西昆体评介》⑩,吴小如《"西昆体"平议》⑪,肖瑞峰《重评〈西昆酬唱集〉中的杨亿诗》⑫,曾枣庄《〈西昆酬唱集〉诗人年谱简编》⑬,曾枣庄《〈西昆酬唱集〉的思想倾向》⑭,曾枣庄《西昆十题》⑮,祝尚书《论后期"西昆派"》⑯,池泽滋子《钱惟演与〈西昆酬唱集〉》⑰,此外相关学位论文近十部。凡此种种,皆可见这一问题研究的深入与全面,在此仅就与咏史诗相关的内容,从宋代咏史诗发展的角度略作申说如下。

首先是关于《西昆酬唱集》的思想内容问题。自宋代以来,就有只重典故、偶对而内容贫乏的观点,早期文学史一般都认为"毫无内容"⑱、"内容单薄,情感虚假"⑲。自二十世纪八十年代以来出版了一系列的《西昆酬唱集》

① 清周桢、王图伟注《西昆酬唱集》,上海古籍出版社,1985年。

② 郑再时笺注《西昆酬唱集笺注》,齐鲁书社,1986年。按,此为郑氏遗作,自序作于1947年,书末自注:"甲申(1944)九月十二日灯下注毕。自己卯至此,六阅寒暑矣,而世事牵累,群魔交至,悲哉!"可见此书始于三十年代末,略晚于王仲荦读书之时,而完成时间早于后者三十多年。郑氏于1933年《归纳》杂志第2、3期发表《西昆酬唱集诸诗人年谱合编》一文,即称:"余注《西昆酬唱集》既卒业,复辑诸人事迹合编云云。"据此,此书完成或更早。

③ 王仲荦注《西昆酬唱集注》,中华书局,1980年。

④ 曾枣庄《论西昆体》,台湾丽文文化公司,1994年。

⑤ 周益忠《西昆研究论集》,台湾学生书局,1999年。

⑥ 傅蓉蓉《西昆体与宋型诗建构》,文汇出版社,2004年。

⑦ 张明华《西昆体研究》,人民文学出版社,2010年。

⑧ 杨牧之《〈西昆酬唱集〉刍议》,《读书》1982年第4期。

⑨ 陈植锷《西昆酬唱诗人生卒年考》,《文史》第21辑,1983年。

⑩ 金启华《西昆体评介》,《齐鲁学刊》,1985年第3期。

⑪ 吴小如《"西昆体"平议》,《文学评论》,1990年第5期。

⑫ 肖瑞峰《重评〈西昆酬唱集〉中的杨亿诗》,《文学遗产》1984年第1期。

⑬ 曾枣庄《〈西昆酬唱集〉诗人年谱简编》,《宋代文化研究》第三辑,1993年。

⑭ 曾枣庄《〈西昆酬唱集〉的思想倾向》,《中国典籍与文化论丛》第二辑,中华书局,1995年。

⑮ 曾枣庄《西昆十题》,《国学研究》第四卷,北京大学出版社,1997年。

⑯ 祝尚书《论后期"西昆派"》,《社会科学研究》2002年第5期。

⑰ 池泽滋子《钱惟演与〈西昆酬唱集〉》,章培恒主编《中国中世文学研究论集》下册,上海古籍出版社,2006年,第1371—1397页。

⑱ 中国科学院文学研究所文学史编写组编写《中国文学史》,人民文学出版社,1962年,第2册,第553页。

⑲ 游国恩主编《中国文学史》,人民文学出版社,1981年,第3册,第17页。

笺注成果,这些笺注成果逐渐试图改变这样的评价,认为《西昆酬唱集》中也是有深意的。而这种倾向的始作俑者大概是郑再时,在其《西昆酬唱集笺注·自序》中开宗明义,说得非常清楚,此段文字虽较多,但不见诸家征引,故表而出之:

> 《关雎》小序曰:"诗者,志之所之也,在心为志,发言为诗。情动于中而形于言,言之不足,故嗟叹之,嗟叹之不足,故永歌之。上以风化下,下以风刺上,主文而谲谏,言之者无罪,闻之者足以戒。"其于诗也,论之详矣。后世为之者,组织风云月露,联缀成章,即使句皆池塘春草,篇尽空梁燕泥,于风人之旨,谓之何哉? 千年来评西昆诗者,但取其丽辞,与玉溪生字比句较,玉溪之诗,既经后人注出当时事实,非徒空言,而西昆则无问其意旨安在者。余窃疑之,乃搜讨出典,以明其辞,考核时事,以显其意。久之,辞意略备,可观览矣。间尝论之曰:此集大年唱、馀人和者十九,主宾判然。夫大年者,十一岁应童子试,即抱清忠之志。景德间契丹侵澶,朝廷皇惧无措,大年独与寇莱公力主北伐,及刘后之立,真宗欲得大年草制,使丁谓谕旨,谓且以不忧不富贵相勉。大年竟不奉诏,真宗不豫,恐女后秉国,奸人乱政,密与莱公表请太子监国,几罹于祸,当时若王旦、寇准、张咏辈,皆深相器重。徒以耿直之故,屡犯主颜,又遭王钦若、陈彭年等谮诉得行,郁郁不得申其志。然志不可终阏,发而为诗,即此集。是非情动于中而行于言邪? 集中若受诏修书诗之显然,固无他论,他如《代意》、《禁中鹤》、前后《无题》、《直夜》、《怀旧居》、《因人话建溪旧居》、《属疾》等题,随处可见其感慨寄托。而晁迥清风之慰勉有加,刘筠《宋玉》诗"曾伤积毁"一联,尤不啻为全集脚注。非言之不足而嗟叹之永歌之邪? 至《汉武》《明皇》,深刺封禅之缪,非主文而谲谏邪? 顾后之人,不究其迹,仅取字句之似玉溪者,咀嚼之,指摘之,是何异弃精英而啜糟粕,留木牍而返明珠。因之糟粕失精英而乏味,木牍离明珠而减色。又谁之过与? 写粗定,略举余注此集之大意于简端。①

郑氏认为《西昆酬唱集》中的诗或杨亿的诗,颇有"意旨",其依据有二:一是比拟义山,义山诗与"当时时事"有关,"非徒空言"而有深意,从而认为西昆

---

① 郑再时《西昆酬唱集笺注》卷首,第15页。

诗亦当如此；二是杨亿"耿直"，"抱清忠之志"，"屡犯主颜，又遭王钦若、陈彭年等谮诉得行，郁郁不得申其志。然志不可终闷，发而为诗"，因此《西昆酬唱集》即是这种郁郁之志的表现，进而推论这些诗必有隐情，因此致力于挖掘其背后的"感慨寄托"及"谲谏"。

这两点根据是有问题的。第一点，义山诗固然有深意，但即使是注义山诗者，难以坐实处亦颇多，好奇好胜者如朱鹤龄、吴乔诸人，难免捕风捉影、牵强附会，造成"楚天云雨尽堪疑"①的局面，这本身就是值得警惕的。更何况，西昆诗与义山诗并不是一回事，千帆先生早已指出西昆诗和义山诗的不同："首先得说到的是他们的诗产生的社会背景是不同。唐末政治混乱，社会黑暗，人心烦闷，因而生活趋于声色享乐方面，产生了义山他们这一派华藻浮艳的诗。……反观西昆诸人所处的时代，却正是一个新朝的开始。群众当久乱之后，所需要的是安稳与和平；统治者也需要政治与思想的统一。这种时光，文学当然是粉饰太平的工具，卫道的工具。""次则是他们的个人环境也不同。义山身丁乱离，贫贱羁旅，身世之感，自是极重。故他的诗虽然穿了使人炫目的外衣，内质也并不缺乏使人同感的情绪。因此就形成了他作品的完美。但西昆诸人皆身处太平之世，居'清要'之位，丰衣足食。故他们在外表上虽竭力描摹义山，而内中的情绪却是一种不过假造人为的东西，自然是差得多了。"②正是因为社会背景与个人环境的不同，西昆诗人学习义山也主要是其辞采华丽、典雅细密的艺术技巧，至于深入发掘义山诗的感慨寄托，是从清代才大规模开始的，所以将西昆诗比附义山诗，并不符合历史事实。按照这样的思路走下去，肯定会比清人注义山诗的偏颇更大。

第二点，则明显有因敬仰杨亿人品而推崇其诗的嫌疑。仅就郑氏在上文罗列的杨亿行迹，其中只有"独与寇莱公力主北伐"之事在《西昆酬唱集》成书（1008 年）之前，其馀所谓册封刘后等等，均在成书之后，杨亿何以能预将后来之感慨寄寓于此前的诗作之中？这明显是郑氏不顾历史事实，因推重杨亿其人，故而臆断清忠耿介之士的作品必然会有感慨寄托和讽谏。杨亿其人，只是一般的旧式官员而已，绝不能脱离他所处时代和身份的局限。较之之前或同时的田锡、王禹偁、寇准、张咏等人，尚有不及之处，故不可过于拔高，比如不满封禅之事，更是以己度人、以今律古之见。

虽然郑氏上述观点有一些不妥之处，但后来人也有不少人持类似观点，

---

① 李商隐《有感》诗，刘学锴、余恕诚著《李商隐诗歌集解》，第 1651 页。
② 程千帆先生《西昆派述评》，原载《文艺月刊》第七卷第六期（1935 年），又见《二十世纪中国文学研究论文选·宋代卷》，第 370 页。

如王仲荦先生,在其《西昆酬唱集注·前言》中也有类似的一段话:

> 这一部诗集的结集,正是在大中祥符元年的秋天。这一年的开春,宋真宗正听从了王钦若等的进言,伪造了一幅黄帛天书,挂在宫城的左承天门上。同年冬天,宋真宗还亲去泰山,举行封禅大典。接着而来的是在首都和各地大兴土木,赶造许多宫观,来求神仙,求子嗣。这种祠神求仙的歪风,早在景德末年就开始刮起来了,作为帝王文学侍从之臣的杨亿、刘筠等是不会不觉察到这一点的。所以他们的这部《西昆酬唱集》里,象《汉武》、《明皇》、《南朝》等诗篇中,曾借古讽今,在一定程度上,反映了他们不同意宋真宗这种求仙祀神,大兴土木的做法。这些诗篇,在当时统治阶级文坛上,不能不说是具有一定史料价值的作品。①

王先生这里同样难免附会的嫌疑,虽然《西昆酬唱集》的结集是在大中祥符元年的秋天,伪造天书是在成书之前,但封禅以及大兴土木是在成书之后,所以王先生加了一句"这种祠神求仙的歪风,早在景德末年就开始刮起来了",然而西昆诗的写作过程却是经历三四年的时间的,据曾枣庄先生考证②,上述这些"具有一定史料价值的作品",如《汉武》《明皇》《南朝》等,均作于景德二年和三年,也就是写于封禅大典、大兴土木之前,比"景德末年"也要早。所以将这些诗与这些史实联系起来,也不是很妥当。并且"祠神求仙",为皇族求子嗣,尤其是封禅泰山之事,以现代眼光看来是迷信无知、劳民伤财的举动,但在当时人看来,也不一定是所谓的"歪风",倒是盛世的体现,早在太宗之时,正直如田锡、王禹偁等人都曾有请求举行封禅大典的言论。因此说杨亿等人在诗中反对封禅、求仙祀神、大兴土木的做法也未必符合实际。

关于《西昆酬唱集》思想内容的重要直接论述,集中在曾枣庄先生的一系著述中,同样继承了郑再时、王仲荦两位前辈的思路,试图挖掘西昆诗的思想内涵,主要体现在其《〈西昆酬唱集〉的思想倾向》一文中,关于此集中无题诗、感时述怀诗饱含一些感慨的分析还是比较中肯的,较之此前认为这些诗毫无思想内容是一个进步。然而关于咏史诗的论述也不免牵强。此文首先从《西昆酬唱集》因"辞涉浮华、玷于名教"而被禁说起,在详细分析杨亿、

---

① 宋杨亿编,王仲荦注《西昆酬唱集笺注·前言》,中华书局,1980年,第3页。
② 曾枣庄《西昆十题》,《国学研究》第四卷,北京大学出版社,1997年。

刘筠、钱惟演的三首《宣曲二十二韵》诗,认为陆游、郑再时等人将这三首诗所咏对象坐实的做法不妥,而是认为:"只要我们不把《宣曲》三诗作为刘、杨二妃的传记读,而是仅仅作为借古'寓讽'的文学作品读,这一结论还是可以成立的。此诗的价值还不仅仅在于借古以讽今,而且更在于描述了整个封建社会宫女的共同命运,对他们寄予了深切的同情。"①论说杨亿等人对宫女"寄予了深切的同情"之说明显有"拔高"的嫌疑,姑且不论。仅就《宣曲》诗与当时真宗"诏散乐伶丁香昼承恩幸"等宫廷秘事相联系,本起自于王钦若等人的构陷,这是不争的事实。杨亿等人在公开流行的诗中津津乐道当今皇帝的掖庭之事,既没有必要,也没有胆量。就前者而言,掖庭中不合礼法之事,历代君王均有之,杨亿等人自然没必要大做文章,如果确实需要向皇帝进言,自然可以像同时张咏等人直言极谏,这样隐幽的讽谏,则有失为臣之道、敦厚之旨;就后者而言,此事非同小可,从陆游的记述中我们可以感受到此事的严重性,作为深荷皇恩的杨亿等人,自然不必给自己无端找麻烦。因此关于此诗理解,沿着王钦若等人的思路走下去,终是不妥。如果将今人的价值观念强加于古人,失之更远。

然后曾先生对《西昆酬唱集》中的咏史诗作了专门的论述,较之无题诗以及感时述怀诗,在咏史诗中挖掘出的讽谏之意较少,如对杨、刘、钱三人的《汉武》诗详细分析之后,言:"《汉武》诸诗旨在借古讽今,要真宗以此为戒,但真宗在王钦若、丁谓怂恿下反而伪造天书、东封泰山、西祀汾阴、南谒亳州,大建太清昭应宫。学术界多以这些史实坐实《西昆集》中的咏史诗,这是不对的,这些诗都作于东封泰山以前,但月晕而风,础润而雨,先兆是有的。杨、刘诸人在秘阁编《历代君臣事迹》,触古感今,故借咏史以作讽谏,但未起到应有作用。"②曾先生在承认这些诗作均作于东封泰山之前,认为不能以这些史实坐实相关诗作,接下来就如同王仲荦先生将祠神求仙之风提前到景德末年一样,而认为这些事都是有先兆的,杨亿诸人正是敏锐地感觉到了这种先兆而在诗中讽喻,这本身又是另一种坐实。封禅本是封建王朝的一项重要政治活动,也是太平盛世的重要表征,作为太平盛世受益者的杨亿诸人对封禅等的态度到底有没有反对都是值得讨论的问题,因此我们没有必要挖掘杨、刘等人这些咏史诗政治意义。即使挖掘,也接近捕风捉影,所得甚少。而这些诗的讽谏作用在当时未起到作用也就不足怪了。

---

① 曾枣庄《〈西昆酬唱集〉的思想倾向》,第86页。
② 同上书,第97页。

再如对《旧将》诗的分析,开门见山地说:"《旧将》表面是咏史,实际是感叹宋王朝闲置旧将。"①接下来分析这首诗,"颈联(指'新丰酒满清商咽,武库兵销太白低')连用新丰酒满,武库兵销,清商悲咽,太白低沉,皆喻宋王朝建立后的重文轻武"②,又引用杯酒释兵权的史实,指出"它使宋王朝未再出现唐代的藩镇割据,但也造成整个宋代畏敌如虎,对外妥协投降。杨亿等人受诏修书的前一年,契丹大举攻宋,群臣纷纷主张迁都,赖寇准(包括杨亿)力主抵抗,虽获胜而仍签订了岁给金帛的澶渊之盟。杨亿诸人的《旧将》显然是有感于此而发"③。关于杨亿此诗,首先不考虑其深意,完全没有问题,因为战争结束,原来驰骋沙场的将领变成治理国家的官员,历朝历代均如此,而这种角色转换带来的不适应感,也是很自然的。宋王朝的重文轻武,这种国策在宋代文人看来正是值得夸耀自豪的一点,是文明的进步的体现。作为既得利益者,怎么会批评呢? 其次,当时这样的国策还没有充分显示出其弊端,杨亿等人的预见性和洞察力也绝不至于如此之高,以至于作诗讽喻。因此这种与时代背景的联系总是稍显牵强,很难让人信服。另外,池泽滋子有多篇论文分析钱惟演诗的深层内涵,关于身世之感的分析还是有些道理的,但是也难免求之过深的嫌疑。限于篇幅,兹不赘论。

《西昆酬唱集》中咏史诗的思想内涵,在三个笺注本以及曾枣庄等先生的论著中都有非常详细的分析和论述,上文只就相关论述中笔者认为不妥之处,稍作申述。总之,《西昆酬唱集》中,因杨亿与王钦若截然不同的个性而使得私人恩怨深重等原因,无题诗、感时述怀诗的感慨寄托虽或有之,较之早期对西昆诗的研究,这是一种深入和进步,而咏史诗的针砭时弊,"托微词以荡涤真宗之心"④实不多见,过于强调这一方面,拔高西昆诗人的思想觉悟,又有矫枉过正之嫌。⑤有鉴于此,我们只需把西昆诗人的咏史诗作为

---

① 曾枣庄《〈西昆酬唱集〉的思想倾向》,第 101 页。

② 同上书。

③ 同上书,第 101—102 页。

④ 曾枣庄先生对《西昆酬唱集》主旨的概括见氏著《〈西昆酬唱集〉的思想倾向》(第 111 页)。

⑤ 对于西昆诗的思想内容,近期发表的涉及西昆诗人的一些文章,也大概表达了与笔者大体一致的倾向,如李强先生《杨亿:从"盛世符瑞"到西昆诗人》一文认为"近十几年出现了不少替西昆体正名的学术声音,笔者认为,部分研究工作有过度阐释的嫌疑。利用诗歌托怨,确是西昆体诗歌的重要价值取向,但如果一定把《西昆酬唱集》里的诗歌与宋真宗封禅泰山联系起来,则可能未必然。"(《江淮论坛》2011 年第 1 期)罗争鸣《〈西昆酬唱集〉的道教底色》一文指出:"至于对《汉武》等唱和诗借古讽今,反对真宗崇道的解读,笔者认为存在一定误读。"(《武汉大学学报》人文科学版,2012 年第 1 期)两位学者均从不同的角度对西昆诗中的咏史诗的讽喻意义表达了不同看法,可供参考。

诗人互相酬唱、切磋诗艺的一般意义上的咏史之作即可,或许更应该关注这些诗作艺术上的成就和意义。

其次是关于《西昆酬唱集》的艺术评价问题。西昆诗人学习李商隐,主要还是着眼其艺术技巧方面①,如《西昆酬唱集》杨亿序云:

> 余景德中,忝佐修书之任,得接群公之游。时今紫微钱君希圣、秘阁刘君子仪,并负懿文,尤精雅道,雕章丽句,脍炙人口。予得以游其墙藩而咨其模楷,二君成人之美,不我遐弃,博约诱掖,置之同声,因以历览遗编,研味前作,挹其芳润,发于希慕,更迭唱和,互相切劘。②

《韵语阳秋》卷二云:

> 咸平、景德中,钱惟演、刘筠首变诗格,而杨文公与王鼎、王绰号江东三虎,诗格与钱、刘亦绝相类,谓之西昆体,大率效李义山之为丰富藻丽,不作枯瘠语。故杨文公在至道中,得义山诗百余篇,至于爱慕而不能释手,公尝论义山诗以谓:"包蕴密致,演绎平畅,味无穷而炙愈出,钻弥坚而酌不竭,使学者少窥其一班,若涤肠而洗骨。"是知文公之诗有得于义山者为多矣。又尝以钱惟演诗二十七联,如"雪意未成云着地,秋声不断雁连天"之类,刘筠诗四十八联,如"溪笺未破冰生砚,炉酒新烧雪满天"之类,皆表而出之,纪之于《谈苑》,且曰:"二公之诗,学者争慕,得其格者,蔚为佳咏,可谓知所宗矣。"文公钻仰义山于前,涵泳钱、刘于后,则其体制相同,无足怪者。③

从这两段文字我们可以看出,以杨亿为代表的西昆诗人主要是得力于对李商隐的学习,而关注的重点则是"雕章丽句"、"丰富藻丽,不作枯瘠语"以及"包蕴密致,演绎平畅",大概前者指辞采方面,后者指用典方面,都是艺术技巧、风格层面。在《西昆酬唱集》中的咏史诗,杨亿诸人甚至题材都对义山诗亦步亦趋,如"南朝"、"宋玉"即是义山旧题,其他如义山诗有"少将"、"咸阳"、"茂陵"等题,西昆诗则有"旧将"、"成都"等题,其沿袭和模拟之迹甚明。而对于这种学习的评价,长久以来也是言人人殊,聚讼不已。客观公正地对

---

① 对这一问题的充分深入理解,也有利于对待西昆诗的讽刺寄托有更为客观的认识。

② 《西昆酬唱集注》卷首。

③ 宋葛立方撰《韵语阳秋》卷二,上海古籍出版社1984年影宋刻本。

待这个问题,需要从两个层面来看:

一是纵向比较的层面,即西昆诗与义山诗的比较。吴小如先生曾有比较允当的论述:

> 就诗体言之,他们(按:指杨亿、刘筠等人)之学李商隐,亦仅学其一体而已。但李商隐的七律,写法原是多种多样,有用典的,也有不用典的。在用典的七律中,用僻典的毕竟还是少数。至于不用典的,有时反而比用典的诗更难懂。而《西昆酬唱集》里的七律,主要是学李商隐那种句句都用典的。……因此,所谓"西昆体"并不能同李商隐的全部诗作划等号。盖杨亿诸人都是只学这一种做法的。即使从继承的角度看,"西昆体"作家已经把自己的作品送入羊肠窄径,钻进了牛角尖。而其主要的病痛即在于学而未变。这正是"西昆体"的致命伤。①

这样的评价是比较中肯的。广为流传的优人"扯挦"之讥,也正是着眼于这个层面。因此,与李商隐比,才学兼备的西昆诗人的模拟之作,无论如何都难免次一等的命运。

二是历史发展的层面。从平行比较的层面看,西昆体诗的意义确实是有限的。然而从宋诗发展的层面看,结论则不同。西昆体前有白体流行,后有宋调成型,是宋诗发展中承前启后的重要环节。

从西昆体与白体的关系来看。文学史著作多认为是杨亿等人不满白体而作西昆,是对白体的一种反动。实则陈植锷先生的观点似乎更符合文学发展的实际,即"把白氏元和体唱和诗风看作昆体唱和的滥觞,或者说西昆体乃是元和体的一个变种"②。换句话说,西昆体也是在白体的土壤中滋生起来的,西昆体仍然属唱和诗的范畴,是宋初开始的唱和诗风的产物,而《西昆酬唱集》的结集也是与当时编集唱和诗集的时代风气相通的,如《翰林酬唱集》《二李唱和集》等。在宋初白体风靡文坛的情况下,白体诗的写作已经成了官场上的一种重要交际方式,甚至可以因此获得加官进爵的机会,在这样的利益驱使下,欲求入仕的年轻读书人怎能不认真学习呢? 从《西昆酬唱集序》以及上文所引《韵语阳秋》的相关内容,我们也可以得知杨亿在学习李商隐以及遇到钱、刘之后诗学思想才开始发生变化的,之前所学盖为白体

---

① 吴小如《"西昆体"平议》,《文学评论》1990 年第 5 期。
② 陈植锷《试论王禹偁与宋初诗风》,《中国社会科学》1982 年第 2 期。

诗。而写作西昆体诗的一些诗人,包括杨亿,早年都曾与白体诗的代表诗人有过密切的交往以及写作白体诗的经历,对此前人已有专文论述①。表现在咏史诗中,杨亿早期的咏史诗大致不脱白体诗的范围,如见于《武夷新集》的《建溪十咏·梨山庙》《建溪十咏·勤公亭》《读史学白体》等诗,兹录《读史学白体》诗如下:

> 易牙昔日曾蒸子,翁叔当年亦杀儿。史笔是非空自许,世情真伪复谁知。②

不仅题中明确标注学白体,内容明了晓畅,语言通俗易懂,表达直露畅达,全然是白体的写法。与王禹偁的《读史记列传》诗极其相似,王诗云:

> 西山薇蕨蜀山铜,可见夷齐与邓通。佞幸圣贤俱饿死,若无史笔等头空。③

从思想内涵到语言风格、表达方式,均如出一辙。从这种相似之中,我们对杨亿这位典型的西昆诗人的诗学轨迹有了更为清晰的认识。但随着宋代重文国策的实行,学术风气以及学术水平到了真宗年间已经有了很大的转变,这种风气熏染出的读书人由于自身学识和才力的提高,已经不满足于白体诗的写作了,这是对白体诗的一种提升而不是反动。所谓"无唐末五代衰飒之气"④,"五代以来,未能有其安雅"⑤,或即着眼于此。

从西昆体与之后作家的关系来看。西昆体诞生后,产生了很大的影响,所谓"风采耸动天下,至今使人倾想"⑥,并得到了广泛的好评,欧阳修云:

> 杨大年与钱、刘数公唱和。自西昆集出,时人争效之,诗体一变;而

---

① 张鸣《从"白体"到"西昆体"——兼考杨亿倡导西昆体诗风的动机》,《国学研究》第三卷;傅蓉蓉《论杨亿与王禹偁诗学思想之离合及西昆体之诞生》,《中国韵文学刊》2001 年第 2 期。

② 《全宋诗》第 3 册,第 1367 页。

③ 《全宋诗》第 2 册,第 723 页。

④ 《四库全书总目》卷一百五十二《武夷新集》提要,清永瑢等撰《四库全书总目》,中华书局,1965 年,第 1307 页。

⑤ 清刘熙载撰《艺概》卷二,清刘熙载撰、袁津琥校注《艺概注稿》,中华书局,2009 年,第 316 页。

⑥ 《后村诗话》载欧阳修答蔡襄语,宋刘克庄撰,王秀梅点校《后村诗话》,中华书局,1983 年,第 22 页。

> 先生老辈患其多用故事，至于语僻难晓，殊不知自是学者之弊，如子仪《新蝉》云："风来玉宇乌先转，露下金茎鹤未知。"虽用故事，何害为佳句也！又如"峭帆横渡官桥柳，迭鼓惊飞海岸鸥"，其不用故事，又岂不佳乎？盖其雄文博学，笔力有馀，故无施而不可，非如前世号诗人者，区区于风云草木之类，为许洞所困者也。①

这段话明显表现出欧阳修对杨亿等西昆诗人及其创作的推重之情，虽然无法回避西昆诗"多用故事至于语僻难晓"的问题，然而回护的倾向十分明显，以"学者之弊"为其辩解，表现出对这一点并不以为意，并指出杨、刘诸人，无论是否用故事，都能写出佳句，"雄文博学，笔力有馀，故无施而不可"，欣赏之情溢于言表。正是这样的看法和态度，使北宋后来的欧阳修、梅尧臣、黄庭坚，都与西昆诗有着千丝万缕的联系，吴小如先生曾指出，欧阳修早期诗作中即有若干模仿"西昆体"或者根据"西昆体"的艺术特点写成的近体诗，而且写得相当好，如七律《柳》，几乎每句用典，却无西昆诸家堆砌之病。②而梅尧臣亦曾与钱惟演为忘年交，相与酬倡③。朱弁称黄庭坚"乃独用昆体工夫，而造老杜浑成之地"④，方回云："山谷之奇，有昆体之变，而不袭其组织。"⑤总之，昆体诗对其后的多位宋诗大家均有重要影响。

综上，西昆体诗歌在艺术上虽然较之义山诗尚有诸多缺陷，但置之于宋诗发展的进程中，我们可以看到其对宋诗品格的提升，对宋诗后来的发展，都有着非常深远的意义。

咏史诗的发展，是与宋诗的发展进程一致的，而咏史诗又是《西昆酬唱集》非常重要的一类题材，因此，西昆体诗对宋代咏史诗题材的开拓以及艺术的提升都有积极的贡献。就题材开拓而言，秦始皇、汉武帝、唐明皇等都是宋代咏史诗中非常重要的题材，宋代关于秦始皇的诗作近 40 首，即始于西昆诗人的唱和，关于汉武帝的诗作近 50 首，在刘、杨唱和之前只有一首怀

---

① 宋欧阳修撰，郑文校点《六一诗话》，人民文学出版社，1962 年，第 13 页。

② 吴小如《"西昆体"平议》。

③ 见《宋史》卷四百四十三《梅尧臣传》，第 37 册，第 13091 页。

④ 宋朱弁撰，陈新点校《风月堂诗话》卷下，中华书局，1988 年，第 112 页。按：这一观点虽然不为金人王若虚所认同（金王若虚撰、陈新点校《滹南诗话》卷下，人民文学出版社，1962 年，第 87 页），却深为清王士禛激赏，认为"此语入微，可以知者道，难为俗人言"（清王士禛撰、湛之点校《香祖笔记》卷十二，上海古籍出版社，1982 年，第 228 页）。

⑤ 黄庭坚《咏雪呈广平公》诗下方回评语，见元方回选评、李庆甲集评校点《瀛奎律髓汇评》卷二十一，上海古籍出版社，1986 年，第 886 页。

古绝句。宋代有关唐明皇的诗作 110 馀首，而西昆体之前，仅有宋白的几首白体《宫词》，从中足见西昆诗人对宋代咏史诗题材的开拓之功。至于艺术品位的提升，在比较中则可以一目了然：

> 汉武年高慢帝图，任人曾不问贤愚。直饶四老依前出，消得江充宠佞无。（李九龄《望思台》）①

> 高挹方诸荐水仓，醮坛时见烛神光。日边甲帐虽虚设，汾上楼船不可忘。盘概碧霄甘露白，鼎迁幽壤瑞云黄。东巡岱岳探金策，倒指宁闻寿数长。（刘骘《汉武》）②

《望思台》直指武帝之昏庸，江充之奸佞，称即使四皓再次出山亦无济于事，表达直接明了，以散笔单行议论说理，语言浅近平易，表意直露无隐，不太讲究辞藻、属对等艺术技巧，仅为齐整之文、有韵之辞而已。而《汉武》写武帝封禅、求仙，却不直陈其事，代之以描写：方诸高挹，醮坛神光，仙掌承白露，宝鼎现黄云，以描写为叙事；论求仙封禅之虚妄，亦不明言，而称甲帐虚设，楼船不忘，倒读金策，则虚妄之意自明，乃以叙事为议论。另外，此诗属对工致，颈联尤佳，取汉武设铜盘以承露、迁宝鼎于帝庭两件神异之事相对，不仅性质相似，且盘通碧霄，鼎出幽壤，一上一下，一至高，一至深；铜盘承白露，宝鼎招黄云，白露与黄云，均史有明文，颇为允当，且色彩艳丽，交相辉映。通过种种手法，使此诗色彩斑斓，画面鲜亮，情思含蕴，在艺术效果远远高于前诗。

再如宋白的《宫词》有八、九首写唐明皇，《西昆酬唱集》中，杨亿、刘筠钱、惟演均有咏明皇之作：

> 骠国朝天进乐时，宫商依约似龟兹。教坊风便伶官俊，全曲偷将并不知。（宋白《宫词》其三六）③

> 绣骑前驱尽国娃，芳园初看牡丹花。千官狼狈如蜂蝶，回避杨妃七宝车。（宋白《宫词》其六九）④

> 骊山讲武六师回，日月旗高过苑来。鞭入夹城箫鼓动，材林轻骑闹

---

① 《全宋诗》第 1 册，第 266 页。
② 《全宋诗》第 2 册，第 832 页。
③ 《全宋诗》第 1 册，第 283 页。
④ 同上书，第 285 页。

如雷。(宋白《宫词》其八三)①

　　玉牒开观检未封,斗鸡三百远相从。紫云度曲传浮世,白石标年凿半峰。河朔叛臣惊舞马,渭桥遗老识真龙。蓬山钿合愁通信,回首风涛一万重。(杨亿《明皇》)②

　　岁岁南山见寿星,百蛮回首奉威灵。梨园法部兼胡部,玉辇长亭复短亭。河鼓暗期随日转,马嵬恨血染尘腥。西归重按凌波舞,故老相看但涕零。(刘筠《明皇》)③

　　山上汤泉架玉梁,云中复道拂瑶光。丝囊暗结三危露,翠幰时遗百和香。枉是金鸡亲便坐,更抛珠被掩方床。匆匆一曲凉州罢,万里桥边见夕阳。(钱惟演《明皇》)④

如上文所述,宋白的《宫词》是比较典型的白体诗,篇幅短小,诗意浅近直露,以鼓舞升平为基调,杨、钱、刘三人之作,是典型的西昆体,篇幅容量扩大,诗意绵密蕴藉,用事精确,对偶切当,不仅更为精致典雅,尤为可贵的是,感情基调上,已经不再一味地歌时颂圣了,增加了许多理性的思考,深沉厚重了很多。虽然西昆诗人的思想仍然是单薄的,以汉武诗为例,刁衍、钱惟演、任随、李宗谔、刘筠、杨亿均有创作,但吟咏内容均不出汉武之奢华、求仙、出塞三事,但在艺术上的提升和进步是与作者文化素养、艺术修养、审美趣味的提升密不可分,是宋诗脱离晚唐五代风貌而自树立的必要的过程。诗歌艺术上的基本训练和素养,为后来的诗人提供了丰富的经验,如宋庠、宋祁、黄庭坚均从西昆获益颇多,足见西昆体诗在宋诗发展史上的重大意义。

　　总之,在对西昆诗人及西昆体诗的在思想内涵以及艺术评价整体把握的基础上,我们对昆体咏史诗有了这样的认识:首先昆体咏史诗所蕴含的政治见解、讽谏微词不能过多地拔高,较之田锡、王禹偁等人咏史诗反映出的更具时代特点的沉吟呐喊还有很大的差距。但其中增加了更为深沉理性的思考,是值得肯定的。但西昆诗人以其学识修养,通过对李商隐诗歌的学习,使宋代咏史诗在题材开拓、格调提升以及艺术锻炼等方面取得了很大的成就,是宋人汲取唐诗养料提升宋诗水平的有益尝试,从而把宋代咏史诗的艺术水平向前推进了一大步。

---

① 《全宋诗》第 1 册,第 286 页。
② 《全宋诗》第 3 册,第 1403 页。
③ 《全宋诗》第 2 册,第 1269 页。
④ 同上书,第 1059 页。

第三节　宋型化的基本完成

经历了北宋前期的沉潜,从五代入宋的诗人逐渐退出文坛,一批北宋建国后出生、具有宋代特色的士大夫诗人群体逐渐形成,从而使宋代文学的特征逐渐显现出来。这一阶段的咏史诗创作,改变了宋初斑驳庞杂的面貌,出现了能够体现宋代士大夫理想和追求的咏史之作。这些作品不再是浮光掠影、无病呻吟,而是渗透着宋代士大夫的思想探索,体现着宋代士大夫的精神面貌,如范仲淹、梅尧臣的创作,也包含着宋代诗人求新自立的艺术追求,如宋庠、宋祁的创作。前者是田锡、王禹偁一路的承续与发展,后者是西昆诗人的深化与新变,二者从思想探索与艺术创新两个方面分别呈现出宋代咏史诗的宋型特征。

一、范仲淹

范仲淹(989—1052),字希文,吴县(今江苏苏州)人。出生在一个下层官僚家庭,早年生活极其艰辛,二岁而孤,常称自己"起家孤贫"[1]、"布素寒姿"[2]。成年后,发愤苦读,"昼夜不息,冬月惫甚,以水沃面。食不给,以糜粥继之,人不能堪,公不苦也"[3]。在此期间,范仲淹有两方面的收获:一是极其恶劣的生存环境历练了他坚毅执着的品格、无所畏惧的精神。这与其日后在激烈的政治斗争中始终能够保持一种刚毅凛然的姿态密不可分,曾以灵乌自喻,自言"宁鸣而死,不默而生"[4];二是奠定了他儒家思想的基础,如欧阳修所说,"大通六经之旨,为文章论说,必本于仁义"[5]。

集国士、学者、诗人于一身的范仲淹,咏史诗不多,但绝无空文,因自幼受儒家思想熏陶,胸怀兼济之志,故而咏史诗与当时的政治形势、个人理想有着紧密的联系。朱熹云:"国初人便已崇礼义、尊经术,欲复二帝三代。"[6]余英时先生指出:"所谓'欲复二帝三代'的意志一直要等到仁宗朝才显示出

---

① 宋范仲淹撰《范文正公文集》卷十六《润州谢上表》,《范仲淹全集》,第390页。
② 宋范仲淹撰《范文正公文集》卷十七《谢转礼部侍郎表》,《范仲淹全集》,第423页。
③ 佚名《宋太师中书令兼尚书令魏国公文正公传》,《范仲淹全集》,第850页。
④ 宋范仲淹撰《范文正公文集》卷一《灵乌赋并序》,《范仲淹全集》,第8页。
⑤ 宋欧阳修撰《欧阳修全集》卷二十一《资政殿学士户部侍郎文正范公神道碑铭》,第332页。
⑥ 宋黎靖德编、王星贤点校《朱子语类》卷一百二十九,中华书局,1986年,第3085页。

来。"①然后依次选取石介、尹洙、欧阳修、李觏四个有代表性的言论,加以说明。他们"都出生在 11 世纪的初年,他们的活动时期也都在仁宗一朝。在政治思想方面,他们都同有超越汉唐,复归'三代'的明显倾向。"②仁宗初年这种"回向三代"的思潮中,范仲淹无疑是其中非常重要的组成部分,他所策划主持的庆历新政,正是实施这一理想的初步实践。在其咏史诗创作中,这种"回向三代"的政治理想也有明显的体现,如其《咏史五首》诗云:

> 纯衣黄冕历星辰,白马彤车一百春。莫道茅茨无复见,古今时有致尧人。(《咏史五首·陶唐氏》)③
>
> 成都成邑即天开,终践尧基咏起哉。但得四门元凯至,九韶何必凤皇来。(《咏史五首·有虞氏》)④
>
> 景命还将伯益传,九川功大若为迁。讴歌终在吾君子,岂是当时不让贤。(《咏史五首·夏后氏》)⑤
>
> 履癸昆吾祸莫移,应天重造帝王基。子孙何事为炮烙,不念嘻吁祝网时。(《咏史五首·商人》)⑥
>
> 斧钺为藩忍内侵,商人涂炭奈何深。不烦鱼火明天意,自有诸侯八百心。(《咏史五首·周人》)⑦

范仲淹咏史诗不多,却专门吟咏二帝三代,十分值得注意,尤其推尊尧舜,而以"茅茨复见"、凤凰来仪为愿景,以仁政惠民、天意民心为根基,以"至尧人"、"元凯"自期,正是其"回向三代"的告白宣言,较之同时人的表述更为直接明了。这样的思想绝不是突发奇想,而是再三申说,如《尧庙》诗云:

> 千古如天日,巍巍与善功。禹终平浲水,舜亦致薰风。江海生灵外,乾坤揖让中。乡人不知此,箫鼓谢年丰。⑧

---

① 余英时《朱熹的历史世界——宋代士大夫政治文化的研究》,三联书店,2004 年,第 190 页。
② 余英时《朱熹的历史世界——宋代士大夫政治文化的研究》,第 194 页。
③ 《全宋诗》第 3 册,第 1879 页。
④ 同上书。
⑤ 同上书。
⑥ 同上书。
⑦ 同上书,第 1880 页。
⑧ 同上书,第 1881 页。

此诗称尧之光辉如日、德业如山,其后舜致熏风,禹平淉水,拯救生灵于水火,传承帝位以揖让,尽善尽美。范仲淹给予尧、舜、禹这三位圣贤君主高度的评价和热烈的赞扬,亦可见其政治理想所在。

"回向三代"的理想,是底层的新兴士人在接受传统儒家思想的基础上形成的,更具体的内容是内圣外王之道,这也是有宋一代士大夫共同追求的理想。而这一理想早在王禹偁那里就初露端倪,至范仲淹这个时代,则成为一种宏大响亮的声音。内圣外王即道德与事功并重,因此范仲淹尤其重视以道德作为标准来评价古人,如以下几首诗:

> 　　至德本无名,宣尼一此评。能将天下让,知有圣人生。南国奔方远,西山道始亨。英灵岂不在,千古碧江横。(《苏州十咏·泰伯庙》)①
> 　　胥也应无憾,至哉忠孝门。生能酬楚怨,死可报吴恩。直气海涛在,片心江月存。悠悠当日者,千载祇惭魂。(《苏州十咏·伍相庙》)②
> 　　古来兴废一愁人,白发僧归掩寺门。越相烟波空去雁,吴王宫阙半啼猿。春风似旧花犹笑,往事多遗石不言。唯有延陵逃遁去,清名高节满乾坤。(《苏州十咏·灵岩寺》)③

泰伯知有圣人而让天下,英灵千古碧江横,诗人以"至德"许之;伍子胥生酬楚怨,死报吴恩,直气如海涛,片心似江月,诗人以"忠孝"许之;季札以礼揖让,逃遁延陵,诗人以"清名高节"许之。可见范仲淹对先圣先贤礼让天下、重义轻利、至忠至孝的行为极力推崇,热情讴歌,亦是其内圣思想的在古代圣贤身上找到的寄托。虽然道德事功并重,然而在范仲淹的时代,宋王朝正处于上升期,无疑事功更能激起他们的兴趣,这里事功即是创造如三代的太平盛世,对过往的任何盛世无不饱含深情,切切留心,从以下二诗对象征开元盛世的霓裳舞的敏感,即可见一斑:

> 　　堂上列歌钟,多惭不如古。却羡木兰花,曾见霓裳舞。(《苏州十咏·木兰堂》)④
> 　　治乱兴衰甚可嗟,徒怜水调诉荣华。开元盛事今何在,尚有霓裳寄

---

① 《全宋诗》第 3 册,第 1894 页。
② 同上书,第 1895 页。
③ 同上书。
④ 同上书,第 1894 页。自注:白乐天为苏州刺史,尝教此舞。

此花。(《桐庐方正父家藏唐翰林画白芍药,予来领郡事,因获一见,感叹久之,题二十八字,景祐元年十月七日》)①

在范仲淹十几首咏史诗中,因其属意上古三代,故而提及其他历史时段的作品不多,而这两首诗中,有关唐代的诗,都涉及一个重要的意象,即“霓裳”。霓裳,即霓裳羽衣舞,“始于开元,盛于天宝”②,乃是太平盛世的表征,范仲淹之所以对此情有独钟,就在于他的盛世情结。在这两首诗中,当年的开元盛世已经不复存在了,似乎略带感慨,但却没有丝毫的失落之感,对木兰花、白芍药均曾感染太平盛世而心存慰藉,其中更多的是企望歆羡之情。与徐铉“惆怅霓裳太平事,一函真迹锁昭台”③之句相比,同为见隆唐遗物而思开天盛世,情调却迥然不同,或惆怅一去不复返,或憧憬盛世会重现,实为时世使然。

范仲淹的对内圣外王之道的追求,道德与事功并重,不仅仅体现在思想中,而是有着更为具体充实的内容,这在其《阅古堂诗》中有充分的反映:

中山天下重,韩公兹镇临。堂上缋昔贤,阅古以儆今。牧师六十人,冠剑竦若林。既瞻古人像,必求古人心。彼或所存远,我将所得深。仁与智可尚,忠与义可钦。吾爱古贤守,馨德神祇歆。典法曾弗泥,劝沮良自斟。跻民在春台,熙熙乐不淫。耕夫与樵子,饱暖相讴吟。王道自此始,然后张薰琴。吾爱古名将,毅若武库森。其重如山安,其静如渊沉。有令凛如霜,有谋密如阴。敌城一朝拔,戎首万里擒。虎豹卷韬略,鲸鲵投釜鬵。皇威彻西海,天马来骎骎。留侯武侯者,将相俱能任。决胜神所启,受托天所谌。披开日月光,振起雷霆音。九关支一柱,万宇覆重衾。前人何赫赫,后人岂愔愔。所以作此堂,公意同坚金。仆思宝元初,叛羌弄千镡。王师生太平,苦战诚未禁。赤子喂犬彘,塞翁泪涔涔。中原固为辱,天子动宸襟。乃命公与仆,联使御外侵。历历革前弊,拳拳扫妖祲。二十四万兵,抚之若青衿。惟以人占天,不问昴与参。相彼形胜地,指掌而蹄涔。复我横山疆,限尔长河浔。此得喉可扼,彼宜肉就椹。上前同定策,奸谋俄献琛。枭巢不忍覆,异日生凶禽。仆已白发翁,量力欲投簪。公方青春期,抱道当作霖。四夷气须夺,百代病

① 《全宋诗》第3册,第1917页。

② 宋葛立方《韵语阳秋》卷十五。

③ 徐铉《题紫阳观》,《全宋诗》第1册,第97页。

可针。河湟议始行,汉唐功必寻。复令千载下,景仰如高岑。因赋阅古篇,为公廊庙箴。①

阅古堂为宋韩琦帅定武时所建,摭前代贤守名将事绩,凡六十,条绘于堂左右壁。此《阅古堂诗》即范仲淹为此而作。同时之富弼、王令均有诗,大致表达对韩琦文治武功的颂扬之意,而范仲淹此诗虽然也有涉及,却篇幅很小,而是像《岳阳楼记》一样,以大量篇幅借题发挥,写一己之见,求古人仁智忠义之心,既爱"古贤守"馨德神歆、跻民春台、践行王道之文治,又爱"古名将"毅若武库、拔城擒敌、威加海内之武功,以出将入相为理想,进而以"前人何赫赫,后人岂愔愔"明确表达步武先贤的愿望,写其与韩琦共同抵御西夏入侵的经历,以表达对韩琦建立"汉唐功"的期望,既是与人共勉,又是夫子自道。将高远的内圣外王之道的追求落实到了具体的政治军事行动之中,这正是范仲淹与此前的王禹偁等人的重大进步。

我们在范仲淹的咏史诗中,看到了新兴士大夫对内圣外王之道的坚守,对道德事功的追求,对太平盛世的憧憬与向往,充满了激情和自信。范仲淹虽不工于诗,但其咏史诗艺术上已经没有了王禹偁的白体习气,多了胸中浩然正气外化的劲健之风。

二、宋　庠

宋庠(996—1066),字公序,原名郊,入仕后改名庠。开封雍丘(今河南杞县)人,后徙安州安陆(今属湖北)。仁宗天圣二年(1024)进士。《诗话总龟》前集卷六引《古今诗话》曰:"宋莒公好玉溪诗,不爱韦苏州。"②又山诗绮丽,苏州诗简澹,可见其诗实取径李商隐。翁方纲《石洲诗话》云:"宋莒公兄弟,并出晏元献之门,其诗格亦复相类,皆去杨、刘诸公不远。"③因此前人多将宋庠归之于后期西昆诗人的行列。就其创作实际而言,昆体风气比较秾郁,早年著名的《落花》诗,其中"汉皋佩冷临江失,金谷楼危到地香"二句,以汉皋失佩④、金谷坠姬比拟落花,浓艳凄迷,被冯班评为"昆体名

---

① 《全宋诗》第 3 册,第 1877 页。
② 宋阮阅编,周本淳校点《诗话总龟》卷六,人民文学出版社,1987 年,第 60 页。
③ 清翁方纲著,陈迩冬校点《石洲诗话》卷三,《谈龙录·石洲诗话》合订本,人民文学出版社,1981 年,第 81 页。
④ 宋李昉等编《太平广记》卷五十九"江妃"条:"郑交甫常游汉江,见二女,皆丽服华装,佩两明珠,大如鸡卵,交甫见而悦之,不知其神人也。……(二女)手解佩以与交甫,交甫受而怀之。既趋而去,行数十步,视怀空无珠,二女忽不见。诗云:汉有游女,不可求思。言其以礼自防,人莫敢犯,况神仙之变化乎。(出《列仙传》)"中华书局,1961 年,第 364—365 页。

作"①。其馀如"云叶遥惊目,琼枝昔断肠"②,"桐凋金井恨,兰老玉琴悲"③,"灰飞空玉管,醅动涨金瓶"④,"玉骨临风怯,华钉恨带宽"⑤,"清壶人映玉,勋券庙藏金"⑥之类,亦不在少数,可谓金玉满纸,亦是西昆习气。然而如《四库全书总目》所言,此等"晚唐浓丽之格,实不尽其所长",除"凿开鱼鸟忘情地,展尽江湖极目天"这样"旷古未有"的名句外,"集中名章隽句,络绎纷披"⑦,可见其对西昆体是有所开拓的。表现在咏史诗中,尤为突出。宋庠存诗八百馀首,前人论述时,多附于宋祁名下,专门研究者甚少。宋庠咏史诗亦多达三十馀首,颇为可观。

宋庠的咏史诗,颇多感慨寄托,极少空言。大致以中进士为界,分为前后两期。庠出于继室,少遭父丧而自雍丘徙居安陆,寄食外家。少年时生活极为窘迫,从其自述"某年上元同在某州州学内吃虀煮饭"⑧一事可见一斑。直至天圣元年(1023)夏竦知安州,奖掖提携,次年中进士,生活境况方有所改观。此时庠已经年近而立,多年的困顿抑郁使其对一举成名、建功立业无限向往,对困于下层、有志难伸亦感慨良多,因此多吟咏历史上风云人物,以他们的不世功业为理想,同时也以他们的抑郁不得志而自遣,如《孔明》诗云:

> 汉家乱无象,贤才戢鳞翼。武侯霸王器,隆中事耕殖。堂堂刘豫州,介绍徐元直。一闻卧龙誉,三驾荒庐侧。士为知己用,陈辞薄霄极。说吴若转丸,抗魏犹卷席。谈笑驭关张,从容羁梁益。持邦二纪馀,君臣绝纤隙。浮埃蔽穹壤,大节沦金石。梁甫不复闻,怀贤涕沾臆。⑨

此诗盛赞诸葛亮的霸王之器,并列举其"说吴"、"抗魏"、"驭关张"、"羁梁益"等光辉事迹,对诸葛亮与刘备"三驾荒庐侧""君臣绝纤隙"的君臣际遇倍加企慕,可知其"士为知己用"一言当是有感而发。再如《王粲》诗云:

---

① 转引自《中华大典·文学典·宋辽金元分典》。
② 宋庠《马上见梅花初发》,《全宋诗》第4册,第2162页。
③ 宋庠《晚庭》,《全宋诗》第4册,第2182页。
④ 宋庠《正月三日作》,《全宋诗》第4册,第2184页。
⑤ 宋庠《晨兴春冷》,《全宋诗》第4册,第2196页。
⑥ 宋庠《送常熟钱尉》,《全宋诗》第4册,第2204页。
⑦ 《四库全书总目》卷一百五十二宋庠《宋元宪集》提要,第1310页。
⑧ 宋钱世昭撰《钱氏私志》,影印文渊阁四库全书本。
⑨ 《全宋诗》第4册,第2149页。

　　秦川贵公子,避地来荆州。流离世道丧,简脱天姿遒。岁时不我与,假日赋销忧。妍辞绔非雾,逸韵锵鸣球。曹师下南服,置酒临沧洲。慷慨前为寿,高谭王霸筹。归来奉丞相,摄组登华辀。独步今已矣,空馀清汉流。①

此诗极表对王粲的怀想之情:王粲天资遒俊,辞妍韵逸,胸怀王霸之略,既有"岁时不我与"之忧,又有"摄组登华辀"之豪。看似写古人,实则是其内心书生意气的外化。又如《汉将三首》诗云:

　　汉家开绝域,日夕羽书闻。朝那杀都尉,北地败将军。沙明疑昼雪,气黑似秋云。片月就城偃,长蛇随阵分。冰藏马窟路,血沫剑星文。直置鸿毛命,聊图麟阁勋。(其一)②

　　频年随校尉,晚节事轻车。瞻烽数奔命,辞第讵为家。轻赍绝瀚海,间道袭昆邪。双鞬朝负羽,三鼙夜鸣笳。金痍先雨觉,蓬鬓后霜华。如何差六级,遽使抱长嗟。(其二)③

　　薄伐乃中谋,和亲非上策。匈奴负汉恩,男儿喜边檄。故岁出定襄,今年救张掖。沙平落日黄,月迥遥峰白。急击右地兵,连俘月支馘。幕府省文书,家人非尺籍。夜拔五岭旗,晨追六骡迹。陛下焚谤书,孤臣勒燕石。(其三)④

这三首可看作一个整体,其一、三写汉将"故岁出定襄,今年救张掖","朝那杀都尉,北地败将军","急击右地兵,连俘月支馘",连年征战,东挡西杀,枕戈待旦,席不暇暖,最终勒石燕然,"置鸿毛命"而"图麟阁勋",何其豪迈! 其二写老将亦曾"绝瀚海"、"袭昆邪",奋不顾身,浴血疆场,而因"差六级"而"抱长嗟",金痍雨觉,蓬鬓霜华,何等凄凉! 凡此种种,或豪壮,或慷慨,深情款款,意味悠长,均为其入仕之前的心情写照。
　　另外,上述诸诗在艺术上亦颇有特色,前人咏史诗多就史事敷衍开去,即使是叙事难免质木无文,而宋庠这几首诗,典雅工致,华美细密;"归来奉丞相,摄组登华辀"、"金痍先雨觉,蓬鬓后霜华"则通过想象丰富了细节;"妍

---

① 《全宋诗》第4册,第2157页。
② 同上书,第2158页。
③ 同上书。
④ 同上书。

辞缛非雾,逸韵锵鸣球"则运用生动的比喻、绚丽的辞采使王粲的天资跃然纸上;"片月就城偎,长蛇随阵分","冰藏马窟路,血沫剑星文",则是在叙事之中融入鲜亮可感的典型意象,使叙事的形象性大大增强;"沙明疑昼雪,气黑似秋云","沙平落日黄,月迥遥峰白"更是以纯粹的文学笔法,渲染边地疆场寥廓壮美的自然环境,颇有高、岑边塞诗的风神。凡此种种,使宋庠咏史诗的艺术品格大大提升,也体现了西昆体在宋诗发展中的正面作用。

宋庠前期的咏史诗除了上述长篇古体外,还有短篇律绝,以咏贾谊者为多,亦颇有特色,兹列举如下:

> 谁谓贾生学,兼之文帝朝。死忧王坠马,生赋鵩如鸮。被召宣温密,矜功绛灌骄。勤勤论五饵,史笔未相饶。(《读贾谊新书》)①
>
> 代故由来足纠纷,高才忧世强云云。太宗不用长沙傅,虚使群臣谥孝文。(《漫成二绝·其二》)②
>
> 贾傅感伤论表饵,董生推本对春秋。蹶张抵几能为相,谁序儒家冠九流。(《读史二首·其二》)③

上述三首均涉及贾谊,大致是以贾生自况。《读贾谊新书》诗认为,贾谊学兼一朝,却被周勃、灌婴等人谗嫉,"死忧王坠马,生赋鵩如鸮",已颇为愤懑,不仅如此,班固亦讥诋其"施五饵三表以系单于"之术"固以疏矣"④。宋庠对班固"不见贾生之功成"而有此讥,愤愤不平。《漫成二绝·其二》诗指出,面对群臣谗毁,汉文帝未能力排众议任用贾谊这样的忧世高才,有负孝文之谥。《读史二首·其二》诗认为,贾太傅献"三表五饵"之术,董仲舒著《春秋繁露》之书,却不被重用,而那些"蹶张抵几"之人都能为相,哪里是"儒家冠九流"? 为儒家之士有名无实而叫屈。这些诗中充满了不平之鸣,不仅极力鼓吹儒者之高明,还辛辣讽刺武人之质木,如对出身市井细民的周勃、灌婴之朴野无文却矜功骄横颇有鄙夷之意。对文武高下之分,宋庠终身泾渭分明,如其《贤良等科廷试设次札子》云:"窃见近者召试制策并武举人于崇政殿。……又况武举人等,才术肤浅,流品混淆,挽弩试射,与

---

① 《全宋诗》第4册,第2206页。自注:班固嗤五饵以为疏,盖不见贾生之功成耳。按:此诗又作宋祁诗,见宋祁诗存目。
② 同上书,第2290页。
③ 同上书,第2293页。
④ 《汉书》卷四十八《贾谊传》,第2265页。

兵卒无异,使天子制策之士并日较能,此又国体之深讥者也。臣窃为朝廷惜之。"①对武人鄙薄之意不可不谓深矣,从这些早年所作的诗来看,这种思想又由来远矣。

上述几首律绝,虽然篇幅短小,但文化含量却十分厚重,如武帝强取之计与贾谊怀柔之策相比较,在咏贾谊的诗中加入九流之论、班固之讥,都比仅限于咏叹事迹者丰满充实。另外,诗中用典颇多,如"蹶张抵几"分别指申屠嘉和朱博,《汉书·申屠嘉传》云:"申屠嘉,梁人也。以材官蹶张从高帝击项籍,迁为队率。"②《汉书·朱博传》载,朱博在齐郡,属官称病不起,"博奋髯抵几曰:'观齐儿欲以此为俗邪!'"③以两个粗鄙野蛮的动作代指其人,将其形象、品位彰显无遗,鄙薄之情溢于楮墨。且"蹶张"、"抵几"既是事对又是就句对,且同为汉代之典,十分工致,可见其学之博洽。

宋庠入仕之后在朝廷的咏史诗不多,其中《进读唐书终帙》诗较有特色:

> 隋室重氛极,唐家景命新。地归裂残壤,天洗战馀尘。④遂纳诸戎贡,争陪二月巡。⑤瀛洲登俊老⑥,烟阁尽名臣⑦。轻重非关鼎,兴亡要在人。⑧旧都纷秀麦,前事遍书筠。⑨哲后疑图眼,西厢访古频。⑩终篇见成败,摘句屡咨询。青史嘉遗直,元龟遗⑪圣辰。愿将稽古意,万一助尧仁。⑫

此诗简述唐代自兴迄灭的经历,得出"兴亡要在人"、"治乱皆本于人"的结论。希望前世之成败能成为后世之元龟,以致君尧舜。此诗娓娓写来,四平八稳,但是这里致君尧舜的愿望、治乱兴亡皆本于人的思考,与入仕前已截

---

① 宋庠《贤良等科廷试设次札子》,《全宋文》第 20 册,第 383—384 页。

② 《汉书》卷四十二《张周赵任申屠传》,第 2100 页;又见《史记》卷九十六《张丞相列传》,第 2682 页。

③ 《汉书》卷八十三《薛宣朱博传》,第 3400 页。

④ 自注:自隋炀帝末,天下兵兴,割裂土壤,至贞观后始一统矣。

⑤ 自注:高宗、明皇帝举行封禅。

⑥ 自注:天册府延十八学士,时人谓之登瀛洲。

⑦ 自注:功臣并画像凌烟阁。

⑧ 自注:明皇帝天宝以后骄纵失道,遂致安史之乱。肃、代复兴,至僖、昭陵夷不振,然其治乱皆本于人。

⑨ 自注:朱梁移都于汴,长安皆丘墟矣。

⑩ 自注:顷年多御迩英阁中。

⑪ 自注:去声。

⑫ 《全宋诗》第 4 册,第 2213 页。

然不同,入仕前的建功立业还大多停留在想象的层面,故而以孔明、王粲、汉将为依托,更多理想成分,华而不实。而这里所论则平实稳妥,并且多了自信的力量。

宋庠"自以材术得进用,天下事有未便者,数论上前,于是为宰相所忌"①。又曾因"武臣用恩幸者,多得任边要,而孤寒者,常在东南,至老无恩泽,公乃作科条均其所入官,而恩幸者滋不说"②。皇祐三年(1051)因宋祁子与伪造敕牒、为人补官的张彦方交好,包拯等"奏庠不戢子弟,又言庠在政府,无所建明"③,乃罢知河南府。在这样纷繁复杂的官场斗争之中,宦海沉浮,自然难免抑郁愁苦。在知河南府期间,登上阮籍啸台别有一番况味,其《啸台》诗云:

> 孤壁横天畿,峭然衺寻丈。恭承晋高士,尝此摅遐想。临风挹胜轨,意若无今曩。当涂昔战龙,典午方构象。忠贤履危运,鳞羽婴密网。烈烈炽邦刑,耽耽蒇人望。菹吕膏碪斧,涛舒受羁鞅。先生机且神,妙用包群枉。兀尔谢将迎,隤然寄昏放。礼法虽我雠,智悊非外奖。恻怆广武游,留连步兵酿。揭来桑梓国,凭高念长往。舒啸万籁先,浮精九皇上。归禽宛颈还,秣驷临刍仰。当日天地心,寥寥共悲壮。咄嗟涉千祀,隐轸存遗壤。临岸知是非,俎豆犹彷像④。我来一倾耳,城隅断馀响。枭鹗愁空林,狐狸语平莽。高韵邈已徂,清铭复谁赏⑤。尝闻史氏传,涂穷辄怊怅。正人与直辔,何代非流荡。淳风日已微,投辞谢精爽。⑥

此诗首先点题,直写啸台孤绝峭然,继而引出阮籍曾于此临风遐想,进而将阮籍与同时代的忠贤命运相较,指出"先生机且神,妙用包群枉",最后写自

---

① 王珪《宋元宪公神道碑铭》,《全宋文》第53册,第211页。

② 同上书,第213页。

③ 《宋史》卷二百八十四《宋庠传》,第9592页。按:此事又见《续资治通鉴长编》卷一百七十(中华书局,1985年,第4084页)、宋王称撰《东都事略》卷六十五(刘晓东等点校,齐鲁书社,2000年,第533页)均作皇祐三年,《隆平集》卷五(影印文渊阁四库全书本、康熙辛巳七叶堂刊本叶二十二下)作皇祐二年,当以三年为是。另,《全宋诗》宋庠小传据《宋史》,因"三年"前宋庠上疏中有"庆历元年"字样,故误以为此"三年"为庆历三年,而称"庆历三年(1043)因其子与匪人交结,出知河南府,徙知许州、河阳"(《全宋诗》第4册,第2145页)。

④ 自注:邑东故祠在焉。

⑤ 自注:唐人独孤及为啸台碑铭,近年邑人浚池得之。

⑥ 《全宋诗》第4册,第2146页。

己的观感。其中对“忠贤履危运”、“嵇吕膏碪斧，涛舒受羁鞿”、“当日天地心，寥寥共悲壮”的叙写，或与其当时的贬谪心境有关，而结尾“正人与直辔，何代非流荡”一语更是将阮籍引为异代知音，以正人直辔自许，以贤人流荡自遣。此诗自台及人，自人及事，自事及我，一路流转，多而不繁，流而不荡。艺术上，典雅华茂，沉博伟丽。总之，是一篇上乘的咏史之作。另外，作于晚年的《念古》诗，虽创作背景并不明确，但依然感慨良多，诗云：

> 贤哉邴曼容，出处知所据。官餘六百石，辄自移疾去。富贵非不怀，殆辱亦先虑。嗟我材下中，叨恩最蕃庶。尧庭纳言职，轩野方明御。服衮作槐班，曳履南宫署。虽经斥免诮，尚玷高华处。徒有守直弦，何能借前箸。愚甘六马对，谗恨三物诅。年来感衰疾，倦鸟思返翥。抗心望先哲，俯首惭昔誉。西景尚可收，归辕未云遽。傥以人望人，期君或吾恕。①

此诗以邴曼容为引子，思考进退出处的问题，其中“富贵非不怀，殆辱亦先虑”、“愚甘六马对，谗恨三物诅”等语，似乎饱含诸多难言之隐。又不禁自我独白，称自己有守直之节②，而无借箸之才，年来衰疾，抗心希古，欲收西景于桑榆。艺术上，语言典雅，典故颇多，如“直弦”、“借箸”、“六马”、“三物”均来自经史，而“六马”、“三物”之对尤为工稳，亦可见其博雅。

至宋庠生活的时代，北宋开国已近百年，士大夫之学识均有孑然自立之势，因此一种怀疑、思辨的思维逐渐兴起，于史于经，均表现出相当的思想深度。如与宋庠同时的孙复（992—1057）已开讲经不依传注之先河：

> 伏以宋有天下八十餘祀，四圣承承，庞鸿赫奕，逾唐而跨汉者远矣。主上思复虞夏商周之治道于圣世也，考四代之学，崇桥门辟水之制，故命执事以莅之，大哉！主上尊儒求治之心也至矣。然则虞夏商周之治其不在于六经乎？舍六经而求虞夏商周之治，犹泳断潢污渎之中，望属于海也，其可至矣哉？……专主王弼、韩康伯之说而求于大易，吾未见其能尽于大易者也；专守左氏、公羊、谷梁、杜预、何休、范宁之说而求于《春秋》，吾未见其能尽于《春秋》者也；专守毛苌、郑

---

① 《全宋诗》第 4 册，第 2157 页。

② 在河南期间，宋庠多次言及“直弦”、“直辔”之语，《过汉洛阳故城》诗亦有“更叹道边多弃骨，可能犹为直如弦”之句（《全宋诗》第 4 册，第 2254 页）。或与其直而被谤的有关。

康成之说而求于《诗》，吾未见其能尽于诗者也；专守孔安国之说而求于《书》，吾未见其能尽于书者也。彼数子之说，既不能尽于圣人之经，而可藏于太学、行于天下哉？又后之作疏者无所发明，但委曲踵于旧之注说而已。①

前人对孙复上述论述多引后半段，实则前半段交代怀疑传注思想产生的背景，即大宋王朝经历了近百年的良好发展，士大夫学识的增长及其自信力的增强，促成了学术上的思辨思维和怀疑精神，于是才出现孙复遍疑诸家传注而独尊六经的现象。在时代精神的感染下，除道学家外，同时之人多有浸染。在宋庠的咏史诗中也存在这种思辨的思维和怀疑的精神，如《默记淮南王事》诗云：

> 室饵初尝谒帝晨，宫中鸡犬亦登真。可怜南面称孤贵，才作仙家守厕人。（其一）②
> 班葛才华尽冠时，如何褒贬两参差。八公并号翀霄客，谁作当年诣吏辞。（其二）③
> 二山仙藻郁纷纶，鸿宝于中秘术新。他日铸金多不效，馀灾翻及献方人。（其三）④

这三首诗言淮南王刘安事，其一言刘安食药饵升仙而去，馀药器在庭中，鸡犬舐之，皆得飞升。但因刘安遇诸仙伯，"少习尊贵，稀为卑下之礼，坐起不恭，语声高亮，或误称寡人，于是仙伯主者奏安云不敬，应斥遣去，八公为之谢过，乃见赦，谪守都厕三年，后为散仙人，不得处职，但得不死而已"⑤。故宋庠有"可怜南面称孤贵，才作仙家守厕人"之语。鸡犬升天、仙都守厕均不见正史，而见葛洪《神仙传》。第二首指出班固《汉书》、葛洪《神仙传》所记淮南王之事不同，《汉书》称刘安谋反，被宾客伍被"诣吏"告发，自刑而死。《神仙传》则云刘安为伍被诬告，得八公之助升仙而去⑥，班、葛二人同为一时豪

---

① 孙复《寄范天章书二》，《全宋文》第 19 册，第 290 页。
② 《全宋诗》第 4 册，第 2286 页。
③ 同上书。自注：伍被即八公之一。
④ 同上书。
⑤ 《太平广记》卷八引《神仙传》，第 1 册，第 51—53 页。
⑥ 同上书。

俊,所记却褒贬不同。另外,刘安是随八公一起升天的,而伍被既是八公之一,又是"诣吏"举报的人,二说龃龉。其三言刘向的父亲刘德曾治淮南王狱,得其《枕中鸿宝苑秘》一书,刘向献宣帝,锻炼黄金,未果,刘向险些因此送命。①这三首诗篇幅很小,信息含量却很大,涉及《汉书·淮南王传》、葛洪《神仙传·淮南王》以及《汉书·刘向传》②,除了记叙淮南王刘安之事迹,还涉及班固、葛洪的不同态度、纪事矛盾之处以及后来刘向献《枕中鸿宝》书受牵连等事,虽然所说未必尽是,比如伍被为八公之说不见《史记》《汉书》,而见高诱《淮南鸿烈解序》,《神仙传》所言八公也并不包括伍被,因此,伍被告密与八公升仙并不矛盾。但在简短的小诗之内有这样丰富的内容及深入的思考,在之前的咏史诗中是很少见的。与这组诗类似的还有《梁冀二首》《屈原》等诗,兹不赘论。

宋庠后期的咏史诗不仅有丰富的内涵和思辨的思维,更为可贵的是,还具有大胆的怀疑精神,这是与宋学精神相通的,如《漫成》诗:

> 二典勋华冠号荣,灿然三代继英声。如何孟子尊儒术,不肯临篇信
> 武成。③

"二典"指《尧典》和《舜典》,以两位圣贤的帝号命名(尧名放勋,舜名重华),是《尚书》开篇两章,代指《尚书》,而尧、舜、禹的三代时期又是儒家政治理想中的黄金时代,而孟子却说:"尽信《书》,不如无《书》。吾于《武成》取二三策而已矣。仁人无敌于天下,以至仁伐至不仁,何其血之流杵也。"④因此宋庠对孟子这种做法表示不解,甚至怀疑,只是未说破而已。孟子在道学家眼中是与周公、孔子一脉相承的圣人,宋庠在诗中大胆怀疑,亦是与当时的疑经思潮相通的,与宋庠同时的李觏(1009—1059)就是北宋疑孟的代表,《直斋

---

① 《汉书》卷三十六《刘向传》:"向字子政,本名更生。年十二,以父德任为辇郎。既冠,以行修饬擢为谏大夫。是时,宣帝循武帝故事,招选名儒俊材置左右。更生以通达能属文辞,与王褒、张子侨等并进对,献赋颂凡数十篇。上复兴神仙方术之事,而淮南有《枕中鸿宝苑祕书》,书言神仙使鬼物为金之术,及邹衍重道延命方,世人莫见,而更生父德武帝时治淮南狱得其书。更生幼而读诵,以为奇,献之,言黄金可成。上令典尚方铸作事,费甚多,方不验。上乃下更生吏,吏劾更生铸伪黄金,系当死。更生兄阳城侯安民上书,入国户半,赎更生罪。上亦奇其材,得踰冬减死论。"《汉书》第1928—1929 页。

② 按:宋庠所见《神仙传》与后世传本不同,今传本简略,而《太平广记》所引则十分完整,信息丰富,对于理解宋庠这三首诗十分有益,盖庠所见与《太平广记》所引相近。

③ 《全宋诗》第 4 册,第 2290 页。

④ 清焦循撰,沈文倬点校《孟子正义》卷二十八,中华书局,1987 年,第 959 页。

书录解题》卷十七指出他"不喜孟子,《常语》专辨之"①。甚至有"孙吴之智,苏张之诈,孟子之仁义,其原不同,其所以乱天下,一也"②之论。前人咏史多采史事而已,能以思辨思维勘合者,已是不易,进而以怀疑精神质疑经典者,尤为难得,在宋代咏史诗上,宋庠堪称开风气之先。

总之,宋庠的咏史诗,或感慨寄托,或思考议论,其所论虽然不必尽是,难免书生意气、儒士迂阔之讥,然诗中有议论,有感慨,见性情,见精神,有为而作,有感而发,绝无空言或泛泛之论,不仅意蕴丰满,更有思辨思维和怀疑精神,这是宋代咏史诗发展的新趋势,十分可贵。艺术上,语言典雅工致,华美细密,多用典故,尤其喜欢用事典,并力求属对工稳,总体上呈现出沉博细密的风格。较之宋初诗人的咏史之作,有了很大的进步,初步显示出宋代咏史诗的面貌和特色。

三、宋 祁

宋祁(998—1061),字子京,宋庠之弟。仁宗天圣二年(1024)与兄庠同举进士,礼部奏名第一,章献太后以为弟不可先兄,乃擢庠第一而置祁第十,时号"大小宋"。兄弟二人宦海沉浮,相互之间颇有影响,除了状元之争外,后来仕途中多因其兄位居宰辅,为避嫌出任他职。宋庠也曾因宋祁之子与不法之人交往而外任。二人有着共同的成长、学习经历,都是西昆余派的主要诗人,但思想个性又大不相同。宋祁的诗歌创作也表现出自身的特点,在咏史诗中亦有较为突出的表现。

谢思炜先生曾指出宋祁思想驳杂,有对法家刑名思想的吸收③,另外如"言天下根本在河北,河北根本在镇定,论兵不得不先河北,谋河北舍镇与定,无足议者,请合镇定为一路"之论,亦是兵家思想的体现,遂后人评宋祁曰:"非特文章有见于世,其守边议兵,虽古之名将不能过也。章疏之达于上者,尤切世务。"④可见其思想中法家、兵家思想的渗入。因此宋祁的咏史诗,与其兄轻视武夫、推仰文人不同,而是对古代勇武雄特之士尤为称赏,从而使其咏史诗中充斥着一股雄杰之气,如《曹景宗》诗云:

---

① 宋陈振孙撰,徐小蛮、顾美华点校《直斋书录解题》卷十七,上海古籍出版社,1987年,第496页。

② 朱熹撰《晦庵先生朱文公文集》卷七十三引李觏《常语》,宋朱熹撰,朱杰人、严佐之、刘永翔主编《朱子全书》,上海古籍出版社、安徽教育出版社,2002年,第24册,第3524页。

③ 谢思炜《宋祁与宋代文学发展》,《文学遗产》1989年第1期。

④ 曾巩《隆平集》卷五。又见宋王称撰《东都事略》卷六十五,第538页。

快马如龙度埒尘,射麕放饮藉汀苹。鼻头出火风生耳,宁愿扬州作贵人。①

此诗敷衍史传而成。《梁书·曹景宗传》云:

(景宗)性躁动,不能沉默,出行常欲褰车帷幔,左右辄谏以位望隆重,人所具瞻,不宜然。景宗谓所亲曰:"我昔在乡里,骑快马如龙,与年少辈数十骑,拓弓弦作霹雳声,箭如饿鸱叫。平泽中逐麕,数肋射之,渴饮其血,饥食其肉,甜如甘露浆。觉耳后风生,鼻头出火,此乐使人忘死,不知老之将至。今来扬州作贵人,动转不得,路行开车幔,小人辄言不可,闭置车中,如三日新妇。遭此邑邑,使人无气。"②

曹景宗本是一介武夫,粗豪无文,"自恃尚胜,每作书,字有不解,不以问人,皆以意造焉。……景宗好内,妓妾至数百,穷极锦绣。……为人嗜酒好乐。"③以宋祁之博文多才,本当不齿,但在此诗中,宋祁没有表现出任何鄙夷之情,而是对其雄武豪放之风采,略有钦羡之意,与其兄对武人的万般轻蔑之情截然不同。这与其好游宴享乐的个性以及兵家、法家思想不无关联。此诗不仅所叙事迹一如史传,且所用字句亦是多用原文,如"鼻头出火风生耳"句极近史传"耳后风生,鼻头出火"原文,亦是其咏史诗的一大特点。再如《唐李卫公庙》《过朱亥墓》二诗云:

斯人天挺杰,贼胆畏膏肓。疾战江陵破,长驱颉利亡。成功在不伐,垂烈付无疆。血食雄京辅,于今异姓王。(《唐李卫公庙》)④
屠门遗旧隐,锤袖凛馀风。兵下邯郸壁,躯捐嗟唶公。种祠群望亚,樵禁九原中。异世同樗墓,东西夹汉宫。(《过朱亥墓》)⑤

《唐李卫公庙》诗写唐初大将李靖,叙其一生功绩:讨伐江陵萧铣割据,击退

---

① 《全宋诗》第 4 册,第 2565 页。
② 唐姚思廉撰《梁书》卷九《曹景宗传》,中华书局,1973 年,第 181 页。
③ 同上书。
④ 《全宋诗》第 4 册,第 2393 页。
⑤ 同上书,第 2587 页。

东突厥颉利可汗入侵,不仅功勋累累,且功成不居①,身后供享不绝,封赐崇高。在对李靖的叙述与评价之中,宋祁歆羡钦佩之情溢于言表,而《新唐书·李靖传》正出宋祁之手,开篇即云:

> 李靖,字药师,京兆三原人。姿貌魁秀,通书史。尝谓所亲曰:"丈夫遭遇,要当以功名取富贵,何至作章句儒。"其舅韩擒虎每与论兵,辄叹曰:"可与语孙、吴者,非斯人尚谁哉?"仕隋为殿内直长,吏部尚书牛弘见之曰:"王佐才也。"左仆射杨素拊其床,谓曰:"卿终当坐此。"②

将这段文字与《唐李卫公庙》诗参读,可见宋祁对兵战征讨、功名富贵的热衷和向往。

《过朱亥墓》诗写协助信陵君窃符救赵的朱亥,前四句紧扣"朱亥"叙写其生平事迹,后四句围绕"墓",写其墓之情状。所写朱亥事迹均来自史传,内容无奇,然核心词语均来源于史书原文,"屠门遗旧隐"出自侯生对信陵君说的话:"臣所过屠者朱亥,此子贤者,世莫能知,故隐屠间耳。"③"锤袖凛馀风"指"朱亥袖四十斤铁椎,椎杀晋鄙"④,"兵下邯郸壁,躯捐嚄唶公"言"(晋鄙)留军壁邺,名为救赵,实持两端以观望"⑤,信陵君持兵符与之交接,而"晋鄙嚄唶宿将"(信陵君语)⑥,有疑,朱亥椎杀之。其中"邯郸"与"嚄唶"属对十分工致精巧,颇见其用心经营之迹。此诗后四句写朱亥墓,朱亥死后,百姓立祠祭祀,仅次于受祭于天子的日月山川⑦,且周围严禁砍樵,以示恭敬,而东西的汉代行宫却如同"樗墓"一般荒凉了⑧。以汉宫之废弃荒凉反

---

① 宋欧阳修、宋祁撰《新唐书》卷九十三《李靖传》云:"以靖为畿内道大使,会足疾,恳乞骸骨。帝遣中书侍郎岑文本谕旨曰:'自古富贵而知止者盖少,虽疾顿愈,犹力乞进。公今引大体,朕深嘉之。欲成公美,为一代法,不可不听。'"中华书局,1975年,第3814—3815页。

② 《新唐书》卷九十三《李靖传》,第3811页。

③ 《史记》卷七十七《魏公子列传》,第2379页。

④ 同上书,第2381页。

⑤ 同上书,第2379页。

⑥ 同上书,第2381页。

⑦ "群望",指受祭于天子、诸侯的山川星辰。《左传·昭公十三年》:"初,共王无冢适,有宠子五人,无适立焉,乃大有事于群望。"杜预注云:"群望,星辰山川。"杨伯峻注云:"遍祭名山大川。名山大川为群望。大有事,遍祭也。"杨伯峻编著《春秋左传注》(修订本),中华书局,1981年,第1350页。

⑧ 宋乐史撰、王文楚等点校《太平寰宇记》卷一载,朱亥墓在开封府之雍邱县,而同卷开封府之陈留县有"汉武帝宫,在县罗城内。《风俗传》:孝武帝元狩元年置行宫,今废为仓"(中华书局,2007年,第10页)。此诗所谓"东西夹汉宫"或即指此而言。

衬朱墓之受到崇礼,见朱亥之伟大不朽。此诗感情表达并不外露,但无论是对朱亥事迹的叙述还是对朱亥墓的描述、评论,都体现出诗人对这位豪侠之士的钦慕景仰之情。另外,宋祁《张亚子庙》诗亦赞誉"生作百夫特,死为南面孤"①的张亚子为"伟哉真丈夫"②。可见,宋祁对曹景宗、李靖、朱亥、张亚子等人的欣赏称誉绝非偶然现象,不得不与其生平议论、行事以及其兵家、法家思想等联系起来。而在诗中有意在史传文字内寻找新的语言资源进行创作,亦是其有意新创的表现之一。

宋祁在思想中有对勇武雄豪之士的钦慕,在现实政治中,亦欲有所作为,故上疏论兵马安置,论防御守备,然不在其位,未能付诸实践。宋祁宦途虽然没有太大波折,但终未能执政:"(祁)当知制诰而庠参知政事,乃除天章阁待制。……历龙图阁直学士、翰林学士,庠复执政,改龙图阁直学士,(庠)枢密使,(祁)复翰林学士。……包拯言祁在益州多游燕,又其兄在政府,乃以龙图阁学士,知郑州。"③从这样的经历可见,自举进士起,宋祁仕途一直处在其兄的阴影之下,每欲大用之,终因其兄在位而委以他任。当然,或许这只是表面现象而已,宋祁为人豪放不羁,每有伤人之处,故而多受人谗害,上引包拯之言,即可见一斑。当时之人即为之嗟叹不已,范镇《宋景文公祁神道碑》云:"初,公修礼书、乐记,详定庆历编敕,改定科场条制,核实提点刑狱考课,知公者谓公为全能,不知公者以为礼乐刑政皆出公手,用是毁公,公亦用是多出入藩镇,不大用矣。呜呼!其命矣。夫士大夫所以嗟伤之不已也。……铭曰:……德备才全,曷不大用。"④《隆平集·宋祁传》亦云:"卒不至大用,时论惜之。"⑤从这些当时人的言论,可以看出宋祁仕途中困顿的一面,难免发之于诗,故后人论宋祁诗"善写牢骚之况"⑥,虽然在其咏史诗中的表现颇为收敛,我们仍能窥得些许消息,如《题阮步兵祠二首》诗云:

> 济世非无策,迷邦讵可求。昏酣酒垆卧,萧散竹林游。俗眼嗟人废,穷途逐涕流。何公真礼法,宁免疾如雠。(其一)⑦

① 《全宋诗》第4册,第2368页。
② 同上书。
③ 曾巩《隆平集》卷五。
④ 范镇《宋景文公祁神道碑》,《全宋文》第40册,第295页。
⑤ 曾巩《隆平集》卷五。
⑥ 清贺裳撰《载酒园诗话》,郭绍虞主编、富寿荪校点《清诗话续编》,上海古籍出版社,1983年,第409页。
⑦ 《全宋诗》第4册,第2586页。

幽怀八十首,郁郁寄蓬池。屋壁留南巷,乡人奉种祠。乘驴非宦巧,逃虱厌流卑。三沃椒浆酹,谁论饮过差。(其二)①

其一写阮籍并非没有济世之策,而是"知国不治而不为政",因此昏酣于酒垆旁,徜徉于竹林中,穷途涕流,自甘颓废,难免被礼法之士嫉之如雠。第二首写阮籍在蓬池之上徘徊,写了八十二首咏怀诗以寄寓郁郁不平之志(《咏怀》之十二有"徘徊蓬池上,还顾望大梁"②之句),拙于钻营谄媚,厌恶世俗卑琐,故而借酒浇愁,诗人引为同道,取三杯美酒酹于祠前,以示慰藉,并对"嵇康谓步兵惟饮酒过差尔"之论表达异议。宋祁对阮籍的抒写以及在其祠前的举止、议论,款款深情,足以见其寓慨良多。诗人以酒酹阮籍,亦是借古人之酒杯浇自己之块垒,替阮籍反驳嵇康之论,亦是以知己之身份表达异议,寄寓感慨。诗中"何公真礼法,宁免疾如雠"、"乘驴非宦巧,逃虱厌流卑"等语,均有深意,处处关己。明写阮籍之抑郁,实托个人之感喟。观其自言"仆于世事素昧,往往以拙取憎、直招怨,以疏谬为人斥且排。内自省,亦何负于心"③,即可略知其中缘由。其他如《朱云传》诗云:"朱游英气凛生风,濒死危言悟帝聪。殿槛不修旌直谏,安昌依旧汉三公。"④称危言直谏无益,佞臣风光依旧。《杂兴》其三诗:"巨平名世贤,媢者强相轧。毁语填君聪,亡吴计中夺。人生不如意,在十常九八。兹事可奈何,惆怅千载末。"⑤写羊祜遭人倾轧谗毁,以至于丧失亡吴良机,诗人于千载之下,感叹不已,无奈之情汩汩而出。《屈原祠》诗以"贾谊扬生成感后,沈沙投阁两衔冤"⑥收束,贾谊、扬雄之涉,并非此诗题中之义,而是寄托感慨之言。凡此种种,参之其抒怀之语"有志慕孤直,多言畏奇中。往往犯怒狙,时时遭吓凤"⑦,"世路风波恶,天涯日月遒。危心正无泊,持底喻穷愁"⑧,可以更清楚地看出这些咏史诗中所蕴含的牢骚与感慨。大部分咏史之作的感慨都较为收敛,而《读〈巷伯〉章》诗则把胸中郁积的仇恨喷薄而出,毫不掩饰:"孤节区区是爱君,危言未

---

① 《全宋诗》第4册,第2586页。自注:嵇康谓步兵惟饮酒过差尔。
② 三国魏阮籍著,陈伯君校注《阮籍集校注》卷下,中华书局,2012年,第270页。
③ 宋祁《上安道张尚书五》,《全宋文》第24册,第100页。
④ 《全宋诗》第4册,第2568页。
⑤ 同上书,第2354页。
⑥ 同上书,第2453页。
⑦ 宋祁《抒怀上孙侍讲学士》,《全宋诗》第4册,第2344页。
⑧ 宋祁《侨居二首》其一,《全宋诗》第4册,第2379页。

达已危身。豺牙虎爪铦于剑，不为诗人食谮人。"①对谮人的切齿之恨喷薄而出，不可遏止。

　　宋祁虽然政治上悒悒不得志，但学术上的自信与自立，十分突出。独立思考，大胆怀疑，较之其兄，有过之而无不及，如其《反太玄诗》诗云：

　　　　子云准周易，忘健意不长。河图历九圣，万化始有纲。尼父头雪白，秉笔叩混茫。发掘天地奥，磨拭日月光。成书止十篇，九摘折在旁。玄虽巧侔写，宛如榻上床。良史不深贬，乃譬吴楚王。汉历久差驳，安用空言扬。②

对扬雄之《太玄》，后世评价颇高，即使《汉书》亦不曾深贬，而宋祁此诗对扬雄作《太玄》提出异议，认为河图洛书经历九圣之手方有成，孔子晚年喜易，韦编三绝，乃成《易传》十篇，而扬雄自不量力，深思巧写，却难免叠床架屋之讥。不仅对扬雄作《太玄》不认同，并且对《汉书》关于扬雄《太玄》之评价，亦有微词，指出《汉书》不加以"深贬"而赞曰："今扬子之书文义至深，而论不诡于圣人。若使遭遇时君，更阅贤知，为所称善，则必度越诸子矣。"③仅仅认为"诸儒或讥以为雄非圣人而作经，犹春秋吴楚之君僭号称王，盖诛绝之罪也"④乃是未中要害之论。最后进一步指出"汉历久差驳"，更是殃及有汉一代的文化了。这样的苛责与质疑，显示出其人傲视前代的自信力量，既是其人学殖渊雅、见识高远的体现，亦是宋代文化逐渐走向高峰的时代回响。

　　宋祁的咏史诗，在艺术上也有很有特色，上文略有提及，以下系统说明之。宋祁早年酷好西昆，与其兄俱以西昆手法的《落花》诗著称于时，整体诗作中的西昆遗风仍然显而易见，咏史诗亦不例外，如《扬雄墨池》诗云：

　　　　宅废经池在，人亡墨溜干。蟾蜍兼滴破，科斗共书残。蠹罢芸犹翠，蒸馀竹自寒。他杨无可问，抚物费长叹。⑤

扬雄墨池这个题材，在一般的诗人手中只不过是一篇简单的怀古诗而已，而

---

① 《全宋诗》第 4 册，第 2574 页。
② 同上书，第 2618 页。
③ 《汉书》卷八十七下《扬雄传》，第 3585 页。
④ 同上书。
⑤ 《全宋诗》第 4 册，第 2404 页。

在宋祁的笔下,以区区四十字的篇幅和精密严谨的形式传达了十分丰富的内容,诗人先从废宅写起,由宅及池,由池及墨,紧扣诗题。因此题下注云:"即草玄所。"接下来就围绕扬雄《太玄》展开:砚台破损、文字残缺,书籍断烂,而"芸犹翠"、"竹自寒",在变与不变之间体现历史的沧桑感。最后睹物而思人,不仅扬雄不见踪迹,而且连其后代也没有延续下来,所谓"雄亡它扬于蜀"①也,睹物不见人,故而"抚物费长叹"。从形式上看,此诗为五律,篇幅不大,但非常精致,四联中有三联对仗,且"蟾蜍"(砚台)与"科斗"(文字)、"芸"(书签)与"竹"(竹简)对仗之精密巧妙尤见其经营布置之功,并且通过用典、借代等手法的运用,使诗作具有多重意蕴,比如此诗的中间两联,创设了古今两重情境:"蟾蜍"、"科斗"使人联想到扬雄草拟《太玄》,乃过去的情境,而"滴破"、"书残"又把人拉回现实的情境中;"蠹罢"、"蒸馀"将人的思绪引到了《太玄》一书的制作、残损的历史情境中去,而"芸犹翠"、"竹自寒"又回到了现实的世界,每句诗都能引起有关《太玄》过去与现在的丰富感触与联想,在古今之间的穿梭与对照中,诗作形成了强大的张力以及丰厚的意蕴。这首诗善于用事,辞藻华美,属对精巧,词严义密,是典型的西昆手法,亦是宋祁继承西昆之法追求诗歌艺术的结果,但克服了前期西昆体之作内涵空乏、富丽华缛的弊病,堪称昆体之救赎。

宋祁不仅继承了西昆体的手法,还以博学多才,对西昆体进行突破与发展,主要表现在以下两个方面。

一、语言创新。宋祁《南阳集序》评当代诗云:"大抵近世之诗,多师祖前人,不丐奇博于少陵,萧散于摩诘,则肖貌乐天,祖长江而摹许昌也。故陈言旧辞,未读而先厌。"②这里对宋初以来的诗人沿袭、模拟乃至剽掠唐代诗人语言、意境的现象表示不满,厌其"陈言旧辞"。有所摒弃,必另有所追求,邵博云:"大儒宋景文公学该九流,于音训尤邃,故所著书用奇字,人多不识。"③王士祯云:"予观宋景文近体,无一字无来历,而对仗精确,非读万卷者不能。"④可见其用字虽难,对仗虽精,却均有来历。宋祁诗歌中极力追求对语言的提炼创新,谢华启秀,陈言务去,对宋诗的发展具有重要的意义。表现在咏史诗中,就是以史传语言入诗,特别是着意发掘、刻意经营同一历史事件或情境中的极其精准的事对兼语对,从而产生新警精妙的效果,以超

---

① 《汉书》卷八十七上《扬雄传》,第3513页。
② 《全宋文》第24册,第312页。
③ 宋邵博撰,刘德权、李剑雄点校《邵氏闻见后录》卷二十七,中华书局,1983年,第212页。
④ 清王士祯《香祖笔记》卷十,第192页。

迈前人。如上文涉及的诗作，《曹景宗》诗以大量史传原文入诗，《过朱亥墓》诗以"邯郸"对"嚆喈"，二语皆为连绵词，极为难对，而宋祁却在同一篇传记中深挖巧对，令人拍案叫绝。而《扬雄墨池》诗，"蟾蜍"对"科斗"，亦是连绵词对仗，较之"邯郸"对"嚆喈"更为突出的是，不仅音节上连绵对仗，而且意义上同类相对，不仅字面意义属同类，"蟾蜍"与"科斗"均为动物，而且深层意义语意相关，砚台（"蟾蜍"）与文字（"科斗"）均为学术活动的重要组成部分，其对仗精妙之绝，令人叹为观止。

以上均属语对，还有皆来自原典，且语对兼事对者，如《张亚子庙》诗有"鹿庖偿故约，雷杼验幽符"二句，属对工整，且皆用事，《太平寰宇记》引《郡国志》云："（张）恶子昔至长安，见姚苌，谓曰：'却后九年，君当入蜀，若至梓潼七曲山，幸当见寻。'至建元十二年，随杨安南伐，未至七曲山，迷路，游骑贾君蒙，忽见一鹿驰，逐至庙门，鹿自死，追骑共剥之。有顷苌至，悟曰：'此是张君为我设主客之礼。'"①张恶子与姚苌九年之约，后以一鹿享之，烹食而去，宋祁用"鹿庖偿故约"非常精炼地概括这个故事。《华阳国志》载："梓潼县，郡治。有五妇山，故蜀五丁士所拽蛇崩山处也。有善板祠，一曰恶子。民岁上雷杼十枚。岁尽，不复见，云雷取去。"②"雷杼验幽符"之"雷杼"即源于此，唯独"验幽符"三字稍显无着落，不及"偿故约"三字亦有来历。这两个典故，未见前人于一首诗中尽用者，宋祁将两个不同来源的两个故事，有意安排在一起，且属对工稳，已十分难得，亦是其着意用力之处。如果说此诗的属对还有不尽人意之处，那么下面两首源于史传的咏史诗，属对更为工整且历历有据。《宣室》诗云：

> 宣室崔嵬冠未央，殿帷深掩上书囊。贾生始得虚前席，董偃寻闻献寿觞。③

首句盖泛言之，宣室殿是未央宫中最为宏伟高大的宫殿，而"殿帷深掩上书囊"句出自《汉书·东方朔传》，汉武帝问化民之道，"朔对曰：'……愿近述孝文皇帝之时，当世耆老皆闻见之。贵为天子，富有四海，身衣弋绨，足履革舄，以韦带剑，莞蒲为席，兵木无刃，衣缊无文，集上书囊以为殿帷；以道德为

---

①　宋乐史撰《太平寰宇记》卷八十四，第 1679 页。
②　晋常璩撰，任乃强校注《华阳国志校补图注》卷二，上海古籍出版社，1987 年，第 91 页。
③　《全宋诗》第 4 册，第 2555 页。

丽,以仁义为准。于是天下望风成俗,昭然化之。"①"贾生始得虚前席,董偃寻闻献寿觞"二句属对,亦均出自《汉书》,"虚前席"一语因李商隐《贾生》诗而为人熟知,出自《汉书·贾谊传》:"后岁馀,文帝思谊,征之。至,入见,上方受厘,坐宣室。上因感鬼神事,而问鬼神之本。谊具道所以然之故。至夜半,文帝前席。"②最后一句出自《汉书·东方朔传》:"(董氏)常从游戏北宫,驰逐平乐,观鸡鞠之会,角狗马之足,上大欢乐之。于是上为窦太主置酒宣室,使谒者引内董君。"③最终为东方朔强谏而止。两句诗中所涉之事均在宣室,时代相接,以"虚前席""献寿觞"骎栝其事,且属对工整,十分难得。不仅文辞、史事属对,且蕴含深意,文帝在宣室为贾谊前席,"不问苍生问鬼神"已经十分荒唐了,而武帝却要在宣室宴请董偃这样的斗鸡走狗之徒,更是荒谬至极,宋祁在此引而不发,在冷静的对比之中包含辛辣的讽刺。虽然此诗终不及义山《贾生》诗,宋祁对此自然十分明白,但或许重点不同,义山诗主意,而宋祁诗主辞而兼顾意,这也正是宋祁所属意之处。再如《武安侯》诗云:

> 贵甚宫中势,轩然帝右趋。所贪惟狗马,宁是学盘盂。骄取武库地,气凌辕下驹。淮南他日语,悔不共严诛。④

此诗亦为敷衍史传而成,《汉书·田蚡传》:"(蚡)辩有口,学《盘盂》诸书……上以蚡为丞相……当是时,丞相入奏事,语移日,所言皆听。荐人或起家至二千石,权移主上,上乃曰:'君除吏尽未?吾亦欲除吏。'尝请考工地益宅,上怒曰:'遂取武库!'……诸奏珍物狗马玩好,不可胜数。"⑤前五句即据此敷衍成章。"狗马"与"盘盂"之对颇为巧妙,既工整,又能将这样一个无赖形象所学与所好之矛盾展现出来。《汉书·灌夫传》载魏其与田蚡对灌夫骂座一事持不同意见,群臣默不作声,"上怒内史曰:'公平生数言魏其、武安长短,今日廷论,局趣效辕下驹,吾并斩若属矣!'"⑥"辕下驹"一语即出于此,以对上文之"武库地"。"淮南王安谋反,觉。始安入朝时,蚡为太尉,迎安霸

---

① 《汉书》六十五《东方朔传》,第 9 册,第 2858 页。
② 《汉书》卷四十八《贾谊传》,第 2230 页。
③ 《汉书》六十五《东方朔传》,第 2855 页。
④ 《全宋诗》第 4 册,第 2398 页。
⑤ 《汉书》卷五十二《田蚡传》,第 2377—2380 页。
⑥ 《汉书》卷五十二《灌夫传》,第 2390 页。

上,谓安曰:'上未有太子,大王最贤,高祖孙,即宫车晏驾,非大王立,尚谁立哉?'淮南王大喜,厚遗金钱财物。上自婴、夫事时不直蚡,特为太后故。及闻淮南事,上曰:'使武安侯在者,族矣。'"①最后二句所言即此事。此诗自是将史书中有关田蚡之事,缀辑而成,且无一字无来历,以文字为诗,可见其良苦之用心。

二、风格开拓。同作为西昆馀绪的二宋兄弟,较之宋庠的典丽沉博,宋祁的诗作除了上述字斟句酌、语言生新外,在西昆体清丽之外,还多了一些清俊疏朗之气,如以下二诗:

> 仙馆三峰下,年华百岁中。梦休孤蝶往②,蜕在一蝉空③。蕊笈微言秘,霄晨浩气通。丹遗舐后鼎,林遣御馀风。布雾沈荒白,餐霞委暗红。峨眉有归约,飞步与谁同。④(《予昔游云台观谒希夷先生陈抟祠堂缅想其人今追作此诗》)⑤

> 唐家六叶太平晏,宫艳醉骨恬无忧。阿荤诟天翠华出,模糊战血腥九州。乾疮坤痍四海破,白日杀气寒飕飀。少陵背贼走行在,采相拾橡填饥喉。眼前乱离不忍见,作诗感慨陈大猷。北征之篇辞最切,读者心陨如摧辀。莫肯念乱小雅怨,自然流涕袁安愁。才高位下言不入,愤气郁屈蟠长虬。今日奔亡匪天作,向来颠倒皆庙谋。忠骸佞骨相撑拄,一燎同烬悲昆丘。相君览古慨前事,追美子美真诗流。前王不见后王见,愿以此语贻千秋。(《和贾相公览杜工部北征篇》)⑥

第一首诗写陈抟,虽然仍然有刻意斟酌之迹,如"孤蝶"对"一蝉"之工致,"蕊笈"、"霄晨"、丹鼎、林风、"荒白"、"暗红"之华美艳丽,但并不典奥艰涩,而多了一些清疏之气。第二首诗写安史之乱中的杜甫,除了"小雅怨"对"袁安愁"外,整体不事雕琢,一气流转,颇有雄浑之风。较之西昆体诗以及宋祁本人那些刻意经营之作,更多流利之美,亦不失为一种有益的艺术开拓。

---

① 《汉书》卷五十二《灌夫传》,第2393页。
② 自注:世言先生善睡,一寝辄逾月。
③ 自注:有冢在华山下。
④ 自注:先生化去前三日,语弟子云吾将游峨眉。弟子讶不辨,候至期而终。
⑤ 《全宋诗》第4册,第2539页。
⑥ 同上书,第2359页。

　　总之,宋祁驳杂的思想、豪放的个性,使其咏史诗无论是在理想的张扬、失意的抒发、还是思想的表达,都有其独特的创造。在诗歌语言力避陈俗、生新开拓方面的刻意追求,使其诗作逐渐呈现出宋诗特有的面貌,虽然有矫枉过正、刻意雕琢的弊端,在追求语言生新的同时,也影响了思想的表达和艺术的塑造,但这种努力是与宋诗精神相通的,是宋诗发展的方向。而将西昆手法运用到古体诗的写作中,将华丽美艳置于清俊疏朗之气,则有利于对西昆体诗向更广阔的方向发展。

四、梅尧臣

　　梅尧臣(1002—1060),字圣俞,宣城(今安徽宣州)人。未举进士,初以从父梅询荫补太庙斋郎,之后作过几任主簿、县令之类的小官。皇祐三年(1051)赐同进士出身,为国子直讲,累迁至尚书都官员外郎。有咏史诗 60 馀首,在同时人中,数量是比较可观的。

　　梅尧臣是一个儒家思想倾向比较明显的人。他十二三岁之前生活在其父梅让身边,而梅让是一个居乡务农、终身不仕的人,自言:“士之仕也,进而取荣禄易,欲行其志而无愧于心者难。吾岂不欲仕哉? 居其官不得行其志,食其禄而有愧于其心者,吾不为也。今吾居父母之邦,事长老以恭,接朋友以信,守吾坟墓,安吾里间,以老死而无恨,此吾志也。”①此言充分显示其人是持道自守、注重修养的儒家士人,所坚守的是无愧于心的孔子忠恕之道,所秉持的是忠孝节义等儒家传统道德,且力学笃行,付诸实践。梅让的思想言行,对梅尧臣一生的言行出处产生了颇为深远的影响。梅尧臣在其诗中,屡屡自言“为学本为道”②、“平生守仁义”③、“道德保于中”④,“读书本为道,不计贱与贫。当须化闾里,庶使礼义臻”⑤,“我迹固尚贱,我道未尝轻。力遵仁义涂,曷畏万里程。安能苟荣禄,扰扰复营营”⑥,与其父之言如出一辙。儒家的伦理道德和价值观成了梅尧臣认识、评价外物的准则,即使是注释兵家典籍《孙子》,也强调其有助于儒家之道的意义:“我世本儒术,所谈圣人篇。圣篇辟乎道,信谓天地根。……始欲沿其学,陈迹不可言。唯馀兵家

---

①　欧阳修《太子中舍梅君墓志铭》,《全宋文》第 35 册,第 338 页。
②　梅尧臣《直宿广文舍下》,《全宋诗》第 5 册,第 3200 页。
③　梅尧臣《寄金山昙颖师呈永叔内翰》,《全宋诗》第 5 册,第 3330 页。
④　梅尧臣《八月七日始见白髭一茎》,《全宋诗》第 5 册,第 3150 页。
⑤　梅尧臣《寄题苏子美沧浪亭》,《全宋诗》第 5 册,第 2913 页。
⑥　梅尧臣《依韵和达观禅师赠别》,《全宋诗》第 5 册,第 3008 页。

说,自昔罕所论。因暇聊发箧,故读尚可温。将为文者备,岂必握武贲。终资仁义师,焉愧道德藩。……"①对于历史人物、历史事件的评价,亦衡之以道德仁义,注重其名节操守,如以下两首诗:

> 旷哉嵩室阳,神怪所栖宅。苍石不知年,灵熊去无迹。烟岩想桂宫,苔壁疑椒掖。不学舜娥悲,潇湘竹枝碧。(《陪太尉钱相公游嵩山七章·启母石》)②

> 灵祠古殿深,少室群峰碧。行雨欲随车,望岩非化石。常闻兰气蒸,谁莫椒香液。寄谢洛川妃,凌波定何益。(《陪太尉钱相公游嵩山七章·少姨庙》)③

这是梅尧臣早期的作品,作于三十岁,其中启母即夏禹的妻子,夏启的母亲,少姨是启母的妹妹,均属圣君禹的亲属,因此诗人在诗中表达了敬意和赞美,因山间之景物而联想到"桂宫"、"椒掖"、"兰气"、"椒香"等美好的事物,符合人物身份。然而在诗的最后,引入"舜娥"、"洛川妃",两两相较,对后二者略有微词,以达到褒扬前二者的目的,这种并不高明的作法,既能显露出梅尧臣对儒家"发乎情止乎礼义"中庸思想以及中和之美的推崇,也能显示出其思想中过于守旧乃至迂腐的一面。同时的欧阳修有言:"自古荒诞之士,喜为奇辞怪说以欺世眩俗,学士大夫能卓然不惑者盖鲜,如启母化为石、伊尹之母化为桑事,尤不经难信。然繇古迄今未有非之者也。呜呼,此君子所以恶攻乎异端也欤。"④"余按《淮南子》云:'涂山氏化为石而生启。'其事不经,固已难信。今又以少姨为涂山氏之妹,庙而祀之,其为浅陋尤甚,盖俚俗所立淫祀也。"⑤二者相较,高下自现。梅尧臣固执守旧,难免腐儒之气,而欧阳修怀疑自立,已具赵宋新风。梅尧臣对其他正面历史人物的评说,亦大抵如此,兹举数例如下:

> 二蛇志不同,相得榛莽里。一蛇化为龙,一蛇化为雉。龙飞上高

---

① 梅尧臣《依韵和李君读余注孙子》,《全宋诗》第 5 册,第 2789 页。

② 《全宋诗》第 5 册,第 2717 页。

③ 同上书,第 2716 页。

④ 宋赵明诚撰《宋本金石录》卷二十四《唐启母庙碑》欧阳修按语,中华书局,1991 年,第571—572 页。

⑤ 宋赵明诚撰《宋本金石录》卷二十四《唐少姨庙碑》欧阳修按语,第 570—571 页。

衢,雉飞入深水。为蜃自得宜,潜游沧海涘。变化虽各殊,有道固终始。光武与严陵,其义亦云尔。所遇在草昧,既贵不为起。翻然归富春,曾不相助治。至今存清芬,烜赫耀图史。人传七里滩,昔日来钓此。滩上水溅溅,滩下石齿齿。其人不可见,其事清且美。有客乘朱轮,徘徊想前轨。著辞刻之碑,复使存厥祀。欲以廉贪夫,又以立懦士。千载名不忘,休哉古君子。(《读范桐庐述严先生祠堂碑》)①

子真实吾祖,耿介仕炎汉。权臣始擅朝,忠良被涂炭。辇下莫敢言,上书陈治乱。是时卿大夫,曾不负愧汗。其文信雄深,烂然今可玩。危言识祸机,灭迹思汗漫。一朝弃妻子,龙性宁羁绊。九江传神仙,会稽隐廛闬。旧市越溪阴,家山镜湖畔。唯馀千载名,抚卷一长叹。(《读汉书梅子真传》)②

八月过宋都,泊舟双庙侧。永怀此忠良,遗烈传碑刻。五位俨朝裾,千年同血食。当时多苟生,贵爵曾谁识。纵今有丘坟,都已荒荆棘。古人非轻死,于义实罕得。英骨化埃尘,令名同鸟翼。飞翔出后世,景慕无终极。岂若目前荣,未殁声已息。西登孝王城,王气由邦国。(《谒双庙》)③

这三首诗都作于四十岁左右,所咏无论是严子陵、梅福还是张巡、许远,思想和风格大致相仿。思想上,无外乎以儒家道德仁义为衡量标准,褒扬这些历史人物,并无新意。值得注意的是,这三首诗对历史人物的"千载名"、"令名"都特别关注,当然这也是儒家思想中的重要组成部分,儒家所谓不朽,亦即名垂千古。但联系梅尧臣的身世,我们大致可以窥探另外一些消息。梅尧臣于科场屡屡受挫,景祐元年(1034)最后一次应进士试④,其后也是有机会的⑤,之所以没有继续争取,与其意气销磨不无关系,对当世的功业和富贵已经不抱太大希望了,生前不得志,惟期身后名,因此转而寄希望于千载

① 《全宋诗》第5册,第2761页。
② 同上书,第2762页。
③ 同上书,第2838页。
④ 宋梅尧臣著,朱东润编年校注《梅尧臣集编年校注》卷八,上海古籍出版社,1980年,第113页。本节梅尧臣诗系年均据此书。
⑤ 梅尧臣37岁时有《闻表兄施先辈上第》诗云:"昔人事功名,五十未为老。而今君已及,得桂诚非早。所慰白头亲,且将黄绶好。吾始日夜心,望尽京关道。拜庆早归来,莫变秋庭草。"(《全宋诗》第5册,第2771页。)诗云"五十未为老",又云其人"得桂诚非早",大概其表兄此时至少有四五十岁了。

令名。这样的心理状态,在梅尧臣很多诗作中都有所反映,咏史诗只是冰山一角。

梅尧臣褒扬古人以德以义,批评古人亦如此,如评论秦、吴、六朝云:"秦莫恃栈阁,吴莫恃堑江。不能恃以德,二国竟亦降"①,"恃险不能久,六朝今已亡"②,评项羽云:"羽以匹夫勇,起于陇亩中。遂将五诸侯,三年成霸功。天下欲灭秦,无不慕强雄。秦灭责以德,豁达归沛公。自矜奋私智,奔亡竟无终。"③亦无新意,但《项羽》诗作于晚年(1058),可见其对儒家思想的认识和坚守贯穿其一生,且没有太大的变化,难免会影响其咏史诗思想高度和认识价值。

梅尧臣以仁义修身,以道德自持,但他处在北宋王朝的上升期,整个社会都积极向上,士人以科举入仕作为实现人生价值的重要方式,梅尧臣自不能例外。实际上,梅尧臣一生科场困顿,仕宦不显,导致后来对仁义道德的持守也增添了无奈的意味,"论兵说剑三十秋,乃知功名难强取"④,"功名富贵无能取,乱石清泉自忆归"⑤,"功名信难立,德行徒自修"⑥,都道出了心中的酸楚与无奈。体现在咏史诗中,梅尧臣对功名的向往表现为对建立不世功业的历史人物的崇敬,并为其遭到迫害深感惋惜,如以下几首咏张良、韩信的诗作:

> 貌如女子心如铁,五世相韩韩已灭。家童三百不足使,仓海君初去相结。秦皇东从博浪过,力士袖椎同决烈。晓入沙中风正昏,误击副车搜迹绝。亡命下邳圯上游,老父堕履意未别。顾谓孺子下取之,心始不平终折节。舒足既受笑且去,行及里所还可说。可教后当五日来,三返其期付书阅。他日则为王者师,果辅高皇号奇杰。留国存祠汴水傍,逢逢箫鼓赛肥羊。赤松不见天地长,黄石共葬丘冢荒。(《留侯庙下作》)⑦

---

① 梅尧臣《金陵怀古》,《全宋诗》第 5 册,第 2952 页。
② 梅尧臣《金陵三首》其一,《全宋诗》第 5 册,第 3093 页。
③ 梅尧臣《项羽》,《全宋诗》第 5 册,第 3263 页。
④ 梅尧臣《送令狐宪周度支知秀州》,《全宋诗》第 5 册,第 3049 页。按:朱东润先生云:"论兵说剑二句,尧臣推令狐宪周,同时也发抒满腔的愤慨。"(朱东润选注《梅尧臣诗选》,人民文学出版社,1980 年,第 159 页。)
⑤ 梅尧臣《寄汶上》,《全宋诗》第 5 册,第 2852 页。
⑥ 梅尧臣《赴刁景纯招作将进酒呈同会》,《全宋诗》第 5 册,第 3084 页。
⑦ 《全宋诗》第 5 册,第 3190 页。

  韩信未遇时,忍饥坐垂钓。归来淮阴市,又复逢恶少。使之出胯下,一市皆大笑。龙蛇忽云腾,蛭螾岂能料。亡命乃为将,出奇还破赵。用兵不患多,所向孰敢摽。功名塞天地,翦刈等蒿蓊。于今千百年,水上见孤庙。鹭衔荭下鱼,相呼尚鸣叫。高皇四海平,有酒不共醮。古来称英雄,去就可以照。(《淮阴侯庙》)①

  功既高天下,身何不自防。已能成汉业,无复假齐王。复耻哙为伍,安知吕所忘。空名流未竭,淮水共汤汤。(《淮阴侯》)②

梅尧臣这三首诗均作于晚年,首先叙述张良、韩信的风云事迹,对其所建功业给予了极高的评价,称张良"他日则为王者师,果辅高皇号奇杰",赞韩信"功名塞天地"、"功既高天下"。张良、韩信所作所为,实则与儒家的理想人格有很大距离,因此真正注重道德的宋代理学家对其多有微词,但像梅尧臣这样极其渴望建功立业的人,将注意力集中在他们建立的煊赫事功之上,因此致以极大的热情与赞赏。同时,也对张良的全身而退表示赞同,为韩信因高皇"有酒不共醮"而受到"翦刈"感到无比的气愤、惋惜和同情。对功名事业的向往,而自己却时运不济,无人提携,难免有怀才不遇的感慨,对于慧眼识人颇为属意:

  赤帝醉提龙剑行,径草没人壮士惊。白蛇断裂不可续,神妪哀哀夜深哭。酒醒自负气生虹,从者日畏天下雄。秦皇玉舆来向东,安知隐在芒砀中。妇人自识云气从,王命艰哉丰沛公。(《沛公歌》)③

  天下滔滔久厌秦,英雄蛇鼠窜荆榛。少年豪横知多少,不及沙头一妇人。(《淮阴》)④

前诗咏刘邦,大部分是根据史传敷衍而成⑤,为下文张本,最后发出"妇人自识云气从,王命艰哉丰沛公"的感慨,突出主旨,其核心是一个"识"字。后诗云"少年豪横""不及沙头一妇人",也是在一个"识"字上。对妇人或能辨云

---

① 《全宋诗》第 5 册,第 3091 页。
② 同上书,第 3175 页。
③ 同上书,第 2960 页。
④ 同上书,第 3090 页。
⑤ 梅尧臣叙述人物事迹基本根据史传,甚至部分语句也来自史书原文,但是并没有像二宋那样有意融会、锻炼史传语言的意识。

气,或能识英雄,表示欣赏,感到欣慰,寄寓着期待和理想,对秦皇和少年不能辨识英雄,感到无比的遗憾和失望,寄寓着感慨和无奈。上述无奈和感慨的抒发尚属平和,但聚积到一定程度,在一定条件下就会变成愤怒而迸发出来,这就是作于庆历元年的《桓妒妻》诗:

> 昔闻桓司马,娶妾貌甚都。其妻南郡主,悍妒谁与俱。持刀拥群婢,径往将必屠。妾时在窗前,解鬟临镜梳。鬓发云垂地,莹姿冰照壶。妾初见主来,绾髻下庭隅。敛手语出处,国破家已殂。无心来至此,岂愿奉君娱。今日苟见杀,虽死生不殊。主乃掷刀前,抱持一长吁。曰我见犹怜,何况是老奴。盛怒反为喜,哀矜非始图。嫉忌尚服美,伤哉今亦无。①

这是一首比体诗,本事见《世说新语·贤媛》:"桓宣武平蜀,以李势妹为妾,甚有宠,常着斋后。主始不知,既闻,与数十婢拔白刃袭之。正值李梳头,发委藉地,肤色玉曜,不为动容,徐曰:'国破家亡,无心至此,今日若能见杀,乃是本怀。'主惭而退。"刘孝标注引《妒记》曰:"(桓)温平蜀,以李势女为妾。郡主凶妒,不即知之。后知,乃拔刃往李所,因欲斫之。见李在窗梳头,姿貌端丽,徐徐结发,敛手向主,神色闲正,辞甚凄惋。主于是掷刀前抱,曰:'阿子,我见汝亦怜,何况老奴!'遂善之。"②梅尧臣此诗以美貌之妾自比,以美貌遭妒抒发自己怀才不遇的感慨,以妒妇尚能服美来表达当时士大夫不能识人的愤激伤感之情。"嫉忌尚服美,伤哉今亦无"之言,明显与诗人的身世相关。康定元年(1040),范仲淹与韩琦并为陕西经略安抚副使,大批延揽人才,向很多人发出邀请,包括欧阳修等人,却未及梅尧臣,因此欧阳修在回复范仲淹的信中特别提示:"伏见自至关西,辟士甚众。古人所与成事者,必有国士共之,非惟在上者,以知人为难,士虽贫贱,以身许人,固亦未易。欲其尽死,必深相知,知之不尽,士不为用。今奇怪豪俊之士,往往蒙见收择,顾用之如何尔。然尚虑山林草莽,有挺特知义、慷慨自重之士,未得出于门下也,宜少思焉。"③明确提醒范仲淹要深相知士,特意暗示尚有未被注意的处在"山林草莽"间的"挺特知义、慷慨自重之士",所指大致为梅尧臣是没有问

---

① 《全宋诗》第 5 册,第 2799 页。

② 南朝宋刘义庆撰,梁刘孝标注,朱铸禹汇校集注《世说新语汇校集注》卷下《贤媛》,上海古籍出版社,2002 年,第 584 页。

③ 欧阳修《答陕西安抚使范龙图辞辟命书》,《全宋文》第 33 册,第 53 页。

题的。就在第二年,庆历元年(1041)梅尧臣写下这首诗①,表达自己的才干不被赏识和认可的愤慨之情,甚至因此产生怨恨,逐渐发展为梅、范关系的不断恶化。因此这里不再是泛泛的抑郁抒发,而是在特定的历史背景下,带着强烈情绪的怨愤发泄。

面对残酷的现实,无论是失望、遗憾,还是愤激、感慨,总会随着时间的流逝而逐渐平息,出现两个方面的倾向。积极的倾向是标榜洁身自好,抱道守节,或进而期待身后之名,如《咏严子陵》诗云:

> 不顾万乘主,不屈千户侯。手澄百金鱼,身被一羊裘。借问此何耳,心远忘九州。青山束寒滩,溅浪惊素鸥。以之为朋亲,安慕乘华辀。老氏轻璧马,庄生恶牺牛。终为蕴石玉,敻古辉岩陬。②

写严子陵如老庄一样,不慕华辀,心忘九州,以青山、寒滩、溅浪、素鸥为朋亲,身心高洁,如蕴于石中之玉,终难掩万古光辉。这里以严子陵高洁品格自拟,以万古光辉自安自期,亦不失为一种化解抑郁之情的方式。但是,这样的方式并非一直有效,当愤激、悲痛随着时间的流逝而平息,消极的倾向也在所难免,即对人生难料、才高命薄的感慨,如《西施》诗:

> 溅溅溪流散,芊芊石发开。一朝辞浣纱,去上姑苏台。歌舞学未稳,越兵俄已来。门上子胥目,吴人岂不哀。层宫有麋鹿,朱颜为土灰。水边同时伴,贫贱犹摘梅。食梅莫厌酸,祸福不我猜。③

此诗作于晚年。历来咏西施诗作颇多,或批评,或洗雪,或叹惋,但很少从西施之事感叹祸福不常,因为无论西施的最终结局如何,其所作所为都是自主选择,有意为之,很难引出无常的感慨,而梅尧臣此诗却借西施在“层宫有麋鹿,朱颜为土灰”的吴越兴亡之后对同伴之言,发出“祸福不我猜”、命运无常的感叹,则是借古人之口,写一己之心。

咏昭君的诗作更多,尤其是宋代以刘敞、王安石为核心的两组唱和,在

---

① 关于欧阳修的覆信与《桓妒妻》写作时间先后的问题,朱东润先生意见略有不同,在《梅尧臣集编年校注》中言:“这封书信的写定正在《桓妒妻》之作前后。”(第180页)而在《梅尧臣诗选》中,则确定欧书作于康定元年,而梅诗作于其后的庆历元年(第50—51页)。《诗选》后出,从之。

② 《全宋诗》第5册,第2987页。

③ 同上书,第3093页。

同时及后世都产生了很大的影响。虽然王昭君是红颜薄命的最好题材,但是梅尧臣诗与其他人所作有很大不同,兹录同时人所作昭君诗有关薄命者如下,文虽繁,然不录不足以见其区别:

> 一嫁异域去,不复临镜台。念昔辞家时,岂为单于来。适退固亦命,配丑非由媒。始欲并日月,今嗟随风埃。仆侍共惨戚,山川空徘徊。鸿雁为之悲,肝肠为之摧。宁闻琵琶乐,但闻琵琶哀。休言羊酪甘,谁喜毡庐开。故国万馀里,此生那得回。乃知女子薄,莫比原上菜。(梅尧臣《再依韵(和原甫昭君辞)》)①

> 明妃命薄汉计拙,凭仗丹青死误人。一别汉宫空掩泪,便随胡马向胡尘。马上山川难记忆,明明夜月如相识。月下琵琶旋制声,手弹心苦谁知得。辞家只欲奉君王,岂意蛾眉入虎狼。男儿返覆尚不保,女子轻微何可望。青冢犹存塞路远,长安不见旧陵荒。(梅尧臣《和介甫明妃曲》)②

> 汉宫有佳人,天子初未识。一朝随汉使,远嫁单于国。绝色天下无,一失难再得。虽能杀画工,于事竟何益。耳目所及尚如此,万里安能制夷狄。汉计诚已拙,女色难自夸。明妃去时泪,洒向枝上花。狂风日暮起,飘泊落谁家。红颜胜人多薄命,莫怨春风当自嗟。(欧阳修《再和明妃曲》)③

> 明妃未出汉宫时,秀色倾人人不知。何况一身辞汉地,驱令万里嫁胡儿。喧喧杂虏方满眼,皎皎丹心欲语谁。延寿尔能私好恶,令人不自保妍媸。丹青有迹尚如此,何况无形论是非。穷通岂不各有命,南北由来非尔为。黄云塞路乡国远,鸿雁在天音信稀。度成新曲无人听,弹向东风空泪垂。若道人情无感慨,何故卫女苦思归。(曾巩《明妃曲二首》其一)④

四首诗均感叹王昭君红颜薄命,但后二首较为浮泛,不是全诗的核心和重点,写昭君事迹主要凸显其残酷悲哀的现实,如欧诗"汉宫有佳人,天子初未识。一朝随汉使,远嫁单于国",曾诗"明妃未出汉宫时,秀色倾人人不知。何况一身辞汉地,驱令万里嫁胡儿",这些只是客观现实的叙述,并不强调事

---

① 《全宋诗》第 5 册,第 3290 页。
② 同上书,第 3338 页。
③ 《全宋诗》第 6 册,第 3656 页。
④ 《全宋诗》第 8 册,第 5552 页。

先的主观预期及其与客观结果之间的巨大反差,只在结尾感叹一下而已,因此薄命的感慨就轻泛得多了。这些诗作主要是探讨昭君悲剧产生的原因,且更多的归结为现实因素"丹青"与画师:"耳目所及尚如此,万里安能制夷狄","丹青有迹尚如此,何况无形论是非",所以才会有一些批评和反思的意见。但这一感叹在梅尧臣诗中却成了主题,是诗的前半部分就提出来,"适遇固亦命"、"明妃命薄汉计拙",并且在结尾突出强调,"乃知女子薄,莫比原上莱"。在叙写昭君事迹时,也为表现这一主题着力甚多。感叹命薄,突出命运的不可捉摸,就会着意表现主观愿望与客观结果的差距,故有"念昔辞家时,岂为单于来"、"始欲并日月,今嗟随风埃"、"辞家只欲奉君王,岂意蛾眉入虎狼",特别强调今昔之差距,故有"昔"、"始"、"今"等字,凸显主观与客观之不同,出乎意料,故用"只"、"岂"等字,进而寻找这种结果产生的原因就是不可捉摸的命运,既然是命运,是不可控制的,因此没有欧、曾的积极的批评和反思,只有消极的无奈的承受与悲慨。凡此种种,均突出了"薄命"这一主题,并且表现尤为集中强烈。此诗作于暮年①,不久后梅尧臣就离世了。在经历了一生的抑郁与苦闷之后,梅尧臣对自己的不得志再也没有力气去努力反省和思考,只能简单地归之于命薄,而恰恰昭君题材又十分契合,因此梅尧臣此作特别对薄命主题进行集中强烈地表现,梅尧臣在诗中并不突出昭君的美貌,也就是对自己的才干也已经不在意了,只剩下了感叹与悲慨。

梅尧臣咏史诗的艺术水平参差不齐,其中有相当数量的平平之作,如下列几首诗:

> 青峰来合沓,势压大江雄。舟渡神兵后,城荒王气空。山根鱼浪白,岩壁石萝红。弄月人何在,孤坟细草中。(《采石怀古》)②

> 汉家诛党人,谁与李杜死。死者有范滂,其母为之喜。喜死名愈彰,生荣同犬豕。(《读〈后汉书〉列传》)③

> 古传神禹迹,今向旧山阿。莫问辛壬娶,从来甲子多。夜淮低激射,朝江上嵯峨。荒庙立泥骨,岩头风雨过。(《涂山》)④

---

① 据《梅尧臣集编年校注》,《再依韵(和原甫昭君辞)》《和介甫明妃曲》分别作于嘉祐三年(1058)和嘉祐五年(1060)(见第 1057 页、第 1143 页)。

② 《全宋诗》第 5 册,第 2746 页。

③ 同上书,第 2843 页。

④ 同上书,第 2964 页。

这些诗作与上文所引《淮阴侯》《项羽》等诗，无论思想意蕴还是艺术技巧均无过人之处，也不能代表梅尧臣的诗歌成就，却可以使我们从中窥见梅尧臣诗的来源和路数。就这些诗作而言，梅尧臣诗大致来源于宋初白体一派，是平易浅近一路，这对于我们认识宋诗的发展还是有意义的。在此基础上，梅尧臣又汲取韩愈、孟郊的创作经验，发展为瘦硬的风格，表现在咏史诗中并不突出，试举《淮阴》诗：

> 青环瘦铁缆，系在淮阴城。水胫多长短，林枝有直横。山夔一足走，妖鸟九头鸣。韩信祠堂古，谁将胯下平。①

此诗几乎全篇写景状物，只有最后"胯下平"三个字与韩信胯下之辱有关，实则诗人写景亦是抒情，抒情而暗含史事。首联写淮水，"青"、"瘦"二字写淮水之色状，并不鲜亮柔美，然后再下一"系"字，看似平易，实则狠硬，"系"字不仅写出了淮水环绕淮阴城的状态，而且在环绕中有一种捆绑的力度，青瘦之水紧紧缠绕着淮阴古城，开篇即不平和，而是险峭紧张，暗涵着情感和力量。接下来"水胫"、"林枝"的长短直横，并非和谐优美。尤其是一足山夔，四处奔跑，九头妖鸟，凌空嘶鸣，更是险怪异常，使人心神战栗，惊悚不安。当这种惊险怪诞的场面和氛围到达顶点的时候，戛然而止，出之以极平和的一句"韩信祠堂古"，引出此诗的主角韩信，颇为简澹，显得有些漫不经心，似乎也是为了缓解上文剑拔弩张的氛围，为下文点出真正的旨意作铺垫，最后一句承前，看似平易，点到为止，惜墨如金。但是将这种不平与前文充满强力和惊险的环境物象联系在一起后，我们可以感受到非常强烈的不平之气，表现得却含而不露、引而不发，着实高妙②。这种不平之气与其说是韩信的，不如说是梅尧臣本人的。韩信之不平早已在一千多年前韩信的生前就平复了，而梅尧臣的不平之气，此时以至于一生都没有得到丝毫的缓解，充斥于胸中，激射于天地，浩浩乎不可抑止。这才是具有"梅氏风格"的作品，是集秾郁的情感和精湛的技艺于一体的高水平的咏史诗。然而可惜的是，在梅尧臣的咏史诗中，这类作品确实不多。这与梅尧臣咏史诗以下两个主要特点有关。

---

① 《全宋诗》第 5 册，第 2960 页。

② 这或许就是梅尧臣追求的那种"与激昂愤慨的情感内蕴"不排斥的"超越了雕润绮丽的""平淡"风格，详参莫师砺锋《论梅尧臣诗的平淡风格》一文，见《唐宋诗歌论集》，第 223—237 页。

一是散文化倾向，即诗歌写作汪洋恣肆，一泻千里，务穷务尽，不节制思想，不收敛情绪，以平易舒畅的语言，书写古人事迹，发表个人见解，如上文所引《读范桐庐述严先生祠堂碑》诗，评说严陵与光武出处不同，各异其志，平白如话，《读〈汉书·梅子真〉传》《留侯庙下作》诗则是概括史传人物事迹，顺流直下，毫无波澜。这些诗作无论是语言还是章法，均不甚经营和剪裁，主要原因是诗人重在表达甚至是发泄的过程本身，从而忽视了表达的方式和效果，难免影响作品的艺术水平。

一是比兴手法，即以历史来比附现实，通过对某种特定的历史事件和历史环境的叙述来影射现实，对历史事件发表议论和感慨以表达对现实的意见或感受，如上文所引《桓妒妻》诗，只不过是将《世说新语》正文与注文里的文字合并抄撮，进行韵语化表达，来影射梅、欧、范三者的关系以及自己的不被认可的抑郁愤激之情。为了影射现实而将历史与现实严格地一一对应，难免牵强凑泊而影响艺术表达的效果。再举《邺中行》诗：

> 武帝初起铜雀台，丕又建阁延七子。日日台上群乌饥，峨峨七子宴且喜。是时阁严人不通，虽有层梯谁可履。公干才俊或欺事，平视美人曾不起。五官褊急犹且容，意使忿怒如有鬼。自兹不得为故人，输作左校滨于死。其馀数子安可存，纷然射去如流矢。乌乌声乐台转高，各自毕逋夸鼻尾。而今抚卷迹已陈，唯有漳河旧流水。①

此诗所本乃"刘公干以失敬罹罪"之事，见《世说新语》，《世说》又注引《典略》曰："刘桢，字公干，东平宁阳人。建安十六年，世子为五官中郎将，妙选文学，使桢随侍。太子酒酣，坐欢，乃使夫人甄氏出拜。坐上客多伏，而桢独平视。他日公闻，乃收桢。减死，输作部。"②不仅如此，此诗又直指现实，"言苏舜钦等诸人之罢斥。公干借指舜钦，其馀诸子指王益柔、周延隽等。五官中郎将指仁宗，王拱辰、刘元瑜、鱼周询等为鬼。'纷然射去如流矢'，极言尧臣之痛心，'唯有漳河旧流水'正所谓'后之视今，亦犹今之视昔'。"③如此含沙射影，亦步亦趋地将现实与历史对号入座，丝毫不注重叙述的圆融丰洽，历史就成了空壳而已，历史的内涵以及表达的艺术性都不重要了。当然，梅

---

① 《全宋诗》第5册，第2842页。
② 《世说新语汇校集注》卷上，第58页。
③ 《梅尧臣集编年校注》卷十四，第255页。

尧臣这种影射手法的诗作不多，但在咏史诗中却是很有个性的，与其始终善于托物讽喻的手法本质精神是一致的[1]，只不过梅尧臣的比体诗或寓言诗，大抵以托物为主，历史题材不是其着力经营和发展的方向，从而梅尧臣的咏史诗没有取得很高的成就。

综上所述，梅尧臣与田锡、王禹偁、范仲淹相比，都是新兴的下层儒家知识分子，只不过已经是第二代了，而且是其中不得志的代表。如果说范仲淹的咏史诗是得志的儒家知识分子的政治宣言，梅尧臣的咏史诗就是不得志的儒家知识分子的道德自警与抑郁挣扎，是一个群体中的两种不同声音。因此梅尧臣咏史诗寄寓着诸多个人感喟，这种感喟终究也是盛世的感喟，终究还是儒家思想笼罩下的感喟，虽然难免以老庄来解脱，但终归走不到虚无的地步，而是以洁身自好自警，以千载令名自期。感喟发抒往往成为重点，无论是叙述还是议论，惟期表达和适用，从而出现散文化的倾向，难免忽视艺术上的锻炼与提升，这也是与王禹偁、范仲淹等人一脉相承的，而具有梅尧臣特色的炉火纯青的艺术境界，在咏史诗中并未得到很好的表现。梅尧臣咏史诗在思想意蕴、感情含量上，较之同时的二宋要高很多，但是艺术成就上，尤其是开创性上，不免逊色一筹。这与二者诗学取径上的不同有关，梅尧臣重赋法[2]，二宋重比兴[3]，赋法必取法自然，才能逼真，因此并不注重历史资源的开发而重现实思想情感的表达；比兴必取资典籍，方能富赡，因此重视典籍资源的提炼而忽视思想情感的表达，从而造成二者在咏史诗上用力各异，成就不同。

从根本上说，梅尧臣的文学观还是功利的，重表达的主旨和内容，要在切当，而二宋则对艺术的追求更纯粹，重表达的形式和语言，要在精美。他们为宋诗开辟了两条不同的道路，梅尧臣一路至王安石，臻于至境，而二宋一路，被黄庭坚发扬光大，取资四部百家，夺胎换骨，点铁成金，生新峭劲，卓然一家，并引领了声势浩大的江西诗派。这样，二宋之功似乎并不亚于尧臣，宋诗开山祖师之称，尧臣不当专美，二宋分一杯羹，争一席地，或不为过。虽然梅尧臣和二宋都有经典的代表作，如梅尧臣之《淮阴》诗、宋祁之《扬雄

---

[1] 详参巩师本栋《北宋党争与梅尧臣的诗歌创作》一文，王水照主编《首届宋代文学国际研讨会论文集》，复旦大学出版社，2001年，第129—152页。

[2] 虽然梅尧臣善于写比体诗、寓言诗，但"比"、"寓"只是空壳而已，具体手法大概仍然以赋为主。

[3] 传统的比兴和用事用典，基本精神都是不直言，而是利用他物来隐喻，造成多重意蕴，只不过传统的比兴运用的是自然物象，而用事用典则是历史资源。因此这里借用比兴这一术语。

墨池》诗,但也都有不可克服的缺陷,梅之过于散文化而失之滦漫流易,二宋过于追求生新创造而因词害意,均不可取,这些需要到王、苏、黄的时代才能完全克服。当然,后来的王、苏、黄诸人,已经融会贯通,不是一种诗学理念或取径可以笼罩的。

小结:北宋中前期咏史诗宋型化的两条路径

北宋前期,在晚唐五代流风遗响的笼罩下,白体诗风弥漫文坛,朝野上下,竞相效仿,这一时期的咏史诗呈现出与之相应的风貌:多抒发单薄的个人情感与浮泛的一己之见,思维方式简化单一,思想内容局促偏狭,艺术上以近体诗为主,多为短章小制,风格平易浅切,单一化、趋同化严重。但白体诗风流行后期,咏史诗分化出尚意、尚辞两个不同的发展方向。

尚意一路是指以田锡、王禹偁为代表的来自社会底层、怀抱着兼济之志的新兴士人,挣脱白体诗风的束缚,以古体诗表达自己的理想、追求和苦闷。随后,以范仲淹、梅尧臣为代表的新兴士人,发展了田锡、王禹偁较为简单的政治理想,秉持着传统儒家的内圣外王之道,怀抱着致君尧舜的政治理想,或尽情地表达自己的见解与理想,或深沉地抒发个人的牢骚与愤懑。这一路是在情思的抒发表达中提升诗艺。

尚辞一路是指以西昆诗人为代表的传统官僚,不满足于白体诗艺的简单单薄,基于其自身的学养积累,发展出精致华美的西昆体诗,为宋代咏史诗的进一步发展提供了宝贵的经验。后来,以宋庠、宋祁为代表的传统士大夫,沿着西昆诗人的发展方向,将渊博学养融入西昆诗法,注重史传语言的转化运用,注重诗歌创作的经营锻炼。同时,主体意识明显增强,思想情感的含量更加充实。这一路是在诗艺的锻炼提升中注入情思。

北宋士大夫正是沿着两条道路,依据各自的思想认识、审美趣尚将宋代咏史诗在两条相对平行独立的道路上向前推进,使得宋代咏史诗在诗意充盈、辞采丰茂两个方面取得长足的发展,并逐渐呈现出宋诗的特有面貌,为下一阶段北宋咏史诗出现辞意兼美的高峰打下了坚实的基础。

诗意充盈是指北宋中期的咏史诗改变了前期简单抒发怀古之情的状态,克服了早期咏史诗气质浮泛虚弱的弊端,使得诗歌内容及其思想意蕴得到充实。咏史抒怀的作品中,受到新的时代风气的熏染,与作者的经历、状态和个性密切相关,思想更加清新鲜活,情感更加亲切可感。比如作为新兴士大夫代表的范仲淹,在咏史诗中吟咏二帝三代,对尧、舜、禹等圣明君主给予高度的评价和热烈的赞扬,对先圣先贤礼让天下、重义轻利、至忠至孝的行为极力推崇,热情讴歌,体现出其"回向三代"的盛世理想,内圣外王的价值追求,并且将其理想、追求与具体的文治武功联系在一起密,充满了历史上升期士大夫的激情和自信。如果说范仲淹的咏史诗是得志的儒家知识分子的政治宣言,梅尧臣的咏史诗就是失意的儒家知识分子的理想呐喊与抑郁挣扎,是一个群体中的两种不同的声音。因此梅尧臣咏史诗中寄寓着其对道德仁义的坚守,对建功立业的渴望,也蕴含着怀才不遇的抑郁与壮志难酬的苦楚。即便是仕途显达、以尚辞为主的二宋兄弟,也在咏史诗中表达人生的理想与追求,苦闷与失意,自然情感浓郁,个性鲜明。二宋以议论逞才的咏史之作,视野开阔,内容充实,彰显着理性的光辉。如宋庠吟咏贾谊的《读贾谊新书》、《漫成二绝》其二、《读史二首》其二等诗,将武帝强取之计与贾谊怀柔之策相比较,加入九流之论、班固之讥。《默记淮南王事》诗综括《汉书·淮南王传》、《汉书·刘向传》以及葛洪《神仙传·淮南王》中相关事迹;宋祁《反太玄诗》诗在儒学史的背景下对扬雄作《太玄》提出异议,纵横开阖,议论风生:较之北宋前期咏史诗大多就事论事,极大地提高了诗歌的文化含量和思辨力量,绝非早期咏史的促狭寒窘可比,体现了北宋中期知识分子学殖渊雅、见识高远。同时表现出的怀疑精神,代表新兴时代的学术风气,更为难能可贵。

辞采丰茂是指北宋中期咏史诗艺术手法更加多样,艺术水准更加高超,艺术风格从浅切平易到拗峭劲健,从而逐渐具有了宋诗的特色。如宋庠的咏史诗,继承了西昆体诗的优点,典雅工致,华美细密,艺术品格有了很大的提升。宋庠、宋祁基于其渊博的学识,在关注史事的同时,逐渐在诗中着意提炼史语,如宋庠《读史二首》诗其二之"蹶张""抵几"二语,宋祁《曹景宗》诗"鼻头出火风生耳,宁愿扬州作贵人"之句,均是熔铸史传语言的结果。在此基础上,宋祁又创作出了《扬雄墨池》诗这样构思巧妙,用事确当,属对精巧,辞藻华美,词严义密的咏史佳作。同时,艺术风格方面,在宋庠的典丽沉博之外,宋祁创造了一种清俊疏朗的诗风。较之西昆、二宋,梅尧臣的咏史诗在艺术的经营提炼方面略逊一筹,依然创作出了古淡瘦硬的《淮阴》诗,是集秾郁的情感和精湛的技艺于一体的、具有"梅氏风格"的高水平的咏史诗。

总之,尚辞者以学识情感充实内容,尚意者以理想追求驱遣词章,共同推进了宋代咏史诗的宋型化进程,为宋代咏史诗巅峰时代的到来打下了坚实的基础。

第二章　三足鼎立：王、苏、黄的
咏史诗及其经典化

北宋社会经历了上百年的发展与涵养,其政治、思想、文化都逐渐走向了成熟。在这样的背景下,典型的宋代知识分子将其潜能与个性都发挥到了极致,同时北宋咏史诗的发展也走向了巅峰。就数量而言,这一时期的作家作品大大超越了前期,别集中数十首、近百首的咏史作品屡见不鲜,且非为咏史而咏史,多是有为而作,有感而发,与南宋后期的咏史组诗绝然不同。就质量而言,这一时期出现了很多大家,其咏史诗在内容和艺术两个方面都产生了新的飞跃,达到了相当高的水平,出现了大量富有宋代特色的、足以自立的咏史之作。不少重要作家的咏史诗创作都因其经历、思想、个性的差异而形成自己独特的面貌。其中王安石、苏轼、黄庭坚的成就最为突出,形成了三足鼎立之势,将宋代咏史诗推向了新高度,也创造了新经典。

第一节　睥睨古今：王安石的咏史诗

王安石(1021—1086),字介甫,晚号半山,抚州临川(今属江西)人。庆历二年(1042)进士。历签书淮南判官(1043—1045)、知鄞县(1046—1050)、通判舒州(1051—1054),召为群牧判官。出知常州,移提点江东刑狱。嘉祐三年(1058),入为度支判官,献万言书极陈当世之务。六年,知制诰。治平四年(1067),出知江宁府。寻召为翰林学士。熙宁二年(1069),除参知政事,推行新法。次年,拜同中书门下平章事。七年,因新法迭遭攻击,辞相位,以观文殿学士知江宁府。八年,复相。九年,再辞。十年,退居江宁钟山。元祐元年(1086)卒,年六十六。王安石创作咏史诗100馀首,不仅数量可观,而且具有极为丰富的思想内涵和极高的艺术成就。

王安石出生于一个较为典型的宋代士大夫家庭,先世不显,自其祖乃为官,至卫尉寺丞,其父祥符八年(1015)得进士第(与范仲淹同年),后作过几任知县、知州,未至通显,四十六岁卒。其父有着典型的宋代士大夫的特点:一是具有浓厚的儒家思想,恪守儒家伦理道德,王安石言:"公于忠义孝友,非勉也。宦游常奉亲行,独西川以远,又法不听。在新繁未尝剧饮酒,岁时思慕,哭殊悲。其自奉如甚啬者,异时悉所有以贷于人,治酒食,须以娱其亲,无秋毫爱也,人乃或以为奢。居未尝怒笞子弟,每置酒,从容为陈孝悌仁义之本,古今存亡治乱之所以然,甚适。"①二是积极参政,不仅具有较高的政治理想和较强的政治才能,所历州县均有政绩官声,王安石所谓"君子于学,其志未始不欲张而行之以致君,下膏泽于无穷"②,"其自任以世之重也,虽人望公则亦然"③。王安石自小追随其父,受其父影响亦在情理之中。而王安石正是在社会背景与家庭环境的熏陶涵养中,成长为宋代儒学、政治发展的典型代表。无论是在理论上还是在实践上,王安石都充分体现着儒家内圣外王的理想,不仅思想更细密深邃,而且大胆地付诸实践,掀起了轰轰烈烈的熙宁变法。王安石的咏史诗创作与其个性、思想及政治活动等均有密切的联系,意蕴十分丰富。加之王安石学博才高,思深虑密,极大地推进了咏史创作的艺术水平。

一、王安石咏史诗与其内圣之道

在儒学复兴的时代背景下,宋代士大夫的儒家思想倾向都是十分明显的,而且以"回向三代"为指归,动辄即言二帝三王,自田锡、王禹偁、范仲淹以来,皆如此,王安石亦不例外,同样以致君尧舜为最高理想。但这样的理想虽然华丽却难免空洞,自然不能满足其思想上的需求,因此王安石将其落实到对儒家思想及其发展的认识和思考上,往往以诗歌的形式予以表达。

王安石最为推崇的是早期儒家思想集大成者孔子,认为"谁为尧舜徒,孔子而已矣"④,另有《孔子》诗云:

> 圣人道大能亦博,学者所得皆秋毫。虽传古未有孔子,蠛蠓何足知天高。桓魋武叔不量力,欲挠一草摇蟠桃。颜回已自不可测,至死钻仰忘身劳。⑤

---

① 王安石《先大夫述》,《全宋文》第65册,第71页。
② 王安石《先大夫集序》,《全宋文》第64册,第276页。
③ 王安石《先大夫述》,《全宋文》第65册,第71页。
④ 王安石《读墨》,《全宋诗》第10册,第6502页。
⑤ 《全宋诗》第10册,第6534页。

此诗开宗明义言孔子之道至高至大,推尊到无以复加的地位。认为后世学者莫能窥其藩篱,所得不过秋毫之细。孟子曾引子贡等言"自生民以来,未有夫子也"①,王安石认为孟子如瓮中蠛蠓不知天高一样,未识圣道之阃奥。桓魋欲杀孔子,叔孙、武叔毁仲尼,就像用一根茅草摘取蟠桃一样,蚍蜉撼树,自不量力。即使已经深不可测的颜回,穷其一生不知疲倦地钻仰孔子之道,犹有高坚之叹。亲炙于孔子的颜回亦如此,后世儒家学者更不足道了。王安石此诗在孔门高弟与小人仇敌正反两方面人物的衬托中,突显孔子至高无上的地位。此诗对孔门高弟及孟子有贬低过甚之嫌,故宋人黄震曰:"自古未有如孔子之语,此本发于孔门高弟,而孟子申述之者也。荆公乃谓其蠛蠓何足知天高,虽欲尊先圣,岂所以待先师? 毋乃自道耶?"②黄氏此言不无道理,虽然荆公本意未必自道其高,然而言语背后睥睨一切、直接孔圣的自信却自然流露出来。荆公立论,往往执其一端,推于极致,不可以辞害意。综合考量王安石的不同言论及其言说方式,我们对其诗歌表达的观点有更为平允的认识。因为王安石不仅极力推尊孔子,也十分尊崇扬雄。王安石的咏史诗中咏扬雄者多达六首,黄震言:"荆公每尊之(按:指扬雄),以比孔子而略孟子,此其为荆公之见识也。"③无论黄震此语意在褒贬,均可见王安石对扬雄推尊的独特之处。如《扬子二首》诗其一云:

> 儒者陵夷此道穷,千秋止有一扬雄。当时荐口终虚语,赋拟相如却未工。④

此诗首二句认为,千年以来,儒者陵夷,儒道危穷,真正的此道中人,只有扬雄一人而已,亦可见其推崇备至。后两句则是用侧笔,称推荐扬雄的人未得其真或未言实情,因为扬雄辞赋不及相如却交口称赞,实为谬赞。结合前两句,则言下之意是,扬雄之道虽然超迈群伦却视而不见,未为知人。明贬而暗褒,似贬而实褒,辗转倚侧,韵味无穷,足见荆公诗之高妙。这里王安石将扬雄视为儒家之道的承续者,但如同孔子一样,无人能识。《扬雄二首》其二云:

> 子云平生人莫知,知者乃独称其辞。今尊子云者皆是,得子云心亦

---

① 清焦循撰,沈文倬点校《孟子正义》卷六《公孙丑上》,第217页。
② 宋黄震《黄氏日抄》卷六十四,元后至元刻本。
③ 同上书。
④ 《全宋诗》第10册,第6724页。

无几。圣贤树立自有师，人知不知无以为。俗人贱今常贵古，子云今存谁女数。①

此诗称扬雄生前被人所称道者亦只是文辞而已，如前诗所谓"荐口终虚语"，现在的人虽然推尊扬雄，但无人能知其心。故宣称"圣贤树立自有师"，不在意他人是否欣赏，以此排解扬雄之寂寞，但仍然不禁为俗人贵古贱今之短视而感慨，为扬雄即便活到今天仍然没人欣赏而鸣不平。这里既是以扬雄之知音自许，也是以扬雄来安慰一己之寂寞，"树立自有师"实近于自道，俗人不识不害为自鸣。在特立与寂寞这两点上，王安石与扬雄确实十分相似，因此王安石对扬雄的推崇，除了欣赏其学之渊邃细密外，二人相似的个性与心境，亦不可忽略。兹举四首咏叹扬雄之诗以见一斑：

> 孔孟如日月，委蛇在苍旻。光明所照耀，万物成冬春。扬子出其后，仰攀忘贱贫。衣冠渺尘土，文字烂星辰。岁晚天禄阁，强颜为剧秦。趋舍迹少迕，行藏意终邻。壤壤外逐物，纷纷轻用身。往者或可返，吾将与斯人。（《扬雄》）②

> 子云游天禄，华藻锐初学。覃思晚有得，晦显无适莫。寥寥邹鲁后，于此归先觉。岂尝知符命，何苦自投阁。长安诸愚儒，操行自为薄。谤嘲出异己，传载因疏略。孟轲劝伐燕，伊尹干说亳。叩马触兵锋，食牛要禄爵。少知羞不为，况彼皆卓荦。史官蔽多闻，自古喜穿凿。（《扬雄二首》其一）③

> 道真沉溺九流浑，独泝颓波讨得源。岁晚强颜天禄阁，只将奇字与人言。（《扬子二首》其二）④

> 千古雄文造圣真，眇然幽思入无伦。他年未免投天禄，虚为新都著剧秦。（《扬子》）⑤

上述四诗包含三个方面的内容。

一是推尊扬雄之学说。所谓"孔孟如日月，委蛇在苍旻。光明所照耀，

---

① 《全宋诗》第 10 册，第 6534 页。
② 同上书，第 6771 页。
③ 同上书，第 6534 页。
④ 同上书，第 6724 页。
⑤ 同上书，第 6742 页。

万物成冬春。扬子出其后，仰攀忘贱贫。衣冠渺尘土，文字烂星辰"，将孔孟比作光被万物之日月，而扬雄则是继而续之，如璀璨之星辰，可谓许之以圣人。所谓"子云游天禄，华藻锐初学。覃思晚有得，晦显无适莫。寥寥邹鲁后，于此归先觉"，"道真沉溺九流浑，独泝颓波讨得源"，"千古雄文造圣真，眇然幽思入无伦"，称扬雄在大道沉沦之后，泝波讨源，覃思幽想，直造圣真。

二是赞同扬雄之出处。所谓"晦显无适莫"，"趣舍迹少迻①，行藏意终邻。壤壤外逐物，纷纷轻用身。往者或可返，吾将与斯人"，王安石自道，与扬雄虽然趣舍略异，然行藏之意颇同，钦赏扬雄无意显晦，超然物外，并引以为同道。

三是辩白扬雄之冤屈。对于扬雄来说，无论褒贬，均无法回避仕新莽、著《剧秦》、投天禄三事。虽然王安石十分推崇扬雄，对上述三事亦不能无视，故为扬雄百般申辩，其理由如下："岁晚天禄阁，强颜为剧秦"；"岁晚强颜天禄阁，只将奇字与人言"；"他年未免投天禄，虚为新都著剧秦"；"岂尝知符命，何苦自投阁。长安诸愚儒，操行自为薄。谤嘲出异己，传载因疏略。孟轲劝伐燕，伊尹干说亳。叩马触兵锋，食牛要禄爵。少知羞不为，况彼皆卓荦。史官蔽多闻，自古喜穿凿"。王安石极力为扬雄辩解，甚至难脱回护之嫌，上述四处辩说中，前三者称"强颜"（两次）、"虚为"，即有其事而非出于本心，包羞忍辱而为之，最后采用孟子的辩论方法，釜底抽薪，言此事出于愚儒谤嘲，乃史官孤陋穿凿而成，将扬雄投阁、剧秦等事与伊尹干汤、伯夷叩马、百里奚饭牛相类比，认为卓荦圣贤断然不为，不足为信。王安石为扬雄的辩护显然是自相矛盾的，宋人就有很多质疑的意见②。但申辩的内容和方式

---

① 李壁注："迻字恐是远字，或苟字，又谓迹若浅，近然。"宋王安石撰，宋李壁注《王荆文公诗李壁注》卷十二，上海古籍出版社，1993年，第674页。

② 《苕溪渔隐丛话》后集卷二十五引《复斋漫录》云："荆公既排退之，而反喜扬雄，故著说以明《剧秦》非雄所作，又为诗以辨之曰：'岂尝知符命，何苦自投阁。长安诸愚儒，操行自为薄。谤诮出异已，传载因疏略。孟轲劝伐燕，伊尹干说亳。叩马触兵锋，食牛要禄爵。史官蔽多闻，自古喜穿凿。'盖以投阁、剧秦等事比伊尹干汤、伯夷叩马、百里奚饭牛，为不足信也。人之嗜好，一有所惑如此！然其后又作绝句以咏雄云：'他年未免投天禄，虚为新都著剧秦。'又古诗云'岁晚天禄阁，强颜为剧秦'者，何邪？"（宋胡仔撰，廖德明校点《苕溪渔隐丛话》，人民文学出版社，1962年，第183页。）

宋葛立方《韵语阳秋》卷八："扬雄之迹，曲谄新室，议之者众矣，此置而不论。雄之心如何哉？观《法言》之书，似未明乎大道之指也。王荆公乃深许之，何耶？诗云：'寥寥邹鲁后，于此独先觉。'又云：'儒者陵夷此道穷，千秋止有一扬雄。'又云：'道真沉溺九流浑，独泝颓波讨得源。'又云：'子云平生人莫知，知者乃独称其辞。今尊子云者皆是，得子云心亦无几。'是以圣人许雄也。东坡谓雄以艰深之辞文浅易之说，与公矛楯矣。"（第105—106页）

宋黄震《黄氏日抄》卷六十四："《扬雄二首》其一以孟子劝伐燕、伊尹干说亳为雄美新之比，何哉？其党奸至辱圣贤耶？其一谓'圣贤树立自有师'，此荆公师心自用，发见之语也。"

并不重要,而是这种申辩行为本身透露出荆公对扬雄的尊崇之心,体现出其对扬雄的学养、行藏的推重,表达了对异代知音的惺惜之情。王安石在上述六首咏扬雄的诗中,并未过多涉及对扬雄学说的具体内容[①],但是对扬雄的数四咏叹,推为学如孔孟的千载一人,即是王安石对儒家思想独特的继承和体认方式。

王安石对儒家思想的继承不仅体现为尊孔推扬,还表现在捍卫儒家学说的矜肃与醇粹,如《韩子》诗云:

> 纷纷易尽百年身,举世何人识道真。力去陈言夸末俗,可怜无补费精神。[②]

后人对此诗多有误解,称此乃安石贬低韩愈未识道[③],细味此诗,或不尽然。此诗之重点在第二句,认为举世无人识道,因此以百年易尽之身而宣扬(夸)于末俗之人,自然于事无补,枉费精神,意在表达道之隐奥非凡夫俗子所能及,而无意讥诋韩愈。韩愈识道是前提,否则,"易尽百年身"、"末俗"、"费精神"均失去了着落和意义。故而此诗非言韩愈不识道,而是表达道非俗人可及,韩愈向末俗传道之于道无补。如果说这首诗还是对韩愈的传道方式有异议而未及其学本身的话,那么《读墨》诗则是针对韩愈之儒学不醇颇有微词:

> 谁为尧舜徒,孔子而已矣。人皆是尧舜,未必知孔子。伯夷不辱身,柳下援而止。孔子尚有言,我则异于是。兼爱为无父,排斥固其理。孔墨必相用,自古宁有此。退之嘲鲁连,顾未知之耳。如何蔽于斯,独有见于彼。凡人工自私,翟也信奇伟。惜乎不见正,遂与中庸诡。退之醇孟轲,而驳荀杨氏。至其趣舍间,亦又蔽于己。化而不自知,此语孰云俚。咏言以自警,吾诗非好诋。[④]

---

① 王安石对扬雄的推崇备至,自有其卓见所在,而其实际的思想,确实与扬雄有着密切的关系,杨天保《"舍韩入扬"和"尊庄抑老"——北宋王安石建构"内在"的两个维度》一文中有所涉及(《孔子研究》2011 年第 3 期)。

② 《全宋诗》第 10 册,第 6739 页。

③ 宋魏了翁撰《鹤山渠阳经外杂抄》卷二:"又赋韩子云:'力去陈言夸末俗,可怜无补费精神。'此退之答李翱书也,恐陈言务去,王介甫误说古人一言一句欲其自得,不与人共机杼。"《丛书集成初编》影印《宝颜堂秘籍》本,商务印书馆,1937 年,第 35 页。

④ 《全宋诗》第 10 册,第 6502 页。

此诗首言孔子为尧舜之徒,少有人知,继而表明自己不同于孔子稍许于伯夷、柳下惠而坚决捍卫儒学的醇粹的态度,进一步指出孔子斥兼爱为无父、孔墨不可相用,墨家思想虽亦有其可贵之处,但仍然有违于儒家中庸之道,而韩愈却有"儒墨同是尧舜,同非桀纣……不相用,不足为孔墨"[1]之论,足见其思想驳杂而不自知。最后表明,上述议论并非因"好诋"而发,而是要引以"自警"。王安石虽然自我辩白,仍不能掩盖其诃诋之事实。通过王安石对儒家思想学说醇粹性的捍卫,我们可以窥见其对儒家思想学说之深信与坚守,与其尊孔推扬一脉相通。

王安石不仅推尊儒家思想地位,捍卫儒家学说的醇粹性,而且对儒家的传统伦理道德亦颇为赞赏,因此在不同的语境下,都以之作为评价是非的准则。

首先表现出对儒家道德操守的钦赏,如《中牟》诗云:

> 颓城百雉拥高秋,驱马临风想圣丘。此道门人多未悟,尔来千载判悠悠。[2]

此诗表达十分隐晦,解读需要费一些周折。首二句写在秋高气爽的时节,王安石来到中牟县,见颓城百雉,想起孔子与其门人的一段对话[3]:

> 佛肸为中牟宰,赵简子攻范、中行,伐中牟。佛肸畔,使人召孔子。孔子欲往。子路曰:"由闻诸夫子,'其身亲为不善者,君子不入也'。今佛肸亲以中牟畔,子欲往,如之何?"孔子曰:"有是言也。不曰坚乎,磨而不磷;不曰白乎,涅而不淄。我岂匏瓜也哉,焉能系而不食?"[4]

此诗后二句即表达对这段对话的感慨:孔子所说的道理,孔子门人大多不懂,千年以来更是大不相同了。此语非常隐晦,关键在于门人多未悟、后世迥不同的"此道"所指为何?李壁注称"门人多未悟,谓子路之问",则误解此诗,实则此道非指子路之问,而指孔子之答,孔子之答又有两层含义,一是坚

---

[1]　唐韩愈著,马其昶校注,马茂元整理《韩昌黎文集校注》,上海古籍出版社,1986 年,第 40 页。

[2]　《全宋诗》第 10 册,第 6709 页。

[3]　沈钦韩注称此中牟属开封,非春秋时晋之中牟,即非孔子及其弟子对话中所言之中牟。(清沈钦韩注《王荆公诗文沈氏注》,中华书局,1959 年,第 105 页)沈说是。然王安石所谓"驱马临风想圣丘",已是将此地认定为春秋之中牟,进而抒发感慨,至于是否符合历史事实并不重要。

[4]　《史记》卷四十七《孔子世家》,第 1924 页。按:此段文字亦见《论语·阳货篇》,主要文字小异,而《史记》所记背景略完整,故引《史记》。

者磨而不薄,洁者染而不污,二是我不能像匏瓜一样作为摆设而毫无作为。显然,前者只是有所作为的前提条件,后者才是重点所在。因此此诗表达了王安石对孔子保持独立品格而欲有所作为的认同与向往①。与此类似的还有《杂咏三首》诗其一,诗云:

> 怀王自堕马,贾傅至死悲。古人事一职,岂敢苟然为。哭死非为生,吾心良不欺。滔滔声利间,绛灌亦何知。②

梁怀王坠马而死,贾谊为其太傅,感到未尽职守,自伤抑郁而终。怀王之死本与贾谊无直接关系,后人对贾谊之行为多有不解,王安石此诗却以代言的方式为贾谊辩解,指出古人为官,尽忠职守,不自欺,不图利,这不是周勃、灌婴名利之徒所能理解的。秉持儒家忠恕之道,对尽忠其事的贾谊表示钦赏之情,对贪图名利的欺罔小人流露鄙夷之意。这里既是为贾谊申辩,亦不啻为夫子自道。因此王安石对历史上的忠直之士无不称赞有加,兹举二例:

> 两公天下骏,无地与腾骧。就死得处所,至今犹耿光。中原擅兵革,昔日几侯王。此独身如在,谁令国不亡。北风吹树急,西日照窗凉。志士千年泪,泠然落莫筋。(《双庙》)③
> 孔鸾负文章,不忍留枳棘。嗟子刀锯间,悠然止而食。成书与后世,愤悱聊自释。领略非一家,高辞殆天得。虽微樊父明,不失孟子直。彼欺以自私,岂啻相十百。(《司马迁》)④

前诗写张巡、许远乃天下俊才,为其未及施展才能而惋惜,又赞赏二人殉身保国,死于忠义,死得其所,后世高仰,终古如存。后诗咏司马迁。认为身负文章之孔鸾犹不忍羁留枳棘之处,而高才绝世的司马迁却能在刀锯之间悠然自处,在对比中凸显司马迁之坚忍。进一步称赏司马迁抒发愤悱之情,著书立说,博通百家,成就卓著。认为司马迁虽然不及樊父明之明哲,却不失

---

① 胡适《说儒》以及余英时《我摧毁了朱熹的价值世界吗?——答杨儒宾先生》均曾引用此诗,亦作如是理解。分别见《胡适文集 5·胡适文存四集》,北京大学出版社,1998 年,第 41 页;《宋明理学与政治文化》,广西师范大学出版社,2006 年,第 325 页。

② 《全宋诗》第 10 册,第 6512 页。

③ 同上书,第 6601 页。

④ 同上书,第 6501 页。

孟子寺人之正直,较之自私自欺之人,何啻天壤。将张、许之忠义与侯王之苟且、司马迁之正直与他人之自欺对比,与上文称赏贾谊之赤诚忠心,批判绛灌之追逐名利如出一辙,都表现出了王安石对儒家忠义正直品格的推崇和欣赏,对追逐名利、自私自欺之徒的鄙夷和蔑视。

王安石推尊儒家思想观念,信守儒家道德伦理,对遵循儒家伦理道德的人物和行为大力称扬,同时也对违背儒家伦理道德的人物和行为极力鞭挞,如《叔孙通》诗云:

> 先生秦博士,秦礼颇能熟。量主欲有为,两生皆不欲。草具一王仪,群豪果知肃。黄金既遍赐,短衣亦已续。儒术自此凋,何为反初服。①

此诗言叔孙为汉草创朝仪事,言辞虽多有克制,但暗含讥讽,如首二句两次强调"秦"字,言下之意即秦博士知秦礼而不知古礼,即其上疏所言"愿颇采古礼与秦仪杂就之"②,进而以"两生皆不欲"再次暗示这一点,因为两生不欲的原因正是"所为不合古"③,虽然得到了赏赐,恢复了儒者的装束,但真正的儒术古礼从此也就衰落失传了。此诗对叔孙通之行,微含讥讽,亦对儒术之凋敝,深表无奈。④如果说王安石对叔孙通的意见还比较委婉,那么对汉文帝的批评则是十分激烈,《汉文帝》诗云:

> 轻刑死人众,丧短生者偷。仁孝自此薄,哀哉不能谋。露台惜百金,灞陵无高丘。浅恩施一时,长患被九州。⑤

此诗言汉文帝减轻刑罚,实际上很多人被打死,班固所谓"外有轻刑之名,内实杀人"⑥,不仅不仁,更是虚伪,而临终下诏缩短服丧期限,有伤儒家孝道,教人偷薄苟且,均有悖于仁孝之道。王安石认为,汉文帝珍惜民力不建露台,不起高陵,都是一时的小恩小惠,对儒家伦理道德的伤害却是影响深广,

① 《全宋诗》第 10 册,第 6535 页。
② 《史记》卷九十九《刘敬叔孙通列传》,第 2722 页。
③ 同上书。
④ 王安石集中另有一首《嘲叔孙通》诗:"马上功成不喜文,叔孙绵蕝共经纶。诸君可笑贪君赐,便许当时作圣人。"(《全宋诗》第 10 册,第 6738 页)大意与《叔孙通》诗一致,不过在李壁的时代已又见宋祁名下,故置此不论,仅供参考。
⑤ 《全宋诗》第 10 册,第 6534 页。
⑥ 《汉书》卷二十三《刑法志》,第 1099 页。

得不偿失。汉文帝一向都是明君的形象，其轻刑、短丧、节俭等举措多为后人称道，王禹偁等均曾咏其圣明，王安石却对其进行极力批驳，原因就在于这些举措影响了儒家伦理道德。王安石对汉文帝的批判未免有失公允，后人多有异议，但这种过激言论本身反映出了王安石对儒家传统伦理道德的热切惜护之情。这种思想情感在其他咏史诗中也有表现：

　　　　汉家分土建忠良，铁券丹书信誓长。本待山河如带砺，何缘菹醢赐侯王。（《读汉功臣表》）①

　　　　愍王万乘齐，走死区区燕。田单一即墨，扫敌如风旋。舞鸟怪不测，腾牛怒无前。飘飘乐毅去，磊砢功名传。掘葬与劓降，论乃愧儒先。深诚可奋士，王蠋岂非贤。（《田单》）②

　　　　一来齐境助奸臣，去误骄王亦苦辛。鲁国存亡宜有命，区区翻覆亦何人。（《子贡》）③

《读汉功臣表》诗写汉初分封诸侯，誓曰："使黄河如带，泰山若厉，国以永存，爰及苗裔。"并"申以丹书之信，重以白马之盟"④，可不久便诛梁王彭越，盛其醢以遍赐诸侯。此诗对刘邦背盟败约的行为深加痛斥。《田单》写田单聚鸟称神等怪诞之举，劓卒掘墓等诡诈之论⑤，虽然可以振奋士卒，打败燕军，成就功业，终有违于儒家忠厚之旨。最后指出王蠋以忠信节义感激人心，难道就不贤明了吗？⑥效果虽然相同，但王安石明显否定诡诈之行而赞同忠信

---

① 《全宋诗》第 10 册，第 6741 页。
② 同上书，第 6536 页。
③ 同上书，第 6779 页。
④ 《汉书》卷十六《高惠高后文功臣表》，第 527 页。
⑤ 《史记》卷八十二《田单列传》："田单乃令城中人食必祭其先祖于庭，飞鸟悉翔舞城中下食。燕人怪之。田单因宣言曰：'神来下教我。'乃令城中人曰：'当有神人为我师。'有一卒曰：'臣可以为师乎？'因反走。田单乃起，引还，东乡坐，师事之。卒曰：'臣欺君，诚无能也。'田单曰：'子勿言也！'因师之。每出约束，必称神师。乃宣言曰：'吾唯惧燕军之劓所得齐卒，置之前行，与我战，即墨败矣。'燕人闻之，如其言。城中人见齐诸降者尽劓，皆怒，坚守，唯恐见得。单又纵反间曰：'吾惧燕人掘吾城外冢墓，僇先人，可为寒心。'燕军尽掘垄墓，烧死人。即墨人从城上望见，皆涕泣，共欲出战，怒自十倍。"（第 8 册，第 2545 页）
⑥ 《史记》卷八十二《田单列传》："燕之初入齐，闻画邑人王蠋贤，令军中曰'环画邑三十里无入'，以王蠋之故。已而使人谓蠋曰：'齐人多高子之义，吾以子为将，封子万家。'蠋固谢。燕人曰：'子不听，吾引三军而屠画邑。'王蠋曰：'忠臣不事二君，贞女不更二夫，齐王不听吾谏，故退而耕于野。国既破亡，吾不能存；今又劫之以兵为君将，是助桀为暴也。与其生而无义，固不如烹。'遂经其颈于树枝，自奋绝脰而死。齐亡大夫闻之，曰：'王蠋，布衣也，义不北面于燕，况在位食禄者乎！'乃相聚如莒，求诸子，立为襄王。"（第 8 册，第 2457 页）

之举。《子贡》诗对孔门高弟同样予以毫不客气的批判,言国之废兴存亡,自有天命,认为子贡为保全鲁国而像苏秦、张仪等纵横家流一样饰诈设辞,翻覆无常,毫无诚信可言,即使能保存宗国,亦不足道①。以上对刘邦、田单、子贡的斥责批判,可见王安石对有功有德之人的不当行为亦毫不假贷,更可见其对忠信仁义笃信之深。

除了对违背儒家伦理道德的人物和行为进行批驳外,王安石还对诸多不符合儒家思想的历史人物、历史事件发表评论。王安石继承"子不语怪力乱神"的传统,对鬼神虚妄之事给予尖锐的讽刺,如《八公山》诗云:

> 淮山但有八公名,鸿宝烧金竟不成。身与仙人守都厕,可能鸡犬得长生。②

此诗言淮南王刘安身边曾有八位得道仙人,号八公,有仙家秘籍《枕中鸿宝苑秘》一书,谋反事发,刘向的父亲刘德治其狱,得其《鸿宝》书,刘向幼年读之,后来献给宣帝,锻炼黄金,未果,刘向险些因此送命③,可见其虚妄。而刘安后来到了天界,亦因不恭而"谪守都厕三年"④,自身尚且难保,鸡犬升天长生又从何谈起?以此对淮南王飞升表示质疑和讽刺。王安石此诗与宋庠《默记淮南王事》诗十分相似,无论是对淮南王及其鸡犬飞升、刘安守厕、八公之事、《枕中鸿宝》书险些牵及刘向等事的叙述,还是对这些事所持的怀疑和讽刺的态度,都是一脉相承的(详参宋庠一节),因此与其说王安石具有所谓的朴素唯物主义思想,不如说是宋代士大夫自立精神不断增强的体现。再如《文成》诗云:

> 文成五利老纷纷,方丈蓬莱但可闻。万里出师求宝马,飘然空有意凌云。⑤

此诗言神仙道术之虚妄。首二句言文成、五利两位将军均已老去⑥,但方

---

① 事详见《史记》卷六十七《仲尼弟子列传》,第2197—2201页。
② 《全宋诗》第10册,第6714页。
③ 《汉书》卷三十六《刘向传》,第1928—1929页。
④ 事见《太平广记》卷八引《神仙传》"刘安"条,第51—53页。
⑤ 《全宋诗》第10册,第6709页。
⑥ 按:文成、五利均被汉武帝杀死,此诗或是以其老而未果凸显其虚妄的特殊处理方式。

丈、蓬莱这样的仙境神岛还只是存在于听闻想象之中，未曾一到。后二句前人多未解，亦言汉武求仙不得的悲剧，意为汉武一生求仙，却只能空有凌云之想，而无其实，无奈之下不得不出师万里，寻求宝马良驹，以为坐骑，以此弥补不能腾空凌云的遗憾。此诗表达了对汉武求仙学道的辛辣讽刺。

除崇奉仙道鬼神外，王安石在其咏史诗中对一切不符合儒家思想的历史人物、历史事件均给予讽刺和批判，再举数例如下：

> 天方猎中原，狐兔在所憎。伤哉六鬲王，当此鸷鸟膺。搏取已扫地，翰飞尚凭凌。游将跨蓬莱，以海为丘陵。勒石颂功德，群臣助骄矜。举世不读易，但以刑名称。蚩蚩彼少子，何用辨坚冰。(《秦始皇》)①

> 中原秦鹿待新羁，力战纷纷此一时。有道吊民天即助，不知何用牧羊儿。(《范增二首》其一)②

> 鄞人七十漫多奇，为汉驱民了不知。谁合军中称亚父，直须推让外黄儿。(《范增二首》其二)③

> 壮士悲歌出塞频，中原萧瑟半无人。君王不负长陵约，直欲功成赏汉臣。(《汉武》)④

> 结绮临春草一丘，尚残宫井戒千秋。奢淫自是前王耻，不到龙沈亦可羞。(《辱井》)⑤

在上述诸诗中，王安石对秦皇之残暴骄矜、范增之不谙儒术、汉武之穷兵黩武、陈后主之奢侈淫乱等思想行为，表达批判斥责之意，都是以对儒家伦理道德的服膺与尊崇为基础。

二、王安石咏史诗与其外王之道

王安石作为新兴的儒家知识分子，在宋代社会发展到鼎盛阶段，同时也是矛盾丛生的时期，不仅坚守传统的儒家伦理道德，即奉行内圣之道，还将儒家治国理想付诸实践，推行富国安民、兼济天下的外王之道，从而出现了由其主持开展的轰轰烈烈的熙宁变法运动。在推行其外王之道的

---

① 《全宋诗》第 10 册，第 6535 页。
② 同上书，第 6725 页。
③ 同上书。
④ 同上书，第 6732 页。
⑤ 同上书，第 6720 页。

过程中,王安石往往借助历史将其思想、情感、心境形之于诗,表达见解,抒发感慨。

王安石"回向三代"的外王理想,是北宋典型的儒家士大夫的共同理想,其父即已如此,王安石云:"君子于学,其志未始不欲张而行之以致君,下膏泽于无穷,唯其志之大,故或不位于朝,不位于朝而势不足以自效。"①又言:"其自任以世之重也,虽人望公则亦然,卒之官不充其材以夭。"②可见其父之志向颇大,虽然未能实现,对王安石的影响却非常深远。王安石励志苦读,自甘外任,不慕荣华,都是为了济世安民的远大理想。因此初入翰林应对,即上言仁宗以尧舜为法,而称唐太宗之不足道③。王安石亦借助对历史人物的评述表达其兼济之志,如《贾生》诗云:

> 一时谋议略施行,谁道君王薄贾生。爵位自高言尽废,古来何啻万公卿。④

《汉书·贾谊传》赞云:"孝文玄默躬行以移风俗,谊之所陈略施行矣。……谊亦天年早终,虽不至公卿,未为不遇也。"⑤此诗首二句即本赞意,言贾谊当初的谋议得到推行,就不算被文帝冷落。后二句则进一步发挥,认为若是位高言废,则毫无意义,相反,如果建议谋划都得到认可执行,即与自古以来的无数公卿无异。此诗并非简单翻案,而是借贾谊言志,表达自己不慕爵位,只求言得行、志得遂而已。千帆先生所谓"借古事以发抒他对宋神宗的知遇之感"⑥,亦着眼于此。再如《王章》诗云:

> 壮士轩昂非自谋,近臣当为国深忧。区区女子无高意,追念牛衣暖即休。⑦

《汉书·王章传》云:"章疾病,无被,卧牛衣中,与妻决,涕泣。其妻呵怒之曰:'……今疾病困笃,不自激卬,乃反涕泣,何鄙也!'后章仕宦历位,及为京

---

① 王安石《先大夫集序》,《全宋文》第 64 册,第 276 页。
② 王安石《先大夫述》,《全宋文》第 65 册,第 71 页。
③ 宋杜大珪编《名臣碑传琬琰之集》卷十四《王荆公安石传》,宋刻元明递修本。
④ 《全宋诗》第 10 册,第 6725 页。
⑤ 《汉书》卷四十八《贾谊传》,第 2265 页。
⑥ 程千帆、沈祖棻选注《古诗今选》,陕西师范大学出版社,2019 年,第 619 页。
⑦ 《全宋诗》第 10 册,第 6709 页。

兆,欲上封事,妻又止之曰:'人当知足,独不念牛衣中涕泣时邪?'章曰:'非女子所知也。'"①后章果因上疏言事而死。王安石此诗即本此,亦是借古言志。前人多以王章妻之言称其有先见之明,王安石则认为,作为大臣奋发图强并非为了一己之安危荣辱,而是要志向高远,为国分忧,因此着重赞赏王章不顾个人安危的担当精神,斥责其妻不识大体、小富即安的妇人短见。上述二诗皆为借古人正面言志,而《宰嚭》诗则是从侧面以翻案的手法表达类似的思想:

> 谋臣本自系安危,贱妾何能作祸基。但愿君王诛宰嚭,不愁宫里有西施。②

此诗表面上是为西施翻案,实则是强调谋臣的重要作用,言谋臣得力自不畏奸邪作乱。与《王章》诗通观,从一正一反两个角度突出谋臣为国分忧、关系天下的责任与地位。正是这样的担当意识,王安石对杜甫的理解也有其独到之处,《杜甫画像》诗云:

> 吾观少陵诗,为与元气侔。力能排天斡九地,壮颜毅色不可求。浩荡八极中,生物岂不稠。丑妍巨细千万殊,竟莫见以何雕镂。惜哉命之穷,颠倒不见收。青衫老更斥,饿走半九州。瘦妻僵前子仆后,攘攘盗贼森戈矛。吟哦当此时,不废朝廷忧。常愿天子圣,大臣各伊周。宁令吾庐独破受冻死,不忍四海寒飕飕。伤屯悼屈止一身,嗟时之人死所羞。所以见公像,再拜涕泗流。惟公之心古亦少,愿起公死从之游。③

后人称引此诗往往只关注开篇对杜诗的评价,实则此诗的主体是表现杜甫在国破家亡、生活困窘的情况下,完全不顾及个人得失,依然"不废朝廷忧","一饭不忘君",以身许国,心怀天下。这才是使王安石"见公像"而"再拜涕泗流"的真正原因,并愿起杜甫于九泉之下,与之同游。企慕之情,认同之意,溢于言表,尤可见荆公兼济之心。但王安石的理想不仅是空谈,还有卓越的见解,如《和吴御史汴渠》:

---

① 《汉书》卷七十六《王章传》,第3238—3239页。
② 《全宋诗》第10册,第6739页。
③ 同上书,第6538页。

　　郑国欲弊秦,渠成秦富强。本始意已陋,末流功更长。维汴亦如
此,浚源在淫荒。归作万世利,谁能弛其防。夷门筑天都,横带国之阳。
漕引天下半,岂云独荆扬。货入空外府,租输陈太仓。东南一百年,寡
老无残粮。自宜富京师,乃亦窖盖藏。征求过凤昔,机巧到莛芒。御史
闵其然,志欲穷舟航。此言信有激,此水存何伤。救世讵无术,习传自
先王。念非老经纶,岂易识其方。我懒不足数,君材仍自强。他日听施
设,无乃弃篇章。①

　　此诗为王安石早年对吴充《汴渠》诗的和作,盖吴充认为汴渠搜刮东南地区
的财货,致使百姓困窘,因此感到十分气愤,希望填塞汴渠,以绝后患。王安
石则认为汴渠同郑国渠一样,虽然修建的初衷是鄙陋的,但实际功效是客观
的、长久的,于国于民都是有利的,如果能认真学习先王的治国之术,妥当地
安排布置,兴利除弊,定能使汴渠发挥应有的作用。这里既体现了王安石的
远见卓识,也展现了其高远昂扬的理想抱负。所谓"救世讵无术,习传自先
王。念非老经纶,岂易识其方。我懒不足数,君材仍自强。他日听施设,无
乃弃篇章",虽是推许吴充之言,也表现出王安石本人对救世之术成竹在胸
的自信。结合王安石在知常州任上开凿运河的举措②,我们可以更好地理
解王安石在此表达的观点。刘辰翁评此诗曰:"其自负经济可见,甚言汴渠
之利也。"③吴充无安石之志向,故仅有除害之见,安石则志存高远,而有变
害为利之言。两人之器识,豁然自显。

　　王安石虽怀兼济之志,企望有为,但其器性甚高,绝非汲汲于功名利禄
者所比,以万乘师日期,秉持儒家用舍行藏之道,保持人格独立,讲究出处有
礼,因此十分欣赏四皓不慕富贵、持道自守、从容自处的气节人格,《四皓二
首》诗云:

　　四皓秦汉时,招招莫能致。紫芝可以饱,粱肉非所嗜。谷广水涣
涣,山长云泄泄。与其贵而拘,不若贱而肆。④
　　秦驱九州逃,知力起经纶。重利诱众策,颇知聚秦民。颓然此四
老,上友千载魂。采芝商山中,一视汉与秦。灵珠在泥沙,光景不可昏。

---

①　《全宋诗》第 10 册,第 6505 页。
②　《宋史》卷二百九十八《司马旦传》:"时王安石守常州,开运河,调夫诸县。"第 9906 页。
③　《王荆文公诗李壁注》卷六《和吴御史汴渠诗》刘辰翁评语,第 444 页。
④　《全宋诗》第 10 册,第 6483 页。

道德虽避世,馀风回至尊。嫡孽一朝正,留侯果知言。出处但有礼,废兴岂所存。①

这两首诗写四皓于秦汉无道之际,不嗜"粱肉",不慕"重利",不为所招,采芝商山。但张良以礼相待,一入汉庭,则废立之争,悄然平息。但求出处有礼,不顾江山兴废,是一种独立于国家社稷之外的超然姿态。而王安石身处盛世,与四皓之乱离不同,自然更渴望成为帝王师,施展兼济之志,因此对礼遇儒者的作法激赏有加,如《曹参》诗云:

> 束发河山百战功,白头富贵亦成空。华堂不着新歌舞,却要区区一老翁。②

此诗言孝惠帝元年(前 194),曹参作了齐国丞相,把当地的长老诸生召集起来,咨询安抚百姓的办法,但言人人殊,曹参不知所措。听说胶西有一位盖公,于是"使人厚币请之,既见盖公……参于是避正堂,舍盖公焉"③。诗言华丽的堂屋里不上演时新的歌舞,却要让给一位老人,在不解之中凸显了曹参对盖公的特殊礼遇,王安石对曹参的做法在看似疑惑之中流露出欣赏之情。再如《韩信》诗云:

> 贫贱侵凌富贵骄,功名无复在刍荛。将军北面师降虏,此事人间久寂寥。④

此诗言韩信带兵攻打赵国,大破之,下令不要杀害赵国的重要谋臣李左车,并悬赏千金生擒之。"于是有缚广武君而致戏下者,信乃解其缚,东乡坐,西乡对,师事之"⑤,"将军北面师降虏"所言即此事。后来李左车为韩信进献攻打燕齐之策。"此事人间久寂寥"的感叹流露出王安石对这种知遇之情的期待。再如《诸葛武侯》诗:

---

① 《全宋诗》第 10 册,第 6483 页。
② 同上书,第 6725 页。
③ 《史记》卷五十四《曹相国世家》,第 2029 页。
④ 《全宋诗》第 10 册,第 6725 页。
⑤ 《史记》卷九十二《淮阴侯列传》,第 2617 页。

恸哭杨颙为一言，徐风今日更谁传。区区庸蜀支吴魏，不是虚心岂得贤。①

杨颙为丞相诸葛亮主簿，见亮自校簿书，谏当"达于位分之体"②，即明白职权分工的不同，不当凡事亲力亲为，后来杨颙死后，诸葛亮为其垂泣三日。此诗最后评曰，如果不是虚心求贤，怎能使屡庸的蜀国保持与吴、魏鼎立的局面。此诗所言乃武侯惜才之虚心，或许亦包含先主三顾之虚心，王安石对这种"虚心"的态度尤为称赏。而对于不以礼相待者，坚决不会屈就，如以下二诗所云：

汉庭来见一羊裘，默默俄归旧钓舟。迹似磻溪应有待，世无西伯可能留。崎岖冯衍才终废，索寞桓谭道不谋。勺水果非鳣鲔地，放身沧海亦何求。（《严陵祠堂》）③

虞人以士招，御者与射比。当时尚羞为，况乃天下士。英英陆忠州，学问辅明智。低徊得坎坷，勋业终不遂。（《陆忠州》）④

宋人咏严陵者尤多，自范仲淹作《严子陵祠堂记》盛赞光武、严陵后，后人多踵武其说，而王安石此诗则言严陵如同姜太公而有所待，有宏图大略和济世之心，但冯衍、桓谭等人怀不世之才而不得见用，可见光武非西伯侯一样慧眼识珠、礼贤下士之人，所以严陵才会放身沧海。这里王安石尤其突出了光武不能礼遇严陵是其隐而不出的重要原因。《陆忠州》诗更是直接将陆贽勋业不遂的原因归结为天子不能招之以礼、小人充斥朝廷，均体现了王安石"非其招不往也"⑤、持道自守的出处姿态。对于影响实现兼济之志的因素则颇多感慨，如感叹时世不遇、小人当道等：

志士无时亦少成，中才随世就功名。并汾诸子何为者，坐与文皇立太平。（《读唐书》）⑥

---

① 《全宋诗》第 10 册，第 6732 页。
② 《三国志》卷四十五《杨戏传》注引《襄阳记》，第 1083 页。
③ 《全宋诗》第 10 册，第 6671 页。
④ 同上书，第 6536 页。
⑤ 清焦循著《孟子正义》卷十二《滕文公下》，第 409 页。
⑥ 《全宋诗》第 10 册，第 6726 页。

位在万乘师,孟轲犹不遇。岂云贫与贱,世道非吾趣。意行天下福,事忤由然去。命也固有在,臧仓汝何与。(《臧仓》)①

前诗言房玄龄、魏徵等中人之资者,都能辅佐太宗致“贞观之治”,而他们的老师王通却一无所成,对此王安石只能以“时”、“世”来解释,无时则志士无成,应运则中才亦能成就功名。后诗因鲁平公将见孟子而被宠臣臧仓所阻之事而发,虽身为万乘之师,但时运不济。表面上言臧仓不足道,但对臧仓这样的小人当道亦流露出厌恶与无奈之情。

在王安石的咏史诗中,有一些是与其主持熙宁革新直接相关的,这种与现实政治有关的咏史诗,是宋代咏史诗中非常有特色的部分,但与梅尧臣讽刺别人不同,王安石只在咏史诗中表达自己的政治主张,如《赐也》诗云:

赐也能言未识真,误将心许汉阴人。桔槔俯仰妨何事,抱瓮区区老此身。②

关于此诗背景,《石林诗话》中有一段记载③,似言此诗有深意,但含糊其辞,且得自传闻,亦不一定可靠。此诗所咏之事见于《庄子·天地篇》④,王安石并不赞同子贡“瞒然惭,俯而不对”的态度,故而称其“未识真”,“误将心许汉阴人”。至于原因,采用的是《庄子·天运篇》中的解释:

夫水行莫如用舟,而陆行莫如用车。以舟之可行于水也而求推之

① 《全宋诗》第10册,第6536页。

② 同上书,第6710页。

③ 宋胡仔纂集,廖德明校点《苕溪渔隐丛话》卷二十六引《石林诗话》云:“旧中书南厅壁间,有晏元献题《咏上竿伎》一诗云:‘百尺竿头袅袅身,足腾跟挂骇傍人。汉阴有叟君知否?抱瓮区区亦未贫。’当时必有谓。文潞公在枢府,尝一日过中书,与荆公行至题下,特留诵诗久之,亦不能无意也。荆公它日复题一篇于诗后云:‘赐也能言未识真,误将心许汉阴人。桔槔俯仰何妨事,抱瓮区区老自身。’”人民文学出版社,1962年,第176页。

④ 清郭庆藩撰,王孝鱼点校《庄子集释》卷五上《天地》篇:“子贡南游于楚,反于晋,过汉阴,见一丈人方将为圃畦,凿隧而入井,抱瓮而出灌,搰搰然用力甚多而见功寡。子贡曰:‘有械于此,一日浸百畦,用力甚寡而见功多,夫子不欲乎?’为圃者卬而视之曰:‘奈何?’曰:‘凿木为机,后重前轻,挈水若抽,数如泆汤,其名为槔。’为圃者忿然作色而笑曰:‘吾闻之吾师,有机械者必有机事,有机事者必有机心。机心存于胸中,则纯白不备;纯白不备,则神生不定;神生不定者,道之所不载也。吾非不知,羞而不为也。’子贡瞒然惭,俯而不对。”中华书局,1961年,第433—434页。

于陆,则没世不行寻常。古今非水陆与?周鲁非舟车与?今蕲行周于
鲁,是犹推舟于陆也,劳而无功,身必有殃。彼未知夫无方之传,应物而
不穷者也。且子独不见夫桔槔者乎?引之则俯,舍之则仰。彼,人之所
引,非引人也,故俯仰而不得罪于人。故夫三皇五帝之礼义法度,不矜
于同而矜于治。故譬三皇五帝之礼义法度,其犹柤梨橘柚邪!其味相
反而皆可于口。故礼义法度者,应时而变者也。①

诗中"桔槔俯仰妨何事"亦是化取"桔槔……俯仰而不得罪于人"之意而来。
这个比喻的用意在《庄子》中说得很清楚,即主张"知夫无方之传,应物而不
穷者",以及"礼义法度者,应时而变者也"。据此,此诗的真实用意已经十分
明朗了,与其革新政令的政治活动有着密切关系。如上文所述,王安石对孔
子极其推崇,必不认同孔子所取为"先王已陈刍狗"②之说,而此诗却取《庄
子》此论中的一个片段,亦是谋求变法的一时之论。

变法开展过程中,围绕新法的各种争论,甚嚣尘上,对此王安石在咏史
诗中也表明了自己的态度,即清谈误国,如《谢安》诗云:

> 谢公才业自超群,误长清谈助世纷。秦晋区区等亡国,可能王衍胜
> 商君。③

王安石非常欣赏谢安,晚年退居金陵,多有咏诵。此诗针对谢安的一段话
而发:

> (安)尝与王羲之登冶城,悠然遐想,有高世之志。羲之谓曰:"夏禹
> 勤王,手足胼胝;文王旰食,日不暇给。今四郊多垒,宜思自效,而虚谈
> 废务,浮文妨要,恐非当今所宜。"安曰:"秦任商鞅,二世而亡,岂清言致
> 患邪?"④

此诗首二句对谢安这种"虚谈废务,浮文妨要"的作法表示不满,认为他助长
了清谈的风气。后两句则是针对谢安崇尚清虚、反对革新的答语,反唇相

---

① 《庄子集释》卷五下《天运》篇,第513—514页。
② 同上书,第511页。
③ 《全宋诗》第10册,第6726页。
④ 《晋书》卷七十九《谢安传》,第2074页。

讥:"晋与秦同样是亡国,王衍又怎能比商鞅高呢?"指出王衍的清谈误国不如商鞅积极有为。与此诗类似的还有《读开成事》诗:

> 奸闳纷纷不为明,有心天下共无成。空令执笔螭头者,日记君臣口舌争。①

此诗是针对中唐牛李党争而发。牛李两党,互相倾轧,争论不休,唐文宗虽有求治之意,亦无所成,最终只留下了当日史官记录的口舌争论而已,亦言争论无益。纷纷扰扰的争论与斗争,必然造成僵持不下、政令难行的局面,因此王安石对政令畅通十分期待,故作《商鞅》诗云:

> 自古驱民在信诚,一言为重百金轻。今人未可非商鞅,商鞅能令政必行。②

后人对此诗的争论大多停留在商鞅行政是否诚信上,实则此诗自然无意称赞商鞅,为其翻案,只是"愤新法之不行"③而生羡慕之意的情急之言,不可以辞害意。与此相近的还有如下几首诗:

> 两生才器亦超群,黑白何劳强自分。好与骑奴同一处,此时俱事卫将军。(《两生》)④
>
> 锢党纷纷果是非,当时高士见精微。可怜窦武陈蕃辈,欲与天争汉鼎归。(《读后汉书》)⑤
>
> 千载纷争共一毛,可怜身世两徒劳。无人语与刘玄德,问舍求田意最高。(《读蜀志》)⑥

这些诗作都表达了王安石泯灭黑白是非,放弃持守,与尘俗同流,顺时自保,以求田问舍为高的思想情感倾向,后人多纠结于这些观点,议论不休,实则

---

① 《全宋诗》第 10 册,第 6726 页。
② 同上书,第 6724 页。
③ 金王若虚撰,胡传志、李定乾校注《滹南遗老集》卷二十九,辽海出版社,2006 年,第 335 页。
④ 《全宋诗》第 10 册,第 6726 页。
⑤ 同上书。
⑥ 同上书。

这些思想都是在变法失利乃至失败之后,看到自己一切的努力化为乌有,自然会有一种幻灭感,进而产生消极失落甚至偏激的思想情绪,只是抒发一时之感而已,执其一端,推之极致,难免立论偏颇。刘咸炘评《读蜀志》诗为"倦愤之语"[1],洵为知言。其他诗作亦当如是观,方不失其真。我们从中可以看到王安石从踌躇满志、激越昂扬到灰心失落、愤激不平的心路历程。

在历尽政治风云之后,王安石愤激不平的情绪逐渐平息,也创作了很多咏史诗,表达自己晚年复杂的心境和情绪,有心存不甘,期待未来者,如《精卫》诗云:

> 帝子衔冤久未平,区区微意欲何成。情知木石无云补,待见桑田几变更。[2]

此诗言精卫衔木填海,明知于事无补,只是心中冤屈不平,期待经历沧桑变幻后,能够得到历史客观公正的评判。有心灰意冷,乐天安命者,如《戴不胜》诗云:

> 昔在宋王所,皆非薛居州。区区一不胜,辛苦亦何求。怀禄讵有耻,知命乃无忧。此士自可怜,能复识此不。[3]

戴不胜只是孟子提到的一个宋国大夫,并非重要人物,王安石咏其人,无非取其欲"王之善"的意图以及徒劳无功的结果。从这个角度来看,王安石与戴不胜是一样的,因此以知命无忧与之共勉。又有知音难觅,孤独寂寞者:

> 千载朱弦无此悲,欲弹孤绝鬼神疑。故人舍我闭黄壤,流水高山心自知。(《伯牙》)[4]
> 沉魄浮魂不可招,遗编一读想风标。何妨举世嫌迂阔,故有斯人慰寂寥。(《孟子》)[5]

---

[1] 刘咸炘《刘咸炘学术论集》(哲学编下),广西师范大学出版社,2010年,第695页。
[2] 《全宋诗》第10册,第6734页。
[3] 同上书,第6536页。
[4] 同上书,第6725页。
[5] 同上书,第6724页。

先生善鼓瑟,齐国好吹竽。操竽入齐人,雅郑亦复殊。岂不得禄赐,归卧自欷歔。寥寥朱丝弦,老矣谁与娱。(《杂咏三首》其二)①

这里有知音不在、高山流水之意无人领会的寂寞,又有独守其道、不合时宜的孤独。最终发展为看破俗世、和光同尘的人生态度:

齐安孤起宋兴前,光宅相仍一水边。蜂分蚁争今不见,故窠遗垤尚依然。(《光宅寺》)②

自古功名亦苦辛,行藏终欲付何人。当时黯暗犹承误,末俗纷纭更乱真。糟粕所传非粹美,丹青难写是精神。区区岂尽高贤意,独守千秋纸上尘。(《读史》)③

二诗均表现出王安石勘破红尘的虚无幻灭感。虽然有各种不同的声音,但总体而言,王安石晚年的心境是恬淡自然,悠然自得的,与后来的苏轼一样,皈依陶渊明,如《岁晚怀古》诗云:

先生岁晚事田园,鲁叟遗书废讨论。问讯桑麻怜已长,按行松菊喜犹存。农人调笑追寻壑,稚子欢呼出候门。遥谢载醪祛惑者,吾今欲辩已忘言。④

此诗写陶渊明的晚年田园生活,问询桑麻,巡视松菊,农人寻壑,稚子候门,忘怀世事,悠然自得。在对陶渊明晚年生活的再现中,王安石表现出欣然神往之情,与数百年前的陶渊明心灵相通。与此诗类似的还有《怀古二首》诗,下文有专门论述。

三、王安石咏史诗艺术成就

王安石的咏史诗,不仅有浩博细密、高妙新警的思想意蕴,更有卓拔超群的艺术魅力,具体表现为笔力遒劲,无施不可,千汇万状,变化无穷,精美绝伦,臻于化境。以下粗陈梗概,略作分析。

---

① 《全宋诗》第10册,第6512页。
② 同上书,第6691页。
③ 同上书,第6672页。
④ 同上书,第6603页。

(一) 炼字无痕,属对精工

王安石学力雄博,大笔如椽,举凡前人以为至难至巧之诗歌技艺,亦往往举重若轻,在充分自由表达的前提下,将诗艺提高到极致。就炼字而言,如"子羽一炬火,骊山三月红"①,即取杜牧《阿房宫赋》"楚人一炬,可怜焦土"之意,而着一"红"字,加之"一炬"之小与"三月"之久的对比,场面声势,轰然而出。再如《中牟》诗"颓城百雉拥高秋"②句本写秋高气爽下的中牟古城高耸云天,而施之一"拥"字,则将古城人格化,似欲与天争高,有拥天而入之感,将城之高写得生动饱满,韵味无穷。

与炼字相比,王安石更重属对,似乎属对尤能体现才力,故宋代从西昆诗人以至二宋兄弟均对此颇下功夫,王安石将这一艺术技巧发展到了运斤成风的境地。王安石早期的近体诗中属对就十分精美工致,物对如"北山漠漠云垂地,南埭悠悠水映人。驰道蔽亏松半死,射场埋没雉多驯"③,事对如"斋祠父子终身费,酬咏君臣举国荒。南狩皖山非故地,北师淮水失名王"④,其他如《金陵怀古四首》《自金陵如丹阳道中有感》等诗无不如此。王安石咏史诗的属对,不仅体现为形式工巧,而且毫不影响表达抒发,能用极为工致的诗句说理议论,并且新警卓异,如《读史》诗"糟粕所传非粹美,丹青难写是精神"⑤一联,即将历史记载真实的相对性用生动形象、属对精工的诗句表达出来,脍炙人口。

对仗是近体诗格律的客观要求,王安石在古体诗中亦着意于此,更能体现诗人的有意追求。古体诗本不需要偶对,甚至有意回避,以求古朴质实的风貌,而王安石的古体咏史诗中往往出现精致的属对,而且自然得了无痕迹,如《四皓二首》诗其一共八句,而后四句为"谷广水涣涣,山长云泄泄。与其贵而拘,不若贱而肆",对仗十分工稳,却使人浑然不觉,前两句中两个叠词属对,以极自然的方式将商山中谷水山云之丰盛舒卷描画出来,而后两句则是脱胎于扬雄的学术著作《法言·五百篇》:"周之士也贵,秦之士也贱,周之士也肆,秦之士也拘。"⑥然而王安石将其熔铸得却极为允当,不得不感叹其才力过人。再如《桃源行》诗中"世上那知古有秦,山中岂料今为晋"一联,

---

① 王安石《读秦汉间事》,《全宋诗》第 10 册,第 6602 页。
② 《全宋诗》第 10 册,第 6709 页。
③ 《次韵王微之登高斋》,《全宋诗》第 10 册,第 6625 页。
④ 《和微之重感南唐事》,《全宋诗》第 10 册,第 6625 页。
⑤ 《全宋诗》第 10 册,第 6672 页。
⑥ 汉扬雄撰,汪荣宝注疏,陈仲夫点校《法言义疏》十一,中华书局,1987 年,第 268 页。

亦是融会《桃花源记》"不知有汉，无论魏晋"之语而成，"那知古有秦"与"岂料今为晋"，既工整又自然。再如《田单》诗中"舞鸟怪不测，腾牛怒无前"①一联，采田单攻打燕国过程中的两个环节，剪裁而成。一是田单令城中人饭前在庭院中祭祀祖先，使飞鸟在其城上盘旋，进而宣扬有神相助；二是将千馀头牛着五彩衣，角束刃，尾灌脂，燃而纵之，大败燕军。王安石注意到这个故事中的一鸟一牛是极好的对偶因素，稍作裁制，即成此联，亦可见其着意经营之意，却出之以自然。这样的例子在王安石的咏史诗中俯拾即是，不再赘言。

（二）笔法纵横，雄崛奇伟

王安石把炼字和属对等前人的技巧发展到了一个极高的水平，咏史诗还有一个非常突出的特征，就是笔法纵横。欲出一意、言一事，或正或反，或倾或侧，翻腾回转，左冲右突，神出鬼没，出奇制胜。前人对其诗往往有解说不当之处，不解其诗笔法多变是一个重要原因。如《文成》诗"万里出师求宝马，飘然空有意凌云"②两句，注家多从求马耗费财力等角度解读，实则这一句的核心只在一个"马"字上，只有将"宝马"与"凌云"二者沟通起来，且调整前后顺序，即凌云不成而求宝马，才能真正领会这两句的诗意。《扬子二首》其一"当时荐口终虚语，赋拟相如却未工"一联，似贬而实褒，亦如此，已见上文分析。《明妃曲二首》其一有"归来却怪丹青手，入眼平生几曾有"两句，亦十分高妙，既与前两句"低徊顾影无颜色，尚得君王不自持"一起突出了昭君的绝世姿容，又推进了汉元帝怪罪毛延寿这一情节，进而引出下文的"当时枉杀毛延寿"，意蕴丰茂而又条贯如梭。《双庙》诗中有"中原擅兵革，昔日几侯王。此独身如在，谁令国不亡"③四句，互文见义，腾挪跌宕，隐约闪烁，首句"中原擅兵革"言中原地区战乱频仍，而"昔日几侯王"言曾经有多少侯王啊，语意未竟，与下文"谁令国不亡"合观，意为使国不亡者非昔日的侯王，而是张、许。将"昔日几侯王"与下文"此独身如在"（即只有张、许之身因令国不亡而不朽）合观，言外之意则是昔日的侯王早已湮没在历史的尘埃之中了。这样极简短的四句诗，却饱含着如此丰富的意蕴，正是王安石笔法辗转变换使然。再如《韩信》诗：

---

① 《全宋诗》第10册，第6536页。
② 同上书，第6709页。
③ 同上书，第6601页。

> 韩信寄食常歉然,邂逅漂母能哀怜。当时哙等何由伍,但有淮阴恶少年。谁道萧曹刀笔吏,从容一语知人意。坛上平明大将旗,举军尽惊王不疑。救兵半楚潍半沙,从初龙且闻信怯。鸿沟天下已横分,谈笑重来卷楚氛。但以怯名终得羽,谁为孔费两将军。①

"韩信寄食常歉然,邂逅漂母能哀怜",写韩信经常挨饿,只有偶遇的漂母能哀怜他,言他人不识人也。"当时哙等何由伍,但有淮阴恶少年",言当时与韩信为伍的只有淮阴的恶少年,樊哙等人何足挂齿,较之淮阴之恶少年犹有不及,贬低樊哙、绛、灌等,以示韩信之不凡。"谁道萧曹刀笔吏,从容一语知人意",在刘邦尚未关注韩信之时,"信数与萧何语,何奇之"②,可见萧何之识人,为班固称萧何起于秦刀笔吏鸣不平,为萧何翻案以抬高韩信。"坛上平明大将旗,举军尽惊王不疑",言汉王斋戒,设坛拜将,诸将皆喜,人人各自以得大将,至拜韩信,一军尽惊,以诸将的惊奇与汉王的信任,凸显韩信之卓异。"救兵半楚潍半沙,从初龙且闻信怯",写韩信与龙且战,佯装败走,且喜曰:"固知信怯也。"③追信,中计身亡。以龙且所闻韩信之胆怯,反衬韩信之勇武。"鸿沟天下已横分,谈笑重来卷楚氛,但以怯名终得羽,谁为孔费两将军",指高祖与项羽战于垓下,实当羽者乃韩信,而孔、费两将军只是腹背之毛而已。亦是以韩信的胆怯之名与孔、费之无用凸显韩信的功绩。全篇皆赞韩信,却无一正面描写,均以侧笔出之,而韩信之勇武多谋、迥异群伦的形象已跃然纸上,不可不谓高妙。

(三)风格多变,无施不可

王安石咏史诗的风格,往往随篇赋形,无施不可,千变万化,不可名状,大抵绝句新警卓拔,律诗清新秀美,歌行潇洒飘逸,宛转流美,古体沉着雄博,朴劲遒俊。

新警卓拔的咏史绝句上文所论甚夥,兹不赘述。王安石的律诗多有唐诗风韵,典丽精工,清新秀逸,《金陵怀古四首》诗可见一斑:

> 霸祖孤身取二江,子孙多以百城降。豪华尽出成功后,逸乐安知与祸双。东府旧基留佛刹,后庭馀唱落船窗。黍离麦秀从来事,且置兴亡

---

① 《全宋诗》第 10 册,第 6535 页。
② 《史记》卷九十二《淮阴侯列传》,第 2611 页。
③ 同上书,第 2621 页。

近酒缸。(其一)

　　天兵南下此桥江，敌国当时指顾降。山水雄豪空复在，君王神武自难双。留连落日频回首，想象徐墟独倚窗。却怪夏阳才一苇，汉家何事费罃缸。(其二)

　　地势东回万里江，云间天阙古来双。兵缠四海英雄得，圣出中原次第降。山水寂寥埋王气，风烟萧飒满僧窗。废陵坏冢空冠剑，谁复沾缨酹一缸。(其三)

　　忆昨天兵下蜀江，将军谈笑士争降。黄旗已尽年三百，紫气空收剑一双。破堞自生新草木，废宫谁识旧轩窗。不须搔首寻遗事，且倒花前白玉缸。(其四)①

　　前人有很多金陵怀古诗，五代宋初朱存、杨备等动辄百篇，但多单薄浮泛，淡乎寡味，王安石则采六朝南唐旧事，出之以精美华丽的律诗，使事贴切，对偶工稳，文辞清丽，情思幽婉，足以与小李杜媲美。不仅如此，还以同样的韵脚连作四篇，自有逞才炫学的意味，题材相同，则颇易重复，韵脚相同，则难免凑泊，然此四诗各具面目，妥帖自然，自非寻常之辈可及。

　　如果说王安石的律诗尚可媲美唐代大家，那么他的歌行、古体则足以超迈唐贤，卓然自立。王安石有《葛蕴作巫山高，爱其飘逸，因亦作两篇》诗，乃是因见葛蕴之诗，爱其飘逸，顿生歆慕，自是一时兴起之作，却幽丽缥缈，饶有韵致，兹录其一：

　　巫山高，十二峰。上有往来飘忽之猨猱，下有出没潏潏之蛟龙，中有倚薄缥缈之神宫。神人处子冰雪容，吸风饮露虚无中。千岁寂寞无人逢，邂逅乃与襄王通。丹崖碧嶂深重重，白月如日明房栊。象床玉几来自从，锦屏翠幔金芙蓉。阳台美人多楚语，只有纤腰能楚舞，争吹凤管鸣鼍鼓。那知襄王梦时事，但见朝朝暮暮长云雨。②

　　此诗以"猨猱"、"蛟龙"、"神宫"、"吸风饮露"见其幽奇缥缈，以冰肌雪容、"丹崖碧嶂"、"象床玉几"、"锦屏翠幔"见其华美瑰丽，将千年寂寞之缠绵情思笼罩在蒙蒙云雨之中，幽美哀婉，堪称佳作。王安石只是小试牛刀即能成如此

　　① 《全宋诗》第 10 册，第 6656 页。
　　② 同上书，第 6521 页。

佳作,可见其笔力之无穷。

王安石利用歌行体句法多变的优势形成飘逸婉转的风格,而其五、七言古体,则更多沉着遒俊之风,五言如《诸葛武侯》诗云:

> 汉日落西南,中原一星黄。群盗伺昏黑,联翩各飞扬。武侯当此时,龙卧独摧藏。掉头梁甫吟,羞与众争光。邂逅得所从,幅巾起南阳。崎岖巴汉间,屡以弱攻强。晖晖若长庚,孤出照一方。势欲起六龙,东回出扶桑。惜哉沦中路,怨者为悲伤。竖子祖馀策,犹能走强梁。①

此诗章法井然,起承有致,每四句为一节,分五节。首叙汉末之情势,次写孔明之淡然,再写武侯之出山,然后起势,写孔明之地位、志向,最后承所起之势,急转直下,写武侯之壮志未酬,中道沦没。创意造语,亦凝练典赡,写汉末形势,"汉日落西南"指蜀,"中原一星黄"言魏,"群盗伺昏黑,联翩各飞扬"叙群雄并起,短短四句,该被无遗。最后写孔明陨落,亦无流衍疲沓之态,以"怨者为悲伤"写其德之高,以"犹能走强梁"写其威之大,如猛豹之尾,劲健有力。在严谨的章法中施以典赡凝练的创意造语,形成了此诗朴劲遒俊的独特风格,与雄奇悲壮的孔明行事,珠联璧合,宛若天成。七言如《九鼎》诗云:

> 禹行掘山走百谷,蛟龙窜藏魑魅伏。心志幽妖尚觊觎,以金铸鼎空九牧。冶云赤天涨为黑,鞴风馀吹山拔木。鼎成聚观变怪索,夜人行歌鬼昼哭。功施元元后无极,三姓卫守相传属。弱周无人有宜出,沈之九幽拆地轴。始皇区区求不得,坐令神奸窥邑屋。②

此诗围绕九鼎敷衍成章,这段历史史书记载十分简略,《史记·封禅书》载:"禹收九牧之金,铸九鼎,皆尝亨鬺上帝鬼神。遭圣则兴,鼎迁于夏、商,周德衰,宋之社亡,鼎乃沦没,伏而不见。"③因此留下了充分的想象空间。此诗营造了一个充满"蛟龙"、"魑魅"、"幽妖"、鬼怪的世界,禹铸九鼎镇服之,而

---

① 《全宋诗》第10册,第6502页。
② 同上书,第6566页。
③ 《史记》卷二十八《封禅书》,第1392页。

铸鼎的场面尤其恢宏奇伟:"冶云赤天涨为黑,鞴风馀吹山拔木",言冶炼金属的火焰映赤苍穹,烟雾汇聚,黑云弥天,鼓吹熔炉的馀风,吹及树木,连根而起,以此凸显九鼎之巨大神奇,为进而写鼎成之后降服鬼怪、造福万民作铺垫。最后叙述鼎历三代而沉九幽之地,不复出焉,始皇求而不得,增加了九鼎的神秘色彩。此诗通过叙写九鼎在群魔乱舞、光怪陆离的上古世界熔铸与传承的历史,创造了一个雄伟瑰奇的艺术境界。

通过以上几首诗的分析,我们可以看到,王安石咏史诗的风格丰富多变,没有固定统一的模式,而是根据不同的题材、主题、情思营造相应的艺术世界,选择与之相适合的艺术风格,百变千幻而无施不效。

(四)熔冶万象,臻于化境

王安石咏史诗在艺术技巧、风格等方面笔力无穷,运斤成风,令人不得不叹服其绝伦才力,王安石晚年的诗作,逐渐淡化了才气外露的特点,而是将极为高妙的技巧、手法幻化于无影无形之中,形成了镜花水月般澄明净静的艺术境界,如《怀古二首》诗:

> 日密畏前境,渊明欣故园。那知饭不赐,所喜菊犹存。亦有床座好,但无车马喧。谁为吾侍者,稚子候柴门。①

> 长者一床室,先生三径园。非无饭满钵,亦有酒盈樽。不起华边坐,常开柳际门。漫知谈实相,欲辩已忘言。②

从表面看,这两首诗描绘陶渊明晚年恬淡自然的生活状态,内容极简单,无非故园、柳菊、酒饭、床座、稚子、柴门等,情思也极闲澹,眷顾于酒饭,徘徊于床门,流连于柳菊,却又似有若无,不言不语,恬淡宁静。语言也极朴实,除了"日密"、"不赐"、"实相"之外,其他均平白如话,浅易自然。可以说此诗以质朴的语言描绘出陶渊明悠然的状态和闲澹的情思,几乎看不出技巧和手段。实则其中蕴含着极为缜密高明的艺术手法。首先,值得注意的是,这两首诗为五言律诗,属对颇多,两首诗八联,有六联对仗,均十分工致。属对本是王安石的强项,不足为奇。对仗本身会形成精致之美,王安石反其道而行之,却用对仗来表现古澹的内容、闲澹的情思以及简淡的风格,体现出王安石逞才炫技的意识。除属对外,更为重要的是,

---

① 《全宋诗》第 10 册,第 6583 页。
② 同上书。

此诗句句用典,并且每联均分别用佛经典和渊明典,现将二诗所用典故依次列于下表。

其一	
《佛说四十二章经》:"佛言:夫为道者,譬如一人与万人战,挂铠出门,意或怯弱,或半路而退,或格斗而死,或得胜而还。沙门学道,应当坚持其心,精进勇锐,不畏前境,破灭众魔,而得道果。"①	《归去来兮辞》:"归去来兮!田园将芜胡不归?……乃瞻衡宇,载欣载奔。"②
《维摩诘经》:"化菩萨曰:勿以声闻小德小智,称量如来无量福慧。四海有竭,此饭无尽。使一切人食,抟若须弥,乃至一劫,犹不能尽。所以者何?无尽戒、定、智慧、解脱、解脱知见功德具足者,所食之馀,终不可尽。于是钵饭悉饱众会,犹故不赐。"③	《归去来兮辞》:"三径就荒,松菊犹存。"④
《维摩诘经》:"舍利弗言:我为法来,非为床座。"⑤	《饮酒》其五:"结庐在人境,而无车马喧。"⑥
《维摩诘经》:"又仁所问何无侍者,一切众魔及诸外道皆吾侍也。"⑦	《归去来兮辞》:"僮仆欢迎,稚子候门。"⑧
其二	
《维摩诘经》:"尔时,长者维摩诘心念:今文殊师利与大众俱来。即以神力空其室内,除去所有及诸侍者,唯置一床,以疾而卧。"⑨	《归去来兮辞》:"三径就荒,松菊犹存。"⑩
《维摩诘经》:"忆念我昔入其舍,从乞食。维摩诘取我钵盛满饭。"⑪	《归去来兮辞》:"携幼入室,有酒盈樽。"⑫

① 宋守遂注,明了童补注,李传军、常峥嵘整理《佛说四十二章经注》,中华书局,2021 年,第556 页。
② 东晋陶渊明撰,袁行霈笺注《陶渊明集笺注》卷四,中华书局,2003 年,第 460 页。
③ 隋吉藏造,包蕾、刘维芳整理《维摩经略疏》,中华书局,2021 年,第 562—563 页。
④ 东晋陶渊明撰,袁行霈笺注《陶渊明集笺注》卷四,第 460 页。
⑤ 隋吉藏造,包蕾、刘维芳整理《维摩经略疏》,第 507 页。
⑥ 东晋陶渊明撰,袁行霈笺注《陶渊明集笺注》卷四,第 247 页。
⑦ 隋吉藏造,包蕾、刘维芳整理《维摩经略疏》,第 481 页。
⑧ 东晋陶渊明撰,袁行霈笺注《陶渊明集笺注》卷四,第 460 页。
⑨ 隋吉藏造,包蕾、刘维芳整理《维摩经略疏》,第 472 页。
⑩ 东晋陶渊明撰,袁行霈笺注《陶渊明集笺注》卷四,第 460 页。
⑪ 隋吉藏造,包蕾、刘维芳整理《维摩经略疏》,第 432 页。
⑫ 东晋陶渊明撰,袁行霈笺注《陶渊明集笺注》卷四,第 460 页。

续表

其二	
《维摩诘经》:"于是,维摩诘心念:吾当不起于座,接妙喜国。"① 《梵网经》:"今显仏莲花无有限量,如《花严经》说,有大莲花座,一一花叶皆遍周法界。"②	《五柳先生传》:"先生不知何许人也,亦不详其姓字,宅边有五柳树,因以为号焉。"③ 《蜡日》诗:"梅柳夹门植,一条有佳花。"④
《维摩诘经》:"言无以生灭行心说实相法者,释者不同,今直解实相,即无所得实相之法,迦旃延有得生灭心说,故云无以生灭心说实相法也。"⑤ 《楞严经》:"阿难白佛言:世尊,我亦闻佛与文殊等诸法王子谈实相时,世尊亦言:心不在内,亦不在外。"⑥	《饮酒》其五:"此中有真意,欲辩已忘言。"⑦

在律诗中句句用典亦非难事,此前西昆诗人就有这样的作法,而王安石这两首用典高妙之处在于,维摩典为语典,只取其语,而不取其事,渊明典为事典兼语典,既取其事又用其语。可以说是用维摩语与渊明语共同叙写渊明之事,却毫无痕迹可寻,是否用典已不重要,知其用典可,不知亦可。总之,此诗寓极精妙于极简澹之中,古与今,虚与实,佛与儒,物与我,情思与诗艺,浑然一体,臻于化境。

王安石的咏史诗,渊深博大,涯涘无边。思想上,聚集了其前所有新兴儒家士人的思想和理想,艺术上,亦将前人所有的努力与实践推向巅峰和极致。将宋代咏史诗发展的两条路线合二为一,展现出了宋诗的独立品格,将宋代咏史诗推向巅峰。

第二节　融通儒道:苏轼的咏史诗

苏轼(1037—1101),字子瞻,自号东坡居士,眉山(今属四川)人。嘉祐二年(1057)进士。六年,试制科,授签书凤翔府节度判官厅事。治平二年

---

① 隋吉藏造,包蕾、刘维芳整理《维摩经略疏》,第 579 页。
② 佚名撰,林学妮整理《梵网经述记》卷一,中华书局,2022 年,第 533 页。
③ 东晋陶渊明撰,袁行霈笺注《陶渊明集笺注》卷四,第 502 页。
④ 同上书,第 310 页。
⑤ 隋吉藏造,包蕾、刘维芳整理《维摩经略疏》,第 439—440 页。
⑥ 宋惟悫科,宋可度笺,潘桂明等整理《楞严经笺》卷一之下,中华书局,2021 年,第 309 页。
⑦ 东晋陶渊明撰,袁行霈笺注《陶渊明集笺注》卷四,第 247 页。

(1065)，除判登闻鼓院，寻试馆职，除直史馆。三年，父洵卒，护丧归蜀。熙宁四年(1071)，通判杭州。历知密州、徐州。元丰二年(1079)，移知湖州，乌台诗案狱起，贬黄州团练副使。四年，移汝州团练副使。八年春，得请常州居住，十月知登州。寻召除起居舍人。元祐元年(1086)迁中书舍人，改翰林学士。绍圣元年(1094)，贬惠州。四年，再贬儋州。徽宗即位，赦还。建中靖国元年(1101)，卒于常州，年六十六。

苏轼在四十年的创作生涯中，有咏史诗近百首，但这些咏史诗在其一生的不同阶段分布极为不均衡，大致以乌台诗案为界，分为前后两期：1079年之前为前期，有55首。1079年至1090年十年间基本没有咏史诗创作，1091年以后的十年间为后期，有咏史诗40首左右。这样的分布自然与苏轼大起大落、数起数落的人生经历有极大关系。反映在诗歌的思想内涵、艺术特色方面，前后两期也各具面貌，各有特点。

一、苏轼前期的咏史诗

苏轼的咏史诗在思想内涵上，与王安石似乎截然不同，完全没有道德、功业，而是充满着浓郁的仙道情思，并且贯穿其一生。这一点与学界对苏轼思想的认识不太一样，虽然这样浓郁的仙道思想倾向并不能概括苏轼整体的思想面貌，但这确实是一个不争的事实和不容忽视的现象，是非常值得注意的。就前期而言，苏轼咏史诗的仙道思想倾向表现在以下几个方面。

仙道题材的咏史诗较多。在苏轼第二次出蜀进京的旅程中，苏轼表现出对仙道题材的情有独钟，写了很多有关道观神仙的诗，在两卷诗中就有六首，如最早的《过安乐山，闻山上木叶有文如道士篆符，云此山乃张道陵所寓二首》诗云：

天师化去知何在，玉印相传世共珍。故国子孙今尚死，满山秋叶岂能神。[1]

真人已不死，外慕堕空虚。犹馀好名意，满树写天书。[2]

安乐山上的有文树叶引起了诗人的兴趣，第一首写张天师仙化之前，曾"将

---

[1] 《全宋诗》第14册，第9086页。

[2] 同上书，第9086页。小山按：此诗《舆地纪胜》卷一百五十三作苏辙诗，孔凡礼《苏轼年谱》(中华书局，1998年，上册，第71页)已指出，暂作苏轼诗论。

诸品秘箓、斩邪二剑、玉册、玉印授其长子衡"①，以后世世相守，而现在子孙已死，没有了长生的本领，因此苏轼不禁发出疑问：满山树叶上的符箓还能灵验吗？苏轼以张道陵子孙尚不能长生揶揄其留在树叶上的符箓之无用。第二首写张天师已经得道成仙，自然他无所求，仍难免爱慕虚名之意，还在树叶之上篆写天书，亦是对张天师的一种调侃。这两首诗既反映出苏轼出蜀时轻松愉快的心情，亦可见其对道教的兴趣以及对道教掌故的熟稔。再如《留题仙都观》诗云：

> 山前江水流浩浩，山上苍苍松柏老。舟中行客去纷纷，古今换易如秋草。空山楼观何峥嵘，真人王远阴长生。飞符御气朝百灵，悟道不复诵黄庭。龙车虎驾来下迎，去如旋风抟紫清。真人厌世不回顾，世间生死如朝暮。学仙度世岂无人，餐霞绝粒长苦辛。安得独从逍遥君，泠然乘风驾浮云，超世无有我独存。②

此诗自江及山，自山及观，自观及神仙，进而集中笔力叙写神仙之情状："飞符御气朝百灵"、"龙车虎驾""抟紫清"，已然表现出欣羡之情，最后更是直接表达出"泠然乘风驾浮云"、超世独存的得道长生之望。艺术上此诗初步表现出苏轼的散笔摹写之功，故纪昀评为"气味遒逸"③。再如《过木枥观》诗云：

> 石壁高千尺，微踪远欲无。飞檐如剑寺，古柏似仙都。许子尝高遐，行舟悔不迂。斩蛟闻猛烈，提剑想崎岖。寂寞棺犹在，修崇世已愚。隐居人不识，化去俗争吁。洞府烟霞远，人间爪发枯。飘飘乘倒景，谁复顾遗躯。④

此诗从石壁、飞檐、松柏写起，次写"许子"提剑斩蛟之英豪事迹，进而发表议论，称世人保存其棺椁、修整其道观之愚：世人对仙人生而不识，化而徒叹，人间之短暂何如仙府之恒久，仙人羽化蝉蜕后怎么会顾惜躯骸？这样的对

---

① 此语虽然见于《明一统志》《蜀中广记》等明代文献，但《施注苏诗》注（见《苏轼诗集合注》卷一，上海古籍出版社，2001年，第13页）中已有引用，文字小异，故此说必有来源。
② 《全宋诗》第14册，第9087页。
③ 曾枣庄主编《苏诗汇评》卷一，四川文艺出版社，2000年，第14页。按：此节所引苏诗评语均转引自《苏诗汇评》。
④ 《全宋诗》第14册，第9089页。

比议论,清楚地显示出作者对尘世的不屑与对仙界的向往。而《双凫观》诗则将这种价值判断更为明确地表现出来:

> 王乔古仙子,时出观人寰。常为汉郎吏,厌世去无还。双凫偶为戏,聊以惊世顽。不然神仙迹,罗网安能攀。纷纷尘埃中,铜印纡青纶。安知无隐者,窃笑彼愚奸。①

此诗径写仙人王乔,曾为汉吏,"观人寰",最后厌世不还,留下双凫,来警示愚顽的世人,昭示神仙之存在。最后更是站在神仙的角度,言尘埃中的铜印、青纶之可笑愚昧,更是直言无隐,故而纪昀称"结太浅直"②,然而愈是浅,愈能更好地表现诗人的思想倾向,因此延君寿云:"天地生一传人,从小即心地活泼,理解神透。如东坡……《八阵碛》云:'神兵非学到,自古不留诀。至人已心悟,后世徒妄说。'《双凫观》……以年谱按之,公作此诗不过二十岁。若钝根人,有老死悟心不生者,难以语此。"③正是道出了苏轼早期诗作中所蕴含的聪明颖悟与仙道思想。

苏轼的仙道思想,不仅体现在仙道题材的咏史诗中,其他题材的咏史诗也有仙道化的倾向,如《神女庙》诗云:

> 大江从西来,上有千仞山。江山自环拥,恢诡富神奸。深渊鼋鼍横,巨壑蛇龙顽。旌阳斩长蛟,雷雨移沧湾。蜀守降老蹇,至今带连环。纵横若无主,荡逸侵人寰。上帝降瑶姬,来处荆巫间。神仙岂在猛,玉座幽且闲。飘萧驾风驭,弭节朝天关。倏忽巡四方,不知道里艰。古妆具法服,邃殿罗烟鬟。百神自奔走,杂沓来趋班。云兴灵怪聚,云散鬼神还。茫茫夜潭静,皎皎秋月弯。还应摇玉佩,来听水潺潺。④

巫山神女虽是赤帝之女,但其神仙身份历来并不凸显,神怪色彩亦不浓郁,更为人所津津乐道的是其遇楚王于高唐的浪漫故事,因此其形象、性情更接近于人。而苏轼在这首诗中,巫山神女与浪漫无关,而纯粹是一个既有法力而又幽闲的女神形象。此诗首先写巫峡江山之恢诡,神奸之纵横,深渊鼋

---

① 《全宋诗》第14册,第9102页。
② 《苏诗汇评》卷二,第55页。
③ 《清诗话续编》第1815—1816页。
④ 《全宋诗》第14册,第9092页。

鳌,巨鳖蛇龙,虽有许逊斩杀,李冰降服,仍缺乏镇守之主。上帝恐神怪侵人,故遣瑶姬镇守。进而以大量笔墨渲染这位"玉座幽且闲"的神仙:风驭飘萧,倏忽万里,着法服与古妆,筑邃殿于烟峦,百神趋班,神怪聚散,自是法力无边。不仅如此,最后还以秋月皎皎、夜潭茫茫、环佩铿锵、秋水潺潺映衬女神之明秀清逸。这里塑造了一个光怪陆离、飘渺奇幻的神仙境界,以及一位神通广大、清逸俊秀的女神形象。神乎神矣,与人无涉,则将一个多情善感的巫山神女变成了一位威严凛凛的女神。其间的转变与差异,前人亦有所察觉,纪昀称"不作艳词,亦不作庄论"[1],汪师韩云"徘徊神境,彷佛仙踪"[2],均指出此诗与前人之作的区别,汪还点明了此诗之"神"、"仙"特征,这是十分准确的,而究其缘由,汪赞其"不袭用玉色頩颜及望帷寒帱一切猥琐漫亵之语"[3]而纪归之于"本领过人"[4],或均未得其要。综合考虑,将这种转变与差异归之于苏轼这一时期仙道思想,或许更为允当。如果说巫山神女本身就具有神仙因素,将其仙道化或有情可原,苏轼在咏叹世俗凡尘之人也能体现出仙道思想,如《昭君村》诗云:

> 昭君本楚人,艳色照江水。楚人不敢娶,谓是汉妃子。谁知去乡国,万里为胡鬼。人言生女作门楣,昭君当时忧色衰。古来人事尽如此,反复纵横安可知。[5]

此诗对昭君曲折哀婉的故事并不感兴趣,而是着眼于昭君从"汉妃子"到胡地鬼的命运急转,感叹人生反复无常,亦是道家之思维。再如《颍大夫庙》诗云:

> 人情难强回,天性可微感。世人争曲直,苦语费摇撼。大夫言何柔,暴主意自惨。荒祠傍孤冢,古隧有残坎。千年惟茅焦,世亦贵其胆。不解此微言,脱衣徒勇敢。[6]

此诗咏颍考叔,这是一个纯粹的儒家人物,《左传》许之以"纯孝",据笔者所

---

[1]　《苏诗汇评》卷一,第 27 页。
[2]　同上书。
[3]　同上书。
[4]　同上书。
[5]　《全宋诗》第 14 册,第 9092 页。
[6]　同上书,第 9102 页。

及,除此诗之外,古今凡咏颍考叔者,无不围绕其"孝"作文章,这亦是题中应有之义,而苏轼此诗确实迥异众作,而是着眼于颍考叔的进谏方式,围绕"微"、"柔"做文章,且颇为心肯,并以焦茅脱衣之"勇敢"相较,以凸显对"微"、"柔"价值的肯定,纯然是道家的价值观念。以道家的价值观念评述一位传统的儒家人物,正是诗人思想观念的外化与折射,在这种外化与折射中,探求苏轼的思想或更接近其本真。这样的观念并非灵光一现,而是始终如一,再如以下二诗:

功成惟欲善持盈,可叹前王恃太平。辛苦骊山山下土,阿房才废又华清。(《骊山三绝句》其一)①

浮世功劳食与眠,季鹰真得水中仙。不须更说知机早,直为鲈鱼也自贤。(《戏书吴江三贤画像三首》其二)②

前诗论始皇、玄宗,而言"持盈"之道,后诗咏张翰,而赞其"知机"之举,均不出道家之论。前者作于凤翔期间,约二十八岁,与《颍大夫庙》诗接近,而后者作于三十八岁左右,已是十年之后了,可见这种观念是在苏轼的思想中是一以贯之的,联系后期之作,我们会看得更加清楚。

除颍考叔之外,苏轼吟咏诸葛亮的诗歌也略有仙道化的倾向:

平沙何茫茫,彷佛见石蘊。纵横满江上,岁岁沙水啮。孔明死已久,谁复辨行列。神兵非学到,自古不留诀。至人已心悟,后世徒妄说。自从汉道衰,蜂起尽奸杰。英雄不相下,祸难久连结。驱民市无烟,战野江流血。万人赌一掷,杀尽如沃雪。不为久远计,草草常无法。孔明最后起,意欲扫群孽。崎岖事节制,隐忍久不决。志大遂成迂,岁月去如瞥。六师纷未整,一旦英气折。惟馀八阵图,千古壮夔峡。(《八阵碛》)③

诸葛来西国,千年爱未衰。今朝游故里,蜀客不胜悲。谁言襄阳野,生此万乘师。山中有遗貌,矫矫龙之姿。龙蟠山水秀,龙去渊潭移。空馀蜿蜒迹,使我寒涕垂。(《隆中》)④

① 《全宋诗》第14册,第9134页。
② 同上书,第9200页。
③ 同上书,第9089页。
④ 同上书,第9100页。

诸葛亮虽然称不上是儒家人物的代表,但终归算不上道家人物,而往往作为建功立业、忠君爱民的典型,亦与儒家思想多有重合之处。这两首诗咏诸葛亮,仍略有仙道化的倾向,延君寿论东坡"心地活泼,理解神透"①亦引此诗"神兵非学到"以下四句,已见上文征引。《隆中》诗将孔明喻为"龙",若仅因号"卧龙"而有此喻,未免过于浅俗,实则在苏轼的意识中,"龙"是与仙人联系在一起的,咏安期生有"安期与羡门,乘龙安在哉"②、"乃知经世士,出世或乘龙"③等句,可资参考。就情感而言,此二诗虽然也是涕泗横流,悲伤难抑,但情感投射与认同感仍显不足,将上述咏诸葛亮诗与咏公孙述的《白帝庙》诗相较,或更为明晰:

> 朔风催入峡,惨惨去何之。共指苍山路,来朝白帝祠。荒城秋草满,古树野藤垂。浩荡荆江远,凄凉蜀客悲。迟回问风俗,涕泗悯兴衰。故国依然在,遗民岂复知。一方称警跸,万乘拥旌旗。远略初吞汉,雄心岂在夔。崎岖来野庙,闵默愧常时。破甑蒸山麦,长歌唱竹枝。荆邯真壮士,吴柱本经师。失计虽无及,图王固已奇。犹馀帝王号,皎皎在门楣。④

就客观实绩而言,公孙述只是割据一方、支撑十年的一方诸侯而已,与诸葛亮经营的刘蜀不可同日而语,而在此诗中,苏轼并不在意其实际地位以及未有所成,反而盛赞有加,如"一方称警跸,万乘拥旌旗。远略初吞汉,雄心岂在夔"、"图王固已奇,犹馀帝王号,皎皎在门楣"之论,绝非泛泛之空言,而是反映了苏轼的个人好尚与兴趣,因为公孙述的行为与苏轼思想中的任侠因素、自由追求有契合之处,因此才会推崇不遗余力,表现出极大的热情,赵克宜称"后三韵,笔笔转动,结语自在眼前,而未经人道"⑤,自在情理之中了。与上述咏诸葛亮诗类似的,咏朱亥、姜尚等人的诗作,均不蹈故常,另辟蹊径,颇有弄巧之嫌,在思想上并未有太多突破。这时期的咏史诗过于依赖个人之好尚,而在思想力度上亦显得不足,如以下二诗:

---

① 《清诗话续编》第 1815—1816 页。
② 苏轼《过莱州雪后望三山》,《全宋诗》第 14 册,第 9372 页。
③ 苏轼《安期生》,《全宋诗》第 14 册,第 9564 页。
④ 《全宋诗》第 14 册,第 9090 页。
⑤ 《苏诗汇评》卷一,第 23 页。

橐泉在城东,墓在城中无百步。乃知昔未有此城,秦人以泉识公墓。昔公生不诛孟明,岂有死之日而忍用其良。乃知三子徇公意,亦如齐之二子从田横。古人感一饭,尚能杀其身。今人不复见此等,乃以所见疑古人。古人不可望,今人益可伤。(《凤翔八观·秦穆公墓》)①

衣中甲厚行何惧,坞里金多退足凭。毕竟英雄谁得似,脐脂自照不须灯。(《郿坞》)②

前诗咏三良,以"不诛孟明"为据,称三良乃自愿殉葬,亦是图一时新奇而作翻案文章,不足以服人,与晚年所咏三良诗,相去甚远,故《苕溪渔隐丛话》引《艺苑雌黄》云:"盖是少年时议论如此,至其晚年,所见益高,超人意表,此扬雄所以悔少作也。"③其说近是。而后诗的议论"脐脂自照不须灯"则过于直露尖刻,纪昀评为"太涉轻薄,便入晚唐五代恶趣中"④,颇中要害。

总之,苏轼前期咏史诗的表现出明显的仙道化倾向,对儒家人物的吟咏或转换视角,或未尽其意,与王安石等人对道德、功业的追求相去甚远,思考的深度和思辨的力度亦有不足之处。

苏轼前期咏史诗,与思想内涵相比,艺术上的成就更为突出,主要表现在运思和文笔两个方面。

苏轼其人,学识渊博,情思敏捷,在诗作的运思方面尤尚机巧,左右逢源,八面迎敌,令人叹为观止。尤其善于运用想象和联想,将与所咏人事相关、相似者,翻涌出之,甚至唯求其快意而不推敲细节。如上文所举《神女庙》诗,首言江山之险恶,而以"恢诡富神奸"一语引出神怪纵横,神奸害人,故有许旌阳斩蛇、李冰降龙之举,然终无主镇服,有逸荡侵人之虞,从而引出上帝遣瑶姬坐镇于荆巫之间,最终集中笔力展开对巫山神女的描写。俨然一个情节完整曲折的故事,而这一切均出于苏轼丰富奇妙的想象,并且因巫山龙蛇神怪而联及许旌阳、李冰,却忽略了李冰是秦人,许旌阳是汉人,而巫山神女早于二人,因此称二人之后而有神女降巫山,未免有颠倒失序之嫌,但颇能表现苏轼创作驰骋想象、不拘细节的特点。

与上述相关联想相比,苏轼运用更擅于运用相似联想,选取相似的历史人事,或正对,或反对,妙趣横生,意味无穷。如上文所引《颍大夫庙》诗,以

---

① 《全宋诗》第 14 册,第 9108 页。
② 同上书,第 9111 页。
③ 《苕溪渔隐丛话》后集卷三,第 19 页。
④ 《苏诗汇评》卷三,第 85 页。

颍考叔微柔讽郑伯引出茅焦勇敢谏秦王,取其方式不同、相对之意,但二事均为臣子谏君主行孝之事,又极为相似,因此置之一处,妙趣横生。苏轼咏史诗中这种手法颇多,前期尤甚,不妨多举一些,以见其运思之精巧。如《朱亥墓》诗云:

> 昔日朱公子,雄豪不可追。今来游故国,大冢屈称儿。平日轻公相,千金弃若遗。梁人不好事,名姓寄当时。鲁史盗齐豹,求名谁复知。慎无怨世俗,犹不遭仲尼。①

此诗自注:"俗谓屠儿原。"咏朱亥而不关注其英勇壮举,而将注意力集中于后人称其为"屠儿"而不记其名一事上,进而引出《春秋》对齐豹不书名之事,在"名而不显"这个角度二人颇为相似,然一称"儿",一称"盗",又同中有异,故诗人为朱亥庆幸"犹不遭仲尼",十分巧妙。再如《戏书吴江三贤画像三首》诗其一云:

> 谁将射御教吴儿,长笑申公为夏姬。却遣姑苏有麋鹿,更怜夫子得西施。②

前人对此诗多有解读,然均有未尽之处③。此诗咏范蠡,言其在吴灭之后携西子泛舟五湖事,而以申公因夏姬教吴儿射御事为参照,二事有相似之处,都与吴国有关,均牵涉绝世美女。然而又有颇多不同,一大一小,一难一易,一反一正,一怜一笑,一坐收渔利,一刻意经营。"姑苏有麋鹿",灭吴也,大也,难也,反也;"射御教吴儿",小也,易也,正也。范蠡之于西施,坐收渔利也;申公之于夏姬,刻意经营也。"笑"申公之一怒为红颜,"怜"陶朱使姑苏有麋鹿。此诗正是在既相似又不同的两种历史情境的对比下,传达出丰富细密的思致与理趣。苏轼还把这种二者对比的手法发展为三者,并集中于一首绝句之中,兹举数例如下:

> 剑舞有神通草圣,海山无事化琴工。此台一览秦川小,不待传经意

---

① 《全宋诗》第 14 册,第 9103 页。
② 同上书,第 9200 页。
③ 如王注苏诗引赵次公注(《苏轼诗集合注》十一,第 544 页)、《诗话总龟》后集卷四十七引葛常之语(第 292—293 页)等。

已空。(《自清平镇游楼观五郡大秦延生仙游往返四日得十一诗寄子由同作·授经台》)①

阿坚泽畔菰蒲节,玄德墙头羽葆桑。不会世间闲草木,与人何事管兴亡。(《临安三绝·将军树》)②

楚人休笑沐猴冠,越俗徒夸翁子贤。五百年间异人出,尽将锦绣裹山川。(《临安三绝·锦溪》)③

这三首诗各涉及三个相似的史实,一为本事,二为他事,相映成趣。第一首咏授经台,乃老子授尹喜五千言之地,自注:"乃南山一峰耳,非复有筑处。"因一峰而联及老杜"一览众山小"之意,又由"一览众山小"悟出"空"意,从而将此台与此经在"空"这个点上纽结在一起,甚是巧妙。进而取张旭见公孙大娘舞剑器而得草书之神,伯牙听海水溦洞、山林窅冥之声而悟学琴之妙二事相类比,纪昀称此二句"太吃力"④,实则是因为此处之类比,不如上述咏朱亥、范蠡诸诗来得精妙,略显板滞,然仍可见其博雅。第二首写五代钱镠幼时与群儿嬉戏于临安里之大树之下,及贵而号树为"衣锦将军",此事题中暗含却不明言,而叙苻坚家中之菖蒲应"草付应王"之谶,刘备院内之桑树有羽葆车盖之象,从而将"将军树"与草付王⑤、羽葆桑⑥类比,均是与"兴亡"(将军、王、羽葆)相关之"草木"(树、蒲、桑),故而有"闲草木""管兴亡"之论,亦是水到渠成。此诗不着本事,而施之以诙谐轻松的议论,较之咏授经台诗,通透舒展很多。第三首亦是咏钱镠,然着眼点不同,前一首围绕"将军"和"树"两个方面展开,此诗则是侧重"(衣)锦"敷衍出去,将项羽、朱买臣之衣锦还乡与钱镠还乡而衣锦山川比照,相形之下,以前者之不足道见后者之尤盛,亦是同中有异,故而反侧多姿。三诗虽各写三事,但格局不同,高下有异,前二首取三事之同而无异,第一首简单类比,故失之板,第二首施以议论,故得之活,而第三首之三事同中有异,辗转多姿,故得之巧。

苏轼咏史诗取相似史事以正衬,则往往交相辉映,而取之以反衬,则花叶分明,如《读开元天宝遗事三首》其二云:

---

① 《全宋诗》第14册,第9127页。
② 同上书,第9183页。
③ 同上书。
④ 《苏诗汇评》卷五,第159页。
⑤ 按:"草付应王",而"蒲"与"苻"近,因此"苻王"近"蒲王"。
⑥ "羽葆"者,帝王仪仗之华盖,可代指帝王天子。

126

> 潭里舟船百倍多,广陵铜器越溪罗。三郎官爵如泥土,争唱弘农得宝歌。[①]

此诗咏玄宗朝韦坚事。天宝二年,陕郡太守韦坚凿成广运潭,取小斛底船三二百只,置于潭侧,其船皆署牌表之,若广陵郡船,即于枋背上堆积广陵所出锦、镜、铜器、海味;会稽郡船,即铜器、罗、吴绫、绛纱。崔成甫又广集两县官,使妇人唱之,言:"得宝弘农野,弘农得宝耶。潭里船车闹,扬州铜器多。三郎当殿坐,看唱得宝歌。"玄宗欢悦,下诏敕曰:"陕郡太守韦坚,始终检校,夙夜勤劳,赏以懋功,则惟常典。宜特与三品,仍改授一子三品京官兼太守,判官等并即量与改转。其专知检校,始末不离潭所者并孔目官,及至典选日,优与处分,仍委韦坚具名录奏。"[②]各家注本均只注其事,而未及玄宗诏令,致使"官爵如泥土"无着落,故征引表之。此诗言玄宗以数百只船的土产为宝,却滥赏无度,致使官爵如泥土,诗人发现了此事前后贵贱贱贵、价值颠倒的现象,对比之下,玄宗之昏庸昭然若揭,无需议论。再如《濠州七绝·彭祖庙》诗云:

> 跨历商周看盛衰,欲将齿发斗蛇龟。空餐云母连山尽,不见蟠桃着子时。[③]

此诗咏彭祖,其人活了八百岁,故而此诗首二句称其长寿,言彭祖"跨历商周",欲与千岁之龟蛇一较高下。诗人自注云:"有云母山,云彭祖所采服也。"接下来则围绕彭祖所食展开,将其所食之云母与王母所食之蟠桃联系起来,蟠桃"三千岁一实"[④],彭祖食尽满山云母竟然连蟠桃着子都见不到,相形之下,难免有小巫见大巫之感。彭祖之长寿,历来为人所赞慕,而苏轼将彭祖食云母与王母食蟠桃相较,彭祖之寿则显得微不足道,甚至可怜可悲了。诗人善于将类似情境相联系,在不同的参照背景下,彭祖地位陡转急下,使此诗饶有趣味。类似诗作还有《临安三绝·石镜》《磻溪石》诗,兹不

---

① 《全宋诗》第 14 册,第 9115 页。

② 此段历史及相关征引文字均出自后晋刘昫等撰《旧唐书》卷一百五《韦坚传》,中华书局,1975 年,第 3222—3223 页。

③ 《全宋诗》第 14 册,第 9144 页。

④ 见杜光庭《金母元君》。李时人编校,何满子审定,詹绪左覆校《全唐五代小说·外编》卷一九,中华书局,2014 年,第 4245 页。

赘举。

总之,苏轼以其广博的知识、丰富的联想,在咏史诗中大量运用相关、相似史事类比、对比,诗思机敏,妙趣横生,理趣无穷。这与其善用比喻是相通的,皆求相似之处,唯喻者多用于物,而史者则多用于人事。

上文所论苏轼善于运用想象、联想创造理趣,多为短章小制,尚未彰显其文笔,而苏轼诗歌汪洋恣肆、雄健豪迈的笔力在其咏史诗中亦有充分的体现。

刚刚出蜀的苏轼途经楚地,为楚声所感,作《竹枝歌》一篇,即已显示出不凡的实力:

> 苍梧山高湘水深,中原北望度千岑。帝子南游飘不返,惟有苍苍枫桂林。枫叶萧萧桂叶碧,万里远来超莫及。乘龙上天去无踪,草木无情空寄泣。水滨击鼓何喧阗,相将扣水求屈原。屈原已死今千载,满船哀唱似当年。海滨长鲸径千尺,食人为粮安可入。招君不归海水深,海鱼岂解哀忠直。吁嗟忠直死无人,可怜怀王西入秦。秦关已闭无归日,章华不复见车轮。君王去时箫鼓咽,父老送君车轴折。千里逃归迷故乡,南公哀痛弹长铗。三户亡秦信不虚,一朝兵起尽欢呼。当时项羽年最少,提剑本是耕田夫。横行天下竟何事,弃马乌江马垂涕。项王已死无故人,首入汉庭身委地。富贵荣华岂足多,至今惟有冢嵯峨。故国凄凉人事改,楚乡千古为悲歌。①

此诗引言云:"《竹枝歌》本楚声,幽怨恻怛,若有所深悲者。岂亦往者之所见有足怨者与? 夫伤二妃而哀屈原,思怀王而怜项羽,此亦楚人之意相传而然者。……故特缘楚人畴昔之意,为一篇九章,以补其所未道者。"则明言此诗乃咏楚人"往者之所见有足怨者",即以竹枝咏史,并且不咏一人一事,而是将楚地之"有所深悲者"熔于一炉,既为创格,又是逞才。此诗四句为一章,共九章,前八章依次咏二妃、屈原、怀王、项羽之事,每事二章,共分四节,而以第九章收束,格局匀整,布置谨严。不仅如此,相对独立的四节之间亦牵引钩连,一气流转,十分精妙。首咏二妃,二妃追虞舜至湘水之滨,泪尽而亡。故下段咏屈原而以"水滨"之鼓声领起,以应上文。哀屈原以"忠直"结,下节咏怀王则以"忠直死"而怀王入秦领起怀王之事,极为巧妙。屈原之死

---

① 《全宋诗》第 14 册,第 9089 页。

与怀王入秦了无瓜葛,而此处以"忠直"结又以"忠直"接,所指似为一人,却实不相干,似有不妥。而后一"忠直"仅是泛称而非实指,只求与上文相应而已,此处之妙正是在虚实飘渺之间体现,颇见匠心独运之功。上节咏楚怀王,下节咏项羽则以"三户亡秦"领起,"三户亡秦"暗含"楚"意,亦是应承上文,草蛇灰线,雁过无痕。最后一章议论,从上一章项王殒命引出富贵无常,亦颇为自然,最后以一句"楚乡千古为悲歌"收束,"楚"、"悲"、"千古"足以笼罩全篇。可见,此诗之章法布局巧妙精密,浑然天成,极见经营布置之功。

此诗遣词运句之功亦颇为可观,前两章咏二妃,苍山湘水,枫林桂叶,渲染出迷离凄冷的氛围,加之以帝子不返,乘龙上天,二妃莫及,草木寄泣,叙事简净有序,悲痛欲绝之情则在情节展开、氛围渲染之间,汩汩而出,流衍弥漫,不可遏止。而咏怀王一节,写怀王入秦,父老相送,"秦关已闭无归日,章华不复见车轮。君王去时箫鼓咽,父老送君车轴折",在质朴压抑的叙述之中,蕴藏着沉郁悲愤之气,似有喷薄欲出之势,有老杜古诗奇崛劲健之味。写屈原不言当年而写眼前,不叙事抒情而议论说理,哀悼之情自现。写项羽"耕田夫""年最少"而"横行天下",赞赏钦许之意何其强烈,"弃马乌江""首入汉庭",惋惜伤痛之情何其深沉。最后收尾承项羽而出,自然顺畅,"楚乡千古为悲歌"之论,如定海神针,以千钧之力,镇压全篇。总之,此诗既有歌行之流转,又有古诗之奇崛,描摹纤毫毕现,叙事有条不紊,言情哀婉悱恻,议论利落精警,确实是不可多得的咏史佳作。

《竹枝歌》之作,并非偶然得之,再看同时略晚所作的《渚宫》诗:

> 渚宫寂寞依古郢,楚地荒茫非故基。二王台阁已卤莽,何况远问纵横时。楚王猎罢击灵鼓,猛士操舟张水嬉。钓鱼不复数鱼鳖,大鼎千石烹蛟螭。当时郢人架宫殿,意思绝妙般与倕。飞楼百尺照湖水,上有燕赵千蛾眉。临风扬扬意自得,长使宋玉作楚辞。秦兵西来取钟簴,故宫禾黍秋离离。千年壮观不可复,今之存者盖已卑。池空野迥楼阁小,惟有深竹藏狐狸。台中绛帐谁复见,台下野水浮清漪。绿窗朱户春昼闭,想见深屋弹朱丝。腐儒亦解爱声色,何用白首谈孔姬。沙泉半涸草堂在,破窗无纸风飔飔。陈公踪迹最未远,七瑞寥落今何之。百年人事知几变,直恐荒废成空陂。谁能为我访遗迹,草间应有湘东碑。①

---

① 《全宋诗》第14册,第9096页。

此诗后人评价颇低,甚至纪昀、姚范、方东树认为此诗非东坡所作①。因此对其进行分析或别有意义。此诗绝非凡俗之手可作。首尾四句,一起一结,中间二十二句为主体部分。前四句领起全篇,起自渚宫,延及楚地、二王,由台阁卤莽,而发"纵横"之时的怀想。"纵横时"三字,统领主体部分的前半,共十句,极写楚国繁盛之时的游猎、宫殿、宴饮、妃嫔、侍从,极尽想象之能事,有雄伟闳廓、包举海内之势,颇具汉大赋铺张扬厉之风。"秦兵西来","故宫禾黍",为下文铺垫,而"千年壮观不可复,今之存者盖已卑"乃一枢纽,"千年壮观"结上,"今之存者"启下,引出主体部分后半,共十二句,极写今日楚宫之荒芜寥落,池空楼小,草深窗破,绛帐不复,野水清漪,虽不及前半笔力强悍、章法谨严,而以"深竹藏狐狸"、破窗风飚飚写荒凉之状,如在目前,亦是笔力精到之处②。最后四句收束全篇,而以"百年人事"收起,以草间寻碑结束。可见此诗前有领,后有收,中间有枢轴,不可不谓之严谨有序,加之想象瑰丽奇伟,"笔势放纵,凄丽豪宕,犹不失东坡面目"③。

《渚宫》诗前人尚多有微词,下面这首《凤翔八观·石鼓歌》诗则是众口一辞,赞叹不已:

冬十二月岁辛丑,我初从政见鲁叟。旧闻石鼓今见之,文字郁律蛟蛇走。细观初以指画肚,欲读嗟如箝在口。韩公好古生已迟,我今况又百年后。强寻偏旁推点画,时得一二遗八九。我车既攻马亦同,其鱼维鲔贯之柳。古器纵横犹识鼎,众星错落仅名斗。模糊半已隐瘢胝,诘曲犹能辨跟肘。娟娟缺月隐云雾,濯濯嘉禾秀稂莠。漂流百战偶然存,独立千载谁与友。上追轩颉相唯诺,下揖冰斯同鷇彀。忆昔周宣歌鸿雁,当时籀史变蝌蚪。厌乱人方思圣贤,中兴天为生耆耇。东征徐虏阚虓虎,北伏犬戎随指嗾。象胥杂沓贡狼鹿,方召联翩赐圭卣。遂因鼓鼙思将帅,岂为考击烦蒙瞍。何人作颂比嵩高,万古斯文齐岣嵝。勋劳至大

---

① 诸家观点均见《苏诗汇评》卷二,第43—44页,而方东树在《援鹑庵笔记》的按语与《昭昧詹言》卷十二,持截然相反的两种观点。
② 此诗主体后半中"绿窗朱户春昼闭,想见深屋弹朱丝。腐儒亦解爱声色,何用白首谈孔姬"四句,颇为不伦,疑有差池。
③ 清方东树对《援鹑庵笔记》的批语,《苏诗汇评》卷二,第44页。按:《韵语阳秋》卷十三云:"若其邑屋之繁富,山川之秀美,则罕有言之者。盖自秦并楚之后,宫室尽为禾黍,未易兴复,而况秦楚之后,代代为百战争夺之场耶? 故东坡《渚宫》诗备言楚王宫室之盛。"此言正是道出了东坡此诗的一个突出特点,楚国之盛乃是千年前之事,这里东坡纯以汉赋之法,想象出之,与其同时之作参观,如出一辙,姑识于此,聊备一说。

不矜伐，文武未远犹忠厚。欲寻年岁无甲乙，岂有名字记谁某。自从周
衰更七国，竟使秦人有九有。扫除诗书诵法律，投弃俎豆陈鞭杻。当年
何人佐祖龙，上蔡公子牵黄狗。登山刻石颂功烈，后者无继前无偶。皆
云皇帝巡四国，烹灭强暴救黔首。六经既已委灰尘，此鼓亦当遭击剖。
传闻九鼎沦泗上，欲使万夫沉水取。暴君纵欲穷人力，神物义不污秦
垢。是时石鼓何处避，无乃天工令鬼守。兴亡百变物自闲，富贵一朝名
不朽。细思物理坐叹息，人生安得如汝寿。①

这是一首多达六十句的七言长诗，可称长篇巨制。前人评价极高，王士祯评
为"古今奇作，与杜子美、韩退之鼎峙"，"不减子美"②。兹纠合众家之说，参
核一己之意，试作如下分析。

此诗虽然篇幅阔廓，而章法却极为严整，首四句起，尾四句结，主体部分
五十二句分三节。

首四句统领全篇，前两句乃模仿老杜《北征》"皇帝二载秋，闰八月初吉。
杜子将北征，苍茫问家室"③之开篇，只是将杜之四句并为二句，交代时、事。
第三、四句从石鼓而引出文字，"郁律蛟蛇走"统领主体第一节，引出下文之
具体描画。

主体第一节十八句，具体描写石鼓之文辞字句，指画其肚，嗟如箝口，寻
偏旁，推点画，辨识之情状毕现，颇见传摩之功。"隐瘢胝"、"辨跟肘"、"缺月隐
云雾"、"嘉禾秀稂莠"之喻，就身边、眼前取譬，毫无突兀之感，颇为贴切自然。
不作怪奇之喻，亦是与此段实情实景的描摹相统一。第一节最后四句起势，
"漂泊百战"、"独立千载"、"上追"、"下揖"均为第二、三节讨源、溯流作铺垫。

主体第二节十六句，以"忆昔周宣"领起对石鼓源头的追讨。以想象之
笔，重构东周中兴、百蛮俱伏、乃作石鼓、以颂勋劳之石鼓诞生史，"东征"、
"北伏"、"贡狼鹿"、"赐圭卣"，亦是以赋法铺陈，重现恢宏盛大的历史情境。
此节后四句再次起势，以逗出第三节。以无"甲乙"与"谁某"，见其"不矜
伐"、"犹忠厚"之旨，引出下一节写秦之暴政，形成鲜明对照。

主体第三节十八句，以"自从周衰"领起对石鼓流传的探寻。石鼓之诞
生尚有史可依，而其流传则是一片茫然，故此节不仅需要想象，而且是"无中

① 《全宋诗》第14册，第9105页。
② 清王士祯著，张宗柟纂集，戴鸿森校点《带经堂诗话》卷二，人民文学出版社，1982年，第
52页。
③ 唐杜甫著，清仇兆鳌注《杜诗详注》卷五，中华书局，1979年，第395页。

生有"的臆想,因此此节前一半只叙秦政,以其刻薄矜伐承上一节所起之势,实与石鼓无关,似有离题之意,诗人用"六经既已委灰尘,此鼓亦当遭击剖"两句力挽既倒之狂澜,纯以臆想推测之笔,将秦政与石鼓扭结起来,亦是起死回生之法。生则生矣,流传之迹仍无着落,诗人再生妙想,以九鼎之流传相拟,写九鼎沦没泗上,始皇穷搜不得,虚晃一笔,归于石鼓逃遁,以存至今。"以九鼎之亡衬石鼓之存,是反衬,同于不受秦垢,又是正衬也"①。此节全用虚笔叙写石鼓之流传,实为不易,诗人最终以其强大的驾驭能力,自圆其说。

最后四句收束全篇,以"兴亡"二字绾住第二、三节,可谓一字千钧,收得紧。进而由"物理"之叹,引出"人生"之思,百川入海,水阔风平。环环相扣,干净爽利,结得妙。

通过上文繁冗的分析,苏轼此诗章法布局、创意造语诸多方面的才能得到充分展现,无怪乎前人推重之至,汪师韩云"雄文健笔,句奇语重",方东树称其"飞动奇纵,有不可一世之概","浑转溜亮,酣恣淋漓",均非过誉。总之,此诗与上述《竹枝歌》《渚宫》诗,自是同出一炉而更进一步,气势愈发恢弘,章法愈发谨严,洵可推为东坡前期咏史诗的代表之作。

以上对苏轼《竹枝歌》《渚宫》《石鼓歌》三诗的分析,苏轼雄强之气魄、扛鼎之笔力、奇伟之想象展露无遗,然而过于崇尚奇巧,驰骋想象,虽可新人耳目,动人心魄,折人于一时,非他人能及,然终因精巧之极则难免浮泛,缺乏回味。方东树称其《石鼓歌》诗"奇恣使才"②,"似有意使才,又贪使事,不及韩气体肃穆沉重"③,直击其要害。苏轼前期咏史诗可谓面目已具,风骨未成,还要留待其后期的发展。

二、苏轼后期的咏史诗

苏轼在沉潜了十几年之后,在其生命的最后十年,进入咏史诗创作后期,也迎来了其咏史诗创作的第二次高峰。

苏轼后期咏史诗仍然延续了前期仙道化的思想倾向,并且这种倾向中的自我投射亦更为明显,如《书丹元子所示李太白真》诗云:

> 天人几何同一沤,谪仙非谪乃其游。麾斥八极隘九州,化为两鸟鸣
> 相酬。一鸣一止三千秋,开元有道为少留。縻之不可矧肯求,西望太白

---

① 赵克宜评语,《苏诗汇评》第 116 页。
② 方东树对《援鹑庵笔记》的批语,《苏诗汇评》第 110 页。
③ 方东树《昭昧詹言》卷一,《苏诗汇评》第 114 页。

横峨岷。眼高四海空无人，大儿汾阳中令君。小儿天台坐忘身，平生不
识高将军。手污吾足乃敢瞋，作诗一笑君应闻。①

此诗为李白写照，去其"谪"而取其"仙"，"八极""九州""三千秋"，"太白""峨
岷""四海空"，写其仙之情状行迹，"大儿汾阳"，"小儿天台"，不识"高将军"，
写其仙之气骨风神：李白高蹈于世、睥睨万有的情貌跃然纸上。贺裳称此诗
"令太白生面重开"，乃"公自写其傲岸之趣"②，颇有见地。然而此诗写李白
不仅取其仙之躯壳，亦取其仙之气骨，太白仙化似理当如此，不足为奇，故将
躯壳归之于李白，而气骨如贺裳所谓"傲岸之趣"则是李、苏同之，或未得其
真。此诗无论躯壳、气骨，既是东坡所造李白之面目，亦均为东坡自我之写
照，太白之躯壳即东坡之躯壳，太白之气骨即东坡之气骨，如此或近然。亦
可从其他诗作窥探一二，如《和陶读山海经》诗其四云：

> 子政洵奇逸，妙算穷阴阳。淮南枕中诀，养炼岁月长。岂伊臭浊
> 中，争此顷刻光。安知青藜火，丈人非中黄。③

此诗咏刘向，其仙道色彩不及李白。刘向读淮南王《枕中鸿宝苑秘》一事，宋
庠、王安石均有吟咏，且都有讥讽之意，而此诗却盛赞其"奇逸"，对其"妙算
穷阴阳"、"养炼岁月长"充满了无限的钦羡企望之情，还认为刘向在天禄阁
所逢吹青藜杖燃火的老人很可能是古真人黄中子，更是一种有意将其仙道
化的表现。乃至《安期生》诗序中，鲁仲连、虞卿等均被当作得道之人（详见
下文）。这种将普通人仙道化、把本有仙道色彩的人按照自己的理想更加全
面彻底地仙道化的做法，都是苏轼对仙道的向往渴望之情的外在投射。苏
轼的这种渴望向往在《和陶读山海经》诗中有更为明确地体现：

> 今日天始霜，众木敛以疏。幽人掩关卧，明景翻空庐。开心无良
> 友，寓眼得奇书。建德有遗民，道远我无车。无粮食自足，岂谓谷与蔬。
> 愧此稚川翁，千载与我俱。画我与渊明，可作三士图。学道虽恨晚，赋
> 诗岂不如。（其一）④

---

① 《全宋诗》第 14 册，第 9489 页。
② 清贺裳《载酒园诗话》，《清诗话续编》第 428 页。
③ 《全宋诗》第 14 册，第 9518 页。
④ 同上书，第 9517 页。

稚川虽独善，爱物均孔颜。欲使蟪蛄流，知有龟鹤年。辛勤破封蛰，苦语剧移山。博哉无穷利，千载食此言。(其二)①

渊明虽中寿，雅志仍丹丘。远矣无怀民，超然邈无俦。奇文出纩息，岂复生死流。我欲作九原，异世为三游。(其三)②

《和陶读山海经》诗是一组完整有机的组诗，诗引云："渊明读《山海经》十三首，其七皆仙语。余读《抱朴子》有所感，用其韵赋之。"点明了两个特点，一是此组诗为读《抱朴子》有感而作，二是承袭渊明之意言"仙"。至于是否属于咏史诗则可作具体区分，此诗其五至其十二均采《抱朴子》中仙道事敷衍成章，不属传统历史范畴，可暂且搁置，而以上三首，分别咏葛洪、陶潜，不可不算。其一先称"无良友"，进而开宗明义，表达愿与葛洪、渊明为友之意。接着在其二、其三中，分别咏葛洪、渊明。其二称赞葛洪著《抱朴子》，"欲延蟪蛄之命，令有历纪之寿"，"究论长生之阶径，针砭为道之病痛"③，乃是与孔子、颜子之仁一样，施惠于千载之下，评价不可不谓高。其三咏渊明，赞其雅志在丹丘，是超然生死、举世无俦的无怀氏之民。最后再次突出欲"作九原"而与之"异世"游的主旨。之所以对葛洪、渊明如此向往，正是出于对仙道的兴趣。以至于这组诗结尾再一次强调"携手葛与陶，归哉复归哉"④的主旨。在这样的背景下，对李白、刘向、鲁仲连、虞卿等人仙道化就不足为奇了。

在《和陶读山海经》诗中，苏轼已不是简单地吟咏古人，而是史我融合，尚友古人，既是咏史，又是抒怀，也是悟道。较之前期咏史诗表现出来的对仙道思想倾向，更为直接明确，成为苏轼后期咏史诗的主导倾向，如《和陶杂诗十一首》其三云：

真人有妙观，俗子多妄量。区区劝粒食，此岂知子房。我非徒跣相，终老怀未央。兔死缚淮阴，狗功指平阳。哀哉亦何羞，世路皆羊肠。⑤

此诗以子房为真人，推崇其妙观，而斥吕后为俗子，以韩信、曹参为鉴戒，感

---

① 《全宋诗》第 14 册，第 9517 页。
② 同上书，第 9518 页。
③ 王明著《抱朴子内篇校释》(增订本)卷十四，中华书局，1986 年，260 页。
④ 《和陶读山海经》其十三，《全宋诗》第 14 册，第 9519 页。
⑤ 《全宋诗》第 14 册，第 9549 页。

叹世路艰难，亦是史中有我、以史悟道之表现。这组诗中大多如此，王文诰指出："自此以下六首，以古方今，逐首皆落'我'字，人多以咏古囫囵读过。"①这是指出了苏轼这些咏史诗的重要特征，实则不止这组诗，苏轼整个后期的咏史之作皆如此。苏轼在后期咏史诗中，所悟之道还不仅仅限于仙道，而是涵盖十分广泛的各种"道"，如以史悟进退出处之道：

> 孟德黠老狐，奸言喉鸿豫。哀哉丧乱世，枭鸾各腾骞。逝者知几人，文举独不去。天方斫汉室，岂计一郗虑。昆虫正相啮，乃比蔺相如。我知公所坐，大名难久住。细德方险微，岂有容公处。既往不可悔，庶为来者惧。（《和陶杂诗十一首》其五）②

> 二疏事汉时，迹寓心已去。许侯何足道，宁识此高趣。可怜魏丞相，免冠谢陋举。中兴多名臣，有道独两傅。世途方毂击，谁肯行此路。是身如委蜕，未蜕何所顾。已蜕则两忘，身后谁毁誉。所以遗子孙，买田岂先务。我尝游东海，所历若有素。神交久从君，屡梦今乃悟。渊明作诗意，妙想非俗虑。庶几二大夫，见微而知著。（《和陶咏二疏》）③

第一首诗叙曹操勾结郗虑等陷害孔融事，对狡黠奸诈的曹操等人深恶痛绝，对孔融的遭遇深表怜惜，且为其探求缘由，乃是"大名难久住"。此诗以孔融自比，诗末之议论亦是自慨自叹之言，故而深情款款，语重情长，正是从其自身经历而咏史悟道。第一首诗因孔融与自己身世相仿，吟咏起来主观情感投射颇多，第二首诗则多了更多的客观领悟。此诗咏二疏，对其"迹寓心已去"之行、见微知著之识、深谙"委蜕"之道，极为仰慕，且"神交""屡梦"久矣，亦是史中有我，以咏史抒怀、悟道之意。苏轼在经历了严厉的政治打击和坎坷的贬谪生活之后，思想认识达到了全新的高度，对人生事理均有深刻的领悟体认，因此在诗中所悟之道，不仅有进退出处，还涉及人生的价值、生死等终极关怀，如下列二诗：

> 相如偶一官，嗤鄙蜀父老。不记犊鼻时，涤器混佣保。著书曾几何，渴肺灰土燥。琴台有遗魄，笑我归不早。作书遗故人，皎皎我怀抱。

---

① 王文诰《苏文忠公诗编注集成》卷四十三，《苏诗汇评》第 1840 页。
② 《全宋诗》第 14 册，第 9549 页。
③ 同上书，第 9528 页。

餘生幸无愧，可与君平道。(《和陶杂诗十一首》其四)①

　　此生太山重，忽作鸿毛遗。三子死一言，所死良已微。贤哉晏平
仲，事君不以私。我岂犬马哉，从君求盖帷。杀身固有道，大节要不亏。
君为社稷死，我则同其归。顾命有治乱，臣子得从违。魏颗真孝爱，三
良安足希。仕宦岂不荣，有时缠忧悲。所以靖节翁，服此黔娄衣。(《和
陶咏三良》)②

前一首诗咏司马相如，宋代在苏轼之前咏相如者有数家，虽然偶有讽刺，如
其作《子虚赋》劝百讽一、作《封禅书》等，然诋之深未有如东坡者。苏轼对司
马相如指摘鄙夷，不遗馀力，指其创开西南夷逢君之恶、诌事武帝死而不已，
斥为小人，直到生命的末年(1100)作《瞿仙帖》仍申述此论。此诗所述之意
亦如此，言相如早年与文君在成都沽酒，"身自着犊鼻裈，与保庸杂作，涤器
于市中"③，后得官归蜀，"蜀太守以下郊迎，县令负弩矢先驱"④，纯然一幅
小人得志的嘴脸。在对相如得官前后的对比之中，鄙夷之情，溢于言外，甚
至对其患有消渴病都加以讽刺，言其虽然善于著书，但写不了多少肺就燥得
像尘土一样了，这对于表现相如之小人嘴脸确实没有太大的意义，反而带有
人身攻击的意味，有失忠厚之旨，因而赵克宜评此句"太粗"，但这样的作法
恰恰表现出苏轼对司马相如的鄙视到了极致。此诗后一半自言皎皎怀抱，
餘生无愧，亦是以咏史而感悟人生。

　　后一首诗咏三良。苏轼早年曾有《凤翔八观·秦穆公墓》诗咏三良，言
三良殉葬乃出于自愿，只是一时翻案之作。至晚年则改弦更张，对三良殉葬
一事有了十分理智客观的认识，闪耀着思想的火花。此诗首言三良为国君
的一句话就断送了性命，乃是将泰山之重的生命如鸿毛一样糟践了。进而
赞赏晏子事君之道，臣子非君主的附庸，事君当以社稷为重，应该像魏颗一
样，根据君命正确与否决定是否遵从，从独立人格的角度，对理想君臣关系
重新思考。鉴于现实中不正常的君臣关系，最后进一步探讨出处问题，出仕
虽荣，却难免忧悲，故君子不为。这首诗以不长的篇幅对生命的价值、君臣
关系、出处问题作了相当深刻的思考与讨论，代表着苏轼晚年思想的高度，
亦是其以咏史悟道的代表之作。

---

①　《全宋诗》第 14 册，第 9549 页。
②　同上书，第 9528 页。
③　《史记》卷一百十七《司马相如列传》，第 9 册，第 3000 页。
④　同上书，第 3047 页。

苏轼后期咏史诗以和陶诗为主,大部分为五古诗,不仅和陶之韵,和陶之意,很多篇章在艺术风格上也接近于陶,虽然事实上东坡面目自是难以掩盖的,但二者在精神上是一致的,即去除多余的技巧,必要的艺术手法运用得炉火纯青,进而以个人之思想精神灌注于诗,形成一种繁华落尽、风骨独存的质朴简劲的艺术风格,与其前期咏史诗尚巧思、逞才力的作法有很大的区别,如《和陶咏荆轲》诗云:

> 秦如马后牛,吕氏非复嬴。天欲厚其毒,假手李客卿。功成志自满,积恶如陵京。灭身会有时,徐观可安行。沙丘一狼狈,笑落冠与缨。太子不少忍,顾非万人英。魏韩裂智伯,肘足本无声。胡为弃成谋,托国此狂生。荆轲不足说,田子老可惊。燕赵多奇士,惜哉亦虚名。杀父囚其母,此岂容天庭。亡秦只三户,况我数十城。渐离虽不伤,陛戟加周营。至今天下人,愍燕欲其成。废书一太息,可见千古情。①

此诗咏荆轲刺秦王之事,这一题材历代吟咏甚多,苏轼此诗却极具个性,前人所论多未尽其详。苏轼此诗在技巧和情感两个方面的均有突出表现。

先论技巧。苏轼后期咏史诗的技巧已经舍弃了驰骋想象、铺张恣肆的作法,但章法却愈趋精妙而不露痕迹,驱驾史事更加沉稳老练,将技巧融于简直之中。就此诗而言,章法布局尤为奇特。论荆轲刺秦,即有秦、燕二支,此诗则依次轮换展开叙述:首十句论秦,次十句论燕,再次两句言秦,再次两句言燕,然后又是一句燕一句秦,最后四句结束全篇。既有条不紊,又步步紧逼,如此布局,匠心独运。此诗中表现出来的技巧还有前期善用相似史事作类比的手法,一是秦朝与西晋的类比,一是燕国与晋国的类比。前者见下文,后者以魏桓公与韩康公肘足接于车上,则知氏地分国亡即成定局,以论燕当效此,使事成于无声之间而不应节外生枝,打草惊蛇。这种类比手法前期往往见其巧妙,后期已不以此为目的,而在表达思想情感。

再论情感。此诗之所以采用上述独特的章法布局,绝非炫奇,而是出于感情表达的需要。此诗虽是议论,却充满着强烈不可以遏止的激愤之情:愤恨秦之暴虐至切齿,痛惜燕之败亡而扼腕,两股情绪,交织涤荡,翻腾澎湃。首十句言秦之毒恶,开篇即以"马后牛"类比称始皇非嬴氏,此事与秦之暴政无关,却是秦之奇耻大辱,以此言始皇,如泼妇骂门,口不择言,纯属人身攻

---

① 《全宋诗》第14册,第9528页。

击，较之讥相如之消渴病更为狠毒，但正是这样过激的言辞蕴含着诗人达到极点的憎恨之情，只有先出此语方可宣泄此恨，出之而后快，故不及多虑。接下来才大论其功成自满，恶毒如陵，既信其最终会自取其亡，又为其传嗣非其人而欣幸不已，均为憎恨之情的不同表现。接下来写燕，责太子丹不能暂时隐忍，而生此事端，导致败亡，痛惜之至而发愤激之言，责太子非"万人英"，称田光、荆轲为狂生，论燕赵奇士为虚名，如此观之，方不至以辞害意。论之不足，又言秦有杀父囚母之恶，燕有城池之众，秦之恶愈重，燕之力愈强，则痛惜之情愈烈。其后高渐离筑杀秦王之举，已是强弩之末，无济于事了，宫廷的戒备更为森严，刺杀之事已彻底无望。浓烈的痛恨惋惜之情，掩埋于无奈绝望之中，万钧之力归于无声。最后四句以天下所向而不成，唯馀一声太息、千古哀情而已，收束全篇。正是这样激昂的情感，使诗人无暇顾及说理是否稳当，语言是否妥帖，以至于纪昀有"语尤牵缀"之评，逐句指摘。但仍然不影响此诗以其精严的章法布局、强劲的情感力量成为一篇极具个性的咏史佳作。再如《安期生》诗云：

> 安期本策士，平日交蒯通。尝干重瞳子，不见隆准公。应如鲁仲连，抵掌吐长虹。难堪踞床洗，宁抱扛鼎雄。事既两大缪，飘然籋遗风。乃知经世士，出世或乘龙。岂比山泽臞，忍饥啖柏松。纵使偶不死，正堪为仆僮。茂陵秋风客，望祖犹蚁蜂。海上如瓜枣，可闻不可逢。①

此诗咏安期生，诗前有小引云："安期生，世知其为仙者也，然太史公曰：蒯通善齐人安期生，生尝以策干项羽，羽不能用，羽欲封此两人，两人终不肯受，亡去。予每读此，未尝不废书而叹，嗟乎，仙者非斯人而谁为之。故意战国之士，如鲁连、虞卿，皆得道者欤？"这段文字指出安期生以仙知名，然其人与纵横之士蒯通友善，又曾以策干项羽，可见安期生本是一位纵横游说之士。不为所用，即亡去不复出焉，又是得道之仙人。这两点深切东坡之意，故有废书之叹。此诗即敷衍小引之意而成。首六句围绕"策士"展开。开篇即以凌厉之势亮出新见："安期本策士"，接下来逐渐展开，"交蒯通"，干项羽，即如鲁仲连一样的纵横之士。次六句围绕"仙"展开。既然干而不用，待之无礼，因此飘然远去，此节重点落在"出世或乘龙"一句上，论安期生实为"仙"也。接下来四句，以山泽之隐遁之士与之对比，称其即使不死，亦不可等量

---

① 《全宋诗》第 14 册，第 9564 页。

齐观,不足道也。此节诋璠仙以突出安期生作为策士的经世之能。最后四句,以汉武帝衬托,言安期生不见汉高祖,远逊其祖的汉武帝,更是无缘得见了。只能听听枣大如瓜的传闻而已。此节贬汉武以显示安期生作为仙人的高蹈之意。此诗有直言正论,亦有侧笔衬托,议论风生,笔法摇曳,布局精紧,展示了一个融战国策士与得道仙人于一体的安期生形象。苏轼既喜仙道,又好纵横任侠,因此吟咏安期生,倾心尽力,无需繁辞缛句铺排渲染,精神风采已活脱而出。正因为个人情感的投射灌注,苏轼后期咏史诗才能在脱尽前期的巧思绚烂之后,呈现出质朴简劲的独特风貌。

综上,苏轼其人有着迥异群伦的思想个性,曲折苦难的人生经历,辅之以渊博的知识、卓异的才情,其咏史诗中既有对仙道的强烈好尚,热情歌咏,又有对仙道的倾心神往,悟道体真,既有尚巧思、逞才力的绚烂繁华,又有繁华落尽、风骨独存的质朴简劲,以不同的思想风貌、艺术特色,创造了宋代极具个性、成就卓越的又一座咏史高峰。

第三节　擿抉深微:黄庭坚的咏史诗

黄庭坚(1045—1105),字鲁直,号山谷道人,晚号涪翁,分宁(今江西修水)人。英宗治平四年(1067)进士,调叶县尉。神宗熙宁五年(1072),除北京国子监教授。元丰三年(1080)改知吉州太和县。六年,移监德州德平镇。哲宗立(1085),召为校书郎、《神宗实录》检讨官。逾年迁著作佐郎,加集贤校理。擢起居舍人,秘书丞。绍圣二年(1095),以元祐党人贬涪州别驾,黔州安置。元符三年(1100),徽宗即位,召还,旋以文字罪除名,羁管宜州。崇宁四年(1105),卒于贬所。有咏史诗约 60 首。

一、黄庭坚咏史诗之分期

与苏轼相似,因为政治风波、仕途坎坷以及个人心态变化等原因,黄庭坚咏史诗的创作分布也极不均衡。现存最早的咏史诗作于 1066 年[①],自此至 1088 年的二十馀年间,保持较为连续的创作,有约 50 馀首,而 1089 年之后十五年中,几乎没有咏史诗,现仅存三首:《跋子瞻和陶诗》《次苏子瞻和李

---

① 本文关于黄庭坚诗之编年,均参考郑永晓著《黄庭坚年谱新编》(社会科学文献出版社,1997 年)。

太白浔阳紫极宫感秋诗韵追怀太白子瞻》《书磨崖碑后》,其中前两首虽然涉及陶渊明和李白,但仍以怀念苏轼为主,第三首才是真正的咏史诗。基于黄庭坚咏史诗创作的阶段性特点及其在思想艺术上发展、成熟情况①,现将其咏史诗分部在前、后两期。

前期为1066—1075年,在十年间,约有咏史诗30首。这一时期咏史诗的创作数量较大,虽然思想和艺术上均有不成熟之处,但均已体现出鲜明的特色,为后期的发展奠定了坚实的基础。

后期为1079—1088年,又是一个十年,创作数量也在30首左右。这一时期黄庭坚的咏史诗创作走向了成熟,不仅名篇佳作迭出,而且产生了具有极具山谷特色又能代表宋代咏史诗最高水平的精品之作。

上述分期主要有以下两个方面的考虑。

一、将1079年这个普通的年份作为其咏史诗成熟的标志,主要是因为黄庭坚此前三年没有咏史诗创作,而1079年的咏史诗创作无论是数量上还是质量上,都取得了突破性的进展:这一年共有咏史诗12首,占黄庭坚全部咏史诗的五分之一。另外,这一年不仅出现了《读曹公传》诗这样极具思想深度的作品,也有艺术上既成熟又有个性的《次韵伯氏寄赠盖郎中喜学老杜诗》《和陈君仪读太真外传五首》诗。因此,将1079年作为黄庭坚后期咏史诗起点。

二、将1088年断为咏史诗创作的下限,是因为在黄庭坚北京国子监教授任满入京前后的咏史诗创作无论思想还是艺术,都完全成熟了,数量不多的作品中,几乎篇篇都是精品,如《读方言》《摩诘画》《题王黄州墨迹后》《题伯时画松下渊明》《老杜浣花溪图引》等诗,风格面貌各异,且艺术水平极高。而1088年之后,黄庭坚基本上没有了咏史诗创作,作于1104年的《书磨崖碑后》一首诗不足以撑起一个时期,并且思想、艺术上都没有表现出更新的

① 关于黄庭坚诗歌创作的阶段性,莫师砺锋认为可分为三个时期:一、自青年时期至元丰八年(1085)五月,也即诗人四十一岁之前。二、自元丰八年六、七月至元祐八年(1093),即诗人四十一岁至四十九岁。三、自绍圣元年(1094)至崇宁四年(1105),即诗人五十一岁至去世。这主要是根据黄庭坚的仕履作出的分期,莫师砺锋也认为,虽然"黄庭坚体"是苏轼在元祐二年(1087)提出的,但是因为一个人的诗风自成一体不是朝夕之事,而从自成一体到被旁人认识且加以摹仿,其间也还需要一段时间,而黄庭坚入官汴京事在元丰八年(1085)六月,所以黄庭坚体的形成不可能在他入京以后,换句话说,黄庭坚的独特诗风在早期,也就是在元祐初之前,就已经形成了。(见莫师砺锋《论黄庭坚诗歌创作的三个阶段》一文,《文学遗产》1995年第3期)这样的分期得到学界的认可,钱志熙《黄庭坚诗学体系研究》亦采用这样的三分法(北京大学出版社,2003年)。笔者认为,这样的分期是符合黄庭坚的创作实际的,而本文关于黄庭坚咏史诗的创作分期,既参考了黄庭坚诗歌创作的总体发展,又结合了黄庭坚咏史诗创作的具体情况。

特点,属于黄庭坚成熟的咏史诗创作在长时间空白之后的一次回光返照,因此附之于黄庭坚咏史诗创作的后期。

二、黄庭坚前期的咏史诗

伴随着北宋儒学复兴在后期的发展和深化,黄庭坚从小受到儒学的熏染,而在其个人成长、思想成型的关键阶段,又受到其舅父李公择及其岳父孙觉两位具有深厚儒学思想背景的人物的影响,从而形成深厚纯粹的儒家思想基础[1]。因此"终其一生他都对道德伦理表现出极大的关注,并有着匡正世道人心的强烈使命感"[2]。"黄庭坚一生都重视名节,以名教为立身处世的根本。……对于儒家的名教,黄庭坚是无条件的全部接受的,他一生的言行,都围绕节操二字,提倡独立不倚的刚性精神。"[3]对儒家思想的推崇、对道德伦理的重视在其咏史诗中有突出的体现,如《读晋史》诗云:

> 天下放玄虚,谁知与道俱。唯馀范武子,乃是晋诸儒。[4]

此诗咏东晋范宁,《晋书·范宁传》云:"时以浮虚相扇,儒雅日替,宁以为其源始于王弼、何晏,二人之罪深于桀纣。……宁崇儒抑俗,率皆如此。"[5]虽然黄庭坚实际上也颇受魏晋玄学的影响,但此诗直指"玄虚"非道,大力推扬崇儒抑玄的范宁。此诗作于1068年二十四岁之时,虽然思想简单,但以"读晋史"为题,单单拈出范宁崇儒而大发议论,足可见其在思想上的儒家立场在早年就已非常明确了,并且贯穿黄庭坚一生。黄庭坚对古今人物的评价,无不以儒家的思想道德为标准,如《书睢阳事后》诗云:

> 莫道睢阳覆我师,再兴唐祚匪公谁。流离颠沛义不辱,去就死生心自知。政使贺兰非长者,岂妨南八是男儿。乾坤震荡风尘晦,愁绝宗臣

---

[1]　关于黄庭坚儒家思想的论述,详参:钱志熙《黄庭坚与北宋儒学》,《原学》第一辑,中国广播电视出版社,1994年,又见黄君主编《黄庭坚研究论文选》卷一,江西教育出版社,2005年,第375—395页;钱志熙《黄庭坚诗学体系研究》"'根本'与黄氏的伦理道德体系"一节,北京大学出版社,2003年,第43—55页;黄宝华《黄庭坚评传》之"第五章:黄庭坚学术思想的背景与源流"、"第六章:哲学伦理思想",南京大学出版社,1998年,第116—239页。
[2]　黄宝华《黄庭坚评传》,第116页。
[3]　钱志熙《黄庭坚诗学体系研究》,第43—44页。
[4]　《全宋诗》第17册,第11650页。
[5]　唐房玄龄等撰《晋书》卷七十五《范宁传》,第7册,第1984—1985页。

陷贼诗。①

此诗咏张巡、许远等人，推之以"再兴唐祚"之功，许之以"颠沛流离"、"去就死生"之间泰然自若的名节大义，并表现出对乾坤动荡、风尘晦暗的时代英雄殒命的痛惜之情。再如《过百里大夫冢》诗云：

> 行客抱忧端，况复思古人。何年一丘土，不见石麒麟。断碑略可读，大夫身霸秦。虞公纳垂棘，将军西问津。安知五羊皮，自粥千金身。末俗工媒糵，浮言妒道真。幸逢孟轲赏，不愧微子魂。②

首六句表达对百里奚的追怀之情，虽墓旁的石麒麟已不见，但断碑仍然略可读，"大夫身霸秦"一语虽平实无奇，但对百里奚霸秦之功的推崇，无疑是黄庭坚追怀之情中的重要因素，因此看似平实，实则举重若轻，含而不露。进而采孟子之说，辩百里奚以五张羊皮自鬻之事乃末俗之人虚妄编造而成，认为百里奚有微子一样"不可谏而去之"③的智慧。以上二诗虽无新见，但都作于早年（1071 年），黄庭坚对儒家之学的持守历历可见，有助于对其思想的理解和把握。除了对儒家思想的正面推崇外，还以此作为评价古人的标准，如评韩信，除了对其晚节不保表示惋惜外，还发出了这样的议论："丈夫出身佐明主，用舍行藏可自知。功名邂逅轩天地，万事当观失意时。"④认为大丈夫辅佐明主，当自守用舍行藏之道，轩天功名乃偶然得之，不可过于追求。而韩信正是不解持道自守之义而至身败名裂。

虽然黄庭坚思想偏于内倾，也没有突出的政治作为，但是儒家思想作为一种入世的、外向的思想，致君尧舜的外王之道，始终深藏于宋代士大夫的心中，虽然有时闪烁迷离、若隐若现，但是从来没有泯灭。黄庭坚亦如此，虽然没有宏伟具体的政治规划和理想，但在重视儒家伦理道德的同时，其思想中始终有一种"经世"、"有待"的意识，《题魏郑公砥柱铭后》云：

> 余平生喜观《贞观政要》，见魏郑公之事太宗，有爱君之仁，有责难之义，其智足以经世，其德足以服物，平生欣慕焉。故观《砥柱铭》时，为

---

① 《全宋诗》第 17 册，第 11656 页。
② 同上书，第 11607 页。
③ 清焦循著《孟子正义》卷十九《万章上》，第 665 页。
④ 黄庭坚《韩信》，《全宋诗》第 17 册，第 11635 页。

好学者书之,忘其文之工拙,所谓我但见其妩媚者也。①

这段文字作于黄庭坚去世的前一年,可作为其生平思想的自述,欣赏魏徵事太宗的方式,既爱之又勉之,既有经世之智,又有服物之德,亦是"智""德"并举,足见其亦有经世之心。这一点在咏史诗中亦有体现,如《题樊侯庙二首》诗云:

> 汉兴丰沛开天下,故旧因依日月明。拔剑一厄戏下酒,剖符千户舞阳城。鼓刀屠狗少时事,排闼谏君身后名。异日淮阴傥相见,安能鞅鞅似平生。(其一)
> 门掩虚堂阴窈窈,风摇枯竹冷萧萧。邱虚馀意谁相问,丰沛英魂我欲招。野老无知惟卜岁,神巫何事苦吹箫。人归里社黄云暮,只有哀蝉伴寂寥。(其二)②

此诗咏樊哙。其一盛赞其与高祖故旧因依,辟开天下,既有戏下拔剑之功,又为舞阳千户之侯,虽为少年屠狗之士,却成排闼谏君之名,黄泉见淮阴,亦毫无愧色。属意之处,亦在君臣相得,功成名就。其二实写庙景。堂窈窈,竹萧萧,野老卜岁,神巫吹箫,却暗抒怀抱,于此间问馀意,招英魂,黄云暮天,倍感寂寥,虽未明言何以寂寥如此,从上诗对樊哙的热烈赞扬可知,或与古事不存、古谊不复、君臣未遇、功名未遂不无关联。赞樊哙之功业,尚属题中应有之义,而许渊明以兼济,则见以己度人之思,《次韵谢子高读渊明传》诗云:

> 枯木嵌空微暗淡,古器虽在无古弦。袖中正有南风手,谁为听之谁为传。风流岂落正始后,甲子不数义熙前。一轩黄菊平生事,无酒令人意缺然。③

此诗咏陶渊明,前四句以琴喻意,写枯木暗淡,南风之歌,无人听亦无人传。渊明抚琴但求自适而已,山谷则许之以南风之手,叹圣作之无传,亦是一己

---

① 《全宋文》第 107 册,第 4 页。
② 《全宋诗》第 17 册,第 11655 页。
③ 同上书,第 11458 页。

之意。南风之歌不仅为虞舜所作，其诗曰："南风之熏兮，可以解吾民之愠兮；南风之时兮，可以阜吾民之财兮。"①可见此歌之意在"民"，故钱志熙先生解此诗称，黄庭坚认为陶渊明是"具有极其完美的人生理念和崇高的政治理想的人物，是具有素相质量的贤人"②，亦不无道理。后四句写陶渊明之风流与忠义，却以一轩黄菊了平生，看似平和，实蕴无奈，故以酒解忧而已。陶渊明"素相"形象的塑造，正是黄庭坚个人政治理想之外化，黄庭坚的兼济之思虽十分隐晦，却是其理想的重要组成。

黄庭坚始终没有得到实现其政治理想的机会，因此对本朝名公先贤倍感亲切，感慨尤多，从以下几首诗可见一斑：

> 杨家事业绝当时，百家疏通问不疑。高文大册书鸿烈，润色论思禁林杰。堂堂司直社稷臣，谏有用否不辱身。劲气坐中掩虎口，忠言天上婴龙鳞。忍能持禄保卒岁，归去求田问四邻。今时此事久索漠，吾恐九原公可作。我来回首行路难，城郭参差夕照间。风急饥乌噪乔木，孤坟牢落具茨山。(《思贤》)③

> 忆在昭陵日，倾心用老成。功归仁祖庙，正得一书生。
> 羊生但着鞭，勿哭西州门。故有不亡者，南山相与存。
> 庆州自不恶，藉甚载声华。忠义可无憾，公今有世家。
> 公归未百年，鹳巢荒古屋。我吟殄瘁诗，悲风韵乔木。
> 伤心祠下亭，在时公燕处。临水不相猜，江鸥会人语。
> 公有一杯酒，与人同醉醒。遗民能记忆，欲语涕飘零。
> 委径问谣俗，高丘省佃作。昔游非苟然，今花几开落。
> 在昔实方枘，成功见圆机。九原尚友心，白首要同归。
> 人去洲渚在，春回花草斑。清谈值渊对，发兴如江山。
> 落日衔城壁，祠东更一游。悲来惜酒少，安得董糟丘。(《陪师厚游百花洲盘礴范文正祠下道羊昙哭谢安石事因读生存华屋处零落归山丘为十诗》)④

---

① 王国轩、王秀梅译注《孔子家语》，中华书局，2009年，第267—268页。
② 钱志熙《黄庭坚诗学体系研究》，第304页。
③ 《全宋诗》第17册，第11608页。此诗序云："思贤，感杨文公遗事也。公事章圣，以直笔不得久居中。诏欲命公作某氏册文，公不听，卒以命陈公彭年。命下之日，全家逃归阳翟。今者道出故邑，冢木合抱，想见风烈，故作是诗。"
④ 《全宋诗》第17册，第11466页。

三尺孤坟一布衣,人言无复似当时。千秋万岁还来此,月笛烟莎世
不知。(《杨朴墓》)①

天赐王公,佐我太宗。学问文章,致于匪躬。四方来庭,上稍宴衍。
公舍瓦石,责君尧舜。采芝商山,以切直去。惟是文章,许以独步。白
发还朝,泣思轩辕。鸡犬舔鼎,群飞上天。真宗好文,且大用公。太阿
出柙,公挺其锋。龙怒鳞逆,在廷岌岌。万物并流,砥柱中立。古之遗
直,叔向以之。呜呼王公,其尚似之。(《王元之真赞》)②

北宋人咏本朝人物,未有数量如此之多、感慨如此之深者,何以如此?《思
贤》诗咏杨亿,称其"谏有用否不辱身"、"忠言天上婴龙鳞",耿直不阿,宁归
去田园,不忍辱持禄,但"今时此事久索漠",路难行,人牢落,故愿起公于九
原之下以救时弊。《百花洲》诗咏范仲淹,所倾慕者亦是"忆在昭陵日,倾心
用老成"、忠义耿耿、不容于时,既有先贤陨落、沉痛哀悼之情,亦有尚友先
贤、白首同归之想。这组诗感情过于浓郁,缺少必要的克制,使有些作品流
于直陈情事,缺少必要的提炼剪裁,如其三、四、六等。《杨朴墓》所咏之人并
非名公巨卿,而只是一介布衣,何以引起黄庭坚的兴趣?《续资治通鉴长编》
卷三十五载:"先是上(按:指太宗)谓翰林学士韩丕曰:'卿早在嵩阳,当时辈
流,颇有遗逸否?'丕以田诰及杨朴、万适对,上悉令召之。诏下,而诰卒。朴
至,对于便殿,不愿仕进,上赐以束帛,与一子出身,遣还乡。"③如此简单的
事迹,传达出太宗求贤若渴、杨朴洁身自好的儒家理想,自身为官的黄庭坚
自然不是推崇杨朴"不愿仕进"之举,则此诗言"无复似当时",当更倾向于前
者,似有怀才不遇、生不逢时之感。《王元之真赞》诗咏王禹偁忠言极谏、致
君尧舜的为臣之道,称赞其为"古之遗直"、"砥柱中立",亦是从道德与功业
两方面着眼。纵观黄庭坚对上述几位本朝人物的吟咏,除杨朴外,均着眼于
两个方面:一是自身品德高洁,持道自守,二是忠言直谏,匡扶君主,即使是
咏杨朴亦是从君臣关系的角度加以吟咏。这正是传统儒家的政治理想所
在,从中可见黄庭坚思想中有意经世致用的一面。只不过这种理想尚且停
留在思想层面,在当时的历史背景下,未免显得不合时宜,甚至是"落伍",这
也就注定了黄庭坚一生政治理想的悲剧命运。

从上文的论述我们可以看出,黄庭坚这一时期的咏史诗,在对儒家思想

① 《全宋诗》第17册,第11497页。
② 同上书,第11690页。
③ 宋李焘撰《续资治通鉴长编》卷三十五,第4册,第765页。

的理解、对政治理想的建构上,大多停留在表面上,有简单化的倾向,如对樊哙、张巡、许远等的评价,对本朝名公的追慕等,只能传达出黄庭坚的儒家立场,并未展现出太多的新意。但以儒家思想为标准评论古人古事上,却表现出了求新求异的努力,如咏韩信诗有"成皋日夜望救兵,取齐自重身已轻。蹑足封王能早寤,岂恨淮阴食千户。虽知天下有所归,独怜身与哙等齐。蒯通狂说不足撼,陈豨孺子胡能为"①之论,前四句述中有论,言韩信拥兵自重,乘汉王之危而取齐王之号,为日后沦落埋下隐患,此论合于理。而称其当初既然不用蒯通之言而日后何以谋于陈豨之辈,竟至败亡,此语合于情。这是黄庭坚现存最早的咏史诗,可见其咏史议论、求新求异的追求早已有之。然而求新求异或失之偏颇,如《读谢安传》诗:

> 倾败秦师琰与玄,矫情不顾驿书传。持危又幸桓温死,太傅功名亦偶然。②

此诗咏谢安,前两句言淝水之战告捷,谢安见驿书了无喜色,围棋如故,实则甚喜,史称"矫情镇物"③,山谷即袭此意,亦是老生常谈,但诗意重点不在于此,首言大败前秦军队的是谢安的子侄谢琰和谢玄,言下之意即此非谢安之功也,故侥幸欣喜以至"不觉屐齿之折"④。言简文帝死后,谢安有临危顾命、扶幼持危之功,又是因对手桓温的卒然去世而成就,最终得出结论:"太傅功名亦偶然。"此论自难成立,淝水之战,上阵者为谢玄、谢琰,实际谋划者自是谢安,当其功而无愧。于晋室之扶持之功,亦非因桓温之殁而成,而是桓温谋篡之计因谢安之存而败。简文帝始崩,谢安迎桓温于新亭,谈笑间救晋室于水火,则晋室不亡,谢安功不可没。上述事实山谷自然清楚,或意在发新说奇论而如此。求新求异,难免失之过激、尖锐,如以下二诗:

> 韩生沈鸷非悍勇,笑出胯下良自重。滕公不斩世未知,萧相自追王始用。成安书生自圣贤,左仁右圣兵在咽。万人背水亦书意,独驱市井收万全。功成广武坐东向,人言将军真汉将。兔死狗烹姑置之,此事已

---

① 黄庭坚《韩信》,《全宋诗》第 17 册,第 11635 页。按:"成皋日夜望救兵,取齐自重身已轻"于史实似有不确,韩信欲假齐王是在荥阳之围,非成皋之围。

② 《全宋诗》第 17 册,第 11590 页。

③ 《晋书》卷七十九,第 2075 页。

④ 同上书。

足千年垂。君不见丞相商君用秦国,平生赵良头雪白。(《淮阴侯》)①

　　贞观规摹诚远大,开元宗社半存亡。才闻冠盖游西蜀,又见干戈暗洛阳。哲妇乘时倾嫡后,大阉当国定储皇。伤心不忍前朝事,愿作元龟献未央。(《次韵奉和仲谟夜话唐史》)②

《淮阴侯》诗言韩信攻赵事,广武君李左车献计成安君陈馀,后断韩信粮草,前坚营勿战,使其进退无路,而"成安君,儒者也,常称义兵不用诈谋奇计。……不听广武君策③,韩信"背水阵","驱市人而战之","大破虏赵军,斩成安君泜水上,禽赵王歇"④。故山谷此诗赞韩信随机应变,而讽刺成安君"自圣贤"、"左仁右圣"。而"自圣贤"、"左仁右圣"之语自是不妥,广武君以儒者自居,行仁义之道,无可指摘,若因其败亡而对其道冷嘲热讽,则如圣贤仁义之道何?"孙莘老言其太过,无含蓄"⑤,或即此意,因此改作删削了这两句。《夜话唐史》诗依时间顺序咏有唐一代之历史,首言贞观之治奠定了大唐基业,次言开元年间,朝政昏庸,唐王朝危若累卵,进而叙安史之乱起,宗庙不守,玄宗仓皇西逃入蜀,肃宗即位,借兵回纥,收复东京,"回纥及西域诸胡纵兵大掠三日……府库及士民之室皆空"⑥,洛阳再次遭遇洗劫。五六句言"张后与李辅国相表里,专权用事"⑦,终有废立之争,最终在双方的宫廷内斗之中,实现代宗即位⑧。此诗径称张后为"哲妇"(亡国之妇),矛头直指后宫、宦官专权,已显示出尖锐的批判力,最后表达以史为鉴之意。

　　总之,黄庭坚早期咏史诗在思想上以儒家道德理想为主,既有对儒家传统道德的坚持,也有对儒家经世报国理想的流露,虽然艺术表达比较直接简单,但持论甚固,以此为标准对历史评说,显示出了新的特点,有一种突破成说的努力和求新求异的追求,虽然不免偏颇和偏激,亦体现出了犀利尖锐的一面,这一点在后期咏史诗中得到了很好的发展,并取得了突出的成就。

　　黄庭坚前期咏史诗在艺术上,大体延续西昆、二宋的路数,尚未能完全

---

① 《全宋诗》第 17 册,第 11635 页。
② 同上书,第 11662 页。
③ 《史记》卷九十二《淮阴侯列传》,第 2615 页。
④ 同上书,第 2616 页。
⑤ 宋黄䈬撰《山谷年谱》卷一引王直方语。
⑥ 宋范祖禹撰《唐鉴》卷十一,上海古籍出版社,1981 年,第 153 页。
⑦ 宋司马光编著《资治通鉴》卷二百二十二,中华书局,1956 年,第 7123 页。
⑧ "大阉当国"或指宦官李辅国擅权,"定储皇"似有不确,代宗为肃宗亲立,但代宗即位出于李辅国之手,似有辅立之功。唐顺宗后,太子废立均出于宦官之手,此句或亦有所关涉。

超越前人并显示出自己的特色。极为明显的特征就是尤重属对,如《韩信》诗"蒯通狂说不足撼,陈豨孺子胡能为"①,《淮阴侯》诗"滕公不斩世未知,萧相自追王始用"②,均取某一历史事件或情境下的人名、地名相对,即使是在古体诗中亦乐此不疲。但前期这种手法运用不够熟练,有成功的,也有失败的,上述二例即不算出彩,《夜观蜀志》诗亦大抵如此:

> 盖世英雄不自知,暮年初志各参差。南阳陇底卧龙日,北固樽前失箸时。霸主三分割天下,宗臣十倍胜曹丕。寒炉夜发尘书读,似覆输筹一局棋。③

此诗咏刘备、诸葛亮,首联感叹先主、孔明均未能实现宏伟远大的志向,中间两联即有意以属对方式叙事议论,"北固樽前失箸时"乃史事,足见刘备之精神,而"南阳陇底卧龙日"显然是为对下联而凑成,无太大的意义。"宗臣十倍胜曹丕"乃其议论,虽有化用刘备"君才十倍曹丕"④之语,见诸葛亮之才,而上联"霸主三分割天下"则形同虚设了,仅取其"三分"对"十倍"而已,且"天下"与"曹丕"之对未工。为属对而出疲弱之句,算不上上乘之作。再如《书睢阳事后》诗有"政使贺兰非长者,岂妨南八是男儿"一联,后一句所言乃南霁云英勇就义事:"(尹子琦)降霁云,未应,巡呼曰:'南八!男儿死尔,不可为不义屈!'霁云笑曰:'欲将有为也,公知我者,敢不死!'亦不肯降。"⑤此节对凸显南霁云的英雄形象极为重要,故而以诗出之,然为与此句属对,凑成"政使贺兰非长者"一句,言贺兰进明不肯出兵营救睢阳城事,而此事对显示南霁云之英勇并无多大益处,亦是为事对凑泊而出。黄庭坚运用这种手法当然也有成功的作品,如《题樊侯庙二首》诗其一(已见上文)的颈联、颔联即充分体现了某一历史事件或语境中的事对,以及成功地化用史传语言的追求,"拔剑一卮戏下酒",言鸿门宴樊哙解围事:"项羽在戏下,欲攻沛公。沛公从百馀骑因项伯面见项羽。……亚父谋欲杀沛公……樊哙在营外……哙直撞入,立帐下……(项羽)赐之卮酒彘肩。哙既饮酒,拔剑切肉食,尽之。项羽曰:'能复饮乎?'哙曰:'臣死且不辞,岂特卮酒乎?……'项

---

① 《全宋诗》第 17 册,第 11635 页。
② 同上书。
③ 同上书,第 11681 页。
④ 晋陈寿撰,陈乃乾点校《三国志》卷三十五《诸葛亮传》,中华书局,1959 年,第 918 页。
⑤ 《新唐书》卷一百九十二《张巡传》,第 5540 页。

羽默然。"①此句"拔剑"、"戏下"、卮酒三语均出于本传，亦是有意为之。下联"剖符千户舞阳城"亦如此。史载，"韩信反，哙从至陈，取信，定楚。更赐爵列侯，与诸侯剖符，世世勿绝，食舞阳，号为舞阳侯，除前所食。以将军从高祖攻反韩王信于代。自霍人以往至云中，与绛侯等共定之，益食千五百户"②。其中"剖符"、"舞阳"、千户三语，亦均出自本传。此二句不仅以本传之语属对工致，尤见其刻意经营之意，而且一言其救主之功，一言其王侯之业，樊哙之平生事业囊括殆尽，十分切当。颔联以"鼓刀屠狗"、"排闼谏君"对，其中"屠狗"、"排闼"二语亦均出自本传，屠狗、谏君二事亦为樊哙生平之典型事件，"鼓刀"一语虽为杜撰，亦无生硬之感，此联亦十分贴切。另外"丰沛开天下"、"鞅鞅"二语亦均有所本，文繁不引。通过上述分析，我们不难看出黄庭坚在熔铸史事、裁剪史语方面的苦心经营，从而创作出比较成功的咏史作品。这种剪裁、属对之法，在《徐孺子祠堂》诗中亦可见一斑：

> 乔木幽人三亩宅，生刍一束向谁论。藤萝得意干云日，箫鼓何心进酒樽。白屋可能无孺子，黄堂不是欠陈蕃。古人冷淡今人笑，湖水年年到旧痕。③

此诗前人批注颇多④，兹不赘录。首联由宅及人，寻而不见，而生追怀之情。颔联从"乔木"而引出藤萝干云日，隐喻小人攀附权贵，自"生刍"引出俗人只知热闹，无人能识徐孺子之贤而敬重之。颈联更是直言民间并非缺乏徐稚那样的高洁之人，只是因为没有陈蕃一样识人之士而埋没不显。最后以湖水的不变暗示守节之人不会因外物而动摇。前人对此诗评价颇高，姚鼐云："从杜公《咏怀古迹》来而变其面貌。凡咏古诗，镕铸事迹，裁对工巧，此西昆纤丽之体。若大家以自吐胸臆，兀傲纵横，岂以俪事为尚哉？"⑤言此诗"自吐胸臆，兀傲纵横"，自然没有问题，此诗虽为咏古，但几乎语语议论，剪裁史事，提炼景物，将现实与历史错综交糅，却均以意为主，所谓"从杜公《咏怀古迹》来"，或即此意。然称其不以"镕铸事迹，裁对工巧"为能，则未必尽然，

---

① 《史记》卷九十五《樊郦滕灌列传》，第 8 册，第 2654 页。

② 同上书。

③ 《全宋诗》第 17 册，第 11450 页。

④ 刘树勋选注《唐宋律诗选释》，长江文艺出版社，1981 年，第 222—224 页；黄宝华选注《黄庭坚选集》，上海古籍出版社，1991 年，第 3—4 页；王以宪编著《宋诗三百首详注》，百花洲文艺出版社，2001 年，第 185—187 页。

⑤ 清姚鼐编选，曹光甫标点《今体诗抄》，上海古籍出版社，1986 年，第 331 页。

"白屋"与"黄堂"、"孺子"与"陈蕃"之对,自是其以昆体之功经营锻炼而成,唯昆体之对熔铸史事,而此诗则以精工之对抒发议论,熔铸之功,并无不同。

总之,黄庭坚前期的咏史诗沿袭西昆、二宋的路数探求诗歌发展之路,有成功,有失败,总体上并未超越二宋的高度。虽然也出现了一些新的特征,如以偶对议论说理,但未能运用自如而达浑成之境。

三、黄庭坚后期的咏史诗

黄庭坚后期的咏史诗,在思想上,依然延续前期的儒家道德理想,但已经没有了简单叙说、草草议论的作品,而是在完整精致的艺术表现中表情达意,如《次韵伯氏寄赠盖郎中喜学老杜诗》诗云:

> 老杜文章擅一家,国风纯正不敧斜。帝阍悠邈开关键,虎穴深沈探爪牙。千古是非存史笔,百年忠义寄江花。潜知有意升堂室,独抱遗编校舛差。①

此诗因读杜诗而起,首句单刀直入,点"老杜文章",进而总括其"纯正"。颔联以奇崛之笔盛赞杜诗,开悠邈帝阍之关键,探深沈虎穴之爪牙,极言其诗艺广大高深。颈联则言其诗蕴千古是非,涵百年忠义。最后点出盖郎中学杜诗之意。此诗与上文《次韵谢子高读渊明传》诗咏陶渊明相似。然而在表达上,《次韵谢子高读渊明传》诗为古体,第五、六句与前文则有断裂之嫌,虽然钱志熙先生称:"'风流'两句,句法接近于直叙,初读似乎毫无形象可言,句法亦近乎率直,但仔细体味,又觉其中恍惚有像,数番吟咏,便生隽永之趣。"②此论或不无道理,但正是承认一个事实:这两句与上文缺乏必要的内在联系。或许与这两句着意属对有关,欲取"风流"与"甲子"、"正始"与"义熙"相对,自然难免转折突兀。然而《次韵伯氏寄赠盖郎中喜学老杜诗》虽为律诗,却笔法多变,颔联奇崛,颈联平易,围绕杜诗,由总而分,由艺及意,进而及人,意脉相连,一气流转。二诗的对比,显示出黄庭坚在表达相同思想时诗艺的逐步成熟。

黄庭坚后期的咏史诗,不仅将个人的道德、理想投射到古人身上,甚至以一己之意重新塑造古人形象,成为一种"黄庭坚化"的古人,虽然很多咏史

---

① 《全宋诗》第 17 册,第 11672 页。
② 钱志熙《黄庭坚诗学体系研究》,第 304 页。

诗中的历史人物都难免带有作者的思想烙印,但黄庭坚走得更远,如《宿旧彭泽怀陶令》诗云:

> 潜鱼愿深渺,渊明无由逃。彭泽当此时,沈冥一世豪。司马寒如灰,礼乐卯金刀。岁晚以字行,更始号元亮。凄其望诸葛,肮脏犹汉相。时无益州牧,指挥用诸将。平生本朝心,岁月阅江浪。空馀诗语工,落笔九天上。向来非无人,此友独可尚。属予刚制酒,无用酌杯盘。欲招千载魂,斯文或宜当。①

此诗咏陶渊明,前八句从"陶潜,字渊明,号元亮"入手,言渊明有"潜鱼"之志,欲"逃"于"渊明",故而虽为一世之豪,却"沈冥"于"彭泽"②之中。陶渊明的晚年,晋室衰微,刘裕擅权,因此以字行世,至于刘宋代晋,则更号元亮以明志。次八句写陶渊明虽然有孔明的慷慨济世之心,却没有刘备这样知人善任的贤主给予用武之地,一生怀抱忠义之心,亦于事无补,岁月流逝,最终不免壮志难酬的凄凉寂寞,只留下了笔落天外的诗作而已。最后直抒尚友之意,欲以美酒和此诗招渊明千载之魂。如此理解陶渊明,尤其是对其名字号的阐说,所谓"专就名字上着笔,终近小巧"③,难免牵强附会之嫌,其实黄庭坚亦未必真有如此见识,不过涉笔成趣而已。但黄庭坚称渊明有孔明之志,则是发前人所未发,这或许只是黄庭坚理想中对陶渊明的理解:既有逃尘养德之志,又有忠义经世之心,是黄庭坚心目中的陶渊明,是完全"黄庭坚化"的陶渊明。对陶渊明的理解与阐释,对陶渊明形象的塑造,反映出黄庭坚本人的思想意识和理想追求:内修其德,外经于世,至于文学,则是无奈之馀的产物。此诗虽然"铸词有极工处"④,但平心而论,就其近于文字游戏的手法、过于以己意强加于古人而未能圆融的处理方式而言,此诗还是有遗憾的。但《老杜浣花溪图引》诗则臻于完美:

> 拾遗流落锦官城,故人作尹眼为青。碧鸡坊西结茅屋,百花潭水濯冠缨。故衣未补新衣绽,空蟠胸中书万卷。探道欲度羲皇前,论诗未觉

---

① 《全宋诗》第 17 册,第 11332 页。
② 按:"彭泽"于此可作为双关理解,一是作为专名的彭泽之地,二是与上文的"渊"相近,"逃"于"渊"而隐于"泽","彭泽"可理解为"某泽"。
③ 陈衍评语,《宋诗精华录》卷二,第 266 页。
④ 同上书。

国风远。干戈峥嵘暗宇县,杜陵韦曲无鸡犬。老妻稚子且眼前,弟妹飘零不相见。此公乐易真可人,园翁溪友肯卜邻。邻家有酒邀皆去,得意鱼鸟来相亲。浣花酒船散车骑,野墙无主看桃李。宗文守家宗武扶,落日塞驴驮醉起。愿闻解鞍脱兜鍪,老儒不用千户侯。中原未得平安报,醉里眉攒万国愁。生绡铺墙粉墨落,平生忠义今寂寞。儿呼不苏驴失脚,犹恐醒来有新作。常使诗人拜画图,煎胶续弦千古无。①

此诗以散笔直行描绘了杜甫在成都时期的生活图景。除杜甫在严武的照拂下在成都浣花溪边定居,一家人过着较为稳定的生活这一基本事实外,此诗还采用"以杜传杜"的手法,熔铸杜诗传达的事、情、语,展现了杜甫丰富的日常生活细节、情趣以及对国家的关怀、对亲人的思念,从而使此诗呈现出细腻生动之美。诗中诸多细节化自杜诗,如园翁饮酒、溪友卜邻即来自杜甫《客至》诗"肯与邻翁相对饮,隔篱呼取尽馀杯"②及《解闷十二首》诗其一"溪友得钱留白鱼"③等句。再如"故衣未补新衣绽"写衣服破旧,也是源自杜诗擅长对衣服的描写,如《北征》诗:"经年至茅屋,妻子衣百结。……床前两小女,补绽才过膝。海图拆波涛,旧绣移曲折。天吴及紫凤,颠倒在裋褐。"④对妻子儿女衣服破旧的描绘极为细致逼真,黄庭坚在其诗中对这些细节予以创造性地再现,显得十分妥帖亲切。再加之所运用的语言也是杜甫的,如"锦官城"、"碧鸡坊"、"百花潭"、"补"、"绽"、"书万卷"、"老妻"、"稚子"、"弟妹"、"园翁"、"溪友"等,以杜写杜,使描写更为"醇正",准确传达出了杜甫的气质。

除了真实地再现杜甫成都生活的画面,此诗在思想艺术上也有黄庭坚的个人创造,表现在以下三点。

一、语词的熔铸之功。此诗汲取了杜诗的语言素材,保证了描写的逼真亲切,但也经过了黄庭坚的重新"改造"和"组装",如"百花潭水濯冠缨"句,源自于杜甫《狂夫》诗"百花潭水即沧浪"⑤,但又是从"沧浪"联想到"沧浪之水清兮,可以濯我缨"⑥,进一步生发转化而成,虽或不如杜诗原句含

---

① 《全宋诗》第 17 册,第 11575 页。
② 唐杜甫著,清仇兆鳌注《杜诗详注》卷九,第 793 页。
③ 《杜诗详注》卷十七,第 1512 页。
④ 《杜诗详注》卷五,第 399—400 页。
⑤ 《杜诗详注》卷九,第 743 页。
⑥ 《渔父》,梁萧统编、唐李善注《文选》卷三十三,上海古籍出版社,1986 年,第 1533 页。

蓄,但对杜甫品格的暗示意味更明朗了。

二、笔法纵横不羁,多旁逸斜出之笔。如从"冠缨"而及"衣",从"衣绽"①而及"胸",再及"胸中万卷书",进而论及其"道"、其"诗",如此一路下来,已是离"画"万里了。"愿闻解鞍脱兜鍪"以下六句议论亦如此。但这正是黄庭坚此诗凸显杜甫儒家理想形象的着力之处。

三、杜甫形象的塑造。此诗为《浣花溪图》而作,并不是侧重描绘杜甫成都时期的形象,而是黄庭坚心目中完整的杜甫形象。此诗突出了杜甫的两个特点:有"忠义"、忧国忧民的一面,也有"乐易"、潇洒旷达的一面,前者是对杜甫作为儒家理想人物形象的强化,后者则有对杜甫"魏晋化"或"陶渊明化"的倾向,二者都是黄庭坚的理想所在,前者见其强化之功,后者见其改造之力。这种"强化"与"改造",既是形象塑造,更是思想投射,思想与艺术已经合为一体。

可见,黄庭坚在此诗中以极强的驾驭力、创造力,生动地再现了杜甫草堂时期的生活、情思,完美地塑造了其心目中理想的杜甫形象,以思想与艺术的完美结合,表现对内修其德、外经于世的儒家传统理想的向往与追求。

黄庭坚坚守儒家理想道德,不免简单,乃至迂腐。但是以儒家思想为标准评说历史,则呈现出新的面貌。前期已经显示出了求新求异的倾向以及尖锐过激的议论,后期在思辨力、批判力上都有进一步的发展。

黄庭坚的儒学思想已有理学化的倾向,不仅有其岳父孙觉、舅父李常的影响,还有八年北京国子监教授期间的修习②。理学家评论历史持论更严,要求更高,使黄庭坚后期的批判力度进一步增强,但也有分析更细致、思维更缜密的特点,避免了片面歪曲,立论更为辩证客观,如以下两首咏严子陵诗:

> 古风萧索不言归,贫贱交情富贵非。世祖本无天下量,子陵何慕钓鱼矶。(《杂诗》)③
>
> 平生久要刘文叔,不肯为渠作三公。能令汉家重九鼎,桐江波上一丝风。(《题伯时画严子陵钓滩》)④

---

① 按:此处之"绽"当作"绽裂"解。
② 钱志熙《黄庭坚与北宋儒学》,《原学》第一辑,中国广播电视出版社,1994 年,又见黄君主编《黄庭坚研究论文选》卷一,江西教育出版社,2005 年,第 375—395 页。
③ 《全宋诗》第 17 册,第 11499 页。
④ 同上书,第 11377 页。

严子陵与光武帝的关系,历来众说纷纭,黄庭坚本人的两首诗先后也持不同的观点,前诗将子陵垂钓与姜尚垂钓联系起来,言二人之贫贱交情因光武飞黄腾达而改变,既然光武帝没有容人之量,严子陵又何必学姜尚于钓矶有待呢? 有贬光武之意。后诗观点却完全不同,认为二人交情笃厚,虽然不肯立光武之庭,但子陵垂钓于桐庐江上却起了敦化风俗作用,实则对稳定东汉社稷大有裨益。将至轻的"一丝风"作用于至重的"汉家""九鼎",既新奇又不无理致。二诗立论虽殊,但均非人云亦云之论,有新意而自圆其说,运思亦颇有风致。如果说上述二诗或为随兴而作,那么《读曹公传并序》诗则更为严谨:

> 曹公自以勋高宰衡,文对西伯,蝉蜕揖让之中,而用汉室于家巷。更党锢之灾,义士忠臣耘除略尽。献、灵之间,北面朝者拱而观变,汉、魏何择焉。彼见宗庙社稷之无与也,执太阿而用其颖,以司一世之命,左右无不得意。引后宫于鈇钺,如刈蒲茅。夫匹妇婢使得罪,家人犹为谢过,而亲北面受命之君,自以为未知死所。呜呼,疠怜王,其谁曰过言。虽然,终己恭让,腹毒而色取仁,任丕以易汉姓者,何也。汉之末造,虽得罪于社稷骨鲠之臣,而犹不得罪于民,故犹相与爱其名耳。余闻曰:道揆以上惠不足而明有馀,不在社稷而数有功,粲盛殆其不继哉! 感之,作曹公诗一章。
>
> 南征北伐报功频,刘氏亲为魏国宾。毕竟以丕成霸业,岂能于汉作纯臣。两都秋色皆乔木,二祖恩波在细民。驾驭英雄虽有术,力扶宗社可无人。[1]

此诗言曹操左右汉庭于股掌,气焰熏天,专横跋扈,刈杀后宫如草芥,使献帝不知将死于何所,实为汉室主宰,但表面上依然为汉臣,终其一生未曾代汉,原因在于迫于民意压力而爱惜声名。黄庭坚认为曹操虽然对汉朝社稷没有贡献,但对天子名义的维持有一定意义。这段文字可以称得上是严格意义上的史论,对曹操的评价客观、冷静,有事实有分析亦有感慨。诗的前两联敷衍序意,指出曹操虽然维持表面的"名节",不作叛臣,但曹丕自立的事实,曹操难脱干系,"纯臣"之名难保。最后两联为汉代基业不保深表惋惜。此诗诗序一体,对曹操一生的行事、立身作了公允的评价,有理有据有节,显示

---

[1] 《全宋诗》第 17 册,第 11498 页。

出了较强的分析力、思辨力和判断力。

黄庭坚后期咏史诗除了上述较为温和、冷静的评说，更有延续前期尖锐犀利的议论之作，如以下二诗：

> 区区小郑多君子，谁若公孙用意深。监巫执节诛腹诽，不除乡校独何心。（《子产庙》）①
>
> 吴门不作南昌尉，上疏归来朝市空。笑拂岩花问尘世，故人子是国师公。（《隐梅福处》）②

此二诗所咏子产、梅福，亦是咏史诗常见题材，极易老生常谈，但黄庭坚此作却迥然不俗。《子产庙》诗前两句承孔子之论，赞子产为郑之君子，"用意深"指其不毁乡校、不弥民谤，乃咏子产之常言。后两句则由子产不杜民之口生发开去，称腹诽即诛，不除乡校又有何用？此诗前人未有批注，或就汉张汤立腹诽之法而言，《史记·平准书》云："张汤又与（颜）异有郤，及人有告异以它议，事下张汤治异，异与客语，客语初令下有不便者，异不应，微反唇。汤奏异当九卿见令不便，不入言而腹诽，论死。自是之后有腹诽之法比。"③从子产不杜民口而论及汉有腹诽之法，对比之中，褒贬自现，境界顿时开阔。《隐梅福处》诗言梅福上疏不见纳，遂弃官隐居吴门，以后再也没人上疏言事了。以想象手法称梅福问尘世之事，引出"故人子是国师公"。史容注云："谓梅福与刘向皆仕元成间，数上疏直谏，亦略相似。而向之子歆改名秀，王莽篡位，歆为国师，后事皆在《莽传》。"④从梅福论及刘歆，在看似轻松的语调中，展示了对助纣为逆者的批判，显示出黄庭坚后期咏史诗的批判力度。这种尖锐的批判在其晚年所作《书磨崖碑后》诗中达到顶峰：

> 春风吹船着浯溪，扶藜上读中兴碑。平生半世看墨本，摩挲石刻鬓成丝。明皇不作苞桑计，颠倒四海由禄儿。九庙不守乘舆西，万官已作鸟择栖。抚军监国太子事，何乃趣取大物为。事有至难天幸尔，上皇局踏还京师。内间张后色可否，外间李父颐指挥。南内凄凉几苟活，高将军去事尤危。臣结舂陵二三策，臣甫杜鹃再拜诗。安知忠臣痛至骨，世

---

① 《全宋诗》第 17 册，第 11677 页。
② 同上书，第 11514 页。
③ 《史记》卷三十《平准书》，第 1433—1434 页。
④ 《山谷外集诗注》卷九，《黄庭坚诗集注》，第 1060 页。

上但赏琼琚词。同来野僧六七辈,亦有文士相追随。断崖苍藓对立久,
涑雨为洗前朝悲。①

崇宁二年(1103)年,黄庭坚以"幸灾谤国"之罪贬往宜州,次年三月六日泊浯
溪,观磨崖碑,而有此作。②此诗分三部分,首四句交代行程、缘起,点"磨崖
碑"。中间十六句为主体,最后四句照应开篇"着浯溪"读碑,胸中万千感慨,
戛然而止,以"涑雨"起兴,以"悲"作结。中间主体十六句,每四句为一节,
分四小节。第一节写安史之乱前,批判玄宗不君:晚年昏庸,不以社稷为
重,致安史乱起,京师沦陷,乾坤板荡,宗庙不守,西逃入蜀,百官慌乱,四
散奔逃。第二节写安史之乱中,批判肃宗不忠:国难当头之际,时为太子
的李亨不仅不竭力挽救社稷万民于水火,还要趁机夺取皇位,谋一己之私。
幸有上天扶持,国难平靖,玄宗回京。"局蹐"一语点明玄宗小心谨慎、狼狈
不堪之状。第三节写安史之乱后。批判肃宗不孝:张后、李辅国勾结擅权,
肃宗受制于此二人,致使父子有隙,玄宗晚年孤苦凄凉。第四节,总结上述
批判,从元结、杜甫等忠义之士沉痛彻骨的作品,如元结为民请命的上表以
及杜甫的《杜鹃》诗等,可知《中兴颂》深有寓意,后人不明就里,仅仅欣赏其
华美词章。

　　大唐中兴颂,歌颂唐军勘定安史之乱,而黄庭坚此诗虽因读碑而作,却
不以碑为核心,诗之主体部分,只有最后二句与碑文有关,虽不至离题,但也
有偏题之嫌。黄庭坚以《磨崖碑》为引子,借题发挥,对安史之乱前后整个唐
代的政治历史进行全面的批判,尤其将矛头指向玄宗、肃宗,这种独特的安
排自是有意为之,这种批判的广度、深度、力度是诗歌史上前所未有的。就
黄庭坚自身而言,与其前期所作《次韵奉和仲谟夜话唐史》诗相较,二者之间
的发展亦历历可见。二诗评述的内容几乎完全一致,都是安史之乱前后的
唐代历史,甚至我们可以认为《磨崖碑》是对《夜话唐史》诗的重作,但不同的
是,《夜话唐史》诗还仅仅批判张后和李辅国,而《磨崖碑》诗对张、李二人的
批判已退居其次,矛头直指玄宗、肃宗,对肃宗的批判尤为严厉,从而使批判
力度达到了空前的高度。

　　黄庭坚此诗无论是"偏题"、"借题发挥",还是前所未有的尖锐程度,都
与当时的政治以及黄庭坚的身世之感有着密切的关系。北宋后期既是盛极

---

① 《全宋诗》第 17 册,第 11441 页。
② 《黄庭坚年谱新编》,第 387—388 页,第 401—402 页。

一时又是矛盾丛生的阶段,当新旧党争由政见之争变为意气之争,最后发展为打击报复、互相倾轧的政治斗争,北宋王朝已是乌烟瘴气,国运堪忧,国家正逐渐走向没落,这与大唐开元天宝时期盛极而衰的状况非常相似。黄庭坚晚年再次被贬蛮荒之地,至浯溪,读《中兴颂》,回顾大唐王朝盛极而衰的历史,观古而思今,长久郁积于胸中的对国家前途的忧虑、对政治迫害的愤慨等各种感情已不可遏止,最终喷薄而出,乃有此诗之作。这既是黄庭坚忧国之心的燃烧,激愤之情的爆发,也是黄庭坚咏史诗犀利尖锐的批判风格的延续和深化,当然最根本的是黄庭坚对儒家传统道德理想的持守,这一切都在黄庭坚生命的最后阶段迸发出来①,为其一生的理想和追求画上了句号。

此诗章法谨严却又极具张力,首尾平起平收,语气平缓,而主体乍起乍落,语调激越,或传达出了黄庭坚愤激不平而又隐忍节制的心理状态,又是一种思想情感与艺术表现的完美结合。

黄庭坚的咏史诗思辨力、批判力达到如此高度,也与宋代学术的发展密切相关。与黄庭坚同时之范祖禹"虽然尊太宗,以其为不世之贤君,然而其善与不善,皆能辨别入微,不夺其善,亦不隐其恶"②,黄庭坚论曹操持论之严与此相似。范祖禹论肃宗亦有"以皇太子讨贼,至灵武,遂自称帝,此乃太子叛父"③之论,与黄庭坚批判肃宗,可谓同声相和。正是伴随着宋代思想、学术的发展,宋代咏史诗从二宋的怀疑精神,发展为黄庭坚的独立的判断以及犀利的评论。于此可见宋代咏史诗与其学术关系之一斑。

综上所述,黄庭坚的咏史诗体现出其一生追求的儒家道德与理想,持论醇正,持守坚确,但更多的停留在理论和理想层面,开创不多,因此精密有余而博大不足。在理学背景的影响下,其以儒家思想为标准对历史的议论、评说、批判则显示出了卓异之处,无论是思辨的细密还是批判的尖锐,都达到了北宋咏史诗的新高度,这是与宋代学术的发展密切相关的。而在艺术方面,黄庭坚经历了从西昆、二宋走向孑然自立的发展之路,到了后期创造出思想与艺术高度融合、浑然一体的经典之作,创造了北宋咏史诗的又一座高峰。

---

①　此诗作后约18个月(熙宁四年九月三十日),黄庭坚即卒于贬所。《黄庭坚年谱新编》第424页。
②　孙立尧《宋代史论研究》,中华书局,2008年,第100页。
③　此条材料亦受《宋代史论研究》启发。

小结:王、苏、黄咏史诗的经典化

北宋后期,以王安石、苏轼、黄庭坚为代表的宋诗巨匠,在继承前人创作经验的基础上,以其渊博的学识、卓异的才华以及强大的艺术创造力,将宋代咏史诗发展的两条道路合二为一,创作出诗艺情思俱美、艺术风格迥异的咏史佳作,将北宋咏史诗推向了高峰。具体而言,王安石从田、王、范、梅一路脱胎而出,是宋代新兴士人政治理想与文学艺术完美结合的产物,黄庭坚则是从西昆、二宋一路发展而来,是宋代士大夫学识修养与文学艺术完美结合的产物,而苏轼则是宋代文学、宋代咏史诗发展主流之外的异峰突起,无论是思想还是艺术,均与宋代文学的主流有着相当的距离,纵向看,独创多于继承,横向看,差异大于共性。总之,以王、苏、黄三人为代表的北宋后期,呈现出绚烂多彩的咏史世界。王、苏、黄三人的咏史诗,体现出北宋后期咏史诗的两个特点:一是个性化,一是经典化。

所谓个性化,是指北宋后期的王、苏、黄继承了北宋中前期咏史诗发展的成果,不再是简单抒发对历史的一般感情,泛泛表达对历史的叙述和评论,克服了空洞浮泛、千人一面的弊端,创作出了辞意兼美、具有宋诗特色的咏史诗。咏史诗不再是偶然为之,随机而作,而是成为一种主动选择的诗歌题材。诗人借古抒怀,借古讽今,将个人独特的思想见解、政治抱负以咏史诗的方式表达出来。因此所作咏史诗与诗人的个性、思想、经历密切相关,从而人各一面,具有高度的个性化。如王安石具有鲜明的儒家思想倾向,以儒家政治社会理想为人生目标,以致君尧舜为最高理想。这一点与宋代中前期的田锡、王禹偁、范仲淹等人相似,但北宋中前期作家在咏史诗中对儒家思想和理想的表述还是比较宽泛和空洞的,而王安石的咏史诗表现出来的思想具体而独特,比如王安石在咏史诗中通过具体历史人物的吟咏,表达对儒家的伦理道德的赞赏,对儒家忠义正直品格的推崇,对追逐名利、自私自欺之徒的鄙夷。王安石不仅在咏史诗中大力推尊孔子,而且创作了多首咏史诗从不同的角度歌咏扬雄,对扬雄推崇备至,为扬雄申诉辩驳,成为其思想表达的重要内容,完全超出了一般意义上的咏史诗,已经具有了思想史的意义。如孟森《王安石评传》中《安石与商鞅》一节即利用了王安石《咏商鞅》诗展开分析论述。此外,王安石还将政治改革中自己的意见和心境借咏史予以表现。同样秉持儒家道德理想的黄庭坚,与王安石的政治地位、个性特点全然不同，其咏史诗整体表现要相对内敛和低调，思想的力度和细密也不及王安石，早期表现为简单叙说、表现态度，到后期逐渐成熟，或将个人的思想、理想投射到古人身上，重新塑造古人形象，从而创作出上乘的咏史之作，如《宿旧彭泽怀陶令》诗。或将其判断和态度贯彻到对具体历史人物事件的评价之中，如《书磨崖碑后》诗，表现出高度的思辨力、强烈的批判力。具有浓郁仙道思想倾向的苏轼，其咏史诗创作自然与荆公、山谷泾渭分明，界限清楚，在北宋后期的咏史诗创作中，别具一格。

所谓经典化，主要是就王、苏、黄咏史诗创作的成就而论。咏史诗是比较特殊的诗歌题材，对于很多作家而言，并不是主要的创作题材，往往是因缘际会，偶然为之。即便是咏史诗创作数量较多的作家，就其全部作品而言，也往往不占优势。这在一定程度上影响了这类诗歌作品的艺术水准和创作成就。但王、苏、黄的咏史诗创作却大有不同，虽然就绝对数量而言，仍然是其创作的一小部分，但就创作质量而言，他们却以其超绝一世的文学才华创作出了足以代表其个人艺术水准和创作成就的经典作品，比如王安石的《明妃曲二首》、苏轼的和陶咏史诗，黄庭坚的《书磨崖碑后》等咏史佳作，不仅是其个人文学创作的代表作，成为宋代文学史上的名篇佳作，并且可以超越时代，与前代咏史经典相提并论，争雄斗胜，成为整个中国古代文学史上卓烁古今、彪炳青史的经典之作。

第三章　崇德尚功:王十朋的
咏史诗及其理学化

王十朋(1112—1171),字龟龄,号梅溪,温州乐清(今属浙江)人。高宗绍兴二十七年(1157)进士第一,授绍兴府签判。三十年,除秘书省校书郎,寻兼建王府小学教授。三十一年,迁著作佐郎、大宗正丞。孝宗即位,除司封员外郎兼国史院编修官,累迁国子司业。隆兴初,除起居舍人,改兼侍讲、侍御史。张浚两淮之师失利,主和者议论蜂起,十朋自以先前力主起用张浚,故而上章待罪。隆兴二年(1164),知饶州。乾道元年(1165),知夔州。三年,知湖州。四年,知泉州。七年,除太子詹事,以龙图阁学士致仕。寻卒,年六十。

王十朋虽然处在两宋之交文学"青黄不接"的过渡时期,其总体文学成就自然远逊于北宋文学高峰时期的王、苏、黄,与随后的南宋"中兴四大诗人"相比,其创造创新之处,亦显不足。但随着学界研究的深入,王十朋的文学成就也逐渐被学界认识和肯定,其思想与实践的独特价值受到思想史、特别是文学思想史的认可。王十朋有相当数量的诗文词作品传世。其中咏史诗作尤多,达二百多首,不仅数量可观,内涵亦十分丰富。其中有专门的咏史诗两卷,共110首,吟咏历代帝王将相,评价功过得失,探索经验教训,内容相近,形式统一,与其他的咏史之作有别,故单独讨论。除咏史组诗之外的咏史创作中,王十朋一方面充分表现其对儒家伦理道德、政治理想的推崇以及北伐中原、报仇雪耻、实现中兴的理想和愿望,另一方面努力以道统建构符合其道德理想的文统,展现出丰富多彩的文学思想世界。

第一节　咏史以资治:王十朋《咏史》组诗
对历代治乱兴亡的探讨

王十朋的《咏史》110首,是南宋最早的严格意义上的咏史组诗,分为两个部分：第一部分依照时间顺序，吟咏从上古至五代的重要帝王，多为开国之君、亡国之君以及中兴之主，以此观盛衰、成败、治乱之由，有70首；第二部分专咏春秋历史人物，包括对春秋五霸、鲁十二公以及这一时期的其他重要历史人物，有35首。王十朋精于春秋，而孔子修《春秋》，一言褒贬，微言大义，于礼义关系密切，因此王十朋再三属意，吟咏甚详。王十朋的《咏史》组诗以诗歌作史论，通过对从上古三代到晚唐五代历代君臣的吟咏与评述，表达了丰富的政治社会思想。

一、上古三代史

上古三代之世，是历史上，尤其是思想史上，非常重要的时期，既有体现儒家社会政治理想的圣人治国，也有从大同世界转向小康社会的重大变革，既有圣人治国的理想君主，也有功高德劭的股肱贤臣，还有忠贞高洁的仁人志士，当然，也有荒淫暴虐的无道昏君，整体呈现出理想与现实交织，仁爱与残暴并存的斑驳状态，是儒家社会政治理想的重要来源。王十朋因此在其咏史诗中对这一历史阶段表现出了浓厚的兴趣，既有对儒家政治理想的高扬，也有对社会变革的思考，对这一时期的开明君主、辅国忠臣、仁人高士、无道昏君进行了广泛的吟咏和深入的思考。

三皇五帝时代一直是古人追慕、向往的理想社会，也是深受儒家思想影响的皇权政治所标榜的最高治理目标，以"大道之行""天下为公"为基本特征。社会大同，民淳事简，帝王君主以拯救苍生、造福万民为己任，功成而不居，体现了儒家最理想的圣人治国的景象。在与后世小康之世的对比中，尤其彰显出其可贵之处。因此王十朋在咏史诗中对这一时期社会风俗、帝王行事都进行了描述和展现，表现出了极大的赞赏和向往之情，如《伏牺》诗其一云：

> 太古民淳事简稀，圣人牛首号包羲。[1]如今四海皆人面，心似山川更崄巇。[2]

太古之世，民淳事简，圣人牛首。如今之世，四海人面，却是人心险恶，知今

---

[1]　晋皇甫谧撰《帝王世纪辑存》云伏羲氏"蛇身人首"，神农氏"人身牛首"（晋皇甫谧撰，徐宗元辑《帝王世纪辑存·自皇古至五帝第一》，中华书局，1964年，第2页、第10页。）王十朋或别有他据，或一时疏漏。

[2]　《全宋诗》第36册，第22679页。

不如昔远矣。《伏牺》其二云：

> 六画中含万象殊，洪荒一变遂归儒。河图不授包牺氏，民到于今目
> 尚涂。①

河图是中国古代传说中上天降临的祥瑞之兆。《汉书·五行志》云："刘歆以
为虑羲氏继天而王，受河图，则而画之，八卦是也。"②《易·系辞》云："古者包
牺氏之王天下也，仰则观象于天，俯则观法于地，观鸟兽之文与地之宜。近取
诸身，远取诸物。于是，始作八卦。以通神明之德，以类万物之情。"③王十朋
将两种观点加以融合，认为伏羲氏上受河图，观天法地，始创八卦。将世界万
象归之于八卦，成为人们了解、洞察世间现象和规律的途径，使世界从混沌蒙
昧而变为清朗文明。若无伏羲画卦，百姓至今依然处在蒙蔽昏暗之中。伏羲
氏据河图而创八卦，为儒家思想的远源。王十朋将儒家的起源与人类文明的
起源联系在一起，以见儒家思想源远流长，至关重要。《神农》诗云：

> 民食腥膻鸟兽同，那知土谷利无穷。后人只祀勾龙弃，谁念艰难起
> 帝功。④

班固《白虎通》云："古之人民，皆食禽兽肉。至于神农，人民众多，禽兽不足。
于是神农因天之时，分地之利，制耒耜，教民农作。神而化之，使民宜之，故谓
之神农也。"⑤王十朋此诗前两句即据此而论。此诗指出后人只知祭祀社稷
（勾龙即社神，弃乃后稷之名，即稷神），却忽视神农，从侧面突出强调神农氏造
福百姓的开创之功，及其作为"五谷先帝"、农业始祖的重要地位。《黄帝》诗云：

> 百年功就蜕乾坤，鼎冷湖空迹尚存。别有庆源流不尽，皇朝叶叶是
> 神孙。⑥

黄帝是传说中有多项成就的帝王，"修德振兵，治五气，艺五种，抚万民，

---

① 《全宋诗》第 36 册，第 22679 页。
② 汉班固撰，唐颜师古注《汉书》卷二十七上，第 1315 页。
③ 《周易正义》卷八《系辞下》，清阮元校刻《十三经注疏》，中华书局，2009 年，第 179 页。
④ 《全宋诗》第 36 册，第 22679 页。
⑤ 汉班固撰集，清陈立疏证，吴则虞点校《白虎通疏证》卷二，中华书局，1994 年，第 51 页。
⑥ 《全宋诗》第 36 册，第 22679 页。

度四方"①,几经征战,统一华夏,功业卓著,却功成不居。《史记》载:"申功曰:'……黄帝采首山铜,铸鼎于荆山下。鼎既成,有龙垂胡髯下迎黄帝。黄帝上骑,群臣后宫从上龙七十馀人,龙乃上去。……百姓仰望黄帝既上天,乃抱其弓与龙胡髯号,故后世因名其处曰鼎湖。'"②黄帝因此成为儒家功成身退理想的典范。因宋真宗尊黄帝为赵姓始祖,故王十朋称本朝皇室为黄帝神孙,帝绪绵长。《唐尧》诗云:

> 仁德如天帝业隆,四凶不去付重瞳。当时黄屋如传子,千古那知揖逊风。③

尧帝把天子之位传给了舜帝,而不是自己的儿子,成为禅让制度的代表,体现了儒家"天下为公"、举贤任能的政治理想,故王十朋此诗对唐尧的揖逊之风大加赞赏,称其"仁德如天"。《夏禹》诗云:

> 洪流浩浩浸寰区,民杂蛇龙鸟兽居。长叹当时微帝力,苍生今日尽为鱼。④

上古之时,洪水泛滥,百姓与蛇虫鸟兽杂居。大禹栉风沐雨,开山治水,最终消除水患,天下太平。因而王十朋此诗称,如果没有大禹的努力,天下苍生都要化作鱼鳖了,以见其拯危济溺、救天下万民于水火的功绩。

上古三代时期,不仅有明君圣主,还有贤臣名士,都是后世效法的典刑。其中辅佐贤臣如后稷、伊尹、周公等皆流芳千古,《后稷》诗云:

> 洪水横流四海饥,教民稼穑务三时。后王欲识艰难业,读取《豳风·七月》诗。⑤

尧舜时代的后稷,在洪水泛滥之际,教民稼穑,不失农时,既见王业之艰难⑥,

---

① 汉司马迁撰《史记》卷一《五帝本纪》,中华书局,1982年,第2版,第3页。
② 汉司马迁撰《史记》卷十二《孝武本纪》,第468页。
③ 《全宋诗》第36册,第22679页。
④ 同上书。
⑤ 同上书,第22686页。
⑥ 《诗经·豳风·七月》序云:"七月,陈王业也。周公遭变,故陈后稷先公风化之所由,致王业之艰难也。"(汉毛亨传,汉郑玄笺,唐陆德明音义,孔祥军点校《毛诗传笺》卷八,中华书局,2018年,第191页。)

又见先王拯危救困、造福黎庶之功绩。《伊尹》诗云：

> 穷居乐道自躬耕，那肯要君用割烹。汤后不加三聘礼，未应改志为苍生。①

商汤时代的伊尹，辅佐商汤灭夏立商，王十朋此诗认为伊尹躬耕有莘之野，"乐尧舜之道"，自然不会像传说中那样"以割烹要汤"，而是以尧舜之道招致商汤之礼聘，既见伊尹持道自守，又见其觉民救民。孟子关于伊尹的阐释与塑造②，体现了儒家出处静默的理想，王十朋此诗正是根据孟子之说敷衍成章。再如《太公》诗云：

> 隐迹磻溪七十馀，钓滩清浅鬓萧疏。满怀韬略为香饵，只钓文王不钓鱼。③

此诗咏宗周之姜尚，称其古稀之年，鬓发萧疏，隐迹磻溪，际会文王，凭借满怀韬略，创造不世功业，体现了儒家圣君贤相的政治理想。《周公》诗云：

> 明堂摄政朝群后，四海流言孺子疑。何事召公犹不说，丹心惟有鬼神知。④

此诗咏周公摄政之事。灭商不久，武王去世，成王年幼，尚在襁褓。天下初定，周公为维护国家稳定，遂代成王摄行国政⑤。不仅管叔、蔡叔等散布流言，发动三监之乱，而且成王起疑，召公不悦⑥，然而周公曾向鬼神祷祝，希望能够替代武王死去，承担成王罪责，足见其赤胆忠心。故王十朋此诗云"丹心惟有鬼神知"，赞扬周公一心为国的忠诚与奉献精神。《召

---

① 《全宋诗》第 36 册，第 22686 页。
② 清焦循撰，沈文倬点校《孟子正义》卷十九《万章上》，第 652—655 页。
③ 《全宋诗》第 36 册，第 22687 页。
④ 同上书。
⑤ 《史记·鲁周公世家》载："其后武王既崩，成王少，在强葆之中。周公恐天下闻武王崩而畔，周公乃践阼代成王摄行政当国。"（《史记》卷三十三，第 1518 页。）
⑥ 《史记·燕召公世家》云："成王既幼，周公摄政，当国践祚，召公疑之，作《君奭》。《君奭》不说周公。周公乃称'汤时有伊尹，假于皇天；在太戊时，则有若伊陟、臣扈，假于上帝，巫咸治王家；在祖乙时，则有若巫贤；在武丁时，则有若甘般：率维兹有陈，保乂有殷'。于是召公乃说。"（《史记》卷三十四，第 1549 页。）

公》诗云：

> 鼠牙雀角岂能欺，召伯聪明听不疑。南国政成公已去，甘棠长结后人思。①

此诗咏召公。召公与周公分陕而治，巡行乡邑，决狱甘棠树下，公正明白，各得其所。《诗经·行露》诗即颂召公此事。《行露》诗序云："《行露》，召伯听讼也。衰乱之俗微，贞信之教兴，强暴之男，不能侵陵贞女也。"②及"召公卒，而民人思召公之政，怀棠树不敢伐，哥咏之，作《甘棠》之诗"③。《诗经·甘棠》序云："《甘棠》，美召伯也。召伯之教，明于南国。"④召公辅佐成、康两代君主，成就了"天下安宁"成康之治。此诗即赞美召公的美政与功绩。

上古三代除了圣君、贤臣，还有仁人高士。《许由》诗云：

> 肥遁箕山不可寻，高名不朽到于今。尚留昔日洗耳水，为洗世人争竞心。⑤

许由是上古时代道德高尚的隐士，以至于尧欲禅位于他，他不仅视如草芥，不肯接受，甚至认为是对自己的污染。"尧与许由天下，许由逃之"⑥，"由于是遁耕于中岳颍水之阳，箕山之下，终身无经天下色。尧又召为九州长，由不欲闻之，洗耳于颍水滨"⑦。"尧知其贤，让以帝位。许由闻之，乃临河洗耳"⑧。因此许由被后人认为道德境界最高的隐士之一。然而后来世风日下，人情浇薄，晋华谭所谓"昔许由、巢父让天子之贵，市道小人争半钱之利"⑨。王十朋以许由之淡泊名利与后世之争名逐利相对照，欲以许由洗耳之水来平息后世人的争竞之心。许由之后有商代之"三仁"。《论语·微子》云："微子去之，箕子为之奴，比干谏而死。孔子曰：'殷有三仁焉。'"注云：

---

① 《全宋诗》第 36 册，第 22687 页。
② 《毛诗传笺》，第 22 页。
③ 汉司马迁撰《史记》卷三十四《燕召公世家》，第 1550 页。
④ 《毛诗传笺》，第 22 页。
⑤ 《全宋诗》第 36 册，第 22686 页。
⑥ 清郭庆藩撰，王孝鱼点校《庄子集释》卷九上，中华书局，2012 年，第 3 版，第 943—944 页。
⑦ 晋皇甫谧撰《高士传》，熊明辑校《汉魏六朝杂传集》，中华书局，2017 年，第 1306 页。
⑧ 清郭庆藩撰，王孝鱼点校《庄子集释》卷一上《逍遥游》疏文，第 23 页。
⑨ 唐房玄龄等撰《晋书》卷五十二《华谭传》，第 1454 页。

"三人行异而同称仁,以其俱在忧乱宁民"①。王十朋有《箕子》《比干》二诗咏之。《箕子》诗云:

> 谏君不听念君深,被发佯狂自鼓琴。千古共传《箕子操》,一时难悟狡童心。②

《史记·宋微子世家》载:"箕子者,纣亲戚也。纣始为象箸,箕子叹曰:'彼为象箸,必为玉桮;为桮,则必思远方珍怪之物而御之矣。舆马宫室之渐自此始,不可振也。'纣为淫泆,箕子谏,不听。人或曰:'可以去矣。'箕子曰:'为人臣谏不听而去,是彰君之恶而自说于民,吾不忍为也。'乃被发详狂而为奴。遂隐而鼓琴以自悲,故传之曰《箕子操》。……其后箕子朝周,过故殷虚,感宫室毁坏,生禾黍,箕子伤之,欲哭则不可,欲泣为其近妇人,乃作《麦秀之诗》以歌咏之。其诗曰:'麦秀渐渐兮,禾黍油油。彼狡僮兮,不与我好兮!'所谓狡童者,纣也。殷民闻之,皆为流涕。"③王十朋此诗即本《史记》这段记载敷衍而成,言箕子虽然谏君不听,但亦不愿彰君之恶,故披发佯狂,鼓琴自悲,而成《箕子操》。此曲虽然可以感动后人,传颂千古,却依然难以唤醒、觉悟纣王。另外一位仁人是比干,所为与箕子不同。《比干》诗云:

> 谏君不听盍亡身,岂忍求生却害仁。不向天庭剖心死,安知心异世间人。④

《史记·宋微子世家》云:"王子比干者,亦纣之亲戚也。见箕子谏不听而为奴,则曰:'君有过而不以死争,则百姓何辜!'乃直言谏纣。纣怒曰:'吾闻圣人之心有七窍,信有诸乎?'乃遂杀王子比干,刳视其心。微子曰:'父子有骨肉,而臣主以义属。故父有过,子三谏不听,则随而号之;人臣三谏不听,则其义可以去矣。'于是太师、少师乃劝微子去,遂行。"⑤比干因为不忍无辜百姓遭受伤害,不愿"求生以害仁",因此以强谏、死谏表达与众不同的赤胆忠

---

① 清刘宝楠撰,高流水点校《论语正义》卷二十一,中华书局,1990 年,第 711 页。
② 《全宋诗》第 36 册,第 22686 页。
③ 《史记》卷三十八,第 1609—1621 页。
④ 《全宋诗》第 36 册,第 22686 页。
⑤ 《史记》卷三十八,第 1610 页。

心。孔子所谓："志士仁人，无求生以害仁，有杀身以成仁。"①孟子曰："生，亦我所欲也。义，亦我所欲也。二者不可得兼，舍生而取义者也。"②比干的做法正是与孔孟的仁义思想一致的。周朝的仁义之人有伯夷、叔齐和泰伯。《伯夷》诗云：

> 避纣穷居北海滨，归来端为有仁人。武王不听车前谏，饿死西山志亦伸。③

伯夷、叔齐是商之诸侯国孤竹国国君的两个儿子，因相互推让国君之位，故相与逃离，仰慕西伯侯姬昌施行仁政、"善养老"而归之。《史记索隐》引《地理志》云："孤竹城在辽西令支县。"④《史记正义》引《括地志》云："孤竹古城在卢龙县南十二里，殷时诸侯孤竹国也。"⑤因此王十朋称其"避纣穷居北海滨，归来端为有仁人"。后来谏阻武王伐纣，称其行不孝不仁。"武王已平殷乱，天下宗周，而伯夷、叔齐耻之，义不食周粟，隐于首阳山，采薇而食之。……遂饿死于首阳山"⑥。孔子称其为"古之贤人"⑦，"求仁而得仁"⑧，"不降其志，不辱其身"⑨，故王十朋此诗后二句称其"武王不听车前谏，饿死西山志亦伸"。《太伯》诗云：

> 太伯高风不可追，雁行接羽共南蜚。莫言断发便无用，犹有荆蛮慕义归。⑩

《史记·吴太伯世家》载："吴太伯，太伯弟仲雍，皆周太王之子，而王季历之兄也。季历贤，而有圣子昌，太王欲立季历以及昌，于是太伯、仲雍二人乃奔荆蛮，文身断发，示不可用，以避季历。季历果立，是为王季，而昌为文王。

---

① 清刘宝楠撰，高流水点校《论语正义》卷十八，第 620 页。
② 清焦循撰，沈文倬点校《孟子正义》卷二十三，第 783 页。
③ 《全宋诗》第 36 册，第 22686 页。
④ 《史记》卷六十一，第 2123 页。
⑤ 同上书。
⑥ 同上书。
⑦ 清刘宝楠撰，高流水点校《论语正义》卷八，第 265 页。
⑧ 同上书。
⑨ 清刘宝楠撰，高流水点校《论语正义》卷二十一，第 728 页。
⑩ 《全宋诗》第 36 册，第 22686 页。

太伯之奔荆蛮,自号句吴。荆蛮义之,从而归之千馀家,立为吴太伯。太伯卒,无子,弟仲雍立,是为吴仲雍。"①王十朋所咏即本此。孔子曰:"泰伯,其可谓至德也已矣。三以天下让,民无得而称焉。"②王十朋此诗赞赏泰伯高让大德,高风亮节,又赞赏其道义感召教化之效,对江南地区有教化开化之功。

　　以上所述许由、箕子、比干、伯夷、叔齐、吴太伯均有高洁的品德,崇高的境界,高让之节(许由拒天下,伯夷、叔齐、泰伯、仲庸让国君之位),忠贞之义(如箕子、比干、伯夷、叔齐,忠心为君,乃至杀身成仁),使其成为君子典范,人臣楷模。

　　上古三代,既是儒家思想中的理想时代,上古与三代之间,又是我国古代历史的一个重要转折点,《礼记·礼运篇》说,禹以前为"大同"之世,禹以后为"小康"之世:所谓"天下为公,选贤与能"③,"不独亲其亲,不独子其子"④,"货恶其弃于地也,不必藏于己,力恶其不出于身也,不必为己"⑤的大同之世;所谓"天下为家,各亲其亲,各子其子,货力为己,大人世及以为礼"⑥的小康之世。《孟子·万章上》引孔子曰:"唐虞禅,夏后、殷、周继。"⑦可见至少孟子之时已经注意到了这种社会变化。⑧较之上古,夏、商、周三代生产力、生产关系、社会模式、政治组织形式、道德伦理观念均发生了一些变化,出现了不同于以往理想行为方式的做法和事件,比如从大禹到夏启,从选贤举能到父终子绍,从和平禅让到武力革命,由圣君贤臣到昏君奸佞等等。在古今变革中,出现了思想撕裂、理想滑落等现象,王十朋在其《咏史》诗中也表达了对理想时代逝去的感叹,对历史变革的反思,如《启》诗云:

　　　　尧舜与贤真可法,夏王传子若堪疑。讴歌自属吾君子,不是当时禹德衰。⑨

---

① 《史记》卷三十一《吴太伯世家》,第 1445—1446 页。
② 程树德撰,程俊英、蒋见元点校《论语集释》卷十五《泰伯上》,中华书局,1990 年,第 507 页。
③ 清孙希旦撰,沈啸寰、王星贤点校《礼记集解》卷二十一,中华书局,1989 年,第 582 页。
④ 同上书,第 582 页。
⑤ 同上书。
⑥ 同上书,第 583 页。
⑦ 《孟子正义》卷十九,第 652 页。
⑧ 关于社会转折的论述,参考《中国通史》第 3 卷,第 200—202 页。
⑨ 《全宋诗》第 36 册,第 22679 页。"歌""衰",《全宋诗》作"欹"哀,误。参《王十朋全集》(第 142 页)。

此诗咏禹传启事。在五帝时代,部落首领以贤能为主要标准推举产生新首领的方式,称为禅让制,是儒家思想中最公正、最理想的君主产生方式。但夏禹传位子启,从而结束了"禅让时代",开始了帝位"世袭"制,由"公天下"向"家天下"转变,在儒家思想看来,这无疑是一种"退步",是"代以德薄"①的表现,甚至有人怀疑是夏启通过武力的手段从伯益手中夺得帝位。王十朋并不认同这一派观点,认为夏启能够继承帝位,虽然不及"与贤"之禅让法,但也是夏启贤能的结果,是众望所归。此论采取《史记·夏本纪》的意见②,王十朋专门提及、吟咏此事,对夏启即位的合法性进行解释,体现了对这一转变的关注与思考。夏启将"天下为公"变为"家天下",商汤则将和平交接变为武力革命,《成汤》诗云:

> 大乙兴仁兽网中,鸣条一战遂成功。归来犹自怀惭德,事与唐虞已不同。③

夏朝末年,夏桀无道,其内部"武伤百姓,百姓弗堪"④,外部"为仍之会,有缗叛之"⑤。成汤作为"明德恤祀"⑥的圣王,吊民伐罪,《孟子·滕文公下》说:"汤始征,自葛载,十一征而无敌于天下。"⑦《书·汤誓序》云:"伊尹相汤伐桀,升自陑,遂与桀战于鸣条之野,作《汤誓》。"⑧商汤最后在鸣条一战中打败夏桀,灭夏立商,即此诗"大乙兴仁兽网中,鸣条一战遂成功"之意,赞赏成汤的除暴兴仁。然而此举已经不同于以往的和平演变,既不如禅让优雅雍容,也不如父终子袭平和自然,即所谓"事与唐虞已不同"之意,因此自觉"有惭德"。《尚书·仲虺之诰》曰:"成汤放桀于南巢,惟有惭德,曰:'予恐来世以台为口实。'"⑨可见当时商汤已经开始为自己的行为会受到后世的非议而担忧,王十朋此诗同样表达了对这种社会变化的思考。《武王》诗云:

---

① 汉司马迁撰《史记》卷三《殷本纪》司马贞索隐,第109页。
② 汉司马迁撰《史记》卷二《夏本纪》,第83页。
③ 《全宋诗》第36册,第22680页。
④ 《史记》卷二《夏本纪》,第88页。
⑤ 杨伯峻编著《春秋左传注》,中华书局,1981年,第1252页。
⑥ 顾颉刚、刘起釪著《尚书校释译论》,中华书局,2005年,第1512页。
⑦ 《孟子正义》卷十二,第434页。
⑧ 《尚书正义》卷八《汤誓》,清阮元校刻《十三经注疏》,第338页。
⑨ 《尚书正义》卷八《仲虺之诰》,清阮元校刻《十三经注疏》,第340页。

八百诸侯会孟津,民心天意总归仁。须知不食干戈粟,自有登山采蕨人。①

与商汤革命类似的还有武王伐纣,所谓"汤武革命,顺乎天而应乎人"②。文王死后,其子武王姬发立,迁都于镐,继修文王绪业,准备伐商。武王即位后九年,"东观兵,至于盟津"③,"不期而会盟津者八百诸侯"④,可见当时伐纣为人心所向。在第二年的牧野之战中,"殷商之旅,其会如林"⑤,但"纣师虽众,皆无战之心,心欲武王亟入。纣师皆倒兵以战,以开武王。武王驰之,纣兵皆崩畔纣"⑥,最终,武王推翻了商王国的统治。可见商纣之无道,其灭亡是必然趋势,西周的胜利是仁者的胜利,是民心所向,大势所趋,所谓"民心天意总归仁"。然而即便如此,伯夷叔齐却有不同意见,史载,"伯夷、叔齐叩马而谏曰:'父死不葬,爰及干戈,可谓孝乎? 以臣弑君,可谓仁乎?'"⑦伯夷、叔齐认为武王这种行为是不孝不仁的,在大势已定的情况下,依然坚持这种见解,《史记·周本纪》载:"武王已平殷乱,天下宗周,而伯夷、叔齐耻之,义不食周粟,隐于首阳山,采薇而食之。及饿且死,作歌。其辞曰:'登彼西山兮,采其薇矣。以暴易暴兮,不知其非矣。神农、虞、夏忽焉没兮,我安适归矣? 于嗟徂兮,命之衰矣!'遂饿死于首阳山。"⑧可见即便在当时天下归心的情况下,依然有人对武王的行为持有异议,也是变革时代应有的特点。王十朋特将这种分歧表现出来,加以吟咏,以此表达自己的关注和思考。

除了顺应天意民心的创业垂统之君,夏、商、周也有典型的逆天而行的亡国之君,都极具资治意义,因此王十朋亦加以关注。如《桀》诗咏夏亡国事,诗云:

大禹辛勤造夏邦,子孙何苦事淫荒。国亡不悟生平罪,翻悔当时不杀汤。⑨

---

① 《全宋诗》第 36 册,第 22680 页。
② 《周易正义》卷五,清阮元校刻《十三经注疏》,第 124 页。
③ 《史记》卷四《周本纪》,第 120 页。
④ 同上书。
⑤ 《毛诗正义》卷十六《大明》,清阮元校刻《十三经注疏》,第 1093 页。
⑥ 《史记》卷四《周本纪》,第 124 页。
⑦ 《史记》卷六十一《伯夷列传》,第 2123 页。
⑧ 同上书。
⑨ 《全宋诗》第 36 册,第 22680 页。

首句从大禹创立大夏写起，史载，"当帝尧之时，鸿水滔天，浩浩怀山襄陵，下民其忧"①。禹受命治水，"禹伤先人父鲧功之不成受诛，乃劳身焦思，居外十三年，过家门不敢入。薄衣食，致孝于鬼神。卑宫室，致费于沟淢。陆行乘车，水行乘船，泥行乘橇，山行乘檋。左准绳，右规矩，载四时，以开九州，通九道，陂九泽，度九山"②，"众民乃定，万国为治"③，建立了不世功业，因此舜死后，"天下诸侯皆去商均而朝禹。禹遂即天子位，南面朝天下，国号曰夏后"④，即此诗所谓"大禹辛勤造夏邦"之意。然而禹之子孙多荒淫，以致太康失国。"帝桀之时，自孔甲以来而诸侯多畔夏，桀不务德而武伤百姓，百姓弗堪。乃召汤而囚之夏台，已而释之。汤修德，诸侯皆归汤，汤遂率兵以伐夏桀。桀走鸣条，遂放而死。桀谓人曰：'吾悔不遂杀汤于夏台，使至此。'汤乃践天子位，代夏朝天下"⑤。即所谓"国亡不悟生平罪，翻悔当时不杀汤"之意。王十朋此诗批判夏桀"不务德而武伤百姓"，败国亡身，势在必然，竟至死不悟，足见其昏庸无道之极。再如《纣》诗咏商代亡国之君，诗云：

> 酿酒为池肉作林，深宫长夜恣荒淫。何如早散桥仓粟，结取臣民亿万心。⑥

商纣王骄傲自负，荒淫无道，奢侈无度，重税盘剥，酷刑虐法，民不聊生。《史记》载："(帝纣)好酒淫乐，嬖于妇人。爱妲己，妲己之言是从。于是使师涓作新淫声，北里之舞，靡靡之乐。厚赋税以实鹿台之钱，而盈巨桥之粟。益收狗马奇物，充仞宫室。益广沙丘苑台，多取野兽蜚鸟置其中。慢于鬼神。大冣乐戏于沙丘，以酒为池，县肉为林，使男女倮相逐其间，为长夜之饮。百姓怨望而诸侯有畔者，于是纣乃重刑辟，有炮格之法。"⑦即此诗所谓"酿酒为池肉作林，深宫长夜恣荒淫"之意。这种情况下，诸侯百姓自发奋起反抗，最后武王伐之，八百诸侯会盟津，纣王自焚而死。史载，"西伯既卒，周武王之东伐，至盟津，诸侯叛殷会周者八百。诸侯皆曰：'纣可伐矣。'武王曰：'尔未知天命。'乃复归。纣愈淫乱不止。……周武王于是遂率诸侯伐纣。纣亦

---

① 《史记》卷二《夏本纪》，第 50 页。
② 同上书，第 51 页。
③ 同上书，第 79 页。
④ 同上书，第 82 页。
⑤ 同上书，第 88 页。
⑥ 《全宋诗》第 36 册，第 22680 页。
⑦ 《史记》卷三《殷本纪》，第 105—106 页。

发兵距之牧野。甲子日,纣兵败。纣走,入登鹿台,衣其宝玉衣,赴火而死"①。此诗后两句即论纣王与其自绝于百姓,自食其果,自取灭亡,何如当初施行仁政,抚慰百姓,发散巨桥仓之粟,以获取亿万臣民之心。以此批判纣王施行暴政,失去民心,终归自取灭亡。王十朋从自身的政治理想出发,通过对夏商两代残暴君主的批判,表达对历史兴亡的思考,即荒淫失德,屠戮百姓。

二、春秋史

三代以降,既有奋发有为的开国之君,也有挽狂澜于既倒的中兴之主,还有荒淫无道的亡国之君,王十朋在其咏史诗中都给予了相应的关注和吟咏,因不同朝代情况各异,王十朋在咏史诗中评价的侧重点也不同,比如以礼义为标准的春秋史吟咏,以尊儒为标准的秦汉史吟咏,以忠奸为标准的三国两晋南北朝史吟咏,以总结经验教训为重点的隋唐五代史吟咏等等。

王十朋精于《春秋》,故对春秋史吟咏最详,遍咏春秋五霸、鲁十二公以及其他重要国君、大臣,对这一时期的大事多有涉及,对春秋二百四十年的历史用了 35 首诗详加吟咏,与其他朝代两三千年的历史共 70 首、每个朝代最多不过数首相比,不可不谓之详。

古人认为《春秋》用笔曲折而寓意褒贬,先秦两汉时代就有清楚的认识,庄子所谓"《春秋》以道名分"②,说得简明扼要;司马迁所谓"夫《春秋》,上明三王之道,下辨人事之纪,别嫌疑,明是非,定犹豫,善善恶恶,贤贤贱不肖,存亡国,继绝世,补敝起废,王道之大者也"③,"《春秋》以道义"④,"故《春秋》者,礼义之大宗也"⑤,说得具体详尽。而孟子所谓"孔子成《春秋》而乱臣贼子惧"⑥,正言"道名分""明是非"的结果和成效。现代人蔡尚思对此有更为详细的论述:

> 春秋时代,政治生活的变化很剧烈,大国争霸,战争频仍,西周以来的奴隶主统治秩序在瓦解中,新的封建统治秩序在难产中。到处都在

① 《史记》卷三《殷本纪》,第 108 页。
② 清郭庆藩撰,王孝鱼点校《庄子集释》卷十下《天下》,第 1067 页。
③ 《史记》卷一百三十《太史公自序》,第 3297 页。
④ 同上书。
⑤ 同上书,第 3298 页。
⑥ 清焦循撰,沈文倬点校《孟子正义》卷十三《滕文公章句下》,第 459 页。

发生名与实的矛盾。大至周天子的共主地位问题,小到作为礼器的酒樽式样问题,都有待讨论,确定恰当的概念或名称,以反映变化中的历史实际。就是说,那时的历史条件,产生了在政治上正名的客观需要。所以,孔子身居危邦,欲治乱国,把正名看作当务之急,行不通而后改从历史方面进行研究,如果单就他的主观愿望而言,本来也无可厚非。①

一部《春秋》,贯串的指导线索,便是"道名分"。全书若隐若现的"义"便是"复礼"。它不是普通的历史书,而是孔子的政见书。所以孔子才说,知我罪我,其惟《春秋》乎!②

上述意见都说明《春秋》体现儒家的推崇礼义名分、崇尚伦理道德的思想,这种笔法受到古代儒家学者的褒扬和继承。王十朋作为儒家思想的忠实信奉者,对这段历史情有独钟,亦看重其中的礼义名分之旨,是非褒贬之义。如《齐威公》诗云:

诸侯九合霸图成,晋宋江黄尽会盟。惟有召陵功最直,包茅不贡故来征。③

此诗称赞齐桓公九合诸侯、一匡天下的伟业,认为其中召陵之盟最值得称道,因为这次征讨是以楚国"贡包茅不入,王祭不共"④为理由,最为正当充分。这种尊王攘夷的行动,维护了周天子的权威,值得称道,因此王十朋大书特书。再如《楚庄王》诗云:

周衰夷狄最跳梁,楚入春秋势更强。能用一言存灭国,贤哉犹有一庄王。⑤

春秋时期,楚国国土面积最大,势力不断增强,四处征讨,竟有擅问国鼎、觊觎天下之意。王十朋对此严厉批判,称其为"夷狄""跳梁"。楚国因陈国内乱而出兵伐陈,把陈国变成楚国的一个县,后来听从楚国大臣申叔时的建

---

① 蔡尚思《孔子思想体系》,上海古籍出版社,2013年,第136页。
② 同上书,第137页。
③ 《全宋诗》第36册,第22687页。
④ 杨伯峻编著《春秋左传注·僖公四年》,第290页。
⑤ 《全宋诗》第36册,第22687页。

议,恢复了陈国,迎陈灵公之子午为国君,是为陈成公。楚庄王灭陈又复陈一事,当时影响很大,受到普遍称赞。《孔子家语·好生》载:"孔子读史,至楚复陈,喟然叹曰:'贤哉楚王!轻千乘之国而重一言之信。匪申叔之信,不能达其义,匪庄王之贤,不能受其训。'"①《淮南子·人间训》载:"诸侯闻之,皆朝于楚。"②儒家提倡中庸致和、仁者爱人,反对过分施行武力,这一事件中,楚国出师伐无道,一言而复国,正体现了儒家出师有名、正义而战、以德服人的军事政治理想。王十朋在此诗中,对楚国的行为是非分明,义正辞严,充分体现了其意在褒贬的创作旨趣。再如《闵公》诗云:

> 庆父哀姜产祸芽,断断鲁道可胜嗟。武闱难起无人救,季子来归未足嘉。③

此诗感叹鲁庄公死后,长幼嫡庶不安其分,鲁国内乱,故云"断断鲁道可胜嗟"。孟庆父和哀姜密谋作乱,先杀太子般,再害鲁闵公,季友在太子被害后,无力抵抗,出奔陈国,以避国乱。以致在鲁闵公被孟庆父残害于武闱之时,无人相救,因此季友即便最后奉公子申即位(即鲁僖公)④,依然不值得称道。因其在国难当头之时,未能挺身而出,见义勇为。王十朋对季友的行为颇有微词。再如《僖公》诗:

> 僖公能继伯禽风,盛德揄扬《鲁颂》中。惟有《春秋》用王法,不轻一字曲褒公。⑤

伯禽为周公长子,因周公辅佐周天子,只派其长子伯禽赴鲁国就任,成为周朝诸侯国鲁国第一任君主,鲁国在他的统治下成为著名的"礼仪之邦"。鲁僖公是鲁国历史上有理想、有作为、有政治智慧的君主,堪称贤君,使鲁国在诸侯国中达到了春秋时期最高的地位,是在孔子《春秋》中出现最多的君主。《毛诗序》认为《诗·鲁颂》四篇均为颂扬鲁僖公之作:"《駉》,颂僖公也。僖公能遵伯禽之法,俭以足用,宽以爱民,务农重谷,牧于坰野,鲁人尊之。于

---

① 杨朝明、宋立林主编《孔子家语通解》卷二《好生》,齐鲁书社,2013 年,第 109 页。
② 汉刘安编,何宁撰《淮南子集释》卷十八《人间训》,中华书局,1998 年,第 1274 页。
③ 《全宋诗》第 36 册,第 22688 页。
④ 《史记》卷三十三《鲁周公世家》,第 1533 页。
⑤ 《全宋诗》第 36 册,第 22688 页。

是季孙行父请命于周而史克作是颂。"①《有駜》，颂僖公君臣之有道也。"②
"《泮水》，颂僖公能修泮宫也。"③《閟宫》，颂僖公能复周公之宇也。"④这些
诗作颂扬鲁僖公，既有平定淮夷之武功，也有遵伯禽之法、复鲁旧制的文治。
孔颖达所谓"既有盛德，复有成功，虽不可上比圣王，足得臣子追慕"⑤。这
样一位贤明的君主，在三桓之乱中出奔郱，这对一个国君而言不算光彩。
《春秋》依礼对这段历史"不书"以示回护之意，《左传》则发明之，所谓"公出
复入，不书，讳之也"⑥，但《春秋》并未因此混淆是非，而是以"元年春，不称
即位"⑦委婉地暗示了僖公的这段经历，并表达了不认可的态度，以此达到
不虚美不隐恶的目的，即王十朋此诗所谓"不轻一字曲褒公"，正是《春秋》是
非分明、书法严谨的体现，故王十朋称道之。又如《文公》诗云：

> 时无闰月那成年，庙有先君岂上贤。鲁国从来秉周礼，文公何事独
> 无天。⑧

此诗咏鲁文公闰月不告朔之事。《春秋·文公六年》曰："闰月不告月，犹朝
于庙。"⑨杜预注："诸侯每月必告朔听政，因朝宗庙。文公以闰非常月，故阙
不告朔，怠慢政事。"⑩告朔礼在先秦十分重要。按照孔颖达的说法，天子、
诸侯"皆先告朔，后朝庙"⑪，二者是前后相连的。而鲁文公于此年闰月不告
朔而朝庙，《左传》认为闰月不告朔是"非礼"之举："闰以正时，时以作事，事
以厚生，生民之道于是乎在矣。不告闰朔，弃时政也，何以为民。"⑫"闰以正
时"，闰月亦是时令的重要组成部分，即王十朋此诗所谓"时无闰月那成年"。
不告闰朔，百姓无法掌握时令，不利于开展生产，从而影响民生。关于春秋
经传的诸家注解多围绕不告朔展开，只有杜预注解释"犹朝于庙"："虽朝于

---

① 《毛诗正义》卷二十，清阮元校刻《十三经注疏》，第 1312—1313 页。
② 同上书，第 1315 页。
③ 同上书，第 1317 页。
④ 同上书，第 1326 页。
⑤ 同上书，第 1312 页。
⑥ 《春秋左传正义》卷十二，清阮元校刻《十三经注疏》，第 3887 页。
⑦ 同上书。
⑧ 《全宋诗》第 36 册，第 22688 页。
⑨ 《春秋左传正义》卷十九上，清阮元校刻《十三经注疏》，第 4001 页。
⑩ 同上书。
⑪ 同上书，第 4002 页。
⑫ 同上书，第 4005 页。

庙,则如勿朝,故曰犹。犹者,可止之辞。"①王十朋此诗第二句"庙有先君岂上贤"即本此发挥,言鲁国宗庙里的先君("自皇考以下三庙"②)并非德才超著之辈,不值得废弃天子之礼、枉顾生民之道而去祭祀他们,讽刺鲁文公舍本逐末。最后明确指出鲁国是周王族诸侯国,一向奉行周礼,至鲁文公却废坏之,是一种没有天理的行为,应当严厉贬斥。鲁文公是废弃告朔礼的始作俑者,此后视朔之礼遂废,后果严重,影响深远,是礼崩乐坏的表现。王十朋此诗疾声厉色地斥责鲁文公,乃至连及其祖,表达了对蔑视天子权威、破坏礼义者的愤恨,彰显出对礼义的重视与维护。又如《宣公》诗云:

> 东门无道敢欺天,过市哀姜语可怜。和气致祥乖致异,如公自合大无年。③

鲁文公十八年,鲁文公去世。在齐惠公的支持下,权臣东门仲襄杀害了太子恶与公子视,拥立次妃敬嬴所生的庶长子公子俀,是为鲁宣公。夫人姜氏的两个儿子都被杀害,准备回到娘家齐国,《左传·文公十八年》载:"夫人姜氏归于齐,大归也。将行,哭而过市曰:'天乎! 仲为不道,杀適立庶。'市人皆哭,鲁人谓之'哀姜'。"④这种骨肉相残、废嫡立庶的政治惨剧的发生,一定会引起上天感应,所谓"宜无以致丰祥之庆"⑤,即王十朋此诗所谓"和气致祥乖致异"。在鲁宣公执政期间,多次出现灾异荒年,风雨不和,五稼不丰。"螽"、"饥"、"水"、"旱",不绝于书。"大无年"的出现,即是对鲁宣公以不道得国的惩罚。其他如《成公》诗云:

> 周室孤危若旅人,诸侯谁复肯来臣。成公不是朝天子,假道京师会伐秦。⑥

在王室衰微、王纲凌迟的背景下,诸侯目无天子,不肯执臣子之礼。鲁成公十三年,鲁成公及诸侯到王城洛邑朝见天子周简王,遂跟随刘康公、成肃公

---

① 《春秋左传正义》卷十九上,清阮元校刻《十三经注疏》,第 4001 页。
② 同上书,第 4002 页。
③ 《全宋诗》第 36 册,第 22688 页。
④ 《春秋左传正义》卷二十,清阮元校刻《十三经注疏》,第 4040 页。
⑤ 宋黄仲炎撰《春秋通说》卷二,影印文渊阁四库全书本。
⑥ 《全宋诗》第 36 册,第 22688 页。

会晋侯晋厉公伐秦。王十朋指出,鲁成公等名为朝见天子,实则是假道京师合谋攻打秦国,足见王室之孤危,诸侯之虚伪。《襄公》诗云:

> 侯伯谁修二霸公,大夫专政自襄公。堂堂鲁国车千乘,翻在三家掌握中。①

《哀公》诗云:

> 诸侯失政陪臣僭,中国无君左衽专。欲问哀公后来事,春秋书止获麟年。②

自鲁襄公起大夫专政,礼乐征伐自大夫出,家臣专政,违背纲常,越礼逾分,而致哀公之时"西狩获麟",孔子感嘉瑞无应,周道不兴,伤而绝笔,王十朋对春秋纪事"书止获麟"痛惜不已。《定公》诗"若使真儒长见用,来归何止汶阳田"③言鲁定公未能真正任用孔子并使其充分发挥才能,王十朋对此深感惋惜。《齐顷公》诗云:

> 敌国行人讵可轻,等闲戏笑祸胎成。胥闺竟日知何语,回首齐郊已被兵。④

《左传·宣公十七年》载:"晋侯使郤克征会于齐,齐顷公帷妇人使观之。郤子登,妇人笑于房。献子怒,出而誓曰:'所不此报,无能涉河!'"⑤《穀梁传》载:"萧同侄子处台上而笑之,闻于客,客不说而去,相与立胥闺而语,移日不解。齐人有知之者,曰'齐之患,必自此始矣!'"⑥后来郤克力主协助鲁、卫迎战齐国,在齐晋鞌之战中,大败齐国。齐顷公被晋军追逼,"三周华不注"⑦,险些被俘。王十朋此诗认为这是齐顷公无礼的恶果。再如其他诗云:

---

① 《全宋诗》第 36 册,第 22689 页。
② 同上书。
③ 同上书。
④ 同上书。
⑤ 《春秋左传正义》卷二十四,清阮元校刻《十三经注疏》,第 4100 页。
⑥ 《春秋穀梁传注疏》卷十三,清阮元校刻《十三经注疏》,第 5249 页。
⑦ 《春秋左传正义》卷二十五,清阮元校刻《十三经注疏》,第 4113 页。

天地深恩讵可忘,瘖生忠孝两俱亡。身从何出翻囚母,国是谁封敢射王。(《郑庄公》)①

齿发衰残志虑昏,谗兴妇口可心寒。不知尤物能为祸,却为骊姬寝食安。(《晋献公》)②

章华台就国被縶,征会诸侯意气骄。楚众已离犹不悟,近臣徒为颂祈招。(《楚灵王》)③

怀王误与虎狼亲,身死咸阳一旅人。见说国人怀旧德,楚虽三户亦亡秦。(《楚怀王》)④

郑庄公囚禁生母,射伤天子,忘恩负义,不忠不孝;晋献公年老昏庸,听信骊姬谗言,残害太子申生;楚灵王骄奢无道,众叛亲离;楚怀王误亲虎狼,身死咸阳:王十朋均表示批判和斥责。

除了对春秋时期的君主进行吟咏外,这组咏史诗也涉及了这个时期的几位重要大臣。比如《石碏》诗云:

人情谁忍弃天伦,公独能将义灭亲。何惜一时诛贼子,不妨千古作纯臣。⑤

石碏之子石厚与州吁交好,倒行逆施,协助州吁杀死卫桓公,最后石碏使人杀死州吁,又杀死了石厚,"诛贼子"而"作纯臣",当时即被认为是大义灭亲的典范,王十朋此诗激赏有加。另外还有对孔父嘉、仇牧、荀息三人在比较中进行评价,颇有意趣:

春秋死难止三人,皆欲求仁未得仁。节义可书惟孔父,胜如仇牧胜如荀。(《孔父》)⑥

春秋死难止三人,皆欲求仁未得仁。仇牧捐躯为君父,不如孔氏胜如荀。(《仇牧》)⑦

---

① 《全宋诗》第 36 册,第 22689 页。
② 同上书。
③ 同上书。
④ 同上书,第 22690 页。
⑤ 同上书。
⑥ 同上书。
⑦ 同上书。

春秋死难止三人，皆欲求仁未得仁。荀息捐躯为私昵，也胜贼子与奸臣。(《荀息》)①

三人都有尽忠君命、辅佐幼主、最后殉难的经历，又"皆欲求仁未得仁"，有诸多相似之处，因此三首诗用了大部分相似的语言加以吟咏，在相似之中又有变化，以见其差异。如孔父嘉受宋穆公的嘱托，拥立宋殇公即位，是忠于君命的表现，故称"节义可书"，优于仇牧和荀息。然而结果并不好，殇公立十年而十一战，民不堪命，最后孔父嘉也被人陷害，故称其未能求仁得仁。仇牧在宋愍公被弑后，为主报仇，在与对手南宫长万搏击中身亡，虽然为君父而死，也算尽忠，故优于荀息，因未得君命，故不及孔父。荀息受昏庸的晋献公的嘱托，交好骊姬，先后拥立奚齐、卓子，在三人均被杀害之后，荀息深感有负于献公而自杀。因此，荀息的捐躯乃是对晋献公个人的感恩却不顾及大义的行为，自然不及孔父和仇牧，但王十朋依然对其忠诚予以肯定，认为"也胜贼子与奸臣"。再如《祭仲》诗云：

庶子虽贤宁夺嫡，人臣惟圣可行权。区区祭仲何为者，卖国容身岂足贤。②

认为祭仲勾结宋庄公废除郑昭公，拥立姬突（即郑厉公），废嫡立庶，有悖礼法，最终导致郑国政变频仍，因此王十朋深加诋斥，称其"卖国容身"。

总之，王十朋对春秋史的吟咏，坚守孔子的春秋书法，秉持礼义道德的评判标准，即便如邓祁侯那样因尊重甥舅之情，未能从当时各国关系、形势出发，听从大臣的意见杀掉楚文王，最后招致灭国的下场，也认为不可苛责之。③毕竟是楚文王背信弃义，邓祁侯坚持基本的伦理人情，尤其可见王十朋不完全根据成败结果论英雄，而是坚持基本的伦理道德底线。当然，王十朋也感受到了坚持道德原则与现实之间的矛盾，因此王十朋虽然讲究道德仁义，但绝不至于迂腐，从其《鲁隐公》《宋襄公》诗可见一斑，《鲁隐公》讥讽鲁隐公不讲政治斗争实际，仿效尧舜禅让、泰伯奔吴，坚持传位给鲁桓公，是

---

① 《全宋诗》第 36 册，第 22690 页。
② 同上书，第 22691 页。
③ 《邓祁侯》诗：舅甥杯酒结绸缪，岂忍阴怀盗贼谋。不听三臣言亦是，未须深罪邓祁侯。(《全宋诗》第 36 册，第 22689 页。)

西施效颦的做法,最终反受其乱,身亡贼手。①《宋襄公》诗讽刺宋襄公的迂腐。宋襄公以仁义著称当时,主张作战时遵守"君子不重伤,不禽二毛"②的古训,坚持"不鼓不成列"③,在宋楚泓之战中负伤而至身亡。王十朋指出宋襄公为谋求霸业,竟然忍心杀死滕国国君来祭祀鬼神,却在战场上讲求"不禽二毛"之论,可见其仁义之虚伪,因此这种托名仁义的行为不会得到好的结果,一定会为自己小国争盟的行动付出代价,自然是霸业难成,祸害难逃。④可见王十朋并非迂腐地坚持仁义道德,而是有务实的一面的。这一点下文还有更加详细的讨论。

三、秦汉史

王十朋对秦汉史的吟咏以是否尊崇儒术为核心展开。与汉代独尊儒术相对,秦代对儒术儒生残害至深,是完全站在儒之对立面的,因此王十朋对秦始皇、秦二世极尽讽刺挖苦之能事,指出秦始皇可笑可怜、秦二世愚昧无知。王十朋对秦始皇的议论非常丰富,后文将集中讨论,此处从略。

汉代尊崇儒术是从汉武帝开始的,汉初几位皇帝并不甚重视儒术。比如汉高祖,不仅不尊重儒生,反而经常贬低侮辱,当时即称其"慢而侮人"⑤,《史记·郦生陆贾列传》云:"沛公不好儒,诸客冠儒冠来者,沛公辄解其冠,溲溺其中。与人言,常大骂。"⑥从中可见一斑。《汉高帝》诗二首云:

> 百战功成汉业新,咸阳置酒问群臣。区区高起王陵辈,岂识龙颜善用人。⑦
>
> 仗剑崎岖起沛丰,只将嫚骂驭英雄。虽然能用三人杰,已失商山四老翁。⑧

---

① 《鲁隐公》诗:唐尧授舜由天命,太伯奔吴避圣人。鲁隐效颦端可笑,逊威不正自亡身。(《全宋诗》第 36 册,第 22687 页。)
② 《春秋左传正义》卷十五,清阮元校刻《十三经注疏》,第 3937 页。
③ 同上书。
④ 《宋襄公》诗:小国争盟祸莫逃,托名仁义直徒劳。杀人祭鬼宁非忍,犹自临戎惜二毛。(《全宋诗》第 36 册,第 22687 页。)
⑤ 《史记》卷八《高祖本纪》,第 381 页。
⑥ 《史记》卷九十七《郦生陆贾列传》,第 2692 页。
⑦ 《全宋诗》第 36 册,第 22681 页。
⑧ 同上书。

鉴于汉高祖建立的不世功业，王十朋并未正面批评其对儒术儒生的贬低与侮辱，而是首先颂扬其身经百战，建立了大汉王朝，并探究其原因在于善于任用人才。第二首才指出汉高祖在任用人才的过程中，粗暴鲁莽，所谓"只将嫚骂驭英雄"，即便可以任用张良、韩信、萧何一类杰出人才，并最终成就霸业，但像商山四皓这样的人物始终不愿意出山辅佐，为其所用，委婉地指出汉高祖对儒士的不敬以及造成的人才流失。汉高祖之后的又一位重要皇帝汉文帝，虽然亦不甚重视儒术，但以节俭著称，《文帝》诗曰：

> 文帝兴王自代来，百金不费亦仁哉。后人不务师恭俭，万户千门几露台。①

汉文帝以代王即皇帝位，为人宽容平和，生活节俭克制。《史记·孝文本纪》载："即位二十三年，宫室苑囿狗马服御无所增益，有不便，辄弛以利民。尝欲作露台，召匠计之，直百金。上曰：'百金中民十家之产，吾奉先帝宫室，常恐羞之，何以台为！'"②其节俭可见一斑，遂成典范。王十朋许之以"仁"，并且感叹后代帝王不能学习继承汉文帝的节俭之风，以至千门万户，宫殿重重，奢侈成风，靡费无度，不知是多少露台的工程，却无人顾念于此。节俭是儒家认可的重要美德。孔子"推禹功德之盛美"曰："禹，吾无间然矣。菲饮食而致孝乎鬼神；恶衣服而致美乎黻冕；卑宫室而尽力乎沟洫。禹，吾无间然矣。"③儒家学者多次强调"节用而爱人"④，"节用裕民"⑤。因此王十朋许之以"仁"。在表彰汉文帝的同时，也略有微词，如《李广》诗其一云：

> 李广才名汉世稀，孝文犹自未深知。辍餐长叹无颇牧，翻惜将军不遇时。⑥

此诗咏李广，主要内容却是论汉文帝。李广是西汉著名将领，很早就表现出

① 《全宋诗》第 36 册，第 22681 页。
② 《史记》卷十《孝文本纪》，第 433 页。
③ 《论语正义》卷九《泰伯》，第 313—315 页。
④ 《论语正义》卷一《学而》，第 16 页。
⑤ 清王先谦撰、沈啸寰、王星贤点校《荀子集解》卷六《富国篇》，中华书局，1988 年，第 177 页。
⑥ 《全宋诗》第 36 册，第 22691 页。

了卓异的才能,《史记·李将军列传》云:"广家世世受射。孝文帝十四年,匈奴大入萧关,而广以良家子从军击胡,用善骑射,杀首虏多,为汉中郎。广从弟李蔡亦为郎,皆为武骑常侍,秩八百石。尝从行,有所冲陷折关及格猛兽,而文帝曰:'惜乎,子不遇时! 如令子当高帝时,万户侯岂足道哉!'"①汉文帝如此评价李广,既可见汉文帝已经注意到了李广的才力过人,也表现出了他的惜才爱才,但未能真正意识到李广可堪大用,所谓"未深知"也。将此事与后来汉文帝遇冯唐的一段经历对照,更加鲜明。文帝"既闻廉颇、李牧为人,良说,而搏髀曰:'嗟乎! 吾独不得廉颇、李牧时为吾将,吾岂忧匈奴哉!'"②感叹得不到廉颇李牧这样的将领,从而招致冯唐"陛下虽得廉颇、李牧,弗能用也"③之讥。"求贤若渴"、苦思颇牧的汉文帝对身边的李广却视而不见,其不能知人善任,在对比之中显露无遗。《宣帝》诗云:

> 道杂霸王非美事,治先刑法少仁恩。盖杨韩赵犹诛死,谁谓当时狱不冤。④

汉宣帝注重整饬吏治,强调决狱宜平,特设廷平官。五凤四年(前 54)又派遣丞相、御史掾二十四人巡行天下,"举冤狱,察擅为苛禁深刻不改者"⑤,取得了一定的成效,受到后人的赞许,《汉书·宣帝纪》赞曰:"孝宣之治,信赏必罚……亦足以知吏称其职,民安其业也。"⑥但他外儒内法,曾言:"汉家自有制度,本以霸王道杂之,奈何纯任德教、用周政乎! 且俗儒不达时宜,好是古非今,使人眩于名实,不知所守,何足委任!"⑦因此"所用多文法吏,以刑名绳下"⑧,以致"大臣杨恽、盖宽饶等坐刺讥辞语为罪而诛"⑨,因此王十朋对汉宣帝"道杂霸王"、"先刑""少恩"的做法表达批判,并以杨恽、盖宽饶、韩延寿、赵广汉被处死的事实否定汉宣帝"举冤狱"的效果。与汉宣帝相比,其

---

① 《史记》卷一百九《李将军列传》,第 2867 页。
② 《史记》卷一百二《张释之冯唐列传》,第 2757 页。
③ 同上书。
④ 《全宋诗》第 36 册,第 22681 页。
⑤ 汉班固撰,唐颜师古注《汉书》卷八《宣帝纪》,第 268 页。
⑥ 《汉书》卷八《宣帝纪》,第 275 页。
⑦ 《汉书》卷九《元帝纪》,第 277 页。
⑧ 同上书。
⑨ 同上书。

子汉元帝则大有不同，《元帝》诗云：

> 德化欲遵周轨辙，刑名思革汉规模。更生疏斥萧生戮，元帝何曾善用儒。①

汉元帝"壮大，柔仁好儒"②，作太子之时即曾劝其父汉宣帝"持刑太深，宜用儒生"③，力图改变汉代自建立以来"以霸王道杂之"④的局面。王十朋对此十分感兴趣，特意指出其"德化欲遵周轨辙，刑名思革汉规模"。但王十朋对汉元帝的实际表现并不满意。刘更生（后改名向）因建议元帝"放远佞邪之党，坏散险诐之聚，杜闭群枉之门，广开众正之路"⑤，反对宦官弘恭、石显乱政而下狱，终免为庶人，萧望之亦被弘恭、石显等诬告下狱，愤而自杀，故称汉元帝并非"善用儒"。

至西汉末年，社会动荡，儒业萧条，《后汉书·儒林传》云："昔王莽、更始之际，天下散乱，礼乐分崩，典文残落。"⑥自光武中兴，逐渐恢复儒业，因此王十朋对东汉初年的三位皇帝都详加吟咏，对于符合儒家道德要求的汉光武帝，尊奉儒术、施行仁政的汉明帝、汉章帝都大力肯定，热烈赞赏。如《光武》诗云：

> 大命由来自有真，子舆徒号汉家亲。须知炎祚中兴主，元是南阳谨厚人。⑦
>
> 郁郁葱葱瑞气浮，南阳兵起再兴刘。将军大敌非常勇，文叔平生本好柔。⑧

汉光武帝刘秀尊崇儒术，史载，"光武中兴，爱好经术，未及下车，而先访儒雅，采求阙文，补缀漏逸"⑨。王十朋对他非常推崇，认为他是天命所归。第

---

① 《全宋诗》第 36 册，第 22682 页。
② 《汉书》卷九《元帝纪》，第 277 页。
③ 同上书。
④ 同上书。
⑤ 《汉书》卷三十六《楚元王传》，第 1946 页。
⑥ 南朝宋范晔撰，唐李贤等注《后汉书》卷七十九上《儒林列传》，中华书局，1965 年，第 2545 页。
⑦ 《全宋诗》第 36 册，第 22682 页。
⑧ 同上书。
⑨ 《后汉书》卷七十九上《儒林列传》，第 2545 页。

一首诗通过与王昌的狡诈对比,突出光武帝的谨厚。王昌又名王朗,原为看相卖卜者,后诈称自己为汉成帝之子刘子舆,且认为河北有天子气,遂辗转河北而自立,最终在与光武帝的斗争中被杀身亡,费尽心机,终是枉然。第二首诗通过与光武帝兄长的对比,凸显儒家柔弱中蕴含的巨大力量和非常之勇。《后汉书·光武纪》载:"光武年九岁而孤,养于叔父良。身长七尺三寸,美须眉,大口,隆准,日角。性勤于稼穑,而兄伯升好侠养士,常非笑光武事田业,比之高祖兄仲。"① 刘秀兄长刘伯升认为,光武帝近于高祖之兄刘喜,勤于稼穑,善治产业,能力不足,性情软弱,言语之中多是讥讽之意。然而兄弟二人起兵之初,"诸家子弟恐惧"②,见伯升皆亡逃自匿,"及见光武绛衣大冠,皆惊曰'谨厚者亦复为之',乃稍自安"③。可见儒雅谨厚之得人心,最终光武赢得天下,尤可见儒家在柔弱之中有着非常之勇。最终王十朋以天命解释光武帝的中兴大业,认为他有瑞气之兆,乃应运而生。再如《明帝》诗云:

> 万乘临雍事老更,桥门亿万会诸生。永平天子真儒雅,只恨容人度未宏。④

汉明帝也非常尊崇儒术,采取各种措施,表现对儒生儒业的重视。汉明帝曾"祖割辟雍之上,尊养三老五更。飨射礼毕,帝正坐自讲,诸儒执经问难于前,冠带缙绅之人,圜桥门而观听者盖亿万计"⑤。该诗首二句即隐括这段史事而成。当时出现了儒业兴、儒生盛的局面,史书亦不禁感叹:"济济乎,洋洋乎,盛于永平矣!"⑥ 王十朋此诗亦盛赞汉明帝为"儒雅"天子。当然,汉明帝也有性格缺陷,《后汉书·明帝纪》载:"帝性褊察,好以耳目隐发为明,故公卿大臣数被诋毁,近臣尚书以下至见提拽。尝以事怒郎药崧,以杖撞之。崧走入床下,帝怒甚,疾言曰:'郎出!郎出!'崧曰:'天子穆穆,诸侯煌煌。未闻人君自起撞郎。'帝赦之。朝廷莫不悚栗,争为严切,以避诛责。"⑦ 汉明帝秉性偏狭,责臣苛切,王十朋此诗最后予以点明,并深感遗憾,否则汉

---

① 《后汉书》卷一上《光武帝纪》,第1页。
② 同上书,第3页。
③ 同上书。
④ 《全宋诗》第36册,第22682页。
⑤ 《后汉书》卷七十九上《儒林列传》,第2545—2546页。
⑥ 同上书,第2546页。
⑦ 《后汉书》卷四十一《第五钟离宋寒列传》,第1409页。

明帝确为符合儒家理想的天子。再如《章帝》诗云:

> 民苦繁苛厌永平,科除惨狱慰群情。不穷窦宪欺君罪,翻被宽柔坏典刑。①

汉章帝"孝性淳笃,恩性天至"②。即位之后,"知人厌明帝苛切,事从宽厚"③,励精图治,注重农桑,兴修水利,减轻徭役,与民休息,并且"少宽容,好儒术"④,使得东汉经济、文化得到很大的发展。如建初四年,"会白虎观,讲议五经同异"⑤,"作《白虎议奏》"⑥。建初八年,立《左氏春秋》《穀梁春秋》《古文尚书》《毛诗》于学官⑦。元和元年,禁用钻钻等酷刑⑧,皆是其在位期间的重要举措,足见其好儒而慎刑,可称明君。《后汉书·汉章帝纪》论曰:"魏文帝称'明帝察察,章帝长者'。章帝素知人厌明帝苛切,事从宽厚。感陈宠之义,除惨狱之科。深元元之爱,著胎养之令。奉承明德太后,尽心孝道。割裂名都,以崇建周亲。平徭简赋,而人赖其庆。又体之以忠恕,文之以礼乐。故乃蕃辅克谐,群后德让。谓之长者,不亦宜乎!"⑨正是王十朋此诗所本,表达了极大的认可与赞同。只是太过"宽柔",过于放纵外戚窦氏,坏了规矩,导致汉和帝时期外戚专权,成为东汉晚期外戚专权和宦官专政的远因。这样的认识也体现了王十朋务实的思想,崇奉儒家思想伦理而不迂阔教条。

王十朋十分重视汉代皇帝与儒学儒术的关系,于东汉着重吟咏了前三位皇帝,之后的帝王则置之不论。

四、魏晋南北朝史

汉末三国战争频仍,混乱动荡,儒学儒术逐渐失去了统治地位。在玄学流行、儒学式微的魏晋南北朝时期,帝王活动以政治、军事斗争为主,对思想

---

① 《全宋诗》第 36 册,第 22682 页。
② 《后汉书》卷十上《马皇后纪》,第 409 页。
③ 《后汉书》卷三《章帝纪》,第 159 页。
④ 同上书,第 129 页。
⑤ 同上书,第 138 页。
⑥ 同上书。
⑦ 同上书,第 145 页。
⑧ 同上书,第 146 页。
⑨ 同上书,第 159 页。

文化建设则不甚重视。因此对这一时期帝王的评价,不能以是否尊奉儒学思想、崇尚儒家文化为标准,只能以是否符合儒家基本的价值观念、伦理道德为标准,比如政权的正统性问题,君主的施政理念问题等。

汉魏六朝时期,战乱不断,朝代更迭频繁,王十朋十分注重政权的合法性和正统性,对于施行篡逆的人物,尤其关注,大加批判,如对三国时期曹、孙、刘三位割据之主即作为一个整体予以评价,态度鲜明,标准严格,即依据儒家政治伦理,凸显孙、刘而贬低曹操。曹操托名汉相,挟天子以令诸侯,篡汉之心,世人皆知,完全违背了儒家的君臣纲常和忠义之道,王十朋极力诋苛。《魏武帝》诗云:

> 董吕袁刘电扫空,阿瞒独步骋奸雄。岂知权备皆人杰,未肯全将鼎付公。①

言曹操平定董卓、吕布、二袁、刘表等割据势力,统治了北方大部分地区。其势力之大、速度之快,不得不令人惊叹,不得不承认其为"雄",但王十朋并不认可其道德品行,故称"奸雄",且称其小名,以示鄙夷。同时称赞孙权、刘备为"人杰"。《吴大帝》诗进一步具体地吟咏孙权的气魄与功业,诗云:

> 拔刀斫案气如虹,独倚周郎立隽功。一战果摧曹孟德,不妨高枕霸江东。②

在赤壁之战前夕,东吴慑于曹操八十万大军的势力,众议纷纷,意欲降曹者甚众,"权拔刀斫前奏案曰:'诸将吏敢复有言当迎操者,与此案同!'"③以示其主战之决心,其英雄气魄可见一斑,故王十朋盛称其"气如虹"。然后在周瑜等人的辅佐下,赤壁一战,大败曹军,立下了不世之功,彪炳青史。此战之后,曹操无力南顾,三足鼎立的局面就此形成,使得孙权安稳雄踞东南之地,即诗所谓"高枕霸江东"。《蜀先主》诗云:

---

① 《全宋诗》第 36 册,第 22682 页。
② 同上书。
③ 晋陈寿撰,南朝宋裴松之注《三国志》卷五十四《周瑜传》裴松之注引《江表传》,中华书局,1982 年,第 2 版,第 1262 页。

曹公奸黠世无双，玄德雄才肯见容。谁把荆州资霸业，一朝云雨起蛟龙。①

此诗首先再次重申曹操"奸黠"举世无双，而称赞刘备雄才大略必将遭到曹操的嫉妒和打压，此处暗用青梅煮酒之典故。在赤壁之战后，孙权任命周瑜为南郡太守，任命刘备为荆州牧，治公安。此时周瑜上疏孙权，予以劝阻，曰："刘备以枭雄之姿，而有关羽、张飞熊虎之将，必非久屈为人用者。……今猥割土地以资业之，聚此三人，俱在疆场，恐蛟龙得云雨，终非池中物也。"②周瑜之言未被采纳，从而刘备有了独立地盘，进而实施其称霸大计。王十朋化用周瑜之论，称刘备得荆州成为其霸业的起点，将之比作蛟龙腾云。王十朋此诗以曹操的打压排挤和周瑜的忌惮担忧表现刘备的雄才伟略。在曹、孙、刘的对比吟咏中，王十朋认为曹操是"奸黠"、"奸雄"，孙权和刘备都是"人杰"、"雄才"，抗衡曹操，成就霸业，尤其能体现出王十朋的正统思想观念。

对曹、孙、刘三人的认识中，王十朋具有鲜明的贬曹倾向，否认曹魏集团的正义属性与正统地位，而到司马氏篡魏之时，王十朋又从维护曹魏的正统出发，批判司马懿的不忠不义之举。《晋宣帝》诗云：

四朝天子寄安危，寡妇孤儿岂忍欺。见说五湖扛鼎日，又胜三马食槽时。③

司马懿曾辅佐曹操、曹丕、曹叡、曹芳四代君主，尤被魏文帝曹丕"信重"，更受魏明帝诏辅少主曹芳。然而他却辜负曹魏历代君主的信任，于正始十年(149)以郭太后令发动高平陵之变，完全掌握曹魏的军政大权，奠定了司马氏取代曹魏的基础。而此时齐王年仅十八岁，故王十朋称其欺负"寡妇孤儿"，非仁义之举。后两句言西晋灭亡之时，"五胡扛鼎，七庙隳尊"④，晋怀帝、晋愍帝在平阳受尽侮辱，最后均为刘聪所杀，其遭遇又惨于曹芳、曹髦等在"三马食槽时"的遭遇。王十朋以一种近乎因果报应的认识，谴责昔日司马懿的大逆不道。基于对正统的维护，王十朋特别推许在齐太祖萧道成谋

---

① 《全宋诗》第 36 册，第 22682 页。
② 《三国志》卷五十四《周瑜传》，第 1264 页。
③ 《全宋诗》第 36 册，第 22682 页。
④ 唐房玄龄等撰《晋书》卷六《元帝纪》，第 158 页。

求篡宋的过程中谢朏的表现。《齐太祖》诗云：

> 天厌金刀水德终，一时人望属萧公。能论魏武周文事，独有区区谢侍中。[1]

此诗虽题为"齐太祖"，实则咏宋齐鼎革之际的谢朏。前两句言南朝刘宋末年，几任皇帝均无作为，疑忌宗室，杀戮功臣，朝野怨望。在宗室势力削弱的同时，权臣势力逐渐壮大，其中萧道成一向野心勃勃，且有人望，民间早就有"萧道成当为天子"[2]的流言。萧道成逐渐掌握政权，杀苍梧王，立顺帝，最后得宋顺帝禅位，成为齐太祖。对于宋齐嬗递，谶书有"金刀利刃齐刘之"[3]之说，宋为刘姓，五德主水[4]，故王十朋此诗前二句以"天厌金刀水德终，一时人望属萧公"交代这个历史进程，也是下文所咏之事的背景。后两句所咏即宋齐代禅前夕，谢朏的表现。《梁书·谢朏传》云：

> 高帝方图禅代，思佐命之臣，以朏有重名，深所钦属。论魏、晋故事，因曰："晋革命时事久兆，石苞不早劝晋文，死方恸哭，方之冯异，非知机也。"朏答曰："昔魏臣有劝魏武即帝位者，魏武曰：'如有用我，其为周文王乎！'晋文世事魏氏，将必身终北面；假使魏早依唐虞故事，亦当三让弥高。"帝不悦。更引王俭为左长史，以朏侍中，领秘书监。及齐受禅，朏当日在直，百僚陪位，侍中当解玺，朏伴不知，曰："有何公事？"传诏云："解玺授齐王。"朏曰："齐自应有侍中。"乃引枕卧。传诏惧，乃使称疾，欲取兼人。朏曰："我无疾，何所道。"遂朝服，步出东掖门，乃得车，仍还宅。是日遂以王俭为侍中解玺。既而武帝言于高帝，请诛朏。帝曰："杀之则遂成其名，正应容之度外耳。"遂废于家。[5]

谢朏以魏武帝曹操仿效周文王、不肯篡位称帝的故事，试图阻止萧道成的阴谋，后来又执意不肯解玺以付新主，坚持刘宋之臣的身份，严守君臣之义，保

---

① 《全宋诗》第 36 册，第 22683 页。
② 梁萧子显撰《南齐书》卷一《高帝纪》，中华书局，1972 年，第 6 页。
③ 《南齐书》卷二十八《崔祖思传》，第 517 页。
④ 《宋书·五行志》载："义熙八年，太社生熏树于坛侧。熏于文尚黑，宋水德将王之符也。"（梁沈约撰《宋书》卷三十二，中华书局，1974 年，第 941 页。）
⑤ 唐姚思廉撰《梁书》卷十五《谢朏传》，中华书局，1973 年，第 262 页。

持对刘宋的忠心。王十朋对此大加赞赏,以至于此诗虽然题为齐太祖,却意在激赏谢朓,正是王十朋重视正统观念的体现。

在对魏晋南北朝政权更迭的关注外,还对一些皇帝的统治思想、施政举措进行反思,如《晋武帝》诗云:

> 早岁膺图帝业光,晚年何事政多荒。算来不用平吴好,毕竟吴平速晋亡。①

晋武帝司马炎在代魏称帝之后,采取了一系列恢复经济生产的措施,开垦荒地,兴修水利,从而使得太康十年(280—289)成为西晋社会经济最好的时期。尤其是大造战舰,训练水师,积聚军事力量,最后灭吴,从而结束了长达近百年的分裂割据局面,在社会经济和政治等多方面均取得了显著的成就。在天下一统的形势下,本该再接再厉,重造新兴气象,结果却是逐渐怠惰政事,耽于享乐,奢侈腐朽,荒淫无度,以至于整个统治集团都沉浸在一股腐败奢靡的暮气之中。最终种种祸乱在其死后一起爆发,国家逐步陷入混乱,走向灭亡。凡此种种,司马炎都难辞其咎,因此王十朋得出了"算来不用平吴好,毕竟吴平速晋亡"的结论,认为平吴一统这件具有重大现实和历史意义的事件反而加速了西晋的灭亡,以此讽刺晋宣帝的晚年昏庸腐朽。再如《魏道武》诗云:

> 火举南征破弱燕,拓开中土奠山川。功成若更能修德,自可延年度厄年。②

此诗前二句咏北魏道武帝的功绩。北魏道武帝拓跋珪,经过多次征战,打败后燕,原属后燕的关东地区遂归魏有,结束了十六国时期长期混战、分裂的局面,统一了北部中国,这是拓跋珪一生最伟大的成就。此诗前两句所咏即此事。其中"奠山川"出自《尚书》,所谓大禹"奠高山大川"③,意为以高山大川为标识,规划封域疆界。王十朋以此语赞赏拓跋珪开疆定土、终归一统的丰功伟绩。然而,此后统治集团内部矛盾激化,拓跋珪刚愎自用,猜忌多疑,滥杀无辜,最终招致祸端,被其子乱刀砍死,终年只有三十

---

① 《全宋诗》第 36 册,第 22683 页。
② 同上书。
③ 《尚书正义》卷六《禹贡》,清阮元校刻《十三经注疏》,第 307 页。

九岁。王十朋为北魏道武帝中年暴毙、未能"修德""延年"以成就更大的功业而叹惋。

晋武帝和魏道武帝都是早年励精图治,晚岁懈怠荒废,王十朋对他们兼有赞赏和惋惜之情,而南朝皇帝则多为昏庸至极的无道昏君,王十朋给予了严厉的批判和辛辣的讽刺。《梁武帝》诗云:

> 不法先王治用儒,舍身倾国事浮屠①。堪嗟饿病台城日,曾得空王救死无。②

随着功成业就,梁武帝萧衍晚年,由有为转向无为,由开明转向昏庸。重要表现即佞佛:建造佛寺,翻译佛经,崇建佛塔,宣扬佛法,尤其是四次舍身出家,以耗费数以亿计的钱财赎身,尤见其崇信之深。故王十朋批判其"不法先王治用儒,舍身倾国事浮屠"。萧衍晚年被侯景囚禁,裁减饮食,忧愤而死。故王十朋称其为饿死(实则并非如此),而临死之时并不见空王(佛)前来营救,以此来讥讽他佞信佛法之虚妄,抛弃儒学之不智。《简文帝》诗云:

> 青丝白马渡江来,宫殿酣酣尽委灰。不解开门纳桃棒,空悲明镜不安台。③

《梁书·侯景传》载:"普通中,童谣曰:青丝白马寿阳来。"④后侯景果乘白马,兵皆青衣,从寿春进军,奇袭建康,攻入台城。"纵兵蹂掠","遗烬烧太极殿及东西堂、延阁、秘署皆尽"⑤。即王十朋所谓"青丝白马渡江来,宫殿酣酣尽委灰"之事。这是梁简文帝萧纲所经历的侯景之乱。而在此前有两件事。

第一件事是范桃棒投诚。在陈昕说服下,侯景部下范桃棒来降,史载:

> 景仪同范桃棒密贪重赏,求以甲士二千人来降,以景首应购,遣文德主帅前白马游军主陈昕夜逾城入,密启言状。简文以启上,上大悦,

---

① "舍",《全宋诗》作"拾",当为"捨"字之形讹,据诗意径改。
② 《全宋诗》第 36 册,第 22683 页。
③ 同上书。
④ 《梁书》卷五十六《侯景传》,第 862 页。
⑤ 唐李延寿撰《南史》卷八十《侯景传》,中华书局,1975 年,第 2014 页。

使报桃棒,事定许封河南王,镌银券以与之。简文恐其诈,犹豫不决。上怒曰:"受降常理,何忽致疑。"朱异、傅岐同请纳之。简文曰:"吾即坚城自守,所望外援,外援若至,贼岂足平。今若开门以纳桃棒,桃棒之意尚且难知,一旦倾危,悔无及矣。"桃棒又曰:"今止将所领五百馀人,若至城门,自皆脱甲。乞朝廷赐容。事济之时,保禽侯景。"简文见其言愈疑之。朱异以手捶胸曰:"今年社稷去矣。"俄而桃棒军人鲁伯和告景,并烹之。①

可见,在这一事件中,简文帝萧纲判断失误,犹豫不决,贻误时机,导致最终败亡。

第二件事是梁简文帝吟诗成谶。史载,在侯景攻破建康城之前,"简文《寒夕》诗云:'雪花无有蒂,冰镜不安台。'又咏月云:'飞轮了无辙,明镜不安台。'后人以为诗谶,谓无蒂者,是无帝。不安台者,台城不安。轮无辙者,以邵陵名纶,空有赴援名也。"②王十朋将两件事结合在一起,讽刺梁简文帝之昏庸无能,贻误战机,吟风弄月,不幸成谶,落下千古笑柄。

与梁简文帝相似的还有陈后主,《后主》诗云:

> 临春阁上醉流霞,狎客酣歌兴未涯。江左半无陈日月,君臣犹听后庭花。③

作为历史上有名的昏君,陈后主荒淫无度,昏庸至极。史载:

> 至德二年,乃于光照殿前起临春、结绮、望仙三阁。阁高数丈,并数十间,其窗牖、壁带、悬楣、栏槛之类,并以沈檀香木为之,又饰以金玉,间以珠翠,外施珠帘,内有宝床、宝帐,其服玩之属,瑰奇珍丽,近古所未有。每微风暂至,香闻数里,朝日初照,光映后庭。其下积石为山,引水为池,植以奇树,杂以花药。后主自居临春阁,张贵妃居结绮阁,龚、孔二贵嫔居望仙阁,并复道交相往来。④

> 又有王、李二美人,张、薛二淑媛,袁昭仪、何婕妤、江修容,并有宠,

---

① 《南史》卷八十《侯景传》,第 2001 页。
② 同上书,第 2007 页。
③ 《全宋诗》第 36 册,第 22683 页。
④ 唐姚思廉撰《陈书》卷七《张贵妃传》,中华书局,1972 年,第 131—132 页。

迭游其上。以宫人有文学者袁大舍等为女学士。仆射江总虽为宰辅，不亲政务，日与都官尚书孔范、散骑常侍王瑳等文士十馀人，侍上游宴后庭，无复尊卑之序，谓之"狎客"。上每饮酒，使诸妃、嫔及女学士与狎客共赋诗，互相赠答，采其尤艳丽者，被以新声，选宫女千馀人习而歌之，分部迭进。其曲有《玉树后庭花》、《临春乐》等，大略皆美诸妃嫔之容色。君臣酣歌，自夕达旦，以此为常。①

所谓"临春阁上醉流霞，狎客酣歌兴未涯"即指陈后主在临春阁上与后妃、学士酣歌醉舞、宴饮无度而言。即便是在隋军大兵压境之际，依然不以为意，纵乐不止，毫无防御措施。因此王十朋称其"江左半无陈日月，君臣犹听后庭花"。此诗将亡国之君陈后主的昏庸荒淫在具体而特殊的情景之中表现出来，表达了作者的斥责与批判，较之对梁简文帝的批判更加严厉。比梁简文帝、陈后主更为荒唐的，还有北齐后主高纬，《齐后主》诗云：

> 弁冠食禄鸡开府，摇尾承恩犬郡君。将士焉能死征战，盍驱尔辈赴三军。②

此诗言北齐后主高纬生活奢侈，政治混乱，不仅以锦衣肉食饲养狗马鹰犬，还赐予官职爵位，《北齐书》载："（幼主）御马则藉以毡罽，食物有十馀种，将合牝牡，则设青庐，具牢馔而亲观之。狗则饲以粱肉。马及鹰犬乃有仪同、郡君之号，故有赤彪仪同、逍遥郡君、凌霄郡君，高思好书所谓'驳龙、逍遥'者也。犬于马上设褥以抱之，斗鸡亦号开府，犬马鸡鹰多食县干。"③其荒唐不经如此，当北周大军兵临城下之时，北齐军队怎能奋力反抗、殊死搏斗？北齐因此迅速灭亡。王十朋此诗称，何不驱赶那些被照看得细致周到、享受官职爵位的鸡开府、犬郡君冲锋陷阵，抵御外辱？以讽刺北齐后主的荒唐和昏庸。

五、隋唐五代史

隋唐五代的历史与此前的魏晋六朝的混乱分裂不同，是以统一强盛为

① 宋司马光编著，元胡三省音注《资治通鉴》卷一百七十六《陈纪·至德二年》，中华书局，1956年，第5477—5478页。
② 《全宋诗》第36册，第22684页。
③ 《北齐书》卷八《幼主纪》，第113页。

基本特征的,但大隋的短暂统一、迅速灭亡,大唐的盛极而衰、一蹶不振,以至于五代的篡乱不断、割据分裂,尤其体现出盛衰治乱的巨大变化,其治国理政、治乱得失均具有十分重要的借鉴意义,因此王十朋对隋唐五代史的吟咏侧重对治国得失的关注和思考,有对历史经验的总结,如大唐初期唐太宗君臣关于施政大纲的讨论,《唐太宗》诗云:

> 仁义谁云不可行,文皇亲见治功成。德彝可惜身先死,岂信人间有
> 太平。①

此诗所咏乃唐太宗年间一段关于治国理政的论争故事,载《新唐书·魏徵传》:

> 先是,帝尝叹曰:"今大乱之后,其难治乎?"徵曰:"大乱之易治,譬
> 饥人之易食也。"帝曰:"古不云善人为邦百年,然后胜残去杀邪?"答曰:
> "此不为圣哲论也。圣哲之治,其应如响,期月而可,盖不其难。"封德彝
> 曰:"不然。三代之后,浇诡日滋。秦任法律,汉杂霸道,皆欲治不能,非
> 能治不欲。徵书生,好虚论,徒乱国家,不可听。"徵曰:"五帝、三王不易
> 民以教,行帝道而帝,行王道而王,顾所行何如尔。黄帝逐蚩尤,七十战
> 而胜其乱,因致无为。九黎害德,颛顼征之,已克而治。桀为乱,汤放
> 之;纣无道,武王伐之。汤、武身及太平。若人渐浇诡,不复返朴,今当
> 为鬼为魅,尚安得而化哉!"德彝不能对,然心以为不可。帝纳之不疑。
> 至是,天下大治。蛮夷君长袭衣冠,带刀宿卫。东薄海,南逾岭,户阖不
> 闭,行旅不赍粮,取给于道。帝谓群臣曰:"此徵劝我行仁义,既效矣。
> 惜不令封德彝见之!"②

上述论证乃大唐建国之初,太宗关于立国之本、治国基本准则的思考和讨论。魏徵力主帝王之道,施行仁政,封德彝则认为当时已非三代,浇诡日滋,故主张道杂王霸,儒法兼行,最终太宗采纳了魏徵的意见。当天下大治之时,太宗感叹这是施行仁义的效果,可惜封德彝已经去世,不及亲眼见证。唐太宗值得吟咏之事颇多,而王十朋单单选取这一段,是对魏徵施行仁政的

---

① 《全宋诗》第 36 册,第 22684 页。
② 宋欧阳修、宋宋祁撰《新唐书》卷九十七《魏徵传》,中华书局,1975 年,第 3869—3870 页。

政治主张的极度认同,是对唐太宗尊崇儒学的热烈歌颂①,以及对施行仁政实现天下大治的理想的热情向往。

当然,王十朋对隋唐史的吟咏,更多的是对历史教训的思考,王十朋的《咏史》组诗对隋唐时期后宫干政、藩镇割据、宦官专权等现象均有涉及,但面对复杂的历史现象,大多只能对其失败原因简单概括,表达感叹和惋惜,很难得出更多有价值的结论。现将其对隋唐皇帝的吟咏详述如下。《隋文帝》诗云:

> 孽后邪臣造衅端,房陵幽闭抱深冤。一朝变起宫闱内,方信当时用妇言。②

此诗咏隋文帝杨坚废太子之事。在独孤皇后和权臣杨勇的运作之下,隋文帝听信谗言,最终废黜"抚军监国,凡二十年"③的太子杨勇为庶人(杨勇死后被追封为房陵王),立杨广为太子。仁寿四年(604),隋文帝卧病在床,得知杨广勾结杨素,又无礼于其宠姬,才发现杨广矫情伪饰、勾结权臣的真面目,大怒道:"畜生何足付大事,独孤诚误我!"④欲召见杨勇付托后事。不过为时已晚,后悔莫及,最终文帝、杨勇均被杀害。王十朋以此事感叹隋文帝缺少知人之明,贻误终生。《炀帝》诗云:

> 汴水东流岸柳春,龙舟南下锦帆新。鸟声劝酒梅花笑,笑杀隋亡亦似陈。⑤

隋炀帝杨广修运河,造龙舟,曾先后三次巡游江都。《大业拾遗记》载:"大业十二年,炀帝将幸江都。……至汴,帝御龙舟,萧妃乘凤舸,锦帆彩缆,穷极侈靡。"⑥因为靡费无度,劳役百姓,以致"天下死于役而家伤于财"⑦,最后重蹈陈亡之覆辙,故王十朋称"隋亡亦似陈"。《高宗》诗云:

---

① 唐太宗尝自称:"朕所好者,唯尧、舜、周、孔之道,以为如鸟有翼,如鱼有水,失之则死,不可暂无耳。"(《资治通鉴》卷一百九十二,第6054页。)

② 《全宋诗》第36册,第22684页。

③ 唐魏徵、唐令狐德棻撰《隋书》卷四十五,中华书局,1973年,第1246页。

④ 《隋书》卷三十六《宣华夫人陈氏传》,第1110页。

⑤ 《全宋诗》第36册,第22684页。

⑥ 《大业拾遗记》,李剑国辑校《唐五代传奇集》,中华书局,2015年,第1639—1640页。

⑦ 《隋书》卷二十四《食货志》,第672页。

贞观基图极盛隆，谁将神器付昏童。倒持剑柄归房闼，仙李枝柯一剪空。①

唐太宗凭借其英明睿智，实现贞观之治，而后继者唐高宗李治却庸懦无能。唐高宗皇后武则天，在当上皇后且地位巩固之后，开始逐渐树立自己的威权，以至凌驾于高宗之上，朝廷政事，俱参与裁决。史载，"上每视事，则后垂帘于后，政无大小，皆与闻之。天下大权，悉归中宫，黜陟、杀生，决于其口，天子拱手而已，中外谓之'二圣'"②。以至于高宗欲禅位于天后，使之"摄知国政"③，正式临朝称制，经大臣劝阻乃止。这种亘古未有之事，严重违背传统政治伦理规范，唐高宗昏庸懦弱可想而知，故王十朋称其为"昏童"。最终，天授元年（690）九月，太后武则天宣布革命，改唐为周，自称圣神皇帝，成为中国历史上正式称帝的唯一女皇帝。史载，"自徐敬业之反，疑天下人多图己，又自以久专国事，且内行不正，知宗室大臣怨望，心不服，欲大诛杀以威之"④，因此大肆剪除唐室诸王。"诛唐宗室贵戚数百人"⑤，即王十朋所谓"仙李枝柯一剪空"之意。王十朋将武则天的倒行逆施、滔天罪恶都算在唐高宗一人身上，认为这都是其昏庸的结果。《明皇》诗云：

天宝君臣玩太平，梨园弟子奏新声。贵妃一笑天颜喜，不觉胡尘暗两京。⑥

在唐玄宗李隆基登基之后，革除弊政，锐意进取，励精图治，使大唐出现了前所未有的繁荣兴盛局面，国力达到鼎盛，开创了中国历史上赫赫有名的"开元盛世"。从开元后期开始，唐玄宗自觉可以安享太平，从勤政简朴变为骄奢享乐，荒疏政事，拒谏饰非，宠信奸佞，好道求仙，沉湎于声色享乐之中。此外，史载："玄宗既知音律，又酷爱法曲，选坐部伎子三百教于梨园，声有误者，帝必觉而正之，号'皇帝梨园弟子'。宫女数百，亦为梨园弟子，居宜春北院。梨园法部，更置小部音声三十余人。帝幸骊山，杨贵妃生日，命

---

①《全宋诗》第 36 册，第 22684 页。
②《资治通鉴》卷二百一，第 6343 页。
③《资治通鉴》卷二百二，第 6375 页。
④《资治通鉴》卷二百三，第 6438 页。
⑤《资治通鉴》卷二百五，第 6485 页。
⑥《全宋诗》第 36 册，第 22684 页。

小部张乐长生殿,因奏新曲,未有名,会南方进荔枝,因名曰《荔枝香》。"①即王十朋所咏"天宝君臣玩太平,梨园弟子奏新声"之意。在明皇、贵妃纵情享乐、喜笑颜开之时,乐极而悲生。安禄山起兵范阳,数月之间,两京皆陷,唐玄宗仓皇西逃,狼狈不堪,其最心爱的杨贵妃也未能保全,惨死马嵬驿。明皇晚景孤苦凄凉,抑郁而终,大唐王朝也从此不可逆转地由盛转衰了。唐玄宗从开创一代盛世的明君,变为昏庸狼狈的昏君,其中的教训是非常值得后世君主反思的,因此王十朋节取由盛而衰的转折,表达对安于太平、不思进取、耽于享乐的皇帝的提醒和警觉。《肃宗》诗云:

> 张后宫中巧弄权,上皇西内老谁怜。杜陵独念君臣义,长向云安拜杜鹃。②

安史乱后,肃宗迎玄宗还京,尊为太上皇,始居兴庆宫。张皇后专宠于肃宗,强势刻薄,工于心计,颇有政治野心,与宦官李辅国、鱼朝恩勾结,弄权禁中,干预政事,离析玄肃二宗父子关系。在这些人的挑唆之下,肃宗乃徙玄宗居西内甘露殿,玄宗左右悉遭贬逐,最终抑郁而终。王十朋前两句对唐玄宗晚年经历颇为同情,玄肃二宗,既是父子,亦为君臣,王十朋对于关系不协深感遗憾,不愿深斥肃宗,特表出张后弄权,而以杜甫笃信君臣之义、作《杜鹃》诗以讽之。杜鹃传为古蜀帝之魂所化,因此群鸟对杜鹃礼敬有加,并哺喂其子,"礼若奉至尊"③。又以鸿雁行飞识序、羔羊跪乳知恩连类而及。杜甫受其感动,意欲礼拜杜鹃,以表达对君臣之义、圣贤礼法的尊崇。王十朋以杜甫作《杜鹃》诗、拜杜鹃鸟,崇尚君臣之义、父子之情,暗讽肃宗之不忠不义。《德宗》诗云:

> 虏箭侵陵御幄时,君臣相顾不胜悲。难平犹自推天命,卢杞奸邪竟不知。④

此诗咏唐德宗年间的泾原之变。建中四年(783),唐德宗诏令泾原节度使等

---

① 《新唐书》卷二十二《礼乐志》,第476页。

② 《全宋诗》第36册,第22685页。

③ 唐杜甫著,清仇兆鳌注《杜诗详注》卷十四,中华书局,1979年,第1250页。

④ 《全宋诗》第36册,第22685页。小山按:《全宋诗》作"卢杞",《旧唐书》《新唐书》均作"卢杞",今从史书。

各道兵马解救襄城之围，泾原节度使姚令言率军路过京师，因皇帝赏赐菲薄，士卒困苦而发生兵变。德宗仓猝出奔奉天，在奉天被叛军包围月馀，史称"奉天之难"。奉天围解之后，奸臣卢杞畏罪，唆使德宗拒绝召见讨逆伐叛有功的朔方节度使李怀光，致使李怀光心生不满，铤而走险，与叛军联合反唐，叛乱局势进一步恶化。德宗又南走梁州。即此诗所谓"虏箭侵陵御幄时，君臣相顾不胜悲"之意。在朝议压力之下，德宗被迫贬谪卢杞。在贬谪之际，唐德宗仍欲尽力优待，《旧唐书·卢杞传》云："翌日延英，上谓宰臣曰：'朕欲授杞一小州刺史，可乎？'李勉对曰：'陛下授杞大郡亦可，其如兆庶失望何？'上曰：'众人论杞奸邪，朕何不知？'勉曰：'卢杞奸邪，天下人皆知；唯陛下不知，此所以为奸邪也！'德宗默然良久。"①可见德宗宠信卢杞，始终不悟其奸邪。史载，战乱平定之后，"上与陆贽语及乱故，深自克责。贽曰：'致今日之患，皆群臣之罪也。'上曰：'此亦天命，非由人事。'"②陆贽后上疏，认为"圣旨又以国家兴衰，皆有天命。臣闻天所视听，皆因于人"③，"致寇之由，未必尽关天命"④。反复申述"此乃天命由人，其义明矣。然则圣哲之意，六经会通，皆谓祸福由人，不言盛衰有命。盖人事理而天命降乱者，未之有也；人事乱而天命降康者，亦未之有也"⑤，"舍人事而推天命必不可之理也"⑥。王十朋此诗即否定德宗的归因天命，讽刺德宗之昏聩，无知人之明，认同陆贽所言"天命由人"之理，体现出王十朋务实的天命观。《宪宗》诗云：

> 叛将连头就典刑，元和功业竟无成。晚年误信妖人术，祸自丹砂药里生。⑦

德宗泾原兵变后，大唐天子威严扫地，藩镇势力愈发肆无忌惮，朝廷面对藩镇割据更加无心无力。唐宪宗李纯继位后，"志平僭叛"⑧，决心"以法度裁制藩镇"⑨。先后讨刘辟，除李琦，收魏博，平淮西，讨李师道，将割据势力一

---

① 后晋刘昫等撰《旧唐书》卷一百三十五《卢杞传》，中华书局，1975 年，第 3717—3718 页。
② 《资治通鉴》卷二百二十八，第 7364 页。
③ 同上书。
④ 同上书，第 7365 页。
⑤ 同上书，第 7364 页。
⑥ 同上书。
⑦ 《全宋诗》第 36 册，第 22685 页。
⑧ 《新唐书》卷七《宪宗纪》，第 219 页。
⑨ 《资治通鉴》卷二百三十七，第 7627 页。

一平叛。《资治通鉴》所谓"自广德以来,垂六十年,藩镇跋扈河南、北三十馀州,自除官吏,不供贡赋,至是尽遵朝廷约束"①,即此诗所谓"叛将连头就典刑"之意。唐朝也实现了短暂统一,史称"元和中兴"。这是令人兴奋的历史事件。王十朋注重加强中央集权,强化皇权君权,因此十分欣赏宪宗的各种积极奋进的举措,因此大加歌颂,激赏不已。然而淮西既平,宪宗日渐骄侈,好长生不老之术,诏柳泌"于台州为上炼神丹"②,服食丹药,"日加躁渴"③,性情暴躁易怒,左右宦官往往获罪,人人自危。元和十五年(820)春,宪宗暴崩中和殿,年四十三。本应该有更大作为的皇帝,却在中年暴死,王十朋为唐宪宗功业未竟、为元和中兴中道而废深感惋惜。唐宪宗或为宦官陈弘志所杀,但王十朋厌恶方术之虚妄,故认定为方术致死。《文宗》诗云:

> 辇路青青春草多,凭高无语涕滂沱。禁中夜召词臣语,受制家奴可奈何。④

唐宪宗虽然削藩胜利,但他宠幸、倚仗宦官。而唐文宗十分痛恨宦官的飞扬跋扈,"思欲芟落本根,以雪仇耻"⑤。甘露之变后,宦官气焰愈发嚣张,文宗也更受其压制,抑郁愁苦,史载,"虽宴享音伎杂沓盈庭,未尝解颜;闲居或徘徊眺望,或独语叹息"⑥,"居常忽忽不怿,每游燕,虽倡乐杂沓,未尝欢,颜惨不展,往往瞑目独语,或裴回眺望,赋诗以见情"⑦,曾赋诗曰:"辇路生春草,上林花满枝。凭高无限意,无复侍臣知。"⑧最后郁郁而终。王十朋所谓"辇路青青春草多,凭高无语涕滂沱"即指此事而言。《新唐书·仇士良传》载:"开成四年,苦风痹,少间,召宰相见延英,退坐思政殿,顾左右曰:'所直学士谓谁?'曰:'周墀也。'召至,帝曰:'自尔所况,朕何如主?'墀再拜曰:'臣不足以知,然天下言陛下尧、舜主也。'帝曰:'所以问,谓与周赧、汉献孰愈?'墀惶骇曰:'陛下之德,成、康、文、景未足比,何自方二主哉?'帝曰:'赧、献受制强

---

① 《资治通鉴》卷二百四十一,第 7765 页。
② 《旧唐书》卷十六《穆宗纪》,中华书局,1975 年,第 476 页。
③ 同上书。
④ 《全宋诗》第 36 册,第 22685 页。
⑤ 《旧唐书》卷一百六十九《李训传》,第 4396 页。
⑥ 《资治通鉴》卷二百四十五,第 7927 页。
⑦ 《新唐书》卷一百七十九《李训传》,第 5314 页。
⑧ 宋计有功撰,王仲镛校笺《唐诗纪事校笺》,中华书局,2007 年,第 45—46 页。

臣,今朕受制家奴,自以不及远矣!'因泣下,墀伏地流涕。后不复朝,至大渐云。"①即"禁中夜召词臣语,受制家奴可奈何"二句所咏之本。王十朋此诗虽然对这段历史未作过多评价,但对唐文宗的遭遇深表同情。

甘露之变后,宦官专权更为严重,乃至掌握君主之废立生杀,所谓"自是天下事皆决于北司,宰相行文书而已。宦官气益盛,迫胁天子,下视宰相,陵暴朝士如草芥"②。大唐王朝的颓势已势不可挡,因此唐文宗成为王十朋唐代吟咏的最后一位皇帝,此后所咏即是五代之主。

五代君主多出于军阀,以武力攫取政权,几乎没有正面价值可言,因此王十朋对除后周外五代君主的大逆不道、倒行逆施大加批判,《梁太祖》诗云:

> 天下人心共恶梁,只应无奈虎狼强。可怜千尺黄河水,投尽清流始灭唐。③

此诗咏梁太祖朱全忠。《新五代史·梁家人传》云:"呜呼,梁之恶极矣!自其起盗贼,至于亡唐,其遗毒流于天下。天下豪杰,四面并起,孰不欲戮刃于胸,然卒不能少挫其锋以得志。梁之无敌于天下,可谓虎狼之强矣。"④首二句"天下人心共恶梁,只应无奈虎狼强"所咏即本此。朱全忠凶悍残酷,滥杀无辜,世所罕见。后两句所咏即朱全忠滥杀士人的大事——白马驿之祸。天祐二年,朱全忠听信李振之谗,将裴枢、陆扆等"衣冠清流"三十馀人,一夕杀尽⑤。欧阳修所谓"尽杀朝之名士,或投之黄河,曰此辈清流,可投浊流,而唐遂亡矣"⑥。此诗后两句"可怜千尺黄河水,投尽清流始灭唐"所咏即此意。大唐走向了实质性的灭亡,王十朋于此有无尽痛惜叹惋。《唐庄宗》诗云:

> 十年征战不知劳,三矢功成意气豪。自咤身为李天下,焉知祸起郭门高。⑦

---

①　《新唐书》卷二百七《仇士良传》,第5873—5874页。

②　《资治通鉴》卷二百四十五,第7920页。

③　《全宋诗》第36册,第22685页。

④　宋欧阳修撰,宋徐无党注《新五代史》卷十三《梁家人传》,中华书局,1974年,第127页。

⑤　宋薛居正等撰《旧五代史》卷十八,中华书局,1976年,第253页。

⑥　欧阳修《朋党论》,宋欧阳修著、李逸安点校《欧阳修全集》卷十七,中华书局,2001年,第297页。

⑦　《全宋诗》第36册,第22685页。

后唐庄宗李存勖受李克用"三矢",用了十五年的时间,完成了李克用临终遗志,打败契丹,攻破燕地,《新五代史·伶官传序》云:"方其系燕父子以组,函梁君臣之首,入于太庙,还矢先王而告以成功,其意气之盛,可谓壮哉!"①王十朋此诗前两句"十年征战不知劳,三矢功成意气豪"即歌咏李存勖骁勇善战,胆略超群,战绩卓著,意气风发。但称帝后的李存勖安于享乐,荒废朝政。史载,"庄宗既好俳优,又知音,能度曲……又别为优名以自目,曰李天下。自其为王,至于为天子,常身与俳优杂戏于庭,伶人由此用事,遂至于亡"②。因此,伶人大受宠幸,以至于伶人景进干预朝政,败政乱国,最终伶人郭从谦(艺名郭门高)发动兴教门之变,李存勖中箭身亡,所谓"庄宗好伶,而弑于门高,焚以乐器"③,王十朋此诗称李存勖为李天下,郭从谦为郭门高,皆其艺名,意在揭示其惑于俳优,亡于伶人,终至败国丧身。《晋高祖》诗云:

> 玉帛和蕃辱已深,那堪割地侈戎心。关南一陷腥膻后,遗患胡氛直至今。④

后唐末帝李从珂即位后,开始怀疑手握重兵的石敬瑭,石敬瑭亦韬光养晦,暗中积蓄力量,后来矛盾激化,石敬瑭求胜心切,"遣间使求救于契丹,令桑维翰草表称臣于契丹主,且请以父礼事之,约事捷之日,割卢龙一道及雁门关以北诸州与之"⑤。这些条件实在太过分,连其亲信刘知远都说:"称臣可矣,以父事之太过。厚以金帛赂之,自足致其兵,不必许以土田,恐异日大为中国之患,悔之无及。"⑥契丹国主耶律德光最终帮助石敬瑭大败后唐军。石敬瑭履行承诺,"约为父子之国,割幽州管内及新、武、云、应、朔州之地以赂之"⑦。"幽云十六州的割让,使中原地区失去了北方的重要屏障,契丹兵马从此可以长驱直入,中原王朝在同契丹的战争中,开始处于被动不利的地位"⑧。王十朋所咏即此事,指出割地求援,不仅使得契丹的欲望大大膨胀,

---

① 宋欧阳修撰,宋徐无党注《新五代史》卷三十七《伶官传》,中华书局,1974 年,第 397 页。
② 同上书,第 398 页。
③ 同上书,第 402 页。
④ 《全宋诗》第 36 册,第 22685 页。
⑤ 《资治通鉴》卷二百八十,第 9146 页。
⑥ 同上书。
⑦ 《旧五代史》卷一百三十七,第 1833 页。
⑧ 张传玺主编《简明中国古代史》(第三版),北京大学出版社,1999 年,第 409 页。

而且后患无穷，延续至"今"。对石敬瑭这种丧权辱国的行为深表痛心，严加痛斥。《汉高祖》诗云：

> 石氏君臣尽播迁，晋阳兵起据中原。早知只有三年汉，何似捐躯报晋恩。①

刘知远与后晋高祖石敬瑭均起家晋阳，为后唐明宗李嗣源部下。在石敬瑭力量壮大、中原称帝的过程中，刘知远参与谋划了诸多重大事件，二人初为同僚，后为君臣，关系十分密切，刘知远被石敬瑭引为心腹，颇受其赏识。王十朋此诗前两句"石氏君臣尽播迁，晋阳兵起据中原"所咏即此事。石敬瑭死后，在晋辽交战的过程中，刘知远作壁上观，积蓄力量，坐收渔利，于开运四年（947）二月在太原即皇帝位，次年即病死。其子即位后不到两年，亦被杀死，后汉国号仅维持三年。因此王十朋诗云"早知只有三年汉，何似捐躯报晋恩"，讽刺后汉刘知远背弃君臣、友朋之义，却国祚短促，得不偿失。

五代混乱，斯文扫地，整个社会无公平正义可言，然宋承后周而来，因此王十朋从大宋王朝的合法性出发，将后周政权从郭威到柴荣再到赵匡胤均美化为天命所归。《周太祖》诗云：

> 出镇雄藩势已危，拥兵乘衅袭京师。谁知一代生灵主，元是雕青郭雀儿。②

此诗咏汉周嬗代之际史事。后周太祖郭威曾为后汉高祖刘知远最重要的辅弼功臣之一，也是刘知远临终钦定的三位顾命大臣之一。在刘知远死后，先后讨平三镇，北征契丹，功业日盛，声誉日隆。史载，"（乾祐三年）四月，拜威邺都留守、天雄军节度使，仍以枢密使之镇。宰相苏逢吉以谓枢密使不可以藩镇兼领，与史弘肇等固争。久之，卒以枢密使行，诏河北诸州皆听威节度"③。本年十一月，郭威举兵渡河，不久兵临开封城下，后汉隐帝刘承祐被杀。此诗前两句即咏这段历史，反观宰相苏逢吉之议，尤有先见之明。在刘承祐死后，郭威控制朝政，未敢自立，"乃白汉太后，立旻子赟为汉嗣，遣宰相冯道迎赟于徐州。当是时，人皆知太祖之非实意也，旻独喜曰：'吾儿为帝

---

① 《全宋诗》第 36 册，第 22685 页。
② 同上书。
③ 《新五代史》卷十一《周本太祖纪》，第 111 页。

矣,何患!'乃罢兵,遣人至京师。周太祖少贱,黥其颈上为飞雀,世谓之郭雀儿。太祖见旻使者,具道所以立赟之意,因自指其颈以示使者曰:'自古岂有雕青天子? 幸公无以我为疑。'旻喜,益信以为然"①。同时,"太原少尹李骧曰:'郭公举兵犯顺,其势不能为汉臣,必不为刘氏立后。'"②当另有所谋,刘旻不用,杀李骧及其妻,并"以其事白汉,以明无佗"③。不久,刘赟被杀,郭威正式即位,代汉建周。此诗后二句所咏即郭威建国历史,以刘旻深信郭威古无雕青天子之言,而不识李骧之忠告,可见刘旻之后知后觉。此诗看似平淡无奇,实则两件重大历史变革中的两个关键环节,均有先见之明的进谏与后知后觉的拒谏产生的矛盾,在进谏与拒谏、明智与昏庸之间,体现出进谏在重大历史进程中的非常重要的作用。《周世宗》诗云:

> 高平决战破刘旻,北取三关速若神。大业未成天命改,殿前点检是真人。④

此诗前两句咏后周世宗柴荣的功绩。周世宗显德元年(954),北汉刘旻趁周太祖郭威去世、世宗柴荣即位之际,联合辽军攻打后周。柴荣亲征迎战,在泽州高平与北汉契丹联军展开大战,后周军大胜。"降贼军数千人,所获辎重、兵器、驼马、伪乘舆器服等不可胜纪"⑤。北汉军则"僵尸弃甲,填满山谷"⑥,刘崇狼狈逃回太原。北汉元气大伤,无力南下,刘旻亦忧愤而终。显德六年(959)夏,周世宗柴荣北伐,势如破竹,节节胜利,史载"周师下三关、瀛、莫,兵不血刃"⑦。"离京四十二日,兵不血刃,取燕南之地,此不世之功也"⑧,这是五代以来对辽作战所取得的最大胜利。即诗所谓"高平决战破刘旻,北取三关速若神"之意。就在北取三关之后,"方下令进攻幽州,世宗遇疾⋯⋯而还"⑨。六月,以赵匡胤"兼殿前都点检"⑩,不久病逝,终年三十

---

① 《新五代史》卷七十《刘旻传》,第864页。
② 同上书。
③ 同上书。
④ 《全宋诗》第36册,第22686页。
⑤ 《旧五代史》卷一百一十四,第1513页。
⑥ 同上书。
⑦ 《新五代史》卷七十三,第904页。
⑧ 《资治通鉴》卷二百九十四,第9597页。
⑨ 《新五代史》卷七十三,第904页。
⑩ 《资治通鉴》卷二百九十四,第9601页。

九岁。周世宗曾有"以十年开拓天下,十年养百姓,十年致太平"①的规划,最终赍志而终。次年,赵匡胤乃有陈桥兵变,拉开了大宋王朝的历史序幕。故此诗后两句"大业未成天命改,殿前点检是真人"所咏即周宋易代之史事,在对历史的吟咏与评骘后,也完成了对大宋王朝的正统性建构,体现了王十朋《咏史》组诗完整严密的设计与思考。

第二节　崇德而尚功:王十朋咏史诗对道德政治理想的追寻

一、崇儒重道与为政以德

王十朋对儒家经典如《论语》《孝经》《春秋》有着深入的研究,并衷心服膺,如称《论语》为"造道入德之门户,穷理尽性之本原"②,认为"谊理之学……无非本乎子思之中庸,孟子之自得"③。王十朋不仅教育后代阅读儒家经典,如王十朋二子好蓄古钱,王十朋训以"更宜移此力,典坟读三五,纵未到圣贤,定可过乃父"④。还通过"遗戒丧事毋得用佛老教"⑤等实际行动,昭示其纯儒本色。王十朋在诗文中屡屡表达对儒家经典的推崇,对儒家伦理道德的重视,朱熹《与王龟龄》一文对此有全面详尽的论述和阐发:

> 得其为进士时所奉大对读之,已而得其在馆阁时上奏事读之,已而得其为柱史、在台谏、迁侍郎时所论谏事读之,已而又得其为故大丞相魏国公之诔文及《楚东酬唱》等诗读之,观其立言措意,上自奏对陈说,下逮燕笑从容,盖无一言一字不出于天理人伦之大,而世俗所谓利害得丧、荣辱死生之变一无所入于其中,读之真能使人胸中浩然,鄙吝消落,诚不自意克顽廉懦立之效乃于吾身见之。……于是慨然复有求见于左右之意而未获也。昨闻明公还自夔州,抚临近甸,而熹之里闬交游适有得佐下风者,因以书贺之,盖喜其得贤大夫事之;而自伤无状,独不得一

---

① 《旧五代史》卷一百一十九,第 1586 页。
② 王十朋《小学讲·论语》,《全宋文》第 209 册,第 106 页。
③ 王十朋《送叶秀才序》,《全宋文》第 208 册,第 383 页。
④ 王十朋《孟甲孟乙好蓄古钱因示以诗》,《全宋诗》第 36 册,第 22646 页。
⑤ 汪应辰《龙图阁学士王公墓志铭》,《全宋文》第 215 册,第 274 页。

从宾客之后,以望大君子道德之馀光也。……明公之志则正矣,大矣,而熹之愚未有称明公之意也。虽然,有一于此,其惟益思砥砺,不敢废其所谓讲明体察、求仁格物之功者,使理日益明,义日益精,操而存之日益固,扩而充之日益远,则明公之赐庶乎其有以承之,而幸明公之终教之也。①

朱熹认为王十朋的诗文作品"盖无一言一字不出于天理人伦之大",处处以"道德""理""义"为言,基本符合王十朋创作实际,并非完全是恭维奉承之辞。黄淮在《梅溪集序》中评论道:"其著为杂文诗歌,率皆浑厚雅淳,和平坦荡,不离于道德仁义。"②可见尊崇道德仁义确实是王十朋诗文的重要特色,这在其咏史诗中表现为推尊儒业、崇奉孝悌、推崇为政以德、排斥异端等等。

王十朋尊儒崇德,对于振兴儒业的人物和符合儒家伦理道德的事迹,不遗馀力地加以表彰揄扬,并且具有十分明确而强烈的历史意识,自觉地以时事为史事,如《会稽三贤祠诗并序·吴先生祠》诗云:

> 安定先生贤矣哉,一时高第俱英材。诜然达者播廊庙,贫贱亦足光蓬莱。会稽吴君更超绝,至今士子犹能说。讲堂鸣鼓规使君,可使清风耸朝烈。③求田问舍遗子孙,钱愚地僻何纷纷。不惜池塘种芹藻,一段奇事前无闻。君不见唐室蓬山称贺老,乞得鉴湖归去好。却将儒服变流沙,更遣门阑亦归道。又不见晋朝名士高阳公,④才名上下王谢中。乃心欲出三界外,山阴宅化瞿昙宫。先生识见高流俗,不作二公缘祸福。寄语多才郑广文,乞与毫端记高躅。⑤

此诗记北宋吴孜,此诗序云:"吴先生名孜,尝事安定胡先生瑗,以文行称,舍所居为府学,有功于风教为多,贤于许询、贺知章辈一等矣。"⑥此诗高度赞扬了吴孜严守学规、惩罚太守的行为,以及不为子孙谋而舍宅为学的义举,

---

① 《全宋文》第 245 册,第 343 页。
② 清孙诒让《温州经籍志》卷二十,民国十年刻本。
③ 自注:越中士人言:昔府学初成,太守张公伯玉至学,以便服坐堂下,先生鸣鼓行学规,太守欣然受其罚。
④ 自注:许询舍宅为寺,今大能仁是也。
⑤ 《全宋诗》第 36 册,第 22703 页。
⑥ 同上书。

认为吴孜有功于风教,较之贺知章、许询为个人祸福舍宅为寺观的行为,识见更为高明,境界更为高远。王十朋在另一首《吴先生祠》诗中,同样对吴孜大加赞扬。诗云:

> 右军宅化空王寺,秘监家为羽士官。惟有先生旧池馆,春风归在杏坛中。①

此诗以王羲之、贺知章舍宅为寺观相对照,再次称扬吴孜将旧宅施为学府的义举。其思路和情感与前诗一致,只是一繁一简,相互呼应,足见王十朋激赏之情,只因这种行为有补于教化,有功于儒业。再如《仲冬释奠于学,同诸公登稽古阁,观弁山,望太湖,阅壁上题名,诵范文正公吴兴先生富道德诜诜弟子皆贤才之句》诗:

> 吴兴学校规模壮,安定先生道德崇。苕霅溪同洙泗水,汀洲苹有藻芹风。山知尊道犹端弁,湖欲依光故近宫。壁上题名观尚友,诸儒事业圣贤中。②

此诗是王十朋完成奠祭先圣先师的典礼之后,观摩历史遗迹,回顾先贤故事,表达了对胡瑗在湖州兴办学校、尊道崇德、发扬儒业的阐扬与赞美,对范仲淹、胡瑗道德文章的钦慕和敬仰,对儒家事业兴盛的欣喜和欣慰,对往日兴盛景象的追慕和向往。将历史与现实,范仲淹与胡瑗,很好地融合在一起,整体表现出一派儒家的雍容气象。

　　除了对振兴儒业的人物大加推重外,王十朋对于符合儒家伦理道德和价值观念的行为事迹更是不遗馀力地加以宣扬。儒家伦理道德最为推崇忠孝,《论语》载:"有子曰:'其为人也孝弟,而好犯上者,鲜矣;不好犯上,而好作乱者,未之有也。君子务本,本立而道生。孝弟也者,其为仁之本与!'"③王十朋作为儒家思想的忠实信徒,以诗歌的形式歌咏儒家圣人、经典及其义理(忠孝节义),比如《畎亩十首》咏史兼咏怀,集吟咏历史、抒发怀抱、阐发义理于一体,其三、其四尤其尊崇信奉"道""理""大义"。如《畎亩十首》诗其三云:

---

① 《全宋诗》第 36 册,第 22718 页。
② 同上书,第 22895 页。
③ 《论语正义》卷一《学而》,第 5—7 页。

读书不知道,言语徒自工。求道匪云远,近在义命中。吾儒有仲尼,道德无比崇。传参十八章,入道知其宗。后学昧极致,徒知授儿童。孰识孝与弟,理与神明通。为臣不知此,事上焉能忠。①

这首诗非常重要,可以看作王十朋思想的核心总结和提炼。开篇"读书不知道,言语徒自工"首先确定了"道"与"文"("言语""工")的关系,将"文"建立在"道"的前提和基础之上。然后阐释其道的历史、内涵和内在逻辑、结构。所言之道是儒家之道,认为儒家道德无比崇高的宗师仲尼,传给曾参《孝经》十八章,这是儒家之道的根本和极致,后学将其作为童蒙教材乃是本末倒置,不知孝悌之理可以上通神明,对父母兄弟的孝悌可以外扩为对君上的忠诚,同时对后学不谙此理表示担忧。《畎亩十首》诗其四云:

仲尼作春秋,垂训千万年。古者父母仇,义不共戴天。庄同父何在,乃与齐侯田。鲁国无臣子,君亲义茫然。齐纪不并立,诸儿得称贤。善恶不可掩,笔削至今传。②

此诗进一步通过春秋时代的两种截然相反的重要历史事实以及《春秋》的评判褒贬,阐释孝在伦理道德中的基础地位,突出孝的重要表现就是为父报仇,杀父之仇不共戴天,由孝推演为国仇家恨、现实政治。这是有现实观照的议论。

王十朋对儒家思想的笃信,尤其是对孝悌之道的服膺,是非常深厚的。王十朋素来以忠孝传家,有着良好的家庭教育背景,孝悌观念尤其有家庭的传统。其《左原诗三十二首并序·孝感井》诗曾记家事,序云:"予家有井稍大,俗称大井王家。宣和壬寅秋,先祖有疾,思鲫鱼,时暑不可致,先人钓于井而得之。井素无鱼,盖孝感也。张大猷秘书挽先人诗云:玄鲫随钩诚养亲。张后为工部尚书。"③其诗云:

纶竿临井重欷歔,诚感幽潜遂获鱼。解道随钩得玄鲫,秘书好句实堪书。④

---

① 《全宋诗》第 36 册,第 22585 页。
② 同上书。
③ 同上书,第 22752 页。
④ 同上书。

此诗记祖上养亲至诚，孝感天地，钓井得鱼之事。既为美好的家族道德传统感到骄傲，也为受人褒扬感到自豪。因此王十朋对历史上的或现实中接触到的孝义之事尤为留心，屡加讽咏。如《曹娥庙》诗云：

> 恸哭无寻处，投江竟得尸。风高烈女传，名重外孙碑。荒草没孤
> 冢，洪涛春古祠。怀沙为谁死，翻愧是男儿。①

曹娥不仅是中国古代历史上的著名孝女，而且是浙江上虞人，算是王十朋的乡贤。邯郸淳《曹娥碑》文记其事："孝女曹娥者，上虞曹盱之女也。其先与周同祖，末胄荒沉，爰兹适居。盱能抚节按歌婆娑乐神，汉安三年五月时迎伍君，逆涛而上，为水所淹，不得其尸。娥时年十四，号慕思盱，哀吟泽畔，旬有七日，遂自投江死。经五日，抱父尸出。"②首联二句即简括曹娥之事迹。颔联写曹娥事迹的影响，其事载于《列女传》中，垂名青史。其碑文得到蔡邕的赏识，评为"绝妙好辞"，并以"黄绢幼妇，外孙齑臼"八字谜语的形式出之，成为一段佳话，《世说新语》载曹操曾与杨修一同参详蔡邕所题八字之意③，均可见曹娥在历史上得到极大的关注，具有深远的影响。颈联写景，写洪涛旁的古祠，荒草中的孤冢，从历史转到现实。最后两句"怀沙为谁死，翻愧是男儿"，笔锋一转，作翻案文章。为突出曹娥的孝义大节，以屈原为衬托，认为屈原投江，反不如一女子死得正义凛然。虽然未必允当，足见王十朋对曹娥的推崇之意。《剡溪杂咏·戴颙墓》诗云：

> 旷野冢累累，子孙犹不知。千年戴颙墓，三字道旁碑。④

戴颙，晋宋间人，以孝悌德行著称于世。《宋书·隐逸传》载：

> 戴颙字仲若，谯郡铚人也。父逵，兄勃，并隐遁有高名。颙年十六，遭父忧，几于毁灭，因此长抱羸患。以父不仕，复修其业。父善琴书，颙并传之，凡诸音律，皆能挥手。会稽剡县多名山，故世居剡下。颙及兄

---

① 《全宋诗》第 36 册，第 22612 页。
② 宋孔延之撰《会稽掇英总集》卷十六，影印文渊阁四库全书本。
③ 南朝宋刘义庆撰，梁刘孝标注，杨勇校笺《世说新语校笺》，中华书局，2006 年，第 524 页。
④ 《全宋诗》第 36 册，第 22644 页。

> 勃，并受琴于父，父没，所传之声，不忍复奏，各造新弄，勃五部，颙十五部。颙又制长弄一部，并传于世。①

王僧达《吴郡记》云："颙死葬剡山，今石表犹存。"②王十朋此诗即因其墓而咏其人。先从他人之墓咏起，见旷野中累累冢墓，子孙已不能分辨，不知所在，而戴颙之墓千年之后仍然屹立在道旁，供人瞻仰凭吊，将戴颙之墓千载之后赫然存于世、人尽皆知与旷野中累累冢墓子孙已不知相对照，以见高尚的孝悌德行的力量，赞颂戴颙之高洁品格受到后人爱戴和尊敬。

王十朋的评论历代君臣的咏史组诗中，以帝王诸侯为主，少量著名文臣武将，而颍考叔政治地位很低，王十朋却在这组诗中特意对颍考叔加以吟咏，可见王十朋对此人的特别关注和高度重视。《颍考叔》诗云：

> 衣冠肉食谩纷纷，谁解杯羹感悟君。颍谷封人虽贱士，却能纯孝至今闻。③

颍考叔之事迹见《左传·隐公元年》"郑伯克段于鄢"一节，世人熟知。庄公母亲武姜参与庄公之弟共叔段叛乱活动，郑庄公讨伐之，其弟共叔段流亡，并连及其母。《左传》云：

> 遂寘姜氏于城颍，而誓之曰："不及黄泉，无相见也。"既而悔之。颍考叔为颍谷封人，闻之，有献于公。公赐之食，食舍肉。公问之，对曰："小人有母，皆尝小人之食矣。未尝君之羹，请以遗之。"公曰："尔有母遗，繄我独无。"颍考叔曰："敢问何谓也？"公语之故，且告之悔。对曰："君何患焉？若阙地及泉，隧而相见，其谁曰不然？"公从之。……遂为母子如初。④

颍考叔作为一个下层士人，感动郑庄公并助其谋划母子相见，最终实现尽孝的愿望，在当时即受到很好的评价，《左传》以"君子曰"的形式评价道："颍考

---

① 梁沈约撰《宋书》卷九十三，中华书局，1974 年，第 2276—2277 页。

② 宋施宿等撰《会稽志》卷六，影印文渊阁四库全书本。

③ 《全宋诗》第 36 册，第 22690 页。

④ 《春秋左传注·隐公元年》，第 14—15 页。

叔,纯孝也,爱其母,施及庄公。诗曰:'孝子不匮,永锡尔类。'其是之谓乎!"①认为颖考叔不仅自己笃行孝义,而且能将用自己的行动影响感化别人,故引诗赞之。王十朋在其咏史组诗中特意吟咏其人其事,可见其格外关注和重视。王十朋此诗前两句从郑庄公属下诸臣说起,称这些"衣冠肉食"者虽多,但无人可以用颖考叔留羹遗母的行为感动郑庄公,并为其出谋划策,化解僵局。后两句写颖谷封人颖考叔虽然是下层士人,却以实际行动赢得了"纯孝"的高度评价,留名千古,传至今日。表达出王十朋对颖考叔纯孝品质的赞赏之情。

除了孝之外,与孝密切相关的是悌,这也是儒家思想的重要内容,是儒家伦理道德的重要一环,著于经典,传为美谈。王十朋也特别重视,将其作为孝的重要补充和辅助。如《畎亩十首》诗其六:

> 彼微双鹡鸰,飞飞同一原。急难喻兄弟,义著周雅篇。周公代武王,大义今古传。人孰无兄弟,急难斯见焉。愿怀周公心,无愧诗人言。②

此诗从《诗·小雅·常棣》"脊令在原,兄弟急难"③之句说起,因"脊令友悌"④,"周公作《常棣》之篇,以闵管、蔡而亲兄弟"⑤。然后写武王去世后,周公摄政,解救兄弟危难,最后归政成王,堪称大义,古今流传。王十朋对此极为赞赏,由古及今,表达对兄弟急难的认同和肯定,以及对周公及其思想的追慕和服膺,愿意秉承周公之心,践行兄弟之义。

王十朋无论是思想还是行动上,都把孝悌作为践行儒家思想的重要内容。从日常伦理道德出发体认践行儒家思想,如"十朋在仕,两遇郊祀恩,奏其弟寿朋、百朋,故二子皆未仕"⑥,可见王十朋笃于兄弟,用实际行动恪守儒家伦理道德。王十朋诗云"梦魂夜夜寻兄弟"⑦"他日三人老兄弟,结庐相共保松楸"⑧,可见兄弟之情至深。

---

① 《春秋左传注·隐公元年》,第15—16页。
② 《全宋诗》第36册,第22585页。
③ 《毛诗正义》卷九,清阮元校刻《十三经注疏》,第871页。
④ 《诗经原始》引《禽经》,清方玉润撰,李先耕点校《诗经原始》,中华书局,1986年,第335页。
⑤ 《诗经原始》引韦昭说,第332—333页。
⑥ 郑定国著《王十朋及其诗》,花木兰文化出版社,2013年,第217页。
⑦ 王十朋《用韵寄二弟》其二,《全宋诗》第36册,第22777页。
⑧ 王十朋《赠梦龄兼怀昌龄》,《全宋诗》第36册,第22710页。

　　王十朋认为忠孝一体,孝为忠之起点,忠为孝之外延,故自觉作诗发扬忠孝精神,裨补于世风教化。自言:"庶几好事君子相继有作,以发扬其幽光,亦所以助吾君旌遗贤、奖忠孝,激劝风俗之一端也。"①如《会稽三贤祠诗并序·旌忠庙》诗云:

　　　　国家往往艰难中,搢绅节义扫地空。靖康有一忠愍公,建炎独有唐侯忠。唐侯爵位何曾隆,身居行伍侪黑熊。平生经史漫不通,严霜烈日蕴在衷。愤然一奋不顾躬,太尉夺笏嗟忽忽。子房铁椎计已穷,张巡就缚气尚雄。杲卿锯解骂未终,忠血义肉涂地红。烈气英魂薄苍穹,事惊朝野闻帝聪。立庙旌忠浙江东,睢阳双庙同高风。名书青史等岱崧,当时开门谁纳戎,贻臭千古如蛆虫。②

　　《会稽三贤祠诗》诗序云:"唐侯名琦,建炎间越师叛命,以城降虏,侯奋自行伍,愤然袖砖击虏酋,至死骂不绝口,有靖康李忠愍风,非古刺客比也。"③《宋史·唐琦传》云:

　　　　唐琦,本卫士。建炎间,高宗航海,琦病留越州。李邺以城降,金人琶八守之,琦袖石伏道旁,伺其出,击之,不中被执。琶八诘之,琦曰:"欲碎尔首,死为赵氏鬼耳。"琶八曰:"使人人如此,赵氏岂至是哉。"又问曰:"李邺为帅尚以城降,汝何人,敢尔?"琦曰:"邺为臣不忠,吾恨不得手刃之,尚何言斯人为!"乃顾邺曰:"我月给才石五斗米,不肯背其主,尔享国厚恩乃若此,岂复齿人类哉?"诟骂不少屈,琶八趣杀之,至死不绝口。事闻,诏为立庙,赐名旌忠。④

　　此诗所咏颇为详尽,与传相应。首四句写国家危难之际,搢绅大夫往往节义扫地,靖康年间有忠愍公李若水,随钦宗至金营,被金人百般残害,却毫不屈服,被害而死,获得"南朝一人"的美称,进而将唐琦与之并举,以之为建炎年间的义士。唐琦本为卫士,地位不高,学识有限,却赤胆忠心。次四句即写其虽位卑学浅,却气节高亮,如严霜烈日。接下来又以张良、张巡、颜杲卿等

---

①　王十朋《会稽三贤祠诗》自序,《全宋诗》第 36 册,第 22703 页。
②　《全宋诗》第 36 册,第 22703 页。
③　同上书。
④　《宋史》卷四百四十八,第 13217—13218 页。

历史上的忠烈之士相类比，写其"烈气英魂薄苍穹"，并受到朝廷的认可和旌扬，表现出作者由衷的赞许之情。诗歌最后三句站在历史的高度，认为唐琦的行为必将名高岱嵩而流芳青史，开门纳降的李邺之流，终将如蛆虫一样遗臭万年。可见，王十朋以高度的历史意识和强烈的道德感，热烈赞扬唐琦的忠义之节。

在王十朋的理想中，加强修养，砥砺德行是最基本的，是第一义的，而保境安民、驱除胡虏是最紧迫的，最重要的。在二者之间，还有为官一任，为民造福，施行仁政的理想。王十朋对本朝人物的歌咏中，廉官能吏也是一个重要的群体。在儒家的政治思想中，个人品德、修身立己是施政的先决条件，如《论语》云："子曰：'为政以德，譬如北辰，居其所而众星共之。'"①又云"子曰：'苟正其身矣，于从政乎何有？不能正其身，如正人何？'"②又云："子曰：'其身正，不令而行；其身不正，虽令不从。'"③又云："修己以安百姓。"④《孟子》云："辅世长民莫如德。"⑤都是强调个人的修养对于施政的重要性，在个人品德修养的基础上，建立施政以仁、爱民如子的政治理想。王十朋很早就树立了高远的政治理想，在中第之前送人赴官，以"入境愿问民疾苦，下车宜诛吏奸赃"⑥相嘱托。入仕后自言其志云："丈夫固有志，宁在官与金。"⑦此时王十朋刚刚为官尚不足一年。王十朋在咏史诗的创作中，无论是对上古三代圣君贤臣的颂扬，对唐宋以来循吏名宦的歌咏都侧重其施政爱民，为政以德。

如上文所述，王十朋在其《咏史》组诗中吟咏上古三代伏羲、神农、黄帝、夏禹、后稷、伊尹、召公等理想中的圣君贤臣，总是着眼于他们开启民智，利民厚生，扶危拯溺，造福苍生，功成不居等方面，凸显他们施政以德、仁民爱物的特点。同时也对夏桀、商纣等残害百姓、失去民心的反面人物加以严厉的批判。组诗之外，王十朋总是不惮繁复地歌颂大禹的治水之功，如《禹庙》⑧《次韵濮十太尉题禹穴》⑨《黄牛庙》⑩等诗，称"神禹昔治水，疏凿九州

---

① 《论语正义》卷二《为政》，第 37 页。
② 《论语正义》卷十六《子路》，第 532 页。
③ 同上书，第 527 页。
④ 《论语正义》卷十七《宪问》，第 605 页。
⑤ 《孟子正义》卷八《公孙丑下》，第 260 页。
⑥ 王十朋《送王司业守永嘉》，《全宋诗》第 36 册，第 22666 页。
⑦ 王十朋《夜读书于民事堂意有所感和韩公县斋读书韵》，《全宋诗》第 36 册，第 22712 页。
⑧ 《全宋诗》第 36 册，第 22719 页。
⑨ 同上书，第 22723 页。
⑩ 同上书，第 22872 页。

别"①,"彝伦叙自九畴锡,水土平繇五行顺"②。《禹庙歌》诗更是以秦始皇与大禹对比,凸显大禹造福万民、拯危济困的功绩,诗云:

> 君不见蜂目英雄吞四海,血祀初期千万载。稽山木像弃长江,逆泝波涛鬼无馁。乌喙辛勤十九年,平吴霸越世称贤。故国无人念遗烈,山间庙貌何凄然。马守开湖利源迥,岁沃黄云九千顷。年来遗迹半湮芜,庙锁湖边篆烟冷。吴越国王三节还,尽将锦绣裹江山。自从王气熄牛斗,庙比昭王屋一间。乃知流光由德厚,祀典谁能如夏后。九年洪水滔天流,下民昏垫尧心忧。帝惧万国生鱼头,锡禹洪范定九州。功成执玉朝冕旒,奔走讼狱归歌讴。南巡会稽觐诸侯,书藏魁穴千丈幽。蝉脱尘寰不肯留,千古灵庙依松楸。吾皇盛德与禹俦,菲食卑宫恶衣裘。思禹旧绩祀事修,小臣效职躬荐羞。仰瞻黻冕怀远猷,退惜分阴惭惰偷。嗟乎越山高兮可夷而丘,鉴湖深兮可理而畴。惟有禹贡声名长不朽,告成世祀无时休。③

这首长诗分三个部分,前十六句,按时间顺序分别写秦始皇、越王勾践、东汉会稽太守马臻、吴越王钱镠,四位与越地有关、立下不世功业的历史人物,但在后世都受到不同程度的冷落,或是"稽山木像弃长江",或是"庙貌凄然篆烟冷",或是"庙比昭王屋一间",继而笔锋一转,引出大禹,"乃知流光由德厚,祀典谁能如夏后",在这四位历史人物的对比和衬托之下,强调和突出大禹"德厚"的特点。中间十二句集中笔力写大禹,帝尧之时,洪水泛滥,民陷其中,有化为鱼鳖之患,"禹别九州,随山浚川,任土作贡"④,解除水患,救万民于危难。此后又南巡会稽,大会诸侯,藏天书于宛委,最后蝉蜕寰宇,只留下千古灵庙。大禹与秦始皇之行有正邪之别,大禹与马臻之功有大小之差。总之,大禹之功德无量无边。最后十句记时事,写当时皇帝盛德如大禹,效仿大禹"菲食卑宫恶衣裘"而"致孝乎鬼神",诗人代为祭祀,并称颂"禹贡声名长不朽,告成世祀无时休",再次表达对大禹之功的赞颂。夏少康是王十朋十分重视的一位中兴之主,因此在吟咏少康时,尤其强调他"能布其德"的特点。《少康》诗云:

---

① 《全宋诗》第36册,第22872页。
② 同上书,第22723页。
③ 同上书,第22705页。自注:道观名告成。
④ 《尚书正义》卷六《禹贡》,清阮元校刻《十三经注疏》,第307页。

虞仍靡艾共输忠，一旅中兴复禹功。较德宜优汉高帝，知音惟有贵乡公。①

此诗咏少康。写其历经坎坷，几经波折，最终完成复国中兴大业。后二句将其与后世两位君主相比较，进一步凸显少康的可贵。首先少康"能布其德"，与汉高祖刘邦相比，有"德优"的特点。王十朋咏汉高帝诗云："仗剑崎岖起沛丰，只将嫚骂驭英雄。"②即写汉高帝刘邦对儒术儒生的贬低与侮辱，粗暴鲁莽，指出了刘邦在道德方面的问题。然后将之与高贵乡公曹髦相比。高贵乡公曹髦，作为傀儡皇帝，逐渐不满于司马昭把控朝政，独断专行，于甘露五年（260）五月，不顾郭太后及众臣的反对，公然讨伐司马昭，最终被杀，中兴之业无望。此诗认为少康有汉高祖的事业，又有汉高帝没有的优点，与高贵乡公相似的处境，却完成了高贵乡公未能完成的事业。总之，是一位理想的中兴之主，给予了很高的评价。这其中饱含着王十朋的事业理想和道德准则，是王十朋道德与事功并重的理想的体现。王十朋推崇施政以仁的官员有马臻、陆贽等。《马太守庙》诗云：

会稽疏凿自东都，太守功从禹后无。能使越人怀旧德，至今庙食贺家湖。③

此诗咏马臻开凿镜湖之事。关于镜湖的基本情况，《太平寰宇记》有比较详细的记载："山阴镜湖。汉顺帝永和五年，会稽太守马臻创立镜湖，在会稽、山阴两县界，筑塘畜水，水高丈馀，田又高海丈馀。若水少则泄湖灌田，如水多则闭湖泄田中水入海，所以无凶年。堤塘周回三百一十里，都溉田九千馀顷。"④即诗所谓"会稽疏凿自东都"之意。此湖直到王十朋的时代依然发挥灌溉作用，《宋史》载："鉴湖之广，周回三百五十八里，环山三十六源。自汉永和五年，会稽太守马臻始筑塘，溉田九千馀顷，至宋初八百年间，民受其利。"⑤因此王十朋认为马臻开凿镜湖的功劳是大禹之后绝无仅有的。因此最后两句进一步点明越人对太守马臻感怀旧德，祭祀不辍，以此歌颂马臻开

① 《全宋诗》第 36 册，第 22680 页。
② 同上书，第 22681 页。
③ 同上书，第 22719 页。
④ 宋乐史撰，王文楚等点校《太平寰宇记》卷九十六，中华书局，2007 年，第 1926 页。
⑤ 《宋史》卷九十七《河渠志》，第 2406 页。

凿镜湖、利及万民、福泽后世的丰功伟绩。《夔路十贤·陆宣公》诗云：

> 敬舆避谗谤，闭门不著书。活人集名方，炳然仁谊馀。①

陆贽，字敬舆，是唐代著名宰相。为相时，刚直不阿，指陈弊政。罢相后，贬忠州别驾。《旧唐书·陆贽传》载："贽在忠州十年，常闭关静处，人不识其面，复避谤不著书。家居瘴乡，人多疠疫，乃抄撮方书，为《陆氏集验方》五十卷行于代。"②王十朋此诗所咏即此段史事。称赞陆贽汇集名方、治病救人的仁义之举，称其为"炳然仁谊馀"。

在儒家仁政思想的观照下，在本朝历史人物中，王十朋尤其推崇范仲淹，对与之有关的一亭一台，一草一木，无不再三致意，正是着眼于其先忧后乐，施政以德。王十朋有《范文正公祠堂诗并序》诗，先以长序述事件原委：

> 宝元间文正范公自润徙越，治先风化。一日获废井于州治之西，澄而新之，易旧堂，筑新亭，俱名曰清白，规官师也。阅岁浸久，旧刻弗存。绍兴戊寅秋，吏部尚书王公来帅是邦，暇日会僚属于兹堂，酌泉煮茗，修范公故事，慨然叹曰：自汉迄今，守兹土者亡虑数百人，莫贤于范。堂与泉尽其甘棠也，记其可以不刊。又谓公自筮仕，掾桐川，典郡帅边，所至立祠，独越无有，于典为缺。于是求公遗像，得之于其家，比它本为真。乃命工绘之，即其堂而祠焉。明年闰六月庚申，躬帅幕僚祀之，某作诗以纪盛事。③

言范仲淹在治越时期，曾澄新废井，并将堂与亭并名之为清白，以澄清吏治，阐扬风化。至南宋王十朋之时，在清白堂祠范仲淹，以示景仰追怀之情。故详记本末，称之为"盛事"。接下来作长诗一首云：

> 堂堂范公真天人，配我仁祖为元臣。材兼文武怀经纶，先忧后乐不为身。上与夔高相等伦，正色朝端批逆鳞。三黜愈光名愈闻，一麾东游禹所巡。作诗怀蠡祠季真，卧龙山麓井久湮。绠而汲之清且新，堂于其

---

① 《全宋诗》第 36 册，第 22862 页。
② 《旧唐书》卷一百三十九《陆贽传》，第 3817—3818 页。
③ 《全宋诗》第 36 册，第 22724 页。

旁记厥因。名标清白垂不泯,规尔官师意谆谆。洗贪濯盗思还淳,人亡迹在嗟已陈。断碑往往埋荆榛,后人不识真天人。但能日饮堂中春①,使君好事贤且仁。治民律己惟公遵,登堂感慨怀斯人。刻石绘像扬清芬,丹青炳耀如麒麟。凛然如生见如亲,躬修祀事率幕宾。手酌寒泉羞涧苹,一酌清我僚吏民。再酌为国清簪绅,要将清白风无垠。庶俾范公遗志伸,公乎为仙为明神。为泽为瑞为星辰,当宁焦劳思者人,九原唤起清边尘。②

此诗先叙史事,以歌咏之。首四句予以范仲淹极高的评价,作为仁宗所倚重的老臣,王十朋称其为"天人"。范仲淹不仅才兼文武,怀抱经纶,而且心怀天下,先忧后乐,忧国忘身。次四句写其虽然"等伦夔卨",但正言极谏,以致贬斥东南。再次八句写范仲淹在卧龙山下,淘治废井,建堂其旁,具名清白,意欲"规尔官师","洗贪濯盗",用意深远,于今已是迹在人亡,令人感怀不已。从而引出下节,建范仲淹祠之事。次记时事,以叙述之。写吏部王公帅守是邦,登堂怀人,遂刻石绘像,率宾躬祀,可见太守之"贤且仁"。最后借题发挥,进一步阐发清白之义,清吏民,清簪绅,清白无垠,真正实现范仲淹的理想。以至将其奉为神明仙人,呼唤起之于九原之下,清靖边尘。最终从吏治引申到边事。可见王十朋心心念念之所在。王十朋对范仲淹之景仰之情,无可附加。凡是与范仲淹有关之事,多次作诗吟咏,直接相关者如《读岳阳楼记》诗:

> 先忧后乐范文正,此志此言高孟轲。暇日登临固宜乐,其如天下有忧何。③

高度赞扬范仲淹先忧后乐的政治胸怀,认为此论较之孟子之论更为高尚。孟子曰:"乐民之乐者,民亦乐其乐;忧民之忧者,民亦忧其忧。"④孟子所云,乃是与民同心、与民同乐之意,范仲淹先忧后乐更具奉献精神。既见王十朋对范仲淹的推崇,又见其对范仲淹之论的衷心服膺。凡是与范仲淹有关的遗迹,或所建之亭,或所名之地,或所植之树,每每游观,频频吟咏,登范仲淹

---

① 自注:越以清白堂名酒。
② 《全宋诗》第 36 册,第 22724 页。
③ 同上书,第 22876 页。
④ 《孟子正义》卷四《梁惠王下》,第 119 页。

命名的绮霞亭,云"文正已仙去,佳名千载芬"①,谒颜范二公祠堂,作诗称"颜范遥同异代心"②,处处体现出对范仲淹的敬仰之情。其他还有《清白堂》③诗、《清白泉》④诗、《州宅十二咏·玉芝堂(范文正公名)》⑤诗、《州宅十二咏·庆朔堂(范文正公建)》⑥诗、《州宅十二咏·蜀锦亭(蜀锦,海棠也,郡人谓范文正公所植,亭今废)》⑦诗等,无不再三致意,处处表达敬仰之情。其根源在于范仲淹所代表的大公无私、勤政爱民的品质与精神,是王十朋道德政治理想之所在。

除范仲淹外,王十朋在泉州歌咏陈偁善政,有《陈公祠》诗,诗云:

> 九年地主百年祠,民自元丰结去思。善政在人宜有后,堂堂忠肃见公儿。⑧

陈偁曾两度知泉州,有善政。《闽中理学渊源考》卷七引《延平府志》云:

> 陈偁,字君举,沙县人。……召知开封府属,新法行,请外,知泉州。未几,坐开封府陷失青苗钱罢,州人闻之,期三日,衰钱五十万偿负赎留之。改知尉州,筑堤十里以防皖溪之患。元丰五年,再知泉州。岁旱,教民用牛车汲水入东湖溉田。旧法,番商至,必使诣东广,否则没其货。偁请立市舶司于泉,哲宗立,诏从其议。⑨

首二句"九年地主百年祠,民自元丰结去思"所咏即在泉之事。"九年地主",两度守泉州,合计九年,自元丰年间离任,当地百姓为表达思念和感恩,建祠祀之,至于王十朋晚年作诗之时,已近百年,故称"百年祠"。王十朋通过百姓的行为称赞其施政之美。后两句"善政在人宜有后,堂堂忠肃见公儿"写

---

① 王十朋《追和范文正公鄱阳诗·登绮霞亭用碧云轩韵》,《全宋诗》第 36 册,第 22771 页。
② 王十朋《追和范文正公鄱阳诗·降圣节诣天庆观因谒颜鲁公范文正公祠堂用赠御赐名道士韵》,《全宋诗》第 36 册,第 22771 页。
③ 《全宋诗》第 36 册,第 22716 页。
④ 同上书。
⑤ 同上书,第 22782 页。
⑥ 同上书。
⑦ 同上书,第 22783 页。
⑧ 《全宋诗》第 36 册,第 22924 页。题注:名偁字君举。
⑨ 徐公喜、管正平、周明华点校《闽中理学渊源考》卷七《朝议陈君举先生偁》,凤凰出版社,2011 年,第 110 页。

其善政得到福报，泽被后代，子孙昌盛。其子陈瓘为北宋大儒名臣，"谦和矜庄，通《易》数，言国家大事，后多有验"①，耿直不阿，排奸扶正。王十朋又有《蔡端明诗》云：

> 贤侯去久迹犹遗，乞雨诗奇字更奇。世俗妄论公政猛，爱民心有彼苍知。②

王十朋见蔡襄乞雨诗遗迹，赞其"诗奇字更奇"，并为蔡襄施政苛猛的说法辩白，称其爱民之心苍天可鉴。即便是歌咏蔡襄书法手迹的诗作，仍然强调其"爱民"之心，这也未尝不是王十朋之心。

王十朋咏史诗除了尊崇儒业德行、循吏善政之外，还对违背儒家伦理道德的历史人物、历史事件以及思想言论进行激烈地批判和反驳，即排斥异端。

首先表现在对与儒家思想有根本分歧的释、道二家思想的排斥抨击上，如《次韵万先之读〈庄子〉》诗云：

> 庄生蔽于天，先儒已能言。六经有真味，奚用食马肝。王何佐其高，遗害今犹存。夫君高明士，寄趣名理间。恐蹈贤者过，因诗与君论。③

万庚，字先之，是王十朋的同乡好友，王十朋曾贻书宰相虞允文加以举荐。王十朋集有数首诗与之次韵酬赠，此诗即其中之一。此诗次韵万先之读《庄子》之作，原作已不可考，王十朋次韵之作，则是借题发挥，批判庄子思想的缺陷和弊端，劝导万庚不要蹈袭前人之过，免受道家思想误导。

此诗前六句指摘庄子思想的缺陷。首先指出"庄生蔽于天，先儒已能言"，乃援引荀子之论，《荀子·解蔽篇》云："庄子蔽于天而不知人。"④即先儒之言的来源。然后以食肉为喻，言六经之中自有真味，而《庄子》如同马肝，不值得食用，所谓"食肉毋食马肝，未为不知味也"⑤。接下来又指出王

---

① 《闽中理学渊源考》卷七《忠肃陈莹中先生瓘》，第113页。
② 《全宋诗》第36册，第22924页。
③ 同上书，第22618页。
④ 《荀子集解》卷十五《解蔽篇》，第393页。
⑤ 《汉书》卷八十八《辕固传》，第3612页。

弼、何晏等人通过作注、议论等方式阐扬老庄思想,贻害无穷。最后四句劝导万庚,先以"夫君高明士,寄趣名理间"之语为其开脱,后出之以劝谏之语,表达作诗目的,即希望对方不要误入歧途,所谓"恐蹈贤者过,因诗与君论"。

王十朋不仅批判老庄思想,对仙道、释家思想亦持否定态度,《梁武帝》①诗,批判梁武帝"不法先王治用儒,舍身倾国事浮屠"之荒谬。侯景之乱后,梁武帝被软禁,抑郁忧愤而终,王十朋以"曾得空王救死无"讥讽他佞信佛法之虚妄,抛弃儒学之不智。下文所论王十朋《和韩桃花源》诗,即不认同桃花源中人为得道成仙之人的说法,而是逃秦之人的子孙后代,显示出朴素的理性思想光辉。

佛老等异端思想的危害还是有限的,而与儒家为政以德原则相悖的法家思想,则有更广泛更严重的危害。因此王十朋对历史上以法家思想治国的昏君暴君、奸臣佞臣,给予了不遗馀力的批判,上文也有所涉及。王十朋所批判的昏君暴君中,最严厉的是秦始皇。因为秦始皇不仅在思想上与儒家严重对立,而且其燔书坑儒、奴役百姓等政治行为,严重背离、摧毁了儒家的思想价值观念。因此王十朋在其创作中凡是遇到与秦、秦始皇相关的话题,都从各个角度加以批判。如《和韩桃源图》诗,主要是针对前人认为桃花源中人为得道成仙者,韩愈作诗予以辩驳。王十朋和诗亦承其意,此诗序云:

> 世有图画桃源者,皆以为仙也。故退之《桃源图诗》诋其说为妄。及观陶渊明所作《桃源源志》,乃谓先世避秦至此。则知渔人所遇乃其子孙,非始入山者能长生不死,与刘阮天台之事异焉。东坡《和陶诗》尝序而辨之矣。故予按陶志以和韩诗,聊证世俗之谬云。

指出桃花源中人"非始入山者能长生不死,与刘阮天台之事异焉","渔人所遇乃其子孙"。依照韩愈《桃源图诗》的题旨,以《桃花源诗序》为主要内容,敷衍成诗云:

> 嬴秦斩新开混茫,傲睨前古无虞唐。诗书为灰儒鬼哭,李斯秉笔中书堂。长城丁壮无还者,送徒更住骊山下。避世高人何所之,出门永与

---

① 《全宋诗》第 36 册,第 22683 页。

家乡辞。入山惟恐不深远,岂是得已巢于斯。来时六合为秦室,未省今为何岁日。吏不到门租不输,子长丁添更何恤。春入山中桃自花,招邀隐侣倾流霞。男耕女织自婚嫁,派别支分都几家。谁泛渔舟迷处所,山开洞辟闻人语。乍相惊问卒相欢,设酒烹鸡讲宾主。可怜秦事已茫然,帝业初期万万年。犹道祖龙长在世,岂知异姓早三传。邻里殷勤争饷馈,人情与世无相异。未信壶中别有天,却讶身游与梦寐。山花乱眼鸟哀鸣,数日留连喜复惊。更从洞口寻乡路,逢人欲话疑非情。异日扁舟欲重顾,水眩山迷红日暮。后来图画了非真,作志渊明乃晋人。①

此诗虽然主要以《桃花源记》为依据,但突出了对暴秦的批判。开篇六句首叙秦之暴虐。秦始皇扫荡六国,统一寰宇,开创了亘古未有的大一统局面,所谓"斩新开混茫"即此意。秦始皇睥睨古今,傲视唐虞,认为自己"德兼三皇,功过五帝"②,因此焚书坑儒,以愚黔首,修建长城,营建离宫,奴役百姓,人民不堪其苦,最终导致有人隐遁避世,逃难入山。这一节既是着意抨击批判秦之暴政,也是为秦人避世,永离家乡,交代背景和原因。接下来叙写秦人避难山中后过着自由恬淡、幸福自足的生活:"吏不到门租不输","招邀隐侣倾流霞","男耕女织自婚嫁"。在这样的情况下,"子长丁添","派别支分",便是自然之事,证成"渔人所遇乃其子孙"的观点。迷途渔人闯入,告知外部世界的变化,通过桃花源人之口,表达对期于万世、传之无穷的秦朝二世而亡、三传异姓的感慨。这也是王十朋借他人之口表达对秦暴政短祚的讽刺。最后渔人出洞,传之人间,扁舟重顾,却水眩山迷,不得而入,而渊明作志,点明此诗之本。"后来图画了非真",既紧扣《桃源图》之"图"字,又关照前人吟咏之作的误解误读。此诗虽然并非专为批判秦政所作,但诗人着意批判的写作意图十分明显。王十朋还有多首集中批判秦政、秦始皇、秦二世的诗作,如《秦始皇》诗云:

> 鲸吞六国帝人寰,遣使遥寻海上山。仙药未来身已死,銮舆空载鲍鱼还。③

秦始皇鲸吞六国,称帝寰宇之后,即竭力追求长生,"遣徐市发童男女数千

---

① 《全宋诗》第 36 册,第 22672 页。
② 《资治通鉴》卷七,第 234 页。
③ 《全宋诗》第 36 册,第 22681 页。

人,入海求仙人"①,后又"使韩终、侯公、石生求仙人不死之药"②,即诗所谓"鲸吞六国帝人寰,遣使遥寻海上山"之意。在去世前一年,秦始皇东巡,召见方士徐市,而"方士徐市等入海求神药,数岁不得,费多,恐谴,乃诈曰:蓬莱药可得,然常为大鲛鱼所苦,故不得至"③。次年七月"始皇崩于沙丘平台"④,"丞相斯为上崩在外,恐诸公子及天下有变,乃秘之,不发丧。棺载辒凉车中……会暑,上辒车臭,乃诏从官令车载一石鲍鱼,以乱其臭。行从直道至咸阳,发丧"⑤。"仙药未来身已死,銮舆空载鲍鱼还"即讽刺秦始皇所求海上仙药直至其驾崩也未曾得到,以见其寻仙访药之可笑,而生前未得仙药,死后却带回一车发臭的鲍鱼,足见其结局可悲。再如《二世》诗云:

> 始皇一怒逐扶苏,天欲亡秦果在胡。翻被四方黔首笑,不分鹿马是谁愚。⑥

《史记·秦始皇本纪》载:"始皇巡北边,从上郡入。燕人卢生使入海还,以鬼神事,因奏录图书,曰'亡秦者胡也'。始皇乃使将军蒙恬发兵三十万人北击胡,略取河南地。"⑦遂"筑长城,因地形,用制险塞"⑧。此后,秦始皇长子扶苏因不满于秦始皇的严刑峻法,多次上书谏议劝阻。谏曰:"天下初定,远方黔首未集,诸生皆诵法孔子,今上皆重法绳之,臣恐天下不安。唯上察之。"⑨"始皇怒,使扶苏北监蒙恬于上郡"⑩。"始皇一怒逐扶苏"句即批判秦始皇不听忠告,驱除忠信仁人,最终秦亡于昏庸的二世胡亥(而非北方胡地之人)。后两句写秦二世之昏庸。赵高指鹿为马,二世不能分辨,可见其愚笨至极。秦朝奉行"废先王之道,焚百家之言,以愚黔首"⑪的政策,最后二世"不分鹿马",反被愚笨的黔首所笑,又翻出一层意思。总之,此诗讽刺秦始皇、秦二世的愚昧无知。

---

① 《史记》卷六《秦始皇本纪》,第 247 页。
② 同上书,第 252 页。
③ 同上书,第 263 页。
④ 同上书,第 264 页。
⑤ 同上书,第 264—265 页。
⑥ 《全宋诗》第 36 册,第 22681 页。
⑦ 《史记》卷六《秦始皇本纪》,第 252 页。
⑧ 《史记》卷八十八《蒙恬列传》,第 2565 页。
⑨ 《史记》卷六《秦始皇本纪》,第 258 页。
⑩ 同上书。
⑪ 同上书,第 280 页。

王十朋咏及与秦相关的山川亭石，亦能引申出对秦始皇及秦之暴政的讽刺批判，如《秦望》诗。秦望为山名，北魏郦道元《水经注·浙江水》云："又有秦望山，在州城正南，为众峰之杰，陟境便见。《史记》云：秦始皇登之，以望南海。"①因此王十朋作《秦望》诗，"哀秦之过，吊兹山之不幸也"②，诗云：

> 瞻彼秦望，崇于会稽。曷云其崇，登焉而崇。孰登是山，西方之人兮。瞻彼秦望，轻于会稽。曷崇而轻，名之以嬴。孰名是山，东方之人兮。我登稽山，思禹之绩。吾侪不鱼，繄帝之力。我瞻秦望，哀秦之过。虐彼黔首，其谁之祸。禹驾而游，夏民以休。有翼其行，稷卨是谋。政辙而狩，嬴随以仆。孰稔其恶，斯高左右。孤竹兄弟，孚于首阳。山与其人，嘉名孔章。溪辱以愚，泉污以盗。物之不幸，名恶而暴。浙涛如银，鉴流如绅。濯彼崔嵬，勿污以秦。③

此诗首六句言山之高，即《水经注》"众峰之杰"之意。次六句写山之轻，"秦始皇登之以望南海"，因秦始皇得名，故轻之。接下来十六句以大禹与秦始皇相对而论："思禹之绩"，"吾侪不鱼"，"哀秦之过"，"虐彼黔首"，禹游民休，政狩恶稔。此十六句"哀秦之过"。最后十二句，以愚溪、盗泉类比，说明"物之不幸，名恶而暴"，指出秦望山以秦始皇得名而污，故欲以浙江、鉴湖之水洗刷清洁，免受其污。全诗以山起兴，发秦之过。再如《次韵梁尉秦碑古风》诗，诗序言作诗缘起：

> 会稽秦颂德碑，丞相李斯篆，世传在秦望山，莫知所在。教授莫君好奇嗜古，搜访尤力。有言碑在何山者，莫以语某，何山见于图经，在秦望东南，疑其真秦望也。某欣然欲往，职有所拘，以告会稽尉梁君。梁慨然而行，登山果见之，碑石仅存，字磨灭已尽。墨片纸而还，作古风长韵，具记始末。因次其韵，且记吾三人好事之癖，亦以示后人也。

此诗本为莫济、梁安世搜求秦颂德碑而作，"且记吾三人好事之癖"，可见是记时事而非咏古事，然而诗中所论却非如此，诗云：

---

① 北魏郦道元著，陈桥驿校证《水经注校证》卷四十《浙江水》，中华书局，2007年，第941页。
② 《秦望》诗序，《全宋诗》第36册，第22699页。
③ 《全宋诗》第36册，第22699页。

　　姬嬴遗迹存者希，世传石鼓稽山碑。石鼓揄扬得韩子，文与二雅争驱驰。秦碑夸大颂功德，埋没草莽无人知。或言山顶石犹在，上有虎豹龙蛇螭。神藏鬼护荆棘蔽，崖悬磴绝登无岐。广文好奇穴探禹，梅仙喜事僧寻支①。我赞其行要亲睹，勿受世俗流传欺。望秦秦望两崭绝，何山壁立东南涯。丰碑屹植最高处，不知磨灭从何时。剔苔扫墨了无有，模糊片纸亦足奇。浓云霆霸黯将雨，古木槎牙蟠老枝。归来走笔出险语，诃政叱斯同小儿。诗成得得写寄我，词严意伟法退之。我闻秦人灭六国，酷若犬磔临江麋。先王法为秦所负，负秦况有秦有司。五经灰飞儒溅血，尧舜周孔何能为。上蔡猎师李斯妙小篆，奴视俗体徒肥皮。东封太山南入越，大书深刻光陆离。沙丘风腥人事变，鬼饥族赤谁嗟咨。汉兴万事一扫去，惟有篆刻馀刑仪。磨崖欲作不朽计，其如历数不及期。蚩尤五兵纣漆器，人物美恶宁相疵。我虽过秦爱遗画，南山入望频支颐。不须峄阳访枣刻，不用迁史观雄辞。虚堂默坐对此纸，闭眼暗想君勿嗤。要知秦碑没字本，却类周雅无辞诗。②

梁安世首先作《秦碑一纸并古诗呈王梅溪太守》③诗，"具记始末"④，且"诃政叱斯同小儿"。实则梁诗"诃政叱斯"之语并不多，仅有六句，即"秦皇不慕仁义业，直谓尧舜犹瑕疵。焚书欲盖前代美，宁闻伏生传有颐。后生不废丞相书，歌颂虽在皆浮辞"⑤。王十朋次韵作诗，则变本加厉，将"过秦"的思想意图进一步加强，以十二句列举秦之罪状，蔑视先王之法，践踏周孔之道，焚书坑儒，倒行逆施，严刑峻法，暴政酷刑，而李斯助纣为虐，沙丘事变后，终遭族赤。这些内容实则与秦碑关系不大，只是借题发挥，意在批判暴秦。还有《蓬莱阁》⑥诗二首：

　　　万壑千岩气象雄，卧龙山与道山同。秦皇辛苦求仙药，不识蓬莱在此中。⑦

---

① 自注：支遁昔游越中，好山水。梁仙宿云门，访古迹于僧。
② 《全宋诗》第 36 册，第 22725 页。
③ 《全宋诗》第 46 册，第 28962 页。
④ 王十朋《次韵梁尉秦碑古风》诗序，《全宋诗》第 36 册，第 22725 页。
⑤ 《全宋诗》第 46 册，第 28962 页。
⑥ 《全宋诗》第 36 册，第 22716 页。
⑦ 此诗不见王十朋本集，见于王十朋《蓬莱阁赋》史铸注所引。

祖龙车辙遍尘寰，只道蓬莱在海间。空上望秦山上望，不知此处是神山。①

《方舆胜览》载："在设厅后卧龙山上，吴越钱镠所建。名以蓬莱者，旧志云：'蓬莱山正属会稽。'"②王十朋《会稽风俗赋》称会稽"直海中之蓬莱"③，周世则注云："旧志蓬莱山正属会稽。沈绅《蓬莱阁》诗云：'三山对峙海中央。'"④王十朋《蓬莱阁赋》云："越中自古号嘉山水，而蓬莱阁实为之冠。昔元微之作《州宅诗》，世称绝唱。"⑤四库馆臣称："其阁以元稹诗'谪居犹得住蓬莱'句得名。"⑥虽然对蓬莱阁得名有不同说法，但均与秦始皇无涉。然而二诗却均以秦始皇为说，言秦始皇"车辙遍尘寰"，"辛苦求仙药"，"只道蓬莱在海间"，却"不识蓬莱在此中"，却"不知此处是神山"，讽刺秦始皇其虚妄求仙，不智不明。其他如上文所述《禹庙歌》⑦诗，与秦始皇毫无关系，亦不忘在歌颂大禹拯溺救困的同时，以秦始皇为反例，借机批判。可见王十朋几乎抓住一切机会对秦始皇予以批判讽刺，即便是并无实际关联，如蓬莱阁、禹庙者，亦不忘委曲关联，引申批判，足见王十朋对秦始皇为代表的异端思想、行为的痛恨之切。

二、渴望中兴与呼唤人才

王十朋处于南宋初期，国难甫定，内奸（秦桧）已除，国家的政治面貌有所改观，因此中兴的观念逐渐深入人心，成为当时忠良之士的共同理想。王十朋对中兴的渴望，首先表现在对历史上中兴君臣、中兴事件的敏感和关注，凡是有关中兴的现象都屡屡提及，再三致意，不惮其烦。对中兴之主尤其关注，其中后汉光武帝刘秀无疑是典型代表，《光武》诗二首云：

大命由来自有真，子舆徒号汉家亲。须知炎祚中兴主，元是南阳谨

---

① 《全宋诗》第36册，第22716页。
② 宋祝穆撰，宋祝洙增订，施和金点校《方舆胜览》卷六《浙东路·绍兴府·楼阁》，中华书局，2003年，第110页。
③ 《全宋文》第208册，第122页。
④ 同上书。
⑤ 同上书，第152页。
⑥ 清永瑢等撰《四库全书总目》卷七十《会稽三赋》提要，第624页。
⑦ 《全宋诗》第36册，第22705页。

厚人。①

　　郁郁葱葱瑞气浮,南阳兵起再兴刘。将军大敌非常勇,文叔平生本好柔。②

王十朋对汉光武帝给予了热烈的歌颂,不仅其"谨厚""好柔"的个性符合儒家的价值观念和行为准则,"中兴主""再兴刘"更是上应天命,对后汉中兴的完美想象和热烈歌颂体现出王十朋对本朝中兴的衷心期待和向往。这一点从与光武中兴有关的《钓台三绝》诗中可以得到进一步印证。《钓台三绝》诗其一云:

　　圣主中兴急用人,小臣无术赞经纶。功名分付云台士,愿学先生事隐沦。③

此诗前两句从现实写起,直接将南宋中兴与后汉中兴相映射,将后汉中兴视为南宋中兴的历史映像,将宋高宗与光武帝相对应,成就高宗中兴大业急需人才,因此期待有能人志士建立不世功勋,画像云台,而王十朋自称能力有限,不足以辅佐中兴大业,愿学严子陵隐居。此诗虽然因严陵钓台而起,最后以学严陵"隐沦"而终,然而整首诗中"圣主中兴""赞经纶""云台士"却充分显示出王十朋满怀的中兴愿望。除了表达对中兴事业的热烈歌颂和向往,还有对中兴未竟的叹惋之情,如咏唐宪宗的《宪宗》诗云:

　　叛将连头就典刑,元和功业竟无成。晚年误信妖人术,祸自丹砂药里生。④

唐宪宗李纯是一个奋发有为的皇帝,继位后,决心"以法度裁制藩镇"⑤。最终所有藩镇名义上全部归服朝廷,唐朝出现短暂统一,史称"元和中兴"。这是十分令人兴奋的历史事件,符合王十朋加强中央集权、实现国家中兴的理想,因此王十朋予以热烈歌颂。然而宪宗统治后期,好长生不老之术,求方

---

① 《全宋诗》第 36 册,第 22682 页。
② 同上书。
③ 同上书,第 22898 页。
④ 同上书,第 22685 页。
⑤ 《资治通鉴》卷二百三十七,第 7627 页。

士,服金丹,最终中年暴崩,年仅四十三。王十朋为元和中兴中道而废深感惋惜。

中兴理想的实现要通过内外两个方面来实现:对外抗金复国,报仇雪耻,对内举贤任能,君臣协作。表现在诗歌中,尤其是咏史诗中,王十朋均从不同的角度进行歌咏。

在王十朋的时代,大宋王朝刚刚经历了靖康之难,王室蒙羞,山河破碎,既是国仇,又是家恨,并且南宋前期始终面临着大金的侵扰和威胁。因此,抗金复国,报仇雪耻,收复失地,保境安民,成了当时最大时代主题,无疑是实现中兴最关键、最核心的部分,王十朋对此念念不忘,《宋史·王十朋传》载:

> 十朋见上英锐,每见必陈恢复之计。及将北伐,上疏曰:"天子之孝莫大于光祖宗、安社稷,因前王盈成而守者,周成康、汉文景是也;承前世衰微而兴者,商高宗、周宣王是也;先君有耻而雪之,汉宣帝臣单于、唐太宗俘颉利是也;先君有雠而复之,夏少康灭浇、汉光武诛莽是也。迹虽不同,其为孝一也。靖康之祸,亘古未有,陛下英武,慨然志在兴复。窃闻每对群臣奏事,则曰:'当如创业时。'又曰:'当以马上治之。'又曰:'某事当俟恢复后为之。'比因宣召,语及陵寝,圣容恻然,曰:'四十年矣。'陛下之心真少康、高宗、宣王、光武之心,奈何大臣不能仰副圣心? 愿戒在位者,去附和之私心,赞国家之大计,则中兴日月可冀矣。"①

可见王十朋对报仇雪耻、北伐中原十分关注和重视,乃至对一切与抗敌雪耻、旗开得胜相关的信息都十分敏感,并且强烈地渗透到诗歌创作之中,即便在一些山水风景中亦不乏相关联想,见"障岩"而欲"移兹障边境,犬羊安敢肆猖狂"②,至"撒水岩"想到"聊欲澄清世上尘"③,愿淮山草木"莫令污染犬羊腥"④。这种报仇复国的思想在咏史诗中有更多的表现,如《庄公》诗云:

> 先君出会不生还,鲁弱无由可报冤。祢庙岂宜姜氏见,庄同何忍与雠婚。⑤

① 《宋史》卷三百八十七《王十朋传》,第11885页。
② 王十朋《障岩》,《全宋诗》第36册,第22750页。
③ 王十朋《撒水岩》,《全宋诗》第36册,第22750页。
④ 王十朋《淮山》,《全宋诗》第36册,第22885页。
⑤ 《全宋诗》第36册,第22688页。

鲁庄公原名姬同,是鲁桓公嫡长子。鲁桓公十八年(前 694),鲁桓公与夫人文姜出访齐国,齐襄公却与文姜通奸,鲁桓公知道后怒斥文姜,文姜将此事告知齐襄公。齐襄公将鲁桓公灌醉,后又派公子彭生伺机将其杀害。后来姬同继任为鲁国国君,即鲁庄公。①"先君出会不生还"即指鲁桓公被齐国杀害之事。其时鲁弱齐强,鲁国无法报仇是有情可原的。但是鲁庄公后来又娶了杀父仇人齐侯之女哀姜,则是让人无法接受的。仇人之女有何面目在考庙中面对被齐国杀死的鲁桓公呢?王十朋对鲁桓公被杀,鲁庄公不但不能报仇雪恨,还与仇人之女结亲,十分愤怒。王十朋还在《畎亩十首》其四中有更直接的表述:"古者父母雠,义不共戴天。庄同父何在,乃与齐侯田。"②明确指出父母之仇,不共戴天,谴责鲁庄公不顾杀父之仇,与仇敌会盟,造成"鲁国无臣子,君亲义茫然"的严重后果。王十朋之所以对报仇雪耻十分关注,对鲁庄公未能报仇、不顾国仇家恨与仇敌结盟表示愤慨,是有着强烈的现实政治观照的,与南宋王朝洗雪国耻,宋高宗为父报仇,恢复国土、实现中兴密切相关。与鲁庄公不能报仇的不同,齐襄王则是能报世仇的典型,王十朋不顾其品行不端而激赏有加,《齐襄王》诗云:

> 诸儿帷薄可曾修,敝笱诗包两国羞。何事春秋尤讳恶,只缘能报祖宗雠。③

齐襄公,姜姓,名诸儿。与鲁桓公夫人文姜私通,贾谊云:"古者大臣……坐污秽淫乱男女亡别者,不曰污秽,曰'帷薄不修'。"④故首句称齐襄公帷薄不修。关于此事,《诗经》亦有诗予以讽刺,《诗经·敝笱》序云:"《敝笱》,刺文姜也。齐人恶鲁桓公微弱,不能防闲文姜,使至淫乱,为二国患焉。"⑤认为齐襄公与文姜私通一事,使齐鲁两国均蒙羞,即所谓"敝笱诗包两国羞"之意。首二句指出齐襄公劣迹斑斑,《史记》载"襄公之醉杀鲁桓公,通其夫人,杀诛数不当,淫于妇人,数欺大臣"⑥等种种罪过,可见其并非贤明君主,应该是被批判被讽刺的对象。然而《春秋》却对其恶行有意避讳。齐国与纪国

---

① 《春秋左传正义》卷七《桓公十八年》,清阮元校刻《十三经注疏》,第 3819 页。
② 《全宋诗》第 36 册,第 22585 页。
③ 同上书,第 22689 页。
④ 《汉书》卷四十八《贾谊传》,第 2257 页。
⑤ 《毛诗正义》卷五,清阮元校刻《十三经注疏》,第 748 页。
⑥ 《史记》卷三十二《齐太公世家》,第 1485 页。

有世仇，鲁庄公四年，齐襄公灭纪。对这件事，《春秋·庄公四年》却书作"纪侯大去其国"①，"解云：欲言其奔而经言大去，欲言其灭又无灭文"②。因此，后人对于《春秋》这段记载的措辞方式及其微言大义，多有议论。《公羊传》关于"纪侯大去其国"有大段议论：

> 大去者何？灭也。孰灭之？齐灭之。曷为不言齐灭之？为襄公讳也。《春秋》为贤者讳。何贤乎襄公？复雠也。何雠尔？远祖也。哀公亨乎周，纪侯谮之。以襄公之为于此焉者，事祖祢之心尽矣。尽者何？襄公将复雠乎纪，卜之，曰："师丧分焉。""寡人死之，不为不吉也。"远祖者，几世乎？九世矣。九世犹可以复雠乎？虽百世可也。家亦可乎？曰，不可。国何以可？国君一体也。先君之耻，犹今君之耻也；今君之耻，犹先君之耻也。国君何以为一体？国君以国为体，诸侯世，故国君为一体也。今纪无罪，此非怒与？曰，非也。古者有明天子，则纪侯必诛，必无纪者。纪侯之不诛，至今有纪者，犹无明天子也。古者诸侯必有会聚之事，相朝聘之道，号辞必称先君以相接。然则齐纪无说焉，不可以并立乎天下。故将去纪侯者，不得不去纪也。有明天子，则襄公得为若行乎？曰，不得也。不得则襄公曷为为之？上无天子，下无方伯，缘恩疾者可也。③

《公羊传》认为齐襄公复九世之仇、雪先君之耻的灭纪行为是正当的，可称贤者，"春秋为贤讳"，故而如此记录此事。王十朋不仅认同《公羊传》的说法，而且还特别强调齐襄公"帷薄不修"的严重污点，儒家圣人孔子在以褒贬分明著称的《春秋》中竟然置之不顾而为其避讳，自然可以突显圣人孔子对于报祖宗之仇的重视，"何事春秋尤讳恶，只缘能报祖宗雠"即此意。王十朋《畎亩十首》诗其四中亦有"齐纪不并立，诸儿得称贤"④句，引齐襄公报仇而得到后人称赞，表达父母之仇不同戴天乃圣人"垂训"之意。王十朋借古讽今，表现了对报仇雪耻的强烈愿望。王十朋曾上疏云："天子之孝莫大于光祖宗、安社稷，……先君有雠而复之……靖康之祸，亘古未有，陛下英武，慨然志在兴复。窃闻每对群臣奏事，则曰：'当如创业时。'又曰：'当以马上治

---

① 《春秋左传正义》卷八《庄公四年》，清阮元校刻《十三经注疏》，第3828页。
② 《春秋公羊传注疏》卷六《庄公四年》，清阮元校刻《十三经注疏》，第4833页。
③ 同上书。
④ 《全宋诗》第36册，第22585页。

之。'又曰:'某事当俟恢复后为之。'"①王十朋正是借咏史诗表达对报仇雪耻、北伐恢复等政治问题的意见和看法。

家恨与国仇密切相关,王十朋对抗敌复国也同样关注,如《采蕺》诗,此诗是一组抒情怀古诗:

> 采蕺,思越王也。越有山名蕺,蕺,蔬类也,王所嗜焉。予尝登是山,故作是诗以思之。②
>
> 陟彼越山,言采其蕺。我思古人,中心悒悒。维国有耻,朝弗遑粒。胆于坐隅,霸勋以集。
>
> 陟彼越山,言采其茗。③我思古人,中心炳炳。维国有耻,夕弗遑瞑。焦心以思,沼吴之境。
>
> 厥草匪甘,厥蔬匪香。维其味之,岂曰嗜之。心焉孔焦,胆焉亟尝。唯其苦之,是以取之。
>
> 我陟高岗,瞻望东越。访王之祀,旷古有阙。宜庙于山,世享不绝。何以荐之,蕺茗是撷。④

以"蕺"为引子,表达对越王的深情咏怀。王十朋所怀念的越王形象是:国耻未雪,寝食难安,"朝弗遑粒""夕弗遑瞑""胆于坐隅""焦心以思""心焉孔焦,胆焉亟尝",砥砺心志,最终"沼吴之境""霸勋以集",雪洗国耻,成就霸业。这一形象的核心正是励精图治,雪洗国耻,也是王十朋念兹在兹的中兴大业的最核心构件,因此寄予深切的怀念之情,既是怀念,又是期待和希望。最后以"宜庙于山,世享不绝。何以荐之,蕺茗是撷"寄托怀想和渴望之情。

面对国仇家恨,最重要的洗雪方式就是北伐中原,收复失地,再次实现统一。王十朋因此对北伐中原取得非凡成绩以及能征善战、旗开得胜的历史人物,热烈歌颂,借以表达对报仇雪恨的渴望。如《宋武帝》诗云:

> 宋武英雄世莫加,长驱千里定中华。乘机不据金汤险,自剖乾坤作两家。⑤

---

① 《宋史》卷三百八十七《王十朋传》,第 11885 页。
② 《全宋诗》第 36 册,第 22699 页。
③ 自注:越有卧龙山,勾践旧治,山有奇茗,故次章及之。
④ 《全宋诗》第 36 册,第 22699 页。
⑤ 同上书,第 22683 页。

此诗咏刘裕率军北伐,攻打后秦之事。义熙十三年九月,刘裕率军北伐抵达长安,颇有光复故土的意味。此诗前两句所咏即此事,赞赏刘裕英雄盖世无双,能长驱千里,夺取已经沦陷一百多年的关中之地。这对东晋王朝具有非同一般的历史意义。至八百年后,与东晋境况相似的南宋,王十朋对这样的壮举依然充满向往和渴望,歆羡之情溢于言表。因此对刘裕的赞颂也不遗余力。刘裕在占据长安之后,本可以乘胜追击,平定陇右,恢复中原,但他却草草收尾,放弃北伐,甚至对刚刚得到的关中地区也毫不关心,匆匆回到建康,着力夺取东晋政权。当时,"三秦父老诣门流涕诉曰:'残民不沾王化,于今百年矣。始睹衣冠,方仰圣泽。长安十陵,是公家坟墓,咸阳宫殿数千间,是公家屋宅,舍此欲何之?'"①王十朋对刘裕此举与三秦父老一样深感惋惜,既可见刘裕当年收复关中的历史意义和现实影响,也可见刘裕停止北伐,未能恢复失地、实现统一的严重后果。因此此诗以"乘机不据金汤险,自剖乾坤作两家"二句出之。"金汤险"是客观有利条件,"自剖乾坤作两家"是主观放弃,在客观有利、主观放弃的两相对比中,表达出停止北伐、功败垂成的惋惜之情。王十朋对刘裕北伐之功的赞叹和渴望是由衷的,在另一首吟咏刘裕的诗中依然念念不忘,《宋武帝庙》②诗云:

> 规模仍旧晋乾坤,遗恨于今失所尊。庙食铁山精爽在,铸兵思欲定中原。③

首二句从庙貌写起,言其制式面貌依然保留着东晋时代的样子,只是已经失去了往日的尊贵地位。"遗恨"二字恐非仅仅指"失所尊"而言,自然包括上文提到的未能乘胜进攻,恢复失地,统一河山的意思。观后二句可知,"庙食铁山精爽在,铸兵思欲定中原",称刘裕庙食铁山,自然有精魂在此,希望在此以铁山之铁,铸造军器,北定中原。这是借刘裕之口表达了诗人个人的心愿,典型的借古抒怀。实则王十朋未必不知刘裕是为了谋权篡位的政治野心而放弃北伐的事实,史书有明确论说:"关中形胜之地,而以弱才小儿守之,非经远之规也。狼狈而返者,欲速成篡事耳,无暇有意于中原。"④而王十朋依然"天真"地热烈歌颂其功绩,借古人之口言一己心中之愿,正是王十

① 《宋书》卷六十一《王义真传》,第1634页。
② 题注:在大冶县铁山。
③ 《全宋诗》第36册,第22804页。
④ 《晋书》卷一百三十《赫连勃勃载记》,第3208页。

朋恢复心切的鲜明体现。基于类似的心态,王十朋对"尊奉天子"、能征惯战的宇文泰也进行热烈地歌颂,《周文帝》诗云:

> 传檄东征贺六浑,亲迎天子入长安。剩栽沙苑千株柳,长使齐军破胆寒。①

魏孝武帝与高欢不协,至永熙三年(534)矛盾进一步激化,高欢调集大军,声称应诏南讨,大举南下,实则为铲除异己势力。七月,高欢引军渡河,迫使孝武帝丢弃洛阳,亡命长安,投奔宇文泰。史载:"七月丁未,帝遂从洛阳率轻骑入关,太祖备仪卫奉迎,谒见东阳驿。太祖免冠泣涕谢曰:'臣不能式遏寇虐,遂使乘舆迁幸。请拘司败,以正刑书。'帝曰:'公之忠节,曝于朝野。朕以不德,负乘致寇。今日相见,深用厚颜。责在朕躬,无劳谢也。'乃奉帝都长安。"②而诗云"亲迎天子入长安",似乎与史实有较大出入。这里既有为尊者讳,美化孝武帝的逃奔行为,也是美化宇文泰的迎驾之举。在对待孝武帝的态度上,较之高欢,宇文泰的行为似乎更符合王十朋的政治伦理观念,实则宇文泰与高欢是半斤八两,王十朋有意忽略"披草莱,立朝廷,军国之政,咸取太祖决焉"③以及孝武帝被宇文泰所杀的事实,只是为了凸显维护皇帝权威的基本儒家伦理道德观念。不仅在宇文泰迎驾这件事上,王十朋予以虚构美化,在沙苑之战上,同样有美化之处。此次战争本为高欢主动出击,"传檄东征贺六浑"是王十朋将其美化为宇文泰奉天子之命,讨伐高欢。总之,此诗此前两句与史实有较大差距,是王十朋有意美化的结果。而美化的原因,一方面是维护天子权威,为尊者讳,另一方面,是对北周文帝宇文泰倾心欣赏的结果。因为王十朋十分推崇、向往下文提到的沙苑之战。永熙三年(534)冬十月壬辰,宇文泰主动迎战向西进发的高欢大军,虽然对宇文泰而言,"战士不满万人"④,"征诸州兵皆[未]会"⑤,"彼众我寡"⑥,但经过巧妙布阵,精准打击,最终大败高欢,最后"还军渭南,于是所征诸州兵始至。乃于战所,准当时兵士,人种树一株,以旌武功"⑦。即诗所谓"剩栽沙苑千

---

① 《全宋诗》第 36 册,第 22684 页。
② 唐令狐德棻等撰《周书》卷一《文帝纪》,中华书局,1971 年,第 13 页。
③ 《周书》卷一《文帝纪》,第 13 页。
④ 《周书》卷二《文帝纪》,第 23 页。
⑤ 同上书。
⑥ 同上书,第 24 页。
⑦ 同上书。

株柳，长使齐军破胆寒"之意。王十朋对这样以少胜多、出奇制胜的战争及其将领，有着格外的崇敬和向往之情。而取得战争胜利，迎接天子回到朝廷，似乎是王十朋中兴之梦的重要组成部分，因此不惜美化虚构历史事实，塑造一位维护天子权威、能征惯战、克敌制胜的历史人物形象。

王十朋对理想历史人物的歌颂和呼唤，正是源于对现实的不满。在南宋朝廷中，北伐中原、收复失地的主张并非主流和常态，而委曲求全、耽于享乐才是从上到下的普遍情况，王十朋这样的主战派士人不禁忧心如焚，形之于诗，则通过对未能积极进行恢复大业的古人古事表达惋惜之情，以此表达对恢复的渴望和对现实的不满。如《元帝》诗云：

> 金陵王气为谁锺，五马南浮一化龙。四海民心共思晋，江东何事却从容。①

《晋书·五行志》载："太安中，童谣曰：'五马游渡江，一马化为龙。'后中原大乱，宗藩多绝，唯琅邪、汝南、西阳、南顿、彭城同至江东，而元帝嗣统矣。"②此诗"金陵王气为谁锺，五马南浮一化龙"二句所咏即此事。偏安东南的东晋王朝，南渡初期，世族大家尚有故乡之思，在江南安居二十多年之后，已不愿北归，加之内部斗争激烈，内耗严重，南渡士人已经习惯于偏安一隅的现状，因此虽然有多次北伐行动，但从上而下，反对北伐的声音和力量依然非常强大和顽固，庾翼请求朝廷准许他北伐的上疏中，要求皇帝"表御之日便决圣听，不可广询同异，以乖事会"③，可见其对当时朝中的反对势力是有足够认识的。在当时形成了一种不谙实务，崇尚从容的风气。东晋初年，御史中丞熊远上疏云："群官不以仇贼未报为耻，务在调戏、酒食而已，二失也。……当官者以治事为俗吏，奉法为苛刻，尽礼为谄谀，从容为高妙，放荡为达士，骄蹇为简雅，三失也。"④可见当日风气之一斑。王十朋以北方人民盼望晋室北还、恢复故国的急切，与江东世族"不能遣军进讨""不以仇贼未报为耻，务在调戏、酒食而已"，尽日悠闲舒缓、从容不迫相对比，为江东士人安于现状、不思进取感到惋惜。偏安之势，南宋与东晋同，王十朋正是借古事写时事，发出时代拷问。

---

① 《全宋诗》第 36 册，第 22683 页。
② 《晋书》卷二十八《五行志》，第 845 页。
③ 《晋书》卷七十三《庾翼传》，第 1933 页。
④ 《资治通鉴》卷九十，第 2863—2864 页。

正是基于对抗敌复国、克敌制胜的渴望,王十朋在本朝历史中,也着重关注抵抗外敌入侵、维护朝廷尊严、争取民族利益的英雄豪杰及其光辉历史,比如寇准、高琼、韩琦、范仲淹、富弼等人,不仅歌颂其丰功伟绩,而且表达热烈的渴望和期待,希望能再现这样的人物,能够扭转当下的局面,拯救时艰,走出困境。《观国朝故事》诗其一云:

> 昔在景德初,胡虏犯中原。朝廷用莱公,决策幸澶渊。高琼虽武夫,能发忠义言。咏诗退虏骑,用丑枢相颜。銮舆至北城,断桥示不还。一箭毙挞览,夜半却腥膻。至仁不忍杀,和好垂百年。伟哉澶渊功,天子能用贤。①

此诗咏宋初澶州之役。萧太后于宋景德元年(1004)闰九月率大部南征,宋廷恐慌,真宗犹豫不定,寇准力主真宗"幸澶州"②。面对部分主政大臣逃难避险的主张,寇准予以强烈的批判和反驳。"昔在景德初,胡虏犯中原。朝廷用莱公,决策幸澶渊"所言即此事。既至澶州,真宗见契丹兵卒盛众,遂不愿渡过黄河,寇准固请未决,"出遇高琼于屏间……准复入对,琼随立庭下,准厉声曰:'陛下不以臣言为然,盍试问琼等。'琼即仰奏曰:'寇准言是。'准曰:'机不可失,宜趣驾。'琼即麾卫士进辇,帝遂渡河"③。在这个过程中,有一个关于高琼的重要环节,《涑水记闻》载:"上在澶渊南城,殿前都指挥使高琼固请幸河北,曰:'陛下不幸北城,北城百姓如丧考妣。'冯拯在旁呵之曰:'高琼何得无礼!'琼怒曰:'君以文章为二府大臣,今虏骑充斥如此,犹责琼无礼,君何不赋一诗咏退虏骑邪?'"④"高琼虽武夫,能发忠义言。咏诗退虏骑,用丑枢相颜"所咏即这段历史。"上乃幸北城,至浮桥,犹驻辇未进,琼以所执梃筑辇夫背,曰:'何不亟行! 今已至此,尚何疑焉?'上乃命进辇。既至,登北城门楼,张黄龙旗,城下将士皆呼万岁,气势百倍。会虏大将挞览中弩死,虏众遂退。"⑤"銮舆至北城,断桥示不还。一箭毙挞览,夜半却腥膻"所咏即此事。宋真宗软弱,积极求和,王十朋称其"至仁不忍杀",无疑是回护之词。寇准虽力主与辽决战,亦不得已主持议和,即"澶渊之盟"。王十朋

① 《全宋诗》第 36 册,第 22586 页。
② 《宋史》卷二百八十一《寇准传》,第 9530 页。
③ 同上书,第 9530—9531 页。
④ 宋司马光撰,邓广铭、张希清点校《涑水记闻》卷六,第 114 页。
⑤ 《涑水记闻》卷六,第 114 页。

极力赞扬此事,称"伟哉澶渊功"。总结经验,称"天子能用贤",此贤者即寇准、高琼之主战派大臣,王十朋对寇准赞赏有加,成为其一生多次吟咏歌颂的本朝人物。乾道元年(1165),王十朋知夔州,"过公安,谒莱公祠,盖枯竹再生处也"①,作《寇莱公祠(公安)》诗,诗云:"油水江头寇相祠,凛然如坐庙堂时。精忠一点不负国,枯竹知公人不知。"②称颂寇准精忠为国,其祠枯竹再生。至夔州,见"巴东祠废,可谓缺典,因成二绝以示邑官"③,即《宿巴东县怀寇忠愍》诗二首,王十朋在诗中念念不忘的依然是寇准的"凛然容貌"④和"澶渊一段奇功业"⑤,极为赞赏寇准拒绝忍辱求和,坚持抵抗,最后克敌制胜、建立不朽功业的事迹。在《夔路十贤·寇莱公》诗中,歌颂"莱公经济业"⑥,"斯人不复见,亭上秋风悲"⑦,对当下缺乏如此有魄力、有胆略的英雄人物感到遗憾和悲哀。寇准与宋真宗君臣合力、共御外侮的历史,正是王十朋齐心协力、抗敌复国的理想军国状态,因此再三致意,拳拳之心可见。《观国朝故事》诗其二云:

> 昔在康定初,元昊叛西陲。朝廷起韩范,节制阃外师。二公人中龙,材略超等夷。匈中百万兵,对面千里机。不比大老子,而令虏能欺。深期复灵夏,重勒燕然碑。军中果兴谣,西贼心胆罅。逆节遂称臣,战士解甲归。社稷安泰山,四海绝疮痍。堂堂宁复有,为作思贤诗。⑧

前诗咏宋辽关系,此诗则是涉及宋夏关系。宋仁宗天圣九年(1031)李元昊嗣位,于景祐五年(1038)称帝,对宋朝发起进攻,宋军战势十分被动。康定元年(1040)五月,范仲淹和韩琦为陕西经略安抚招讨副使,应对西夏入侵。即此诗前四句所谓"昔在康定初,元昊叛西陲。朝廷起韩范,节制阃外师"之意。在韩范二人到任之后,从宋康定元年(1040)到庆历二年(1042),在宋夏三川口之战、好水川之战和定川寨之战中,宋军三战皆败,损失惨重。王十朋对此有所回避,只字未提。接下来四句"二公人中龙,材略超等夷。匈中

---

① 《宿巴东县怀寇忠愍》诗自注,《全宋诗》第36册,第22818页。
② 《全宋诗》第36册,第22814页。
③ 《宿巴东县怀寇忠愍》诗自注,《全宋诗》第36册,第22818页。
④ 《全宋诗》第36册,第22818页。
⑤ 同上书。
⑥ 同上书,第22862页。
⑦ 同上书。
⑧ 同上书,第22586页。

百万兵,对面千里机。不比大老子,而令虏能欺。深期复灵夏,重勒燕然碑"数句则直接称赞韩、范为人中之龙,才略超群,不是可以被敌人欺负的老实人,意欲消灭西夏势力,恢复灵、夏之地,重振大宋国威。韩、范二人名重一时,人心归服,边塞上传诵歌谣曰:"军中有一韩,西贼闻之心骨寒;军中有一范,西贼闻之惊破胆。"①西夏在战争中"死亡创痍者相半,人困于点集,财力不给"②,人心厌战,民怨沸腾,宋朝也力图谋求妥协苟安。双方于庆历四年(1044)十月达成协议,即"庆历和议",从此宋夏关系转入缓和。"军中果兴谣,西贼心胆瘵。逆节遂称臣,战士解甲归。社稷安泰山,四海绝疮痍"所咏即此意。虽然停战议和是双方妥协的结果,所取得胜利也只是徒有虚名。但在此过程中,依然体现了积极的战争态度,行之有效的战争策略,保存了朝廷的颜面,在一定程度上鼓舞了士气和人心,有一定的积极意义,依然是值得期待和向往的状态。韩、范二人这样才略超群的将领更加值得期待,最后两句"堂堂宁复有,为作思贤诗"即表达了这个意思。此后王十朋在《祠颜范二公》③诗中表达得更为明白显豁,"安得神仙返魂药,九原唤起静边尘",直接呼唤要用"神仙返魂药"从地下唤起颜真卿、范仲淹这样的英雄人物,来平叛边境战乱,收复失地。乾道四年,王十朋知泉州,以韩琦生于此地,故立祠祀之,作《韩魏公生于泉南州宅,故未有祠,于典为阙,郡圃有庵,名大隐,即之以祠,八月戊子率同僚祀之》④诗,歌咏韩琦"河朔魁梧"之英姿,"台躔捧日"之伟绩,都是出于对韩、范这样英雄的渴望与呼唤。《观国朝故事》诗其四云:

> 富公昔使虏,厉色争献纳。臣节安敢亏,君恩以死答。煌煌中国尊,忍为豺狼屈。堂堂汉使者,刚气不可折。斯人嗟已亡,英风复谁接。衔命虏庭人,偷生真婢妾。⑤

此诗咏宋辽之间的一次外交活动。宋夏好水川之战,宋军再一次大败,西边战事吃紧,北部边防空虚。契丹决定趁火打劫,派使者前往宋朝"索地",要求将关南地归还给契丹。当此危难之际,年届不惑的富弼挺身而出,向仁宗

---

① 宋孔平仲撰,杨倩描、徐立群点校《孔氏谈苑》卷四,中华书局,2012 年,第 252 页。
② 《宋史》卷四百八十五,第 13997—13998 页。
③ 《全宋诗》第 36 册,第 22774 页。
④ 同上书,第 22921 页。
⑤ 同上书,第 22586 页。

辞行说："主忧臣辱，臣不敢爱其死！"①富弼到达契丹之后，在与辽兴宗的几番交涉中，陈述利害关系，详析利弊得失，针锋相对，严词厉色，拒绝割地，最终"契丹不复求婚，专欲增币"②，但辽兴宗却增加了一个条件，要求宋廷在誓书上称为"献"或"纳"，富弼严词拒绝，据理力争。首先契丹主曰："南朝既惧我矣，于二字何有？若我拥兵而南，得无悔乎！"③富弼曰："本朝兼爱南北，故不惮更成，何名为惧？或不得已至于用兵，则当以曲直为胜负，非使臣之所知也。"④契丹主又曰："卿勿固执，古亦有之。"⑤富弼曰："自古唯唐高祖借兵于突厥，当时赠遗，或称献纳。其后颉利为太宗所擒，岂复有此礼哉！"⑥富弼声色俱厉，契丹知不可夺，遂搁置讨论。后来富弼回朝上奏曰："臣以死拒之，彼气折矣，可勿许也。"⑦坚持拒绝这一要求，体现出对国家尊严的严正维护。即此诗首四句"富公昔使虏，厉色争献纳。臣节安敢亏，君恩以死答"所咏之事。接下来四句"煌煌中国尊，忍为豺狼屈。堂堂汉使者，刚气不可折"表达了对维护国家尊严的强烈决心，和对富弼不畏强敌、不辱使命、刚毅勇敢、誓死争取国家利益的热烈赞扬。最后四句"斯人嗟已亡，英风复谁接。衔命虏庭人，偷生真婢妾"表达了斯人已逝，其精神气概后世难觅，同时表达了对出使辱节、苟且偷生者的蔑视之情，或是一种着眼于现实有感而发的愤激之词。

与报仇雪耻、抗敌复国相关，王十朋还借咏史诗表达对战争、战势的认识和看法，如《越王勾践》诗云：

> 机会由来贵速投，姑苏事与会稽侔。谋臣不早麾兵进，尝胆徒劳二十秋。⑧

此诗首先开宗明义，表明自己的观点：战争贵在当机立断，准确把握战机。接下来以吴越争霸之史事加以说明。越王勾践兵败归国之后，"乃苦身焦思，置胆于坐，坐卧即仰胆，饮食亦尝胆也。曰：'女忘会稽之耻邪？'身自耕

---

① 《宋史》卷三百一十三《富弼传》，第 10250 页。
② 同上书，第 10252 页。
③ 同上书。
④ 同上书。
⑤ 同上书。
⑥ 同上书。
⑦ 同上书。
⑧ 《全宋诗》第 36 册，第 22690 页。

作,夫人自织,食不加肉,衣不重采,折节下贤人,厚遇宾客,振贫吊死,与百姓同其劳"①,"蚤朝晏罢……谋之二十二年"②,即诗所谓"尝胆""二十秋"之意。在这二十年间,越王多次准备攻打吴国,皆因逢同、范蠡等谋臣劝阻而作罢。但王十朋认为,吴越实力相当,因为谋臣迟迟推延战争时机,从而使得越王勾践尝胆二十年,这是毫无意义的,即诗所谓"谋臣不早麾兵进,尝胆徒劳二十秋"之意。王十朋于一千多年之后论吴越战争形势,其观点本身值得商榷甚至是毫无意义的。若参考王十朋其他诗作,如《采薇》③《戢山》④诗,对越王勾践及其苦心尝胆的歌颂和缅怀之情,我们可以确定,王十朋写作此诗本意不在讨论吴越战事,而是借古讽今,借古事论时事,反对拖延懈怠,力主抓住战机,果断行动。

在战争中,要有长远的战略眼光和统一的战略部署,不必在意一时的胜负,王十朋借孟明视的经历表达了这一观点。《秦穆公》诗云:

> 秦穆平生善用兵,孟明三败始功成。后人不识兵家势,异议纷从胜负生。⑤

孟明视是秦穆公的主要将领,其一生的主要事迹即屡败屡战,最终取得成功。孟明视在崤之战和彭衙之战的正面交锋以及在晋联合诸侯攻秦的被动守城中,均取得败绩,且颇为屈辱,在孟明视"帅师伐晋,以报殽之役"⑥失败后,被晋人以"拜赐之师"⑦嘲笑奚落。然而秦穆公并未因此而怪罪孟明视,而是依然重用。史载,孟明视等三位将领在崤之战后,回到秦国,"缪公素服郊迎,向三人哭曰:'孤以不用百里傒、蹇叔言以辱三子,三子何罪乎?子其悉心雪耻,毋怠。'遂复三人官秩如故,愈益厚之。"⑧最后秦穆公再次发动对晋进攻,并一战成功,所谓"孟明三败始功成"即此。史载:"缪公复益厚孟明等,使将兵伐晋,渡河焚船,大败晋人,取王官及鄗,以报殽之役。晋人皆城守不敢出。……乃誓于军曰……君子闻之,皆为垂涕,曰:'嗟乎!秦缪公之

---

① 《史记》卷四十一《越王句践世家》,第1742页。
② 同上书,第1745页。
③ 《全宋诗》第36册,第22699页。
④ 同上书,第22717页。
⑤ 同上书,第22687页。
⑥ 《春秋左传正义》卷十八,清阮元校刻《十三经注疏》,第3990页。
⑦ 同上书。
⑧ 《史记》卷五《秦本纪》,第192页。

与人周也,卒得孟明之庆。'"①《左传》称此后秦"遂霸西戎,用孟明也"②,说明孟明视对于秦穆公开疆辟土的重要贡献。而王十朋此诗则着重关注作为决策者秦穆公的长远眼光和英明决断,对于孟明视的败绩,不仅不责怪惩罚,而且屡屡"益厚之",这是常人无法企及的,因此王十朋盛赞"秦穆平生善用兵",主要着眼于此。此诗后二句从史事出发,表达个人见解,认为后来之人目光短浅,不能领会兵家的审时度势,往往因一时的胜负异论纷纷。后二句看似从史事引发,泛泛而论,实则有着对现实的强烈观照。王十朋《上殿札子三首》云:"夫百战百胜,一不胜而自谓天亡者,气何在哉?屡战屡败而不为之屈,卒之易败为胜,转弱为强者,气也。蜀先主英姿大度,有高帝风,兵虽屡挫而终不为曹操屈。吴孙权闻周瑜之言,拔刀碎案,遂成赤壁之隽功。吴蜀之势非魏敌也,然而能霸有一方,鼎足而立者,气使之然也。臣来自草茅,得之道路,谓庙堂之上、谋议之臣和守战之议哄然未决,兹理固洞然易晓,议者何不思之耶?"③此诗所论与朝廷奏议如出一辙,正是就"庙堂之上、谋议之臣和守战之议"而发。

1162年,宋孝宗赵昚即位,志在收复故地,启用主战派士人张浚,并于隆兴元年四月,直接向张浚等下达了北伐的诏令,不宣而战,宋金战争再次爆发。初期取得一系列胜利,后因部将李显忠、邵宏渊不协,矛盾尖锐,从而导致人心浮动,士气低下,最终兵败符离,宋军全线崩溃,史称"符离之败"。此次战败,不仅打击了孝宗的雄心,开始在战和之间摇摆不定,还挫折了主战派的优势,使得主和派势力开始抬头,反对对抗、主张议和的声音和活动又开始进行,关于战与和又展开了激烈的争论,主和派势力逐渐取得上峰。就在这样的背景下,王十朋上疏,对此表达自己的意见。《宋史·王十朋传》载:"会李显忠、邵宏渊不协,王师失律,张浚上表自劾,主和者乘此唱异议。十朋上疏言:'臣素不识浚,闻其誓不与敌俱生,心实慕之。前因轮对,言金必败盟,乞用浚。陛下嗣位,命督师江、淮,今浚遣将取二县,一月三捷,皆服陛下任浚之难。及王师一不利,横议蜂起。臣谓今日之师,为祖宗陵寝,为二帝复仇,为二百年境土,为中原吊民伐罪,非前代好大生事者比。益当内修,俟时而动。陛下恢复志立,固不以一衄为群议所摇,然异论纷纷,浚既待罪,臣其可尚居风宪之职!乞赐窜殛。'"④王十朋疏中所言"王师一不利,横

---

① 《史记》卷五《秦本纪》,第193—194页。
② 《春秋左传正义》卷十八,清阮元校刻《十三经注疏》,第3994页。
③ 《全宋文》第208册,第180页。
④ 《宋史》卷三百八十七《王十朋传》,第11886页。

议蜂起","异论纷纷","陛下恢复志立,固不以一衄为群议所摇",正与诗中所论"后人不识兵家势,异议纷从胜负生"合,故王十朋着意拈出秦穆公信用孟明视一段予以吟咏,着实是因现实战和形势、政治纷争有感而发的议论。

实现中兴梦想的另一个重要条件就是举贤任能,知人善任,君臣合力,这一点对于历代帝王成就事业都是至关重要的,因此王十朋对人才、用人、君臣关系、知人善任十分关注。《宋史》本传载,王十朋曰:"如何御敌,莫急于用人,今有天资忠义、材兼文武、可为将相者,有长于用兵、士卒乐为之用、可为大帅者,或投闲置散,或老于藩郡,愿起而用之,以寝敌谋,以图恢复。"①王十朋在咏史诗中,吟咏历代帝王将相屡屡凸显这一思想。对人才之于中兴大业的重要意义,对君臣关系,再三致意,反复申说。如推崇汉高祖刘邦的知人善任,《汉高帝》诗其一云:

> 百战功成汉业新,咸阳置酒问群臣。区区高起王陵辈,岂识龙颜善用人。②

《汉书·高祖本纪》载:"帝置酒雒阳南宫。上曰:'通侯诸将毋敢隐朕,皆言其情。吾所以有天下者何?项氏之所以失天下者何?'高起、王陵对曰:'陛下嫚而侮人,项羽仁而敬人。然陛下使人攻城略地,所降下者,因以与之,与天下同利也。项羽妒贤嫉能,有功者害之,贤者疑之,战胜而不与人功,得地而不与人利,此其所以失天下也。'上曰:'公知其一,未知其二。夫运筹帷幄之中,决胜千里之外,吾不如子房;填国家,抚百姓,给馈饷,不绝粮道,吾不如萧何;连百万之众,战必胜,攻必取,吾不如韩信。三者皆人杰,吾能用之,此吾所以取天下者也。项羽有一范增而不能用,此所以为我禽也。'群臣说服。"③此诗即根据这段史事敷衍而成,内容平平无奇,而写作目的正是探讨汉高祖"百战功成汉业新"的根本原因是"善用人",凸显知人善任的重要作用。王十朋认为刘邦本人"嫚而侮人",其德行是有瑕疵的,《汉高祖》诗其二即明确指出刘邦"嫚骂驭英雄",而《少康》诗更是评价少康"较德宜优汉高帝",言下之意,即汉高帝于德行有亏,可见这一点是王十朋特别关注的,故而屡屡提及。对这样一个颇有微词的历史人物,却热烈歌颂、重点

---

① 《宋史》卷三百八十七《王十朋传》,第 11883 页。
② 《全宋诗》第 36 册,第 22681 页。
③ 《汉书》卷一下《高帝纪下》,第 56 页。

强调其"善用人",正可说明王十朋对刘邦的知人善任是真正认可的,虽然此诗强调突出汉高祖的知人善任,但所知所任者"皆人杰",也是不容忽视的,否则未必奏效,王十朋在吟咏晋文公重耳时,说得更加明确,《晋文公》诗云:

> 逆旅栖栖十九年,五蛇夹负遂升天。却惭不及齐威正,卿相由无管仲贤。①

公子重耳早年因遭遇继母骊姬迫害,在外流亡长达十九年之久,在几位忠臣的辅佐下,后来回国即位。时人以"龙欲上天,五蛇为辅"②为喻,追述五位忠臣辅佐晋文公回国即位之事。《史记》司马贞《索隐》云:"龙喻重耳。五蛇即五臣,狐偃、赵衰、魏武子、司空季子及子推也。"③这几位辅臣不仅忠心耿耿,而且机智勇敢,是辅佐晋文公归国即位的重要力量。"逆旅栖栖十九年,五蛇夹负遂升天"二句所咏即这段著名的历史。孔子比较评价齐桓、晋文二人,曰:"晋文公谲而不正,齐桓公正而不谲。"④郑注云:"谲者,诈也。谓召天子而使诸侯朝之,仲足曰:以臣召君,不可以训。故书曰:天王狩于河阳。是谲而不正也。"⑤马注云:"伐楚以公义,责苞茅之贡不入,问昭王南征不还,是正而不谲也。"⑥孔子从尊王的角度评价齐桓、晋文,显然晋文公略逊一等,王十朋十分认同这一评价,为晋文公感到惋惜,即"却惭不及齐威正"之意。最后究其原因,是因为晋文公的辅臣都比不上管仲贤良,可见贤良的辅臣对于君主的重要性。

出于中兴的愿景,王十朋对中兴之主尤为关注,王十朋曾列举历史上著名的、也是他十分推崇的中兴之主,云:"承前世衰微而兴者,商高宗、周宣王是也;先君有耻而雪之,汉宣帝臣单于、唐太宗俘颉利是也;先君有仇而复之,夏少康灭浇、汉光武诛莽是也。"⑦在咏史诗中探究这些中兴之主成功的原因,大都从知人善任着眼,如《少康》诗云:

---

① 《全宋诗》第 36 册,第 22687 页。
② 《史记》卷三十九《晋世家》,第 1662 页。
③ 同上书,第 1663 页。
④ 《论语注疏》卷十四,清阮元校刻《十三经注疏》,第 5456 页。
⑤ 同上书。
⑥ 同上书。
⑦ 《宋史》卷三百八十七《王十朋传》,第 11885 页。

　　虞仍靡艾共输忠，一旅中兴复禹功。较德宜优汉高帝，知音惟有贵乡公。①

《左传·哀公元年》记载了太康失国、少康中兴的过程："昔有过浇杀斟灌以伐斟鄩，灭夏后相。后缗方娠，逃出自窦，归于有仍。生少康焉，为仍牧正。惎浇，能戒之。浇使椒求之，逃奔有虞，为之庖正，以除其害。虞思于是妻之以二姚，而邑诸纶，有田一成，有众一旅。能布其德，而兆其谋，以收夏众，抚其官职，使女艾谍浇，使季杼诱豷。遂灭过、戈，复禹之绩，祀夏配天，不失旧物。"②此诗首二句即据《左传》的记载敷衍而成，尤其突出少康能以一旅之众"复禹之绩，祀夏配天"，最终完成复国中兴大业，是有虞氏、有仍氏、臣靡、女艾等人尽心竭力、众志成城的结果，突出贤能辅佐的重要作用。后二句将少康与汉高祖刘邦傲慢无礼、与高贵乡公的孤立无援相对，突出少康的以德使人、中兴得人。可见王十朋认为知人得人对中兴之业具有十分重要作用。再如商代的中兴之主商高宗，王十朋同样强调人才的重要作用。《高宗》诗云：

　　须信精诚可动天，高宗一梦得真贤。济川不赖良舟楫，安得中兴五十年。③

《史记·殷本纪》载："帝小乙崩，子帝武丁立。帝武丁即位，思复兴殷，而未得其佐。三年不言，政事决定于冢宰，以观国风。武丁夜梦得圣人，名曰说。以梦所见视群臣百吏，皆非也。于是乃使百工营求之野，得说于傅险中。是时说为胥靡，筑于傅险。见于武丁，武丁曰是也。得而与之语，果圣人，举以为相，殷国大治。故遂以傅险姓之，号曰傅说。"④此诗"须信精诚可动天，高宗一梦得真贤"二句即隐括此段故事，突出武丁精诚动天，梦得真贤，最终实现中兴大治。后两句"济川不赖良舟楫，安得中兴五千年"，以"济川"喻治国，以"良舟楫"喻贤臣，再次明确强调商高宗成为颇有作为的中兴之主，在位五十馀年，都是因为良臣辅佐的结果，突出人才在中兴事业中的重要作用。周代的中兴主为周宣王，王十朋亦从贤人辅佐的角度着眼，《宣王》

---

① 《全宋诗》第 36 册，第 22680 页。
② 《春秋左传注》，第 1605—1606 页。
③ 《全宋诗》第 36 册，第 22680 页。
④ 《史记》卷三《殷本纪》，第 102 页。

诗云:

> 北伐南征万国臣,中兴周室赖贤人。崧高千古英灵在,何独当时降甫申。①

周宣王即位后,面对着各种游牧势力的威胁,西北有猃狁,南方有淮夷。周宣王以尹吉甫、南仲防守丰镐,加强防御,命方叔率领大军抵抗猃狁,取得了辉煌的战果,使西周的国力得到短暂恢复,出现了一个复兴的局面,史称"宣王中兴"。此诗"北伐南征万国臣"所咏即宣王北伐猃狁,南征淮夷,万国臣服之事。下一句"中兴周室赖贤人"直接点明宣王中兴的实现是贤人辅佐的结果。根据最后两句,则诗所谓贤人即申伯、仲山甫等辅佐宣王的栋梁之材,《诗经·大雅·崧高》云:"崧高维岳,骏极于天。维岳降神,生甫及申。维申及甫,维周之翰。四国于蕃,四方于宣。"②毛传云:"岳降神灵和气,以生申、甫之大功。……(申、甫)以贤知,入为周之桢干之臣。四国有难,则往扞御之,为之蕃屏。四方恩泽不至,则往宣畅之。"③毛诗认为"申、甫"这样的人才,是嵩山之神灵所降,来辅佐宣王实现中兴的。此诗最后两句"崧高千古英灵在,何独当时降甫申"即承毛传之意而发,认为崧高之英灵千古长存,为什么单单在宣王之时降生"甫、申"这样的王佐之臣,以此表达时无其材的感叹,表达对"甫、申"这样的王佐之臣的渴望和呼唤。不仅总结古代的中兴是良臣辅佐的结果,而且明确为南宋中兴呼唤人才。

王十朋不仅歌颂知人善任的贤明君主,对于德才兼备、有胆有谋,甚至可以改变历史进程的贤才,也给予热烈的歌颂和强烈的呼唤。如《狄仁杰》诗云:

> 武火方炎李欲灰,忠良何力可能回。斗南人有擎天手,为向虞渊取日来。④

武则天称帝之后,"疑天下人多图己,又自以久专国事,且内行不正,知宗室、

---

① 《全宋诗》第 36 册,第 22681 页。
② 《毛诗正义》卷十八,第 1219 页。
③ 同上书。
④ 《全宋诗》第 36 册,第 22691 页。

大臣怨望,心不服,欲大诛杀以威之"①,大肆剪除唐室诸王。"先诛唐宗室贵戚数百人,次及大臣数百家,其刺史、郎将以下,不可胜数"②,即王十朋《(唐)高宗》诗所谓"仙李枝柯一剪空"之意。另外,武则天晚年,有意立其侄梁王武三思为太子,即诗所谓"武火方炎李欲灰",这是关系着李氏家族皇权继承的大事,狄仁杰因此极力阻止,从容劝谏,曰:"文皇帝栉风沐雨,亲冒锋镝,以定天下,传之子孙。大帝以二子托陛下。陛下今乃欲移之他族,无乃非天意乎!且姑侄之与母子孰亲?陛下立子,则千秋万岁后,配食太庙,承继无穷;立侄,则未闻侄为天子而祔姑于庙者也。"③武则天曰:"此朕家事,卿勿预知。"狄仁杰曰:"王者以四海为家,四海之内,孰非臣妾,何者不为陛下家事!君为元首,臣为股肱,义同一体,况臣备位宰相,岂得不预知乎!"④狄仁杰劝太后召还庐陵王⑤,使武则天最终放弃立武承嗣为太子的计划,还政李氏。这对于李唐王朝的延续而言至关重要,狄仁杰的劝谏行为对李唐王朝而言,如同使已经西沉的太阳重回天宇,无疑具有以回天之力挽狂澜于既倒、起死回生的意义。狄仁杰曾被称赞为"狄公之贤,北斗以南,一人而已"⑥,因此此诗后两句以"斗南人有擎天手,为向虞渊取日来"来热烈歌颂狄仁杰的功绩。结合王十朋所处的时代环境以及个人境遇,我们可以看到王十朋在对狄仁杰的歌颂中,自然流露着对能够改变历史进程的"忠良"之臣的渴望之情。然而这样的历史人物和历史事件并不容易,大多数人物无法施展才能,面对时代洪流,更多是回天乏力的无奈,如《徐孺子亭》诗,前半热烈歌颂徐孺子的持道自守,陈蕃的重士惜才,诗云:

> 一室不暇扫,心期扫天下。一榻不妄设,所待必贤者。南州杰出士,林泉事潇洒。闭门谢弓招,道合不吾舍。谁云性少通,得一不为寡。豫章岂私交,端欲重宗社。汉廷无此贤,忍使遗在野。交章荐天阙,聘礼备车马。高人竟不屈,清风凛华夏。寄声郭有道,一木难支厦。肯同樊处士,声名只虚假。鸡酒吊知音,韬光老松槚。倘令居孔门,行藏似回也。江西今仲举,吏事饰儒雅。神交千载友,丹青妙摹写。作亭古东

---

① 《资治通鉴》卷二百三,第 6438 页。
② 《资治通鉴》卷二百五,第 6485 页。
③ 《资治通鉴》卷二百六,第 6526 页。
④ 同上书。
⑤ 同上书。
⑥ 《新唐书》卷一百一十五《狄仁杰传》,第 4207 页。

湖，鳞鳞万椽瓦。序嗤滕阁王，词偪长沙贾。佳客从公游，湖光莹尊斝。孺子真可师，世途何土苴。行矣浙东西，锄犁各归把。①

此诗前半吟咏史事，可以看作诗咏史诗。因为内容比较独特，艺术上也比较成功，故此详论之。《后汉书·徐稚传》载："徐稚字孺子，豫章南昌人也。家贫，常自耕稼，非其力不食。恭俭义让，所居服其德。屡辟公府，不起。时陈蕃为太守，以礼请署功曹，稚不免之，既谒而退。蕃在郡不接宾客，唯稚来特设一榻，去则县之。后举有道，家拜太原太守，皆不就。延熹二年，尚书令陈蕃、仆射胡广等上疏荐稚等曰：'臣闻善人天地之纪，政之所由也。诗云：思皇多士，生此王国。天挺俊乂，为陛下出，当辅弼明时，左右大业者也。伏见处士豫章徐稚、彭城姜肱、汝南袁闳、京兆韦著、颍川李昙，德行纯备，着于人听。若使擢登三事，协亮天工，必能翼宣盛美，增光日月矣。'桓帝乃以安车玄纁，备礼征之，并不至。"②王十朋此诗关于徐稚和陈蕃一段，即根据徐稚本传敷衍而成，尤其凸显徐稚虽然闭门隐居，但持道自守、心忧天下的高人形象，特意强调陈蕃专设一塌，并非因个人感情和一己私交，而是突出其重士尊贤、为国储才的特点。这几乎是王十朋心目中对德才兼备的贤能人才应知人善任、礼贤下士的最理想的状态，陈蕃等上疏中"善人天地之纪，政之所由也"、"天挺俊乂，为陛下出，当辅弼明时，左右大业者也"之论，尤其符合王十朋的中兴理想和人才思想，因此王十朋对此给予热烈歌颂。

"寄声郭有道"以下八句，则是徐稚的另一段史事，史载："稚尝为太尉黄琼所辟，不就。及琼卒归葬，稚乃负粮徒步到江夏赴之，设鸡酒薄祭，哭毕而去，不告姓名。时会者四方名士郭林宗等数十人，闻之，疑其稚也，乃选能言语生茅容轻骑追之。及于涂，容为设饭，共言稼穑之事。临诀去，谓容曰：'为我谢郭林宗，大树将颠，非一绳所维，何为栖栖不遑宁处？'"③写徐稚负粮徒步，鸡酒薄祭，可见其对黄琼赏识的珍视，不同于忘怀世事的隐逸之士，又不同于冀欲声名的虚伪之人，不肯随波逐流，追名逐利，而是看清社会现实，虽然心系天下却又无力回天，无奈而抱道退隐。王十朋赞赏其出处之道，比之于孔门颜回。王十朋之所以对徐稚的内心世界体察入微，高度赞扬，正是因为徐稚体现了王十朋本人的出处之道，成为王十朋的异代知音。王十朋作为主战派的代表人物，力主北伐，但随着张浚隆兴北伐失利，主和

---

① 《全宋诗》第 36 册，第 22788 页。
② 《后汉书》卷五十三《徐稚传》，第 1746—1747 页。
③ 同上书，第 1747 页。

派势力占据上风,因此王十朋对于徐稚"大树将颠,非一绳所维"的论断,恐怕难免有万千感慨和无奈,从而认同徐稚抱道自守的处世方式。这是王十朋写得很有特色的历史吟咏之作,对历史的解读深入细致,行文严谨有法,避免了王十朋其他诸多咏史诗思想先行,内容单薄,以意为主,艺术草率的缺点。究其原因,还是王十朋与徐稚异代同心,对徐稚的处境和经历抱以深切的同情,对徐稚的处世方式、出处原则表示认同和赞赏,从而对徐稚的内心世界体察入微,亦有借古人之酒杯浇一己之块垒的意味。王十朋心中充满了无限的失望和无奈,因此此诗后半在称赞修缮徐孺子亭的行为之后,以"孺子真可师,世途何土苴。行矣浙东西,锄犁各归把"直接表达归隐之思。

王十朋对历史人物和历史事件的吟咏,虽然侧重点各有不同,但是都不离儒家道德伦理观念和思想价值体系,体现出王十朋信仰天命,推崇儒家忠孝节义等伦理观念,信奉为政以德、造福百姓的儒家政治理想,对于异端思想的排斥攻讦不遗余力。王十朋在历史吟咏中总结经验,汲取教训,为血洗国耻、恢复故国、缔造中兴提供历史依据和施政参考,凸显出奋发有为、不畏强敌、强毅有力的精神,尤其能体现王十朋的现实观照,这是王十朋咏史诗的可贵品质。

第三节　文统摄于道统:王十朋咏史诗的文学统系建构

在王十朋的咏史诗中,除了上述吟咏帝王将相,探讨兴衰治乱,关注仁义道德的作品外,还有一些关于文学人物的吟咏,体现出王十朋对文学家、文学史的认识和理解,体现出王十朋的文学观和文学史观,自成体系,既有独特的文学和思想价值,也有强烈的个人特色。

如上文所述,王十朋无论是崇尚孝悌仁义、为政以德,还是排斥异端思想,都体现出王十朋是儒家思想的忠实信奉者。王十朋的文学思想,也同样有着强烈的儒家思想影响的痕迹,最大的特点可以概括为以道统摄文统。

王十朋在文与道的关系上,认为道是第一位的,文是第二位的,接近于文以载道的儒家文学观。如《畎亩十首》①诗其三,即可看作王十朋思想的核心总结和提炼,开篇即开宗明义,指出"读书不知道,言语徒自工",斩钉截

---

① 《全宋诗》第 36 册,第 22585 页。

铁地确定了"道"与"文"（"言语""工"）的关系，将文建立在道的前提和基础之上，并且指出"不知道"的"言语"之"工"是没有意义的。这与文以载道、文以传道的儒家文艺观念是一致的。这也是王十朋文学思想的根基所在，而王十朋所谓的"道"正是以忠孝为核心的儒家伦理道德。这一点在王十朋最重要、最具有理论意味的文学观点"刚气说"中有充分体现，王十朋《蔡端明文集序》云：

> 文以气为主，非天下之刚者莫能之。古今能文之士非不多，而能杰然自名于世者亡几，非文不足也，无刚气以主之也。孟子以浩然充塞天地之气，而发为七篇仁义之书，韩子以忠犯逆鳞、勇叱三军之气，而发为日光玉絜、表里六经之文。故孟子辟杨墨之功不在禹下，而韩子抵排异端、攘斥佛老之功又不在孟子下，皆气使之然也。若二子者，非天下之至刚者欤？①

王十朋认为，"古今能文之士"，有"刚气"才能"杰然自名于世"，而"刚气"的内涵则是"仁义""忠""勇"，是"表里六经"的，而且是将孟子和韩愈、儒学和文学混为一谈的。可见王十朋所谓的文是更具有朴素观念的文章，而不是后世细化的文学，从中可见其以"文以载道"为核心的具有儒家思想特色的文学观念和文学思想。王十朋以此为基础，评价历史上的重要文学家，表达独特的文学见解，建立了一套自己的文学和文学史统系。

王十朋关于文学史的论述有大致有两个版本。

一个是繁版，即"六七作"说。其《陈郎中公说赠〈韩子苍集〉》诗开篇即云："唐宋诗人六七作，李杜韩柳欧苏黄。"②这是他对唐宋诗歌史的看法，列举了李白、杜甫、韩愈、柳宗元、欧阳修、苏轼、黄庭坚七位代表作家。这其中有王十朋真正重视的作家韩、欧、苏，有沿袭前人成说连类而及的李白、柳宗元（实际上王十朋对柳宗元出处德行是有微词的），也有行文之需、实际并不十分重视的黄庭坚。因为本诗吟咏对象《韩子苍集》的作者韩驹是江西诗派成员，论及黄山谷，正是为下文"近来江西立宗派，妙句更推韩子苍""非坡非谷自一家"张本。

另一个是简版，即"三大老"说。见于《喻叔奇采坡诗一联云"今谁主文

---

① 《全宋文》第 208 册，第 391 页。

② 《全宋诗》第 36 册，第 22695 页。

字,公合把旌旄"为韵作十诗见寄,某惧不敢和,酬以四十韵》诗,该诗前半阐述自己的文学主张和观点:

> 斯文韩欧苏,千载三大老。苏门六君子,如籍湜郊岛。大匠具明眼,一一经选考。岂曰文乎哉,盖深于斯道。诸公既九原,气象日衰槁。山不见泰华,水但识行潦。词人巧骈俪,义理失探讨。书生蔽时文,习义未易澡。著述岂无人,纷纷谩华藻。有如分裂时,僭伪各城堡。①

此诗首二句即称"斯文韩欧苏,千载三大老",这个版本包含于前一版,但其考察的角度不局限于诗歌,而是从更广阔的"文"的视角出发。所讨论的也是"今谁主文字"这个更宽泛的话题,因此其思想观点表达得更加自由,也更能体现王十朋的真实观点和思想。下文称"三大老"及其门人弟子等追随者,都是经过挑选考察的,其标准不是"文",而是"道",是"探讨""义理"的,而非追求"骈俪""华藻"的。这就是王十朋以个人思想观点阐释、塑造的三大老及其追随者的形象,也是王十朋以道统摄文统的文学史建构的具体体现。

以下参考王十朋关于唐宋文学史的上述两个版本的论述,分别讨论王十朋对这些经典作家的认识,以及在此基础上建立的文学统系及其内在逻辑。

一、杜 甫

王十朋对李杜评价差别很大,对李白评价略嫌简单空泛,认为李白是与杜甫齐名的、具有极高文学地位的诗仙,如《题何子应金华书院图》诗称"笔下千篇谪仙李"②,认为李白、杜甫"二公同时鸣有唐,文章万丈光艳长"③。此外,再没有更多具体的论说,也没体现出更丰富的情感。对杜甫则不然,王十朋十分崇拜杜甫,在诗作中屡屡提及,如到夔州任后,"所历山川,皆少陵诗中景物也"④,从而引起对杜甫的无限怀想。王十朋还多首诗作专门吟咏杜甫,尤其尊崇杜甫笃尚君臣之义。杜甫有《杜鹃》诗云:

---

① 《全宋诗》第 36 册,第 22935 页。
② 同上书,第 22774 页。
③ 同上书。
④ 同上书,第 22822 页。

西川有杜鹃，东川无杜鹃。涪万无杜鹃，云安有杜鹃。我昔游锦城，结庐锦水边。有竹一顷馀，乔木上参天。杜鹃暮春至，哀哀叫其间。我见常再拜，重是古帝魂。生子百鸟巢，百鸟不敢嗔。仍为餧其子，礼若奉至尊。鸿雁及羔羊，有礼太古前。行飞与跪乳，识序如知恩。圣贤古法则，付与后世传。君看禽鸟情，犹解事杜鹃。今忽暮春间，值我病经年。身病不能拜，泪下如迸泉。①

相传杜鹃为古蜀帝之魂所化，禽鸟礼敬杜鹃并哺喂其子，"礼若奉至尊"。杜甫亦遵循"圣贤古法则"而于云安常拜杜鹃，以达君臣之义，且因"身病不能拜"而"泪下如迸泉"。这是杜甫虔诚信奉儒家君臣之道的重要表现，王十朋十分欣赏，屡屡提及，如《(唐)肃宗》②诗即以杜甫"独念君臣义"，"长向云安拜杜鹃"，反衬肃宗不顾君臣之义、父子之情。《畎亩十首》③诗其五又以"云安再拜人，伤哉不复见"，表达感伤之情，表现出王十朋对杜甫这样忠纯之士的怀念和呼唤。《诗史堂荔枝晚熟而佳，预约同官共赏……》④诗称"惟有云安再拜人，闷解夔州两绝句"，自注："少陵夔州《解闷十二绝》及荔枝者二。"仅仅是涉及杜甫有关荔枝的诗作，亦不忘强调其"云安再拜人"的身份，可见王十朋对杜甫这一点是多么留心和看重！在其他有关杜甫的诗作中，王十朋也每每强调杜甫的忠君情怀，如《连日至瞿唐谒白帝祠，登越公三峡堂，徘徊览古，共成十二绝·东屯》诗曰"少陵别业古东屯，一饭遗忠畎亩存"⑤。《初到夔州》诗，序云"忠犹杜甫，未尝一饭忘君"⑥，诗曰"忠怀雅合杜陵诗"⑦。《诗史堂荔枝歌》诗称"少陵伤时泪成血，一点丹心不磨灭"⑧，称诗史堂前荔枝树"正是一饭孤忠馀"⑨。虽然王十朋认为"诗人以来一子美"⑩，但对杜甫文学的评说并不多，如《州宅杂咏·诗史堂》诗云：

①　《杜诗详注》卷十四，第1249—1251页。
②　《全宋诗》第36册，第22685页。
③　同上书，第22585页。
④　同上书，第22866页。
⑤　同上书，第22846页。
⑥　同上书，第22822页。
⑦　同上书。
⑧　同上书，第22865页。
⑨　同上书。
⑩　同上书。

谁镌堂上石，光艳少陵章。莫作诗人看，斯文似子长。①

因杜甫诗歌号称"诗史"，因此王十朋认为杜诗如同司马迁《史记》一样光辉不朽，不可仅仅把杜甫当诗人来看，而是当作司马迁一样的史家来看，凸显杜诗的诗史特征。再如《夔路十贤·少陵先生》诗云：

子美稷离志，空抱竟无用。夔州三百篇，高配风雅颂。②

称颂杜甫夔州时期所作诗篇，可以媲美《诗经》，亦是一种高而泛的评价。《登诗史堂观少陵画像》诗，内容稍稍丰富一些，诗云：

万丈光芒笔有神，两眉犹带旧酸辛。残杯不复随肥马，剩馥端能丐后人。夔子江头吟处景，杜鹃声里拜时身。敬瞻遗像观诗史，一酹云安曲米春。③

写杜甫的坎坷命运和不幸遭遇，突出其巨大的文学成就对后世文学的滋养与哺育，再次强调其再拜杜鹃的忠纯情怀及其作品的诗史特点。虽然这是王十朋对杜甫比较全面地评价，但并没有新颖具体的思想，依然是比较空泛的。《至东屯谒少陵祠》④诗其二，更是将杜甫的忠君思想与文学成就联系在一起，认为"忠不忘君句有神"，堪称"刚气说"的具体阐述和诗化表达。

总之，王十朋虽然读杜甫推崇有加，再三致意，但其具体意见和思想是比较单一和空泛的，对杜甫的文学成就的认识是有限的，真正在意的是杜甫忠君爱国的一面。王十朋对杜甫的认知与阐发，也暴露了其文学思想的局限。

二、韩　愈

继杜甫之后，王十朋最为仰慕和推尊的文学家是韩愈。王十朋对韩愈的接受和认同是全方位的。

---

① 《全宋诗》第 36 册，第 22842 页。
② 同上书，第 22862 页。
③ 同上书，第 22827 页。
④ 同上书，第 22870 页。

在儒学思想上，王十朋著《性论》①指出："孟轲性善之论"，"荀况以性为恶，扬雄以性为善恶混"，"以设教而已"，"皆非为性立一定之论"。认为"为性立一定之论者，惟吾夫子与韩愈氏。愈著《原性》篇，有上中下三品之说，此最合吾夫子所谓相近与夫上下不移者"，并为"世乃谓愈之所论者才也，非性也"之说进行辩驳，得出"韩愈之所论者，果性也，非才也"的结论。

在文学方面，王十朋青年时即对韩愈作品心摹手追，并欲遍和韩诗。王十朋有《予向年少不自量，因读韩诗，辄和数篇，未尝敢出以示人，盖二十年矣。近因嘉叟见之，不能自掩，且赠以长篇，蒙景卢继和，用韵以谢》诗，诗中自注云："韩古律诗共三百馀篇，初妄意欲尽和之，以方作举业遂止。"②并作诗详细述说其遍和韩诗的经历和过程，诗云：

> 少小思尚奇，熏风琴欲和。规模与时背，场屋屡摧挫。大道窥五原，高论读二过。神游京城南③，思渺蒸水左。竹看金影碎，菊撷霜风破。论文摩巨刃，荐士躬强笴。萧兰发秋怀，木雁吟齿堕。飞飞双鸟鸣，不数鹧两个。幽幽十琴操，可仆兰台些。光馀万丈长，照我一床卧。未终三百篇，正坐短檠课。不敢示友朋，惧遭泥滓唾。文章吉太守，臭味凤相荷。索我旧诗案，赠以千金货。郡斋哦好句，艳艳月照坐。端如陈琳檄，快读痊辊轲。滥把江湖麾，谬声惭日播。祈寒兼苦雨，怨嗟吾岂奈。窃效衡山祷④，因思鉴湖贺⑤。鹏鹞各逍遥，溟蓬无巨么。⑥

首四句总叙和韩诗的原委。称少年时代胸怀奇志，喜和韩诗。但因追求不合时尚，科场屡屡受挫。这里王十朋以相传为虞舜所作的《南风》之诗比拟韩诗，因其为圣人之作，因此是一种极高的比拟和隐含的评价。接下来十八句则详细列举读韩和韩的具体情况，展现其读韩和韩的过程。具体内容涉及韩愈之《原道》《原性》《原毁》《原人》《原鬼》《省试颜子不贰过论》文，及《南山诗》《合江亭》《城南联句》《荐士》《调张籍》《秋怀诗十一首》《落齿》《双鸟诗》等诗，不仅有诗文篇目，也有词句摘引，如"竹看金影碎，菊撷霜风破"，还

---

① 《全宋文》第 209 册，第 5 页。
② 《全宋诗》第 36 册，第 22784 页。
③ 自注：南山诗。
④ 自注：是日祈晴。
⑤ 自注：时已乞祠。
⑥ 《全宋诗》第 36 册，第 22784 页。

有阅读感受，如"神游京城南，思渺蒸水左"，既有对具体篇目的极力推崇，如"飞飞双鸟鸣，不数鹏两个。幽幽十琴操，可仆兰台些"，也有对韩诗的总体评价，如"光馀万丈长，照我一床卧"。总之，王十朋通过叙述与评论，兼顾整体与细节，全面展现了其读韩和韩的过程和体验，从中传达出他对韩愈发自内心的崇敬之情，并将这种感情落实到行动当中，后来"以方作举业遂止"亦实属无奈。王十朋《答毛唐卿虞卿借昌黎集》诗云：

> 予少不知学古难，学古直欲学到韩。奈何韩实不易学，但觉昼夜心力殚。茫然故步亦已失，有类寿陵学邯郸。虽然予心未肯已，尚欲勉强求其端。跬步不休效驽马，千里未至空长叹。羡君兄弟俱早慧，家学岂止传柔翰。圣经贤传饫已久，百家诸子皆蠹残。学文要须学韩子，此外众说徒曼曼。韩子皇皇慕仁义，力排佛老回狂澜。三百年来道益贵，太山北斗世仰观。我生于今望之远，时时开卷相欣欢。岂惟庐陵惜旧本，我亦惜此只自看。子今欲假敢违命，愿子宝之同琅玕。①

此诗首先自述少年立志学韩，较之上文所论之作，叙述经历虽然不够细致，然而其和韩感受表达得更加充分，再次表达对韩愈的尊崇和仰慕之意。然后又明确论说韩愈的高明伟大之处，即"学文要须学韩子"的原因。王十朋指出"韩子皇皇慕仁义，力排佛老回狂澜"，韩愈秉承儒家仁义之道，力排佛老虚无之说。在韩愈身后，其宣扬的儒家之道更加可贵，世人视韩愈为"太山北斗"，备加景仰，即所谓"三百年来道益贵，太山北斗世仰观"。王十朋本人对于韩集亦"时时开卷相欣欢"，敬仰之情，长盛不衰。而《次韵嘉叟读和韩诗》诗，更是直接确定了韩愈在儒学统系中承继孔孟的儒学地位，诗云：

> 孔孟久不作，况雄莫能和。韩公生有唐，力欲拯颓挫。文兴八代衰，学救诸子过。佛老蔓中华，微公衽其左。馀事以诗鸣，语险鬼胆破。汗澜高驾天，捷敏剧飞笴。骑龙归帝旁，玉日人间堕。汗流籍湜辈，圭璧分半个。柳和词拟骚，郊联语成些。咸知太山仰，谁继北窗卧。我本斋盐生，久供笔砚课。幽香摘天葩，光艳拾珠唾。后公三百年，杖屦无从荷。……②

---

① 《全宋诗》第 36 册，第 22588 页。
② 同上书，第 22779 页。

此诗首八句历述儒学传承过程，认为继孔孟之后，儒学日衰，荀况、扬雄亦不能扭转局面。直至唐代韩愈，竭力拯救儒学发展的摧颓之势，救诸子之过，止佛老蔓延，兴八代衰文，促进和推动了儒学的发展，从而充分肯定韩愈在儒学发展中的巨大作用和崇高地位。在此基础上，"馀事以诗鸣"，认为韩愈的文学成就和贡献，只是儒学事业的"馀事"，王十朋在《读东坡诗》①诗中亦有"韩子于诗盖馀事"之论，体现出王十朋关于文与道（儒）关系的认识。当然，虽是"馀事"，但也对韩愈的诗歌特色和成就作了充分的阐述和高度的评价，"语险鬼胆破。汗澜高驾天，捷敏剧飞笴。骑龙归帝旁，玉日人间堕"，"语险""汗澜""捷敏"的评价，对韩愈文学特色和风格的认识是比较具体准确的，而"汗流籍湜辈，圭璧分半个。柳和词拟骚，郊联语成些"则从影响的角度写出韩愈对张继、崔湜、柳宗元、孟郊的影响，从而凸显韩愈太山北斗一般的崇高地位。总之，王十朋此诗对韩愈文学的论述和评价非常详细具体，颇具代表性。王十朋《曾潮州到郡未几，首修韩文公庙，次建贡闱，可谓知化本矣。某因读韩公别赵子诗，用韵以寄》诗也论及韩愈，诗云：

> 韩公学孔子，不陋九夷居。诋佛讥君王，道大忠有馀。南迁八千里，文墨以自娱。至今潮阳人，比屋皆诗书。蓬茨得赵子，如获沧海珠。临行赠以言，恨不与之俱。德如昌黎公，圣人之徒与。比周孔孟轲，不道迁相如。韩公不可见，赵子今亦无。潮人敬爱公，百世祀不渝。英姿入山骨，凛凛苍眉须。……②

首先以"不陋九夷居"为引子，指出"韩公学孔子"，"比周孔孟轲"，乃"圣人之徒"，再次强调韩愈直承孔孟的儒学地位，并以韩愈排佛谏主，凸显其忠直耿介，尊崇大道。至于韩愈之文学，仅仅是"文墨以自娱"，非司马迁、司马相如之类以文墨为事业者，再次明确对韩愈儒学与文学之关系的认识，依然是凸显其直承孔孟的儒家事业传承者的角色。

三、韩愈与欧阳修

在韩愈之后，王十朋崇奉欧阳修，并且将欧阳修的论述建立在与韩愈一脉相承的传承关系之上。

---

① 《全宋诗》第 36 册，第 22856 页。
② 《全宋诗》第 36 册，第 22937 页。自注：潮州书云：欲刊某和韩诗。

在文学上，欧阳修和韩愈是唐宋古文运动的倡导者、领导者和践行者，其传承关系是显而易见的。二人在诗学祈向、艺术风格上也具有一致性，这一点可以从北宋人关于二人诗歌的争论掌故中窥见端倪。魏泰《东轩笔录》载：

> 沈括存中、吕惠卿吉甫、王存正仲、李常公择，治平中，同在馆下谈诗，存中曰："韩退之诗，乃押韵之文耳，虽健美富赡，而终不近古。"吉甫曰："诗正当如是，我谓诗人以来，未有如退之也。"正仲是存中，公择是吉甫，四人者交相诘难，久而不决，公择忽正色而谓正仲曰："君子群而不党，君何党存中也？"正仲勃然曰："我所见如是耳，顾岂党耶？以我偶同存中，遂谓之党，然则君非吉甫之党乎？"一坐皆大笑。余每评诗亦多与存中合。顷年尝与王荆公评诗，余谓凡为诗，当使挹之而源不穷，咀之而味愈长，至如欧阳永叔之诗，才力敏迈，句亦健美，但恨其少馀味耳。荆公曰："不然，如'行人仰头飞鸟惊'之句，亦可谓有味矣。"然余至今思之，不见此句之佳，亦竟莫原荆公之意，信乎所言之殊，不可强同也。①

魏泰自言"每评诗亦多与存中合"，即认同沈括"韩愈之诗，乃押韵之文"的主张，进而抛出"欧阳永叔之诗，才力敏迈，句亦健美，但恨其少馀味"的观点，与王安石讨论。对韩愈和欧阳修之诗的讨论前后连类相及，均许之以"健美"。王十朋亦曰："学江西诗者……又言韩、欧二公诗，乃押韵文耳。"②均足见宋人认可欧阳修与韩愈在艺术风格、诗学祈向上是相近的。这个意见也比较符合韩愈、欧阳修的实际创作情况。

在学术思想和精神上，欧阳修明确而强烈地推尊韩愈，欧阳修有《记旧本韩文后》一文，记其少年得旧本韩集，初读"见其言深厚而雄博""见其浩然无涯，若可爱"，再读立志"尽力于斯文"，"官于洛阳"后"相与作为古文"的过程。文云：

> 予少家汉东……得唐《昌黎先生文集》六卷，脱落颠倒无次序，因乞李氏以归。读之，见其言深厚而雄博，然予犹少，未能悉究其义，徒见其

---

① 宋魏泰撰，李裕民点校《东轩笔录》卷十二，中华书局，1983年，第141页。
② 王十朋《读东坡诗·序》，《全宋诗》第36册，第22856页。

浩然无涯,若可爱。……因取所藏韩氏之文复阅之,则喟然叹曰:学者当至于是而止尔! 因怪时人之不道,而顾己亦未暇学,徒时时独念于予心,以谓方从进士干禄以养亲,苟得禄矣,当尽力于斯文,以偿其素志。后七年,举进士及第,官于洛阳。而尹师鲁之徒皆在,遂相与作为古文。因出所藏《昌黎集》而补缀之,求人家所有旧本而校定之。其后天下学者亦渐趋于古,而韩文遂行于世,至于今盖三十馀年矣,学者非韩不学也,可谓盛矣。呜呼! 道固有行于远而止于近,有忽于往而贵于今者,非惟世俗好恶之使然,亦其理有当然者。而孔、孟皇皇于一时,而师法于千万世。韩氏之文没而不见者二百年,而后大施于今,此又非特好恶之所上下,盖其久而愈明,不可磨灭,虽蔽于暂而终耀于无穷者,其道当然也。予之始得于韩也,当其沈没弃废之时,予固知其不足以追时好而取势利,于是就而学之,则予之所为者,岂所以急名誉而干势利之用哉? 亦志乎久而已矣。故予之仕,于进不为喜、退不为惧者,盖其志先定而所学者宜然也。集本出于蜀,文字刻画颇精于今世俗本,而脱缪尤多。凡三十年间,闻人有善本者,必求而改正之。其最后卷帙不足,今不复补者,重增其故也。予家藏书万卷,独《昌黎先生集》为旧物也。呜呼! 韩氏之文、之道,万世所共尊,天下所共传而有也。予于此本,特以其旧物而尤惜之。[1]

通过欧阳修自述学韩的过程,可见其"志乎久而已矣",非"所以急名誉而干势利之用"。"凡三十年间,闻人有善本者,必求而改正之。其最后卷帙不足,今不复补者,重增其故也。予家藏书万卷,独《昌黎先生集》为旧物也","予于此本,特以其旧物而尤惜之",均可见欧阳修对韩愈及其文学发自内心的景仰之情,并且将"韩氏之文"与孔孟之道一并而论,认为二者均为"久而愈明,不可磨灭,虽蔽于暂而终耀于无穷者",足见其推崇之至。至于后来"韩氏之文、之道,万世所共尊,天下所共传而有也",欧阳修与同道二三子的倡导推动功不可没。欧阳修与韩愈的传承关系也是符合历史事实的。王十朋十分看重欧阳修对韩愈的推尊与继承,屡屡提及,深表认同,其《答毛唐卿虞卿借昌黎集》诗云:"我生于今望之远,时时开卷相欣欢。岂惟庐陵惜旧本,我亦惜此只自看。子今欲假敢违命,愿子宝之同琅玕。"[2]对韩集的阅读

---

① 宋欧阳修著,李逸安点校《欧阳修全集》卷七十三,中华书局,2001年,第1056—1057页。
② 《全宋诗》第36册,第22588页。

体验,对韩集的珍惜情感,都体现出王十朋对欧阳修的追慕与效法。王十朋《次韵嘉叟读和韩诗》诗自述云:"我本蠹盐生,久供笔砚课。幽香摘天葩,光艳拾珠唾。后公三百年,杖屦无从荷。世无六一翁,孰知珍古货。"①再次提及欧阳修珍宝韩集、重视韩文之事,颇有效法前贤、继承其志的意愿。

有一点值得注意,如上文所述,王十朋对韩愈的推崇首先是着眼于其作为儒家之道的传承者的角色,至于文学乃是馀事,而欧阳修对韩愈的景仰和推崇,基本局限于文学领域之内,并没有将其过度地延伸至儒学范围和道统高度。可见,王十朋与欧阳修对韩愈的推崇其侧重点是有所不同的,然而王十朋有意无意地忽略其不同,将其混为一谈,将欧阳修对韩愈文学景仰和推崇,扩充到儒学领域,甚至将自己对韩愈的一些认识强加到欧阳修对韩愈的推崇中,其目的就是更好地建立强化他们之间的道统关系。王十朋旗帜鲜明、意识明确地努力建立二者之间的统系关系。当然,这也是有一定的依据的,苏轼《六一居士文集叙》云:"欧阳子论大道似韩愈,论事似陆贽,记事似司马迁,诗赋似李白。此非余言也,天下之言也。"②

四、欧阳修与苏轼

在欧阳修之后,王十朋十分景仰和推崇苏轼,王十朋对苏轼的推崇着眼于其与欧阳修的关系。欧阳修提携苏轼,向其托付斯文,尤其是欧阳修"以书语圣俞曰:老夫当避此人,放出一头地"③,历来为后人所称道。苏轼也确实继承欧阳修的衣钵,接续欧阳修领袖文坛,二者之间的传承关系自不待言。王十朋还有更明确的统系意识,体现在其《书欧阳公赠王介甫诗》中:

> "翰林风月三千首,吏部文章二百年。老去自怜心尚在,后来谁与子争先。"此欧公赠介甫诗也。介甫不肯为退之,故答欧公诗云:"他日略曾窥孟子,终身何敢望韩公。"由今日观之,介甫之所成就,与退之孰优孰劣,必有能辨之者。予谓欧公此诗可移赠东坡,赠者不失言,当者无愧色。④

---

① 《全宋诗》第 36 册,第 22779 页。
② 宋苏轼撰,明茅维编,孔凡礼点校《苏轼文集》卷十,中华书局,1986 年,第 316 页。
③ 宋苏辙著,陈宏天、高秀芳点校《苏辙集》卷二十二《亡兄子瞻端明墓志铭》,中华书局,1990 年,第 1118 页。
④ 《全宋文》第 209 册,第 86 页。

欧阳修"放出一头地"之论已为世人熟知，王十朋在诗中也曾引述这一说法，其《读东坡诗》诗中有"堂堂天人欧阳子，引鞭逊避门下士"之句。然而"放出一头地"更多地表现出欧阳修对苏轼才华的欣赏，体现了欧阳修对后辈的培养和提携，仍然不及欧阳修赠王安石这首诗，从历史的角度，放在李、韩、欧的序列中，确定其地位，如此便更具有统系的意味。因此王十朋"自作主张"，试图假设"欧公此诗可移赠东坡"，认为"赠者不失言，当者无愧色"。将诗遗赠东坡，较之"放出一头地"更具有主动明确的统系传承意味，更加符合王十朋对文学谱系的建构理想。

王十朋论苏轼，作《读东坡诗》诗，序云："学江西诗者，谓苏不如黄。又言韩欧二公诗，乃押韵文耳。予虽不晓诗，不敢以其说为然。因读坡诗，感而有作。"①可见当时对苏黄、韩欧之诗均有不同意见，王十朋借读东坡诗而纵论之，诗云：

> 东坡文章冠天下，日月争光薄风雅。谁分宗派故谤伤，蚍蜉撼树不自量。堂堂天人欧阳子，引鞭逊避门下士。天昌斯文大才出，先生弟子俱第一。天人诗如李谪仙，此论最公谁不然。词无艰深非浅近，章成韵尽意不尽。味长何止飞鸟惊，臆说纷纷几元稹。②浑然天成无斧凿，二百年来无此作。谁与争先惟大苏，谪仙退之非过呼。胸中万卷古今有，笔下一点尘埃无。武库森然富摛搦，利钝一从人点检。莫年海上诗更高，和陶之诗又过陶。地辟天开含万汇，少陵相逢亦应避。北斗以南能几人，大江之西有异议。日光玉洁一退之，亦言能文不能诗。碑淮颂圣十琴操，生民清庙离骚词。春容大篇骋豪怪，韵到窘束尤瑰奇。韩子于诗盖馀事，诗至韩子将何讥。文章定价如金玉，口为轻重专门学。向来学者尊西昆，诗无老杜文无韩。净扫书斋拂尘几，瓣香敬为三夫子。③

此诗首四句一锤定音，就苏黄优劣之论发表意见，确定苏轼的地位，认为苏轼的文章天下第一，可比肩《诗经》，可与日月争光，江西诗人妄议苏黄高下，乃是蚍蜉撼大树、不自量力的行为。接下来十二句论欧阳修，称欧阳修为"堂堂天人"，"引鞭逊避门下士"引出欧苏的关系，称二人是"天昌斯文"的结

---

① 《全宋诗》第 36 册，第 22856 页。
② 自注：有言欧公诗味短者，王介甫云："行人举头飞鸟惊"之句，味亦甚长。
③ 《全宋诗》第 36 册，第 22856 页。

果,不分上下"俱第一"。然后具体讨论欧阳修的诗歌艺术,就"押韵文"之说提出反驳意见,指出欧阳修诗如李白,这是世间公论。具体而言,虽然"词无艰深",却意蕴深厚,"行人举头飞鸟惊"之句,是二百年未有之佳作,世人臆说纷纷,不识其"浑然天成",无斧凿之痕。这段议论就欧阳修的地位、文学和具体作品作了简短而精准的评述。接下来十二句,又以"谁与争先惟大苏"转到对苏轼的评价:明确苏轼不仅可以与欧阳修"争先",称之为李白、韩愈之类的人物亦不过为。称赞苏轼"胸中万卷古今有,笔下一点尘埃无。武库森然富摛捝,利钝一从人点检。莫年海上诗更高,和陶之诗又过陶。地辟天开含万汇,少陵相逢亦应避",即胸中万卷,武库森然,涵蕴古今,摛华捝藻,笔下无尘埃,美丑任人说,暮年海上和陶之诗超越原作,"地辟天开",含汇万状,杜甫亦不得不避让三分。推崇苏轼是北斗以南一人而已的人物,江西诗人的"异议"尤其显得不值一提。接下来八句又针对江西诗人认为韩愈"能文不能诗"、诗为"押韵文"之说予以辩驳。首先确定韩愈是如日月一样光洁的人物,其《平淮西碑》碑文与《琴操十首》诗乃诗骚一般的巨制,所谓"春容大篇骋豪怪,韵到窘束尤瑰奇",虽然诗歌是韩愈"馀事",但韩愈之诗亦近于无可指摘。所谓"文章如精金美玉,市有定价,非人所能以口舌定贵贱也"[①],讽刺江西诗人妄自评价,信口雌黄。

这首诗内容十分丰富,对韩、欧、苏的文学成就和文学地位,作出了极高的评价,对江西后学的轻议妄论予以强力的反驳。同时这种评论是与王十朋心中"斯文韩欧苏,千载三大老"的文学统系互为表里的。

王十朋对苏轼的推崇是一以贯之的,在《六客堂》[②]诗中,称赞苏轼与其他五人"直道高才",又言"眉山有客何等人,退之少陵李太白",将其与李白、杜甫、韩愈等并论,列于第一流的人物之中,而"苏仙一去难再得"则表达了对苏轼的无限怀想之情。这样的感情在王十朋游览黄州东坡时更是不可抑制,洋洋洒洒地写下了《游东坡十一绝》诗,关于这组诗,陶文鹏先生有一段总体论述:

> 王十朋的《游东坡十一绝》写他游黄州东坡时对苏轼的赞颂与怀念,也是笔笔饱含深情。这组诗已不是一般的怀念先贤,诗人是把苏

---

① 宋苏轼撰,明茅维编,孔凡礼点校《苏轼文集》卷四十九《与谢民师推官书》,中华书局,1986年,第1419页。

② 《全宋诗》第36册,第22889页。

轼当作与自己肝胆相照、灵犀相通的恩师、挚友来抒写的。在这一组诗中，我们已经感受到王十朋对赤子诗人的命运、诗的命运的深刻思考。①

陶先生这段论述点明了王十朋这组诗的总体精神特征。王十朋这组诗不是一般意义上的缅怀古人古迹，而是真诚地发自肺腑地同情苏轼的遭遇，感叹世道的不公，推崇东坡的地位，赞颂苏轼的巨大成就和绝世才华，并为其怀才不遇深感惋惜。王十朋《国朝名臣赞·苏东坡》云："东坡文章，百世之师。群邪所仇，敛不及施。万里南迁，而气不衰。我读公文，慕其所为。愿为执鞭，恨不同时。"②以质朴的语言、真诚的感情表达了对苏轼的同情、叹惋和崇敬之情，《游东坡十一绝》组诗就是这篇《赞》的诗歌呈现，其一云：

> 道大才高世不容，堪嗟尺水困神龙。空游赤壁英姿发，却向小桥诗思浓。③

首先以"道大才高世不容"一声呐喊，为苏轼贬谪黄州的不幸遭遇鸣不平，感叹其如神龙困于尺水，不得施展才华，只能游览赤壁，空想"公瑾当年，小乔初嫁了，雄姿英发"④。《游东坡十一绝》诗其二云：

> 出处平生慕乐天，东坡名自乐天传。文章均得江山助，但觉前贤畏后贤。⑤

王十朋自注"忠州东坡以乐天得名"。白居易贬谪忠州时，非常喜爱忠州城外的一块东坡之地，曾种花栽树于"城东坡上"，并作《东坡种花二首》《步东坡》《别种东坡花树两绝》等诗。而苏轼在贬谪黄州后，曾开垦耕种位于黄州城东门外的一块荒芜的山地，乃取白居易之"东坡"语命名之，并以此为号。苏轼取白居易之"东坡"，不仅是因为二人处境相同，又恰巧都曾开垦耕种城

---

① 陶文鹏《论王十朋的山水诗与宦游诗》，《西南民族大学学报》（人文社会科学版）2013年第3期，第166页。
② 《全宋文》第209册，第154页。
③ 《全宋诗》第36册，第22880页。
④ 宋苏轼著，邹同庆、王宗堂校注《苏轼词编年校注》，中华书局，2007年，第2版，第398页。
⑤ 《全宋诗》第36册，第22880页。

东坡地,还因为苏轼追慕白居易的乐天知命、随遇而安的出处态度,苏轼有《予去杭十六年而复来,留二年而去。平生自觉出处老少,粗似乐天,虽才名相远,而安分寡求,亦庶几焉。三月六日,来别南北山诸道人,而下天竺惠净师以丑石赠行,作三绝句》诗,其二云:"出处依稀似乐天,敢将衰朽较前贤。便从洛社休官去,犹有闲居二十年。"①即诗前两句所谓"出处平生慕乐天,东坡名自乐天传"之意。虽然白居易与苏轼都在"东坡"得江山之助,创作了不少名篇佳作,虽然苏轼自谦与白居易"才名相远",但王十朋认为,苏轼是超越白居易的,这是与王十朋对古今作家的认识相关的,在王十朋眼中,苏轼是与李、杜、韩、欧并列的第一流人物,白居易是不能进入这个序列的,自然是下苏轼一等的,因此乃有"但觉前贤畏后贤"之论。苏轼作为"我宋人才盛元祐"的代表,取得超迈古人的成就,王十朋为本朝人文繁盛而骄傲。《游东坡十一绝》其三:

少年下笔已如神,文到黄州更绝尘。我宋人才盛元祐,玉堂人是雪堂人。②

此诗赞美苏轼的绝世才华。苏轼少年成名,誉满天下,欧阳修初见苏轼之书,即有"当避此人,放出一头地"③之论。在经历了宦海沉浮、人生低谷后,苏轼在黄州创造出大量经典之作,如《念奴娇·赤壁怀古》、前后《赤壁赋》等,即"少年下笔已如神,文到黄州更绝尘"之意。这个意思在《游东坡十一绝》其六中,有更加具体生动的表达:"再闰黄州正坐诗,诗因迁谪更瑰奇。读公赤壁词并赋,如见周郎破贼时。"④突出苏轼到黄州后文学创作达到新的高度,取得了巨大的成就。而如此"道大才高"、不让前贤的人物的出现,正是"我宋人才盛元祐"的重要表现,本应该居庙堂之高,人尽其才,兼济天下,结果却贬谪在黄州,不得不令人惋惜。苏轼曾作翰林学士,而翰林院有"玉堂"之美称,苏轼在黄州,寓居临皋亭,就东坡筑雪堂。苏轼《雪堂记》云:"苏子得废圃于东坡之胁,筑而垣之,作堂焉,号其正曰雪堂。堂以大雪中为之,因绘雪于四壁之间,无容隙也。起居偃仰,环顾睥睨,无非雪者。"⑤因此

① 宋苏轼撰,清王文诰辑注,孔凡礼点校《苏轼诗集》卷三十三,中华书局,1982年,第1762页。
② 《全宋诗》第36册,第22880页。
③ 苏辙《苏辙集》卷二十二《亡兄子瞻端明墓志铭》,第1118页。
④ 《全宋诗》第36册,第22880页。
⑤ 《苏轼文集》卷十二,第410页。

王十朋以"玉堂人是雪堂人"表达对苏轼怀才不遇、人生错位的感叹和惋惜。虽然苏轼作翰林学士是在被贬黄州之后，但并不妨碍王十朋情感的表达和抒发。《游东坡十一绝》其四云：

> 世重元之重竹楼，雪堂名更重黄州。西山草木尤光彩，一一曾经杖屦游。①

王禹偁曾于黄州建竹楼，作《黄州新建小竹楼记》。苏轼在黄州，寓居临皋亭，就东坡筑雪堂。王十朋此诗认为世人重视王禹偁，爱屋及乌，也爱惜其所建竹楼。而苏轼之名更盛于王禹偁，因此黄州西山的草木都因苏轼的携杖游历而倍增光彩，表达对苏轼的崇敬之情与怀想之意。《游东坡十一绝》其五云：

> 江绕山城柳暗村，五年诗乱谪仙魂。欲寻遗老问前事，楚语儿童今不存。②

王十朋见江绕山城，柳暗荒村，怀想苏轼在此度过五年的困苦时光，想找寻遗老询问前贤掌故，然而已经见不到苏轼词中"儿童尽楚语吴歌"③的场面了。现实与历史的断裂，使得王十朋对苏轼的怀想之情失去了依托，可以想见其失落之情。《游东坡十一绝》其七云：

> 供成诗案脱累囚，天遣公来此地游。自有胸中云梦泽，更居云梦泽南州。④

此诗写乌台诗案后，苏轼被贬黄州，王十朋认为这是天意使然。杜牧《忆齐安郡》诗有"云梦泽南州"句，苏轼《次韵杭人裴维甫》诗袭用杜牧诗句，有"五年云梦泽南州"之句。杜、苏二家均称黄州为"云梦泽南州"。王十朋又化用杜、苏诗句，认为因为苏轼胸中自有云梦泽，故使之居于云梦泽南之州。既

---

① 《全宋诗》第36册，第22880页。
② 同上书。
③ 《满庭芳》词有"坐见黄州再闰，儿童尽、楚语吴歌"句，《苏轼词编年校注》，第506页。
④ 《全宋诗》第36册，第22880页。

以戏谑的方式舒缓苏轼的不幸遭遇,又写出苏轼不仅胸怀磊落,乐观旷达,而且满腹才华,无尽无涯,即《读东坡诗》①诗所谓"胸中万卷古今有"、"武库森然富摛挟"、"地辟天开含万汇"之意。《游东坡十一绝》其八云:

> 三道策成名烜赫,万言书就迹危疑。易书论语忘忧患,天下三经字说时。②

此诗涉及苏轼与王安石变法以及元祐党争的关系。我们需要了解王十朋关于熙宁变法、元祐更化和绍圣绍述的态度。王十朋对元祐党争持全盘否定、严厉批判的态度,这一点在其《观国朝故事》其三诗中有明确表达:

> 昔在元祐初,朝廷用老成。元恶首窜殛,贤隽皆汇征。帘帏八年政,内外咸清明。四夷各自守,天下几太平。绍圣党论起,宵人坏典刑。二蔡唱继述,曲学尊金陵。忠良投海岛,党籍编姓名。春秋亦获罪,学者专三经。心术遂大坏,风俗从此倾。养成前日祸,中原厌膻腥。我欲著一书,善恶深劝惩。奸谀诛朽骨,潜德发幽馨。六贼未足罪,祸端首熙宁。③

宋哲宗亲政后,标榜恢复"先帝遗业",以"绍述"其父神宗成法为名,于元祐九年(1094)四月,改元绍圣,表示继承神宗新法,起用新党,被贬窜的变法派要人蔡卞、蔡京等人入朝任职,在元祐更化中被贬逐的新党人士纷纷起用。重掌政权的新党对元祐年间执政的旧党展开猛烈的打击报复,贬逐元祐旧党吕大防、刘挚等,追夺司马光、吕公著赠谥。尽废元祐法度,陆续恢复各项新法。虽名"绍述",但新法并未真正得到恢复,他们主要是对元祐诸臣进行残酷的迫害,被定为元祐党人者共七十三人,即所谓"党籍编姓名"。王十朋称"二蔡啸凶,饰奸为忠。党与雷同,牢不可攻"④,指出以二蔡为重要成员的新党假公济私,残害忠良,"忠良投海岛"即指苏轼被贬海南而言。王十朋十分痛恨结党营私,曾称臣子应"去附和之私心,赞国家之大计"⑤,即是

---

① 《全宋诗》第 36 册,第 22856 页。
② 同上书,第 22880 页。
③ 同上书,第 22586 页。
④ 王十朋《国朝名臣赞·陈了翁》,《全宋文》第 209 册,第 154 页。
⑤ 《宋史》卷三百八十七《王十朋传》,第 11885 页。

针对结党而发。不仅如此，王安石更新学术，称《春秋》为"断烂朝报"，重注《诗》《书》和《周礼》（合称《三经新义》），王十朋认为此事造成心术大坏，风俗颓败，最终酿成靖康之难。这是非常严厉的批判。

回看《游东坡十一绝》①其八诗，陈元峰疏解此诗曰："叙述苏轼的科举论策、朝堂奏议及学术著述，包括早年应进士试的《刑赏忠厚之至论》《重巽以申命论》，在开封府推官任的《上神宗皇帝书》以及在黄州时期所著《易传》《论语说》《书传》，而且有意与王安石新学即'三经新义'及《字说》相对照，不做判断而褒贬自见。"②此外尚有值得进一步申说之处。此诗前三句分别列举苏轼人生的三个阶段，分别以三种不同形式的著述为标志，最后以"天下三经字说时"指熙宁变法时期。而少年成名、才华横溢的苏轼，正是在变法和党争中逐渐被疏远被迫害的，从而表达出对苏轼怀才不遇的叹惋以及对变法、党争的痛恨。《游东坡十一绝》其九云：

> 口诵渊明归去词，岷峨归去竟无期。高安难弟来相访，细说对床风雨时。③

苏轼苏辙兄弟情深，苏辙《逍遥堂会宿二首》并引云："辙幼从子瞻读书，未尝一日相舍。既壮，将游宦四方，读韦苏州诗，至'安知风雨夜，复此对床眠'，恻然感之，乃相约早退，为闲居之乐。故子瞻始为凤翔幕府，留诗为别曰：'夜雨何时听萧瑟'。其后子瞻通守馀杭，复移守胶西。而辙滞留于淮阳、济南，不见者七年。熙宁十年二月，始复会于澶濮之间，相从来徐，留百馀日。时宿于逍遥堂，追感前约，为二小诗记之。"④其中说道兄弟二人"相约早退，为闲居之乐"，然而终其一生也未能如愿，直至苏轼临终之时，兄弟二人依然天各一方，未能相见，苏轼引以为憾，所谓"惟吾子由，自再贬及归，不复一见而决，此痛难堪"⑤。王十朋此诗前两句"口诵渊明归去词，岷峨归去竟无期"即此意。苏轼对二人早年的风雨对床之约是十分重视的，因此屡屡提及。苏轼在黄州有《初秋寄子由》诗，再次提及旧约⑥。经乌台诗案，苏轼免

---

① 《全宋诗》第 36 册，第 22880 页。
② 陈元锋《王十朋的唐宋经典作家论》，《新宋学》2020 年。
③ 《全宋诗》第 36 册，第 22880 页。
④ 宋苏辙撰，蒋宗许等笺注《苏辙诗编年笺注》卷七，中华书局，2019 年，第 578—579 页。
⑤ 宋何薳撰，张明华点校《春渚纪闻》卷六，中华书局，1983 年，第 85 页。
⑥ 宋苏轼撰，清王文诰辑注，孔凡礼点校《苏轼诗集》卷二十二，第 1169 页。

死贬谪黄州,其弟苏辙亦受到牵连而远谪为筠州(今江西高安)盐酒税。苏轼于元丰三年二月一日到黄州,只与其子苏迈同行。苏辙又于其年五月护送苏轼家人从筠州至黄州安顿,兄弟二人在黄州欢聚月馀。①王十朋此诗后二句"高安难弟来相访,细说对床风雨时"所咏正是苏轼兄弟在黄州短暂相聚的情景。王十朋此诗所咏并无深意,只是叙写苏轼兄弟二人感情深厚,早年相约,一生挂念的掌故,因在黄州,故咏及此事。在这并无深意的吟咏当中,尤其能体现出王十朋对苏轼的追慕怀想之情,体现出王十朋对苏轼的崇敬之意。《游东坡十一绝》其一○云:

> 批风抹月五经年,吟尽淮南尽处天。独与元之韩魏国,神交千古作三贤。②

苏轼在黄州五年,于黄州为幸事,所谓"西山草木尤光彩"。黄州不仅有苏轼谪居,此前王禹偁亦曾贬谪至此,《游东坡十一绝》其四所谓"世重元之重竹楼"即此意。韩琦青年时期亦曾暂居黄州读书。苏轼有《书韩魏公黄州诗后》文,言王禹偁、韩琦与黄州的关系:"黄州山水清远,土风厚善,其民寡求而不争,其士静而文,朴而不陋。虽闾巷小民,知尊爱贤者,曰:'吾州虽远小,然王元之、韩魏公,尝辱居焉。'以夸于四方之人。元之自黄迁蕲州,没于蕲,然世之称元之者,必曰黄州,而黄人亦曰'吾元之也'。魏公去黄四十馀年,而思之不忘,至以为诗。"③王禹偁、韩琦(韩魏公)和苏轼,三位名人先后来到黄州,对黄州而言具有重要的意义。而这三位人物,尤其是苏轼和韩琦,都是王十朋十分景仰、极力歌颂的本朝人物,上文均已论及。他们先后来到黄州,堪称黄州三贤,因不曾蒙面,故只可神交,以此表达对三位历史人物的崇敬之情。《游东坡十一绝》其一一云:

> 向来茅屋仅容身,今日祠堂高更新。费尽丹青传不得,灵台一点与精神。④

---

① 参《苏颍滨年表》(《苏辙集》中华书局,1990年,第1382页。)、《王宗稷编苏文忠公年谱》(《苏轼诗集合注》,上海古籍出版社,2001年,第2539页)、《漫话东坡》第九章《东坡在惠州、儋州》(凤凰出版社,2008年。)
② 《全宋诗》第36册,第22880页。
③ 宋苏轼撰,明茅维编,孔凡礼点校《苏轼文集》卷六十八,第2155页。
④ 《全宋诗》第36册,第22880页。

此诗写苏轼当年在黄州仅有茅屋容身,而到了王十朋的时代,黄州纪念苏轼的祠堂已是崭新高大,东坡画像自然悬挂其间,然而无论如何也传达不出苏轼的精神,以此表达对苏轼精神的怀念和呼唤。

总之,在这组《游东坡十一绝》诗中,王十朋追寻苏轼在黄州的遭遇、经历、见闻,表达了对其绝世才华以及文学成就的极高评价和强烈自豪,抒发了对其与世龃龉、怀才不遇的深切同情和惋惜,而遗迹不存,精神绝迹,不免感慨万千,怅然失落。在穿越古今、纵横万里之中,表达对苏轼的无限景仰与怀想之情。

通过上述王十朋对历代重要作家以及文学史、文学统系的论述,我们可以看到,王十朋的文学史、文学体系是以韩、欧、苏三大老为核心,以道统摄文统为根本,以先道德后文艺、"文以载道"为特色的文学史观和文学统系思想。虽然对杜甫有诸多论说,却对其文学成就和贡献几乎没有具体详细的论述和见解,而是仅仅围绕其忠君思想再三致意,反复申说,从而体现出王十朋文学观以及文学史观的局限性。对于韩、欧、苏三位作家,虽然论及文学,且内容也比较丰富,尤其是韩、苏二家,但受限于道统的考察视角以及其个人的识见眼光,对韩、苏真正的文学创新、成就和贡献发掘尚且不足。虽然王十朋的文学思想存在各种不足和缺陷,但具有强烈的时代烙印和个人特色,是王十朋思想的重要组成部分。将文学思想和政治思想、学术思想进行全盘整体考察,我们会发现王十朋的文学思想、文学统系观念既是自足自洽的,也是与其他思想全面互通、极度兼容的。我们应该从不同的角度全面、客观地评价其文学和文学史思想。

小结:王十朋咏史诗的理学化

如上文所述,王十朋咏史诗的主要内容包括推崇儒家的道德政治理想,以儒家之道德标准、政治理想,评骘历史人物事件,献计献策,开展实际政治活动,以儒家之道统建构文统等方面,具有明确的理论意识和道德追求,已经展现出了理学化的倾向,成为南宋咏史诗理学化的先导。在大致了解王十朋与理学的关系之后,我们可以更加清楚地认识其咏史诗的理学化倾向。

王十朋与理学的关系比较复杂。首先,王十朋在主观上对当时流行的性理之学有很大的成见,保持轻视甚至否定的态度。其《送叶秀才序》云:

> 吾乡谊理之学甲于东南,先生长者闻道于前,以其师友之渊源见于言语文字间,无非本乎子思之中庸、孟子之自得,以诏后学。士子群居学校,战艺场屋,笔横渠而口伊洛者纷如也。取科第,登仕籍,富贵其身,光大其门者,往往多自此涂出,可谓盛矣。然君子之学为道,小人之学为利,谈谊理而媒青紫,果为道乎,为利乎? 吾闻洙泗之徒有堂堂乎张者,欲学干禄,夫子不以其禄之不可干而辟之也,而告之曰:"言寡尤、行寡悔,禄在其中矣。"古人之学也,谨言行而禄自至,修天爵而人爵自从,所谓谊理者在是。①

从中我们可以看到,王十朋所秉承的是传统儒家的思孟之学,对于时下流行的横渠、伊洛之说持轻视态度,主要原因是其学者急功近利,以之"取科第,登仕籍,富贵其身,光大其门",委婉指出其为"谈谊理而媒青紫"的"小人之学"。如此必然形成言行不一、虚伪矫饰的问题。就个人而言,理学成了牟利干禄之学,就国家社会而言,理学也自然不会有积极正面的作用和意义。

王十朋在其《策问》中言:"于是兴太学以养多士,行乡饮以明人伦,学士大夫又倡道德性命之说以风后进,至前古治乱兴亡之迹与夫当今要务兵机武略则置而不谈。意者,朝廷之上欲远慕虞舜服有苗,谓是可以压腥膻之气,服强犷之俗,岂徒修文具事虚谈而已耶! 然所未知者,今贤关既兴矣,乡饮且行矣,道德性命之说几满天下矣,是果可使戎狄慕义而来,屈膝请命,变鸱鹗为好音,尊中国如天上否耶?"②在此,王十朋明确指出"道德性命之说"与"前古治乱兴亡之迹,与夫当今要务,兵机武略"等实际政治之间的某种对立关系,而"道德性命之说几满天下矣,是果可使戎狄慕义而来屈膝请命,变鸱鹗为好音,尊中国如天上否耶"又委婉批评道德性命之说的游谈性理,崇虚误国。可见王十朋敦本务实,对性理之学颇有微词,更不肯对其留心推求阐发,不屑于理学的精微高妙,因此朱熹称"王龟龄学也粗疏"③。总之,王十朋主观上与理学还是比较疏离的。

虽然如此,王十朋却颇为后来的理学家,尤其是南宋的理学大家如朱熹、张栻、真德秀等人认可,被当作理学中人,使其"被追认"为理学家。如朱熹将王十朋与诸葛亮、杜甫、颜真卿、韩愈、范仲淹这"五君子"相提并论④,

---

① 《全宋文》第 208 册,第 383—384 页。
② 《全宋文》第 209 册,第 56 页。
③ 宋黎靖德编,王星贤点校《朱子语类》卷一百三十二,中华书局,1986 年,第 3176 页。
④ 朱熹《王梅溪文集序》(代刘珙作),《全宋文》第 250 册,第 318 页。

推崇备至。真德秀以理学话语阐释王十朋之学，称"公之学以诚身为主，资本刚劲而能切劘涵漫，以卒归之中和"①，又称"王忠文公……为一代正人……后之君子有志于正心诚意之学者，当深味其旨"②。《宋元学案·赵张诸儒学案》将王十朋列入张浚门人。清代王鹤龄《宋梅溪王忠文公文集跋》用"理学"、"忠节"、"文业"、"事功"来概括王十朋的功绩③，足见后人对王十朋理学地位的认可。

王十朋之所以能够得到后世理学家的认可，究其原因，是其思想、政事、文章均符合理学家的价值理想和行为标准，如朱熹云："（公）为数郡，布上恩，恤民隐，蚤夜孜孜，如饥渴嗜欲之切于己。去之日，民思之如父母。……平居无所嗜好，顾喜为诗，浑厚质直，恳恻条畅，如其为人。不为浮靡之文，论事取极己意。然其规模宏阔，骨骼开张，出入变化，俊伟神速，世之尽力于文字者往往反不能及。其他片言半简，虽或出于脱口肆笔之馀，亦无不以仁义忠孝为归，而皆出于肺腑之诚。……然非有所勉强慕效而为之也，盖其所禀于天者，纯乎阳德刚明之气，是以其心光明正大，疏畅洞达，无有隐蔽，而见于事业文章者一皆如此。"④张栻称王十朋"素以刚正自任"⑤，"忠言关国计，清节映廷绅"⑥。真德秀有意识地去探究王十朋受泉州百姓爱戴的原因，云：

> 公何以获此于人哉？蔽之以一言，曰诚而已矣。盖公之为人，襟度精明，表里纯一。其立朝事君，空臆尽言，撄龙鳞而不悔者，此诚也。居官牧民，矜怜摩抚，若父母之于赤子者，此诚也。至于为诗与文，绝去雕琢，浑然天质，一登临，一燕赏，以至赋一卉木，题一岩石，惓惓忠笃之意亦随寓焉。呜呼贤哉，宜泉人之咏叹而不忘也！⑦

真德秀对王十朋立朝、抚民以及诗文皆以诚称之，足见王十朋的事业、文章完全符合理学家的价值标准，王十朋又可称为"实践派"的理学家。⑧

---

① 真德秀《重建王忠文公祠堂记》，《全宋文》第313册，第450页。
② 真德秀《跋张魏公不欺室铭》，《全宋文》第313册，第185页。
③ 《王十朋全集》第1101页。
④ 朱熹《王梅溪文集序》（代刘珙作），《全宋文》第250册，第317页。
⑤ 张栻《通判成都府事张君墓表》，《全宋文》第255册，第470页。
⑥ 张栻《故太子詹事王公挽诗二首》其二，《全宋诗》第45册，第27909页。
⑦ 真德秀《跋梅溪续集》，《全宋文》第313册，第192—193页。
⑧ 以上南宋理学家对王十朋的评价参考姜锡东、周云逸《论王十朋对南宋理学家的影响》（《浙江学刊》2013年第2期）一文。

总之,王十朋虽然其主观上与理学有一定的距离,但其实际思想和表现,无论是政治活动、思想阐述还是文学创作,无疑都与理学家的追求有诸多不谋而合之处,从而得到后世理学家的认可,而咏史诗的理学化也是表现之一。王十朋咏史诗的理学化与后来其他诗人咏史诗的理学化,如刘克庄,虽然表现一致,但有自发与自觉之别。

第四章 壮士文心:陆游的咏史诗及其个性化

陆游(1125—1210),字务观,号放翁,越州山阴(今浙江绍兴)人。年少能诗文,以荫补登仕郎。高宗绍兴二十三年(1153)两浙转运司锁厅试第一,以秦桧孙埙居其次,抑置为末。明年礼部试,主司复置前列,为桧黜落。桧死,始仕建州宁德县主簿,除敕令所删定官,迁大理司直兼宗正簿。孝宗即位,迁枢密院编修官兼编类圣政所检讨官,召对,赐进士出身。因论龙大渊、曾觌招权植党,出通判建康府。乾道元年(1165),改通判隆兴府,以交结台谏,鼓唱是非,力说张浚用兵论罢。六年,起通判夔州。八年,应王炎辟,为四川宗抚使干办公事,陈进取之策。其后曾摄通判蜀州,知嘉州、荣州。淳熙二年(1175),范成大帅蜀,为成都路安抚司参议官。以文字交,不拘礼法。三年,被劾摄知嘉州时燕饮颓放,罢职奉祠,因自号放翁。五年(1178),提举福建路常平茶监。六年,改提举江南西路。以奏发粟赈济灾民,被劾奉祠。十三年,起知严州。十五年,召除军器少监。光宗即位,迁礼部郎中兼实录院检讨官,未几,复被劾免。宁宗嘉泰二年(1202),诏同修国史,实录院同修撰,兼秘书监。三年,致仕。开禧三年(1207),进爵渭南县伯。嘉定二年卒,年八十五。陆游才气超逸,著作繁富,尤长于诗,诗集有《剑南诗稿》《续稿》八十七卷,作诗近万首。[1]

陆游是著名爱国诗人,毕生主张抗金救国,收复失地。他出生在靖康之难的前一年,经历了由北到南的战乱逃亡,自幼接受父辈爱国情怀的熏染,自云:"绍兴初,某甫成童,亲见当时士大夫,相与言及国事,或裂眦嚼齿,或流涕痛哭,人人自期以杀身翊戴王室。"[2]从而立志"上马击狂胡,下马草军

---

① 以上文字参考《全宋诗》《全宋文》陆游小传。
② 陆游《跋傅给事帖》,宋陆游著,钱仲联、马亚中主编《陆游全集校注·渭南文集校注》卷三十一,浙江古籍出版社,2015年,第289页。

书"①。成年后又曾受到曾幾等前辈的影响,自言:"绍兴末,金兵入塞,时茶山先生居会稽禹迹精舍,某自敕局罢归,略无三日不进见,见必闻忧国之言。先生时年过七十,聚族百口,未尝以为忧,忧国而已。"②正因如此,陆游终其一生,以杀敌报国、恢复河山为职志。然而南宋统治集团内部,皇帝保位偷安,权臣持禄固宠,统治阶层大部分时段奉行的都是忍辱求和的基本路线。这与陆游等忠臣志士的报国理想产生严重的分歧,在爱国诗人的心中产生了激烈的震荡和复杂的活动。基于借古鉴今的传统思维方式,诗人们现实中的愤激与郁闷,往往喜欢到历史中为其人生理想和信念寻求依据,为其人生的挫折与苦闷寻找慰藉,为其人生的困惑和失望寻找答案,如此种种,就成了陆游咏史诗创作的巨大动力来源,也进而促成了这个时期咏史诗创作异彩纷呈的繁盛状态。

陆游 85 年的人生历程,大致以 46 岁入蜀和 66 岁归田为界,比较明晰得分为三段,陆游的诗歌创作阶段与其人生经历有着密切的关系,如钱锺书先生所言,"他看到一幅画马,碰见几朵鲜花,听了一声雁唳,喝几杯酒,写几行草书,都会惹起报国仇、雪国耻的心事,血液沸腾起来,而且这股热潮冲出了他的白天清醒生活的边界,还泛滥到他的梦境里去。这也是在旁人的诗集里找不到的"③,从而形成"其感激悲愤、忠君爱国之诚,一寓于诗,酒酣耳热,跌荡淋漓"④的创作情况。我们沿着钱先生的思路,不难发现,在浩瀚的历史世界中,历览古今成败之迹,探寻古今成败之因,思考人生意义,感慨万事皆空,同样会使陆游"惹起报国仇、雪国耻的心事",形之于诗,创作了相当数量的咏史诗。陆游咏史诗创作成熟很早,现存作品在艺术上的阶段性并不十分明显,但题材内容和思想意蕴却十分丰富,举凡人生理想、见解思考、情感态度、困惑苦闷、无奈失望,往往通过歌咏历史予以表达抒发,以回避时忌,深沉委曲,蕴藉多致,因此我们以思想意蕴为主要依据,兼顾诗歌创作的时代和作者的人生经历,对陆游的咏史诗进行分析探讨。作为诗人的陆游,对历史上的文学家格外关注,成为一般历史人物之外的重要内容,虽然二者有相通之处,但仍然有很大的不同,因此进行专门探讨。

---

① 陆游《观大散关图有感》,《全宋诗》第 39 册,第 24336 页。
② 陆游《跋曾文清公奏议稿》,《陆游全集校注·渭南文集校注》卷三十,第 301 页。
③ 钱锺书《宋诗选注》,人民文学出版社,1958 年,第 192 页。
④ 《唐宋诗醇》卷四十二《山阴陆游诗序》,影印文渊阁四库全书本。

第一节　尊儒与兼济:陆游咏史诗中的信仰和理想

陆游有着深厚的儒家思想基础,其全部的思想、一生的行迹都以儒家的伦理道德和价值观念为出发点。作于 76 岁的《斋中杂兴十首,以"丈夫贵壮健,惨戚非朱颜"为韵》诗其二具体阐明了其儒家理想和志向,诗云:"士生学六经,是为圣人徒。处当师颜原,出当致唐虞。斯文阵堂堂,临敌独援枹。异端满天下,一扫可使无。乃知立事功,先要定规模。彼虽力移山,安能夺匹夫。"①诗人认为作为习学六经的圣人之徒,就应当坚守儒家的道德准则,追寻儒家的政治理想:居家不仕则应该以颜回、原宪为榜样,砥行砺德;出仕做官则应该以致君尧舜为职志,济世安民。将儒家思想学说作为安身立命之本,坚守匹夫之志,扫除天下异端。从中我们可以看出陆游对儒家思想坚守的决心。因此陆游反复强调作为儒家思想载体的六经的崇高地位:"六经万世眼,守此可以老"②,"六经日月未尝蚀,千载源流终自明"③,"六经圣所传,百代尊元龟"④。陆游的儒家思想底色及其政治理想,在其咏史诗中都有充分的体现。

陆游不仅以"经术吾家事"⑤引以为豪,而且身体力行,自幼读经,终身不辍,晚年尚云:"六经未与秦灰冷,尚付馀年断简中"⑥,甚至将读经作为一种人生理想状态,其《读经》诗云:"半升粟饭养残躯,晨起衣冠读典谟。莫谓此生无用处,一身自是一唐虞。"⑦表达了对儒家事业的自信,对唐尧虞舜理想人格的推崇。在其咏史诗中也有体现,其《读后汉书二首》诗其二云:

季英行年九十八,犹灌园蔬授六经。我欲图之置斋壁,世无顾陆善丹青。⑧

---

① 《全宋诗》第 40 册,第 25083 页。
② 陆游《冬夜读书》,《全宋诗》第 39 册,第 24593 页。
③ 陆游《次金溪宗人伯政见寄韵》,《全宋诗》第 40 册,第 25039 页。
④ 陆游《六经》其一,《全宋诗》第 40 册,第 25046 页。
⑤ 陆游《自儆二首》其二,《全宋诗》第 40 册,第 25390 页。
⑥ 陆游《冬夜读书有感》,《全宋诗》第 40 册,第 25170 页。
⑦ 《全宋诗》第 40 册,第 25172 页。
⑧ 同上书,第 25017 页。

此诗作于陆游七十五岁,咏后汉吴祐。《后汉书·吴祐传》载:"吴祐,字季英。……大将军梁冀表为长史。及冀诬奏太尉李固,祐闻而请见,与冀争之,不听。时扶风马融在坐,为冀章草,祐因谓融曰:'李公之罪,成于卿手。李公即诛,卿何面目见天下之人乎?'冀怒而起入室,祐亦径去。冀遂出祐为河间相,因自免归家,不复仕,躬灌园蔬,以经书教授。年九十八卒。"①此诗前两句所咏即吴祐晚年生活,在其将近九十八岁的时候,仍然"躬灌园蔬,以经书教授"。陆游心向往之,以之作为一种理想的生活状态,因此此诗后两句称,想要将吴祐的晚年生活情境形成图画,置之斋壁,以供观览,只可惜当世没有顾恺之、陆探微这样的丹青妙手,传其神采。在此诗中,陆游虽然并未提及吴祐的品行,但吴祐一生淡泊守志、仁简爱民、刚正不阿的美好品质无疑是蕴含其中的,从中可以窥见陆游的道德理想。吴祐的内在美好品质,外在表现为崇儒尊经,契合了陆游对六经的推崇,因此对吴祐晚年的灌园读经的生活企慕不已,形诸诗篇。

对六经的尊崇,是陆游最基本的立场,甚至可以体现在对不甚相关的历史吟咏中,如《读华佗传》诗云:

> 六籍虽残圣道醇,中更秦火不成尘。华佗老黠徒惊俗,吾岂无书可活人。②

此诗嘉定二年(1209)秋作于山阴,咏名医华佗。《后汉书》《三国志》均有《华佗传》,且内容大同小异。《三国志·华佗传》载:"华佗字符化,沛国谯人也,一名旉。游学徐土,兼通数经。……佗之绝技,凡此类也。然本作士人,以医见业,意常自悔。……佗临死,出一卷书与狱吏,曰:'此可以活人。'吏畏法不受,佗亦不强,索火烧之。"③"华佗老黠徒惊俗"即针对这段故事而论。陆游认为,华佗所谓活人之书,不过是其临刑前惊世炫俗的把戏而已,因为后世仍不乏其他活人之术。对于名医华佗的这番惊人之论,是通过与六经对比得出的。即首二句关于六经的议论:同样经历火患,醇粹精妙的儒家六经却能绵延千载,历久弥光。而华佗所谓的活人之书,付之一炬,后世无传,故陆游称华佗惊世炫俗,故弄玄虚。六艺本与方技异轨,陆游见华佗焚书之传奇,遂生忮心,以历经秦火的六经与之争胜,足见其崇儒尊孔、推崇六

①《后汉书》卷六十四《吴祐传》,第 2102 页。
②《全宋诗》第 41 册,第 25709 页。
③《三国志》卷二十九《华佗传》,第 799—803 页。

经的思想。

对于与儒家思想并驾齐驱的道家,陆游的排抑更是当仁不让,对孔子见老子的故事,陆游坚决予以辩驳和抵制。《读老子传》诗中表达了对儒家和孔子的尊崇与回护,对孔子赞叹老子的言行进行辨正,诗云:

> 巍巍阙里与天崇,礼乐诗书万世宗。但说周公曾入梦,宁于老氏叹犹龙。①

此诗题为"读老子传",却着重表达对孔子和儒家思想的尊崇之意,首二句认为孔子至高无上,儒家思想为万世宗主。后二句则就《老子传》而论。《史记·老庄申韩列传》载:

> 孔子适周,将问礼于老子。……孔子去,谓弟子曰:"鸟,吾知其能飞;鱼,吾知其能游;兽,吾知其能走。走者可以为罔,游者可以为纶,飞者可以为矰。至于龙,吾不能知,其乘风云而上天。吾今日见老子,其犹龙邪!"②

陆游对《史记》中孔子对老子的评价持怀疑态度。《论语·述而》载:"子曰:'甚矣吾衰也!久矣吾不复梦见周公。'"③陆游认为《论语》中孔子只说"梦见周公",却未言及老子,言下之意即《史记》的相关记载是令人生疑的,从中可见其对孔子及儒家学说的推崇。但总体而言,陆游对释道二家思想还比较包容,反而对当时新兴的理学思想持强烈的排斥态度,认为其破碎大道,称"道丧异端方肆行"④,"儒术今方裂"⑤,"千年道术裂,谁复见全浑"⑥,其《唐虞》诗有更为详细的申说,诗云:

> 唐虞虽远愈巍巍,孔氏如天孰得违。大道岂容私学裂,专门常怪世儒非。少林尚忌随人转,老氏亦尊知我稀。能尽此心方有得,勿持糟粕

---

① 《全宋诗》第 40 册,第 24931 页。
② 《史记》卷六十三,第 2140 页。
③ 《论语正义》卷八《述而》,第 256 页。
④ 陆游《书感》,《全宋诗》第 40 册,第 25330 页。
⑤ 陆游《示儿》,《全宋诗》第 40 册,第 25253 页。
⑥ 陆游《书意三首》其一,《全宋诗》第 41 册,第 25692 页。

议精微。①

此诗认为唐虞虽远,其道崇高,孔学如天,朝夕难违。指出《尚书》《论语》等儒家经典的思想意义和崇高地位,同时表达对当时私家讲学,各立门户,革新儒学,撕裂大道的批判,并以老氏、释氏陪说,认为尽心乃能有得,妄议才是无知,进一步对上述观点予以申说,体现出陆游的传统儒学信仰,以及对当时发明心性、非议孔学的理学家的不满。

陆游在其咏史诗中,除了在理论上尊儒崇经,排斥异端,捍卫儒家思想的地位,维护儒家圣贤的尊严,还在具体的历史背景下,对儒家思想中许多重要的问题进行思考,比如正统、礼法、君臣关系等。

陆游对儒家思想的服膺,体现在维护正统,抵制僭伪。在半壁江山的南宋时期,陆游需要以正闰观念维护本朝的正统地位,而三国时期,社会动荡,政治混乱,陆游辨正闰,明顺逆,以正统观念评价其时的历史人物,下文所论陆游对诸葛亮的高度评价和热烈赞扬即以此为前提的,而《读史二首》诗其二则明确以正统观念评价历史人物的地位和价值,诗云:

> 颜良文丑知何益,关羽张飞死可伤。等是人间号骁将,太山宁比一毫芒。②

颜良、文丑是汉末军阀割据时期袁绍手下的两员大将,建安五年(200)袁绍与曹操官渡决战前夕,死于战事。此诗第一句言颜良文丑之死,是曹操官渡之战胜利成果的组成部分,而二人之死助长了曹操集团的势力,奠定了曹操统一北方的基础,陆游对曹操持十分明确的贬斥态度,如《先主庙次唐贞元中张俨诗韵三首》中两首称曹操为"贼""猾贼"可为明证,故称颜良、文丑死而无益。第二句言关羽、张飞之死。而陆游认为刘蜀集团代表着大汉政权的正统地位,关羽、张飞的死去,对刘备兴复汉室、完成统一大业是严重的打击,且其二人之死皆有个人性格缺陷的因素,故称之为可伤。颜良、文丑与关羽、张飞,虽然都号称骁勇上将,但前者如毫芒,后者如泰山,不可同日而语。归根结底,源于他们追随的统帅不同,从事的事业不同。这是陆游正统观念下的价值判断,体现了陆游严正的正统观念和思想意识。

---

① 《全宋诗》第 40 册,第 25420 页。
② 《全宋诗》第 41 册,第 25668 页。

基于这样的正统观念,陆游在其《先主庙次唐贞元中张俨诗韵三首》诗中表达了更为丰富复杂的思想情感,如对正闰的分辨、对蜀汉战略的选择的思考以及恢复无望的失落等等。其一云:

> 猾贼挟至尊,天命矜在己。岂知高帝业,煌煌汉中起。①

此诗作于乾道九年(1173)。次唐张俨《贞元八年十二月谒先主庙绝句三首》诗韵而作。其一写汉末建安时期,曹操在讨伐董卓后,挟持并控制汉献帝,借以号令诸侯。故首二句称曹操为"猾贼",具有明显的贬斥之意,认为曹操挟持天子,势力不断壮大,并逐渐统一北方,颇以天命在己自矜。建安十三年七月,曹操亲统大军南征,却惨败于孙刘联军,逃回北方。此后刘备势力逐渐壮大,先后取得益州、汉中要地,逐渐形成了三国鼎立的局面。因刘备自称为汉景帝第九子中山靖王刘胜之后,为汉室宗亲,陆游称蜀汉政权继承汉高祖开创的基业,故称"岂知高帝业,煌煌汉中起",以此确认刘备的正统地位。陆游《先主庙次唐贞元中张俨诗韵三首》其二云:

> 吴蜀本唇齿,悲哉乃连兵。尽锐下三峡,谁使复两京。②

此诗表达对汉末战争形势的见解。认为吴蜀乃唇齿之国,唇亡则齿寒,只有联合抗曹,才能最终实现兴复大业。这也是诸葛亮在隆中之时,为刘备制定的基本战略方针,即所谓"孙权据有江东,已历三世,国险而民附,贤能为之用,此可以为援而不可图也"③。然而在章武二年(222)八月,刘备意图夺回荆州并为关羽报仇,执意发动战争,率数万大军沿江而下,讨伐东吴,最终惨败于夷陵之战,元气大伤,并于次年崩逝于永安宫。陆游此诗为刘备不顾大局,与东吴反目交兵,最终影响兴复大业而痛惜不已。当然,其中或许寄托着陆游对当时北伐恢复事业停滞不前、前景黯淡的悲愤之情。《先主庙次唐贞元中张俨诗韵三首》其三云:

> 洛阳化为灰,棘生铜驼陌。讨贼志不成,父老泣陵柏。④

---

① 《全宋诗》第 39 册,第 24320 页。
② 同上书。
③ 《三国志》卷三十五《诸葛亮传》,第 912 页。
④ 《全宋诗》第 39 册,第 24320 页。

汉末董卓作乱,于初平元年二月"徙天子都长安,焚烧洛阳宫室"①,"悉烧宫庙、官府、居家,二百里内,室屋荡尽,无复鸡犬"②。此诗前两句即写东汉都城洛阳焚烧殆尽、道生荆棘的惨状。后两句写蜀地父老恸哭于蜀先主惠陵的松柏之下(此诗陆游自注:"庙在惠陵侧。"),为蜀汉政权未能成功讨伐曹操,完成兴复汉室的大业而深感遗憾。此诗具有强烈的正统观念和明确的情感倾向,除了在诗歌中表现的对刘蜀政权正统地位的认可以及对其事业未竟的惋惜,通过此诗与其次韵原诗的对比,我们可以有更清楚的认识。张俨《贞元八年十二月谒先主庙绝句三首》云:

> 仗顺继皇业,并吞势由己。天命屈雄图,谁歌大风起。
> 得股肱贤明,能以奇用兵。何事伤客情,何人归帝京。
> 雄名垂竹帛,荒陵压阡陌。终古更何闻,悲风入松柏。③

这三首诗中,只有第一首暗含刘备蜀汉政权为承续刘汉统绪的意思,整体主要表达对刘备得贤明、用奇兵、垂雄名的赞美,以及大业未成的叹惋之情,并未对曹魏政权有任何讥评。而陆游的次韵诗,则两次称曹操为"贼",叙述蜀汉称"煌煌""尽锐",具有鲜明的尊刘贬曹的情感倾向。相较之下,陆游的正统观念更为鲜明突出。

陆游对儒家思想的推崇,还表现为崇儒尊礼,对儒家礼制的恪守,对违背儒家礼制行为的批判,《读阮籍传》诗云:

> 天生父子立君臣,万世宁容乱大伦。籍辈可诛无复议,礼非为我为何人。④

《晋书·阮籍传》载其事迹:

> 籍容貌瑰杰,志气宏放,傲然独得,任性不羁。……母终……裴楷往吊之,籍散发箕踞,醉而直视,楷吊唁毕便去。或问楷:"凡吊者,主哭,客乃为礼。籍既不哭,君何为哭?"楷曰:"阮籍既方外之士,故不崇

---

① 《三国志》卷六《董卓传》,第176页。
② 《资治通鉴》卷五十九"初平元年",第1912页。
③ 清彭定求等编《全唐诗》卷四百七十二,中华书局,1960年,第5355页。
④ 《全宋诗》第40册,第25370页。

礼典。我俗中之士,故以轨仪自居。"时人叹为两得。籍又能为青白眼,
见礼俗之士,以白眼对之。及嵇喜来吊,籍作白眼,喜不怿而退。喜弟
康闻之,乃赍酒挟琴造焉,籍大悦,乃见青眼。由是礼法之士疾之若雠,
而帝每保护之。籍嫂尝归宁,籍相见与别。或讥之,籍曰:"礼岂为我
设邪!"①

阮籍有诸多不合礼法的行为,陆游对此十分不满,并严加痛斥,认为君臣父
子乃天生大伦,不容逾越僭乱,如阮籍之辈其罪可诛。最后针对阮籍"礼岂
为我设邪"之论,以"礼非为我为何人"反唇相讥,体现出陆游严守儒家伦理
道德,对乱法越礼行为的深恶痛绝。虽然陆游在其他诗作中表达过对阮籍
的敬意,却对阮籍无礼失范的思想和行为毫无假借,大力批判,体现出陆游
对儒家礼制的严格恪守。

陆游从儒家思想出发思考政治社会问题,表达其政治理想。儒家理想
的社会状态是上古尧舜统治下的太平盛世,《论语·泰伯》所谓"唐、虞之际,
于斯为盛"②,陆游亦以"济济九官十二牧,我独不得居其间"③为憾事,表达
对上古治世的憧憬之情。中国古代社会以汉唐为盛,唐代的贞观之治与开
元盛世历来为人所称道,陆游也十分关注,热烈歌咏,如《雨夜不寐,观壁间
所张魏郑公砥柱铭》诗即表达了对贞观之治的强烈向往之情,诗云:

> 疾风三日横吹雨,竹倒荷倾可怜汝。空堂无人夜向中,卧看床前烛
> 花吐。壮怀耿耿谁与论,楮床老龟不能语。世间岂无一好汉,叱咤喑呜
> 力如虎。壁间三丈砥柱铭,贞观太平如更睹。何当鼓吹渡河津,下马观
> 碑驰马去。④

此诗首四句写景,交代诗情迸发的外在环境。首二句紧扣"雨夜",次二句紧
扣"不寐",在凄凉萧瑟的雨夜,张挂于壁间的"魏郑公砥柱铭"诱发了诗人对
相关历史人物和历史事件的联想和思考,发掘了内心的幽情隐思,即次四句
所谓"壮怀耿耿"。此"壮怀"却无从诉说,更无从实现,"楮床老龟"的意象尤

---

① 《晋书》卷四十九《阮籍传》,第 1359—1362 页。
② 《论语正义》卷九《泰伯》,第 311 页。
③ 陆游《病足昼卧,梦中谵、谆乃诵尚书也。既觉,口占绝句二首》,《全宋诗》第 40 册,第
25146 页。
④ 《全宋诗》第 39 册,第 24486 页。

见诗人的孤寂,因此呼唤改变现状、扭转局面的英雄人物,即所谓"好汉"。将这一语典还原到具体的历史语境下,更能体现出其丰富的内涵。《旧唐书·狄仁杰传》载:

> 则天尝问仁杰曰:"朕要一好汉任使,有乎?"仁杰曰:"陛下作何任使?"则天曰:"朕欲待以将相。"对曰:"臣料陛下若求文章资历,则今之宰臣李峤、苏味道亦足为文吏矣。岂非文士龌龊,思得奇才用之,以成天下之务者乎?"则天悦曰:"此朕心也。"仁杰曰:"荆州长史张柬之,其人虽老,真宰相才也。且久不遇,若用之,必尽节于国家矣。"则天乃召拜洛州司马。他日,又求贤,仁杰曰:"臣前言张柬之,犹未用也。"则天曰:"已迁之矣。"对曰:"臣荐之为相,今为洛州司马,非用之也。"又迁为秋官侍郎,后竟召为相。柬之果能兴复中宗,盖仁杰之推荐也。①

在这段对话中,"好汉"的涵义为"将相""奇才","尽节于国家""成天下之务者",尤其是"兴复中宗"一节,极为契合陆游所处时代的要求以及陆游本人的心愿。所以诗人将其描绘为"叱咤喑呜力如虎",如此方可力挽狂澜,诗人对这样的人物强烈渴望、热烈呼唤。最后四句则在心绪逐渐平静后,才明确交代激发情感思绪的诱因,即"壁间三丈砥柱铭",由中流砥柱而思国家柱石。不仅如此,联系《砥柱铭》的创作背景,从而引发对盛世的渴望。《砥柱铭》气魄恢宏,作于盛世,出于重臣,乃润色鸿业、颂功扬德之作,见其文如见其世,所谓"贞观太平如更睹",就不得不引发诗人的强烈追慕与怀想,激发了诗人渡河津、观碑铭的热烈愿望和遐想,"鼓吹"、"驰马"显示出诗人意气风发的壮怀逸兴以及对美好未来的憧憬和向往。当然,陆游在对大唐盛世充满无限怀想的同时,也难免会对大唐王朝盛极而衰的原因进行思考,陆游《读史》诗将其归结为君主的荒疏懈怠,诗云:

> 民间斗米两三钱,万里耕桑罢戍边。常使屏风写无逸,应无烽火照甘泉。②

诗虽泛题"读史",但明显是吟咏唐玄宗朝事。一二两句咏开天盛世。写当

---

① 《旧唐书》卷八十九《狄仁杰传》,第2894—2895页。
② 《全宋诗》第40册,第25172页。

时物阜年丰，米价平易，《新唐书·食货志》载："（天宝）五载……是时，海内富实，米斗之价钱十三，青、齐间斗才三钱，绢一匹钱二百。"①天下太平，边境无烽火之虞，于是边境罢戍，兵归田园。陆游此诗从军、民两个方面表现出开天盛世的景况。然而造成的结果是朝廷空虚，藩镇强悍，史载，"府兵法坏而方镇盛，武夫悍将虽无事时，据要险，专方面，既有其土地，又有其人民，又有其甲兵，又有其财赋，以布列天下。然则方镇不得不强，京师不得不弱"②。至天宝末年，安史之乱爆发，朝廷竟毫无抵抗之力，最终导致大唐盛世由盛转衰，令人不得不反思其中的原因，陆游亦遵循这一思路，表达其对此事的意见，即认为唐玄宗若非骄奢恬逸，而能勤勉谨戒如初，或无后来的兵戈之乱。陆游以宋璟手写《尚书·无逸》之存废见唐玄宗从勤勉变骄逸。《旧唐书·崔植传》载：

> 长庆初，拜中书侍郎、同中书门下平章事。穆宗尝谓侍臣曰："国家贞观中，文皇帝躬行帝道，治致升平。及神龙、景龙之间，继有内难，玄宗平定，兴复不易，而声明最盛，历年长久，何道而然？"植对曰："……开元初得姚崇、宋璟，委之为政。此二人者，天生俊杰，动必推公，夙夜孜孜，致君于道。璟尝手写《尚书·无逸》一篇，为图以献。玄宗置之内殿，出入观省，咸记在心，每叹古人至言，后代莫及，故任贤戒欲，心归冲漠。开元之末，因《无逸》图朽坏，始以山水图代之。自后既无座右箴规，又信奸臣用事，天宝之世，稍倦于勤，王道于斯缺矣。"③

陆游以崔植所对之事入诗，言帝王骄逸，贻患无穷，以此表达对盛世如何长盛不衰的思考。同时，陆游亦借古论今，以唐咏宋，表现对现实政治的观照。《剑南诗稿校注》引《宋史·仁宗纪》："（景祐）二年春正月癸丑，置迩英、延义二阁，写《尚书·无逸》篇于屏。"④《宋史·杨安国传》："尝请书《无逸》篇于迩英阁之后屏，帝曰：'朕不欲背圣人之言。'命蔡襄书《无逸》、王洙书《孝经》四章列置左右。"⑤认为此诗"用唐玄宗事，屏风字则兼用本朝故实"⑥。实

---

① 《新唐书》卷五十一《食货志》，第 1346 页。

② 《新唐书》卷五十《兵志》，第 1328 页。

③ 《旧唐书》卷一百一十九《崔植传》，第 3442 页。

④ 《宋史》卷十《仁宗纪》，第 199 页。

⑤ 《宋史》卷二百九十四《杨安国传》，第 9829 页。

⑥ 宋陆游著，钱仲联、马亚中主编《陆游全集校注·剑南诗稿校注》卷四十九，第 182 页。

则不仅兼用本朝故实,而且意在本朝,表达对君主骄奢淫逸的批判以及对本朝君主的期待和希望。

无论是唐虞之治还是汉唐盛世,都离不开圣君贤相的风云际会,即理想和谐的君臣关系,这也是儒家政治理想的重要内容。古代士人要体现人生价值,实现社会理想,均离不开君主的赏识,上下协作,大展宏图,因此对理想的君臣关系十分向往和渴望。陆游对大唐盛世的歌咏亦往往着眼于此,如《题十八学士图》诗云:

> 隋日昏曛东南倾,雷塘风吹草木腥。平时但忌黑色儿,不知乃有虬髯生。晋阳龙飞云瀚瀚,关洛万里即日平。东征归来脱金甲,天策开府延豪英。琴书闲眼永清昼,簪履光彩明华星。高参伊吕列佐命,下者才气犹峥嵘。但馀一恨到千载,高阳缪公来窜名。老奸得志国几丧,李氏诛徙连孤婴。向令亟念履霜戒,危乱安得存勾萌。众贤一佞祸尚尔,掩卷涕泪临风横。①

这是一首历史题材的题画诗,陆游只论画作内容,不及画作形制,因此亦纯然是一首咏史诗。

首四句交代时代背景为隋灭唐兴之际。隋朝末年,炀帝营建东都,开通运河,四处巡游,穷奢极欲,纵情声色,最终被弑杀于江都,改葬于雷塘。即诗所谓"隋日昏曛东南倾,雷塘风吹草木腥"之意。隋炀帝生前,见"左仗下黑色小儿"②李密,"额锐角方,瞳子黑白明澈"③,遂对宇文述言:"此儿顾盼不常,无入卫。"④果如其言,后来李密起兵造反,成为隋末重要割据势力之一,可见隋炀帝有先见之明。隋炀帝虽然预见到了李密,却未防备住李渊、李世民父子。段成式《酉阳杂俎》称"太宗虬须"⑤,故诗称"平时但忌黑色儿,不知乃有虬髯生",同时引出唐太宗李世民。次八句写李世民建立天策府,册封十八学士。李氏父子自太原起兵后,势如破竹,席卷各地。武德四年(621)五月,李世民带领大军攻下洛阳,击败王世充、窦建德联军,因战功显赫加天策上将,置天策上将府。史载:

---

① 《全宋诗》第 39 册,第 24274 页。

② 《新唐书》卷八十四《李密传》,第 3677 页。

③ 同上书。

④ 同上书。

⑤ 唐段成式撰,许逸民校笺《酉阳杂俎校笺》前集卷一,中华书局,2015 年,第 2 页。

　　太宗既平寇乱，留意儒学，乃于宫城西起文学馆，以待四方文士。于是，以属大行台司勋郎中杜如晦，记室考功郎中房玄龄及于志宁，军咨祭酒苏世长，天策府记室薛收，文学褚亮、姚思廉，太学博士陆德明、孔颖达，主簿李玄道，天策仓曹李守素，记室参军虞世南，参军事蔡允恭、颜相时，著作佐郎摄记室许敬宗、薛元敬，太学助教盖文达，军咨典签苏勖，并以本官兼文学馆学士。及薛收卒，复征东虞州录事参军刘孝孙入馆。寻遣图其状貌，题其名字、爵里，乃命亮为之像赞，号十八学士写真图，藏之书府，以彰礼贤之重也。①

即诗题所谓"十八学士图"。李世民对诸学士礼遇有加，史载，"诸学士并给珍膳，分为三番，更直宿于阁下，每军国务静，参谒归休，即便引见，讨论坟籍，商略前载"②，"降以温颜……或夜分而罢"③，"预入馆者，时所倾慕，谓之'登瀛洲'"④。陆游对李世民礼遇文士一节亦予以热烈的咏赞："琴书闲暇永清昼，簪履光彩明华星。高参伊吕列佐命，下者才气犹峥嵘。"表达对一时人才济济、君臣际遇的赞叹之情。再次四句批判十八学士中的许敬宗。许敬宗一生劣迹斑斑，《新唐书》列为"奸臣"。卒后博士袁思古议其谥为"缪"⑤，虽然后经改议，陆游仍以"缪公"称之，意在昭显其恶行。许敬宗一生最大的问题即支持唐高宗立武则天为后，从而加速其称帝的进程，并协助武后残害皇族。与褚遂良"致笏殿阶，叩头流血"⑥相较，真有云泥之别！导致武则天"诛唐宗室贵戚数百人"⑦，故陆游称之"老奸得志国几丧，李氏诛徙连孤婴"，对"武氏之乱，唐之宗室戕杀殆尽"⑧，深表痛惜。最后四句，陆游总结教训，观照现实，指出"高宗溺爱衽席，不戒履霜之渐，而毒流天下，贻祸邦家"⑨，高宗若能心存谨戒之心，见微知著，防微杜渐，必能不至此。"众贤一佞祸尚尔"，见奸佞之徒危害极大，"掩卷涕泪临风横"，对当下奸臣当道既深感痛恨，又无可奈何。总之，陆游在表达对人才济济、君臣际遇的赞美

①《旧唐书》卷七十二《褚亮传》，第2582页。
②同上书，第2582—2583页。
③《旧唐书》卷二《太宗纪》，第28页。
④《旧唐书》卷七十二《褚亮传》，第2583页。
⑤《旧唐书》卷八十二《许敬宗传》，第2764—2765页。
⑥《新唐书》卷一百五《褚遂良传》，第4029页。
⑦《资治通鉴》卷二百五，第6485页。
⑧《新唐书》卷三《高宗纪》，第79页。
⑨同上书。

的同时,不忘维护正统,痛斥奸佞。

陆游在《读唐书》诗中更加明确地将大唐盛世的开创与君臣际遇联系在一起,并且认为君主礼贤下士,君臣风云际会,较之开创太平盛世,更为难得。《读唐书》诗云:

> 力行可使金如土,笃好能徕马若龙。斗米三钱本常事,风云千载自难逢。①

此诗所咏史事不详,《剑南诗稿校注》所引多非《唐书》,或泛泛而论,非专咏一人一事。

首二句论人主好尚之重要,力行节俭则可使黄金如土,笃好玩赏则可使天马西徕。此二句均有典故和史事可供参考。

史载,南齐高帝萧道成"即位后,身不御精细之物……每曰:'使我治天下十年,当使黄金与土同价。'欲以身率天下,移变风俗"②。此即奉行节俭"使金如土"之来历。唐太宗颇以节俭著称,《贞观政要》载:"贞观元年,太宗谓侍臣曰:'……不合服用者,宜一切禁断。'由是二十年间,风俗简朴,衣无锦绣,财帛富饶,无饥寒之弊。"③当然太宗节俭亦离不开诤臣规谏。《旧唐书·刘洎传》载:"太宗善持论,每与公卿言及古道,必诘难往复。洎上书谏曰:'……窃以今日升平,皆陛下力行所至,欲其长久,匪由辩博。但当忘彼爱憎,慎兹取舍,每事敦朴,无非至公,若贞观之初则可矣。'"④

至于"笃好能徕马若龙"可作两解,若与力行节俭相对,解为笃好玩赏,简捷明确。若将天马比作人才,亦可通。《贞观政要》载贞观十四年特进魏徵上疏曰:"故尧、舜、文、武见称前载,咸以知人则哲,多士盈朝,元、凯翼巍巍之功,周、召光焕乎之美。然则四岳、九官、五臣、十乱,岂惟生之于曩代,而独无于当今者哉?在乎求与不求,好与不好耳!何以言之?夫美玉明珠,孔翠犀象,大宛之马,西旅之獒,或无足也,或无情也,生于八荒之表,涂遥万里之外,重译入贡,道路不绝者,何哉?盖由乎中国之所好也。况从仕者,怀

---

① 《全宋诗》第 40 册,第 25440 页。
② 梁萧子显撰《南齐书》卷二《高帝纪》,中华书局,1972 年,第 38—39 页。
③ 唐吴兢撰,谢保成集校《贞观政要集校》卷六《论俭约》,中华书局,2009 年,第 2 版,第 317—318 页。
④ 《旧唐书》卷七十四《刘洎传》,第 2608—2609 页。

君之荣,食君之禄,率之以义,将何往而不至哉?"①魏徵此论即以天马等类比忠良俊义,称君主若能好义求贤,人才必至,盛世可期。

后二句言贞观之治、开元盛世不足为奇,风云际会,君臣遇合,才是千载难逢之事。或可解为,如能君臣同心,合舟共济,斗米三钱的太平之世亦是寻常之事。《新唐书·魏徵传》载:"帝(太宗)即位四年⋯⋯米斗三钱。"②《新唐书·食货志》载:"(天宝)五载⋯⋯是时,海内富实,米斗之价钱十三,青、齐间斗才三钱。"③米价低廉可视为太平盛世的表征,陆游《读史》④诗亦以"民间斗米两三钱"描述开元盛世。而在这里却称这种现象为自然寻常之事,重点在于表达君臣际遇的难能可贵。而唐太宗与魏徵则是历来为人称道的君臣际遇的典型。《贞观政要》载:"贞观三年,太宗谓侍臣曰:'君臣本同治乱,共安危,若主纳忠谏,臣进直言,斯故君臣合契,古来所重。若君自贤,臣不匡正,欲不危亡,不可得也。君失其国,臣亦不能独全其家。至如隋炀帝暴虐,臣下钳口,卒令不闻其过,遂至灭亡。虞世基等,寻亦诛死。前事不远,朕与卿等可得不慎,无为后所嗤!'"⑤可见唐太宗对于君臣关系的深刻认识,而在实际政治生活中,唐太宗给予魏徵很高的评价,史载:"(太宗)尝临朝谓侍臣曰:'夫以铜为镜,可以正衣冠;以古为镜,可以知兴替;以人为镜,可以明得失。朕常保此三镜,以防己过。今魏徵殂逝,遂亡一镜矣!'"⑥可见太宗和魏徵洵为君臣遇合的典范。陆游也正是从儒家政治理想和自身遭际出发,对这样完美的君臣关系满怀期待,一往情深。在《读史四首》诗其三中,陆游也从君臣关系的角度,饱含深情地歌咏五代后周王朴,诗云:

> 男子胸中正要奇,立谈能立太平基。君王玉钺无穷恨,千载茫茫谁复知。⑦

此诗首二句直抒己意,认为男子须胸怀奇志,坐谈立议间即可为天下国家奠定太平之基。后二句引史事具体阐发。《新五代史·王朴传》载:

---

① 《贞观政要集校》卷三《论择官》,第 166 页。
② 《新唐书》卷九十七《魏徵传》,第 3869 页。
③ 《新唐书》卷五十一《食货志》,第 1346 页。
④ 《全宋诗》第 40 册,第 25172 页。
⑤ 《贞观政要集校》卷三《君臣鉴戒》,第 147 页。
⑥ 《旧唐书》卷七十一《魏徵传》,第 2547—2561 页。
⑦ 《全宋诗》第 41 册,第 25603 页。

王朴字文伯,东平人也。……世宗雅已知朴,及见其议论伟然,益以为奇,引与计议天下事,无不合,遂决意用之。……世宗之时,外事征伐,而内修法度。……世宗征淮,朴留京师,广新城,通道路,壮伟宏阔,今京师之制,多其所规为。其所作乐,至今用之不可变。其陈用兵之略,非特一时之策。至言诸国兴灭次第云:"淮南可最先取,并必死之寇,最后亡。"其后宋兴,平定四方,惟并独后服,皆如朴言。六年春……卒,年五十四。世宗临其丧,以玉钺叩地,大恸者数四。赠侍中。①

《旧五代史·王朴传》亦云:"世宗闻之骇愕,即时幸其第,及枢前,以所执玉钺卓地而恸者数四。"②王朴堪称王佐之臣,以其"明敏多材"辅佐周世宗"外事征伐而内修法度",且有深谋远略,所为"非独当世之务",可谓"能立太平基",故为周世宗所倚重。王朴卒后,世宗痛失股肱以玉钺卓地。这是君臣际遇的典型,正如欧阳修所论:"王朴之材,诚可谓能矣。不遇世宗,何所施哉?世宗之时,外事征伐,攻取战胜;内修制度,议刑法,定律历,讲求礼乐之遗文,所用者五代之士也,岂皆愚怯于晋、汉,而材智于周哉?惟知所用尔。"③这正是陆游所歆羡和企望的君臣状态,陆游认为千百年来人们并未能真正了解世宗的内心遗恨,为这种理想君臣关系的缺失感到失望和痛苦。

在君臣关系中,陆游不仅把臣僚作为君主的附庸,特别强调臣僚的独立地位及其对构建理想社会的独特价值。因此,不仅盛世中君臣遇合可以开创基业,在乱世中,仁人志士也同样可以大有作为,即便不能得到唐太宗、周世宗这样贤明君主的赏识,也不妨碍一介书生气薄云天,兼济天下,放逐龙蛇,关心唐虞事业。汉末陈蕃、唐末刘蕡即是代表人物。如《读陈蕃传》诗云:

> 莫笑书生一卷书,唐虞事业正关渠。汉廷若有真王佐,天下何须费扫除。④

此诗读《陈蕃传》而论书生事业。前两句表达个人见解,驳斥世人对读书人的轻视,指出他们是以尧舜时代的太平盛世为最高理想的,正所谓"唐虞事业正关渠"。后两句言史事,就陈蕃之言论事迹展开论说。《后汉书·陈蕃

---

① 《新五代史》卷三十一《王朴传》,第341—344页。
② 《旧五代史》卷一百二十八《王朴传》,第1682页。
③ 《新五代史》卷三十一《周臣传》,第346页。
④ 《全宋诗》第40册,第25209页。

传》载:

> 蕃年十五,尝闲处一室,而庭宇芜秽。父友同郡薛勤来候之,谓蕃曰:"孺子何不洒扫以待宾客?"蕃曰:"大丈夫处世,当扫除天下,安事一室乎!"勤知其有清世志,甚奇之。①
>
> 永康元年,帝崩。窦后临朝……蕃与后父大将军窦武,同心尽力,征用名贤,共参政事,天下之士,莫不延颈想望太平。②

陆游认为如果汉廷真有王佐之材,也不需要陈蕃来扫除天下了,指出陈蕃真是为匡时济世而生的王佐之材。汉末桓灵之际,宦官专权,败坏朝政,为祸乡里,引起了陈蕃等士大夫的强烈不满,并展开激烈的政治斗争,正如《后汉书·陈蕃传论》所言:"桓、灵之世,若陈蕃之徒,咸能树立风声,抗论悯俗。而驱驰崄阨之中,与刑人腐夫同朝争衡。"③而这正是陈蕃怀抱澄清之志、扫除天下的体现,体现了一介书生兼济天下、开创太平的鸿鹄之志。《读刘蕡策》诗云:

> 志士仁人气薄云,唐家惟有一刘蕡。看渠放逐蛇龙手,那肯驱蝇与拍蚊。④

此诗是陆游读刘蕡廷对策有感而作。此策新旧《唐书》均载,慷慨激切,凡数千言,针对宦官手握兵权,操纵废立,直言不讳,慷慨陈词。陆游则认为,刘蕡乃志士仁人,豪气冲天,胸怀大志,是有唐一代的兼济之才。《新唐书·刘蕡传》所谓"明春秋,能言古兴亡事,沈健于谋,浩然有救世意。擢进士第"⑤,《旧唐书·刘蕡传》所谓"博学善属文,尤精《左氏春秋》。与朋友交,好谈王霸大略,耿介嫉恶,言及世务,慨然有澄清之志"⑥。如此人物,是不屑斤斤计较于阉寺之流的。无论是新旧《唐书》的叙述,还是刘蕡对策的具体内容,都主要针对宦官问题阐发,而陆游之所以主观提升刘蕡的思想境界

---

① 《后汉书》卷六十六《陈蕃传》,第 2159 页。
② 同上书,第 2168—2169 页。
③ 同上书,第 2171 页。
④ 《全宋诗》第 40 册,第 25172 页。
⑤ 《新唐书》卷一百七十八《刘蕡传》,第 5293 页。
⑥ 《旧唐书》卷一百九十下《刘蕡传》,第 5064 页。

和志向怀抱,无非是一种借古抒怀的方式,表达一己的远大抱负和高远境界,以使其符合兼济之才的理想形象。陆游《读史》诗更是以马周、阮籍两种不同的人生经历,表达对书生意气、独立人格的赞美,诗云:

> 马周浪迹新丰市,阮籍兴怀广武城。用舍虽殊才气似,不妨也是一书生。①

此诗因马周、阮籍二人事迹,有感而作。首二句分别撷取二人事迹,檃栝而成。《旧唐书·马周传》载:"马周……落拓不为州里所敬。武德中,补博州助教,日饮醇酎,不以讲授为事。刺史达奚恕屡加咎责,周乃拂衣游于曹、汴,又为浚仪令崔贤首所辱,遂感激西游长安。宿于新丰逆旅,主人唯供诸商贩而不顾待周,遂命酒一斗八升,悠然独酌,主人深异之。"②《晋书·阮籍传》载:"尝登广武,观楚汉战处,叹曰:'时无英雄,使竖子成名!'"③后二句就此发表个人见解。"用舍虽殊"指马周恰逢太平盛世,积极用世,直言进谏,匡正得失,深受太宗爱重,成为一代名臣。《旧唐书·马周传》载:"周有机辩,能敷奏,深识事端,动无不中。太宗尝曰:'我于马周,暂不见则便思之。'"④而阮籍则不同,生于乱世,在政治上秉持谨身避祸的态度。《晋书·阮籍传》载:"籍本有济世志,属魏晋之际,天下多故,名士少有全者,籍由是不与世事,遂酣饮为常。"⑤"才气似"指马周"落拓不为州里所敬",阮籍"傲然独得,任性不羁",二人均落拓不羁,任气使性。二人用舍不同,才气相似,均为书生本色。史载,马周"少孤贫好学,尤精诗传"⑥,阮籍"或闭户视书,累月不出……博览群籍"⑦。陆游通过对两位豪放不羁、个性鲜明的历史人物在不同境遇的表现,表达对不因际遇而改变的独立人格的赞美。

陆游理想中的人物,渴望君臣际遇,又不依附权势,而是胸怀天下,所谓"胸中要使浩无涯"⑧,既具有卓尔不群的才干,建立不世功业,又具有独立不羁的个性,毫不吝情爵禄,甚至藐视权贵,出处有方,进可出将入相,退可

---

① 《全宋诗》第 41 册,第 25600 页。
② 《旧唐书》卷七十四《马周传》,第 2612 页。
③ 《晋书》卷四十九《阮籍传》,第 1361 页。
④ 《旧唐书》卷七十四《马周传》,第 2619 页。
⑤ 《晋书》卷四十九《阮籍传》,第 1360 页。
⑥ 《旧唐书》卷七十四《马周传》,第 2612 页。
⑦ 《晋书》卷四十九《阮籍传》,第 1359 页。
⑧ 《全宋诗》第 41 册,第 25604 页。

隐居山林,进退出处,泰然自若。上文所论马周与阮籍是在不同处境的进退
出处,而在诸葛亮身上则集中了进退自如的理想状态,陆游《咏史》诗歌咏诸
葛亮,可视为这种人生理想的宣言,诗云:

> 夜雨灯前感慨深,为邦一士重千金。风云未展康时略,天地能知许
> 国心。剑忽挂颐都将相,帽曾厖耳隐山林。英雄自古常如此,君看隆中
> 梁甫吟。①

此诗首联写雨夜读书,感慨良多。感叹治国安邦,要在得人,一士之用,重于
千金。以下则围绕得人用人展开论说。颔联从士人报国的角度而言,士人
若不得其时,隐居避世,虽然未能大展匡时济世之才,但其以身许国的耿耿
忠心也是苍天可鉴的。颈联则从朝廷得人用人的角度而言,称那些长剑挂
颐、位居将相者,也可能有过隐逸山林、不问世事的经历,之所以能从掩耳避
世而谋谟庙堂,则需要朝廷人主深入民间发现人才,不拘一格重用人才。正
如其《悽悽行》诗所谓"兴邦在人才,岩穴当物色"②之意。尾联紧扣诗题的
"咏史",呼应开篇的"夜雨灯前"的读书,称自古以来,英雄壮士大多有过这
种经历,高卧隆中、好为梁甫吟的诸葛亮即是最显著的例子。诸葛亮身上既
体现了胸怀天下、鞠躬尽瘁的忠义与担当,也有抱道自守、三顾方起的气节
与矜持,是士人施展抱负与明于出处的典型,故陆游再三致意,欣然神往。

如果说诸葛亮是出将入相、兼济天下的典范,那么严子陵则是抱道自
守、独善其身的极则。陆游《夜观严光祠碑有感》诗即有自抒怀抱的意味,表
达了对严光书生意气以及理想的君臣关系的企望与向往之情,诗云:

> 我昔过钓台,峭石插江渌。登堂拜严子,挹水荐秋菊。君看此眉
> 宇,何地着荣辱。洛阳逢故人,醉脚加其腹。书生常事尔,乃复骇世俗。
> 正令为少留,要非昔文叔。平生陋范晔,琐琐何足录。安得太史公,妙
> 语写高躅。③

此诗咏严子陵事。首四句写昔过钓台,见峭石屹立江边,登堂拜祭,酌水献
菊,表达对先贤的景仰之意。次八句转至对严子陵的论说,写严子陵眉宇间

---

① 《全宋诗》第 39 册,第 24850 页。
② 《全宋诗》第 40 册,第 25070 页。
③ 《全宋诗》第 39 册,第 24790 页。

无荣辱之念,无势利之想,对待天子故人从容自然如初,因此可以在"共偃卧"时"以足加帝腹上"①。陆游认为这是书生常事,本不足惊世骇俗。并进一步揣度严子陵的心思:本来可以留在光武帝身边,予以辅佐,只是因为刘秀早已不复当年,因此作罢。史载,"(光武)帝从容问光曰:'朕何如昔时?'对曰:'陛下差增于往。'"②最后四句在此基础上再翻一层,进一步就《严光传》即《后汉书》的作者范晔翻案,认为范晔史识浅陋,如此寻常小事不足大惊小怪地予以记录,进而呼唤太史公司马迁这样的大手笔。陆游此诗正是借严子陵的书生意气和独立风骨,表达对君臣遇合的渴望,对独立人格的持守。

第二节　英雄与忠臣:陆游咏史诗中的理想人物

陆游对儒家道德伦理的信仰,对理想政治与人生的憧憬,只能存在于理论和想象之中。摆在他面前的是惨痛的历史和残酷的现实:神州陆沉,陵寝废弃,国家疲弱,偏安东南。陆游兼济天下、尽忠报国的理想,经历过战乱国耻的洗礼,转变为伤时忧国之情。自言"位卑未敢忘忧国"③、"小儒虽微陋,一饭亦忧国"④、"丈夫老忧国,百虑蟠胸中"⑤。因此,陆游始终主张抗金复国,恢复中原,从中年时代的"报国计安出,灭胡心未休"⑥"逆胡未灭心未平,孤剑床头铿有声"⑦,直到垂暮之时的"一闻战鼓意气生,犹能为国平燕赵"⑧,一生作品"言恢复者十之五六"⑨。而恢复大计的实现,仰赖于英勇抗争的战斗英雄和赤胆忠心的忠臣义士。面对屈辱和困境,所忧所伤、所期所盼者,都郁积于陆游的心中,相似或相关的历史情境、历史因素往往将其触发,随之喷薄而出,形诸吟咏。

①　南朝宋范晔撰,唐李贤等注《后汉书》卷八十三《严光传》,中华书局,1965 年,第 2764 页。

②　《后汉书》卷八十三《严光传》,第 2763 页。

③　陆游《病起书怀二首》其一,《全宋诗》第 39 册,第 24400 页。

④　陆游《凄凄行》,《全宋诗》第 40 册,第 25070 页。

⑤　陆游《予出蜀日,尝遣僧则华乞签于射洪陆使君祠,使君以老杜诗为签,予得遣兴诗五首中第二首,其言教戒甚至,退休暇日,因用韵赋五首》其四,《全宋诗》第 40 册,第 25148 页。

⑥　陆游《枕上》,《全宋诗》第 39 册,第 24447 页。

⑦　陆游《三月十七日夜醉中作》,《全宋诗》第 39 册,第 24322 页。

⑧　陆游《老马行》,《全宋诗》第 40 册,第 25473 页。

⑨　清赵翼著《瓯北诗话校注》卷六,第 265 页。

一、战斗英雄

陆游抗敌复国的恢复大计，面临着严酷的现实。朝廷上层苟且求和，举国上下耽于一时之逸，忘却家仇国恨，视故土如蛮荒。尤其是时光的流逝，销蚀了大部分人进取的锐气和决心，使得文恬武嬉，甘弱幸安，陆游诗所谓"和戎诏下十五年，将军不战空临边。朱门沉沉按歌舞，厩马肥死弓断弦"①，"治道本来存简册，神州谁与静烟尘。新亭对泣犹稀见，况觅夷吾一辈人"②。陆游心急如焚，坚持与主和投降派作斗争，不断为抗敌呐喊。对历史上建功立业、抗战不息的英雄，给予热烈的歌颂，比如公孙述、项羽、寇准、姚平仲、赵宗印等，都反映在其咏史诗的创作当中。

乾道六年（1170）十月二十六日，陆游入蜀至瞿唐关，谒白帝庙，作《入瞿唐登白帝庙》诗，热烈歌颂公孙述誓死不降、力战到底的英雄气概，诗云：

> 参差层颠屋，邦人祀公孙。力战死社稷，宜享庙貌尊。丈夫贵不挠，成败何足论。我欲伐巨石，作碑累千言。上陈跃马壮，下斥乘骡昏。虽惭豪伟词，尚慰雄杰魂。君王昔玉食，何至歆鸡豚。愿言采芳兰，舞歌荐清尊。③

此诗咏公孙述。《后汉书·公孙述传》载：

> （龙兴）十一年，征南大将军岑彭攻之，（任）满等大败，述将王政斩满首降于彭。田戎走保江州。城邑皆开门降，彭遂长驱至武阳。帝乃与述书，陈言祸福，以明丹青之信。述省书叹息，以示所亲太常常少、光禄勋张隆。隆、少皆劝降。述曰："废兴命也。岂有降天子哉！"左右莫敢复言。……十二年……帝必欲降之，乃下诏喻述……述终无降意。九月，吴汉又破斩其大司徒谢丰、执金吾袁吉，汉兵遂守成都。述谓延岑曰："事当奈何？"岑曰："男儿当死中求生，可坐穷乎！财物易聚耳，不宜有爱。"述乃悉散金帛，募敢死士五千馀人，以配岑于市桥，伪建旗帜，鸣鼓挑战，而潜遣奇兵出吴汉军后，袭击破汉。汉堕水，缘马尾得出。十一月，臧宫军至咸门。述视占书，云"虏死城下"，大喜，谓汉等当之。

---

① 陆游《关山月》，《全宋诗》第 39 册，第 24414 页。
② 陆游《初寒病中有感》，《全宋诗》第 39 册，第 24833 页。
③ 《全宋诗》第 39 册，第 24290 页。

> 乃自将数万人攻汉,使延岑拒宫。大战,岑三合三胜。自旦及日中,军士不得食,并疲,汉因令壮士突之,述兵大乱,被刺洞胸,堕马。左右舆入城。述以兵属延岑,其夜死。①

公孙述多次明确拒绝汉光武帝的招降,并在最后阶段,纳死士,出奇兵,屡屡战胜吴汉军。拒降与力战,正是陆游心中勇力抗敌的理想状态,公孙述的决断和行动完全契合陆游的理想,因此作诗大力歌颂。此诗突出公孙述"力战死社稷"的勇气和决心,并借题发挥,认为"丈夫贵不挠,成败何足论"。不屈不挠,抗击到底才是英雄本色,至于成败结果并不足道,不可以成败论英雄。因此陆游欲"伐巨石",作碑文,歌颂公孙述越马疆场之壮烈,贬斥庸主乘骡投降之昏聩,以此慰藉"雄杰"公孙述的英魂,并"采芳兰""荐清尊",表达对公孙述的景仰之情。《剑南诗稿校注》此诗"题解"言:"放翁当南宋,以国君宜死社稷、义不降敌为言,颂公孙而实讽宋帝。"②一语道出陆游的曲衷。

与公孙述相似,项羽是更加有名的誓死不屈的大英雄,陆游对项羽的这种精神尤为赞叹不已。《秋晚杂兴十二首》诗其十歌咏项羽即便战败身亡亦不失为英雄,诗云:

> 江东谁复识重瞳,遗庙敧斜草棘中。若比咿嘤念如意,乌江战死尚英雄。③

此诗自注"项羽庙",歌咏项羽。首二句由庙及人。写项羽庙敧斜在荒草荆棘之中,推想江东父老已经淡忘了这位曾经的盖世英雄。三四句,笔锋转入对项羽的评价,这一评价是在与刘邦的对比中得出来的。《史记·留侯世家》云:

> 汉十二年,上从击破布军归,疾益甚,愈欲易太子。留侯谏,不听,因疾不视事。叔孙太傅称说引古今,以死争太子。上详许之,犹欲易之。及燕,置酒,太子侍。四人从太子,年皆八十有馀,须眉皓白,衣冠甚伟。……四人为寿已毕,趋去。上目送之,召戚夫人指示四人者曰:"我欲易之,彼四人辅之,羽翼已成,难动矣。吕后真而主矣。"戚夫人

---

① 《后汉书》卷十三《公孙述传》,第542—543页。
② 《陆游全集校注·剑南诗稿校注》卷二,第156页。
③ 《全宋诗》第41册,第25524页。

泣，上曰："为我楚舞，吾为若楚歌。"歌曰："鸿鹄高飞，一举千里。羽翮已就，横绝四海。横绝四海，当可奈何！虽有矰缴，尚安所施！"歌数阕，戚夫人嘘唏流涕，上起去，罢酒。①

《史记·项羽本纪》载霸王别姬事：

> 项王军壁垓下，兵少食尽，汉军及诸侯兵围之数重。夜闻汉军四面皆楚歌，项王乃大惊曰："汉皆已得楚乎？是何楚人之多也！"项王则夜起，饮帐中。有美人名虞，常幸从；骏马名骓，常骑之。于是项王乃悲歌忼慨，自为诗曰："力拔山兮气盖世，时不利兮骓不逝。骓不逝兮可奈何，虞兮虞兮奈若何！"歌数阕，美人和之。项王泣数行下，左右皆泣，莫能仰视。②

陆游选取对比的角度是二人皆楚歌。刘邦楚歌，四言句式，节奏整饬，舒缓平易，歌咏太子而感叹赵王如意。项羽楚歌，杂言成句，跳宕变化，慷慨悲怆，感叹身世和命运。相形之下，较之刘邦的咿嘤嗫嚅，项羽的慷慨悲歌尤能彰显其英雄气概，即便项羽最后战死乌江，亦不失其英雄本色。陆游以此表达对项羽的崇敬之情。《湖山九首》其一也表达了类似的意见，指出项羽为成全盖世英雄气概，绝不苟且偷安，远遁江东，诗云：

> 逐鹿心虽壮，乘骓势已穷。终全盖世气，绝意走江东。③

此诗自注："项羽庙。"亦由项羽庙而咏其人。但单刀直入，全不及庙，径咏其事。首二句写楚汉相争最后阶段的战势，《史记·项羽本纪》载：

> （项王）乃有二十八骑。汉骑追者数千人。项王自度不得脱。谓其骑曰："吾起兵至今八岁矣，身七十馀战，所当者破，所击者服，未尝败北，遂霸有天下。然今卒困于此，此天之亡我，非战之罪也。"……于是项王乃欲东渡乌江。乌江亭长檥船待，谓项王曰："江东虽小，地方千里，众数十万人，亦足王也。愿大王急渡。今独臣有船，汉军至，无以

---

① 《史记》卷五十五《留侯世家》，第 2046—2047 页。
② 《史记》卷七《项羽本纪》，第 333 页。
③ 《全宋诗》第 41 册，第 25645 页。

渡。"项王笑曰:"天之亡我,我何渡为!且籍与江东子弟八千人渡江而
西,今无一人还,纵江东父兄怜而王我,我何面目见之?纵彼不言,籍独
不愧于心乎?"……乃自刎而死。①

陆游此二句所言即这段历史,在战争形势紧迫、大势已去的情况下,项羽虽
有逐鹿之心,已无回天之力。陆游此诗认为,项羽最后决战突围,至于乌江
边,本有渡江的机会,却选择自刎,是不愿败阵脱逃,以此成全自己盖世英雄
的气概。陆游对项羽一向推崇其英雄气概,对其大业未成也深感惋惜。但
陆游不以成败论英雄,对于气节刚烈、英勇无畏的英雄壮士始终大加赞扬,
不遗馀力。

　　陆游对具有战斗精神的英勇之士总是给予热烈的赞扬和歌颂,以至于
对于事迹并不确切的钟离真人,亦赞其"功虽不成,气则莫夺"。《钟离真人
赞》诗云:

　　　　五季之乱,方酣于兵。叱嗟风云,卓乎人英。功虽不成,气则莫夺。
　　煌煌金丹,粃糠陶葛。②

此诗咏钟离真人。《剑南诗稿校注》引《少室山房笔丛》《丹铅新录》考察钟离
真人身世,但其事迹不详,陆游此诗所咏不知何据。然此诗所传达的人物形
象却是十分清晰的。五代之末,战乱不绝,钟离真人是一位叱咤风云、卓然
不群的英雄人物。"功虽不成,气则莫夺",至于何功未成虽不得而知,但为
其不成而惋惜,更赞其气概雄豪,不可侵犯。与对公孙述、项羽吟咏一样,陆
游所欣赏的正是其抗击到底、拒不降敌的可贵品质。

　　除了前朝誓死不屈、气薄云天的战斗英雄,北宋以来本朝也出现了很多
可歌可泣的仁人志士,比如寇准、姚平仲、赵宗印等,因时代不远,事迹详明,
陆游予以热烈歌咏,更加一往情深。

　　寇准是一位典型的主战派人物,曾经力促真宗亲征,击退辽国的进攻。
在相对和平的北宋,寇准的意义并未凸显,到了战争危险始终存在、战和之
争异常激烈的南宋,寇准作为主战派的代表,屡屡引起有识之士的关注。乾
道六年(1170)十月,陆游入蜀,十月二十一日至巴东县,历览寇准遗迹,创作

---

① 《史记》卷七《项羽本纪》,第334—336页。
② 《全宋诗》第41册,第25733页。

了多首诗歌,追怀感叹。《秋风亭拜寇莱公遗像二首》诗其一云:

> 江上秋风宋玉悲,长官手自葺茅茨。人生穷达谁能料,蜡泪成堆又一时。①

《入蜀记》载:"晚泊巴东县。江山雄丽,大胜秭归。但井邑极于萧条,邑中才百馀户,自令廨而下,皆茅茨,了无片瓦。……谒寇莱公祠堂,登秋风亭,下临江山。是日重阴微雪,天气飂飘。复观亭名,使人怅然,始有流落天涯之叹。"②此诗首二句即先写当时所见实景,大江之上,秋风萧瑟,宛然如宋玉之所悲,既是写陆游当时体验到的气候环境,也是以今度古,以己度人,由秋风亭之"秋风"推想寇准在县之时的情景。然后由眼前的茅茨展开想象,言当年作为巴东令的寇准曾亲手修葺,从而引出寇准。后二句则写寇准的另一桩逸事。欧阳修《归田录》载:"(寇莱)公尝知邓州,而自少年富贵,不点油灯,尤好夜宴剧饮,虽寝室亦燃烛达旦。每罢官去,后人至官舍,见厕溷间烛泪在地,往往成堆。"③因此陆游不禁感叹,人生穷达难料,处境亦奢俭不同。欧阳修所记侧重寇准与杜衍的奢俭之别,陆游此诗论及此事,则意在感叹寇准本人穷达变迁,联系陆游的历史心境及其对寇准的尊崇之情,此诗对寇准基本没有讥刺之意。高步瀛《唐宋诗举要》此诗注云:"放翁之意,盖谓在巴东时俭约,而后宦达则豪侈也。"④与陆游本意或有小差。《唐宋诗醇》评此诗"感慨系之,其风调致佳。"⑤侧重"感慨"则近是。《秋风亭拜寇莱公遗像二首》其二云:

> 豪杰何心后世名,材高遇事即峥嵘。巴东诗句澶州策,信手拈来尽可惊。⑥

此诗着重歌咏寇准的高材远识与旷世奇功。首二句泛泛而论,认为豪杰材高,无意于后世之名,遇事触物即可表现出卓绝不凡的气象。后二句转入正

---

① 《全宋诗》第 39 册,第 24289 页。
② 《陆游全集校注·入蜀记校注》卷六,第 166 页。
③ 宋欧阳修撰,李伟国点校《归田录》卷一,中华书局,1981 年,第 15 页。
④ 高步瀛《唐宋诗举要》卷八,上海古籍出版社,1959 年,第 855 页。
⑤ 《唐宋诗醇》卷四十二,影印文渊阁四库全书本。
⑥ 《全宋诗》第 39 册,第 24289 页。

题而论寇准,称其不论是沉沦下僚,吟诗作赋,还是高居庙堂,运筹帷幄,都是信手拈来,均有令人惊叹的表现。《东都事略·寇准传》载:"少力学,有器识,举进士,为巴东令。巴东有秋风亭,准析韦应物一言为二句云:'野水无人度,孤舟尽日横。'识者知其必大用。……景德元年,拜同中书门下平章事、集贤殿大学士。是岁,契丹入寇,直抵澶魏……因请幸澶州,并陈河北用兵之略甚备。真宗遂幸澶州。至南城,皆言虏兵方盛,愿驻跸以观兵势。准固请曰:'陛下不过河,人心益危,虏气未慑,非所以取威决胜之势。河北将士,旦夕望陛下至。士气百倍,何疑而不进哉?'真宗即日度河,军威大震。御城门,观视营壁,抚劳部伍,军民欢呼,声闻数十里。契丹相视,怖骇不能成列。俄而劲弩伏发,射杀其贵将挞览。契丹惧,因密奉书请盟,河北遂罢兵。"[①]此二事即陆游此诗"巴东诗句澶州策"所咏者。"巴东诗句"乃眼前所及,"澶州策"乃心中所想。由巴东而及澶渊,正是诗人通过寇准表达心中对克敌制胜与豪杰英雄的渴求与向往。同时所作还有《巴东令廨白云亭》诗:

> 寇公壮岁落巴蛮,得意孤亭缥缈间。常倚曲阑贪看水,不安四壁怕遮山。遗民虽尽犹能说,老令初来亦爱闲。正使官清贫至骨,未妨留客听潺潺。[②]

前四句想象寇准巴东作令的情景。《入蜀记》载:"晚泊巴东县。……谒寇莱公祠堂,登秋风亭,下临江山。……遂登双柏堂、白云亭。堂下旧有莱公所植柏,今已槁死。然南山重复,秀丽可爱。白云亭则天下幽奇绝境,群山环拥,层出间见,古木森然,往往二三百年物。栏外双瀑泻石涧中,跳珠溅玉,冷入人骨。其下是为慈溪,奔流与江会。予自吴入楚,行五千馀里,过十五州,亭榭之胜,无如白云者,而止在县廨听事之后。"[③]陆游此诗前两联所写乃想象、揣摩寇准巴东作令时的心理活动和生活情景。写寇准盛年流落巴东,非常喜欢云雾缥缈、群山环绕中的白云亭,此亭四面无墙,既可时常倚靠栏杆看"双瀑泻石","跳珠溅玉",又不会妨碍远眺"层出间见"的四面群山。后两联则从对过去的怀想转到个人的见解,"遗民虽尽犹能说"承上之想象,"老令初来亦爱闲"启下之议论。认为在此为官即便一贫如洗,无从款

---

① 宋王称撰,孙言诚、崔国光点校《东都事略》卷四十一,齐鲁书社,2000年,第325—328页。

② 《全宋诗》第39册,第24290页。

③ 《陆游全集校注·入蜀记校注》卷六,第166页。

待远到之客,亦可邀请其聆听这白云亭下的潺潺流水。此诗虽然并非全部吟咏寇准,亦未直接表达对寇准的推尊之意。然在其想象揣摩之间,已见其怀想追慕之情,在水声山色中融入怀念与仰慕,尤其显得情韵袅袅,意味悠长。

姚平仲是北宋末年的一位勇士,陆游《姚将军靖康初以战败亡命,建炎中下诏求之,不可得。后五十年,乃从吕洞宾、刘高尚往来名山,有见之者。予感其事,作诗寄题青城山上清宫壁间,将军傥见之乎》诗咏之,诗云:

> 造物困豪杰,意将使有为。功名未足言,或作出世资。姚公勇冠军,百战起西陲。天方覆中原,殆非一木支。脱身五十年,世人识公谁。但惊山泽间,有此熊豹姿。我亦志方外,白头未逢师。年来幸废放,傥遂与世辞。从公游五岳,稽首餐灵芝。金骨换绿髓,欻然松杪飞。①

此诗咏本朝人姚平仲。首四句抒发议论,表达对豪杰之士壮志未酬的愤慨之情。认为造化弄人,造物主欲使豪杰有所作为,却功业未成,困穷无门,从而成为他们遁世隐居的动因。次八句叙写姚平仲事迹,陆游有《姚平仲小传》一文,记其生平大略:

> 姚平仲,字希晏,世为西陲大将。幼孤,从父古养为子。年十八,与夏人战臧底河,斩获甚众,贼莫能枝梧。宣抚使童贯召与语,平仲负气不少屈,贯不悦,抑其赏;然关中豪杰皆推之,号“小太尉”。睦州盗起,徽宗遣贯讨贼,贯虽恶平仲,心服其沉勇,复取以行。及贼平,平仲功冠军,乃见贯曰:“平仲不愿得赏,愿一见上耳。”贯愈忌之。他将王渊、刘光世皆得召见,平仲独不与。钦宗在东宫,知其名;及即位,金人入寇,都城受围,平仲适在京师,得召对福宁殿,厚赐金帛,许以殊赏。于是平仲请出死士,斫营擒寇帅以献。及出,连破两寨,而寇已夜徙去。平仲功不成,遂乘青骡亡命,一昼夜驰七百五十里,抵邓州,始得食。入武关,至长安,欲隐华山,顾以为浅,奔蜀,至青城山上清宫,人莫识也。留一日,复入大面山,行二百七十余里,度采药者莫能至,乃解纵所乘骡,得石穴以居。朝廷数下诏物色求之,弗得也。乾道淳熙之间始出,至丈人观道院,自言如此。时年八十余,紫髯郁然长数尺,面奕奕有光。行

---

① 《全宋诗》第39册,第24403页。

　　不择崖堑荆棘,其速若奔马。亦时为人作草书,颇奇伟,然秘不言得道
　　之由云。①

上文所述即姚平仲西陲百战、勇冠三军的英勇,以及受命钦宗,功业未成,遂
亡命深山、修道不出的传奇经历,从中传达出陆游强烈的敬仰之情,即便是
五十年后再次现身,"紫髯郁然,长数尺,面奕奕有光",仍称其为"熊豹姿"。
为其功业未成而深感遗憾,以大厦将倾一木难支为之回护。最后八句陆游
引以为知己,表达追随向往之意。写陆游自己亦有方外之志,希望以之为
师,追随他游览五岳三山,餐灵芝,换金骨,欻然松杪。虽然陆游明确表达的
是方外之志,然而这明显是一种激愤之辞。这是豪杰受困后的自然选择,也
是无奈选择。与姚平仲形似的还有赵宗印,陆游《赵将军并序》诗云:

　　　客为予言:靖康建炎间,关中奇士赵宗印者,提义兵击虏,有众数
　　千,所向辄下,虏不敢当。会王师败于富平,宗印知事不济,大恸于王景
　　略庙,尽以金帛散其下,被发入华山,不知所终。予感其事,为作此诗。
　　　我梦游太华,云开千仞青。劈山泻黄河,万古仰巨灵。往者祸乱
　　初,氛祲干太宁。岂无卧云龙,一起奔风霆。时事方错缪,三秦尽飘零。
　　山河销王气,原野失大刑。将军散发去,短剑斸茯苓。定知三峰上,烂
　　醉今未醒。②

此诗咏关中奇士赵宗印。诗序云赵宗印"被发入华山",故首四句从华山咏
起。写梦游华山,见壁立千仞,高耸入云,乃河神劈山泻河所致,故万古尊
仰。次八句叙赵宗印事。战乱初起,太平中止,卧云之龙,乘风而起,喻指
"靖康建炎间,关中奇士赵宗印者,提义兵击虏,有众数千,所向辄下,虏不敢
当"之事。至建炎三年,有富平之败,时事错缪,三秦飘零,赵宗印见大势已
去,王气尽销,遂"大恸于王景略庙,尽以金帛散其下,被发入华山,不知所
终"。王景略为前秦忠臣,谋略过人,公忠体国,曾荡平西陲,翦灭前燕,立下
赫赫战功。故赵宗印于其庙恸哭,引为异代知己。最后四句想象赵宗印披
发入山后的情形与心境:以短剑斸茯苓,感其英雄无用武之地,烂醉三峰之
上,叹其幽愤无从宣泄,借酒浇愁。此为陆游通过想象,代赵宗印抒发英雄

---

① 《陆游全集校注·渭南文集校注》卷二十三《姚平仲小传》,第34—35页。
② 《全宋诗》第39册,第24437页。

豪杰怀才不遇、愤懑不平的感受。

姚平仲与赵宗印虽然均为本朝人物,但是他们与其他历史上的壮士豪杰一脉相承、精神相通,陆游也将其作为当代史的一部分予以吟咏,因此具有历史的意义。

陆游主战,推崇抵抗到底,誓死不降,不以成败论英雄,只是出于对主和派一味苟且偷安的反拨,而不是真正的冲动冒进。陆游非常讲究战略战术,随机应变,认为胜败乃兵家之常事,主张百折不挠,屡败屡战,如《剑门城北回望剑关,诸峰青入云汉,感蜀亡事,慨然有赋》诗即言战争要讲究随机应变,诗云:

> 自昔英雄有屈信,危机变化亦逡巡。阴平穷寇非难御,如此江山坐付人。①

此诗是陆游乾道八年(1172)十一月自南郑赴成都时,途经剑门,见山川形胜,感历史兴亡,遂作此诗,表达对历史的见解,隐含对现实的感慨。所谓"蜀亡事"指三国蜀汉后主炎兴元年(263),曹魏政权向蜀汉发动战争,派遣钟会、邓艾、诸葛绪等分东、中、西三路进攻汉中。蜀汉以姜维为大将军率众抵抗,放弃汉中,退守剑阁,凭据有利地形与钟会率领的魏军主力相持不下。邓艾遂率精兵偷渡阴平,经由江油、绵竹,进逼成都。后主刘禅出降,姜维亦带部投降钟会,蜀汉灭亡。此诗前两句表达自己的观点,认为自古英雄当审时度势,能屈能伸,要善于把握瞬息万变的战争形势。后两句就邓艾灭蜀的具体情况发表意见,认为其部"自阴平道行无人之地七百馀里"②,已是疲惫之师,强弩之末,故称其为"穷寇",并不难抵御。战争形势也是瞬息万变的,比如江油失守后,刘禅派卫将军诸葛瞻抗击邓艾,"到涪县,(诸葛)瞻盘桓未进,(黄)崇屡劝瞻宜速行据险,无令敌得入平地。瞻犹与未纳,崇至于流涕。会(邓)艾长驱而前,瞻却战至绵竹,崇帅厉军士,期于必死,临陈见杀"③,即是贻误战机。诸葛瞻退收绵竹后,亦曾击退邓忠、师纂的进攻,可见并非毫无转机。后主刘禅未能积极谋划而是接受谯周的投降建议,因此陆游为其不能把握战争形势而深感惋惜,以"如此江山坐付人"出之。当然这种惋惜之情也有对现实的观照,饱含着对宋金战争形势的感慨。因此《唐宋诗醇》

---

①　《全宋诗》第 39 册,第 24315 页。
②　《三国志》卷二十八《邓艾传》,第 779 页。
③　《三国志》卷四十三《黄崇传》,第 1045 页。

评此诗最后一句云:"刘禅庸主,谯周庸臣。七字中含多少感慨!"①《读袁公路传》诗表达了类似的观点,诗云:

> 成败相寻岂有常,英雄最忌数悲伤。芜蒌豆粥从来事,何恨邮亭坐簀床。②

此诗为读《袁术传》有感而作。《剑南诗稿校注》此诗注云:"《后汉书》卷七五、《三国志·魏书》卷六,俱有《袁术传》,以此诗所用'簀床'一名观之,游当时所读是《后汉书》。"③袁术于建安二年(197)僭号称帝,引起各方诸侯反感,使其成为众矢之的,群起而攻之。而"术兵弱,大将死,众情离叛。加天旱岁荒,士民冻馁,江、淮间相食殆尽。……四年夏,乃烧宫室,奔其部曲陈简、雷薄于灊山。复为简等所拒,遂大困穷,士卒散走。忧懑不知所为,遂归帝号于绍。……术因欲北至青州从袁谭,曹操使刘备徼之,不得过,复走还寿春。六月,至江亭。坐簀床而叹曰:'袁术乃至是乎!'因愤慨结病,欧血死"④。此诗即就袁术晚年事而论,认为成败倚伏,胜负无常,英雄壮士不可以一时失意丧失锐气,悲伤怨怼。然后以后汉光武帝刘秀无蒌亭食豆粥事言饥寒困窘亦是寻常小事。《后汉书·冯异传》载:"及王郎起,光武自蓟东南驰,晨夜草舍,至饶阳无蒌亭。时天寒烈,众皆饥疲,异上豆粥。明旦,光武谓诸将曰:'昨得公孙豆粥,饥寒俱解。'"⑤光武帝食豆粥而"饥寒俱解",心满意足,而袁术则不然,《三国志·魏书·袁术传》裴松之注引《吴书》曰:"术既为雷薄等所拒,留住三日,士众绝粮,乃还至江亭,去寿春八十里。问厨下,尚有麦屑三十斛。时盛暑,欲得蜜浆,又无蜜。坐枳床上,叹息良久,乃大咤曰:'袁术至于此乎!'因顿伏床下,呕血斗馀而死。"⑥陆游认为,相较于刘秀食豆粥,袁术自不必因食麦屑、饮无蜜而愤慨忧郁。

此诗见解与前诗类似,均表达胜负难料,不可轻言放弃,而是要坚持斗争,同时对英雄末路,功败垂成,尤感惋惜。实则袁术其人尚且算不上英雄豪杰,《后汉书·袁术传》载:"术虽矜名尚奇,而天性骄肆,尊己陵物。及窃

① 《唐宋诗醇》卷四十二,影印文渊阁四库全书本。
② 《全宋诗》第 39 册,第 24580 页。
③ 《陆游全集校注·剑南诗稿校注》卷十五《读袁公路传》,第 7—8 页。
④ 《后汉书》卷七十五《袁术传》,第 2442—2443 页。
⑤ 《后汉书》卷十七《冯异传》,第 641 页。
⑥ 《三国志》卷六《袁术传》,第 210 页。

伪号,淫侈滋甚,媵御数百,无不兼罗纨,厌粱肉,自下饥困,莫之简恤。于是资实空尽,不能自立。"①陈登称"公路骄豪,非治乱之主"②。陈寿《袁术传》评曰:"袁术奢淫放肆,荣不终己。"③裴松之犹以为不足,注云:"袁术无毫芒之功,纤介之善,而猖狂于时,妄自尊立,固义夫之所扼腕,人鬼之所同疾。虽复恭俭节用,而犹必覆亡不暇,而评但云'奢淫、不终',未足见其大恶。"④而陆游所以为之扼腕叹息,并非就其人而论,而是借以表达要成大事,需要有长远的战略眼光和顽强的抗争精神,不可因暂时失利而一蹶不振。

二、忠臣义士

陆游在歌咏战斗英雄时,主要强调其百折不挠、战斗不息的精神。此外,陆游还歌咏了另一类英雄,即忠臣义士,突出其忠君爱国、坚毅勇敢的美好品质。

这类人物中,诸葛亮是其心中的理想人物,陆游为表达崇敬之情,创作了多首咏史诗深情吟咏。如《筹笔驿》诗赞赏诸葛亮的尽忠报国,同时批判投降苟安的行径,诗云:

> 运筹陈迹故依然,想见旌旗驻道边。一等人间管城子,不堪谯叟作降笺。⑤

《方舆胜览》载:"筹笔驿,在绵谷县,去州北九十九里。旧传诸葛武侯出师,尝驻此。"⑥此诗自注:"有武侯祠堂。"此诗作于乾道八年(1172)春,行经绵谷之时。首二句写诗人见筹笔驿遗迹,想象当年诸葛亮驻军道旁、旌旗招展的情景。后二句并未接续前面诸葛亮驻军展开,而是从筹笔驿之"笔"联想到后主投降、蜀汉灭亡,认为同样的"管城子"(即"笔"),诸葛亮以之筹划军事,攻城略地,而谯周却以之草拟降表,苟安求荣。一劳一逸,一荣一辱,皆所用不同。在对比之中,彰显诸葛亮的精忠大义,痛斥谯周的怯懦苟且。后两句还有两个问题值得注意,一是筹笔驿之笔的理解,薛雪《一瓢诗话》云:

---

① 《后汉书》卷七十五《袁术传》,第 2443 页。
② 《三国志》卷三十二《先主传》,第 873 页。
③ 《三国志》卷六《袁术传》,第 216 页。
④ 同上书,第 217 页。
⑤ 《全宋诗》第 39 册,第 24305 页。
⑥ 宋祝穆编,宋祝洙补订《宋本方舆胜览》,上海古籍出版社,2012 年,第 564 页下。

"筹笔驿'笔'字,不可实作笔墨之笔字用。唐人如杜樊川之'挥毫胜负知',李玉溪之'徒令上将挥神笔',皆实作笔墨之笔用矣。小李杜尚欠主张,况他人乎?"①陆游此诗亦承唐人,视作笔墨之笔、书写之笔甚明。二是"作降笺"者为何人。吴师道《吴礼部诗话》云:"按《三国志》谯周为后主画降策,而降表乃郤正所为。"②王鸣盛《十七史商榷》"郤正造降书"条云:"《郤正传》:'景耀六年,后主遣使请降于邓艾,其书,正所造也。'陆游《筹笔驿》诗:'一等人间管城子,不堪谯叟作降笺。'用意相形甚妙,但不知造降书者乃郤正,非谯周也。"③虽然谯叟非降书之草拟者,却是投降之策划者,堪称罪魁祸首。陆游此诗重点批判谯周的投降思想和行径,意在批判当时苟且偷安的政治主张。在此诗中为牵合筹笔驿之"笔",故将"作降笺"事予以转嫁,乃为文之需,作者之文心不可不察。陆游此诗意在批判谯周之流的苟且投降思想和主张,对诸葛亮的赞赏意在其中,但也一定程度上成了背景和陪衬。在陆游晚年所作《排闷六首》诗中有正面直接的表现,此诗其一云:

> 丈夫结发志功名,大事真当以死争。我昔驻车筹笔驿,孔明千载尚如生。④

此诗题为"排闷",故首二句先把心中之"闷"排解出来,开宗明义表达自己的主张,认为大丈夫应当自幼确立建功立业的远大志向,并且矢志不渝地努力追求。后二句则回忆当年途经筹笔驿,拜谒武侯祠时的经历和感受,正是诸葛亮当年从事的伟大事业,使陆游在千载之后途经其遗迹之时,仍然能够感受到其精神力量。这种精神力量让陆游在二十年后仍然能记忆深刻、感受强烈,从而形之于诗。这两首诗均就筹笔驿而发,但创作时间相去二十年,侧重点亦不同,两相参看,可以更好地理解陆游对诸葛亮的景仰之情。

蜀地有诸多诸葛亮的遗迹和祠庙,陆游每每经过,必拜谒致敬,形诸吟咏。如《谒诸葛丞相庙》⑤诗云:

---

① 清薛雪著,杜维沫校注《一瓢诗话》,《原诗·一瓢诗话·说诗晬语》合订本,人民文学出版社,1979年,第97—98页。
② 元吴师道撰《吴礼部诗话》,丁福保辑《历代诗话续编》,中华书局,2006年,第2版,第591—592页。
③ 清王鸣盛著《十七史商榷》卷四十一,中华书局,2010年,第463页。
④ 《全宋诗》第39册,第24833页。
⑤ 题注:弥牟八阵原上。

汉终四百天所命,老贼方持太阿柄。区区梁益岂足支,不忍安坐观异姓。遗民亦知王室在,闰位那干天统正。公虽已没有神灵,犹假贼手诛钟邓。前年我过沔阳祠,再拜奠俎衰泪迸。洁斋请作送迎诗,精忠大义神其听。①

此诗淳熙二年(1175)六月"谒诸葛丞相庙"作。开篇既不写诸葛丞相,也不写庙,而是从汉末形势说起。言大汉四百年天命将尽,老贼曹操挟天子以令天下,此时诸葛亮所在的刘备集团,凭借梁益二州自然无法支撑和抗衡,只是不忍心大汉天下易主,故知其不可为而为之,竭力支撑。但遗民知王室所在,闰位政权无法撼动正统的地位,因此在诸葛亮死后,其神灵依然可以假借贼人之手诛杀灭蜀主将钟会和邓艾。这是对汉末政治形势发表的议论,也涉及对诸葛亮的神化和崇拜。在《三国志演义》中有诸葛亮刻"二火初兴,有人越此。二士争衡,不久自死"的谶语碑碣,预言邓艾(字士载)、钟会(字士季)二将因内斗而败亡,来显示诸葛亮的超凡预见力。类似故事大概在陆游时代即有流传,因此陆游认定这是诸葛亮的神灵假借他人之手处置邓、钟二人,意在表现诸葛亮的精忠大义,感天通神,显示蜀汉的正统地位,不容侵犯。最后四句回应诗题,写诗人之前拜谒沔阳诸葛亮庙时的情景,参拜祭奠,老泪迸流。最后陆游希望能将这首赞颂其"精忠大义"的诗作为祭祀诸葛亮时的送迎之诗,以便得到其垂听,表达对诸葛亮的歌颂和崇拜之情。此诗亦关乎陆游自己及其时代,陆游一向引诸葛亮为异代知己,尽忠报国是重要因素。而诗中"遗民亦知王室在,闰位那干天统正"二句,更是南宋特定政治环境下的表达,三国时期即便有正闰之别,但绝无"遗民"、"王室"之说,很显然陆游以时代话语歌咏历史故事,自然是寄寓个人情怀、时代声音的结果。再如《谒汉昭烈惠陵及诸葛公祠宇》诗云:

雨止风益豪,雪作云不动。凄凉汉陵庙,衰草卧翁仲。画妓空笙竽,土马阙羁鞚。壤沃黄犊耕,柏密幽鸟哢。尚想忠武公,身任社稷重。整整渭上营,气已无岐雍。少须天意定,破贼宁患众。兴亡信有数,星陨事可痛。陵边四五家,茆竹居接栋。手毲纸上箔②,醅熟酒鸣瓮。虽

---

① 《全宋诗》第 39 册,第 24383 页。
② 自注:居民皆以造纸为业。

嗟生理微,亦足逭饥冻。刘葛固雄杰,阅世均一梦。论高常近迂,才大本难用。九原不可作,再拜临风恸。①

此诗淳熙四年(1177)十月作于成都。陆游因拜谒陵祠而感怀诸葛亮的事迹与功业,赞叹诸葛亮的雄韬伟略、忠勇精诚,感叹其大业未成、赍志而殁。首八句写当时拜谒的气候环境与陵祠状况:风豪雪作,衰草凄凉,翁仲倒卧,庙貌残破,黄犊耕作,幽鸟鸣嘤,一派凄凉萧索景象,烘托出陆游参拜时的落寞情绪。次八句回顾诸葛亮的一生,称其公忠体国,鞠躬尽瘁,气概豪迈,胸怀胜算。在与司马懿的渭南对峙期间,完全不把岐雍之地放在眼里,绝不惧怕敌方人多势众,然而壮志未酬而星陨人亡,着实让人叹惋欷歔,不得不相信冥冥之中自有命数。再次八句又回到现实,写陵祠周边有四五人家,毛竹傍屋,安居乐业,过着平凡安宁的生活。而刘备、诸葛亮这样的雄杰人物,叱咤一生,也都消失在历史的长河之中了,到头来宛如一梦。感叹个人的渺小,人生的无常以及历史的无情。最后四句抒发个人感慨,以论高近迂、才大难用解释刘备、诸葛亮未能完成平生事业的遗憾,为刘备、诸葛亮这样的英雄人物不能死而复生临风恸哭,表达对英雄人物的呼唤与渴望。《唐宋诗醇》引潘问奇曰:“事未必然,聊为孔明吐气。”②殊为的论。陆游与诸葛亮有诸多相通之处,既忠心为国,又有雄心壮志,也同样壮志难酬,因此陆游引诸葛亮为同道,为孔明吐气,亦为自己吐气。再如《游诸葛武侯书台》诗云:

> 沔阳道中草离离,卧龙往矣空遗祠。当时典午称猾贼,气丧不敢当王师。定军山前寒食路,至今人祠丞相墓。松风想象梁甫吟,尚忆幡然答三顾。出师一表千载无,远比管乐盖有馀。世上俗儒宁办此,高堂当日读何书。③

此诗淳熙五年(1178)作于成都。诸葛武侯书台在华阳县,《太平寰宇记》载:“读书台,在县北一里。诸葛亮相蜀,筑此台以集诸儒,兼以待四方贤士,号曰读书台。”④然而此处遗迹可咏内容有限,故此诗前八句以大量篇幅咏沔阳境内的诸葛亮墓和祠。此诗首二句从沔阳道中衰草离离,武侯祠庙孑然

---

① 《全宋诗》第 39 册,第 24438 页。
② 《唐宋诗醇》卷四十四,影印文渊阁四库全书本。
③ 《全宋诗》第 39 册,第 24454 页。
④ 宋乐史撰,王文楚等点校《太平寰宇记》卷七十二,第 1468 页。

独立,联想到孔明生前之功业与事迹。在魏文帝曹丕死后,诸葛亮抓住有利时机,决定出师北伐。建兴十二年(234),诸葛亮占据武功五丈原,与魏大都督司马懿对峙。诸葛亮曾多次向司马懿挑战,司马懿却不敢应战,坚壁不出。史载:"司马懿与诸葛亮相守百馀日,亮数挑战,懿不出。亮乃遗懿巾帼妇人之服;懿怒,上表请战,帝使卫尉辛毗杖节为军师以制之。护军姜维谓亮曰:'辛佐治杖节而到,贼不复出矣。'亮曰:'彼本无战情,所以固请战者,以示武于其众耳。将在军,君命有所不受,苟能制吾,岂千里而请战邪!'"① 即诗次二句所谓"当时典午称狷贼,气丧不敢当王师"之意。"典午"即"司马"之隐语,指司马懿。诗言奸诈狡猾的司马懿亦不敢正面迎战诸葛亮,足见诸葛亮所率领的蜀军之强大。再次四句转到现实定军山中的诸葛亮墓。《三国志·诸葛亮传》云:"亮遗命葬汉中定军山,因山为坟,冢足容棺,敛以时服,不须器物。"② 朱熹称引陆游之说:"汉中之民当春月,男女行哭,首戴白楮币,上诸葛公墓,其哭皆甚哀云。"③ 即"定军山前寒食路,至今人祠丞相墓"之意。《水经注》又载定军山上"唯深松茂柏,攒蔚川阜"④,而诸葛亮隐居之时"躬耕陇亩,好为《梁父吟》"⑤,因此陆游即由定军山上的"松风"之声联想到诸葛亮生前《梁甫吟》的吟诵之声,进而引出诸葛亮决定出山,辅佐刘备完成统一大业,以报答三顾之恩的历史佳话。最后四句转到华阳之读书台,呼应诗题,史称诸葛亮生前"每自比于管仲、乐毅,时人莫之许也"⑥,陆游认为,以冠绝千古的《出师表》来看,诸葛亮较之管仲、乐毅实有过之而无不及,更非俗儒可以比拟,进而引出读书堂上读何书的追问,紧扣题目"读书台"。此诗虽然题为读书台,但主要吟咏沔阳定军山上的诸葛亮祠墓,从其祠墓追忆诸葛亮一生的报答三顾、力压仲达等重要事迹,以及后人对诸葛亮的衷心悼念。以"远比管乐盖有馀""世上俗儒宁办此"表达对诸葛亮的极力推崇和热烈歌颂。在历史与现实、遗迹与事迹之间往复跳宕,将眼前景与心中事巧妙牵合,表现出对诸葛亮忠贞耿耿的怀想与赞叹。

除诸葛亮外,陆游对其他忠臣义士同样给予了热烈歌颂,如《读唐书忠义传》诗歌咏颜杲卿,诗云:

① 《资治通鉴》卷七十二"青龙二年",中华书局,1956年,第2295页。
② 《三国志》卷三十五《诸葛亮传》,中华书局,1982年,第2版,第927页。
③ 宋黎靖德编,王星贤点校《朱子语类》卷一百三十八,第3284页。
④ 《水经注校证》卷二十七《沔水》,第643页。
⑤ 《三国志》卷三十五《诸葛亮传》,第911页。
⑥ 同上书。

志士慕古人，忠臣挺奇节。就死有处所，天日为无色。大义孰不知，临难欠健决。我思杲卿发，可配嵇绍血。①

《剑南诗稿校注》此诗题解称："新旧《唐书》俱有《忠义传》，就诗中用事言之，游所读者，《新唐书·忠义传》也。"②虽然是读《唐书·忠义传》，但并未涉及太多具体的人物事迹，而是以议论为主。首二句开宗明义，表达诗人仰慕古代的"志士""忠臣"，赞赏他们奇节挺特。次四句具体阐明观点，写这些忠臣志士死得其所，感动天地。虽然人人皆知大义，但在危难之际，往往不能果断决绝，这也是志士忠臣的可贵之处。最后两句提出唐颜杲卿之发可以与晋嵇绍之血相提并论。《新唐书·颜杲卿传》载："初，杲卿被杀，徇首于衢，莫敢收。有张凑者，得其发，持谒上皇。是昔见梦，帝寤，为祭。后凑归发于其妻，妻疑之，发若动云。"③《晋书·嵇绍传》载："绍以天子蒙尘，承诏驰诣行在所。值王师败绩于荡阴，百官及侍卫莫不散溃，唯绍俨然端冕，以身捍卫，兵交御辇，飞箭雨集，绍遂被害于帝侧，血溅御服，天子深哀叹之。及事定，左右欲浣衣，帝曰：'此嵇侍中血，勿去。'"④二人不仅忠心耿耿，英勇就义，而且尤其体现出正义对邪恶、正统对异端的凛然正气和勇敢自信，其中既有忠，也有义，因此陆游作诗深表仰慕钦佩之意。

陆游在歌颂忠臣义士的同时，必然会对昏聩误国的奸佞小人给予猛烈的痛斥和强烈的批判，甚至将矛头直指至高无上的皇帝，以史为鉴，表达对清明盛世的渴望与祈盼。如《董逃行》诗即对汉末老奸巨盗董卓的祸国殃民行径给予严厉批判，同时映射本朝奸臣蔡京，表达痛恨与愤怒之情。诗云：

汉末盗贼如牛毛，千戈万槊更相鏖。两都宫殿摩云高，坐见霜露生蓬蒿。渠魁赫赫起临洮，僵尸自照脐中膏。危难继作如崩涛，王朝荒秽谁复薅。逾城散走坠空壕，扶老将幼山中号。昔者群枉根株牢，众愤不能损秋毫。谁知此乱亦不遭，名虽放斥实遁逃。平民踣死声嗷嗷，今兹受祸乃我曹。⑤

---

① 《全宋诗》第 40 册，第 25421 页。
② 《陆游全集校注·剑南诗稿校注》卷六十五，第 134 页。
③ 《新唐书》卷一百九十二《颜杲卿传》，第 5529—5531 页。
④ 《晋书》卷八十九《嵇绍传》，第 2300 页。
⑤ 《全宋诗》第 39 册，第 24861 页。

此诗借古题以刺时事。"董逃行"乃乐府古题,本与董卓无涉。而汉末"董逃歌"则与董卓有关。《乐府诗集》中《董逃行五解》解题云:

> 崔豹《古今注》曰:"《董逃歌》,后汉游童所作也。终有董卓作乱,卒以逃亡。后人习之为歌章,乐府奏之以为徼诫焉。"《后汉书·五行志》曰:"灵帝中平中,京都歌曰:'承乐世,董逃,游四郭,董逃。蒙天恩,董逃,带金紫,董逃。行谢恩,董逃,整车骑,董逃。垂欲发,董逃,与中辞,董逃。出西门,董逃,瞻宫殿,董逃。望京城,董逃,日夜绝,董逃,心摧伤,董逃。'案'董'谓董卓也。言欲跋扈,纵有残暴,终归逃窜,至于灭族也。"《风俗通》曰:"卓以《董逃》之歌,主为己发,太禁绝之。"杨卓《董卓传》曰:"卓改《董逃》为'董安'。"①

此诗乃用乐府古题咏史事,并借以讽刺本朝奸臣。

此诗前十句咏史事。首四句总括汉末军阀混战,斗争不已,两都宫殿皆遭毁弃。而造成这一局面的罪魁祸首即董卓。次六句重点写董卓作恶多端、暴毙自照的结局,及其造成的国家动荡不安、百姓惨遭荼害的局面。董卓乃"陇西临洮人",且发迹于其地。受诏进京,平定十常侍之乱。在宦官与何进斗争两败俱伤的情况下,董卓凭借武力,独霸汉廷。废汉少帝,立汉献帝,引发关东联军以讨董为名起兵。面对关东诸侯军的势力,董卓大为震惊,决意迁都长安。史载,"迁天子西都。初,长安遭赤眉之乱,宫室营寺焚灭无馀,是时唯有高庙、京兆府舍,遂便时幸焉。后移未央宫。于是尽徙洛阳人数百万口于长安,步骑驱蹙,更相蹈藉,饥饿寇掠,积尸盈路。卓自屯留毕圭苑中,悉烧宫庙官府居家,二百里内无复孑遗。"②董卓因作恶多端,终致被杀。史载,董卓死后,"尸卓于市。天时始热,卓素充肥,脂流于地。守尸吏然火置卓脐中,光明达曙,如是积日"③。

后六句痛斥蔡京。东汉末年,帝主迁播,宗祀堙灭,宫殿毁弃,百姓流亡,与靖康之难的情景极为相似,从而引起陆游对本朝惨痛历史的联想,此诗最后六句进而批判靖康之难的罪魁祸首——蔡京。《宋史·蔡京传》云:"钦宗即位,边遽日急,京尽室南下,为自全计。天下罪京为六贼之首,侍御

---

① 宋郭茂倩编《乐府诗集》卷三十四,中华书局,1979年,第504—505页。
② 《后汉书》卷七十二《董卓传》,第2327—2328页。
③ 同上书,第2332页。

史孙觌等始极疏其奸恶,乃以秘书监分司南京,连贬崇信、庆远军节度副使,衡州安置,又徙韶、儋二州。行至潭州死,年八十。"①正因为蔡京之贪腐狡猾,当其炙手可热、气焰熏天之时,世人虽然气愤不已,却将之无可奈何。然而"卒致宗社之祸",却仅仅死于贬窜途中,不仅未能以正典刑,天下犹以为恨,而且其贬窜之行正在靖康之难前夕,名为放斥,实则更似先行逃遁,未曾经历兵败流亡,反而是平民百姓,包括陆游本人,遭遇了背井离乡,流离失所,甚至殍死道路的逃亡之祸。陆游因此表达对蔡京之流祸国殃民的痛恨之情,以及对这些奸佞之臣未能得到严厉惩处和应有报应的遗憾之意。诗题曰"董逃行",以"蔡"比"董",蔡京名为贬窜,实近逃遁,故借乐府古题和汉末故事痛斥蔡京的奸佞狡猾和误国误民,并为其逃过一劫引以为憾。

再如《题明皇幸蜀图》诗则就开元天宝年间忠义老臣与昏君奸佞之间的斗争展开,诗云:

> 天宝政事何披猖,使典相国胡奴王。弄权杨李不足怪,阿瞒手自裂纪纲。八姨富贵尚有理,何至诏书褒五郎②。卢龙贼骑已汹汹,丹凤神语犹琅琅。人知大势危累卵,天稔奇祸如崩墙。台省诸公独耐事,歌咏功德卑虞唐。一朝杀气横天末,疋马西奔几不脱。向来谄子知几人,贼前称臣草间活。剑南万里望秦天,行殿春寒闻杜鹃。老臣九龄不可作,鱼蠹蛛丝金鉴篇。③

此诗题为"题明皇幸蜀图",实未及"图",仅就"明皇幸蜀"展开,堪称一篇"明皇失政论"。此诗首十二句对"天宝政事何披猖"予以多层次多角度地表现。

首先是"使典相国胡奴王",即牛仙客任尚书,安禄山封东平郡王事。《资治通鉴》开元二十四年十月载:

> 朔方节度使牛仙客,前在河西,能节用度,勤职业,仓库充实,器械精利;上闻而嘉之,欲加尚书。张九龄曰:"不可。尚书,古之纳言,唐兴以来,惟旧相及扬历中外有德望者乃为之。仙客本河湟使典,今骤居清要,恐羞朝廷。"上曰:"然则但加实封可乎?"对曰:"不可。封爵所以劝

①《宋史》卷四百七十二《蔡京传》,第13727—13728页。
②自注:天宝末,下诏雪张易之兄弟。
③《全宋诗》第39册,第24391页。

有功也。边将实仓库，修器械，乃常务耳，不足为功。陛下赏其勤，赐之金帛可也；裂土封之，恐非其宜。"上默然。李林甫言于上曰："仙客，宰相才也，何有于尚书！九龄书生，不达大体。"上悦，明日，复以仙客实封为言，九龄固执如初。上怒，变色曰："事皆由卿邪？"九龄顿首谢曰："陛下不知臣愚，使待罪宰相，事有未允，臣不敢不尽言。"上曰："卿嫌仙客寒微，如卿有何阀阅？"九龄曰："臣岭海孤贱，不如仙客生于中华；然臣出入台阁，典司诰命有年矣。仙客边隅小吏，目不知书，若大任之，恐不惬众望。"林甫退而言曰："苟有才识，何必辞学！天子用人，有何不可！"十一月，戊戌，赐仙客爵陇西县公，食实封三百户。①

对于牛仙客，唐玄宗欲加尚书，而诗云"使典相国"乃是兼李林甫"仙客，宰相才"之语，同时暗讽唐玄宗和李林甫两个人。关于安禄山，张九龄早就预见其有不臣之相，《新唐书·张九龄传》载：

> 安禄山初以范阳偏校入奏，气骄蹇，九龄谓裴光庭曰："乱幽州者，此胡雏也。"及讨奚、契丹败，张守珪执如京师，九龄署其状曰："穰苴出师而诛庄贾，孙武习战犹戮宫嫔，守珪法行于军，禄山不容免死。"帝不许，赦之。九龄曰："禄山狼子野心，有逆相，宜即事诛之，以绝后患。"帝曰："卿无以王衍知石勒而害忠良。"卒不用。②

张九龄见微知著，预见安禄山必将作乱，且欲依据军法予以铲除，也是在唐玄宗的执意坚持下得以赦免，并于天宝九载封王，《旧唐书·玄宗纪》："（天宝九载五月）乙卯，安禄山进封东平郡王。节度使封王，自此始也。"③《新唐书·张九龄传》载关于欲赐牛仙客实封时，张九龄曰："汉法非有功不封，唐遵汉法，太宗之制也。边将积谷帛，缮器械，适所职耳。陛下必赏之，金帛可也，独不宜裂地以封。"④突破成例，封安禄山为王，其违背规制的程度也就可想而知了，因此《旧唐书》亦特意点明"节度使封王，自此始也"。唐玄宗的一意姑息，养奸成患，最终酿成大祸。除李林甫外，杨国忠与安禄山之间的争斗倾轧也是促成安禄山起兵造反的重要因素，故诗称"弄权杨李"。唐玄

---

① 《资治通鉴》卷二百一十四"开元二十四年"，第6822—6823页。
② 《新唐书》卷一百二十六《张九龄传》，第4429—4430页。
③ 《旧唐书》卷九《玄宗纪》，第224页。
④ 《新唐书》卷一百二十六《张九龄传》，第4428页。

宗欲加牛仙客尚书,张九龄曰不可,而李林甫却称其为"宰相才"。唐玄宗欲赐牛仙客公爵,张九龄曰不可,唐玄宗却破例进封安禄山郡王。可见,一切僭规越矩的行为都是唐玄宗亲自完成的,正所谓"阿瞒手自裂纪纲",从而将开天之际朝政混乱的罪魁祸首直指唐玄宗。在唐玄宗的衬托下,李林甫、杨国忠的弄权也就不足为奇了。

其次是昭雪王易之兄弟事,侧重杨国忠挟势弄权。《新唐书·易之昌宗传》云:"号易之为'五郎',昌宗'六郎'。……神龙元年,张柬之、崔玄暐等率羽林兵迎皇太子入,诛易之、昌宗于迎仙院,及其兄昌期、同休、从弟景雄皆枭首天津桥,士庶欢踊,脔取之,一夕尽。坐流贬者数十人。天宝九载,昌期女上表自言,杨国忠助之,诏复易之兄弟官爵,赐同休一子官。"①《资治通鉴》载:"(天宝九载十月)杨钊,张易之之甥也,奏乞昭雪易之兄弟。庚辰,制引易之兄弟迎中宗于房陵之功,复其官爵;仍赐一子官。钊以图谶有'金刀',请更名;上赐名国忠。"②二书所载虽然略有出入,但《资治通鉴》是透过了现象看到本质,认定这场昭雪活动的主谋为杨国忠,"昌期女上表自言"只是表象。武周晚年,张易之兄弟把持朝政,作恶多端。那么,为此等人平反昭雪,即是颠倒黑白,是非不分。以至于杨氏一门,煊赫一时,反而显得合理近情了。

在安禄山造反迹象已经非常明朗的时候,唐玄宗还在听信神仙现身、天降灵符之类的荒唐把戏。《旧唐书·玄宗纪》载:"天宝元年春正月……甲寅,陈王府参军田同秀上言:'玄元皇帝降见于丹凤门之通衢,告赐灵符在尹喜之故宅。'上遣使就函谷故关尹喜台西发得之,乃置玄元庙于大宁坊。"③而朝臣的阿谀奉承,导致唐玄宗沉迷不悟。众人皆知形势紧急、危若累卵之时,朝中大臣却仍在歌功颂德,阿谀奉承,声称唐玄宗超越虞舜,甚至出现"人言反者,玄宗必大怒,缚送与之"④的情况,这是上天增加其恶行而加速其崩溃,所谓多行不义必自毙。

此诗次四句言天宝政事"披猖"的结果。安史乱起,两京行将陷落之际,唐玄宗一行仓皇西窜,险些不免于难。此前诸媚阿谀的宠臣,往往叛变投敌,苟活求荣,如张垍之流,即是显证。《新唐书·张垍传》载:

---

① 《新唐书》卷一百四,第4014—4016页。
② 《资治通鉴》卷二百一十六"天宝九载",第6900—6901页。
③ 《旧唐书》卷九《玄宗纪》,第214页。
④ 《旧唐书》卷二百上《安禄山传》,第5370页。

帝西狩至咸阳,唯韦见素、杨国忠、魏方进从。帝谓力士曰:"若计朝臣当孰至者?"力士曰:"张垍兄弟世以恩戚贵,其当即来。房琯有宰相望,而陛下久不用,又为禄山所器,此不来矣。"帝曰:"未可知也。"后琯至,召见流涕。帝抚劳,且问:"均、垍安在?"琯曰:"臣之西,亦尝过其家,将与偕来。均曰:'马不善驰,后当继行。'然臣观之,恐不能从陛下矣。"帝嗟怅,顾力士曰:"吾岂欲诬人哉? 均等自谓才器亡双,恨不大用,吾向欲始终全之,今非若所料也。"垍遂与希烈皆相禄山,垍死贼中。①

此诗最后四句言唐玄宗最终幡然醒悟,追悔莫及。唐玄宗在万里之外的剑南之地,行宫春寒,杜鹃凄鸣,遥望京城,回首过去,才真正认识到张九龄忠贞耿直的难能可贵,因此以致祭厚慰的方式表达怀念之情。《新唐书·张九龄传》载:"帝后在蜀,思其忠,为泣下,且遣使祭于韶州,厚币恤其家。"②只是张九龄这样的忠臣亦不可复生,只留下那滋生鱼蠹、布满蛛丝的《千秋金鉴录》③,令人感慨万千,怀想不已。

陆游此诗为多层次多角度地表现玄宗朝奸臣当道,政治昏庸,特别注重运用对比手法,在多种对比中增强批判的力度。有同类对比,以李杨弄权与唐玄宗昏庸对比,以八姨富贵与五郎昭雪对比,以佞幸之臣的受宠与投敌对比,虽然均非光明正义之举,而后者尤为过分,从而使这些恶劣行为的呈现有了层次感和区分度。也有反差对比,如以卢龙贼骑与丹凤神语对比,以人知大势危累卵与台省诸公歌功德对比,以前述各种不义之行与张九龄的忠诚耿介对比,在强烈的反差对比之中,突出天宝政事的反常与荒谬,体现安史之乱乃"天稔奇祸"。唐宋诗醇评此诗曰:"笔墨老横,有如高牙大纛,堂堂正正,摧坚而折锐。一结尤得立言之旨。"④洵为知言。

第三节　自信与迷惘:陆游咏史诗中的晚年心境

淳熙十六年(1189),光宗即位不久,陆游即被罢官,返回山阴。从绍熙

---

① 《新唐书》卷一百二十五《张垍传》,第 4412 页。
② 《新唐书》卷一百二十六《张九龄传》,第 4430 页。
③ 《新唐书·张九龄传》云:"初,千秋节,公、王并献宝鉴,九龄上'事鉴'十章,号《千秋金鉴录》,以伸讽喻。"《新唐书》卷一百二十六,第 4429 页。
④ 《唐宋诗醇》卷四十三,影印文渊阁四库全书本。

元年(1190)开始,六十六岁的陆游进入创作的第三阶段。虽然陆游此前曾多次遭受弹劾谗毁并因之罢官,但陆游这次奉祠之后,其心态发生了非常明显的变化。随着时间的流逝,北伐恢复事业没有任何进展,而陆游作为年过花甲的老人,回顾人生,展望前路,即便是烈士暮年壮心不已,仍然强烈地意识到,再次被起用,奔赴沙场,建功立业的希望越来越渺茫了,坚持抗金、恢复故国的理想注定不能实现,使壮志难酬之感油然而生。这种情绪反复表现在诗歌中,如云"未灭匈奴身已老,此生虚负幄中筹"①,"自怜到死怀遗恨,不向居延塞外闻"②,"长城万里知谁许,看镜空悲两鬓霜"③。在百无聊赖中,陆游尤其喜欢读史书,历史人物的传奇经历,历史进程的波谲云诡,总是让诗人感慨万千,进而发之于诗。

在咏史诗中,陆游往往借助历史人物和事件,表达对历史的认识和对人生的反思,结合自身独特的人生经历和体验,或感叹不已,或自信满满,或坦然自若,或自我安慰,但更多的是对历史和人生的虚无感和幻灭感,体现出陆游晚年复杂而低沉的心理状态。

当看到史书中的英雄豪杰,经历纷繁复杂的斗争,无论结局如何,都付之于陈编断简之中,都隐没于历史的尘烟之中,陆游反躬自省,心生感叹,《读史有感》诗云:

> 英雄自古埋秋草,世上儿童共笑狂。射贼曾飞白羽箭,闭门空枕绿沉枪。隆中高卧人千载,易水悲歌泪数行。读尽青编窗日晚,一尊聊复吊兴亡。④

此诗首联即直抒感慨,看到历史上的英雄豪杰,无不随着时间的脚步淡出历史舞台,埋没于荒芜秋草之中,任凭后世之人嗤点评说,不得不令人感慨万千。颔联写自身的人生经历和体验,曾经飞白羽箭,舞绿沉枪,叱咤疆场,射贼杀敌,如今赋闲家居,挂箭枕枪,闭门高卧。"曾"字言逝去,"空"字显无奈。颈联在感慨与回忆之后,逐渐平静下来,回归历史,怀想隆中高卧之人,追慕易水悲歌之士,荆轲刺秦近于诗人曾经的驰骋边疆,诸葛高卧近于诗人当下的闭门虚度,诸葛高卧有三顾之时,诗人闭门却无战场厮杀之日,怀古

---

① 陆游《初寒在告有感三首》其三,《全宋诗》第 39 册,第 24682 页。
② 陆游《冬夜闻角声二首》其一,《全宋诗》第 39 册,第 24682 页。
③ 陆游《休日留园中至暮乃归》,《全宋诗》第 39 册,第 24699 页。
④ 《全宋诗》第 39 册,第 24776 页。

感今,不禁黯然神伤,数行泪下。尾联在进一步平复心情之后,青编读尽,窗日渐晚,聊以一樽,凭吊兴亡,即此呼应诗题"读史",收束全篇。

面对世事变幻,历史变迁,诗人颇为茫然无助,对于英雄末路尤其心意难平,因此对盖世英雄项羽饱含深情,既赞赏其誓死不屈的气概,也慨叹其事业未竟的悲哀,《项羽》诗云:

> 八尺将军千里骓,拔山扛鼎不妨奇。范增力尽无施处,路到乌江君自知。①

此诗咏项羽,不同于陆游其他诗作对项羽明确鲜明的赞美,而是表达对项羽失败的反思和同情。一二两句写项羽之奇,身高八尺,力能扛鼎,骑千里骓,挟盖世气。三四句写二事:一是高帝三年四月至六月,刘邦与项羽在荥阳对峙相持,胜利在望之际,项羽中反间计,逼走范增,范增"疽发背而死"。二是项羽经历垓下之围,以致自刎乌江。范曾与项羽有相似的经历,均处于英雄末路、无力可施的绝望境地,两件事又有因果关系,项羽刚愎自用,有勇少谋,失算中计,铸成大错,最终兵败身亡。此诗明写其相似,暗示其因果。既对力可拔山的英雄无力可施表达惋惜,也对项羽的最终结局有所反思,只是对这样的盖世英雄不忍多加指摘和批判,因此此诗十分含蓄,引而不发,含而不露。四年后,嘉泰三年(1203)冬,又作《项王祠》诗,云:

> 项里溪水声潺潺,溪上青山峨髻鬟。烟村人语虚市合,石桥日落渔樵还。堂上君王凛八尺,大冠如箕熊豹颜。筑祠不知始何代,典祀千载谁敢删。肃清亭障息剽夺,扫荡螟螣凶神奸。范增玉斗久已碎,虞姬妆面留馀潸。小人平生仰遗烈,近庙欲结茅三间。时时长歌拔山曲,醉倒聊慰穷途艰。②

首四句写项王祠的周边环境:溪水潺潺,青山如髻,烟村人语,渔樵还家,一派恬静的田园风光。次八句写项羽,由祠而及人。见祠堂上项羽画像,凛然生威,有熊豹之姿。虽然不知祠堂建于何时,但崇奉祭享千年不辍,见后人礼敬之意。进而回顾项羽的经历,秦朝末年,豪杰蜂起,项羽起于陇亩,统领

---

① 《全宋诗》第 40 册,第 25028 页。
② 同上书,第 25273 页。

诸军，杀秦王子婴，焚咸阳宫室，大会诸侯，分封天下，自立为“西楚霸王”，扼制诸侯纷争，成就灭秦霸业，即诗所谓“肃清亭障息剽夺，扫荡螟螣囚神奸”之意。然后以“范增玉斗久已碎，虞姬妆面留馀潸”二句暗示项羽的失败的经过和结局，同时写时光流逝，年深日久，范增玉斗与虞姬妆面，都成了过往云烟，以此结束对项羽叱咤风云的一生的追述。最后四句表达陆游对项羽的仰慕与追怀，希望在项王祠旁结茅守护，既表达对项羽壮丽人生的仰慕之情，也抒发对其赍志而殁、大业未就的同情之意，同时以项羽“力拔山兮气盖世，时不利兮骓不逝”的壮志悲情缓释自己末路穷途、壮志未酬的抑郁愤懑。

功业成败只是一时的，虽然都已化作陈迹，但历史记载历历分明，因此陆游晚年读史书，见仁人志士忠心为国、尽忠王事而留名青史，陆游引为同调，自信一片孤忠必然会受到后人的尊重，是非邪正也必然会得到历史的认可，寄希望于身后，从历史长河中寻找价值，又不禁大受鼓舞。《读史》诗云：

> 青灯耿耿夜沉沉，掩卷凄然感独深。恤纬不遑嫠妇叹，美芹欲献野人心。孤忠要有天知我，万事当思后视今。君看宣王何似主，一篇庭燎未忘箴。①

此诗作于嘉泰元年(1201)冬，家居山阴。首联叙说缘起，于沉沉夤夜，对耿耿青灯，诗人读史终篇，凄然掩卷，感慨良多。颔联抒发怀抱，自比嫠妇不恤纬，野老献美芹，以关心王事、为国尽忠为务。颈联坚定信心，笃定一己之孤忠，苍天可鉴，暗示满腔之心事，当朝未知，并在古今前后的历史长河中，审视自我，坚定自我。尾联引述史事，证成前说。《诗经·庭燎》诗序云：“《庭燎》，美宣王也，因以箴之。”②郑笺曰：“诸侯将朝，宣王以夜未央之时问夜早晚。美者，美其能自勤以政事。因以箴者，王有鸡人之官，凡国事为期，则告之以时。王不正其官而问夜早晚。”③周宣王即位后，董仲舒称其“思昔先王之德，兴滞补弊，明文武之功业，周道粲然复兴”④，从而出现“四方既平，王国庶定”⑤的中兴局面。即便是这样一位颇有作为的贤明君主，大臣作诗亦不忘规诫箴谏。陆游以《庭燎》作者自比，表达自己尽心王事、致力匡谏的一

① 《全宋诗》第40册，第25164页。
② 《毛诗正义》卷十一，清阮元校刻《十三经注疏》，第924页。
③ 同上书。
④ 《汉书》卷五十六《董仲舒传》，第2499页。
⑤ 《毛诗正义》卷十八《江汉》，清阮元校刻《十三经注疏》，第1235页。

片孤忠。诗歌最后援引《庭燎》箴宣王事，言己之忠而不彰君之恶，婉而成章，不失温柔敦厚之旨。再如《雨夜观史》诗云：

> 读书雨夜一灯昏，叹息何由起九原。邪正古来观大节，是非死后有公言。未能剧论希扪虱，且复长歌学叩辕。它日安知无志士，经过指点放翁门。①

陆游雨夜读史，有感而作。首联入题，从雨夜读书写起，叹息不能起古人于九原之下。颔联具体写观史的感受，认为自古以来，邪恶正义可以从生死存亡之际体现出来，而是是非非在其身后也自有定论。其后四句从历史感受联系到个人身世，颈联称即便不能像王猛那样主动去谒见桓温，当面扪虱剧论，也可以像宁戚一样叩辕长歌，等待明主赏识。尾联写诗人设想身后情景，胸怀壮志、独抱孤忠的诗人一定会得到后人的认可和肯定，在经过其家门前时，会指点而言："此放翁之门。"陆游此诗坚定自己的信念，坚信是非邪正后人自有定评，而自己的忠心报国之志也必然得到后人的认可和肯定。希望通过身后的肯定缓解生前的缺憾，宽慰落寞的心灵。

然而身后的价值自然抵挡不住当下的困惑、迷惘和绝望，陆游晚年的咏史诗更多地歌咏壮志未酬、赍志而殁的志士仁人，因之思考成败，拷问真伪，抒发感悟，充满无奈、失望、消沉的情绪，不乏宿命、虚无、幻灭的思想。

实际的历史进程并非总能如人们期待的那样善恶有报，实现公平公正，而是往往存在很多吊诡现象，比如不少仁人志士建立奇功却惨遭杀戮，结局悲惨，有人极力追求留名后世却是徒劳无功，陆游不禁为自己得以退居田园、安度晚年而感到一丝坦然和安慰，《咏史》诗云：

> 入郢功成赐属镂，削吴计用载厨车。闭门种菜英雄事，莫笑衰翁日荷锄。②

此诗作于绍熙二年(1191)夏，家居山阴。首二句以对偶句写出两段相似的历史事件，涉及两位历史人物。

一是伍子胥，在吴国军队破楚之后，"当是时，吴以伍子胥、孙武之谋，西

---

① 《全宋诗》第 40 册，第 25207 页。
② 《全宋诗》第 39 册，第 24747 页。

破强楚,北威齐晋,南服越人"①。随后,伍子胥辅佐吴王夫差败越称霸,求灭越,谏伐齐,均被拒,又遭太宰嚭之谗,"(吴王)乃使使赐伍子胥属镂之剑,曰:'子以此死。'伍子胥仰天叹曰:'嗟乎!谗臣嚭为乱矣,王乃反诛我。我令若父霸。自若未立时,诸公子争立,我以死争之于先王,几不得立。若既得立,欲分吴国予我,我顾不敢望也。然今若听谀臣言以杀长者。'……乃自刭死"②。

一是晁错。《汉书·晁错传》云:

> (晁错)迁为御史大夫,请诸侯之罪过,削其支郡。……错所更令三十章,诸侯欢哗。……吴楚七国俱反,以诛错为名……丞相青翟、中尉嘉、廷尉歐劾奏错曰:"……错当要斩,父母妻子同产无少长皆弃市。臣请论如法。"制曰:"可。"错殊不知。乃使中尉召错,绐载行市。错衣朝衣斩东市。③

这两位历史人物均为建立奇功却未得善终者,颇有"蜚鸟尽,良弓藏;狡兔死,走狗烹"④的意味,不禁令英雄心寒。陆游此诗表达了对两位英雄人物的同情,同时也对历史和人生产生了幻灭感。于是联系自身经历,有了此诗后两句的议论,闭门种菜才应该是"英雄豪杰"的事业,因此也不必嘲笑诗人每天荷锄耕种。看似是为自己老于田圃轻松解嘲,实则透露出陆游看透历史兴亡、人生无常的绝望情绪。再如同年所作的《题城侍者岘山图》诗云:

> 汉水沉碑安在哉,千年岘首独崔嵬。平生不作羊公计,但欲无名死草莱。⑤

此诗为题画而作,因所题为岘山图,故拈出有关岘山的两则著名典故。

一为杜预沉碑。《晋书·杜预传》载:"预好为后世名,常言'高岸为谷,深谷为陵',刻石为二碑,纪其勋绩,一沈万山之下,一立岘山之上,曰:'焉知

---

① 《史记》卷六十六《伍子胥列传》,第 2177 页。
② 同上书,第 2180 页。
③ 《汉书》卷四十九《晁错传》,第 2300—2302 页。
④ 《史记》卷四十一《越王句践世家》,第 1746 页。
⑤ 《全宋诗》第 39 册,第 24754 页。

此后不为陵谷乎!'"①

　　一为羊祜堕泪。《晋书·羊祜传》载："祜乐山水，每风景，必造岘山，置酒言咏，终日不倦。尝慨然叹息，顾谓从事中郎邹湛等曰：'自有宇宙，便有此山。由来贤达胜士，登此远望，如我与卿者多矣! 皆湮灭无闻，使人悲伤。如百岁后有知，魂魄犹应登此也。'湛曰：'公德冠四海，道嗣前哲，令闻令望，必与此山俱传。至若湛辈，乃当如公言耳。'"②

　　羊、杜二人均重视后世之名，更为巧合的是，羊祜与杜预的传记在《晋书》中前后相属。只是杜预主动留名后世，积极沉碑，羊祜恐惧湮灭无闻，消极堕泪，略有不同。此诗首二句言杜预预期的陵谷之变千年之后并未实现，所沉纪勋之碑也不见踪影，足见当初留名后世的行为徒劳无功，因此后二句陆游表明自己的人生态度：不仿效古人关心后世之名，只愿寂寂无闻，隐没于草莱之中。这是陆游人生态度消极一面的体现。关于此诗，《剑南诗稿校注》云："按全诗用杜预沉碑事，而此句言羊公，盖以羊祜堕泪碑事误合为一也。"③按照一般规律，所言不无道理。然诗人文心难测，因羊、杜二人之事皆涉岘山，皆重后世之名，亦不能排除陆游二事兼用，互文生意，故"将错就错"，试作解说。

　　陆游在主动退隐田园，甘愿寂寞无闻之后，又从全身远害的角度，主张逃避一切世事纷争，回归简单纯朴的日常生活，强调衣食住行等基本需求。《读李泌事偶书》诗云：

　　　　莘渭当时已误来，商山芝老更堪哀。人生若要常无事，两颗梨须手自煨。④

此诗为读李泌事有感而作。首二句先以他人他事陪说，称伊尹耕于莘野，太公钓于渭滨，二人奋起参议国政，兴商灭纣，已是错误。至于商山四皓，受人驱使，贸然出山，干预废立，尤显轻率，更是悲哀。后二句转入正题，论说李泌事。《太平广记》引《邺侯外传》曰：

　　　　肃宗尝夜坐，召颖王等三弟，同于地炉闟毯上食。以泌多绝粒，肃

---

① 《晋书》卷三十四《杜预传》，第 1031 页。
② 《晋书》卷三十四《羊祜传》，第 1020 页。
③ 《陆游全集校注·剑南诗稿校注》卷二十三，第 110 页。
④ 《全宋诗》第 40 册，第 24925 页。

宗每为自烧二梨以赐泌。时颖王恃恩固求，肃宗不与，曰："汝饱食肉，先生绝粒，何乃争此耶？"颖王曰："臣等试大家心，何乃偏耶？不然，三弟共乞一颗，可乎？"肃宗亦不许，别命他果以赐之。王等又曰："臣等以大家自烧，故乞，他果何用？"因曰："先生恩渥如此，臣等请联句，以为他年故事。"颖王曰："先生年几许，颜色似童儿。"其次信王曰："夜抱九仙骨，朝披一品衣。"其次益王曰："不食千钟粟，唯餐两颗梨。"既而三王请成之，肃宗因曰："天生此间气，助我化无为。"①

陆游此诗后二句所咏即此事。李泌独得肃宗宠渥，故引起三王的忮嫉，因此陆游称，若想人生淡然无事，不如始终逸隐山林，逃宠避祸，持静守默。陆游此诗虽仅就诸王争梨而发，实则此事亦可看作李泌一生的缩影。《旧唐书·李泌传》称李泌虽然多次潜遁名山，以习隐自适，又多次出山，干涉朝政，有获宠于玄、肃、代三朝，也因此先后为杨国忠、李辅国、元载、常衮所忌害②，其境况与三王争梨之事十分相似，故陆游以此论其一生之出处。陆游是以诸葛亮作为人生出处的典范和楷模，对其歆慕不已，赞赏有加。伊尹、吕尚之出处与诸葛亮有颇多相似之处，历来为人所称道，莘渭事业本也是陆游的人生理想，如云"讨论极王霸，事业窥莘渭"③，"书生本欲辈莘渭"④，而此诗竟对伊吕出处表达异议，对莘渭事业予以否定，而是认为人生出处终以退守隐遁、淡泊守志为务，足见陆游晚年失望的人生态度和消极的思想倾向。《读史》诗云：

> 夜对遗编叹复惊，古来成败浩纵横。功名多向穷中立，祸患常从巧处生。万里关河归梦想，千年王霸等棋枰。人间只有躬耕是，路过桑村最眼明。⑤

此诗作于嘉泰元年（1201）冬，家居山阴。依然是夜读史书，于古今成败之事，感慨万千，惊叹不已：感慨穷愁困苦中可以建功立业，机心巧思下常常伴随祸患，惊叹万里山河宛如人间一梦，千年王霸不过棋局一盘，体悟人间只

---

① 李剑国辑校《唐五代传奇集》第四编卷九《邺侯外传》，中华书局，2015 年，第 2788—2789 页。

② 《旧唐书》卷一百三十《李泌传》，第 3620—3621 页。

③ 《全宋诗》第 39 册，第 24388 页。

④ 《全宋诗》第 41 册，第 25632 页。

⑤ 《全宋诗》第 40 册，第 25178 页。

有耕桑为正务，衣食为根本。陆游在历史中，思考古今成败，感叹个人身世，最终归于历史的幻灭和虚无，回到当下的衣食与耕桑。在同时所作的《冬夜读史有感》诗中，这个思想表达得更为充分，诗云：

> 短檠膏涸夜将残，感事怀人兴未阑。酌酒浅深须自度，围棋成败有傍观。断秷作饭终年饱，大布裁袍称意宽。世上闲愁千万斛，不教一点上眉端。①

依然是深夜读史，感事怀人，历览古今成败如旁观围棋，以冷眼旁观，知胜负无常，感叹一己之身无非饱饭终年、宽袍衬意而已，将世上的千愁万绪都抛到脑后。这些诗句强烈地反映出陆游晚年彷徨迷惘、消极绝望的个人心态。

当然，陆游毕竟不是真正的隐士，很难安分，偶尔也会觉得老守田园的生活未免过于平凡，不够高蹈超逸，《读史有感三首》其三云：

> 苏门长啸不可亲，鹿门采药更绝尘。老死故山虽自许，掩书未免愧斯人。②

此诗首二句所咏是两位遗世高蹈的古人——阮籍和庞公。《晋书·阮籍传》载："籍容貌瑰杰，志气宏放，傲然独得，任性不羁。……籍尝于苏门山遇孙登，与商略终古及栖神导气之术，登皆不应，籍因长啸而退。至半岭，闻有声若鸾凤之音，响乎岩谷，乃登之啸也。"③《后汉书·庞公传》载："庞公者，南郡襄阳人也。居岘山之南，未尝入城府。夫妻相敬如宾。……后遂携其妻子登鹿门山，因采药不反。"④此二人，或啸傲自放，或深隐不见，陆游认为前者"不可亲"，后者"更绝尘"。后二句表达自己人生未来的选择，以"老死故山"自许。虽称自许，却是前进无路，隐遁不甘，实乃无法实现人生理想的无奈之选，因此又自觉惭愧。只因分别之心、好名之念未泯，才会为过于平淡无奇的选择而纠结，透露出陆游晚年复杂的心境。

历史是复杂的，很多历史事实往往超出了陆游一般的认知和预期，从而产生无常和悖谬之感，发为愤激之言，《读史有感三首》诗其二云：

---

① 《全宋诗》第 40 册，第 25179 页。
② 同上书，第 25089 页
③ 《晋书》卷四十九《阮籍传》，第 1359—1362 页。
④ 《后汉书》卷八十三《庞公传》，第 2776—2777 页。

昔人识不过十字,富贵封侯渠自如。龟堂闭门万卷读,一字不肯供时须。①

此诗因三国蜀之王平事有感而发。首二句即咏其人其事。《三国志·王平传》云:

王平字子均,巴西宕渠人也。……建兴六年……进位讨寇将军,封亭侯。……十二年……迁后典军、安汉将军,副车骑将军吴壹住汉中,又领汉中太守。十五年,进封安汉侯,代壹督汉中。延熙元年,大将军蒋琬住沔阳,平更为前护军,署琬府事。六年,琬还住涪,拜平前监军、镇北大将军,统汉中。……平生长戎旅,手不能书,其所识不过十字,而口授作书,皆有意理。使人读史、汉诸纪传,听之,备知其大义,往往论说不失其指。遵履法度,言不戏谑,从朝至夕,端坐彻日,懵无武将之体。②

王平所识不过十字,却能屡立战功,轻取富贵,率易封侯。称"昔人"而不称其名,似有轻视不足道之意。建功立业是陆游一生的理想和追求,王平的经历自然是其所向往和羡慕的。王平胸无点墨而能轻而易举"富贵封侯",也令陆游困惑不已,不仅对王平的人生经历颇感困惑,更对自己的人生疑惑不解。此诗后两句即表达了这种困惑。自言读书万卷,却无一个字切于时务,感叹读书徒劳无功,一事无成。此言自是愤激之词。较之王平,陆游读书识字远过之,而功业成就却远逊之,这种极大的反差,激发了诗人对人生道路、人生选择的怀疑和困惑,也产生了对书生身份的焦虑,以及对世事难料、人生无常的迷惘。《读史有感三首》诗其一正是这种困惑、迷惘到达极致的产物,诗云:

不肯低头就世事,亦不作笺与天公。惟须痛饮以醉死,乱山深处听松风。③

---

① 《全宋诗》第 40 册,第 25089 页。
② 《三国志》卷四十三《王平传》,第 1049—1051 页。
③ 《全宋诗》第 40 册,第 25089 页。

题为"读史有感",故不论及具体史事,开篇第一首直接表达一己的感悟:既不屈从现实,也不怨天尤人,沉酣痛饮,不惜醉死,于乱山深处听松风呼啸。陆游似乎已经对人生绝望到了极点。

不仅历史是复杂的,历史记载也是有局限的,历史记载与历史事实有偏差是自然的,陆游也从这一角度对史书产生怀疑,《读史》诗云:

> 南言莼菜似羊酪,北说荔枝如石榴。自古论人多类此,简编千载判悠悠。①

此诗拈出两段相似的记述:《晋书·陆机传》载:"至太康末,与弟云俱入洛……尝诣侍中王济,济指羊酪谓机曰:'卿吴中何以敌此?'答云:'千里莼羹,未下盐豉。'时人称为名对。"②陆机"吴郡人",以莼羹润滑,故称其近于羊酪。《后汉书·和殇帝纪》注云:"荔支,树高五六丈,大如桂树,实如鸡子,甘而多汁,似安石榴。有甜醋者,至日禺中,翕然俱赤,即可食。"③注文出自章怀太子李贤,故称此论为"北说"。以荔枝果实"甘而多汁",故称其"似安石榴"。实则莼羹与羊酪、荔枝与石榴相去甚远,这样因认知或立场的局限产生的描述均似是而非。陆游连类引申,由此论及历史典籍对历史人物的记载和评价也与此相似,均难免于类似的偏差与舛误,千年之下的读者面对历史著作不禁心生怅惘,无所适从。陆游从文字记载表述的缺陷表达对历史评述的怀疑,以理性的方式表现历史的虚无感和幻灭感。

陆游在对历史和历史记载的纷繁复杂产生各种感慨、不解、怀疑、绝望之后,形成了一种虚无幻灭的历史观,《读史二首》诗云:

> 人间着脚尽危机,睡觉方知梦境非。莫怪富春江上客,一生不厌钓渔矶。④
>
> 荣悴纷纷醉梦中,转头何事不成空。全家采药鹿门去,我忆襄阳庞德公。⑤

---

① 《全宋诗》第39册,第24848页。
② 《晋书》卷五十四《陆机传》,第1472—1473页。
③ 《后汉书》卷四《和帝纪》,第194页。
④ 《全宋诗》第41册,第25501页。
⑤ 同上书。

此二诗表达了相近的意思,都认为人间险恶,盛衰无常,人生如梦,转头成空,只有如严子陵垂钓富春、庞德公采药鹿门,才是最好的选择和归宿。《读史四首》诗其一云:

> 湘帙牙签满架书,流泉决决竹疏疏。人生得志宁无命,一室何妨且扫除。①

在壮志难酬、痛苦无奈的情况下,强调人生建功立业、实现理想的不确定性和偶然性,不得不归之于命运,因此不得不退而求其次,舍弃澄清天下的宏图远志,无奈选择回归凡琐生活。《读史四首》诗其二云:

> 王侯到底是虚名,何物能为我重轻。徒步出关胡不可,向来常笑弃繻生。②

此诗首二句抒发感慨,表白心迹。言王侯将相最终都是虚名而已,于"我"而言都是身外之物,无足轻重。后二句借助史事辅助阐发。《汉书·终军传》载:"初,军从济南当诣博士,步入关,关吏予军繻。军问:'以此何为?'吏曰:'为复传,还当以合符。'军曰:'大丈夫西游,终不复传还。'弃繻而去。军为谒者,使行郡国,建节东出关,关吏识之,曰:'此使者乃前弃繻生也。'"③陆游认为终军西游"步入关",至于东还,"徒步出关"亦无不可,如此更显旷达洒脱,因此对于终军的弃繻之举常常发笑,表达对其执着坚定地追求功名的鄙薄和不屑。终军本是抱负远大,豪放不羁,最终平步青云的励志典型,本应该是早年陆游企慕效仿的对象,而在此诗中"向来常笑",是陆游晚年思想转变的结果,是万事皆空,是对历史和人生无望的产物。《读史二首》诗其一云:

> 萧相守关成汉业,穆之一死宋班师。赫连拓跋非难取,天意从来未易知。④

---

① 《全宋诗》第 41 册,第 25603 页。
② 同上书。
③ 《汉书》卷六十四下《终军传》,第 2819—2820 页。
④ 《全宋诗》第 41 册,第 25668 页。

此诗咏刘裕北伐一段历史。首句写萧何镇守关中，为高祖储备军需，补充兵源，助力楚汉之争的胜利，成就"万世之功"。萧何事为铺垫，以下重点写刘裕北伐事。义熙十二年，刘裕北伐，以刘穆之"内总朝政，外供军旅"①，次年八月，灭后秦，九月，入长安。十一月，刘穆之卒，高祖"本欲顿驾关中，经略赵、魏。穆之既卒，京邑任虚，乃驰还彭城"②，从而中止北伐。陆游认为，北方的大夏赫连氏、北魏拓跋氏等国并不难攻取，只是在关键时刻刘穆之的死去，使得刘裕后方空虚，才不得不班师还朝，从而失去了统一北方的机会。萧何善始善终，刘邦因之成就大业，刘穆之中道而殁，刘裕因之功败垂成，在一存一亡、一成一败之间，陆游认为天意难测，不可捉摸，归之于偶然与虚无。《剑南诗稿校注》认为此诗作于嘉定二年（1209）春，"感开禧兵事之失败"。实则陆游晚年对于历史和人生的不确定性都十分敏感，屡屡形诸笔端，将历史发展和人生命运归之于天意和宿命，对现实社会与个人命运充满了绝望和无奈。《宫词》诗云：

> 秋露萧萧洗秋月，梦断陈宫白银阙。临春结绮底处所，回首已成狐兔穴。③

此诗名为宫词，实为咏史之作。此诗写秋露萧萧，秋月皎洁，梦见陈朝宫阙，珠光宝气，绚丽堂皇。史载，"至德二年，乃于光照殿前起临春、结绮、望仙三阁。……又饰以金玉，间以珠翠，外施珠帘，内有宝床、宝帐，其服玩之属，瑰奇珍丽，近古所未有。"④即陆游所梦之"临春结绮""白银阙"。诗人醒来后，不禁感慨万千，当年的临春、结绮二阁，数年之后随着陈朝的灭亡，便倾颓荒芜而成狐兔之穴了。从中足见历史如梦幻泡影，变化无常，传达出陆游消极虚幻的晚年心境。

　　总之，陆游的晚年咏史诗，展现了陆游在历史世界中左突右冲，试图解决人生的困惑，寻找人生的价值和意义，经过自信、愤慨、困惑、焦虑、纠结乃至绝望，归于虚无，展现了陆游丰富的内心世界和曲折的心路历程。

---

① 《宋书》卷四十二《刘穆之传》，第 1306 页。
② 同上书。
③ 《全宋诗》第 41 册，第 25720 页。
④ 《陈书》卷七《张贵妃传》，第 131—132 页。

第四节　想象与塑造:陆游咏史诗中的历代作家

作为诗人的陆游,对文学家的吟咏自有其独特之处。基于其儒家思想基础,相较于道术、事功,陆游观念中的文学、文艺地位并不高。这样的观点,陆游有过多处表述,《喜谭德称归》诗言:"少鄙章句学,所慕在经世。诸公荐文章,颇恨非素志。一朝落江湖,烂漫得自恣。讨论极王霸,事业窥莘渭。孔明景略间,却立颇眦睨。从人无一欣,对食有三喟。谭侯信豪隽,可共不朽事。"①《初冬杂咏八首》诗其五云:"书生本欲辈莘渭,蹭蹬乃去为诗人。"②《跋吴梦予诗编》云:"君子之学,尧舜其君民,余之所望于朋友也。娱悲舒忧,为风为骚而已,岂余之所望于朋友哉!"③这种重事功轻文学的观念,在其咏史诗中也有具体的体现,尤其表现在对杜甫的吟咏中。虽然观念如此,但陆游毕竟是全力进行文学创作的一流作家,在实际创作中,陆游并未表现出对文学创作的轻视,而是全力以赴,殚精竭虑,达到很高的艺术水准,对文学的思想和见解并不会完全为固有思想观念所牢笼,而是表达了更符合文学实际的独特认识,这也是与官员作家王十朋等的重要区别。

陆游秉承儒家雅正的文学观念,奉《诗经》为最高文学典范,但极力摒斥郑卫之音,自言"吾徒宗六经,崇雅必放郑"④,如《读豳诗》诗云:

> 我读豳风七月篇,圣贤事事在陈编。岂惟王业方兴日,要是淳风未散前。屈宋遗音今尚绝,咸韶古奏更谁传。吾曹所学非章句,白发青灯一泫然。⑤

此诗为读《诗经·豳风·七月》而作。认为《七月》是圣贤之事的文字遗存,而其创作背景是在王业方兴之日,淳风未散之时。陆游认为那是理想的时代,那个时代产生的文学也是理想的文学,因此对其充满向往之情。但《诗

---

① 《全宋诗》第 39 册,第 24388 页。
② 《全宋诗》第 41 册,第 25632 页。
③ 《陆游全集校注·渭南文集校注》卷二十七,第 193 页。
④ 陆游《冬日读白集爱其贫坚志士节病长高人情之句作古风十首》其六,《全宋诗》第 40 册,第 25054 页。
⑤ 《全宋诗》第 41 册,第 25543 页。

经》及其时代都已经远去了，连屈原、宋玉的创作都已经绝迹了，儒家思想中先王圣君所作的《咸池》《韶》等古雅之作就更加久远了。诗人最后回顾平生经历，念白发，对青灯，不禁感慨涕零。

既然以《诗经》为最高典范，崇尚内容充实，情感丰沛，风格雅正的诗作，陆游对极力推崇作品，则将其与《诗经》相提并论，《读后汉书二首》诗其一即如此称赞梁鸿《五噫歌》，诗云：

> 赁春老子吾所慕，垂世文章宁在多。诗不删来二千载，世间惟有五噫歌。①

此诗咏东汉梁鸿。《后汉书·梁鸿传》载："（梁鸿与妻）乃共入霸陵山中，以耕织为业，咏诗书，弹琴以自娱。仰慕前世高士，而为四皓以来二十四人作颂。因东出关，过京师，作五噫之歌曰：'陟彼北芒兮，噫！顾览帝京兮，噫！宫室崔嵬兮，噫！人之劬劳兮，噫！辽辽未央兮，噫！'肃宗闻而非之，求鸿不得。"②《后汉纪·孝章皇帝纪》载此一节曰："是时承平久，宫室台榭渐为壮丽，扶风梁鸿作《五噫歌》。"③有助于我们理解此诗的创作动机和题旨。陆游此诗首先开宗明义，表达对赁春老人梁鸿的仰慕之情。然后具体解说其原因，认为文章传世不在数量多，而在质量高，在《诗三百》以来两千余年间，只有梁鸿的《五噫歌》堪与之媲美，将《五噫歌》推崇到经典的地位。从中可见陆游的文学追求和审美趣尚。陆游此诗虽然未对《五噫歌》的成就和特色具体阐发，然其词旨雅正，意蕴饱满，情感冲融，气韵悠扬的特色是显而易见的，体现出雅正平和、温柔敦厚的艺术特色。陆游《秋思》其二诗有"平生许国今何有，且拟梁鸿赋五噫"之句，表达平生许国建功立业未能如愿，在文学创作上对《五噫歌》追摹学习，同样表现其对梁鸿此诗的推重与追慕。可见陆游这个看法并非一时之论，而是比较成熟的意见。陆游也以类比《诗经》的方式推崇杜诗，亦称其"生民清庙非唐诗""清庙生民伯仲间"，详见下文论述。

与对其他历史人物的吟咏一样，陆游对历代文人的歌咏，往往将一己之政治抱负、社会理想以及身世之感寄寓其中，在对经典作家的想象与塑造中，间接体现个人的理想和志趣，如《屈平庙》诗咏屈原云：

---

① 《全宋诗》第 40 册，第 25017 页。
② 《后汉书》卷八十三《梁鸿传》，第 2766—2768 页。
③ 晋袁宏撰，张烈点校《后汉纪·孝章皇帝纪》上卷，中华书局，2002 年，第 217 页。

　　委命仇雠事可知，章华荆棘国人悲。恨公无寿如金石，不见秦婴系颈时。①

此诗作于淳熙五年（1178）五月东归道中，途经归州所作，因屈原庙而咏楚国事。屈原作为楚国贵族，楚王近臣，在战国时期大国争霸的背景下，力主楚、齐联合，共同抗秦，多次反对楚怀王与秦国交好的举动。楚怀王却受到秦国说客张仪蛊惑，与齐国断交，先后三次战败于秦国。楚怀王三十年（前299），秦国攻占了楚国八座城池，秦昭王约楚怀王在武关会面。怀王不听屈原劝阻，决定前往武关，结果被秦国劫持，于三年后客死秦国。其遗体被送还楚国时，"楚人皆怜之，如悲亲戚"②。即诗所谓"委命仇雠事可知"意。楚顷襄王六年（前293）楚顷襄王谋划再与秦国讲和。屈原斥责劝阻，再次被驱除出郢都，流放江南。此后楚国不断割地求和，最终于楚顷襄王二十一年秦武安君白起率军攻破了楚国都，楚顷襄王被迫迁都。屈原也在怀念故都的悲痛之中去世。章华台为楚离宫名，此诗以"章华荆棘"代表楚国覆灭。首二句写楚国在不听屈原谏议后，落得个君死国亡的下场。这也正是屈原最大的遗恨。

　　在屈原去世七十年后，统一六国的秦国二世而亡，且亡于楚。《史记·秦始皇本纪》云："子婴为秦王四十六日，楚将沛公破秦军入武关，遂至霸上，使人约降子婴。子婴即系颈以组，白马素车，奉天子玺符，降轵道旁。"③最后两句则从屈原角度为其着想，认为屈原不能如金石一般长寿，以致没能等到秦王子婴系颈投降之时，如此便可报覆国之仇，雪亡国之恨。陆游为屈原着想，也是为自己着想。复仇雪耻，既是屈原的理想，更是陆游的理想。五十多岁的陆游虽然并非垂暮之年，但对于北伐成功、收复旧都依然信心不足，因此只能寄希望于延长寿命，在将来实现梦想。陆游去世前的绝笔之作《示儿》诗中"王师北定中原日，家祭无忘告乃翁"，将报仇雪耻的实现寄希望于将来，算是见证胜利的另一种方式。

　　屈原本是一位伟大的文学家，作为诗人的陆游经由屈平庙作诗吟咏，却对其文学只字不提，而专注于其政治遭遇与国仇家恨，这也是与陆游的自身处境密切相关的。屈原不被任用、屡遭排挤的经历，与陆游不得重用、壮志

---

① 《全宋诗》第 39 册，第 24461 页。
② 《史记》卷四十《楚世家》，第 1729 页。
③ 《史记》卷六《秦始皇本纪》，第 275 页。

难酬的心境正合，而屈原国家覆灭以及对故都的怀念之情，与陆游的处境尤切，从而使其对屈原有了绝佳的角度加以政治化，自然无暇顾及屈原的伟大艺术成就。

陆游对陶渊明既欣赏其诗歌艺术，又羡慕其隐居生活。对其诗歌艺术给予了极高的评价，因此创作了多首歌咏陶渊明及其作品的诗歌，如《书陶靖节桃源诗后》诗云：

> 寄奴谈笑取秦燕，愚智皆知晋鼎迁。独为桃源人作传，固应不仕义熙年。①

刘裕，小名寄奴。义熙五年（409），刘裕出师北伐，于次年灭掉南燕，将南燕王慕容超送往建康斩首。义熙十二年（416），刘裕又一次率军北伐，攻打后秦，取得重大胜利，史称"望风降服"②。十月，晋军攻下洛阳，修复晋王陵，置守卫。义熙十三年八月，后秦皇帝姚泓被活捉（后也被送往建康斩首）。九月，刘裕抵达长安。谒汉高祖刘邦陵，大会文武于未央殿，以光复故土的救世主自居。使长安在一百年后，再次回到汉族政权的手中，就东晋而言，具有极其重要的历史意义。刘裕以显赫的武功使得其威望、权势在东晋王朝几乎无与匹敌。在当时的历史情境下，刘裕篡晋，易代鼎革，已呈水到渠成、呼之欲出之势。因此陆游此诗首二句称之为"寄奴谈笑取秦燕，愚智皆知晋鼎迁"，对刘裕在短时间内的赫赫武功的歆羡之情溢于言表。将晋宋革命看作是司马氏政权气数已尽，刘宋王朝承运而起的自然之事，并未予以道义上的指摘和谴责。王十朋《宋武帝》诗也对刘裕北伐给予热烈的歌颂，云："宋武英雄世莫加，长驱千里定中华。"③反映了当时人渴望北伐恢复取得成功的共同时代心理。陆游此诗是关于陶渊明《桃花源记》的，《宋书·陶潜传》云："（陶潜）自以曾祖晋世宰辅，耻复屈身后代，自高祖王业渐隆，不复肯仕。所著文章，皆题其年月，义熙以前，则书晋氏年号，自永初以来唯云甲子而已。"④即陆游诗"不仕义熙年"之所本。但《陶潜传》认为陶渊明"以曾祖晋世宰辅，耻复屈身后代"，而陆游此诗却对陶渊明不仕的原因有不同认识，认为在晋宋易代势在必然、已成为"愚智皆知"、时人共识的情况下，陶渊明

---

① 《全宋诗》第 39 册，第 24756 页。
② 《宋书》卷二《武帝纪》中，第 36 页。
③ 《全宋诗》第 36 册，第 22683 页。
④ 《宋书》卷九十三《陶潜传》，第 2288—2289 页。

却"独为桃源人作传",是其倾心隐逸的表现,后来隐居不仕就成自然之事了,间接否定了《宋书·陶潜传》的说法,以成翻案文章。这是借陶渊明作《桃花源记》为其不仕翻案,表达对北伐恢复的渴望与向往。《读陶诗》云:

> 我诗慕渊明,恨不造其微。退归亦已晚,饮酒或庶几。雨馀锄瓜垄,月下坐钓矶。千载无斯人,吾将谁与归。①

此诗首二句直接表达对陶诗的向往,但认为不可企及。后四句则表达对陶渊明隐居生活的憧憬,自以为退归已较陶渊明为晚,但好饮嗜酒或可比肩,和陶渊明一样过着"雨馀锄瓜垄,月下坐钓矶"的田园生活,只可惜陶渊明已经远去千年,不得与之为伴。这是借陶诗抒发隐逸之情。《读渊明诗》云:

> 渊明甫六十,遽觉前途迮。作诗颇感槭,自谓当去客。吾年久过此,霜雪纷满帻。岂惟仆整驾,已迫牛负轭。奈何不少警,玩此白驹隙。倾身事诗酒,废日弄泉石。梅花何预汝,一笑从渠索。顾以有限身,儿戏作无益。一床宽有馀,虚室自生白。要当弃百事,言从老聃役。②

此诗为读陶渊明诗而作。陶渊明《杂诗十二首·其七》云:"日月不肯迟,四时相催迫。寒风拂枯条,落叶掩长陌。弱质与运颓,玄鬓早已白。素标插人头,前途渐就窄。家为逆旅舍,我如当去客。去去欲何之,南山有旧宅。"③此诗首四句即隐括陶渊明此诗而成。然后写读此诗后的感慨,时年陆游七十一岁,远远超过了陶渊明的六十岁,已是满头白发,却过着诗酒林泉、梅花索笑、流连光景、游戏馀生的日子,更觉紧迫,更多感慨。然而转念一想,道家有"虚室生白,吉祥止也"④之教,言"能虚其心以生于道,道性无欲,吉祥来止舍也"⑤,这样想来,一床之地亦觉馀裕。于是决定依老庄之道,摒弃百事,虚静无为。这是借陶渊明来悟道。《读陶诗》云:

---

① 《全宋诗》第 39 册,第 24823 页。
② 《全宋诗》第 40 册,第 25102 页。
③ 东晋陶渊明撰,袁行霈笺注《陶渊明集笺注》卷四,第 352 页。
④ 汉刘安编,刘文典撰,冯逸、乔华点校《淮南鸿烈集解》卷二《俶真训》,中华书局,2013 年,第 2 版,第 70 页。
⑤ 《淮南鸿烈集解》卷二《俶真训》,第 70 页。

　　　陶谢文章造化侔,篇成能使鬼神愁。君看夏木扶疏句,还许诗家更
　　道不。①

此诗因读陶诗而赞其诗艺。首二句总括陶诗艺术之高,言陶而以谢陪说。
称陶诗笔补造化,感泣鬼神,推崇至极。后二句则以“夏木扶疏句”为例进行
申说。陶渊明《读山海经》诗有“孟夏草木长,绕屋树扶疏”句,陆游认为这两
句已臻诗歌绝境,后世诗人无从措手,可以搁笔了。对“造化侔”“鬼神愁”进
一步具体说明,表达赞赏之意。
　　陆游对李白、杜甫两位大诗人十分尊崇,对其吟咏亦贯穿半生,如《吊李
翰林墓》诗歌咏李白,诗云:

　　　饮似长鲸快吸川,思如渴骥勇奔泉。客从县令初何有,醉忤将军亦
　　偶然。骏马名姬如昨日,断碑乔木不知年。浮生今古同归此,回首桓公
　　亦故阡。②

首联以“饮似长鲸快吸川,思如渴骥勇奔泉”两个形象的比喻概括了李白“一
斗诗百篇”的诗酒人生,使这位具有传奇色彩的大诗人跃然纸上。其中第一
句借用杜甫《饮中八仙歌》中描写李适之的“饮如长鲸吸百川”之句,而第二
句则是化用唐人形容徐浩书法“渴骥奔泉”之语,陆游借以描摹诗思,更为形
象,颇具创意。颔联“客从县令初何有,醉忤将军亦偶然”当以互文法观之。
何有与偶然互文成意。何有,即无有(意),并非有意为之,亦即偶然。此二
句言,当初李白往依当涂令李阳冰只是一次寻常的活动,并非特意安排,没
承想此行竟然为其身后之事埋下伏笔。而李白冒犯高力士也是酒后之举,
非刻意为之,没承想却被赐金放还,成为其人生的重要转折点。陆游正是在
李白的遭遇与经历当中,感受人生的偶然无常,难以捉摸。颔联“骏马名姬
如昨日,断碑乔木不知年”更是将李白的一生放在更广阔的历史时空中加以
观照,发现骏马名姬虽恍若昨日,断碑乔木已不知何年,可见时光不居,人生
如梦。最后以桓温陪说,引出“浮生今古同归此”的感慨。这个处理使得结
尾意蕴丰富而不单薄无力,丰富了诗意的表达,有一唱三叹之妙。陆游此诗
自注云:“桓温冢亦在当涂。”《入蜀记》载:“桓温墓亦在近郊,有石兽石马,制

---

　　① 《全宋诗》第41册,第25649页。
　　② 《全宋诗》第39册,第24281页。自注:桓温冢亦在当涂。

作精妙,又有碑,悉刻当时车马衣冠之类,极可观,恨不一到也。"①可见桓温一笔只是如实交代实际情况而已,陆游巧妙地连类而及,以叱咤风云、不可一世的桓温与才华卓绝、失意落魄的李白同归于此,表现其对历史无常与虚无的感叹。

陆游与杜甫在思想观念、理想抱负等诸多方面都有相似之处,翁方纲《石洲诗话》卷四云:"(放翁)平生心力,全注国是,不觉暗以杜公之心为心,于是乎言中有物,又迥出诚斋、石湖上矣。然在放翁,则自作放翁之诗,初非希杜作前身者。此岂后之空同、沧溟辈但取杜貌者所可同日而语!"②进而其诗歌气象规模亦与杜甫颇接近,《唐宋诗醇》卷四十二《山阴陆游诗序》云:"观游之生平有与杜甫类者,少历兵间,晚栖农亩,中间浮沉中外,在蜀之日颇多,其感激悲愤、忠君爱国之诚,一寓于诗,酒酣耳热,跌荡淋漓,至于渔舟樵径,茶椀炉熏,或雨或晴,一草一木,莫不著为咏歌,以寄其意。此与甫之诗何以异哉?"③因此陆游对杜甫一往情深,引为异代知己。在蜀之日,陆游每经杜甫遗迹辄作诗凭吊,自言:"我思杜陵叟,处处有遗踪。锦里瞻祠柏,绵州吊海棕。蹉跎悲枥骥,感会失云龙。生世后斯士,吾将安所从。"④再如《夜登白帝城楼怀少陵先生》诗云:

> 拾遗白发有谁怜,零落歌诗遍两川。人立飞楼今已矣,浪翻孤月尚依然。升沉自古无穷事,愚智同归有限年。此意凄凉谁共语,夜阑鸥鹭起沙边。⑤

首联写杜甫暮年流落成都,四处奔走,生活凄苦,同时也诞生了很多诗歌作品,简单概括了杜甫在蜀地的生活和创作。颔联"人立飞楼今已矣,浪翻孤月尚依然",以古今对比,在存亡相形、物是人非中体现历史的无情和人生的无常。杜甫在夔州作《白帝城最高楼》《宿江边阁》二诗,前诗有"城尖径仄旌旆愁,独立缥缈之飞楼"⑥句,后诗有"薄云岩际宿,孤月浪中翻"⑦句,依据

---

① 《陆游全集校注·入蜀记校注》卷三,第 69 页。
② 清翁方纲著,陈迩冬校点《石洲诗话》卷四,《谈龙录·石洲诗话》合订本,人民文学出版社,1981 年,第 142 页。
③ 《唐宋诗醇》卷四十二,影印文渊阁四库全书本。
④ 《全宋诗》第 40 册,第 24981 页。
⑤ 《全宋诗》第 39 册,第 24296 页。
⑥ 唐杜甫著,清仇兆鳌注《杜诗详注》卷十五,第 1276 页。
⑦ 《杜诗详注》卷之十七,第 1469 页。

杜甫诗中景物追寻其蜀中遗迹：杜甫已去，而其独立之飞楼亦"已矣"，遗迹无存，以示人物之具亡；浪翻之孤月尚"依然"，物是人非，可见人事之易变。从而引出颈联"升沉自古无穷事，愚智同归有限年"，作者对历史和人生的感悟和哀叹。沧海桑田、升沉变幻是大自然的永恒规律，而人类个体的生命都是有限的，不管智愚贤不肖皆归于寂灭，可见人类个体之渺小可怜，人生之虚无缥缈，最终产生一种穿越时空、直抵心灵的终极幻灭感。如此则不能不让人心生凄凉，而这种凄凉是人类的悲剧底色，也是人类面对的无解谜题，只可说与沙边鸥鹭。因此诗歌尾联以"此意凄凉谁共语，夜阑鸥鹭起沙边"二句收束全篇，将全诗笼罩在凄凉绝望之中。陆游又有《游锦屏山谒少陵祠堂》诗，云：

> 城中飞阁连危亭，处处轩窗临锦屏。涉江亲到锦屏上，却望城郭如丹青。虚堂奉祠子杜子，眉宇高寒照江水。古来磨灭知几人，此老至今元不死。山川寂寞客子迷，草木摇落壮士悲。文章垂世自一事，忠义凛凛令人思。夜归沙头雨如注，北风吹船横半渡。亦知此老愤未平，万窍争号泄悲怒。①

此诗写作者在阆中拜谒少陵祠堂的经过和感受。首四句从祠堂所处之地写起。因锦屏山石壁陡峭，景色秀丽，与阆中城隔江相对，城中飞阁危亭皆面山而建，所谓"处处轩窗临锦屏"。涉江登山，反观城郭，阆中城亦如丹青所画。由阆中城而及锦屏山，再由锦屏山反观阆中城，自然之美与人工之巧遥相辉映，相得益彰。杜甫祠堂即在锦屏山上，次四句由山而及堂，由堂而及人，"虚堂奉祠子杜子，眉宇高寒照江水"，写锦屏山上供奉杜甫画像，眉宇间的高峻清冷之气照射着山下的嘉陵江水，是一股穿越古今的英雄之气。自古以来，随着时间的流逝，世人皆归于寂灭，只有杜甫这样的英雄人物才能穿越时空，长存于世，即"古来磨灭知几人，此老至今元不死"之意。再次四句回顾杜甫的生前经历和成就，想象山川寂寞、草木摇落中，杜甫漂泊此地的凄苦处境，又推崇其不仅文章光耀古今，流传千载，而且平生忠义凛凛，尤能感动后人。杜甫的道德文章与其凄苦人生让诗人感到上天的不公，人世的不平，因此悲愤满怀，最后四句陆游以如注之雨、强劲北风以及万窍争号等奇峭跳宕的意象状其愤怒，既是杜甫的愤怒，也是陆游的愤怒，异代同心。

---

① 《全宋诗》第 39 册，第 24310 页。

陆游又有《草堂拜少陵遗像》诗,云:

> 清江抱孤村,杜子昔所馆。虚堂尘不扫,小径门可款。公诗岂纸
> 上,遗句处处满。人皆欲拾取,志大才苦短。计公客此时,一饱得亦罕。
> 阨穷端有自,宁独坐房琯。至今壁间像,朱绶意萧散。长安貂蝉多,死
> 去谁复算。①

此诗作于淳熙四年十一月,陆游于成都杜甫草堂拜谒少陵遗像。首四句由
地及宅,杜甫《江村》诗有"清江一曲抱村流"句,即陆游当时所在之地,因此
由江村而及其生前的故宅,即杜甫草堂,由宅而及门,由门而入室,如同电影
镜头一般,移步换景,步步拉近,至堂上见杜甫遗像。然而次四句则未顺流
而下,径写遗像,而是宕开一笔,写杜甫的诗歌。言杜甫不仅留给后人纸上
之诗,也有现实之诗,遍布其生活的各个角落,而后人意欲以诗描摹呈现,却
无奈心有馀而力不足,捉襟见肘,无奈作罢。以后人不能追踪杜甫的脚步写
作有关杜甫草堂的诗歌,写杜甫诗歌艺术水准之高,后人无法企及。再次四
句又怀想杜甫当年在这里的凄苦生活和艰难处境,竟至于一饱难得,并进一
步探究其原因,《旧唐书》本传载:"十五载,禄山陷京师,肃宗征兵灵武,甫自
京师宵遁赴河西,谒肃宗于彭原郡,拜右拾遗。房琯布衣时与甫善,时琯为
宰相,请自帅师讨贼,帝许之。其年十月,琯兵败于陈涛斜。明年春,琯罢
相。甫上疏言琯有才,不宜罢免。肃宗怒,贬琯为刺史,出甫为华州司功参
军。"②言杜甫为房琯说情而被贬出朝廷。而陆游认为,造成杜甫困顿穷厄
并非仅仅因为此事,而是另有真正的原因,其中或有来自对世事绝望而带来
的宿命思想,也不能排除对当权者的不满,观最后四句可知。最后四句呼应
开篇,收束笔端至于"遗像"。称见堂上遗像,杜甫情貌淡泊,无心仕宦,而当
年阻碍杜甫为国效力的达官显贵,早已淹没在历史的长河之中了。以此表
达诗人对杜甫壮志难酬的愤慨之情,与杜甫《梦李白二首》"冠盖满京华,斯
人独憔悴"之意相仿。

　　陆游对杜甫的想象与描写大都基于个人的理解,甚至将个人体验感受
投射到杜甫身上。比如杜甫在成都的生活,并非最艰苦的阶段,更不至于
"一饱得亦罕",陆游所写正是将个人的困顿体验投射到杜甫身上的结果。

---

① 《全宋诗》第 39 册,第 24442 页。
② 《旧唐书》卷一百九十下《杜甫传》,第 5054 页。

杜甫未能回朝为官,人为阻挠并非最主要的原因。陆游对杜甫穷厄缘由的探究,也是基于其人生经历和体验,其宿命思想源于陆游对现实的绝望与无助,其对当权者的痛恨更是基于自身的体验和经历。陆游《龙兴寺吊少陵先生寓居》诗云:

> 中原草草失承平,戍火胡尘到两京。扈跸老臣身万里,天寒来此听江声。①

唐永泰元年(765)五月,杜甫携家离开成都草堂,秋至忠州,寓居龙兴寺,有《题忠州龙兴寺所居院壁》诗。宋淳熙五年(1178)四月,陆游东归途经忠州,凭吊感怀,写下此诗。作为一首七言绝句,并无古体诗的铺垫转折,而是单刀直入,径写杜甫的身世和经历。前两句交代政治社会背景,唐玄宗天宝十四载(755)安禄山起兵范阳,安史之乱爆发,烽火胡尘迅速蔓延至两京地区,从而结束了长达百年的大唐盛世。程千帆先生云:"安禄山本是杂种胡人,所率部队又为契丹、奚、突厥等族,故称其叛变为胡尘。"②张完臣说:"草草二字,状尽衰世景象。"③"草草"一语,有仓促、轻易之意,其中饱含着沉痛与惋惜。后二句写杜甫飘泊江湖,流落至此的经历。看似简单描述事实,但其中饱含愤懑之情。史载,安史之乱爆发后,"禄山陷京师,肃宗征兵灵武,甫自京师宵遁赴河西,谒肃宗于彭原郡,拜右拾遗"④,后又追随唐肃宗回京任职。因疏救房琯而贬谪出京,流落西南,晚年方出蜀,至龙兴寺寓居之时已经是五十多岁的老人了。作为一位不畏艰险始终追随天子的忠耿老臣,杜甫满怀"致君尧舜上,再使风俗淳"的济世理想,却始终未施展才华,实现抱负,而是漂泊半生,流落万里,晚年至于此地,在天寒地冻中聆听寺外雄壮的江涛之声,不仅处境凄凉,而且满身的才华和满腔的忠诚都荒废了。与杜甫有着相似经历和抱负,也有着同样遭遇的陆游,自然会引起无限的同情。

《唐宋诗醇》评此诗曰:"双管齐下,一写两枝。"⑤张完臣说此诗"谓之咏

---

① 《全宋诗》第 39 册,第 24460 页。自注:以少陵诗考之,盖以秋冬间寓此州也。寺门闻江声甚壮。
② 程千帆先生《宋诗精选》,江苏古籍出版社,2002 年,第 150 页。
③ 《唐宋诗醇》卷四十四,影印文渊阁四库全书本。
④ 《旧唐书》卷一百九十下《杜甫传》,第 5054 页。
⑤ 《唐宋诗醇》卷四十四,影印文渊阁四库全书本。

少陵可,谓之自咏亦可"①。两家意见基本一致,前者更准确。这首诗的重要特色就是既是咏杜甫又是自抒怀抱,既是咏大唐,也是咏赵宋。这种一语双关,一写两枝,是作者苦心经营,而非后人臆想。此诗用语游移于唐、宋,闪烁于杜、陆,"草草失承平"、戍火到两京,描述唐安史之乱与宋靖康之耻,均可,但"中原""胡尘"二语尤切于宋。"老臣身万里""来此听江声",于杜、陆二人均可,二人都是五十四岁来到龙兴寺,极为巧合。此诗陆游自注云:"以少陵诗考之,盖以秋冬间寓此州也。寺门闻江声甚壮。"而"扈跸""天寒"二语,尤切于杜甫。写宋即是自咏,写杜即是写唐,二者互文生意,在游移与闪烁之间,表达了唐宋两位大诗人的经历与心声,名为咏杜,实为自咏,一笔两枝,超妙无穷。陆游《题少陵画像》诗云:

> 长安落叶纷可扫,九陌北风吹马倒。杜公四十不成名,袖里空馀三赋草。车声马声喧客枕,三百青铜市楼饮。杯残炙冷正悲辛,仗内斗鸡催赐锦。②

此诗首二句以狂风怒吼、风吹叶落的萧瑟惨酷景象,衬托杜甫在长安的凄凉处境。中间两联写杜甫在长安的经历。《旧唐书》本传载:"甫天宝初应进士不第。天宝末,献《三大礼赋》,玄宗奇之,召试文章,授京兆府兵曹参军。"③此诗所写即献赋成功之前的景况:杜甫携带《三大礼赋》文稿,流落长安,孤苦凄凉。在车马喧阗、人声鼎沸的酒市上,"速宜相就饮一斗"④虽见豪壮,"恰有三百青铜钱"⑤亦显寒酸。杜甫在长安过得正是"残杯与冷炙,到处潜悲辛"⑥的生活,而与此同时,唐玄宗对饲鸡小儿恩宠日隆,赏赐甚厚。陈鸿祖《东城老父传》载:"玄宗在藩邸时,乐民间清明节斗鸡戏。及即位,治鸡坊于两宫间。索长安雄鸡,金毫铁距、高冠昂尾千数,养于鸡坊。选六军小儿五百人,使驯扰教饲。上之好之,民风尤甚,诸王世家、外戚家、贵主家、侯家,倾帑破产市鸡,以偿鸡直。都中男女以弄鸡为事,贫者弄假鸡。帝出游,见昌弄木鸡于云龙门道旁,召入为鸡坊小儿,衣食右龙武军。三尺童子入鸡

---

① 《唐宋诗醇》卷四十四,影印文渊阁四库全书本。
② 《全宋诗》第 39 册,第 24613 页。
③ 《旧唐书》卷一百九十下《杜甫传》,第 5054 页。
④ 《杜诗详注》卷六《偪侧行赠毕四曜》,第 468 页。
⑤ 同上书。
⑥ 《杜诗详注》卷一《奉赠韦左丞丈二十二韵》,第 75 页。

群,如狎群小,壮者弱者,勇者怯者,水谷之时,疾病之候,悉能知之。举二鸡,鸡畏而驯,使令如人。护鸡坊中谒者王承恩言于玄宗,召试殿庭,皆中玄宗意。即日为五百小儿长,加之以忠厚谨密,天子甚爱幸之,金帛之赐,日至其家。"①因此此诗最后两句以"杯残炙冷正悲辛,仗内斗鸡催赐锦"二句,写卓荦高才的杜甫献赋无门,过着流离失所的悲凄生活,而同时鸡坊中的饲鸡小儿却得到唐玄宗的恩宠与赏赐,在强烈的对比之中,凸显出大才沦落,小儿升腾,是非颠倒的荒谬状态。陆游以此结束全诗,除了对杜甫的悲苦遭际、偃蹇命运的感叹之外,更有对朝廷昏庸、社会混乱的出离愤懑。《读杜诗》云:

> 城南杜五少不羁,意轻造物呼作儿。一门酣法到孙子,熟视严武名挺之。看渠胸次隘宇宙,惜哉千万不一施。空回英概入笔墨,生民清庙非唐诗。向令天开太宗业,马周遇合非公谁。后世但作诗人看,使我抚几空嗟咨。②

此诗咏杜甫,首四句远起势,从其祖父杜审言写起。杜审言行五,故当时人称其为"杜五"。杜审言有段著名的逸事,见于《新唐书·杜审言传》:"恃才高,以傲世见疾。……审言病甚,宋之问、武平一等省候何如,答曰'甚为造化小儿相苦,尚何言?'"③称造化为小儿,可见其狂傲不羁。而杜甫亦有类似言行,《旧唐书·杜甫传》载:"黄门侍郎、郑国公严武镇成都,奏为节度参谋、检校尚书工部员外郎,赐绯鱼袋。武与甫世旧,待遇甚隆。甫性褊躁,无器度,恃恩放恣,尝凭醉登武之床,瞪视武曰:'严挺之乃有此儿!'武虽急暴,不以为忤。"④祖孙二人行事作风颇为相似,故陆游以"一门酣法到孙子"称之。将二事连属,引出杜甫,迂回起势,见波澜之致。因其才大,所以褰傲,所谓"恃才褰傲"⑤。故首四句写其褰傲,次四句论其才大。从其狂傲不羁的程度,可见其胸襟宽广,竟至于以宇宙为窄隘,极言其大。则其中经济之才不言而喻,事实上所能付诸政治实践者不及千万分之一,怀才不遇,壮志

---

① 唐陈翰编,李小龙校证《异闻集校证》,中华书局,2019年,第331页。
② 《全宋诗》第40册,第24919页。
③ 《新唐书》卷二百一《杜审言传》,第5736页。
④ 《旧唐书》卷一百九十下《杜甫传》,第5054页。
⑤ 孔平仲《续世说·简傲》云:"杜审言,甫之祖也,恃才褰傲,为时辈所疾。"见宋孔平仲撰,池洁整理《续世说》卷七,大象出版社,2019年,第129页。

难酬,故陆游对杜甫深表惋惜。经济之才不得施展,"止能把他的英雄气概写到诗篇里去"①。而《生民》是《诗·大雅》中的一篇,《清庙》是《诗·周颂》中的一篇,陆游称杜甫诗作"生民清庙非唐诗",意谓其诗篇非一般吟风弄月、雕虫篆刻之作可比,如同黄钟大吕的雅颂诗篇。陆游在另外一首《读杜诗》中也表达了类似看法,诗云:"千载诗亡不复删,少陵谈笑即追还。常憎晚辈言诗史,清庙生民伯仲间。"②言千载之后,杜甫之作可以上追《诗经》,方驾雅颂。如此,后人称杜诗为诗史,是对杜甫的贬低,故"常憎"之。这些论说均可见陆游对杜诗推崇至极,反复申说,非一时兴起之论,而是十分成熟、笃定的意见。最后四句以初唐名臣马周作类比,写杜甫生不逢时,才不得施,《新唐书·马周传》载:"(马周)至长安,舍中郎将常何家。贞观五年,诏百官言得失。何,武人,不涉学,周为条二十馀事,皆当世所切。太宗怪问何,何曰:'此非臣所能,家客马周教臣言之。客,忠孝人也。'帝即召之,间未至,遣使者四辈敦趣。及谒见,与语,帝大悦,诏直门下省。明年,拜监察御史,奉使称职。帝以何得人,赐帛三百段。"③其中太宗皇帝召见马周,竟"遣使者四辈敦趣",其求贤若渴如此,自然野无遗才。其时马周尚能得到重用,大才如杜甫,自然可以大展宏图。这两句既暗讽明皇之昏聩,朝政之混乱,又为杜甫未能生逢其时而只可流连翰墨作诗人深感惋惜。从而使得具有同样襟抱才华,又有类似遭际命运的陆游,顿生同病相怜之心,既慨叹古人,也伤怜自己。因此此诗最后两句诗人抚几嗟咨,感慨遥深,痛惜不已。关于这首诗,朱东润先生说:"陆游指出杜甫不是寻常的诗人,遇到时机,他能创作出一番事业来。在这点上,陆游把杜甫比着自己。"④朱先生独具只眼,一语道破陆游的诗心。不仅是在这点上陆游是"比着自己",甚至可以说,陆游笔下的杜甫全都是"比着自己",全部都是按照自己的理想想象、评价、塑造杜甫的。比如虽然杜甫诗才盖世,光耀古今,但其政治才能不得不说是有限的,但陆游却说杜甫"胸次隘宇宙""千万不一施",正是陆游经世济民的政治理想在杜甫身上的投射,再如"空回英概入笔墨,生民清庙非唐诗",不仅是其重经济而轻诗文的价值观念的体现,而将杜诗类比"生民清庙"亦有勉强推尊之嫌疑,陆游的上述推尊杜甫的观点均与事实有出入,却正是陆游个人经世理想、文学观念以及庙堂文学理想在杜甫身上的反映。陆游借助古人

---

① 朱东润选注《陆游选集》,上海古籍出版社,1979 年,第 129 页。
② 《全宋诗》第 40 册,第 24934 页。
③ 《新唐书》卷九十八《马周传》,第 3895 页。
④ 朱东润选注《陆游选集》,第 129 页。

之经历遭际抒发一己之情思感慨,咏古人即是咏自己,为古人发感慨鸣不平,即是为自己发感慨鸣不平。陆游此类咏史诗正可作咏怀诗看。陆游李杜合咏的《读李杜诗》云:

> 濯锦沧浪客,青莲澹荡人。才名塞天地,身世老风尘。士固难推挽,人谁不贱贫。明窗数编在,长与物华新。①

此诗作于开禧三年(1207)春,时年陆游八十二岁,是作者去世前三年所作。此时吟咏李杜,较之此前诸作,虽然诗中依然蕴含着万千感慨,可是激越之情销蚀殆尽,逐渐归于平淡而山高水长。首联"濯锦沧浪客,青莲澹荡人"二句,紧扣诗题"李杜",花开两朵,各表一枝。写出二人的不同的人生经历,杜甫凄凉愁苦,漂泊西南,李白狂放豁达,浪迹天涯。颔联"才名塞天地,身世老风尘",则总括二人的共同特点,即才名充塞天地,却终身漂泊江湖,未能在庙堂有所作为,不得不令人叹惋。然而这种叹惋已经不再是之前的痛惜不已,愤激不平,因为陆游的观念已经发生了变化。颈联"士固难推挽,人谁不贱贫"道出了其中的缘由。"士固难推挽"用黄庭坚成句,表达伯乐难逢,知音难觅,不被赏识以及荐举援引实属正常。"人谁不贱贫"也是将贫贱视为一种人生常态,而飞黄腾达则是偶然。如此,李杜二人的遭遇也就不足为奇,不足为愤了。这是为李杜的人生探寻答案,寻找慰藉,同时也是自我开解。其中的"士"与"人",不仅包括李杜,也包括陆游自己。有了些许慰藉和开解,也就不会有太多的愤懑和不平了。最后两句"明窗数编在,长与物华新",似乎找到了新的观察视角,对于李、杜二人来说,生前虽然未能在政治上作出一番事业,但其诗歌作品却经数百年而历久弥香,名垂千古。在陆游的晚年,不在执着于李杜的政治事业,在平静中终于发现了李杜文学成就的历史意义,其中也不乏自我期许和期待。陆游的这种转变,是垂暮之年,平和心态中的思路转换,是在山穷水尽后的柳暗花明。陆游咏杜甫的诗歌其他还有《读杜诗偶成》②《与儿辈论李杜韩柳文章偶成》③等诗,不再展开论述。

除李杜外,岑参作为唐代著名的边塞诗人,追求立功边塞,杀敌报国,其边塞诗篇歌咏军旅生活、边塞风光,气势豪迈,风格俊逸,十分契合陆游的人

---

① 《全宋诗》第 41 册,第 25504 页。
② 《全宋诗》第 39 册,第 24832 页。
③ 同上书,第 24843 页。

生理想和文学追求,因此陆游对岑参格外青睐,作《夜读岑嘉州诗集》诗云:

> 汉嘉山水邦,岑公昔所寓。公诗信豪伟,笔力追李杜。常想从军时,气无玉关路。①至今蠹简传,多昔横槊赋。零落财百篇,崔嵬多杰句。工夫刮造化,音节配韶濩。我后四百年,清梦奉巾屦。晚途有奇事,随牒得补处。群胡自鱼肉,明主方北顾。诵公天山篇,流涕思一遇。②

此诗乃陆游读岑参诗集而作。岑参曾于大历二年(767)至三年任嘉州刺史③,自刻《岑嘉州集》。此诗首四句,由地而及人,由人而及诗,然后总评其诗"豪伟",笔力可追李杜。陆游《跋岑嘉州诗集》云:"予自少时,绝好岑嘉州诗。往在山中,每醉归,倚胡床睡,辄令儿曹诵之,至酒醒或睡熟乃已。尝以为太白、子美之后,一人而已。"④两处表述可以转相发明,足见陆游对岑参的喜爱与推崇。次八句进一步展开,称赞岑参"从戎西边时所作"无畏险阻,气概豪迈。唐僧卿云有《送人游塞》诗描写"玉关路"之险恶云:"去去玉关路,省君曾未行。塞深多伏寇,时静亦屯兵。雪每先秋降,花尝近夏生。闲陪射雕将,应到受降城。"⑤而此诗称岑参无视艰难,豪气冲天。虽然岑参诗散佚颇多,"世所传公遗诗八十馀篇"⑥,仍能超越曹操之横槊赋诗,赞美岑参诗作超迈前贤。又以"零落财百篇,崔嵬多杰句。工夫刮造化,音节配韶濩"四句评价岑参诗歌豪迈奇峭的艺术风格,认为其远追上古,巧夺造化,体现出陆游对岑参诗歌的深切体会和深刻认识。最后八句由古人而及自我,四百年后,拥有相同怀抱的陆游来到了岑参的宦历之地,欣喜不已,直接表达自己对岑参的敬仰之情,在睡梦中伺候左右,侍奉巾屦。陆游以蜀州通判代理嘉州政务,终于有了可以施展抱负的机会,陆游十分看重这个机会,欣喜之情溢于言表,乃称其为奇事。而此时金国内部矛盾重重,"谋反""伏诛"事件多发⑦,陆游《闻虏乱有感》诗有"近闻索虏自相残"句即"群胡自鱼肉"

---

① 自注:公诗多从戎西边时所作。
② 《全宋诗》第 39 册,第 24330 页。
③ 据闻一多《岑嘉州系年考证》,大历二年六月,岑参始赴嘉州刺史任,大历三年在嘉州,七月,罢官东归。闻一多《唐诗杂论》,上海古籍出版社,1998 年,第 122—123 页。
④ 《陆游全集校注·渭南文集校注》卷二十六,第 154 页。
⑤ 清彭定求等编《全唐诗》卷八百二十五,中华书局,1960 年,第 9295 页。
⑥ 《陆游全集校注·渭南文集校注》卷二十六《跋〈岑嘉州诗集〉》,第 154 页。
⑦ 元脱脱等撰《金史》卷六至卷八《世宗纪》,中华书局,1975 年。

意,同时宋孝宗正与丞相虞允文谋划北伐恢复事宜,这样的形势和机遇更加激起了陆游为国杀敌的热情。因此读到岑参《天山雪歌送萧治归京》这些充满豪情壮志的诗篇,尤为感慨万千。当此之时,古人与自我,前朝与当下,人与地,陆游的矢志报国与岑参的以身许国,初被重用与北伐在即的形势,都集中到一起,使陆游难掩胸中激动之情。岑参《初过陇山途中呈宇文判官》诗有"万里奉王事,一生无所求。也知塞垣苦,岂为妻子谋"[1]之句,这种尽忠王事、大公无私的精神无疑会引起陆游的强烈共鸣,激发其强烈的斗志,不禁激动不已,痛哭流涕。回头看"清梦奉巾屦"句,陆游意欲侍奉在岑参身边,自然不是要学习写诗,而是可以追随岑参奔赴沙场,杀敌报国。虽然陆游很小就喜欢岑参之诗,在此诗中他也大力描写其艺术特色,极力推崇其艺术成就,足见其神会于心,颇有心得,但诗歌艺术并非是陆游最关注的层面,真正激动陆游心灵的,是诗歌中体现出来的为国杀敌的英雄情怀和驰骋疆场传奇经历,而诗歌艺术只是这种经历的表现与传达,只是陆游与古人心灵沟通的途径和方式而已。

在本朝诗人中,就诗歌艺术而言,陆游对梅尧臣情有独钟,作诗数首歌咏其人其诗,有着独到的见解,如《读宛陵先生诗》云:

> 欧尹追还六籍醇,先生诗律擅雄浑。导河积石源流正,维岳崧高气象尊。玉磬澪澪非俗好,霜松郁郁有春温。向来不导无讥评,敢保诸人未及门。[2]

陆游对梅尧臣及其诗颇为推崇,作诗亦多效其体。有三首诗集中讨论梅尧臣及其诗歌,可谓再三致意。此诗作于淳熙十四年(1187),陆游六十三岁,是三首诗中写作时间最早的一首。首联先以欧阳修、尹洙陪说,写欧、尹二人写作古文,追慕古道。欧阳修《记旧本韩文后》云:"后七年,举进士及第,官于洛阳。而尹师鲁之徒皆在,遂相与作为古文。"[3]改革文风,以文载道,故称之为"追还六籍醇"。而与之同时,在诗歌方面,梅尧臣则执掌诗坛,以雄浑诗风专擅一时,以此引出梅尧臣。颔联以两个类比说明其在宋代诗歌发展中的重要作用和崇高地位。"导河积石源流正"是以大禹治水作比。

---

① 唐岑参撰,廖立笺注《岑嘉州诗笺注》卷一,中华书局,2004 年,第 239 页。
② 《全宋诗》第 39 册,第 24673 页。
③ 宋欧阳修著,李逸安点校《欧阳修全集》卷七十三,中华书局,2001 年,第 1056 页。

《尚书·禹贡》云："导河积石，至于龙门。"①孔传曰："施功发于积石，至于龙门，或凿山，或穿地，以通流。"②言夏禹治水，凿山穿地，疏通河流，施功始于积石山，本正源清，而至于龙门。陆游《吕居仁集序》亦用此典，云："天下大川，莫如河江，其源皆来自蛮夷荒忽辽绝之域，累数万里而后至中国，以注于海。今禹之遗书，所谓岷积石者，特记禹治水之迹耳，非其源果止于是也。"③而梅尧臣之于宋诗发展的作用正与此相类，确定了宋诗发展的正确方向，奠定了宋诗健康发展的基调。"维岳崧高气象尊"确立了梅尧臣诗歌在宋诗发展中的崇高地位。《诗·大雅·崧高》云："崧高维岳，骏极于天。"④陆游化用此典，将梅尧臣诗比作高峻入云的四岳，地位高尚，气象尊崇，确立了其在宋诗发展中的正统地位。颈联又以两个比喻描摹其艺术特色。既似玉磬之音，铿锵清越，超脱凡俗，又如霜松之姿，清峻翁郁，不乏春温，形象地传达出梅尧臣诗歌的艺术特质。尾联则紧承"非俗好"而出，直接针对当时人对梅尧臣诗歌的态度给予正面回应与驳斥，指出那些不喜欢甚至是贬低诋毁梅尧臣诗歌的人，肯定是未及诗歌艺术门墙的"门外汉"。

关于梅尧臣及其诗歌地位与价值，陆游《梅圣俞别集序》一文，论述颇详，可与此诗相表里：

> 先生当吾宋太平最盛时官京洛，同时多伟人巨公，而欧阳公之文，蔡君谟之书，与先生之诗，三者鼎立，各自名家。文如尹师鲁，书如苏子美，诗如石曼卿辈，岂不足垂世哉？要非三家之比，此万世公论也。先生天资卓伟，其于诗非待学而工，然学亦无出其右者。方落笔时，置字如大禹之铸鼎，练句如后夔之作乐，成篇如周公之致太平，使后之能者欲学而不得，欲赞而不能，况可得而讥评去取哉？欧阳公平生常自以为不能望先生，推为诗老。王荆公自谓《虎图诗》不及先生包鼎画虎之作，又赋哭先生诗，推仰尤至。晚集古句，独多取焉。苏翰林多不可古人，惟次韵和陶渊明及先生二家诗而已。虽然，使本无此三公，先生何歉；有此三公，亦何以加秋毫于先生？予所以论载之者，要以见前辈识精论公，与后世妄人异耳。⑤

---

① 《尚书正义》卷六《禹贡》，清阮元校刻《十三经注疏》，第 319 页。
② 同上书。
③ 《陆游全集校注·渭南文集校注》卷十四，浙江古籍出版社，2015 年，第 124 页。
④ 《毛诗正义》卷十八《崧高》，清阮元校刻《十三经注疏》，第 1219 页。
⑤ 《陆游全集校注·渭南文集校注》卷十五，第 140—141 页。

陆游反复详细地论述了梅尧臣的诗坛地位，之所以如此，是针对所谓"后世妄人"的"异"论而发的，实则是针对北宋至陆游时代贬低梅尧臣的言论作出的反驳。通过陈振孙的一段论述，我们对此可以有更充分的认识，陈振孙《宛陵集》解题云："圣俞为诗，古澹深远，有盛名于一时。近世少有喜者，或加毁訾，惟陆务观重之，此可为知者道也。自世竞宗江西，已看不入眼，况晚唐卑格方锢之时乎？杜少陵犹有窃议妄论者，其于宛陵何有？"①可见南宋时期时人对梅尧臣及其诗歌的态度，尤其能衬托出陆游的见解独到。陆游《书宛陵集后》诗云：

> 突过元和作，巍然独主盟。诸家义皆堕，此老话方行。赵璧连城价，隋珠照乘明。粗能窥梗概，亦足慰平生。②

此诗作于嘉泰三年(1203)七十九岁时，与后一首诗同作于晚年。但其看法和意见与前一首一致。首二联，依然在北宋诗歌发展的历史视野中确立梅尧臣的诗坛地位。宋初诗坛流行三种诗体③，其中白体诗多写流连光景的闲适生活，风格浅切清雅，影响很大，当时作家田锡即有"顺熟合依元白体"④之说。虽然李肇《国史补》云："元和已后，为文笔则学奇诡于韩愈，学苦涩于樊宗师，歌行则学流荡于张籍，诗章则学矫激于孟郊，学浅切于白居易，学淫靡于元稹，俱名为元和体。"⑤但陆游此诗或专指以元白为代表的浅近俗易一派，近于宋初白体。如此，则首句意为梅尧臣之诗超越了宋初浅切清雅的白体，而以独特风格（《读宛陵先生诗》称之为"雄浑"）主盟诗坛。"诸家义皆堕，此老话方行"，当指宋初三体流行过后，以梅尧臣为代表的初具宋诗面目诗风才逐渐流行起来，并为宋诗的继续发展开辟了道路。这些认识都是符合文学发展实际的。颈联以连城璧、夜明珠为喻，推崇梅尧臣诗歌具有极高的价值，进而自然引出尾联"粗能窥梗概，亦足慰平生"，补充说明其价值所在，即略窥梗概便可受益终身。陆游又一首《读宛陵先生诗》云：

---

① 宋陈振孙撰，徐小蛮、顾美华点校《直斋书录解题》卷十七，上海古籍出版社，1987年，第494页。

② 《全宋诗》第40册，第25262页。

③ 方回《送罗寿可诗序》，丁放撰《元代诗论校释》，中华书局，2020年，第71页。

④ 宋田锡撰，罗国威校点《咸平集》卷十五《览韩偓郑谷诗因呈太素》，巴蜀书社，2008年，第136页。

⑤ 唐李肇撰《唐国史补》卷下，上海古籍出版社，1957年，第57页。

李杜不复作，梅公真壮哉。岂惟凡骨换，要是顶门开。锻炼无遗力，渊源有自来。平生解牛手，馀刃独恢恢。①

此诗作于嘉泰四年(1204)冬，乃是在《书宛陵集后》诗以及《梅圣俞别集序》文之次年所作。前一年所作诗文，以及更早的《读宛陵先生诗》诗，已经对梅尧臣有了详尽的歌咏和论述，又作此诗，足见陆游对梅尧臣反复申说，极力推扬。此诗前两联从更广阔的历史视野中审视梅尧臣，赞叹其诗歌艺术。以"梅公真壮哉"热烈赞扬梅尧臣在李杜之后的重要诗歌成就，简单直白，大胆热烈。然后以学道修仙为喻，赞美梅尧臣非同凡夫，称梅尧臣如修炼金丹，服食既久，凡骨自换，又有顶门正眼，洞彻明了，万类齐瞻。后两联则具体展开，之所以如此评价赞赏梅尧臣的诗歌艺术，主要着眼于两个方面，一是锻炼精刻，臻于极致，一是渊源有自，体格纯正。最后称梅尧臣作诗如庖丁解牛，"恢恢乎其于游刃必有馀地矣"②，臻于化境。陆游前后作诗三首完成对梅尧臣的评论和赞美，并且主要是在诗歌发展背景下着眼于其诗歌艺术特质与成就，这是十分难能可贵的。

陆游对苏轼也十分崇拜，作诗数首歌咏之。但将苏轼视为盛世天人，将其神仙化，反而忽略了对其文学艺术的认识。《题龙鹤菜帖》③诗云：

先生直玉堂，日羞太官羊。如何梦故山，晓枕春蔬香。春蔬尚云尔，况我旧朋友。万里一纸书，殷勤问安否。先生高世人，独恨不早归。坐令龙鹤菜，犹愧首阳薇。④

此诗作于淳熙元年，写苏轼"先生直玉堂，日羞太官羊""先生高世人，独恨不早归"，既是翰林学士，玉堂仙人，又高蹈卓绝，超越世俗。三年后，陆游又作《玉局观拜东坡先生海外画像》诗云：

商周去不还，盛哉汉唐宋。苏公本天人，谪堕为世用。太平极嘉祐，珠玉始包贡。公车三千牍，字字炎飞动。气力倒犀象，律吕谐鸾凤。天骥西极来，矫矫不受鞚。飞腾上台阁，废放落云梦。至宝不侵蚀，终

---

① 《全宋诗》第 40 册，第 25350 页。
② 清郭庆藩撰，王孝鱼点校《庄子集释》卷二上《养生主》，中华书局，2012 年，第 3 版，第 119 页。
③ 自注：东坡先生元祐中与其里人史彦明主簿书云：新春龙鹤菜羹有味，举箸想复见忆邪。
④ 《全宋诗》第 39 册，第 24345 页。

亦老侍从。晚途迁海表,万里天宇空。岂惟骑鲸鱼,遂欲跨蝌蚪。心空物莫挠,气老笔愈纵。粃糠郊祀歌,远友清庙颂。我生虽后公,妙句得吟讽。整衣拜遗像,千古尊正统。①

此诗咏苏轼非常具体详尽。苏轼晚年有提举成都玉局观之命,虽未赴,玉局观亦有画像祠之,以示纪念。陆游此诗即瞻仰成都玉局观之"东坡先生海外画像"而作。首四句,由时及人,先从商周远去,唐宋称盛说起。盛世必有卓越奇绝之人,故天人苏公谪堕于世,从而引出苏轼。后十句集中笔力吟咏苏轼的一生经历及其文学成就。嘉祐年间是北宋安定繁荣的时期,苏轼即成名于此时,陆游认为太平盛世,斯文昌隆,故上天以珠玉一般的人才贡献于此盛世。苏轼初出茅庐,即以《刑赏忠厚之至论》《重巽以申命论》《上神宗皇帝书》等策论、奏议耸动朝野,驰名天下,因此陆游以"字字岌飞动""气力倒犀象,律吕谐鸾凤"形容其文章之气象飞动、铿锵有力、音律和美。又将苏轼比作西方之天马,驰骋腾跃,不受轨辙,其仕宦轨迹才会跨越千里,从朝廷台阁而至于"云梦泽南州"的黄州。哲宗皇帝即位后,高太后垂帘听政,起用旧党,苏轼屡迁"翰林学士兼侍读",终因不能随波逐流,趋炎附势,而未能致位通显,陆游以"至宝不侵蚀,终亦老侍从"二句深表惋惜。随后哲宗亲政,推动新法,苏轼遭到接连贬谪至惠州、儋州,所谓"晚途迁海表",陆游以"万里天宇空","岂惟骑鲸鱼,遂欲跨蝌蚪"将苏轼贬谪比作骑鲸遨游,跨蚪巡天,彰显苏轼不受羁绊、天马行空的超凡气质。又以"心空物莫挠,气老笔愈纵。粃糠郊祀歌,远友清庙颂"写苏轼坚韧劲拔的个性以及日臻化境的文笔,使其创作超越司马相如等文人之作,上追雅颂之诗,赞赏苏轼晚年登峰造极的艺术境界。最后四句直接表达对苏轼的敬仰之情。"妙句得吟讽"写其对苏轼的文学的喜爱以及得其沾溉,"整衣拜遗像"表达景仰之情,"千古尊正统"确立其文坛宗主地位。此诗将苏轼置于大宋王朝嘉祐盛世的历史背景下,将苏轼作为盛世文明的表征,既是对苏轼文采风流的景仰与赞赏,也是对中朝盛时的怀想与追慕。与国运相联系,因此将其仙化,屡以"天人""珠玉""天骥""至宝""骑鲸鱼""跨蝌蚪"等带有神仙色彩的语汇加以叙述形容。陆游其他吟咏苏轼的诗作,基本都是在这个基调上展开的。淳熙五年(1178)四月,陆游东归,经眉州,作《眉州披风榭拜东坡先生遗像》诗,云:

---

① 《全宋诗》第 39 册,第 24439 页。

蜿蜒回顾山有情，平铺十里江无声。孕奇蓄秀当此地，郁然千载诗
书城。高台老仙谁所写，仰视眉宇空峥嵘。百年醉魂吹不醒，飘飘风袖
筇枝横。尔来逢迎厌俗子，龙章凤姿我眼明。北扉南海均梦耳，谪堕本
自白玉京。惜哉画史未造极，不作散发骑长鲸。故乡归来要有日，安得
春江变酒从公倾。①

此诗与《玉局观拜东坡先生海外画像》诗相似，亦为拜东坡先生遗像而作。
首四句先写其地，紧扣诗题之"眉州"。《吴船录》云："眉州城外江，即玻璃江
也。"②《明一统志》载："玻璃江。在蟆颐山下，即岷江也。源出岷山，莹若玻
璃，因名。"③又载："蟆颐山。在州城东七里。自象耳山连峰壁立，西瞰玻璃
江，五十馀里，至此磅礴蹲踞，形类蟆颐，故名。"④如此可知眉山形胜，玻璃
江从眉山城东蜿蜒而过，蟆颐山"西瞰玻璃江五十馀里"。陆游此诗首二句
"蜿蜒回顾山有情，平铺十里江无声"，从玻璃江的视角，写其在眉山城东静
静流淌十数里，依偎山形，蜿蜒回顾，于山似有恋恋不舍之意。"孕奇蓄秀当
此地，郁然千载诗书城"，由地及人，写青山绿水，钟灵毓秀，地灵人杰，蔚然
成就一座千古诗城，引出诞生于此地的三苏父子。次八句进入主题，写"东
坡先生遗像"。画中苏轼如"老仙"，手持筇枝，衣袖飘飘，醉意蒙茸，神采超
然，眉宇之间流露出高旷深邃的神情，使得忙于逢迎凡夫俗子的陆游顿时心
开眼明，神清气爽。进而联系东坡一生行迹，指出苏轼本是天上仙人谪堕人
间，因此无论是待诏翰林还是远谪南海，无非一梦，以此表达对苏轼的无限
推仰之情，也是一种消解苏轼一生宦海沉浮命运多舛的方式。最后四句接
续上文对苏轼上天仙人的想象与塑造，认为眼前的画像过于凡常，未能充分
传达出苏轼的神仙气质，还有进一步提升的空间，即所谓"未造极"也。陆游
认为应该画作苏轼"散发骑长鲸"方能传神。最后呼应上文"醉魂"一语，想
象苏轼有朝一日能从天上回到故乡，陆游要将玻璃江化作美酒，与之沉酣痛
饮，一醉方休，表达对苏轼发自内心地的仰慕怀想之情。陆游又有《东坡像
赞》诗，云：

我游钧天，帝之所都。是老先生，玉色敷腴。顾我而叹，闵世垢浊。

① 《全宋诗》第 39 册，第 24456 页。
② 宋范成大撰，孔凡礼点校《吴船录》卷上，中华书局，2002 年，第 193 页。
③ 方志远等点校《大明一统志》卷七十一"眉州·山川"，巴蜀书社，2017 年，第 3171 页。
④ 《大明一统志》卷七十一，第 3168 页。

笑谓侍仙,畀以灵药。稽首径归,万里天风。碧山巉然,月堕江空。①

此诗写作时间不详,但写作对象相同,依然吟咏苏轼画像。对苏轼的认识和想象亦不变,只是改变了写作思路,将间接吟咏变为以梦境的形式与苏轼直接交往。《史记·赵世家》云:"赵简子疾,五日不知人。……居二日半,简子寤。语大夫曰:'我之帝所甚乐,与百神游于钧天,广乐九奏万舞,不类三代之乐,其声动人心。'"②陆游即借赵简子梦游钧天的形式,写其游天帝所居之地,拜见苏轼,见苏轼面色如玉,和颜悦色,感叹尘世污浊。陆游临行,请求侍仙,赐予灵药。"稽首径归"后,见"万里天风","碧山巉然,月堕江空",一派苍茫阔大、澄澈空明的景象。将钧天之景、神仙之境渲染得淋漓尽致,同时也烘托出苏轼的仙人形象,意象飘然,馀音袅袅,韵味悠长。

陆游其他涉及苏轼的诗作,苏轼形象亦大多有些仙化。淳熙五年六月东归道中作于黄州的《自雪堂登四望亭,因历访苏公遗迹,至安国院》③诗虽然只有一句直接描写苏轼,但称苏轼"老仙归侍紫皇案",则其形象与《东坡像赞》等诗如出一辙。

除梅尧臣、苏轼外,陆游对本朝文学的发展的其他重要人物,也均有吟咏。关于本朝文学的发展,陆游在《吕居仁集序》一文中有比较充分的论述,在厚古薄今的基本认识中,又对本朝文学给予充分的肯定,尤其是对北宋重要作家,极尽推崇之意。陆游云:

> 天下大川,莫如河江,其源皆来自蛮夷荒忽辽绝之域,累数万里而后至中国,以注于海。今禹之遗书,所谓岷积石者,特记禹治水之迹耳,非其源果止于是也。故《尔雅》谓河出昆仑墟,而传记又谓河上通天汉。某至蜀,穷江源,则自蜀岷山以西,皆岷山也。地断壤绝,不复可穷。河江之源,岂易知哉!古之学者盖亦若是。惟其上探虑羲、唐虞以来,有源有委,不以远绝,不以难止,故能卓然布之天下后世而无愧。凡古之言者皆莫不然。自汉以下,虽不能如三代盛时,亦庶几焉。宋兴,诸儒相望,有出汉唐之上者,迨建炎、绍兴间,承丧乱之馀,学术文辞,犹不愧前辈。如故紫微舍人东莱吕公者,又其杰出者也。④

---

① 《全宋诗》第 41 册,第 25733 页。
② 《史记》卷四十三《赵世家》,第 1786 页。
③ 《全宋诗》第 39 册,第 24467 页。
④ 《陆游全集校注·渭南文集校注》卷十四,第 124—125 页。

陆游在《书叹》一诗中,继承对本朝文学的推崇与揄扬之意,也表达了对近世文学现状的不满与批评。诗云:

> 三代藏宝器,世守参河图。埋湮则已矣,可使列市区。文章有废兴,盖与治乱符。庆历嘉祐间,和气扇大炉。数公实主盟,浑灏配典谟。开辟始欧王,畜畲逮曾苏。大驾初渡江,中原皆荒芜。吾犹及故老,清夜陪坐隅。论文有脉络,千古著不诬。俯仰四十年,绿发霜蓬枯。孤生尊所闻,秉节不敢渝。久幽士固有,速售理则无。世方乱珉玉,吾其老江湖。①

陆游此诗咏本朝文学并抒发个人的身世之感。首四句,远起势,谈文章,以宝器为喻,论本朝,从三代说起。称三代之时,所保藏的宝器河图世代守护,千古共秘。如果淹没沉沦,也就作罢,否则可以使之陈列街市,世人自有定价,以此比喻文章。苏轼《与谢民师推官书》云:"欧阳文忠公言文章如精金美玉,市有定价。"②认为文章可以得到世人的公正评价,陆游之论与之同调。此后十八句写中朝以来文学的发展,首以"文章有废兴,盖与治乱符",指出文学兴废与国家治乱相关,即刘勰所谓"文变染乎世情,兴废系乎时序"③之意。次以文学发展的实际情况印证之。"庆历嘉祐间,和气扇大炉。数公实主盟,浑灏配典谟。开辟始欧王,畜畲逮曾苏"六句写北宋文坛盛况。庆历嘉祐年间,天下太平,社会繁荣,文化昌隆,总喻之为"和气扇大炉",与之相应,几位文学巨匠先后主盟文坛,欧阳修、王安石开辟于前,曾巩、三苏耕耘于后,文坛呈现出一派浑浑灏灏的繁盛气象,这是盛世斯文的重要表现。陆游对此给予了热烈的歌颂,表达了强烈的向往与怀想之情。"大驾初渡江,中原皆荒芜。吾犹及故老,清夜陪坐隅。论文有脉络,千古著不诬。俯仰四十年,绿发霜蓬枯。孤生尊所闻,秉节不敢渝"十句写南渡之后的文学状况和个人经历感受。南渡之后,中原沦陷,偏安东南,文坛景象也与之类似,失去了往日的繁盛,变得荒凉寂寞。而"我"却得以陪侍文坛故老,清夜论文,探讨传承千年的文脉。此后四十年,黑发变霜蓬,但始终秉持故老垂训。陆游在此以文坛正宗自居,引以为豪。然而既然未能实现文坛复兴

---

① 《全宋诗》第 39 册,第 24405 页。

② 宋苏轼撰,明茅维编,孔凡礼点校《苏轼文集》卷四十九《与谢民师推官书》,第 1419 页。

③ 梁刘勰著,黄叔琳注,李详补注,杨明照校注拾遗《增订文心雕龙校注》卷九《时序》,中华书局,2012 年,第 538 页。

的局面,自己的正统地位也没有得到文坛的认可,又感到十分落寞。《唐宋诗醇》评此诗曰:"文章与时隆污,自古而然。后生小子侗规矩而改错,岂知老成之有渊源耶? 太白叹'大雅久不作',少陵云'文章千古事',高情远识,可以并读。"①可为陆游此论作一注脚。最后四句以世人珉玉不分,怀玉之士必当沉沦淹没而不显于世,终老江湖,不禁感喟不已。陆游另有《答邢司户书》一文,论及当时文学不辨珉玉,颇可与此诗相参②。

　　庆历嘉祐太平盛世及其文学是中朝繁盛的代表和体现,因此陆游总是饱含深情地加以歌颂和赞美,除欧阳修、王安石、苏轼外,论及黄庭坚亦称其为"元祐太史公,世宁有斯人"③。另有《观苏沧浪草书绢图歌》诗对苏舜钦的诗作和书迹给予热烈的歌咏,诗云:

　　　　天孙独处河之湄,龙梭夜织冰蚕丝。机头剪落光陆离,骑鲸仙人醉
　　题诗。字大如斗健欲飞,利刀猛斫生蛟螭。墨渴字燥尤怪奇,百魅潜影
　　神灵悲。呜呼束云作笔兮海为砚,激水上腾龙野战。乾坤震荡人始惊,
　　笔未落时谁得见。④

此诗咏苏舜钦书迹。王偁《东都事略》载:"苏舜钦,字子美。……为人倜傥不羁,尤长于古文、歌诗、行草,士大夫收之,以为墨宝。"⑤此诗所咏之书迹,乃苏舜钦题于绢画之作,故此诗首四句从"绢"咏起,称此绢乃织女在天河之滨,驱动龙梭,夜织冰蚕丝而成,机头剪落之时,光耀陆离,以写此绢之品质精良、非同凡品,为此卷上苏舜钦之题字作了铺垫和衬托,并以"骑鲸仙人醉题诗"引出苏舜钦题字,而"骑鲸仙人"这个意象是陆游对仙人的美好想象,多次以此称颂苏轼,这里用来指称苏舜钦,意在传达出苏舜钦的潇洒风神和超逸品格。以题诗之人与所题之绢均为神品,为苏舜钦之书迹营造出超凡脱俗的氛围。次八句则集中写"字"。写字形大如斗,矫健欲飞腾,以"利刀猛斫生蛟螭"形容之,写墨渴字燥,鬼魅怪奇,以"百魅潜影神灵悲"形容之,渲染出题字飞动凌踔、奇异神怪的特征。然后以更为阔大震撼的意境想象题诗的过程:以云为笔,以海为砚,书写之时如激水上腾,龙战于野,乾坤震

---

① 《唐宋诗醇》卷四十三,影印文渊阁四库全书本。
② 《陆游全集校注·渭南文集校注》卷十三,第89—90页。
③ 陆游《访青神尉廨借景亭盖山谷先生旧游也》,《全宋诗》第39册,第24457页。
④ 《全宋诗》第39册,第24745页。
⑤ 《东都事略》卷一百十五,第1005—1006页。

荡,一挥而就,落笔成章。陆游此诗以大胆的想象、瑰奇的意象、跳宕的节奏传达出苏舜钦题诗书迹的艺术特征,这是与苏舜钦的个性特征、文学特色与书迹神态相统一的美学风格,这是陆游匠心独运的选择和创造,取得了很好的艺术效果。陆游《题陈伯予主簿所藏秦少游像》诗又表达对秦观的景仰之情,诗云:

> 晚生常恨不从公,忽拜英姿绘画中。妄欲步趋端有意,我名公字正相同。①

此诗称自恨生也晚,不及从之游,至此恭敬参拜其画像中的英姿。后二句进一步申说,称之所以意欲追随秦观的脚步,规模仿效,是因为陆游之名与秦观之字相同。陆游字务观,秦观字少游,故有此句。此句化用王安石《谢安墩》诗"我名公字偶相同"句,而改"偶"为"正",见陆游对此"相同"表达荣幸欣喜之意,借此表现崇敬之情。

即便是对林逋、魏野等非一流的诗人及其文学,陆游也表达足够的尊敬和推崇。如《读林逋魏野二处士诗》诗云:"君复仲先真隐沦,笔端亦自斡千钧。闲中一句终难道,何况市朝名利人。"②《观渡江诸人诗》诗又表达了对南渡文学的独特认识,诗云:"中朝文有汉唐风,南渡诗人尚数公。正使词源有深浅,病怀羁思亦相同。"③其中对本朝文学的认识亦与上述所论一致,认为北宋文学不逊汉唐,甚至有出于其上者,南渡文学亦有不愧前辈、卓然杰出者,并且其中有共同的特征,即使文学水平有高下之别,但其中都有衰病之情、羁旅之思,揭示了南渡作家共通的文学创作心理。

小结:陆游咏史诗的个性化

通过以上对陆游咏史诗的论述,我们不难看出陆游咏史诗的有着鲜明的特点,即具有强烈的个性化倾向。陆游的一生,由从戎到归田,以及其间出仕与罢黜的反复经历,无不与当时特定的时代背景乃至南宋统治集团的内外政策有着紧密联系,正是抗敌与偏安的深刻时代矛盾的具体表现。陆

---

① 《全宋诗》第 40 册,第 25448 页。
② 同上书,第 25034 页。
③ 同上书,第 25485 页。

游的诗歌作品作为其人生经历的烙印与时代矛盾的反映，既具有南宋的时代特征，又具有陆游的个人特色，代表了宋代咏史诗在南宋发展的个性化倾向。

从历时的角度来看，陆游的咏史诗创作，与北宋王、苏、黄的咏史诗创作以及南宋后期刘克庄的咏史诗，也是大异其趣的。不仅表现为统一繁荣与分裂战乱的时代背景的巨大差异，更表现为诗人平和沉稳与热情激进的气质个性的显著区别。从共时的角度来看，以陆游为代表的中兴诗人的咏史诗创作都具有个性化的倾向，比如杨万里、范成大的咏史诗，也表现出明显的个性色彩，可谓各具面目，比如与同时代的王十朋的咏史诗相比，陆、杨、范的诗人之诗与王十朋的士大夫之诗是截然不同的。但陆、杨、范三者之间，在用力程度、个性化程度与艺术成就方面，陆游明显更高一筹，具有更鲜明的艺术个性和更高的艺术成就。总之，陆游咏史诗创作的个性化程度是南宋最高的，也是宋代咏史诗创作个性化的代表人物之一。陆游咏史诗个性化表现在以下三个方面。

一、情感贯注。陆游以抗金恢复为理想，矢志不渝，而陆游所处的腐败无能的南宋王朝，大部分时期都是以求和苟安为基本国策，也就注定陆游的志向和愿望不可能实现的结局，个体与时代产生了无法调和的矛盾。加之陆游具有的天真、单纯、热情的个性，使其恢复之志在挫折中更加慷慨，使其爱国之情在压抑中逾趋激越，积心志而成忧愤，最终迸发出来，倾泻而出，汇聚成奔放的情感激流，跌宕淋漓，深沉刻挚，郑师尹所谓"忠愤感激，忧思深远"①，从而把一腔豪情、满腹心事充斥于每一首诗当中。陆游诗中的感情不是一时兴起，是以其生命本色和纯真个性为基础的，普遍贯注于其所有诗歌作品。而历史人物、事件或情景从不同角度勾起陆游内心隐忧与情思，使其咏史诗情韵充沛，意趣绵渺，如杨万里称陆游蜀中所作诗为"重寻子美行程旧，尽拾灵均怨句新"②，凸出其幽愤怨怼之情。陆游晚年所作咏史诗表现出来的感伤哀叹、失意无奈，也是以悲愤激昂为底色的。因此，陆游咏史诗中情感的贯注充盈，置于整个宋代的咏史诗的创作背景下，也是独树一帜的。

王、苏、黄的咏史诗，即便是满腹牢骚，满怀情绪，发之于诗，也是含蓄内敛，沉潜婉转，含而不露，引而不发。南宋更多的咏史诗，没有主体投入和感

---

① 郑师尹《剑南诗稿序》，《全宋文》第 282 册，第 270 页。
② 杨万里《跋陆务观剑南诗稿二首》其一，《全宋诗》第 42 册，第 26338 页。

情贯注,比如王十朋的咏史诗,形同经筵讲义,有内容而无感情,刘克庄晚年的大部分咏史诗,形同文字游戏,有形式而无内容,更无感情,仅仅以才学为诗,以文字为诗,是无我之诗。与之相对,陆游的咏史诗,几乎全部是有为而作有感而发,几乎都是有我之诗。这是由其个性决定的,正如钱锺书先生所言:"其言之格调,则往往流露本相;狷急人之作风,不能尽变为澄淡,豪迈人之笔性,不能尽变为谨严。"①这就使感情贯注成为陆游咏史诗最大的特色,也是其咏史诗个性化最重要的一个方面。

二、诗人风致。陆游将满腔热情、志气与悲愤全部贯注到诗歌当中,然而诗歌毕竟是文学艺术,有其自身的规律,不同于思想情绪的简单记录与直白表述,而是要将思想情感艺术化地表达出来。陆游做到了这一点,从而形成其咏史诗个性化的另一个重要方面,即诗人风致。陆游怀揣着一颗抗金壮士的丹心,表现为才气超逸的诗人,其诗歌作品不是干枯的思想表达,不是泛滥的情绪宣泄,没有以理性吞噬情感,没有以情绪淹没美感,从而创作出情感深婉多致,意象丰润充盈,语言明快流畅,"感激豪宕、沈郁深婉"②的艺术风貌。以《明妃曲》诗试作说明,诗云:

> 汉家和亲成故事,万里风尘妾何罪。掖庭终有一人行,敢道君王弃憔悴。双驼驾车夷乐悲,公卿谁悟和戎非。蒲桃宫中颜色惨,鸡鹿塞外行人稀。沙碛茫茫天四围,一片云生雪即飞。太古以来无寸草,借问春从何处归。③

此诗十二句,分三节,每四句为一节。第一节写拟议。其中饱含着复杂的感情,"万里风尘妾何罪"、"王弃憔悴"不敢道,写其不甘,"和亲成故事""终有一人行",写其无奈,在不甘与无奈之间往复纠结,将万里和亲、风尘碌碌的愁苦不甘与事无旁贷、黾勉承命的怨望无奈写得悱恻缠绵。第二节写启程。颜色惨淡的昭君,启程前行。从蒲桃宫到鸡鹿塞,双驼驾车,夷乐悲戚,行人稀少,以环境之悲凉衬托昭君之心境,同时发出"和戎非"的拷问,而公卿不悟,尤见可悲。第三节写到达。黄沙茫茫,一望无边,片云飞雪,寸草不生,以大漠春难归写昭君汉难回,写出了昭君的绝望心境。

---

① 钱锺书著《谈艺录》(补订重排本)下卷,三联书店,2001年,第498—499页。
② 《四库全书总目》卷一百六十"《剑南诗稿》八十五卷",中华书局,1965年,第1380—1381页。
③ 《全宋诗》第40册,第24867页。

　　陆游坚决抵制和强烈反对投降苟合的政策，因此对所谓的"和亲"自然十分愤慨和痛恨，如《感愤》诗云"诸公尚守和亲策，志士虚捐少壮年"①，《陇头水》诗云"生逢和亲最可伤，岁辇金絮输胡羌"②，均通过对"和亲"的批判抨击朝廷的主和投降政策。昭君出塞是和亲的典型事件，也是批判和亲、反对投降的最好题材，而陆游所作却综合运用议论、描写、抒情等多种表现手法，将昭君出塞的过程、感受和心理从容有致地表现出来，并未简单地把这一题材变成和亲政策的典型进行批判，而是表现出了十分复杂的情感：既有效命王事的尽忠心态，也有对汉室和亲政策的反思心理，还有对昭君和亲离家万里、一去难返的哀叹与同情，是一首情景相生、情致缠绵、一唱三叹的咏史抒情诗，将王昭君出塞前后的情思表现得委曲婉转，既婉而多讽，又不落宋人明妃吟咏的议论窠臼。从中我们可以看到，陆游对历史题材的吟咏很少像王十朋、刘克庄那样，简单地将思想变成韵语形式，纯粹地表达历史感受或者意见，而是借助意象、形象表达饱满充实的主观感情或个人见解，形成情思饱满、意象丰盈的诗人之作。陆游的大部分咏史诗都作到了避免思想理智对情思意蕴的压制而产生的质木无文的弊端，也做到了避免情感抒发的袒露直率而产生的简单粗糙的缺点，还避免了语言风格同质化而产生的千篇一面的弊病，而是题材、情思、体裁多重因素综合考量，使得每一首诗都是独特的个体，而不是程序化、格套化的复制品。

　　三、风格多样。作为诗人的陆游，不仅保持诗人风致，创作出具有审美特质的咏史之作，而且大笔如椽，才气超逸，随物赋形，左突右冲，无往不利，不仅不同题材的诗作，各有不同，而且相同题材的咏史作品，也各具面目，体裁多样，风格各异，体现出了陆游极强的艺术创作力。

　　关于陆游成就最高的诗歌体裁，有多种说法，甚至因意见不同而针锋相对。如舒位推许七律，称陆游"专工此体，而集其成"③。李慈铭又盛赞其七绝，推为"绝调"④。潘德舆批评陈訏曰："夫谓陆之律胜于古，已属一误，又谓七律乃一生精力全注，尤不识其用力处也。"⑤赵翼亦在近体之外更尊其古体，认为："（放翁）律诗之工，人皆见之；而古体则莫有言及者。抑知其古体诗，才气豪健，议论开辟；引用书卷，皆驱使出之，而非徒以数典为能事；意

---

① 《全宋诗》第 39 册，第 24602 页。
② 《全宋诗》第 40 册，第 24951 页。
③ 孔凡礼、齐治平编《陆游资料汇编》，中华书局，1962 年，第 328 页。
④ 同上书，第 373 页。
⑤ 郭绍虞编选、富寿荪校点《清诗话续编》，上海古籍出版社，1983 年，第 2074 页。

在笔先,力透纸背。有丽语而无险语,有艳词而无淫词;看似华藻,实则雅洁;看似奔放,实则谨严:此古体之工力,更深于近体也。"①各家所论虽各执一词,但均言之有据,自难论定是非曲直,从中亦可见陆游多体皆工的特点。就咏史诗而言,陆游总能依据题材、立意选择合适的题材和风格予以表现。如上文提及的《明妃曲》诗,陆游不以批判和亲政策表达对求和苟且现实政治的不满,则选择容量更大的七言古体,将昭君出塞的过程、情景、感受都充分地表现出来了,诗意从容,情韵袅袅,与昭君出塞过程的戚戚怨怨、如泣如诉的氛围十分契合。

---

① 清赵翼著《瓯北诗话校注》卷六,第 235 页。

第五章 雅俗杂糅:刘克庄的
咏史诗及其通俗化

　　刘克庄(1187—1269),字潜夫,号后村,兴化军莆田(今属福建)人。宁宗嘉定二年(1209)以荫补将仕郎,十年真州录事,十一年,入江淮制置使李珏幕,十二年(1219)监南岳庙,焚少作千首,所馀诗作编为《南岳旧稿》。十四年,应广西经略安抚使胡槻辟,赴桂。理宗宝庆元年(1225)知建阳县,师事真德秀。端平元年(1234)为帅司参议官,二年除枢密院编修官,兼权侍右郎官,寻罢。嘉熙三年(1239),除广东提举,赴粤。淳祐六年(1246),召除太府少卿。面对言事,颇切时政,理宗嘉之,以"文名久著,史学尤精",赐同进士出身,除秘书少监,兼国史院编修官、实录院检讨官。景定三年(1262)权工部尚书、兼侍读,旋出知建宁府。五年因目疾以焕章阁学士致仕。度宗咸淳四年(1268)除龙图阁学士。五年卒,年八十三,谥文定。著有《后村先生大全集》(下文简称《后村集》)。①

　　刘克庄是南宋后期的代表作家,创作颇丰,水平参差,瑕瑜并见。在刘克庄长达60年的创作生涯中,其咏史诗创作贯穿始终,作品有六百馀首,虽然整体成就远不及中兴大家,但无论是创作数量之大,持续时间之久,表现形式之丰,足以代表南宋后期咏史诗的创作趋势和创作水平,通过对其咏史诗的深入考察,我们可以对宋代咏史诗的发展趋势以及南宋后期咏史诗的情况,有更全面具体的认识。

　　根据刘克庄的生活经历和创作情况,其咏史诗创作可以分为三个阶段。第一阶段称之为前期,是嘉定十二年(1219)三十三岁奉祠南岳之前,这一阶段传世作品数量很少,咏史之作占有一定的比重,显示出刘克庄对这一题材的情有独钟,但创作水准不高,有着明显稚嫩的特征。第二阶段称之为中期,是刘克庄奉祠南岳之后,至淳熙六年(1246)刘克庄六十岁之时。这是刘

---

　　① 以上参考《全宋诗》《全宋文》刘克庄小传。

克庄咏史诗创作的成熟期,题材广泛,意蕴丰盈,情感充沛,风格多样,充分展现出了其咏史诗创作的活力和水平。第三阶段称之为后期,是淳熙六年(1246)以后,刘克庄在最后二十馀年中,将其前期创作中已经出现的缺陷和弊端充分地表现出来,咏史诗创作水平呈现严重下滑的趋势,创作进一步呈现模式化、通俗化的倾向。因此四库馆臣称其"晚节颓唐,诗亦渐趋潦倒"[①]。以下结合具体作品,对其各个阶段的咏史诗创作作具体分析和阐述。

第一节 初露锋芒:刘克庄前期的咏史诗

刘克庄咏史诗创作的第一个阶段,是嘉定十二年(1219)奉祠南岳之前,作品主要是《后村集》第一卷中的诗作。卷首有小注云:"公少作几千首。嘉定己卯,自江上奉祠归,发故箧,尽焚之。仅存百首,是为《南岳旧稿》。"[②]此外,在《后村集》的其他部分也有一些明确标示"少作"的作品,创作水准近于第一卷中的诗作,也将其作为第一阶段的创作进行讨论。这一阶段的咏史诗大概有十馀首,既有游览各地名胜古迹有感而作、兼有咏史怀古性质的作品,也有初步尝试学习咏史创作的典型咏史诗。这部分诗作虽然数量不多,却是刘克庄诗歌创作的起点,因这些作品是经过删汰后保留下来的,自然是其中水平较高的部分,既显示出刘克庄少作的稚嫩,也呈现出了刘克庄咏史诗前期创作的生气及个人特色,对这些作品进行分析探讨也是很有必要的。

《后村集》开卷即是一首咏史诗《郭璞墓》,诗云:

> 先生精数学,卜穴未应疏。因将虎须死,还寻鱼腹居。如何师鬼谷,却去友灵胥。此理凭谁诘,人方宝葬书。[③]

《刘克庄集笺校》考证:"其(刘克庄)随父出使以至止于镇江,应即开禧三年下半年间事。……而郭璞墓在镇江金山,则应为开禧三年(1207)下半年在镇江所作无疑。"[④]其时刘克庄二十一岁。这是一篇比较成功的咏史之作。

---

① 《四库全书总目》卷一百九十五,中华书局,1965年,第1788页。

② 宋刘克庄著,辛更儒笺校《刘克庄集笺校》卷一,中华书局,2011年,第1页。

③ 《全宋诗》第58册,第36134页。

④ 《刘克庄集笺校》卷一,第2—3页。

此诗题为"郭璞墓"。陆游《入蜀记》卷一云："（乾道六年六月）二十八日。夙兴观日出，江中天水皆赤，真伟观也。因登雄跨阁，观二岛。左曰鹘山，旧传有栖鹘，今无有；右曰云根岛，皆特起不附山，俗谓之郭璞墓。"①元代王恽有《过郭璞墓》诗，小注云："墓在金山西北大江中流，乱石间有丛薄，鸦鹊栖集，望之如苍雪者，盖鸟矢也。"②此即金山郭璞墓的基本情况。历来选择墓地多为平旷爽垲之处，而郭璞此墓却在大江中流，殊悖常理，故刘克庄此诗紧紧围绕郭璞墓所在之地的特殊之处结构全篇。

《晋书·郭璞传》云："璞好经术，博学有高才，而讷于言论，词赋为中兴之冠。好古文奇字，妙于阴阳算历。有郭公者，客居河东，精于卜筮，璞从之受业。公以《青囊中书》九卷与之，由是遂洞五行、天文、卜筮之术，禳灾转祸，通致无方，虽京房、管辂不能过也。"③又云："璞以母忧去职，卜葬地于暨阳，去水百步许。人以近水为言，璞曰：'当即为陆矣。'其后沙涨，去墓数十里皆为桑田。"④可见，郭璞本精于数术，为其母卜葬之事尤见神奇。而其本人墓地却在大江之中，较之其母葬地"去水百步许"更加离奇，经历数百年依然未出现水陆变迁。因此此诗首联开门见山，直指其"疏"。接下来两联进一步展开，颔联写郭璞死因，《晋书·郭璞传》云："初，璞每言'杀我者山宗'，至是果有姓崇者构璞于（王）敦。敦将举兵，又使璞筮。璞曰：'无成。'敦固疑璞之劝峤、亮，又闻卦凶，乃问璞曰：'卿更筮吾寿几何？'答曰：'思向卦，明公起事，必祸不久。若住武昌，寿不可测。'敦大怒曰：'卿寿几何？'曰：'命尽今日日中。'敦怒，收璞，诣南冈斩之。"⑤故称其因"捋虎须"而死。而死后置身大江，故称其"寻鱼腹"而居。颈联指出郭璞尝受业郭公，得《青囊中书》九卷⑥，故称其"师鬼谷"，而死后却葬于江中，与涛神伍子胥为伴，故称其"友灵胥"。最后两句从以上奇异之处顺势引出疑问，郭璞本人卜葬之处尚且如此粗疏，而号称郭璞所作的《续葬书》却为世人所珍宝，殊为费解。宋人晁公武云："世传葬书之学，皆云无出郭璞之右者。今盛行多璞书也。……呜呼，璞自用其术尚如此，况后遵其遗书者乎？"⑦刘克庄此诗尾联正是此

①　《陆游全集校注·入蜀记校注》卷一，第38页。
②　元王恽著，杨亮、钟彦飞点校《王恽全集汇校》卷二十《过郭璞墓》，中华书局，2013年，第987页。
③　《晋书》卷七十二《郭璞传》，第1899页。
④　同上书，第1908页。
⑤　同上书，第1909页。
⑥　同上书，第1899页。
⑦　宋晁公武撰，孙猛校证《郡斋读书志校证》，第612页。

意。《全闽诗话》卷五引《小草斋诗话》谓后村此诗"盖笑璞择地之不审也"①,不如《郡斋读书志》所论的当。此诗着力点全在"虎须""鱼腹"、"鬼谷""灵胥"之对上,而"鱼腹居"与"友灵胥"意涉重复,是这首诗幼嫩的表现。再如《魏太武庙》诗云:

> 荒凉瓜步市,尚有佛狸祠。俚俗传来久,行人信复疑。乱鸦争祭处,万马饮江时。意气今安在,城笳暮更悲。②

关于魏太武庙,陆游《入蜀记》云:"过瓜步山,山蜿蜒蟠伏,临江起小峰,颇巉峻。绝顶有元魏太武庙,庙前大木可三百年。一井已眢,传以为太武所凿,不可知也。太武以宋文帝元嘉二十七年南侵至瓜步,建康戒严。太武凿瓜步出为蟠道,于其上设毡庐,大会群臣,疑即此地。"③北魏太武帝(字佛狸)于宋元嘉二十七年击败王玄谟后,在山上建立行宫,即后来的"佛狸祠"。此诗前两联点出瓜步市中此祠尚存,行人将信将疑。后两联则就祠而论,古今对照,写如今乱鸦争祭之处乃当年万马饮江、大兵压境之地。"乱鸦争祭处"或从辛弃疾"佛狸祠下,一片神鸦社鼓"化出,然而世事变迁,当年大会群臣的意气风发早已云消雾散,如今只有日暮时分城墙上传来的幽咽笳声。这是一首怀古兼咏史的诗作,但怀古而少情韵,咏史而嫌浮泛,亦是少作的稚嫩表现。

刘克庄嘉定三年(1210)解褐任江南西路隆兴府靖安县主簿,嘉定七年(1214)归里守制,在此期间有两首咏怀徐孺子遗迹的诗歌。一首是《孺子祠》诗,诗云:

> 孺子祠堂插酒旗,游人那解荐江蓠。白鸥欲下还惊起,曾见陈蕃解榻时。④

此诗乃刘克庄途经孺子祠时所见所感。徐孺子即徐稚,豫章南昌人,稚当汉末,执高义而不仕,郭林宗称之为"南州高士"。首二句写实,言孺子祠堂已成为酒馆,路人并不了解徐孺子的事迹,更无人以薄酒江蓠献祭凭吊。《后

---

① 清郑方坤编辑《全闽诗话》卷五,福建人民出版社,2006年,第249页。
② 《全宋诗》第58册,第36134页。
③ 《陆游全集校注·入蜀记校注》卷二,第45页。
④ 《全宋诗》第58册,第36146页。

汉书·徐稚传》载:"时陈蕃为太守,以礼请署功曹,稚不免之,既谒而退。蕃在郡不接宾客,唯稚来特设一榻,去则县之。"①此诗后二句言只有那欲下还起的白鸥,曾见陈蕃解榻接见徐稚的情景。以白鸥曾见与今人不知相较,见徐孺子在后世的落寞。此诗不着意属对,流畅自然,略有意趣。所咏之事,在当时亦曾引起反响,罗大经《鹤林玉露》载:"近时豫章尝于孺子亭卖酒,刘潜夫题诗云……帅闻之,亟令住卖。"②又有《徐孺子墓》诗云:

> 今晓安坟意,梅仙旧廨傍。醮成龙不至,罗设凤高翔。党锢人俱烬,先生骨尚香。小诗拈未出,何以侑椒浆。③

此诗作于刘克庄嘉定三年(1210)任靖安簿时。杨万里《寄题南昌尉厅思贤亭》诗序云:"南昌尉厅之右有孺子墓,墓前故有思贤亭。中更兵馀,亭毁墓湮。今尉剑津张敬之因葺公廨,披榛得墓。"④可知徐孺子墓与南昌尉廨相邻。汉梅福,曾为南昌尉,王莽时弃妻子入山,人以为仙去,是古代著名的得道仙人,称之为梅仙。刘克庄此诗即就徐孺子墓近南昌尉廨展开。首联即点明此意,写徐稚选择坟地近于梅仙尉廨,正是有意为之。颔联和颈联依次说明其意。汉末士大夫与宦官之间斗争激烈,百馀人遭受杀害流徙,此诗以"醮成龙不至,罗设凤高翔"比喻徐稚远离政治斗争,高蹈避世。故而党人受害俱尽,徐稚却遗世独立,化骨升仙,与梅福同道,从而将徐稚与梅福联系起来,即首句所云徐稚的"安坟意"。最后点明主旨,作小诗以"侑椒浆",表达对前贤的崇敬之情。此诗别出心裁,从徐孺子墓的位置特点入手,将其与梅福、升仙相联系,虽然新颖,但未免比附牵强,近于戏说。

　　嘉定十年(1217)春,刘克庄赴真州录事参军任,次年五月参金陵制帅李钰幕,建康居住。建康多名胜古迹,此时的刘克庄诗情勃发,写了数首游览古迹的怀古咏史之作。如《吴大帝庙》诗,近于怀古诗,诗云:

> 露坐空山里,英灵唤不回。久无祠祭至,曾作帝王来。坏壁虫伤画,残炉鼠印灰。今人浑忘却,江左是谁开。⑤

---

① 《后汉书》卷五十三《徐稚传》,第1746页。
② 宋罗大经撰,王瑞来点校《鹤林玉露》卷五,中华书局,1983年,第207页。
③ 《全宋诗》第58册,第36134页。
④ 宋杨万里撰,辛更儒笺校《杨万里集笺校》卷四二,中华书局,2007年,第2198页。
⑤ 《全宋诗》第58册,第36138页。

吴大帝庙,《景定建康志》卷四十四云:"吴大帝庙,在西门外清凉寺之西,旧传今庙即当时故宫。"①又云:"吴大帝庙,旧在城西门外,久已隳废,仅存荒基。"②首联从远处着笔,写庙立空山,英灵远去,感叹世事变迁,时光流逝。颈联走近祠庙,见久无祀祭,烟火萧条,与当日割据一方的赫赫帝王身份相比,尤增盛衰无常、沧桑变幻之感。颈联再次迫近,写壁坏生虫遂有虫伤之画,炉残灰冷而见鼠过之痕,均为久无人至、荒凉废弃之情状,寥寥数笔,简淡自然,刻画逼真,如在目前。最后感叹今人浑然忘却孙权开发江左的历史功绩,至令其庙荒芜如此!

《景定建康志》载陆景思撰《重建吴晋二帝两庙庙记》云:"金陵自秦有王气之占,后五百年,孙氏建都邑以当其数,而不知渡江自有一龙也。然龙蟠虎踞,则由孙氏发之,而始为帝王州。若吴与晋,俱酿食万世可也。今石头之西麓有大帝庙,或谓吴故宫,而图碣壹无所考。……吴庙去不五十步,丘垄之所侵冒,樵牧之所便安,破屋馀础,颓像露空,过者怆之。水心叶公作晋庙记,已谓邦人不记其王此土,矧能记吴大帝邪? 骚人访古,徒有悲吟。如曾景建'芦花枫叶几年无'之句,如后村刘公'今人浑忘却,江左是谁开'之句,犹数十年前事,后是可想矣。"③此《庙记》作于景定五年(1264),在刘克庄此诗五十年后,二者可相互参照。与吴大帝庙相对,又有晋元帝庙,因此刘克庄同时又有《晋元帝庙》诗云:

> 元帝新祠西郭外,野人吊古独来游。阴阴画壁开冠剑,寂寂丝窠上璪旒。势比龙盘犹在眼,事随鸿去不回头。叶碑廊下无人看,欲去摩挲又少留。④

《景定建康志》卷四十四云:"晋元帝庙,唐天祐二年置,旧在城内西北卞将军庙侧。国朝景德四年重修,后移就嘉瑞坊城隍庙东庑。嘉定五年黄公度作新庙于石头东,两庑设礼乐群英三十六像。"⑤《景定建康志》载陆景思撰《重建吴晋二帝两庙庙记》云:"今石头之西麓有大帝庙……其东麓则晋元帝庙也。嘉定五年,江淮制置使黄公度繇城隍徙焉,两庑设晋臣像凡三十有四,

---

① 宋周应合撰《景定建康志》卷四十四,第二十叶。
② 《景定建康志》卷四十四,第三十八叶。
③ 同上书,第三十九叶。
④ 《全宋诗》第 58 册,第 36143 页。
⑤ 《景定建康志》卷四十四,第二十叶。

王导、谢安特位于两房。"①刘克庄作诗之时,此庙甫落成数年,故此诗首句即点明此处为元帝新祠,再写诗人独来吊古。颔联则围绕"吊古",具体展开对庙貌的描写。写两庑壁间所绘晋臣画像,戴冠佩剑,相貌俨然,以见其祠之新,而元帝玉藻采旒之上却布满蛛网,可见日常疏于打理。颈联则宕开一笔,由眼前之庙想到烟尘往事,写建康城龙蟠虎踞之形胜如故,而司马氏之历史已如鸿雁高举,一去不返。最后以廊下看碑,欲去少留,依依不舍作结,抒发思古之幽情。刘克庄在金陵,又作《冶城》诗,诗云:

> 断镞遗枪不可求,西风古意满原头。孙刘数子如春梦,王谢千年有旧游。高塔不知何代作,暮笳似说昔人愁。神州只在阑干北,度度来时怕上楼。②

《景定建康志》卷二〇引《旧志》云:"冶城,金陵有古冶城,本吴冶铸之地。《世说叙录》云:丹杨冶城,去宫三里。今天庆观即其地。"③冶城本冶炼锻造兵器战具之地,故此诗首联从其名说起,言其地"断镞遗枪"已无从寻觅,只剩下原头西风和思古幽情。颔联即承"古意"而出,建康为东吴、东晋故都,即因此地追怀过往。然而,孙权、刘备等三国时期叱咤风云的英雄人物早已如春梦无痕,王导、谢安为代表的世家大族如今只剩下旧游之地,表现出对金陵旧史的怀想和怅惘之情。颔联追昔,颈联抚今,写眼下之景,亦不忘过往之情。见眼前高塔而追问建造时代,听远处暮笳似说昔日之愁,不知时代则迷惘,似说昔愁而感伤。刘克庄将这种迷惘和伤感在尾联中怯怯道出:"神州只在阑干北,度度来时怕上楼。"诗人之所以迟迟不敢上楼瞭望,只因中原故地只在栏杆之北,登楼遥望,则难免引起神州陆沉、山河破碎的感伤之情,因此不敢直面残酷的现实。三国和东晋都是国家分裂的时代,诗人抚今追昔,联系当前的国家境况和个人身世,表达了对历史的感慨、对当下的感伤。此诗有对过往历史的追怀,有对眼前情景的描摹,有对个人情感的抒发,意脉浑融,情感清切,尤其是尾联写情,以行动举止展现内心波澜,委曲有致,纤徐不迫,含而不露,将诗人对国家的关心以致不敢直面的胆怯等复杂的内心活动和情感世界细腻生动地表现出来,尤为感人。较之戴复古《江

---

① 《景定建康志》卷四十四,第三十九叶。
② 《全宋诗》第58册,第36143页。
③ 《景定建康志》卷二十,第十叶。

阴怀远堂》诗"最苦无山遮望眼,淮南极目尽神州"①二句,表达方式上少了一些沉郁豪放,但表达的感情却更加细腻深婉。此诗无疑是一首成功的咏史怀古之作。

刘克庄《冶城》诗所表达的感情很有时代特征。到了南宋中后期,整个社会都失去了斗争的勇气和进取的精神,收复失地、恢复故国变得越来越渺茫了。因此,即便到了冶铸兵器之地,也不会再想战场杀敌之事,还会有不敢登楼的胆怯和逃避。而王十朋有《宋武帝庙》②诗,所咏之地有相似之处,却表现出来不一样的感情,诗云:

> 规模仍旧晋乾坤,遗恨于今失所尊。庙食铁山精爽在,铸兵思欲定中原。③

后二句认为刘裕庙食大冶县铁山,自然有精魂在此,大概是希望以铁山之铁,铸造军器,北定中原。王十朋以借刘裕之口表达其恢复之志。从这两首表达的情感,可见南宋初年到末年之间,时代的变迁与诗人心态的变化。同样作于建康的咏史诗还有《新亭》诗,诗云:

> 此是晋人游集处,当时风景与今同。不干铁镞楼船力,似是蒲葵麈柄功。几簇旌旗秋色里,百年陵阙泪痕中。兴亡毕竟缘何事,专罪清谈恐未公。④

新亭是东晋王公大臣聚会之地,《景定建康志》卷二十二载:"新亭,亦曰中兴亭,去城西南十五里,近江渚。"⑤《世说新语》记载过江诸人新亭对泣的著名掌故⑥,所述正是在神州陆沉的情况下,过江诸公生活状态与精神活动的生动写照,传颂千古。同样是半壁江山的南宋士人对这一段掌故尤其能够感同身受,引发共鸣。刘克庄此诗首联即从这段掌故写起,指出眼前的新亭即是当年东晋过江诸人游览集会之地,当日之风景与今时别无二致,同时暗示

---

① 宋戴复古著,金芝山点校《戴复古诗集》卷七,浙江古籍出版社,2012年,第210页。

② 自注:在大冶县铁山。

③ 《全宋诗》第36册,第22804页。

④ 《全宋诗》第58册,第36144页。

⑤ 《景定建康志》卷二十二,第十二叶。

⑥ 南朝宋刘义庆撰,梁刘孝标注,杨勇校笺《世说新语校笺》,第80页。

今日亦有"山河之异",指出了南宋与东晋的相似处境。对于这段掌故,后人多作为东晋王公专事清谈、耽于享乐、荒废国政的典型事例加以批判,而刘克庄此诗则就此翻案,认为西晋初年完成平吴一统,实与东吴铁锁、王浚楼船无关,而主要是挥麈清谈之士的谋划之功。《晋书·羊祜传》云:"祜卒二岁而吴平,群臣上寿,帝执爵流涕曰:'此羊太傅之功也。'"①从而为清谈之士翻案,有理有据,尤为精警,令人信服。因此《全闽诗话》卷五引《稗史汇编》云:"刘后村诗云:'兴亡毕竟缘何事?专罪清谈恐未公。'此名言也。"②颈联宕开一笔,从历史回到现实,先写眼前景:秋色之中,边关营垒,旌旗招展;再写心中事:中原故地,陵阙荒废,令人神伤。尾联再次回到历史,接续颈联话头,既明确所翻之案,指出山河分裂,克复艰难,"专罪清谈恐未公",进一步借以探讨兴亡成败之原由,以"兴亡毕竟缘何事"表达对现实的关切、感叹和思考。此诗布局有法,议论生风,笔法疏宕,不失为刘克庄的咏史佳作。

另外,还有《魏胜庙》诗,则更加直接了表达了刘克庄对战争兴亡的感慨与愤激之情,诗云:

> 天与精忠不与时,堂堂心在路人悲。龙颜帝子方推毂,猿臂将军忽死绥。洒泣我来瞻画像,断头公耻立降旗。海州故老凋零尽,重见王师定几时。③

魏胜是南宋初年强力抗金、英勇就义的将领,就义之后,"诏于镇江府江口镇立庙,赐号褒忠"④。(万历)《丹徒县志》卷二载:"褒忠祠,在银山下,祀宋忠州刺史魏胜。胜与金人战,死之。隆兴间赠以节钺,赐谥立庙。"⑤刘克庄此诗即拜谒魏胜褒忠祠而作。首联开门见山,直接表彰魏胜之精忠,并以上天赐予朝廷精忠之士却不能使之长寿而感到惋惜,途经其庙的路人亦为其耿亮忠心而感动伤悲。额联回顾史事,指出当时皇帝正是急需人才、重用爱国将领之时,而魏胜却因孤立无援而战死沙场,既概括了魏胜一生的功绩,也为其

---

① 《晋书》卷三十四《羊祜传》,第 1023 页。
② 《全闽诗话》卷五,第 246 页。
③ 《全宋诗》第 58 册,第 36144 页。
④ 《宋史》卷三百六十八《魏胜传》,第 11461 页。
⑤ (万历)《丹徒县志》卷二,明万历刻本,第三十九叶。

功业未竟感到惋惜。《宋史·魏胜传》称其"多智勇,善骑射,应募为弓箭手"①,"能左右射"②,其中"猨臂将军"点明了魏胜擅射的特征。颈联进一步点明魏胜宁死不屈的忠义精神以及诗人前来拜谒的伤感之情。尾联回到对现实的关怀,已经数十年过去了,当年的海州故老如今已经凋零殆尽,却没能再次看到朝廷的军队到来,抱恨终身,赍志而殁。这既是海州故老的遗憾,也是整个南宋士人的悲哀。不仅如此,这两句也是有历史背景的。《宋史·魏胜传》载:"金主初命造海舰,欲分军入苏、杭,悉以中原民操舟楫。民家送衣裘者相告语,俟王师至即背之。及(李)宝舟入岛中,适北风劲,舟不进。有顷反风,金人舣舟于岸,操舟者望见宝舟,谬云此金国兵也,俾皆入舟中。舟忽至,金人不知,宝纵火焚其舟。舟以赤油绢为帆,风顺火炽,操舟者皆登岸走。金兵在舟中者,坐以待缚,载之槛车,悉获其舟。"③在这场战役中,中原民众与"王师"合力抗击侵略的壮举及其渴望恢复的热切心愿均显露无遗,然而此后再也没有机会见到朝廷军队到达,更无合力抗敌的机会,刘克庄以此表达了对朝廷妥协求安、忍辱求和的投降政策的不满,对恢复无望的伤感。

刘克庄这一时期的咏史创作,除了上述兼有咏史怀古性质的诗作外,还有三首吟咏曹操、孙策、刘备的诗歌,标示"少作",是典型的咏史诗,虽然无明确作年,但将"少作"定为三十岁之前所作大致没有问题,从创作的具体情况来看,明显具有早年学习写作的痕迹,如《曹孟德》诗云:

> 精舍观书二十年,偶窥沸鼎出馋涎。小豪已草黄巾檄,老大遭烧赤壁船。半夜宫嫔和泪诀,当时汉禅只心传。后来仍有朱三辈,欲比英雄恐未然。④

此诗咏曹操,前三联依先后顺序叙写曹操一生事迹。首联写熹平三年(174),曹操始举孝廉,入京都洛阳为郎,其年曹操二十岁,故称其"精舍观书二十年",因见天下大乱,故有逐鹿中原之意。颔联写中平元年(184),黄巾起义爆发,曹操为骑都尉,受命与皇甫嵩等人合军进攻颍川的黄巾军,大破之,斩首数万级。此时曹操三十岁,仅为很小的军事首领,故称其为"小豪"。

---

① 《宋史》卷三百六十八《魏胜传》,第 11455 页。
② 同上书,第 11458 页。
③ 同上书,第 11457 页。
④ 《全宋诗》第 58 册,第 36738 页。

至建安十三年(208),曹操五十三岁时,赤壁一战,败走华容,所谓"老大遭烧赤壁船"之意。在曹操人生大事中,提取"黄巾""赤壁"属对,精巧工致。颈联则写临终留下《遗令》:"吾婢妾与伎人皆勤苦,使著铜雀台,善待之。于台堂上安六尺床,施繐帐,朝晡上脯糒之属,月旦十五日,自朝至午,辄向帐中作伎乐。"①故诗称其"半夜宫嫔和泪诀"。关于迫使汉献帝禅位,改朝换代之事,却不见于《遗令》,故称其为"心传"。如此将曹操平生重大关节叙述一过,已是强弩之末了。故尾联宕出一笔,写唐末五代朱温亦效仿曹操挟天子以令诸侯、禅让夺权,却未能如曹操一世英雄。此诗作为早年咏史诗,虽然不算精彩,但中规中矩,已可见其用心之处。《孙伯符》诗咏孙策,诗云:

> 霸略谁堪敌伯符,每开史册想规模。一千扫众横江去,十七成功自古无。不分老瞒称獢子,便呼公瑾作姨夫。君看末命尤奇特,指顾张昭为托孤。②

与咏曹操不同,此诗首联总括孙策的成就和地位,认为孙策的霸王谋略无人可敌,每次翻开史册都会企慕其才具气概。后三联依次写其一生功业。初平二年(191),孙坚被杀,此时孙策年仅十七岁,即谋划为父报仇以及孙吴政权的建立与发展大业。在对言而无信、反复无常的袁术彻底失望后,带领从袁术那里讨还的孙坚旧部一千馀人回到江东发展,先后扫荡江东军阀诸侯势力,短短三四年间平定吴越、江东一带,占领江东六郡。裴松之注引《吴历》云:"曹公闻策平定江南,意甚难之,常呼'獢儿难与争锋也'。"③即便是孙策临终托孤张昭之际,亦充分显示出其奇谋远略。此诗与《曹孟德》诗大体相当,然"便呼公瑾作姨夫"一句,所叙之事与所要表现孙策的英雄气概殊为疏离,同时也显示出了刘克庄咏史世俗趣味的端倪。《刘玄德》诗咏刘备云:

> 老瞒虐焰市朝空,宗室惟馀大耳翁。汉贼有谁分逆顺,关河无地着英雄。紫髯久矣营江表,黄屋萧然寄峡中。可惜姜维胆如斗,功虽不就有馀忠。④

---

① 三国曹操著《曹操集·文集》卷三,中华书局,2013年,第2版,第58页。
② 《全宋诗》第58册,第36738页。
③ 《三国志》卷四十六《孙策传》,第1109页。
④ 《全宋诗》第58册,第36738页。

其章法与前二首又不同,夹叙夹议,一贯而下。写汉末曹操挟天子以令诸侯,把持朝政,气焰煊赫,只手遮天,目空朝野。此时只有汉室宗亲刘备(刘备耳大,俗称大耳翁)可与曹操较量抗衡。对于曹操的倒行逆施,世人大多已不辨顺逆是非,致使刘备这样的英雄人物惶惶无栖身之所。经赤壁一役,孙权稳固了经营已久的江东,刘备也得到了巴蜀。在刘备、诸葛亮死后,胆大如斗的姜维多次北伐中原,继续推进刘蜀的未竟之业,虽然未能成功,也显出了赤胆忠心。此诗表现出了典型的拥刘反曹的思想倾向,是刘克庄咏史诗理学化、道德化倾向的反映。

刘克庄早年的这些咏史诗,或多或少都存在一些问题,表现了创作初期的稚嫩特点。比如《郭璞墓》诗,"还寻鱼腹居""却去友灵胥"二句意涉重复,《魏太武庙》诗"俚俗传来久,行人信复疑",句弱无力。《徐孺子墓》诗将徐稚神仙化,则近于戏说,颈联"醢成龙不至,罗设凤高翔"二句属对亦有合掌之嫌。《魏胜庙》诗"洒泣我来瞻画像,断头公耻立降旗"一联,明显凑泊痕迹,前一句浮泛无力,后一句"断头""立降旗"均无史事依据,而是出于对偶而作的概括。《刘玄德》诗,尾联虽然也是宕开一笔,但写姜维胆大精忠,则难免离题之嫌。《孙伯符》诗通篇写孙策的英勇卓异,而"便呼公瑾作姨夫"句,内容凡俗,趣味平庸,以之对"不分老瞒称猘子"句软弱无力,从而使得整首诗意脉断裂,不得不称之为败笔。另外,这些咏史诗也体现出了刘克庄思想庞杂混乱的特点,《刘玄德》诗称曹操为"老瞒""汉贼",《曹孟德》诗又称其为"英雄",这一特点在刘克庄后来的咏史创作中依然存在。刘克庄咏史诗的全面成熟,需要到下一阶段才能真正实现。

第二节　大展身手:刘克庄中期的咏史诗

刘克庄咏史诗创作的第二阶段是其奉祠南岳之后,至淳熙六年(1246)60 岁之时。刘克庄咏史诗创作在奉祠南岳后迅速成熟,并且创作出了具有很高水准的咏史之作,从而进入近 30 年的咏史诗创作高潮期。刘克庄这一时期的咏史诗创作既有延续前一阶段兼有咏史、纪行、怀古性质的作品,也有典型的咏史诗,并且写得十分成熟,其中包括在两年时间内集中创作的200 首咏史诗——两组《杂咏一百首》,既体现出其强大的创作力,也充分显示出了其咏史诗创作的重要特点。

一、纪行咏史

在第二阶段近三十年的时间内,刘克庄游宦各地,来往于广西、福建、广东、临安等地,游宦之地与旅途所经的名胜古迹,以及与之相关的掌故逸闻,都引起诗人对历史的追怀与感慨,进而形之于诗,创作了大量兼有咏史、纪行、怀古性质的诗歌,主要集中在两个时期:一是嘉定十四年(1221)冬至次年年底这一年多的时间,刘克庄赴广西经略安抚使胡槻辟,在入桂、居官、出桂过程中,创作了大量咏史怀古之作;二是嘉熙三年(1239),刘克庄除广东提举,入粤赴任,道出潮惠,谒韩愈祠宇,访东坡旧迹,写了不少咏史怀古之作。

刘克庄在入桂途中,路出湘潭,登南岳后,从岳市启程,作《发岳市三首》诗,此诗似为纪行,而实为咏史。范成大《骖鸾录》云:"岳市者,环皆市区,江、浙、川、广种货之所聚,生人所须无不有。"[1]其地并无历史遗迹,仅仅是刘克庄因其地而怀人,表达对本朝诸贤的怀想与企慕,以及对其身世和遭际的同情。《发岳市三首》诗其一云:

> 岳下无耆老,何从访旧闻。不知紫岩墓,更隔几重云。[2]

张浚葬于南岳附近,朱熹《少师保信军节度使魏国公致仕赠太保张公行状》云:"(张浚)葬于衡山县南岳之阴丰林乡龙塘之原。"[3]刘克庄故于其地怀想及之,因其人已逝,无耆宿故老可资询访,只能揣想其墓不知在几重云外,以此表达对先贤的仰慕之情。《发岳市三首》诗其二云:

> 明仲窜蛮烟,钦夫弃盛年。空令后死者,有泪滴遗编。[4]

此诗写胡寅和张栻。胡寅,字明仲,绍兴十三年罢知永州,归寓南岳(今湖南衡山)。二十年,坐李光狱事,责授散官,新州(今广东新兴县)安置,故云"窜蛮烟"。张栻,字钦夫,乾道六年(1170)还朝尚不足一年,即遭到宰相虞允文以及孝宗近臣的不满,并将其排斥离朝。乾道七年冬,归长沙故居,在长沙

---

① 宋范成大撰,孔凡礼点校《骖鸾录》,中华书局,2002年,第54页。
② 《全宋诗》第58册,第36206页。
③ 《全宋文》第252册,第264页。
④ 《全宋诗》第58册,第36206页。

主持岳麓书院,教授后学,长达三年之久。其时张栻年仅四十岁左右,故称"弃盛年"。刘克庄对这两位南宋大儒遭受奸佞小人排挤的遭遇感到愤慨与同情,不禁泪滴遗编。

刘克庄到任之后,与同僚寻幽访古,诗情勃发,创作了多首咏史怀古诗。如桂地有秦城遗址,《舆地纪胜》云:"秦城,《桂林志》云:'在兴安县。秦始皇二十三年筑以限越。'"①宋周去非《岭外代答》卷十"秦城"条云:"湘水之南,灵渠之口,大融江、小融江之间,有遗堞存焉,名曰秦城,实始皇发谪戍五岭之地。秦城去静江城北八十里,有驿在其旁。"②刘克庄有《秦城》诗云:

> 缺甓残砖无处寻,当年筑此虑尤深。君王自向沙丘死,何必区区戍桂林。③

此诗从眼前写起,言当年秦始皇筑城于此,如今残砖片瓦已无处寻觅,枉费了当年的"深谋远虑"。后二句进一步加以引申,予以讽刺。写秦始皇晚年巡视途中病死沙丘,而又何必大费周章、不远万里谪戍五岭之地呢?秦城后世无传,当世无用,此诗从时间和空间两个角度写秦城之毫无意义,讽刺秦始皇筑城机关用尽却是枉费心机。

桂林又有訾家洲,《舆地纪胜》载:"訾家洲,在临桂县东二里。唐柳宗元云:'桂州多灵山,在左曰漓水,水之中曰訾氏之洲。'"④《明一统志》卷八十三云:"訾家洲,在府城东南。先是訾家所居,因以名之。虽巨浸不能没,自古以为浮洲,唐柳宗元有记。"⑤刘克庄寻访其地,作《訾家洲二首》诗,其一云:

> 来访唐时事,荒洲暮霭青。遍生新草棘,难认旧池亭。毁记欺无主,存祠怕有灵。今人轻古迹,此地少曾经。⑥

此诗近于访古诗,写眼下实景:暮霭荒洲,祠碑残毁,池亭难觅,荆榛丛生,人

---

① 宋王象之编著,赵一生点校《舆地纪胜》卷一百三,浙江古籍出版社,2013年,第2458页。
② 宋周去非著,杨武泉校注《岭外代答校注》卷十,中华书局,1999年,第400页。
③ 《全宋诗》第58册,第36208页。
④ 《舆地纪胜》卷一百三,第2470页。
⑤ 方志远等点校《大明一统志》卷八十三,巴蜀书社,2017年,第3667页。
⑥ 《全宋诗》第58册,第36209页。

迹罕至,一派荒凉景象。其二更加注重对历史的追怀,诗云:

> 裴柳英灵渺莽中,鹤归应不记辽东。遗基只有蛩鸣雨,往事全如鸟印空。溪水无情流瀄瀄,海山依旧碧丛丛。断碑莫怪千回读,今代何人笔力同。①

柳宗元《桂州裴中丞作訾家洲亭记》记裴行立作亭经过及登临之所见所感。此诗首联即表达对柳宗元、裴行立的追怀:古人早已远去,如今已无追陪的机会,只有感叹其英灵淹没在一望无际的浩渺烟波之中。诗人认为,即便羽化登仙,亦可如丁令威一样化作白鹤归来。然而,如此亦不可得,故言白鹤或已忘却辽东之所在。此联委曲深致地表达了对前贤的怀想之情及其一去不返的叹惋之意。接下来两联以写景为主,但这些景物已非纯客观的景物,完全笼罩在诗人的追怀和叹惋之情当中:往事如鸟印,空空如也,遗基在雨中,蛩鸣唧唧,在逝去与残存的映衬中,尤能体现历史如烟似梦;溪水瀄瀄流淌,海山丛丛碧立,又在逝去与永恒、人世有情与山水无情的对比中,体现诗人对前贤往事追怀的悲悯之情。最后两句诗人将这种感情付诸行动,摩挲断碑,反复辨读,不禁感叹其笔力雄健,当代难有其匹,既丰富深化了诗歌的意蕴,也点明了此前对古人追怀的原因。此诗首句"裴柳"并举,而"遗基"侧重裴,"断碑"侧重柳,虽有布置之功而不见斧凿之痕,殊为高妙。此诗情思绵渺,景入情中,颇具唐诗风致。

桂林又有尧、舜二庙,亦为当地胜概,刘克庄均有诗咏之。《舜庙》诗云:

> 粤俗安知帝,遗祠亦至今。青山人寂寂,朱户柏森森。雨打荒碑缺,苔封古洞深。曾闻张侍讲,来此想韶音。②

《太平寰宇记》载桂州临桂县有"舜庙",云"虞山之下,是祠舜设庙之处"③。首联以此地有舜庙而奇,言百越蛮荒之地怎知尊崇尧舜二帝,此地竟有遗祠留存至今。此句虽在《舜庙》诗中,实兼《尧庙》诗而言,故统称"帝"称"祠"。次二联写景,青山阒静,人声寂寂,朱户萧条,松柏森森,雨打碑缺,洞古苔深,一派寂寞萧疏景象。《桂胜》云:"虞山出自北城,山起东隅,漓水漾其左,

---

① 《全宋诗》第 58 册,第 36209 页。
② 同上书。
③ 宋乐史撰,王文楚等点校《太平寰宇记》卷一百六十二,第 3102 页。

黄潭萦其后。下有洞曰'韶音',入洞面潭,水石清漪。其地一名曰'皇泽湾'。洞南平原,舜祠在焉。前则古松数十株,樛枝密叶,交撑互拥,圆若轩盖,长若旌幢,仿佛有驾苍虬、翼翠凤、远巡南表之状。于后则重巘上盘,平障倒列,又若负扆南向。"①所描绘舜庙周边景象可与此诗相参。南宋名臣张栻于淳熙元年(1174)知静江府,于舜庙旁辟洞,名之韶音,并作记云:"始,栻既新帝之祠,得新安朱熹为之记,命工人度山之崖,磨而镌之,偶发石而得斯洞。凿其下石之啮足者,翦其北林薄之翳目者,而地之胜有若天成焉,名之曰'韶音洞',盖淳熙三年秋也。"②尾联从此地此景联想到南宋名臣张栻知静江府事,故称其曾于此地缅想韶音。

与舜庙相对又有尧庙,《桂胜》引《风土记》云:"尧山在府之东北,隔大江与舜祠相望,遂名'尧山'。山有庙,绝灵,四时公私飨奠不绝。北接湖山,连亘千馀里,天将降雨则云雾四起,逡巡风雨立至,每岁农耕候雨,辄以尧山云卜期。"③刘克庄《尧庙》诗云:

> 帝与天同大,天存帝亦存。桑麻通绝徼,箫鼓出深村。水至孤亭合,山居列岫尊。尚馀土阶意,樵牧践篱藩。④

首联歌咏尧帝,称其与天同大,与天共存。次两联写尧庙周边景象,极远蛮荒之地,桑麻沃野,箫鼓追随,水绕孤亭,山尊列岫,一派淳朴祥和气象,虽是景物描写,其中亦蕴含儒家之社会理想,暗示着尧帝精神与儒家教化之濡染浸润。最后两句再次点明尧之精神遗存:"环桂山皆石,此独积土。"⑤保存唐尧以土为阶、崇尚俭朴之遗意。"樵牧践篱藩",亦可见尧帝不与民争利之精神。

与訾家洲不远有慈氏阁,《桂胜》载张釜等题名云:"丹阳张金⑥以绍熙甲寅正月四日……食已,泛舟龙隐,遂过訾家洲,访水月洞,登慈氏阁,从容竟日而归。"⑦从中可见慈氏阁之大致方位与周边景致。刘克庄有《慈氏阁》诗云:

---

① 明张鸣凤著,杜海军、阎春点校《桂胜》卷十四,中华书局,2016 年,第 209 页。
② 宋张栻著,杨世文点校《张栻集·南轩先生集补遗》,中华书局,2015 年,第 1470 页。
③ 《桂胜》卷十五,第 221—222 页。
④ 《全宋诗》第 58 册,第 36214 页。
⑤ 方志远等点校《大明一统志》卷八十三"桂林府·山川",巴蜀书社,2017 年,第 3662 页。
⑥ 整理本《桂胜》注云:"'金',《石刻辑校》作'釜'。"小山按:此题名有拓片传世,作"张釜",可参。
⑦ 《桂胜》卷二,第 25—26 页。

　　阁建五季时,丹碧晃层累。吾行半区中,巨丽莫与比。想方营综时,霸心极雄侈。但思穷耳目,宁论竭膏髓。一朝陵谷变,飞电扫僭窃。湘波日夜流,不洗争篡耻。惟存浮屠居,愿力久未毁。夕阳吊陈迹,危槛聊徙倚。遥怜下界热,高处凉如水。若非逼严钥,坐待钟声起。①

　　此诗首四句写此阁之修建历史和外在形制。五代十国时期,马殷建立南楚政权,其弟马賨为静江军节度观察使,于桂林创建此阁。故首句即点明创建时间,诗题自注"马氏建"。然后写其形制巨丽壮美,诗人履历所见,无与伦比。孙觌《鸿庆居士集》卷三有诗,题为:"永宁寺佛阁,五代末马氏据有荆广时,其子賨所营也。阁二百年,壮丽如故,有画像存焉,状貌魁梧,称其阁云。"②可与刘克庄此诗参观。次八句对马氏筑建此阁进行评论,认为其营建之时,极逞其偏霸之心,穷奢极丽,僭规越礼,搜刮民脂民膏,恣极耳目之好。然而不久即被北宋朝廷剿灭,日夜奔流的湘水不足以清洗其争夺篡伪之耻。张孝祥《于湖居士文集》卷三《登马氏永宁阁和朱漕元顺分韵》诗亦有"佛宫昔谁营?犹挟盖世气。应惭割据丑,稍识苦空味"③之句。刘克庄所论与张孝祥相近,都是站在宋廷的立场上,展现出王霸之辩、正闰之别的正统观念。后八句表达诗人观览此阁的感受。写此阁因佛祖所在,愿力加持,而保存至今,诗人于夕阳下,徙倚危槛,凭吊古迹,感受清凉如水而流连忘归。刘克庄的咏史之作,以近体为主,古体诗尤其是长篇古体并不多,其在桂林时期却集中创作了多首长篇古体诗,而且水平较高,是其创作成熟的重要表现。而《慈氏阁》诗描画自然,议论生风,章法谨严,即是其中的代表作之一。同时所作,还有《曾公岩》《伏波岩》等诗,均十分出色。《曾公岩》诗咏即曾布,诗云:

　　广室内嵌空,层峰外巍嵬。仰视骇悬石,俯践愁滑苔。古窦风肃肃,阴涧泉洄洄。飞梁跨其间,上可陈尊罍。爱凉复畏湿,当暑重裘来。名岩者谁欤,兄固弟子开。忆昔建中初,国论几一回。惜也祖荆舒,卒为清议排。至今出牧地,姓字留苍崖。踌躇增叹慨,日入禽声哀。④

---

① 《全宋诗》第58册,第36215页。
② 《全宋诗》第26册,第16938页。
③ 《全宋诗》第45册,第27740页。
④ 《全宋诗》第58册,第36216页。

《桂海虞衡志》云:"曾公洞,旧名冷水岩。山根石门砑然,入门,石桥甚华,曾丞相子宣所作。有洞水,莫知所从来,自洞中右旋,东流桥下,复自右入,莫知所往,或谓伏流入于江也。度桥有仙田数亩。过田,路窄且湿,俯视石罅尺馀,匍匐而进,旋复高旷,可通栖霞。"①此诗前十句写"洞",写诗人既爱凉又畏湿,故当酷暑之日,竟着重裘而来。首写其整体状态,洞内空阔如广室,洞外巍峨有层峰,次写具体细节,上见悬石而骇,下践滑苔而愁,阴风肃肃,洞泉洞洞,飞梁之上,可陈尊罍,次序井然地交代了此洞内外的情况。次十句论"曾公"曾布,以"名岩者谁欤,兄固弟子开"引出,进而评述曾布一生的政治轨迹。曾布早年是王安石变法的积极拥趸者和重要参与者,在熙宁变法的关键时期发挥了至关重要的作用。王安石所谓:"自议新法,始终言可行者,曾布也。"②虽然他后期政治立场较为中立,仍不为清议所容,诗人对此深表同情。最后归到曾公岩,事过情迁,诗人来到曾布曾经的出守之地,看到此地仍然保存着以其人命名的岩洞,内心五味杂陈,于日暮禽鸣中,徙倚徘徊,抚今追昔,感慨万千。刘克庄对党争非常敏感,对新党亦往往持否定态度,而在此诗中对曾布的态度却很委婉,表达了更多的同情和尊敬。《伏波岩》诗与《曾公岩》诗十分相似,描画简劲,议论风生,颇有宋诗以议论为诗的典型风致,文繁不赘。

以上即刘克庄在桂林所作咏史怀古之作,于当地诸多历史遗迹均形之于诗,集中创造了体裁不同、风格各异的诗作,表现出了刘克庄此时浓厚的创作兴趣和强大的创作能力。这种兴趣和能力,在刘克庄出桂还乡的途中,依然延续,又创作了一系列咏史怀古之作。

刘克庄嘉定十五年(1222)年冬出桂,沿湘江顺流而下,先后经过兴安、全州、永州,从湖南出江西而还乡。一路游观名胜古迹,颇多怀古之思,亦多咏史之作。

首先经过静江府兴安县境内的一处重要水利工程——铧觜和灵渠。《黄氏日抄》卷六十七《范石湖文》云:"铧觜者,在桂之兴安县五里。秦史禄迭石坛,前锐如铧,迎海阳水分为南北,即湘漓二水,南流为漓,北流为湘。"③周去非《岭外代答》卷一"灵渠"云:"湘水之源,本北出湖南;融江,本南入广西。其间地势最高者,静江府之兴安县也。昔始皇帝南戍五岭,史禄于湘源上流漓水一派凿渠,逾兴安而南注于融,以便于运饷。盖北水南流,

---

① 宋范成大撰,孔凡礼点校《桂海虞衡志·志岩洞》,中华书局,2002年,第85页。
② 宋王辟之撰,吕友仁点校《渑水燕谈录·佚文》,中华书局,1981年,第135页。
③ 宋黄震撰《黄氏日钞》卷六十七,影印文渊阁四库全书本。

北舟逾岭,可以为难矣。禄之凿渠也,于上流砂碛中叠石作铧觜,锐其前,逆分湘水为两,依山筑堤为溜渠,巧激十里而至平陆,遂凿渠绕山曲,凡行六十里,乃至融江而俱南。"①刘克庄有《铧觜》②诗咏及其地,并赞颂这一工程的设计者——史禄,诗云:

> 世传灵渠自秦始,南引漓江会湘水。楚山忧赭石畏鞭,凿崖通堑三百里。篙师安知有史禄,割牲沈币祀渎鬼。我舟阁浅怀若人,要是天下奇男子。只今渠废无人修,嗟乎秦吏未易訾。③

此诗十句,前四句咏灵渠,写此渠修造于秦时,在兴安县境内开山凿崖,开通了三百里的灵渠,沟通会合了南之漓水与北之湘水。而此渠经过城台岭、太史庙山等,均需依靠人工以焚烧、锤击等最原始的方式进行开凿挖掘,故称山怕焚烧、石惧鞭捶,以拟人的手法从侧面写出了开凿的气势和魄力,暗示了工程的难度,夸称通堑三百里(实约六十里),以显示工程的浩大。然后"篙师安知有史禄,割牲沈币祀渎鬼"二句言篙师只知祭祀河神,而不知恭敬此渠的开凿者,从而引出史禄。后四句则在古今对比中表达对史禄的崇敬之情。写此时渠废失修,行船搁浅,尤能表现出史禄当年开凿此渠、沟通二水的伟大历史功绩,进而以"天下奇男子"予以称赞,表达崇敬之情。最后不禁感叹,即便是暴秦之吏亦不可轻易牵连诋毁。此诗现实与历史自由切换,叙述与议论巧妙融合,叙事省净生动,立论新警自然,也是刘克庄的一篇咏史佳作。

　　刘克庄随后来到全州境内,宋初柳开曾知全州。《明一统志》载:"书堂山。在全州北二里。宋柳开为守,爱其泉石之胜,筑室读书,因名。书堂又名柳山。"④刘克庄作《书堂山》诗,自注:"柳开守清湘读书处。"诗云:

> 子厚文章宗,仲涂岂后身。不肯作昆体,宁来牧湘滨。诛茅翠麓颠,日与书卷亲。划去五季衰,挽回六籍醇。欧尹相继出,孤唱蹑伊人。风流谓已远,尚喜栋宇新。千峰高丛丛,一江碧粼粼。禽鱼暨草树,纤悉几案陈。涧泉既可汲,山木亦可薪。熟读壁间藏,痛扫毫端尘。勖哉

①　宋周去非著,杨武泉校注《岭外代答校注》卷一"灵渠",第27页。
②　自注:史禄渠至此分水。
③　《全宋诗》第58册,第36224页。
④　《大明一统志》卷八十三,第3662页。

山中友,勿厌泉石贫。①

此诗结构与《铧鬌》诗相似,前十句写柳开,后十句写书堂山,中间以"风流喟已远,尚喜栋宇新"过渡。柳开作为宋初古文创作的倡导者,以复兴古道、述作经典自命,推崇韩愈、柳宗元的文章,反对当时的华靡文风。柳开姓柳,诗开篇即称其或为柳宗元后身,以此展示二者之间的文学传承关系。进而以"不肯作昆体,宁来牧湘滨。诛茅翠麓颠,日与书卷亲"四句点明柳开守全州(治所清湘县)并于北山筑室读书事,将柳开谪知全州与古文创作联系起来。然后盛赞柳开划去五代衰靡文风,提倡文道合一,先于欧阳修、尹洙倡导恢复道统、提振文风的历史贡献。后十句则回到现实,描绘书堂周边清喜可爱的山林草树以及安贫乐道、读书山中的感慨。

其后,刘克庄经永州零陵县,游愚溪,作《愚溪二首》诗,其一云:

草圣木奴安在哉,荒榛无处认池台。伤心惟有溪头月,曾识仪曹半面来。②

刘禹锡有《伤愚溪三首并引》诗,诗引自述创作缘起云:"故人柳子厚之谪永州,得胜地,结茅树蔬,为沼沚,为台榭,目曰愚溪。柳子没三年,有僧游零陵,告余曰:'愚溪无复曩时矣。'一闻僧言,悲不能自胜,遂以所闻为七言以寄恨。"③《伤愚溪三首并引》诗其二云:"草圣数行留坏壁,木奴千树属邻家。唯见里门通德榜,残阳寂寞出樵车。"④刘禹锡以壁间题书残坏,千树柑橘易主,写柳宗元没后其故居的凄凉景象。刘克庄《愚溪二首》其一即从刘禹锡此诗而来,指出壁间之坏书与邻家之橘树已杳无踪影,荒草杂树之中往日池台亦无从辨认,较之刘禹锡作诗之时荒废更甚,不禁令人感伤。所不变者,只有溪头明月,当年曾见得柳宗元之半面(世称礼部郎官为仪曹,柳宗元曾任礼部员外郎,故又被称为柳仪曹)。《愚溪二首》诗其二云:

青云失脚谪零陵,十载溪边意未平。溪不预人家国事,可能一例受

---

① 《全宋诗》第 58 册,第 36224 页。
② 同上书,第 36225 页。
③ 唐刘禹锡撰,卞孝萱校订《刘禹锡集》卷三十《伤愚溪三首》,中华书局,1990 年,第 412 页。
④ 同上书,第 412 页。

愚名。①

此诗作翻案文章。愚溪之名得自柳宗元，曾作《愚溪诗序》②叙其事。刘克庄此诗前两句回顾柳宗元的政治遭际及其命名愚溪的心理动因，认为作为王叔文政治集团的重要成员，柳宗元在永贞革新失败后，被贬永州，谪居零陵溪边十年之久，心中愤懑难平，故以己之愚而及于溪泉。后两句则就此发表见解，认为溪水并未参与人类社会的家国之事，不可因此受人连累而一并被命名为愚，对柳宗元的做法表达了不同意见。

刘克庄从零陵沿湘水继续前行，至祁阳境内又有浯溪，《明一统志》卷六十五云："浯溪，在祁阳县南五里，流入湘江。唐元结自道州归，爱其山水，因家焉。作《大唐中兴颂》，颜真卿大书刻于崖上。"③范成大《骖鸾录》云："十九日，发祁阳里，渡浯溪。……临江石崖数壁，才高寻丈，中兴颂在最大一壁。……别有一台，祠次山与颜鲁公。桥上僧舍，即漫郎宅。"④此地因而成为游览胜概，刘克庄经过其地，亦有《浯溪二首》诗，其一云：

> 上置书堂下钓矶，漫郎陈迹尚依稀。无端一首黄诗在，长与江山起是非。⑤

前两句写所见，诗人来到浯溪，访古寻幽，见上有书堂，下有钓矶，当年元结隐居踪迹依稀可辨。后两句写所想，涉及有关《大唐中兴颂》的论争，这一论争由黄庭坚《书磨崖碑后》诗所起。山谷诗写安史乱起，玄宗幸蜀之际，肃宗擅自即位而尊玄宗为上皇。安史乱平，玄宗局蹐还京，晚景凄凉。并认为后来元结所作《大唐中兴颂》，以春秋笔法，微言见义，在行文之间表达了对肃宗行为不合礼制以及父子失和的揭露与批判，这正是作为忠臣的元结对这段历史心痛彻骨的表现。至南宋，范成大在《骖鸾录》中也有关于山谷诗的详细讨论，表达了自己看法⑥，可见黄庭坚之论影响深远。刘克庄此诗后两句认为黄庭坚之诗在山水之间无端地兴起是非纠葛，正是就上述论争而言。

———————————

① 《全宋诗》第 58 册，第 36225 页。
② 唐柳宗元著《柳宗元集》卷二十四《愚溪诗序》，中华书局，1979 年，第 642—643 页。
③ 《大明一统志》卷六十五"永州府"，第 2896 页。
④ 《骖鸾录》，第 56—57 页。
⑤ 《全宋诗》第 58 册，第 36225 页。
⑥ 《骖鸾录》，第 57—58 页。

《浯溪二首》其二则就文章与书法展开,诗云:

> 形容唐事片言中,元子文犹有古风。莫管看碑人指点,写碑人是太师公。①

此诗撇开文章内容的争议,专就艺术形式而论。《大唐中兴颂并序》序用散句,以古朴质直的文字将安史乱事叙述清楚,颂用韵语,仿秦刻石体例,三句一韵,十分古雅。故刘克庄此诗前两句以"片言""形容"、"犹有古风"称之。而后两句则称赞此碑的书写者颜真卿,指出任凭后人对此文内容如何争论,但对写碑之人颜真卿没有任何微词,而颜真卿此处书法雅厚森严,雄深肃穆,历来为人所称道。元结之文与鲁公之书,珠联璧合,故被清人宗绩辰称为"一铭两手笔,宇宙双杰作"②。刘克庄此诗亦着眼于此而论。

刘克庄沿湘江从永州经衡阳至长沙,再转入江西境内,湘赣之地颇多名人古迹、历史典故,刘克庄付诸吟咏,作组诗《湖南江西道中十首》,其一云:

> 独醒公子去沉湘,未识人间有醉乡。酒与离骚难捏合,不如痛饮是单方。③

刘克庄乘湘水一路北上,屈原自沉于湘水支流汨罗江,故作诗咏及之。屈原自称:"举世皆浊我独清,众人皆醉我独醒。"④故称屈原为独醒公子。因屈原不肯"以身之察察,受物之汶汶"⑤,不肯"以皓皓之白而蒙世俗之温蠖"⑥,"宁赴湘流,葬于江鱼之腹中"⑦,因此刘克庄称屈原"独醒"而不知人间有惝然醉乡。以"醒"与"醉"相对,为下文张本。后二句就古人饮酒读《离骚》之说而论。《世说新语·任诞》载:"王孝伯言:'名士不必须奇才,但使常得无事,痛饮酒,熟读《离骚》,便可称名士。'"⑧刘克庄认为此论不妥,酒为沉醉之媒,《离骚》是独醒之文,二者扞格难容,不如任选其一,亦"可称名

---

① 《全宋诗》第 58 册,第 36225 页。
② 桂多荪撰《浯溪志》卷四,湖南人民出版社,2004 年,第 541 页。
③ 《全宋诗》第 58 册,第 36225 页。
④ 战国屈原著,金开诚、董洪利、高路明校注《屈原集校注》,中华书局,1996 年,第 758 页。
⑤ 《史记》卷八十四《屈原贾生列传》,第 2486 页。
⑥ 同上书。
⑦ 《屈原集校注》,第 758 页。
⑧ 《世说新语校笺》,第 685 页。

士"。此诗有张本蓄势,有立意翻新,尺幅之间,颇有波澜,作翻案文章而自然畅快,十分难得。《湖南江西道中十首》其二云:

> 贾生废宅草芊芊,路出长沙一怅然。今日洛阳归不得,招魂合在楚江边。①

贾谊曾作长沙王太傅,故其地有贾谊故宅遗迹,《元和郡县志》卷三〇载长沙县有"贾谊宅,在县南四十步"②。历代诗人多有诗凭吊,刘克庄此诗亦从其故宅写起,言贾谊少年得志,大臣周勃、灌婴嫉贤妒能,毁谤贾谊"年少初学,专欲擅权,纷乱诸事"③,因此贾谊逐渐被汉文帝疏远,被贬到千里之外,为长沙王太傅。如今贾谊故宅荒废已久,杂草丛生,令人感叹。故刘克庄此诗称其"路出长沙一怅然"。贾谊是洛阳人,因而此诗后二句从其长沙寓宅联想到洛阳故居,然而此时洛阳陷入异族统治,已是"归不得"了,只能在湘江旁的长沙寓宅中招魂复魄。在对贾谊的凭吊之情中,寄寓了诗人神州陆沉、山河破碎的内心隐痛,含蓄而深沉。《湖南江西道中十首》诗其三云:

> 少陵阻水诗难继,子厚游山记绝工。断壁残圭零落尽,新碑无数满湘中。④

此诗写湖南境内的人文历史。杜甫和柳宗元均曾流寓湘中,因此一并提及。杜甫暮年出峡,在岳阳作《登岳阳楼》等诗,后阻水耒阳,遭际凄苦悲凉。《登岳阳楼》诗,气象宏放,涵蓄深远,气压百代,故刘克庄云:"岳阳楼赋咏多矣,须还此篇独步,非孟浩然辈所及。"⑤因此以"少陵阻水诗难继"推崇杜甫晚年诗歌创作已臻化境。而柳宗元在永贞革新失败后被贬为永州司马,在永州生活达十年之久,所作以《永州八记》为代表的山水游记,或峭拔清峻,或幽邃奇丽,亦是冠绝千古。随着时光流逝,人事代谢,杜、柳二人的遗迹零落殆尽,逐渐被新碑近迹取而代之,令人不胜唏嘘。《湖南江西道中十首》其五云:

---

① 《全宋诗》第 58 册,第 36226 页。
② 唐李吉甫撰,贺次君点校《元和郡县图志》卷二十九,中华书局,1983 年,第 703 页。
③ 《史记》卷八十四《屈原贾生列传》,第 2492 页。
④ 《全宋诗》第 58 册,第 36226 页。
⑤ 《刘克庄集笺校》卷一八一《诗话》,中华书局,2011 年,第 6967 页。

> 蛮府参军鬓发苍,自调欸乃答渔郎。从今诗律应超脱,新吸潇湘入肺肠。①

此诗前半亦咏柳宗元。柳宗元作永州司马时,不过而立不惑之年,但因愁苦烦懑,抑郁难平,已有白发,其《始见白发题所植海石榴树》诗可证。在永州,又作著名的《渔翁》诗,其中"烟销日出不见人,欸乃一声山水绿"二句历来为人称道。刘克庄因而推想,柳宗元在此有手自操橹,与渔翁欸乃相应的经历。后二句以略带戏谑的口吻说道,经过潇湘的游历,诗艺当会提升到一个新境界。实则此两句绾合古今,一语双关,暗含柳宗元在湖湘创作受到其地清丽景色的熏染而诗艺精进之意。

刘克庄至江西境内,经袁州萍乡,见男耕女织,民风淳朴,大加赞赏:"丁男放犊草间嬉,少妇看蚕不画眉。岁暮家家禾绢熟,萍乡风物似豳诗。"②在纪实的同时亦不忘咏史,至临江新喻,乃北宋"二刘"之故乡,《湖南江西道中十首》诗其七故及之,诗云:

> 每嘲介甫行新法,常恨欧公不读书。浩叹诸刘今已矣,路傍乔木日凋疏。③

此诗咏刘敞、刘攽兄弟。首句咏刘攽,《宋史·刘攽传》云:"又尝诒安石书,论新法不便。安石怒撼前过,斥通判泰州,以集贤校理、判登闻检院、户部判官知曹州。"④即首句"每嘲介甫行新法"之意。次句咏刘敞,宋祝穆《古今事文类聚·别集》卷一载:

> 刘原父敞在词披,有立马挥九制之才。欧阳文忠公尝以简问:"入阁起于何年?阁是何殿?名阁延英起于何年?五日一起居遂殿正衙不坐起何年?三者孤陋所不详,乞示本末。"公方与客对食,曰:"明日为答。"已而复追回,令立候报,就坐中疏入阁事,详尽无遗。欧公大惊,曰:"原父博学,不可及也。"《五代史》载入阁一段事,即答简所云。公尝私谓所亲曰:"好个欧九,极有文章,可惜不甚读书耳。"东坡公闻此言,

---

① 《全宋诗》第 58 册,第 36226 页。
② 刘克庄《湖南江西道中十首》其六,《全宋诗》第 58 册,第 36226 页。
③ 《全宋诗》第 58 册,第 36226 页。
④ 《宋史》卷三百一十九《刘攽传》,第 10388 页。

日:"轼辈将如之何。"①

"常恨欧公不读书"即此段故事。所咏二事均为中朝掌故,堪称一代盛事,故刘克庄经行其地,津津乐道。然而见路边乔木,日渐凋疏,遂兴"木犹如此,人何以堪"之叹,感慨岁月无情,物是人非。此诗一二分说,三四收束,章法谨严而不露痕迹,为刘克庄七言咏史佳作。刘克庄至隆兴府丰城而感慨牛斗剑气不复见,只有明月当空,作诗云:"茫茫衰草与云平,斗气千年不复明。惟有多情篷上月,相随客子过丰城。"②而黄庭坚的故乡洪州分宁南宋时亦属隆兴府,东南毗邻王安石的故乡抚州临川,南方则是南宋杨万里的故乡江西吉州,刘克庄故作诗咏及之,《湖南江西道中十首》诗其九云:

> 派里人人有集开,竞师山谷友诚斋。只饶白下骑驴叟,不敢勾牵入社来。③

前两句咏黄庭坚。因山谷所开创的江西诗派,成员众多,创作颇丰,影响深远,流风所及,至于南宋中兴四大家,故诗称此派"人人有集","师山谷"而"友诚斋"。后两句引入王安石,因王安石晚年隐居钟山,故称其为"白下骑驴叟"。诗言,即便江西诗派因黄庭坚及其成员多为江西人而得名,且在当时声势浩大,却唯独落下同为江西人的王安石而不敢将其"勾牵入社"。王安石年长黄庭坚二十四岁,且其诗歌艺术自有渊源,诗歌成就亦非黄、陈等人所能笼罩,自然与江西诗派无涉,但刘克庄于江西境内,将江西诗派而无江西人王安石这一现象形诸吟咏,虽然无理,却亦颇饶奇趣。

这组《湖南江西道中十首》诗,看似漫不经心,随意而作,实则是严格遵循刘克庄的行旅路线依次而成,且各首诗均有为而作,有感而发,或感慨多端,或理趣纷然,或布置井然,或一挥而就,因物赋形,姿态各异,为刘克庄咏史怀古题材的成熟之作。

刘克庄在入桂、出桂一年多的时间内,集中创作了如此多的咏史怀古佳作,体现出其咏史诗的创作兴趣和创造活力。这样的情况,在其第二阶段的咏史诗创作中,仅有两次,下一次是近二十年后的赴粤之行。

---

① 宋祝穆《古今事文类聚·别集》卷一,影印文渊阁四库全书本。
② 刘克庄《湖南江西道中十首》其八,《全宋诗》第 58 册,第 36226 页。
③ 《全宋诗》第 58 册,第 36226 页。

嘉熙三年(1239)李宗勉拜相,九月,除刘克庄江西提举。十月,改除广东提举。冬,入粤赴任,道出潮、惠。①因其地涉及韩愈、苏轼的谪宦经历,故刘克庄谒韩愈祠宇,访东坡旧迹,写了一系列咏史怀古之作。

潮州有韩祠,《永乐大典》卷五三四三潮字韵载《潮州府志》云:"州之有祠堂,自昌黎韩公始也。公刺潮凡八月,就有袁州之除。德泽在人,久而不磨,于是邦人祠之,亦畏垒之。"②刘克庄作《韩祠三首》诗,其一云:

> 柳祠韩庙双碑在,孔思周情万古新。不信二公俱绝笔,别无诗可送迎神。③

此诗咏韩愈,而连及柳宗元和苏轼。韩愈作《柳州罗池庙碑》,苏轼作《潮州韩文公庙碑》,二碑记韩、柳二人弘扬周孔之道,以儒家伦理道德教化当地百姓之事。韩愈《柳州罗池庙碑》云:"柳侯为州,不鄙夷其民,动以礼法。三年,民各自矜奋。……子严父诏,妇顺夫指,嫁娶葬送,各有条法。出相弟长,入相慈孝。……大修孔子庙,城郭道巷,皆治使端正,树以名木。柳民既皆悦喜。"④苏轼《潮州韩文公庙碑》云:"始,潮人未知学,公命进士赵德为之师。自是潮之士,皆笃于文行,延及齐民,至于今,号称易治。信乎孔子之言:'君子学道则爱人,小人学道则易使也。'"⑤刘克庄此诗前两句认为永州柳祠、潮州韩庙石碑保存至今,周公孔子之思想精神亦万古如新,超世长存。韩、苏二碑文推尊柳、韩二人,以震古烁今、精多魄强而为神,并作祭祀送迎之歌诗。韩愈《柳州罗池庙碑》云"作《迎享送神诗》遗柳民,俾歌以祀焉"⑥,苏轼《潮州韩文公庙碑》亦云"潮人请书其事于石,因作诗以遗之,使歌以祀公"⑦。因此,此诗后两句认为,韩、苏二公亦"不待生而存,不随死而亡者矣。故在天为星辰,在地为河岳。幽则为鬼神,而明则复为人"⑧,精爽不灭,与世长存,故称不相信韩苏二公从此绝笔,而再无送神迎神之作。刘克

---

① 程章灿著《刘克庄年谱》,贵州人民出版社,1993年,第171—172页。
② 马蓉、陈抗、钟文、栾贵明、张忱石点校《永乐大典方志辑佚》,中华书局,2004年,第2709页。
③ 《全宋诗》第58册,第36301页。
④ 唐韩愈著,刘真伦、岳珍校注《韩愈文集汇校笺注》卷二十一,中华书局,2010年,第2290—2291页。
⑤ 《苏轼文集》卷十七,第509页。
⑥ 《韩愈文集汇校笺注》卷二十一《柳州罗池庙碑》,第2291页。
⑦ 《苏轼文集》卷十七,第509页。
⑧ 同上书,第508页。

庄认为韩、苏成神永存,以此表达无比崇敬之意。《韩祠三首》其二云:

> 一宵丑类徙南溟,靡待仙官敕六丁。宗闵与绅空并世,可怜不似鳄鱼灵。①

此诗咏韩愈而借题发挥。《新唐书·韩愈传》云:

> 初,愈至潮,问民疾苦,皆曰:"恶溪有鳄鱼,食民畜产且尽,民以是穷。"数日,愈自往视之,令其属秦济以一羊一豚投溪水而祝之曰:"……今与鳄鱼约:'尽三日,其率丑类南徙于海,以避天子之命吏。……"祝之夕,暴风震电起溪中,数日水尽涸,西徙六十里,自是潮无鳄鱼患。②

此诗首二句所咏即此事,言潮之鳄鱼无需天帝命令六丁阴神,韩愈作文祝号驱赶,即迅速奏效,一夕之间尽逃南海。刘克庄深受政治斗争、党派倾轧之害,此诗后两句则借题发挥,引出对中唐党争的思考。韩愈晚年,牛李党争已经十分激烈,后来唐文宗竟有"去河北贼易,去此朋党难"③的感慨,刘克庄连类而及,以鳄鱼易去、朋党难去对比,得出牛李二党之人虽然与鳄鱼并时而生,但其冥顽不灵却有甚之。刘克庄指称二党,而以李宗闵与李绅为代表,其中李宗闵作为牛党领袖自不待言,李绅虽然是李党重要成员,但算不上领袖,刘克庄之所以在李党中选择李绅,或有深意。韩愈晚年曾与李绅有过一段纠葛,《旧唐书·韩愈传》载:"(韩愈)以不台参,为御史中丞李绅所劾。愈不伏,言准敕仍不台参。绅、愈性皆褊僻,移刺往来,纷然不止,乃出绅为浙西观察使,愈亦罢尹,为兵部侍郎。及绅面辞赴镇,泣涕陈叙,穆宗怜之,乃追制以绅为兵部侍郎,愈复为吏部侍郎。"④因此刘克庄特此将之作为韩愈驱逐的丑类之列。《韩祠三首》诗其三云:

> 莱相竹今供戍卒,武侯柏亦付胡儿。南来独有昌黎木,神物千年尚护持。⑤

---

① 《全宋诗》第 58 册,第 36301 页。
② 《新唐书》卷一百七十六《韩愈传》,第 5263 页。
③ 《新唐书》卷一百七十四《李宗闵传》,第 5236 页。
④ 《旧唐书》卷一百六十《韩愈传》,第 4203 页。
⑤ 《全宋诗》第 58 册,第 36301 页。

此诗咏韩木,而以"莱相竹"和"武侯柏"陪说。莱相竹,指寇准庙旁竹。《方舆胜览》"湖北路江陵府"载:"莱公竹,在潜江药师院。寇莱公卒于海康,诏许归葬。道出公安,邑人祭于道。断竹插地,以挂纸钱,竹遂不根而生。邑人立庙于侧,奉祀甚谨。"①武侯柏,指诸葛丞相祠堂前之柏,杜甫《蜀相》诗所谓"丞相祠堂何处寻? 锦官城外柏森森"②者。宋田况《儒林公议》云:"成都刘备庙侧,有诸葛武侯祠,前有大柏,围数丈,唐相段文昌有诗石在焉。……予皇祐初守成都,又八十年矣,新枝耸云,并旧枯干并存,若虬龙之形。"③昌黎木即韩木,宋王象之《舆地纪胜》卷一百云:"金城山……有韩木,韩退之所植也,不知名,士人以岁开花为登第之兆。"④"莱相竹""武侯柏"与"昌黎木"均为与名人相关之植物,故连类而及,对比而论。

"莱相竹今供戍卒",言窝阔台发动侵宋战争,使得荆襄之地多处受到侵扰,莱相竹所在的公安亦毗邻战争前线,故称其"供戍卒"。"武侯柏亦付胡儿",指成都的武侯柏遭到蒙古军队的毁坏。《刘克庄诗集笺注》引《元史》卷二《太宗纪》云:"八年,阔端率汪世显等入蜀,取宋关外数州,斩蜀将曹友闻。冬十月,阔端入成都。"⑤并指出"后村作此诗时,成都已为宋人所收复,此谓武侯祠之古柏亦为胡人付之一炬"⑥。与之相对照,如今只有昌黎木,千年以来依然受到神物护持而得以保存。刘克庄以韩木为中心,以武侯柏与莱公竹陪说,以其不同处境表现韩木之神异,并因此表达对韩愈的推崇与敬意,同时刘克庄也以含蓄内敛的方式表达了对时局的关切和忧虑。

刘克庄经潮至惠,并在粤一年有馀。当地相关的历史人物和历史事件大大激发了刘克庄的创作兴趣,使其咏史怀古诗创作出现了又一个高潮。这时期的咏史诗创作分为两类题材,一是与北宋文人苏轼、唐庚相关的题材。如访东坡故居,游丰湖,寻访苏轼遗迹,追怀东坡旧事,作《东坡故居二首》《丰湖三首》《白鹤故居》《六如亭》《唐子西故居二首》《唐博士祠》等诗。另一类则是有关越地早期历史的题材,创作了《江南五首》《登城五首》《越台》《陆贾二首》等诗。

刘克庄具有强烈的元祐情结,推崇元祐士人,缅怀元祐学术文章,认为

---

① 《方舆胜览》卷二十七,第 484 页。

② 《杜诗详注》卷九《蜀相》,第 736 页。

③ 宋田况撰,张其凡点校《儒林公议》卷下"成都武侯祠前有大柏",中华书局,2017 年,第 115 页。

④ 《舆地纪胜》卷一百,第 2418 页。

⑤ 明宋濂等撰《元史》卷二《太宗纪》,中华书局,1976 年,第 35 页。

⑥ 《刘克庄集笺校》卷一二,第 697 页。

"元祐间最为本朝文章盛时"①,其中对苏轼尤为推崇。当刘克庄来到惠州,饱览东坡遗迹,于是诗兴勃发,创作了诸多缅怀苏轼的诗作,如《东坡故居二首》诗其一云:

> 嘉祐寺荒谁与葺,合江楼是复疑非。已为韩子骑鳞去,不见苏仙化鹤归。②

此诗从诗题"东坡故居"展开。苏轼在惠州迁居不常,其《别王子直》云:"绍圣元年十月三日,始至惠州,寓于嘉祐寺松风亭,杖履所及,鸡犬相识。明年,迁于合江之行馆,得江楼豁彻之观,忘幽谷窈窕之趣。"③可见两处均有居住,故此诗前两句分别提及,只是到了刘克庄的时代,已经逐渐荒废,难辨是非了,表达了斯人已去、遗迹难寻的怅惘和感叹。后两句由物及人,言苏轼已经像韩愈一样骑鳞升仙,却不见如丁令威一样,化鹤而归,表达对苏轼的怀念和仰慕。韩愈自抒怀抱的《杂诗》,想象高飞远举的情景,有"翩然下大荒,被发骑骐驎"④之句,故刘克庄此诗有"韩子骑鳞去"之说。苏轼《潮州韩文公庙碑》称颂韩愈为"不待生而存,不随死而亡者矣。故在天为星辰,在地为河岳。幽则为鬼神,而明则复为人"⑤,因此刘克庄以苏轼相比附,想象卓绝今古的苏轼"骑鳞""化鹤",以示崇敬之情。《东坡故居二首》其二云:

> 惠州副使是新差,定武端明落旧阶。尽遣秦郎晁子去,只携周易鲁论来。⑥

此诗咏苏轼谪惠州事。前两句叙其迁谪经过,苏辙《亡兄子瞻端明墓志铭》云:"(元祐)八年以二学士(端明殿学士、翰林侍读学士)知定州。……绍圣元年,遂以本官知英州,寻复降一官。未至,复以宁远军节度副使安置惠州。"⑦定州曾名定武军,故称"惠州副使是新差,定武端明落旧阶"。后两句

① 《刘克庄集笺校》卷一一〇,第 4580 页。
② 《全宋诗》第 58 册,第 36302 页。
③ 宋苏轼撰,王松龄点校《东坡志林》卷一《别王子直》,中华书局,1981 年,第 22 页。
④ 唐韩愈著,清方世举编年笺注,郝润华、丁俊丽整理《韩昌黎诗集编年笺注》卷四,中华书局,2012 年,第 246 页。
⑤ 《苏轼文集》卷十七,第 508 页。
⑥ 《全宋诗》第 58 册,第 36302 页。
⑦ 宋苏辙著,陈宏天、高秀芳点校《苏辙集》卷二十二,中华书局,1990 年,第 1126 页。

则在前两句的基础上引申扩充。"尽遣秦郎晁子去"言苏轼元祐年间与秦观、晁补之等苏门四学士的交往,堪称一时盛事,所谓"东坡方为翰林,一时文物之盛,自汉唐已来未有也"①。但元祐年间苏轼与苏门弟子在汴京的欢聚仅如昙花一现,随着苏轼在绍圣元年远谪惠州,这一切也就结束了,故称"尽遣"。苏轼又有《东坡易传》《论语说》两部著作,从苏轼自述可知二书的成书过程,苏轼《黄州上文潞公书》云"到黄州,无所用心","遂因先子之学,作《易传》九卷。又自以意作《论语说》五卷"②。苏轼《与李端叔》第三简云:"所喜者,海南了得《易》、《书》、《论语传》数十卷。"③可知二书完成于黄州时期,修改、补充于儋州。④苏轼自惠迁儋,则苏轼来惠州之时,必随身携带二书稿本,即诗所谓"携周易鲁论来"之意,施一"只"字,见苏轼轻装简从,恬淡泊然,别无挂碍。此二句写出了苏轼在元祐至元符年间,从师友欢聚、谈艺论文到迭遭远谪、穷独著述的人生经历。《东坡故居二首》诗其一侧重故居,表达追怀之情,其二侧重东坡,叙述人生经历。由物及人,语简意丰。尤其是"秦郎晁子"与"周易鲁论"之对,颇见用心之处,已经初步露出了刘克庄后期尤重属对的端倪。

刘克庄还有《丰湖三首》诗。《惠大记》卷一云:"丰湖,在郡城西,亦谓之西湖。……胜概为一郡之最,昔人比之杭颖。"⑤可见丰湖为当地盛景。故《丰湖三首》其二云:"小米侍郎生较晚,龙眠居士远难呼。不知若个丹青手,能写微澜玉塔图。"⑥写丰湖景致,微澜玉塔,美妙绝伦,称若非米友仁、李公麟这样的丹青圣手,不能传写其气韵风致。《丰湖三首》诗其他两首则吟咏苏轼相关事迹,其一云:

> 岷峨一老古来少,杭颖二湖天下无。帝恐先生晚牢落,南迁犹得管丰湖。⑦

丰湖亦称西湖,而杭颖二州均有西湖,且苏轼先后在其地作官,刘克庄故以

① 宋释德洪撰,夏卫东点校《石门文字禅》卷二十七《跋三学士帖》,浙江古籍出版社,2019年,第642页。
② 《苏轼文集》卷四十八《黄州上文潞公书》,第1380页。
③ 《苏轼文集》卷五十二《答李端叔》,第1540页。
④ 关于二书写作过程的考证参考孔凡礼《苏轼年谱》。
⑤ (嘉靖)《惠大记》卷一,《天一阁藏明代方志选刊续编》第66册,第598页。
⑥ 《全宋诗》第58册,第36302页。
⑦ 同上书。

此巧合为核心结构此诗。写眉山苏轼古今卓绝,杭颍西湖天下无匹,东坡于其地为官,诗酒冶游,风流际会。到晚年南迁,皇帝亦恐苏轼寂寞无聊,故安置惠州,使其再次掌管西湖(丰湖)。刘克庄从杭颍惠三地均有西湖出发,以戏谑的方式叙述苏轼晚年艰辛的贬谪生涯,思致清奇,妙趣横生。《丰湖三首》诗其三云:

> 作桥聊结众生缘,不计全家落瘴烟。内翰翻身脱犀带,黄门劝妇助金钱。①

此诗咏赞苏轼兄弟捐资造桥之事,即苏辙《亡兄子瞻端明墓志铭》所谓"率众为二桥,以济病涉者"②。苏轼有《两桥诗并引》述其事,引曰:"惠州之东,江溪合流,有桥,多废坏,以小舟渡。罗浮道士邓守安,始作浮桥。以四十舟为二十舫,铁锁石碇,随水涨落,榜曰东新桥。州西丰湖上,有长桥,屡作屡坏。栖禅院僧希固筑进两岸,为飞楼九间,尽用石盐木,坚若铁石,榜曰西新桥。皆以绍圣三年六月毕工,作二诗落之。"③此诗前两句概述其事,言苏轼毫不在意举家南迁、流落蛮荒的处境,竟然捐资建桥,造福众生。虽然苏轼长子苏迈携两房儿孙到惠是造桥之明年(绍圣四年)闰二月事,刘克庄在叙述时间上略有出入,但苏轼"全家落瘴烟"却是不争的事实,而且苏轼在惠州经济窘迫,仅仅建房一项就接近倾尽所有了。在这样的情况下,苏轼仍然乐善好施,可见其乐观旷达、心地良善,故刘克庄作诗赞赏。后二句具体补充"结缘"的细节。苏轼《东新桥》诗有"叹我捐腰犀"句,自注:"二子造桥,予尝助施犀带。"④《西新桥》诗有"探囊赖故侯,宝钱出金闺"句,自注:"子由之妇史,顷入内,得赐黄金钱数千助施。"⑤即是刘克庄此诗后两句之由来。刘克庄通过苏轼兄弟捐资建桥之事,表现苏轼的乐观旷达与乐善好施。苏轼在惠多次迁居,至绍圣三年又建白鹤新居,作全家久居之计。苏轼《与毛泽民书》云:"今者长子又授韶州仁化令,冬中当挈家来。至此,某又已买得数亩地,在白鹤峰上,古白鹤观基也。已令斫木陶瓦,作屋二十间。今冬成。"⑥

---

① 《全宋诗》第 58 册,第 36302 页。
② 《苏辙集》卷二十二,第 1126 页。
③ 宋苏轼撰,清王文诰辑注,孔凡礼点校《苏轼诗集》卷四十,中华书局,1982 年,第 2199 页。
④ 《苏轼诗集》卷四十,第 2200 页。
⑤ 同上书,第 2201 页。
⑥ 《苏轼文集》卷五十三,第 1572 页。

刘克庄亦有《白鹤故居》诗咏之,诗云:

> 天稔中原祸,朝分党部争。当年谁宰相,此地着先生。故国难归去,新巢甫落成。如何鲸浸外,更遭打包行。①

刘克庄由白鹤故居联想到苏轼晚年的贬谪生涯与凄楚遭际。首联叙政治背景,苏轼的经历正是北宋中后期朋党之争的结果,南宋人又多认为,新旧党争对后来发生的靖康之难、赵宋王朝偏安东南负有不可推卸的责任,因此刘克庄称上天酝酿弥天大祸才先使朝廷党派纷争。而苏轼这样旷世天才却成了最大的受害者之一,这不仅是个人的悲剧,更是朝廷和国家的悲哀,因此刘克庄颔联即质问当年何人作宰相,才使苏轼晚年流落此地。在质问之中,表达了对苏轼遭遇的深切同情和对朝廷执政的极大愤慨。面对恶劣的环境和渺茫的前途,苏轼并不以为意,乐观旷达,热爱生活,苏辙所谓"胸中泊然,无所蒂芥"②,积极营建白鹤新居,做好了终老惠州的准备,如其自言:"已买白鹤峰,规作终老计。"③这座新居不仅渗透着苏轼的一番心血,还耗费了他全部积蓄。新居落成的同时,家人也从万里之外来到了惠州,对于饱尝颠沛之苦的苏轼来说,不仅身有定所,而且家人团圆,无疑是贬谪不幸的人生中难得的大喜事,如《三月二十九日二首》《和陶时运四首》等诗即体现出了苏轼对迁进新居后的惬意和欣慰。然而天不遂人愿,穷凶极恶的政敌将苏轼贬至惠州尚嫌不足,还要置之死地,将贬谪惠州四年的苏轼再次南迁至海南儋州,致使苏轼久居惠州的计划也落空了,苏轼入住白鹤新居在二月,儿孙团聚在闰二月,故此时苏轼在新居居住三个月,家人团聚两个月,年过花甲、病弱难支的苏轼就不得不整束行装诀别家人,将要渡过波涛汹涌的大海,前往儋州赴命。对于苏轼建造白鹤新居、随即贬谪海南的人生经历和心路历程,刘克庄仅以四句诗简单叙述,却用"甫""更"二字将苏轼的欢欣与凄苦寄寓其中,在困惑不解、波澜不惊中,用"如何"二字表达了对苏轼经历的深切同情以及对当时政治斗争的深沉愤慨。此诗尺幅波澜,言约义丰,在有限的篇幅中,将苏轼晚年的遭际和处境表现出来,并寄寓了无限的感慨和不尽的同情。

---

① 《全宋诗》第 58 册,第 36309 页。
② 《苏辙集》卷二十二,第 1126 页。
③ 《苏轼诗集》卷四十《迁居》,第 2195 页。

苏轼有侍妾,名王朝云,即称苏轼"一肚皮不入时宜"①者,也是苏轼亲密的人生伴侣,追随东坡来到惠州,于绍圣三年六月染病去世。苏轼将其安葬在惠州丰湖栖禅寺东南的松林中,朝云临终前曾朗诵《金刚经》中的"六如"偈,后来栖禅寺的僧人在墓地上建了一座亭子,题榜为"六如亭"。《舆地纪胜》卷九十九载:"六如亭。东坡有侍妾曰朝云,字少霞,姓王氏。绍圣三年卒于惠州,葬丰湖上。……东坡为亭,以覆其墓,名之曰'六如',且书其辞于石。"②刘克庄敬重苏轼,爱屋及乌,对朝云亦十分尊敬,作两首《六如亭》诗予以歌咏。《六如亭》诗云:

> 吴儿解记真娘墓,杭俗犹存苏小坟。谁与惠州耆旧说,可无抔土覆朝云。③

《吴郡志》卷三十九云:"真娘墓,在虎丘寺侧。《云溪友议》云:'吴门女郎真娘,死葬虎丘山。时人比之苏小小,行客题墓甚多。'……李绅诗序云:真娘,吴之妓人,歌舞有名者,死葬虎丘寺前,吴中少年从其志也。墓多花草,以蔽其上。"④宋吴自牧《梦粱录》卷十五云:"苏小小墓,在西湖上,有诗题云'湖堤步游客'之句,此即题苏氏之墓也。"⑤前两句以苏杭两地对真娘、苏小小坟墓的保存维护,与惠州对朝云墓的冷漠忽视相对照,希望能够有耆旧老儒向当地人讲述朝云的事迹,使后人了解其事,尊重其人,能于其坟上加土一抔。正是有鉴于朝云墓的年久失修,刘克庄才发出了这样的呼吁。刘克庄不仅作诗呼吁,而且身体力行,付诸实践,"修废墓,立仆碑"⑥,在北归之际,再次形诸吟咏,作《再题六如亭》诗,此诗自注云:"余既修废墓,立仆碑,或者未解此意。明年北归,赋此解嘲。"交代创作背景。诗云:

> 昔人喜说坠楼姬,前辈尤高断臂妃。肯伴主君来过岭,不妨扶起六如碑。⑦

---

①　宋费衮撰,金圆整理《梁溪漫志》卷四"侍儿对东坡语",大象出版社,2019年,第52页。
②　《舆地纪胜》卷九十九"广南东路·惠州",第2399页。
③　《全宋诗》第58册,第36310页。
④　宋范成大撰,陆振岳点校《吴郡志》卷三十九,江苏古籍出版社,1999年,第553页。
⑤　宋吴自牧著,阚海娟校注《梦粱录新校注》卷十五,巴蜀书社,2015年,第262页。
⑥　《全宋诗》第58册,第36310页。
⑦　同上书。

此诗写作思路与前诗同,同样赞美朝云,只是着眼点有变化。首句言西晋石崇宠妓绿珠,后人多赞美绿珠不负主君、坚贞刚烈的个性,即诗所谓"昔人喜说坠楼姬"之意。

"断臂妃",《刘克庄集笺校》云:"断臂妃未见。"又云"既谓'天下尤高',似指欧阳修所称之李氏女。"又引《新五代史》卷五四《杂传》之"王凝妻李氏事",最后又怀疑,"然李氏仅一妇人,非妃也。"①实则"断臂妃"指"王凝妻李氏"大致可以确定。此说源于《新五代史》卷五十四《杂传序》:

> 传曰:"礼义廉耻,国之四维;四维不张,国乃灭亡。"善乎,管生之能言也!礼义,治人之大法;廉耻,立人之大节。盖不廉,则无所不取;不耻,则无所不为。人而如此,则祸乱败亡,亦无所不至,况为大臣而无所不取不为,则天下其有不乱,国家其有不亡者乎!予读冯道长乐老叙,见其自述以为荣,其可谓无廉耻者矣,则天下国家可从而知也。……予尝得五代时小说一篇,载王凝妻李氏事,以一妇人犹能如此,则知世固尝有其人而不得见也。凝家青、齐之间,为虢州司户参军,以疾卒于官。凝家素贫,一子尚幼,李氏携其子,负其遗骸以归。东过开封,止旅舍,旅舍主人见其妇人独携一子而疑之,不许其宿。李氏顾天已暮,不肯去,主人牵其臂而出之。李氏仰天长恸曰:"我为妇人,不能守节,而此手为人执邪?不可以一手并污吾身!"即引斧自断其臂。路人见者环聚而嗟之,或为弹指,或为之泣下。开封尹闻之,白其事于朝,官为赐药封疮,厚恤李氏,而笞其主人者。呜呼,士不自爱其身而忍耻以偷生者,闻李氏之风宜少知愧哉!②

欧阳修此序以李氏之忠贞节烈反衬冯道之流寡廉鲜耻。南宋《责罚朱胜非等诏》引欧阳修此论以为典实,云:"昔冯道历仕数代,尝为宰辅,措身安宠,以免于时,坐视废君易主,如同行路,而欧阳修以为'有臣如此,愧断臂之妇人'。"③可见欧阳修这一观点得到了广泛认可,刘克庄此诗亦用此典。至于"李氏仅一妇人,非妃也",或可以"妃"之本义释之,《说文解字注》段玉裁云:"妃本上下通称,后人以为贵称耳。"④如此,以欧阳修称颂"王凝妻李氏"断

---

① 《刘克庄集笺校》卷一二,第747页。
② 《新五代史》卷五十四,第612页。
③ 《全宋文》第201册,第291页。
④ 汉许慎撰,清段玉裁注《说文解字注》卷二十四,上海古籍出版社,1981年,第614页上。

臂守节事,故有"前辈尤高断臂妃"句。

第三句言朝云事。苏轼《朝云诗并引》称:"予家有数妾,四五年相继辞去,独朝云者,随予南迁。"①作诗称赞她"不似杨枝别乐天,恰如通德伴伶玄"②。苏轼作《朝云墓志铭》盖棺定论,称赏朝云"敏而好义,事先生二十有三年,忠敬若一"③。其忠贞不贰之义与绿珠、王凝妻李氏并无二致,颇足称道,自然就有了"不妨扶起六如碑"的主张与修墓扶碑的义举。刘克庄此诗正是从忠贞不渝的角度对朝云予以赞美,表现了刘克庄对道德世教的关注和重视,这一点在刘克庄后期的咏史诗中表现得更加显著。

在苏轼贬谪惠州十七年后,大观四年(1110)又一位北宋文人唐庚也被贬到惠州,在惠六年。唐庚与苏轼均为眉山人,均有贬谪惠州的经历。不仅如此,唐庚十分仰慕苏轼,作诗亦取法苏诗,林希逸曰:"唐子西,学东坡者也。"④李壁云:"唐子西文采风流,人谓为'小东坡'。"⑤刘克庄曰:"唐子西诸文皆高,不独诗也。其出稍晚,使及坡门,当不在秦、晁之下。"⑥因此刘克庄在惠,亦有诗咏之。如《唐子西故居二首》诗,虽然题曰"故居"而诗却纯然歌咏史事。其一曰:

> 一州两迁客,无地顿奇材。方送端明去,还迎博士来。⑦

此诗即咏苏轼、唐庚先后贬谪惠州事,"一州"语可称双关,兼指出生之地与贬谪之所。而将唐、苏二人均以"奇材"目之,乃以苏轼正衬唐庚之贤。《唐子西故居二首》诗其二曰:

> 无尽颇纵横,晚方攻蔡京。犹称贤宰相,应为客先生。⑧

因唐庚受到张商英器重,被举荐提举京畿常平,故此诗前两句咏及之。张商

---

① 《苏轼诗集》卷三十八《朝云诗》,第2073—2074页。
② 同上书。
③ 《苏轼文集》卷十五《朝云墓志铭》,第473页。
④ 元马端临撰,上海师范大学古籍研究所、华东师范大学古籍研究所点校《文献通考》卷二百三十七,中华书局,2011年,第6457页。
⑤ 《文献通考》卷二百三十七,第6457页。
⑥ 《刘克庄集笺校》卷一七四,第6728页。
⑦ 《全宋诗》第58册,第36303页。
⑧ 同上书。

英"学浮图法,自号无尽居士"①,早年是王安石变法的追随者和支持者,且交好蔡京,刘克庄认为其行事不加检束,故称其"颇纵横",对其略有微词。《东都事略·张商英传》载:"崇宁初,除尚书右丞,迁左丞。时蔡京为相,商英与京在神宗朝为检正,雅有契好。及是同在庙堂,议事多不合。商英言京奸邪,有'身为相国,志在逢君'等语。台臣以为非所宜言,谪知亳州,入元祐党籍。"②即"晚方攻蔡京"之意,并为之略感惋惜。后二句则兼咏唐庚,虽然张商英行事并非无可指摘,仍然可称之为"贤宰相",大概即是因为曾经举荐唐庚的缘故。故此诗欲扬先抑,以张商英之瑕反衬唐子西之贤。通过唐庚与苏轼、张商英的对比、衬托,表达对唐庚的推重与敬仰之情。刘克庄将这份感情付诸实践,复其故居,新建祠堂。《惠大记》卷二载:"唐博士故居……庚去后废为民居。淳祐辛丑,漕使刘克庄始复之,建祠,榜曰唐博士故居,命有司岁时祀之。"③刘克庄作《唐博士祠》诗以咏叙其事:

> 博士位尤卑,投名入党碑。今观名世作,多在谪官时。太史沅湘笔,仪曹永柳诗。新祠绵蕞尔,未尽复遗基。④

此诗首联叙唐庚受党争之害而谪惠州的经历,言虽然博士位卑,却受到党争牵连,列名党籍。《宋史·唐庚传》载:"(唐庚)举进士,稍为宗子博士,张商英荐其才,除提举京畿常平。商英罢相,庚亦坐贬,安置惠州。"⑤知唐庚非以博士身份贬谪惠州。另外,张商英"入元祐党籍",唐庚未入党籍。刘克庄此二句叙事并不严谨,盖意在表达唐庚受到党争影响而被贬的经历。颔联写唐庚传世知名之作,多产生于贬谪时期。颈联则予以解释,以司马迁和柳宗元之经历相类比,太史公司马迁有"二十而南游江淮……窥九疑,浮沅湘"⑥的经历,对于《史记》的相关书写颇有助益,柳宗元曾经贬谪永州、柳州,诗歌散文均取得了很大的成就。以此解释唐庚在贬谪期间取得卓著的文学成就,申述上联之意。最后归到建"祠"之事,祠堂为刘克庄所立,故称之为"新",并以其不够敞豁、未能尽复故宅之基而感到遗憾。全诗表达了刘

---

① 《东都事略》卷一百二,第 878 页。
② 同上书,第 877 页。
③ (嘉靖)《惠大记》卷一,《天一阁藏明代方志选刊续编》第 66 册,第 646—647 页。
④ 《全宋诗》第 58 册,第 36309 页。
⑤ 《宋史》卷四百四十三《唐庚传》,第 13100 页。
⑥ 《汉书》卷六十二《司马迁传》,第 2714 页。

克庄对唐庚人生经历的同情及其诗歌创作的推崇。

刘克庄在广东提举任上,除了歌咏韩愈、苏轼、唐庚等唐宋文人的遗迹和历史外,有感于当地其他历史遗存,对岭南的地方割据历史也颇有兴趣,写了十馀首诗予以评叙。在岭南的历史上,曾经出现过两个割据政权,一是秦末汉初的南越政权,一是唐末五代的南汉政权。刘克庄均有诗咏叙之。

《登城五首》所登者,乃南越故城。《读史方舆纪要》卷一百一载:"及赵佗代嚣,益广嚣所筑城,亦在今治东,今谓之赵佗城。汉平南越,改筑番禺县城于郡南六十里,为南海郡治,今龙湾、古霸之间是也。号佗故城曰越城。"[1]刘克庄登上南越故城,有感南越历史而作《登城五首》诗。前三首径咏南越史事,其一、其二云:

> 尉佗故秦吏,堪执酂侯鞭。箕踞问使者,吾方帝孰贤。[2]
> 已作南夷长,那为北面臣。未忘真定冢,毕竟是华人。[3]

以上两首诗以述史为主,主要根据相关历史记载,摘录其重要关节,敷衍而成。《史记·陆贾列传》云:

> 及高祖时,中国初定,尉他平南越,因王之。高祖使陆贾赐尉他印为南越王。陆生至,尉他魋结箕倨见陆生。陆生因进说他曰:"……君王宜郊迎,北面称臣,乃欲以新造未集之越,屈强于此。汉诚闻之,掘烧王先人冢,夷灭宗族,使一偏将将十万众临越,则越杀王降汉,如反复手耳。"于是尉他乃蹶然起坐,谢陆生曰:"居蛮夷中久,殊失礼义。"因问陆生曰:"我孰与萧何、曹参、韩信贤?"陆生曰:"王似贤。"[4]

《登城五首》诗其一、其二即据尉佗与陆贾的问答之语而作,但不认可陆贾奉承尉佗贤于萧何之言,称尉佗仅可为萧何执鞭坠镫而已。其三云:

> 汉人称劲粤,累世不加兵。狂卒才三百,如何便缒城。[5]

---

[1] 清顾祖禹撰,贺次君、施和金点校《读史方舆纪要》卷一百一,中华书局,2005年,第4595页。
[2] 《全宋诗》第58册,第36305页。
[3] 同上书。
[4] 《史记》卷九十七《郦生陆贾列传》,第2697—2698页。
[5] 《全宋诗》第58册,第36305页。

此诗咏南越国之灭亡。汉人习称越为"劲越",与"强胡"并列,历经数代,未能出兵剿灭,使其割据百年,所谓"自尉佗初王后,五世九十三岁而国亡焉"①。汉武帝元鼎五年,趁其内乱之际,派遣伏波将军路博德等人兵分三路,最终覆灭其国。《史记·南越尉佗列传》载:"越素闻伏波名,日暮,不知其兵多少。伏波乃为营,遣使者招降者,赐印,复纵令相招。楼船力攻烧敌,反驱而入伏波营中。犁旦,城中皆降伏波。吕嘉、建德已夜与其属数百人亡入海,以船西去。伏波又因问所得降者贵人,以知吕嘉所之,遣人追之。"②此诗后两句言素称"劲越",灭亡之际却只带领狂卒三百,弃城而逃,揶揄其败亡之际的狼狈失据,不堪一击。

以上三首诗刘克庄从正统思想的出发对尉佗的割据政权予以批评和指摘。而《越台》《陆贾二首》等诗又表达了对尉佗的欣赏和推重。《越台》诗云:

> 南帝当年此筑台,称雄亦岂偶然哉。谩通异国求阳燧,不道偷儿饮漆杯。能使越人存旧迹,始知秦吏有奇才。只今黄屋归何处,但见牛羊夕下来。③

此诗咏越王台。《舆地纪胜》卷八十九云:"越王台,在州北悟性寺。唐庚记云……"④可见此台至宋仍有遗存。此诗首联紧扣题目,叙建台之由,即南越武帝尉佗割据岭南之时所建,从而引出尉佗称帝非偶然之论。次二联对尉佗的事迹进行叙述和评价。唐传奇《崔炜》述崔炜"入南越王赵佗墓",得"大食国宝阳燧珠",此珠乃"汉初赵佗使异人梯山航海,盗归番禺"⑤者。此诗领联"谩通异国求阳燧"即用此事,因此下句之"偷儿"即指赵佗。汉代漆器制作精巧,色彩鲜艳,花纹优美,装饰精致,是珍贵的器物,是皇家和贵族生活奢靡、地位尊贵的象征。《盐铁论·散不足》所谓"一杯棬用百人之力,一屏风就万人之功"⑥即指漆器而言。所谓"偷儿饮漆杯"或言异国盗宝的赵佗建国称王,器用僭越。史载,"秦已破灭,佗即击并桂林、象郡,自立为南越武王。高帝已定天下,为中国劳苦,故释佗弗诛"⑦。以"不道"表达出乎

---

① 《史记》卷一百一十三《南越列传》,第 2977 页。
② 同上书,第 2976 页。
③ 《全宋诗》第 58 册,第 36308 页。
④ 《舆地纪胜》卷八十九,第 2194 页。
⑤ 李剑国辑校《唐五代传奇集》第三编卷三十九《崔炜传》,第 2255 页。
⑥ 汉桓宽撰集,王利器校注《盐铁论校注》卷六《散不足》,中华书局,1992 年,第 356 页。
⑦ 《史记》卷一百一十三《南越列传》,第 2967 页。

意外,其中包括对赵佗割据身份、抢劫行为的轻视和不齿。然而此论乃为下文蓄势,欲扬先抑。颈联则写在当地民众的保护下,尉佗当年所建之台留存至今,亦可见其惠民得民,自有出众之处,从而得出秦吏之中亦有奇才的结论。最后再次回归越台,在物是与人非、黄屋与牛羊的对比中,寄寓沧海桑田的感慨。此诗评述尉佗事迹,尺幅之间,一波三折,既述其异事,又叹其奇才,尤其是在典型的咏史诗中,却一本正经地引用传奇小说故事,显示出刘克庄咏史诗世俗化的倾向,这一点在其后来的咏史之作中有着显著的表现,于此已初露端倪。

另有《陆贾二首》诗,吟咏南越历史上另外一位重要人物——陆贾。其一云:

> 田横死士今亡矣,陈豨从车安在哉。独有尉佗尚黄屋,故应两费陆生来。①

田横为齐国贵族,秦末起义军首领。史载,汉兴,田横耻于事汉,“遂自刭,令客奉其头”,“高帝闻之,乃大惊,以田横之客皆贤。吾闻其馀尚五百人在海中,使使召之。至则闻田横死,亦皆自杀”②。即此诗首句“田横死士今亡矣”之意。陈豨“以赵相国将监赵、代边兵,边兵皆属焉。豨常告归过赵,赵相周昌见豨宾客随之者千馀乘,邯郸官舍皆满”③,后起兵造反,最终遭到剿灭。故诗称其“从车安在哉”,言已无觅处也。

田横、陈豨因与汉廷不合作而灭亡,而持同样态度的尉佗却能“自乘黄屋岛夷中”,实力强大,割据称王,致使陆贾两次出使南越,游说调停。此诗虽在“陆贾”题下,实则刘克庄以田横、陈豨两位与刘邦对立的人物相参照,表达了对尉佗叱咤一时、称雄当世的赞叹,同时为下一首诗彰显陆贾雄之才大略张本。《陆贾二首》其二:

> 郦烹未久蒯几烹,陆子优游享令名。南帝称臣橐金返,更推馀智教陈平。④

---

① 《全宋诗》第58册,第36309页。
② 《史记》卷九十四《田儋列传》,第2647—2649页。
③ 《史记》卷九十三《韩信卢绾列传》,第2639—2640页。
④ 《全宋诗》第58册,第36309页。

郦食其、蒯通与陆贾同为秦末汉初著名辩士,然郦、蒯二人均遭遇凶险,或惨遭戕害,或几于丧命。以郦食其、蒯通的惨烈遭际与陆贾对比,同为辩士的陆贾却能优游汉廷,"竟以寿终"①,足见其卓异超群。后二句则进一步具体展开。陆贾第一次出使南越国,与尉佗巧言应对,据理力争,"(尉佗)乃大说陆生,留与饮数月。曰:'越中无足与语,至生来,令我日闻所不闻。'赐陆生橐中装直千金,他送亦千金。陆生卒拜尉他为南越王,令称臣奉汉约"②。即此诗第三句"南帝称臣橐金返"之意,其中"南帝称臣"意指陆贾两次出使,均圆满完成任务,不辱使命。史载,"孝文帝即位,欲使人之南越。陈丞相等乃言陆生为太中大夫,往使尉他,令尉他去黄屋称制,令比诸侯,皆如意旨"③。

第四句"更推馀智教陈平"指陆贾为陈平出谋划策,诛灭诸吕,拥立文帝。《史记·郦生陆贾列传》云:

> 吕太后时,王诸吕,诸吕擅权,欲劫少主,危刘氏。右丞相陈平患之,力不能争,恐祸及己,常燕居深念。陆生往请,直入坐,而陈丞相方深念。……为陈平画吕氏数事。陈平用其计,乃以五百金为绛侯寿,厚具乐饮;太尉亦报如之。此两人深相结,则吕氏谋益衰。……陆生以此游汉廷公卿间,名声藉甚。及诛诸吕,立孝文帝,陆生颇有力焉。④

此诗在郦食其、蒯通的衬托下,推崇作为辩士的陆贾超迈群伦,在与陈平的关系中,称赏作为谋臣的陆贾更胜一筹。

在岭南的历史上,继南越国后建立的第二个割据政权是五代宋初时期的南汉。刘克庄在粤,亦将南汉相关历史遗迹,付诸吟咏,有《江南五首》诗。其一云:

> 已报行营入,犹夸僭垒坚。何曾陵谷变,但见市朝迁。⑤

此诗概述北宋军队消灭南汉政权的历史事件。写在北宋大军压境之际,刘鋹仍然狂妄自大,负隅顽抗。虽然山河如故,已是市朝变迁。总叙这一历史

---

① 《史记》卷九十七《郦生陆贾列传》,第 2701 页。
② 同上书,第 2698 页。
③ 同上书,第 2701 页。
④ 同上书,第 2700—2701 页。
⑤ 《全宋诗》第 58 册,第 36304 页。

大事件，重点在事不在人，也是为以下四首分别从不同角度展示刘鋹其人及南汉灭亡设置背景，亦见刘克庄在组诗中的安排布置之用心。《江南五首》其二云：

> 鋹也骏孺子，井蛙徒自尊。如何南武帝，面缚向夷门。①

前两句写刘鋹即位时年仅十六岁，亡国降宋时亦不过三十岁。故诗称其为"孺子"。《新五代史·刘鋹传》载："是岁（大宝十三年）秋，潘美平贺州，十月平昭州，又平桂州，十一月平连州。鋹喜曰：'昭、桂、连、贺，本属湖南，今北师取之，足矣，其不复南也。'其愚如此！"②刘鋹虽然年幼愚呆，史称"性庸懦"③"尤愚"④，却割据岭南，如井底之蛙，妄自尊大。后两句则写其纳降后，面缚衔璧，"素衣白马以降"⑤，被押解至京城开封等待处置，史载刘鋹被擒"部送阙下"。然刘鋹并无庙号、谥号，更无南武帝之称，刘克庄以尉佗之号尊之，以凸显其面缚夷门之狼狈。《江南五首》其三云：

> 具舰逃安往，焚巢溃不支。区区一州力，不足辱王师。⑥

前两句写北宋大军压境之际，刘鋹知大势已去，遂"取舶船十馀艘，载金宝、妃嫔欲入海，未及发，宦官乐范与卫兵千馀盗舶船走"⑦，"城既破，鋹尽焚其府库"⑧，即诗所谓"具舰""焚巢"之意，写南汉溃败之际刘鋹的表现。后二句评论道，南汉以一州之力，自然无法抵御国家之师。刘克庄站在王道正统的立场上，认定南汉的覆灭是命中注定的。《江南五首》其四云：

> 宣劝犹疑鸩，龙颜笑引觞。络鞍奉明主，执梃长降王。⑨

---

① 《全宋诗》第 58 册，第 36304 页。
② 《新五代史》卷六十五《刘鋹传》，第 819 页。
③ 《旧五代史》卷一百三十五《刘鋹传》，第 1810 页。
④ 《新五代史》卷六十五《刘鋹传》，第 817 页。
⑤ 同上书，第 819 页。
⑥ 《全宋诗》第 58 册，第 36304 页。
⑦ 《宋史》卷四百八十一《刘鋹传》，第 13926—13927 页。
⑧ 同上书，第 13927 页。
⑨ 《全宋诗》第 58 册，第 36304 页。

刘鋹被部送京师后,以其巧辩,被赦罪封爵。此诗咏刘鋹归宋后的两段逸事,均见《宋史》本传。《宋史·刘鋹传》载:

> 太祖尝乘肩舆从十数骑幸讲武池,从官未集,鋹先至,赐鋹卮酒。鋹疑为酖,泣曰:"臣承祖父基业,违拒朝廷,劳王师致讨,罪固当死,陛下不杀臣,今见太平,为大梁布衣足矣。愿延旦夕之命,以全陛下生成之恩,臣未敢饮此酒。"太祖笑曰:"朕推心于人腹,安有此事!"命取鋹酒自饮之,别酌以赐,鋹大惭顿首谢。太宗将讨晋阳,召近臣宴,鋹预之,自言:"朝廷威灵及远,四方僭窃之主,今日尽在坐中,旦夕平太原,刘继元又至,臣率先来朝,愿得执梃为诸国降王长。"太宗大笑,赏赐甚厚。①

此诗直叙其史事,以"奉明主"一语表达天朝立场。《江南五首》其五云:

> 身是假皇帝,国由内太师。伪朝旧宫殿,历历有遗基。②

此诗再次总括南汉政权及刘鋹事迹,最终从历史事实转到现实遗迹,既是表明创作的出发点,也是以回归当下的方式收束全篇。首二句言刘鋹当年政事,"身是假皇帝"言其偏闰身份,"国由内太师"言其统治昏庸。刘鋹"以谓群臣皆自有家室,顾子孙,不能尽忠,惟宦者亲近可任,遂委其政于宦者龚澄枢、陈延寿等,至其群臣有欲用者,皆阉然后用"③。史载"(大宝)五年,鋹以宦者李托养女为贵妃,专宠。托为内太师,居中专政"④。朝政糜烂如此,其败亡势在必然。后二句则写当年"宫城左右离宫数十"⑤,而今只留下历历遗基,则知刘克庄乃因古迹而咏古史,以此收束全篇。《江南五首》诗内容翔实,议论有力,布置井然,剪裁有法,是一组精心结构、章法谨严的组诗,足见刘克庄这一时期咏史诗创作的用心用力。

在刘克庄第二阶段的咏史怀古创作中,除了在桂、粤两地的集中创作,在其他名胜古迹亦有少量诗作,其中亦有可观者,兹举二首以见一斑。如《朱买臣庙》诗:

① 《宋史》卷四百八十一《刘鋹传》,第 13928—13929 页。
② 《全宋诗》第 58 册,第 36304 页。
③ 《新五代史》卷六十五《刘鋹传》,第 817 页。
④ 同上书,第 818 页。
⑤ 《宋史》卷四百八十一《刘鋹传》,第 13920 页。

> 翁子平生最苦贫,晚将丹颈博朱轮。老儒五十无章绶,归去何妨且负薪。①

庞元英《谈薮》云:"严州寿昌县,道旁有朱买臣庙貌。"②此诗因其庙而咏其人。前两句叙朱买臣平生主要关节,即早年贫贱,晚年富贵,最终在与张汤的倾轧斗争中,惨遭杀害。故刘克庄此诗称朱买臣一生贫苦,晚年以性命博取功名,并为其未得善终深感遗憾。因此后二句刘克庄作翻案文章,认为五十岁尚无功名,不妨归乡继续过"艾薪樵,卖以给食"③的生活,以安度馀生。所论虽无新意,然义正辞严,强毅果敢,颇有自抒怀抱的意味。此诗虽题为"朱买臣庙",而诗却与"庙"无涉,乃以怀古题作咏史诗。再如《富阳》诗,刘克庄至桐庐、富阳地,见严子陵遗迹而咏其人,诗云:

> 便着羊裘也不难,山林未有一枝安。富春耕种桐江钓,却羡先生别墅宽。④

《后汉书·严光传》云:

> 严光字子陵,一名遵,会稽馀姚人也。少有高名,与光武同游学。及光武即位,乃变名姓,隐身不见。帝思其贤,乃令以物色访之。后齐国上言:"有一男子,披羊裘钓泽中。"帝疑其光,乃备安车玄纁,遣使聘之。三反而后至。……除为谏议大夫,不屈,乃耕于富春山,后人名其钓处为严陵濑焉。⑤

其中"耕于富春山",李贤注云:"今杭州富阳县也。本汉富春县,避晋简文帝郑太后讳,改曰富阳。"而"严陵濑"李贤注云:"顾野王《舆地志》曰:'……桐庐县南有严子陵渔钓处,今山边有石,上平,可坐十人,临水,名为严陵钓坛也。'"⑥可知严陵濑在桐庐。刘克庄经桐庐至富阳,两处均有严子陵遗迹,

---

① 《全宋诗》第 58 册,第 36283 页。
② 宋庞元英撰(传),金圆整理《谈薮》,大象出版社,2019 年,第 227 页。
③ 《汉书》卷六十四上《朱买臣传》,第 2791 页。
④ 《全宋诗》第 58 册,第 36233 页。
⑤ 《后汉书》卷八十三《严光传》,第 2763—2764 页。
⑥ 同上书,第 2764 页。

则严子陵耕于富阳而钓于桐庐,跨越两县之地,即"富春耕种桐江钓"之意,可见严子陵活动范围甚广,于是刘克庄乃有"却羡先生别墅宽"之句。由人及己,假想隐居山林,"披羊裘钓泽中"并非难事,却没有一处安身之地,更没有严子陵这样的山林别墅可供耕钓,于是乃有"便着羊裘也不难,山林未有一枝安"之句。此诗不仅视角独特,别具趣味,且诗作颠倒构思顺序,以倒装出之,先将自己的感慨写出,读来半知半解,再以史事解释,则在尺幅之间顿生波折,呈奇崛拗峭之态。另外,富阳、桐庐在刘克庄时代为二县,实则桐庐原属富春,后乃析置。《太平寰宇记》卷九十五云:"桐庐县,汉为富春县地,吴黄武四年分富春置此。"①若严子陵的活动范围同在一县之内,即便有一定的距离,亦不如横跨两县显得范围之大,诗歌的冲击力也会大受影响,这也是地理沿革产生的独特诗思。

二、典型咏史

在刘克庄第二阶段的咏史诗创作中,除了上述在游宦期间所作、兼有咏史怀古性质的纪行咏史外,还创作了相当数量的典型咏史诗,更能代表刘克庄成熟时期咏史诗创作的水平。其中咏史组诗两百首自成体系,下文专节论述,本节重点讨论零散创作的典型咏史作品。这部分作品大多积极观照现实,特别关注本朝史、中朝事,其中对元祐党争、靖康之难、建炎南渡相关史事尤为属意。另外,对于当时发生的国家大事时事,也以咏史诗的形式通过历史映像的方式表达意见和态度。

刘克庄对本朝史十分关注,并且一直延续到晚年,在其咏史诗创作的第三阶段,仍有《读本朝事有感十首》诗,本节暂且不论。以下重点针对刘克庄第二阶段相关咏史创作予以阐述。

刘克庄注重思考本朝历史的经验教训,对北宋党争十分关注,屡屡形诸吟咏,如《观元祐党籍碑》诗云:

> 岭外瘴魂多不返,冢中枯骨亦加刑。稍宽末后因奎宿,暂仆中间得彗星。蚤日大程知反复,莫年小范要调停。书生几点残碑泪,一吊诸贤地下灵。②

---

① 《太平寰宇记》卷九十五"睦州·桐庐县",第 1911 页。
② 《全宋诗》第 58 册,第 36164 页。

此诗为刘克庄观元祐党籍碑有感而作,虽然具体创作时地不能确定,但编于《后村居士诗》卷二,创作时间应当较早。此诗言北宋新旧党争事,首联交代元祐党籍碑的产生背景。在崇宁元年蔡京逐渐掌权之时,元祐旧党已经零落殆尽,所谓"时元祐群臣贬窜死徙略尽"①,如吕大防、赵彦若等即死于被贬途中或贬所,甚至有人提出"发司马光墓"的动议。史载,"章惇为相,与蔡卞同肆罗织,贬谪元祐诸臣,奏发司马光墓"②。此即首联"岭外瘴魂多不返,冢中枯骨亦加刑"之意。既写出了党争的激烈、严重,也交代崇宁间元祐党籍产生的背景。

蔡京掌权后,对反对变法的旧党展开更大规模的政治清算。首先全面禁毁元祐学术,禁毁相关人士著作,进而形成了所谓的元祐党籍,并树立石碑以昭告天下。此诗对这一事件本身并未提及,颔联径言此事的后续发展,即因各种原因,党禁稍后略有松弛。主要是以下两个事件影响的结果。宋陈岩肖《庚溪诗话》卷上云:

> 或传:徽宗皇帝宝箓宫醮筵,常亲临之。一日启醮,其主醮道流拜章伏地,久之方起,上诘其故,答曰:"适至上帝所,值奎宿奏事,良久方毕,始能达其章故也。"上叹讶之,问曰:"奎宿何神为之,所奏何事?"对曰:"所奏不可得知,然为此宿者,乃本朝之臣苏轼也。"上大惊,不惟弛其禁,且欲玩其文辞墨迹。一时士大夫从风而靡。③

此说虽神秘难稽,当时已十分流行,洪迈《夷坚志》(《梅磵诗话》引)、张端义《贵耳集》均及此事,即诗所谓"稍宽末后因奎宿"之意。另外,史载:"(崇宁)五年正月,彗出西方,其长竟天。帝以言者毁党碑,凡其所建置,一切罢之。"④即诗所谓"暂仆中间得彗星"之意。

颈联则回顾元祐更化、绍圣绍述的前期历史。《邵氏闻见录》载:

> 元丰八年三月五日,神宗升遐,遗诏至洛,故相韩康公为留守。……兵部曰:"二公果作相,当何如?"宗丞曰:"当与元丰大臣同,若先分党与,他日可忧。"兵部曰:"何忧?"宗丞曰:"元丰大臣皆嗜利者,若使自变

---

① 《宋史》卷四百七十二《蔡京传》,第 13724 页。
② 《宋史》卷三百四十三《许将传》,第 10910 页。
③ 宋陈岩肖撰《庚溪诗话》卷上,丁福保辑《历代诗话续编》,中华书局,2006 年,第 171 页。
④ 《宋史》卷四百七十二《蔡京传》,第 13725 页。

已甚害民之法则善矣。不然,衣冠之祸未艾也。君实忠直,难与议,晦叔解事,恐力不足耳。"……宗丞为温公、申公所重,使不早死,名位必与忠宣等,更相调护,协济于朝,则元祐朋党之论,无自而起也。宗丞可谓有先见之明矣。①

可见在元祐更化之前,程颢(字宗丞,又称"大程")已预见新旧两党挟带意气、相互报复的争斗必然此起彼伏,后患无穷,所谓"衣冠之祸未艾",以此邵伯温赞程颢"有先见之明"。"蚤日大程知反复"句所指即此事。

"莫年小范要调停"言范纯仁晚年极力调和新旧两党矛盾,试图缓和双方的偏激行为,竭力阻止矛盾激化。范纯仁乃范仲淹次子,人称"小范",其政治主张更倾向于旧党一派。王安石变法,范纯仁多次上疏表达反对意见,曾直言"王安石变祖宗法度,掊克财利,民心不宁"②,"安石以富国强兵之术,启迪上心,欲求近功,忘其旧学。尚法令则称商鞅,言财利则背孟轲,鄙老成为因循,弃公论为流俗,异己者为不肖,合意者为贤人"③。"其所上章疏,语多激切"④,以致"安石大怒,乞加重贬"⑤。及哲宗立,旧党执政,又努力劝阻旧党全面废除新法,遏制旧党对新党施行偏激的打击报复。史载:

> 时宣仁后垂帘,司马光为政,将尽改熙宁、元丰法度。纯仁谓光:"去其泰甚者可也。差役一事,尤当熟讲而缓行,不然,滋为民病。愿公虚心以延众论,不必谋自己出;谋自己出,则谄谀得乘间迎合矣。役议或难回,则可先行之一路,以观其究竟。"光不从,持之益坚。⑥

范纯仁元祐年间调和两党,所论皆如上,其时已过花甲,故称"暮年"。

前三联以崇宁年间建立元祐党籍碑为中心,对此前的元祐更化、绍圣绍述以及崇宁党禁的后续进展均有涉及。对于党争给北宋诸贤带来的打击和伤害深表同情,同时对党争引起的政治斗争及其对国家命运的影响颇为痛

---

① 宋邵伯温撰,李剑雄、刘德权点校《邵氏闻见录》卷十三,中华书局,1983年,第146页。
② 《宋史》卷三百一十四《范纯仁传》,第10283页。
③ 同上书,第10284页。
④ 同上书。
⑤ 同上书。
⑥ 同上书,第10286—10288页。

心，因此尾联以"书生几点残碑泪，一吊诸贤地下灵"出之。

此诗内容十分丰富，而将党争的关键环节和重要内容，熔铸在短短的三联诗当中，尤其是以精巧属对的形式表现出来，颇具细密精工之美。其中"奎宿"与"彗星"、"早日大程"与"莫年小范"之对，均工巧自然，劲健有力，毫无凑泊之感。虽精密而不失于纤巧，使得原本并不出色的诗作变成了刘克庄咏史作品中难得的佳作，得到了广泛的称赞和认可，《梅礀诗话》评曰："此一联用事亭当，'奎宿'对'彗星'尤的，乃知作诗不厌改也。"①《大宋宣和遗事》亦曾引用，并加以解说②，可见其影响之一斑。

《感昔二首》诗评述中朝战事与感叹自身际遇。其一咏战事，云：

> 谈攻说守漫多端，谁把先朝事细看。弃夏西陲忘险要，失燕北面受风寒。傍无公议扶种李，中有流言沮范韩。寄语深衣挥麈者，身经目击始知难。③

首联"谈攻说守漫多端"句，一语双关，同时关涉先朝和本朝，言在先朝，意在本朝。"先朝事"总括并引出下文，颔联、颈联则具体展开。两联合说二事，"弃夏西陲忘险要""中有流言沮范韩"二句言庆历和议，"失燕北面受风寒""傍无公议扶种李"二句言靖康之难，二者在时间上有先后关系，在逻辑上有因果关系。

康定元年（1040）五月范仲淹与韩琦同为陕西经略安抚副使，以备御西夏的进攻。吸取多次贸然轻进而战败的教训后，范仲淹诸人逐渐确立了攻守结合、以防守为主的积极战略方针，在积极防守的基础上，并有所进攻。通过广大将士的努力，逐渐建立起较为稳固的边防，扭转了被动挨打的局面，军心振奋。孔平仲《谈苑》载："仲淹与韩琦谋必欲收复灵夏横山之地，边上谣曰：军中有一韩，西贼闻之心骨寒；军中有一范，西贼闻之惊破胆。"④形势一片大好。庆历三年（1043）宋夏开始议和，在尚未谈妥的情况下，朝廷于庆历三年四月除范仲淹、韩琦枢密副使，"令疾速赴阙"⑤。以朝廷专事议

---

① 元韦居安撰《梅礀诗话》卷下，丁福保辑《历代诗话续编》，第571页。

② 宋佚名《宣和遗事》前集，士礼居丛书景宋刊本。

③ 《全宋诗》第58册，第36175页。

④ 宋孔平仲撰，杨倩描、徐立群点校《孔氏谈苑》卷四，中华书局，2012年，第252页。

⑤ 宋范仲淹撰，李勇先等点校《范仲淹全集·文集》卷十九《除枢密副使召赴阙陈让第二状》，中华书局，2020年，第385页。

和,恐生变故,特有此命。韩、范二人以"边事未宁,防秋在近"①为由,五次上疏请辞,词意恳切,理由充分,尤其注重争取横山一带有利地形,以便进行积极主动的防守,终未获准。直到范仲淹离任入朝之后、宋夏缔结合约之前的庆历四年五月,范仲淹上《奏陕西河北和守攻备四策》,在"陕西攻策"中仍然对此念念不忘,言"元昊若失横山之势,可谓断其右臂矣"②。可惜朝廷没有给范仲淹实现其谋划的机会,这自然与朝中主和派大臣分不开,因此刘克庄此诗"弃夏西陲忘险要""中有流言沮范韩"二句即指庆历和议前夕,强行征召范仲淹、韩琦回京赴任,致使横山险要留滞敌手,西北边陲防御失当。

"失燕北面受风寒""傍无公议扶种李"二句言靖康之难前种师道参与的北宋战事。宣和四年(1122),根据宋金海上之盟,童贯帅军讨伐辽国燕京,种师道"为都统制",对童贯攻辽持不同意见,史载:"师道谏曰:'今日之举,譬如盗入邻家不能救,又乘之而分其室焉,无乃不可乎?'贯不听。"③最终结果是辽国灭亡,北宋失去北方屏障,使得金军长驱直入,导致后来的多次攻宋,直致北宋灭亡。

靖康元年(1126)正月,完颜宗望帅军围攻开封,钦宗在主降派的建议下,意欲弃城投降,李纲力主保卫东京,并多次挫败金军的进攻。在宋金和议的过程中,"金人须金币以千万计,求割太原、中山、河间地"④,"纲谓:'所需金币,竭天下且不足,况都城乎?三镇,国之屏蔽,割之何以立国?……大兵四集,彼孤军深入,虽不得所欲,亦将速归。此时而与之盟,则不敢轻中国,而和可久也。'"⑤种师道亦不认同割地,史载,"李邦彦议割三镇,(种)师道争之不得"⑥。在宋金达成宣和和议后,"四方勤王之师渐有至者,种师道、姚平仲亦以泾原、秦凤兵至。纲奏言:'金人贪婪无厌,凶悖已甚,其势非用师不可。且敌兵号六万,而吾勤王之师集城下者已二十馀万;彼以孤军入重地,犹虎豹自投槛穽中,当以计取之,不必与角一旦之力。若扼河津,绝馕道,分兵复畿北诸邑,而以重兵临敌营,坚壁勿战,如周亚夫所以困七国者。俟其食尽力疲,然后以一檄取誓书,复三镇,纵其北归,半渡而击之,此必胜

---

① 《范仲淹全集·文集》卷十九《除枢密副使召赴阙陈让第二状》,第385页。
② 《范仲淹全集·政府奏议》卷下《奏陕西河北和守攻备四策》,第522页。
③ 《宋史》卷三百三十五《种师道传》,第10751页。
④ 《宋史》卷三百五十八《李纲传》,第11244页。
⑤ 同上书。
⑥ 《宋史》卷三百三十五《种师道传》,第10753页。

之计也。'上深以为然，约日举事。姚平仲勇而寡谋，急于要功，先期率步骑万人，夜斫敌营，欲生擒斡离不及取康王以归。夜半，中使传旨谕纲曰：'姚平仲已举事，卿速援之。'纲率诸将旦出封丘门，与金人战幕天坡，以神臂弓射金人，却之。平仲竟以袭敌营不克，惧诛亡去。金使来，宰相李邦彦语之曰：'用兵乃李纲、姚平仲，非朝廷意。'遂罢纲，以蔡懋代之。"①

对于姚平仲劫营，种师道亦不赞同。史载，"(姚)平仲虑功名独归种氏，乃以士不得速战为言达于上"②，"帝日遣使趣师道战，师道欲俟其弟秦凤经略使师中至，奏言过春分乃可击。时相距才八日，帝以为缓，竟用平仲斫营，以及于败"③。在金军撤退之时，种师道之弟种师中率领西军精锐秦凤军三万人赶到东京开封，种师道即命他率部尾随金军之后，俟其半渡而击之，攻其不备，完全消灭其尚在南岸兵力，将金国最精锐的东路军打残以消后患。然最终亦未得施行，史载，"京师失守，帝搏膺曰：'不用种师道言，以至于此！'金兵之始退也，师道申前议，劝帝乘半济击之，不从，曰：'异日必为国患。'故追痛其语。"④

可见在靖康之难前的诸多重要关节，种师道、李纲等主战派大臣都曾提出了各种宝贵的战略战术，均可能改变历史发展的走向，甚至阻止靖康之难的发生以及北宋的灭亡，却因朝中主和派投降派掌权，种、李等人孤立无援，造成了不可挽回的后果。刘克庄"傍无公议扶种李"句即此意。而"失燕北面受风寒"句，或指宋金海上之盟后，燕云地区短暂"回归"后得而复失，或指割让太原、中山、河间三镇，所谓"国之屏蔽"，均失去北方屏障因而"受风寒"。

尾联"寄语深衣挥麈者，身经目击始知难"二句，在回顾历史之后，着眼现实，抒发感慨，寄语高居庙堂、总持权柄者，当谨慎决策。提醒他们非"身经目击"不知其难，纯然是对当下的深情感慨，呼应并强化了首句"谈攻说守漫多端"，兼及历史与现实的双关之意。此诗咏述北宋两大历史关节，撷取"弃夏"与"失燕"、"种李"与"范韩"等专有名词自然成对，将历史叙事熔入精密属对当中，体现出刘克庄咏史诗强大的剪裁熔铸能力，并成为其咏史创作的理想模式和追求方向。《感昔二首》其二云：

---

① 《宋史》卷三百五十八《李纲传》，第 11244—11245 页。
② 《宋史》卷三百三十五《种师道传》，第 10752 页。
③ 同上书，第 10752—10753 页。
④ 同上书，第 10753 页。

先皇立国用文儒，奇士多为礼法拘。澶水归来边奏少，熙河捷外战功无。生前上亦知强至，死后人方诔尹洙。蝼蚁小臣孤愤意，夜窗和泪看舆图。①

此诗首联开宗明义，指出北宋开国以来右文抑武的国策导致大多不拘礼法的能人奇士埋没不显。颈联和颔联从正反两个方面列举北宋史事、人物加以印证。正面的事件和人物分别是达成"澶渊之盟"的曹利用和创造熙河大捷的王韶。曹利用本为下层武官，在宋辽达成停战协议之际，奉命出使议和，严辞拒绝割地要求，不辱使命，最终达成"澶渊之盟"，从而宋辽之间，礼尚往来，殷勤通使，百馀年间未发生大规模战事，即刘克庄诗所谓"澶水归来边奏少"之意，意在凸显曹利用"捐躯以入不测之虏"②，主持缔结"澶渊之盟"的伟大功绩和长远成效。

王韶字子纯，虽然进士出身，然仕途不顺，弃文从军，有勇有谋。熙宁年间经略河湟地区，主导熙河之役，拓边二千馀里，收复熙、河、洮、岷、叠、宕六州，全部占有熙河路辖区，对西夏起到了抑制作用。王韶以奇计、奇捷、奇赏著称，京师好事者称之"三奇副使"。蔡上翔曰："韶以书生知兵，诚为不出之才。而谋必胜，攻必克，宋世文臣筹边，功未有过焉者也。"③熙河大捷之于北宋具有非同寻常的意义，史称"宋几振矣！"④，刘克庄诗称"熙河捷外战功无"，意在推崇王韶的卓著功绩。

此诗颔联所言曹利用、王韶以低微出身建立不世功业，颈联则列举负面事例，以强至、尹洙为例，表达对沉沦下僚、奇志难酬者的叹惋之情。《宋史翼·强至传》载："强至字几圣，杭州吴山里人。少有志节，力学问。……最受知于韩琦，琦罢政事，镇京兆，徙镇相、魏，常引至自助。……琦上奏及他书记，皆至属稿。琦乞不散青苗，神宗阅其奏，曰：'此必强至之文也。'"⑤即诗所谓"生前上亦知强至"之意。强至有文名，在韩琦幕府长达六年，期间必多有参议谋划，终未及大用，对此刘克庄深表惋惜。

尹洙，字师鲁，河南人。《宋史·尹洙传》云："自元昊不庭，洙未尝不在

---

① 《全宋诗》第 58 册，第 36175 页。
② 《宋史》卷二百九十《曹利用传》，第 9707 页。
③ 清蔡上翔撰《王荆公年谱考略》卷十八"熙宁七年（五十四岁）"，裴汝诚点校《王安石年谱三种》，中华书局，1994 年，第 486 页。
④ 清颜元著，王星贤、张芥尘、郭征点校《颜元集·宋史评佚文》，中华书局，1987 年，第 799 页。
⑤ 清陆心源撰，吴伯雄点校《宋史翼》卷二十六，浙江古籍出版社，2016 年，第 599 页。

兵间,故于西事尤练习。其为兵制之说,述战守胜败,尽当时利害。又欲训土兵代戍卒,以减边费,为御戎长久之策,皆未及施为。而元昊臣,洙亦去而得罪矣。"①可见尹洙在韩琦、范仲淹幕中,其谋略才干亦多未能得到充分认可和施行。故诗云"死后人方诔尹洙",慨叹其怀才不遇。

《宋史》于王韶等人传末论曰:"神宗奋英特之资,乘财力之富,锐然欲复河、湟,平灵、夏,而蔡挺、王韶、章楶辈起诸生,委褒衣,树勋戎马间。世非无材,顾上所趣尚磨厉奚如耳。观挺之治兵,韶之策敌,楶之制胜,亦一时良将。"②可见时势之异与人主之趣之于奇才能士十分重要。此诗尾联由人及己,刘克庄从曹利用、王韶之逢时建策,强至、尹洙之怀才不遇,感叹自身的处境和遭际。刘克庄此时沉沦下僚,自称"蝼蚁小臣",而参详舆图,关心国事。然胸怀孤愤,满腔热忱,却无所施为,愤懑难平,不禁洒泪灯前。《感昔二首》诗必作于金陵幕中,作者身临前线,关心攻守和战,希望大展身手,慨叹怀才不遇。在此诗中,刘克庄依然努力追求属对精工,尤其是人名、地名等专名的属对,如此诗中"澶水"与"熙河"、"强至"与"尹洙"之对等,即是将客观细致的史事加以精心裁剪安排。

刘克庄又有《读崇宁后长编二首》诗,言徽钦两朝君主昏聩,政治腐败。其一云:

> 自入崇宁政已荒,由来治忽系毫芒。初为御笔行中旨,渐取兵权付左珰。玉带解来放贵幸,珠袍脱下赐降羌。诸公日侍钧天燕,不道流人死瘴乡。③

今本《续资治通鉴长编》"惟徽钦二纪原本不载"④。《刘克庄集笺校》云:"后村诗中所论,皆徽宗自崇宁以后朝政所失,今《长编》原文虽不存,其事则诸史多载,尚可发覆也。"⑤然刘克庄此诗所言,亦有无从稽考者。此诗首二句总括诗旨,言崇宁以来政治荒废,而治乱兴衰多系毫芒之间,即在具体施政措施,以下两联即以四件具体事例予以阐说。

为满足赵佶的荒唐需求,蔡京怂恿赵佶不经中书门下而由内廷直接发

① 《宋史》卷二百九十五《尹洙传》,第 9838 页。
② 《宋史》卷三百二十八,第 10592 页。
③ 《全宋诗》第 58 册,第 36186 页。
④ 《四库全书总目》卷四十七《续资治通鉴长编》提要,第 424 页。
⑤ 《刘克庄集笺校》卷四,第 231 页。

布敕谕,即所谓"中旨",破坏了原来的行政决策程序,蔡京甚至假托御笔胡作非为。对此,《宋史·蔡京传》有详细记载,云:"初,国制,凡诏令皆中书门下议,而后命学士为之。至熙宁间,有内降手诏不由中书门下共议,盖大臣有阴从中而为之者。至京则又患言者议己,故作御笔密进,而丐徽宗亲书以降,谓之御笔手诏,违者以违制坐之。事无巨细,皆托而行,至有不类帝札者,群下皆莫敢言。繇是贵戚、近臣争相请求,至使中人杨球代书,号曰'书杨',京复病之而亦不能止矣。"①从中可见所谓"御笔行中旨"性质之恶劣与影响之深远。

童贯本为宦官,却执掌兵权,知枢密院事,攻打燕云,镇压方腊,专横跋扈,误国乱政。《宋史·童贯传》云:"未几,为熙河兰湟、秦凤路经略安抚制置使,累迁武康军节度使。讨溪哥臧征,复积石军、洮州,加检校司空。颇恃功骄恣,选置将吏,皆捷取中旨,不复关朝廷。……政和元年,进检校太尉,使契丹。……使还,益展奋,庙谟兵柄皆属焉。遂请进筑夏国横山,以太尉为陕西、河东、河北宣抚使。俄开府仪同三司,签书枢密院河西北两房。不三岁,领院事。"②即诗"渐取兵权付左珰"之意。

《宋史·徽宗纪》载:"(大观二年)夏四月甲辰,复洮州。五月庚戌朔,日有食之。辛亥,虑囚。以复洮州功,赐蔡京玉带,加童贯检校司空,仍宣抚。"③《宋史·王黼传》云:"黼于三省置经抚房,专治边事,不关之枢密。括天下丁夫,计口出算,得钱六千二百万缗,竟买空城五六而奏凯。率百僚称贺,帝解玉带以赐,优进太傅,封楚国公。"④《宋史·徽宗纪》亦载:"(宣和五年)五月己未,以收复燕云,赐王黼玉带。"⑤因蔡京、王黼均为徽宗幸臣,且均曾被赐御带,故"玉带解来放贵幸"不知所言何人,亦或兼而论之。又,《宋史·郭药师传》载:"宣和四年九月,药师拥所部八千人奉涿、易二州来归,诏以为恩州观察使。……又令取天祚以绝燕人之望,变色而言曰:'天祚,臣故主也,国破出走,臣是以降。陛下使臣毕命他所,不敢辞,若使反故主,非所以事陛下,愿以付他人。'因涕泣如雨。帝以为忠,解所御珠袍及二金盆以赐。"⑥郭药师为辽国降将,徽宗曾赐珠袍,故"珠袍脱下赐降羌"所言即其事。

①　《宋史》卷四百七十二《蔡京传》,第13726页。
②　《宋史》卷四百六十八《童贯传》,第13658页。
③　《宋史》卷二十《徽宗纪》,第380—381页。
④　《宋史》卷四百七十《王黼传》,第13683页。
⑤　《宋史》卷二十二《徽宗纪》,第412页。
⑥　《宋史》卷四百七十二《郭药师传》,第13737—13738页。

在列举了崇宁以来徽宗皇帝及奸佞小人的种种悖逆行径之后，进一步揭露这些奸佞小人炮制党争、残害忠良的史实，尾联"诸公日侍钧天燕，不道流人死瘴乡"，以佞臣终日在皇宫侍宴享乐与忠臣被贬蛮荒、客死瘴乡相对照，尤其凸显出北宋末年黑暗混乱的政治统治。《读崇宁后长编二首》其二云：

> 陈迹分明断简中，才看卷首可占终。兵来尚恐妨恭谢，事去徒知悔夹攻。丞相自言芝产第，太师频奏鹤翔空。如何直到宣和季，始忆元城与了翁。①

首联中，"陈迹分明断简中"照应诗题"读崇宁后长编"，"才看卷首可占终"，提起下文崇宁以来政事之荒唐悖谬。

首联二句言对金人入侵的反应与对海上之盟的反思。"兵来尚恐妨恭谢"言应对失机。《宣和遗事·后集》云："金国传檄书至，童贯得虏牒，开拆始知为檄书，其言大不逊。是时徽宗正行郊祭，大臣匿边报不以闻，道是恐妨恭谢。及恭谢礼毕，方以檄书进呈徽宗。"②宋吕中《宋大事记讲义》卷二十二载："当时之变不在外而在内，不在金人而在中国小人之用事。自熙宁至宣和六十年，奸幸之积熟矣。星犯帝座，祸败在目前，而不知寇入，而不罢郊祀，恐碍推恩。寇至而不告中外，恐妨恭谢，寇迫而〔不〕撤彩山，恐妨行乐，是小人之夷狄也。"③小人专权耽宠，不辨是非轻重，竟至延误军机，铸成大错。"事去徒知悔夹攻"言决策错误。女真部势力逐渐壮大，屡挫辽军，并建立金国，宋徽宗与蔡京、童贯等决定"欲与通好，共行吊伐"④。在辽人马植的谋划协助下，宋金双方绕过辽国领地，来往于海上，缔结联合攻辽的盟约，史称"海上之盟"。之后经过多次伐燕失败以及与金的交涉，最终收复了部分燕云地区，使得宋徽宗在理论上实现了立国以来百年夙愿。然而这一过程不仅使得北宋军用储备消耗殆尽，战略上转为劣势，而且在伐燕过程中一再失利，将北宋的不堪一击的军事实力彻底暴露，使得金国在灭辽之后，有了进一步灭宋的野心。在失去辽国这个中间屏障之后，北宋直接面对锐

---

① 《全宋诗》第 58 册，第 36186 页。

② 《宣和遗事》，古典文学出版社，1958 年，第 78 页。

③ 宋吕中撰，张其凡、白晓霞整理《类编皇朝大事记讲义》，上海人民出版社，2013 年，第 377 页。

④ 明陈邦瞻撰，河北师范学院历史系中国古代史组点校《宋史纪事本末》卷五十三"复燕云"，中华书局，2015 年，第 540 页。

不可当的金兵,其后果也就可想而知了。在金兵铁骑南下之时,才知当初宋金夹攻灭辽的决策失误,即诗所谓"事去徒知悔夹攻"之意。

颈联"丞相自言芝产第,太师频奏鹤翔空"言宋徽宗等人为掩盖政治黑暗,制造太平盛世的假象,亦迷信道教,崇尚祥瑞。如《宋史·徽宗纪》载:"(宣和五年十一月)丙寅,幸王黼第观芝。"①《宋史·五行志》载:"宣和元年九月戊午,蔡京等表贺赤乌,又贺白鹊。"②《宋史·礼乐志》载:"崇宁四年……九月朔,以鼎乐成,帝御大庆殿受贺。是日,初用新乐,太尉率百僚奉觞称寿,有数鹤从东北来,飞度黄庭,回翔鸣唳。"③王黼宣和元年即为少宰,后至元宰,蔡京官至太师。诗中丞相、太师即指其人。二人屡献祥瑞,迎合徽宗,祸乱朝政。

对于徽宗及奸臣的荒谬行为,当时即有刚毅正直之人参奏弹劾,如刘安世、陈瓘等。《宋史·刘安世传》云:"安世仪状魁硕,音吐如钟。初除谏官……在职累岁,正色立朝,扶持公道。其面折廷争,或帝盛怒,则执简却立,伺怒稍解,复前抗辞。旁侍者远观,蓄缩悚汗,目之曰'殿上虎',一时无不敬慑。"④又云:"同文馆狱起,蔡京乞诛灭安世等家,谗虽不行,犹徙梅州。……凡投荒七年,甲令所载远恶地无不历之。移衡及鼎,然后以集贤殿修撰知郓州、真定府,曾布又忌之,不使入朝。蔡京既相,连七谪至峡州羁管。稍复承议郎,卜居宋都。"⑤《宋史·陈瓘传》载:"徽宗即位,召为右正言,迁左司谏。瓘论议持平,务存大体,不以细故借口,未尝及人暗昧之过。尝云:'人主托言者以耳目,诚不当以浅近见闻,惑其聪明。'惟极论蔡卞、章惇、安惇、邢恕之罪。御史龚夬击蔡京,朝廷将逐夬,瓘言:'绍圣以来,七年五逐言者,常安民、孙谔、董敦逸、陈次升、邹浩五人者,皆与京异议而去。今又罢夬,将若公道何。'遂草疏论京,未及上。"⑥刘安世当时人称元城先生,陈瓘号了翁,因此尾联"如何直到宣和季,始忆元城与了翁"二句,意即直到宣和末年,大难临头、大势已去之际,才开始怀念刘安世、陈瓘这样的忠贞之臣,只可惜为时已晚,二人分别于宣和六年、七年离世。可见当初奸臣乱政之时,并非没有忠直之士,只是不断遭受打压,最终造成奸臣当道,政治腐

---

① 《宋史》卷二十二《徽宗纪》,第413页。
② 《宋史》卷六十四《五行志》,第1410页。
③ 《宋史》卷一百二十九《乐志》,第3001页。
④ 《宋史》卷三百四十五《刘安世传》,第10954页。
⑤ 同上书,第10953—10954页。
⑥ 《宋史》卷三百四十五《陈瓘传》,第10962页。

败，直至不可收拾。此诗通过崇宁以降徽宗朝奸贼佞臣各种反常悖逆的政治行径，以及对忠贞刚毅之士的打击报复，最终使得北宋政治一步步走向深渊。

明李濂《汴京遗迹志》卷十三引和维《愚见纪忘》论及宋末史事，称："徽钦北狩，可谓世之大变，而诗人感愤见于题咏者，皆言其奢纵之过。……刘后村云：初为御笔行中旨……又云：兵来尚恐妨恭谢……盖言徽钦之失非止奢侈淫佚之极，亦由罢黜贤臣，任用阉宦，崇尚祥瑞，赏赉无功，以致祸变也。元城刘公、了翁陈公，皆以谏官得罪去。"①论及刘克庄此二诗之旨，殊为确当。

刘克庄又有《题系年录》诗，咏建炎以后南宋史事，诗云：

> 炎绍诸贤虑未精，今追遗恨尚难平。区区王谢营南渡，草草江徐议北征。往日中丞甘结好，暮年都督始知兵。可怜白发宗留守，力请銮舆幸旧京。②

《系年录》即李心传《建炎以来系年要录》，《宋史·李心传传》又称《高宗系年录》③，记中兴以来事。首联总括南渡之际，建炎、绍兴年间，朝中执政大臣决策不当，思虑不周，导致偏安局面呈不可扭转之势。颔联以东晋南朝史事映射南宋事。东晋初年，王导为琅琊王司马睿积极谋划，在建康建立东晋政权，最终使政权得以稳定，偏安东南得以实现。南宋的历史与东晋十分相似，康王赵构在南京应天府（今商丘）即位后，迁都临安，便一心与金议和，苟且偷安。后来秦桧提出"如欲天下无事，南自南，北自北"④的方略，意在实行南北分治，承认金朝统治北方，以此换取金朝不再进攻南宋，维持南宋的半壁江山，最终实现宋金和平相处以及南宋真正得以偏安东南。"区区王谢营南渡"句，以东晋司马睿先后在王谢两大家族的扶持下经营江南事映射南宋初年宋高宗和亲信大臣一心潜逃、努力偏安的历史。

元嘉二十七年，宋文帝北伐，江湛极力附议，竟致惨败。《宋书·江湛传》载："上大举北伐，举朝为不可，唯湛赞成之。索虏至瓜步，领军将军刘遵考率军出江上，以湛兼领军，军事处分，一以委焉。虏遣使求婚，上召太子劭以下集议，众并谓宜许，湛曰：'戎狄无信，许之无益。'劭怒，谓湛曰：'今三王

---

① 明李濂撰《汴京遗迹志》卷十三，中华书局，1999年，第227—228页。
② 《全宋诗》第58册，第36188页。
③ 《宋史》卷四百三十八《李心传传》，第12986页。
④ 《宋史》卷四百七十三《秦桧传》，第13749页。

在阼,讵宜苟执异议。'声色甚厉。坐散俱出,劭使班剑及左右推之,殆将侧倒。劭又谓上曰:'北伐败辱,数州沦破,独有斩江湛,可以谢天下。'上曰:'北伐自我意,江湛但不异耳。'"①《宋书·徐湛之传》云:"二十七年,索虏至瓜步,湛之领兵置佐,与皇太子分守石头。……江湛为吏部尚书,与湛之并居权要,世谓之江、徐焉。"②其时有"江徐"之称,刘克庄亦取徐以陪江。言东晋事而意在本朝。宋孝宗赵昚在即位后的第二个月,颁布手谕,召主战派老将张浚入朝,共商恢复河山的大计。隆兴元年四月,宋孝宗为防止反对派干预,径自绕过三省与枢密院,直接向张浚和诸将下达了北伐的诏令。张浚在接到北伐诏令之后,调兵八万,兵分两路,发动进攻。最终因主将不和,军心涣散,造成符离之败。此战对宋孝宗的雄心打击极大,逐渐扶持主和派上台,隆兴北伐最终以失败告终。刘宋文帝北伐与赵宋孝宗北伐,亦十分相似,均是以主动进攻开始,以惨烈失败告终,其中又均与大臣(江湛、张浚)举措失当有关。因此"草草江徐议北征"句,即以江湛积极推动北伐、最终失败之事映射张浚隆兴北伐失败。以"草草"字暗含两次北伐决策草率仓促,结局惨淡黯然。

颔联以历史映射历史,暗写南宋史事。颈联"往日中丞甘结好,暮年都督始知兵"则由事及人,直接发表议论,表达对与上述历史事件相关人物的意见和看法。"中丞"指秦桧,"结好"言其力主和议,结好金国,下一"甘"字则显其奸佞。"都督"指张浚,言其指挥北伐,而称其"暮年""始知兵",暗指张浚志大才疏,能力不足,孝宗使之北伐,用人不当,照应此诗首句"虑未精"之言。

尾联二句"可怜白发宗留守,力请銮舆幸旧京",以宗泽与秦桧、张浚相对照。抗战派代表人物宗泽作为东京留守,积极备战,力主高宗皇帝还都开封或西迁关中,以示必战,鼓舞士气。较之秦桧为忠贞,较之张浚为精勇。然高宗专心偏安,宗泽满怀孤忠,无计可施,乃至忧愤而终,故称其"可怜"。

在此诗中,除了运用人名、官名等专名属对的技巧外,还涉及以其他朝代人事影射叙述本朝人事的手法,可以收到含蓄蕴藉、言简义丰的艺术效果。这种手法尤其注重历史的相似性,其映射关系越精确,艺术效果越显著,可以将其视之为典故运用在咏史诗创作中的一种高级变形。这种手法难度很高,在刘克庄的其他咏史诗中也有体现。

---

① 《宋书》卷七十一《江湛传》,第 1849 页。
② 《宋书》卷七十一《徐湛之传》,第 1847 页。

除了上述吟咏重大历史事件外,还通过更加具体的人事吟咏,管中窥豹,表达对北宋重要政治活动以及历史人物的意见,如《题坡公赠郑介夫诗三首》诗即属此类。

郑侠,字介夫,是北宋中期一位品级不高的官员,但因其与王安石、苏轼均有交涉,因此名标青史。苏轼有《次韵郑介夫二首》诗,自言“东坡南迁,始识介夫,北归至英,介夫在焉,和其二诗”①。刘克庄此诗或题东坡诗手迹,虽然是题跋诗,却毫不涉及苏轼诗作的内容,而是歌咏郑侠以及苏轼、王安石等重要历史、人物,涉及熙宁变法、新旧党争等重要政治活动,是三首真正意义上的咏史诗。《题坡公赠郑介夫诗三首》其一云:

> 玉座见图叹,累累菜色民。如何崔白辈,只写蔡奴真。②

郑侠一生最著名的事迹即其向神宗皇帝献《流民图》,故刘克庄首咏其事。《宋史·郑侠传》载:

> 是时,自熙宁六年七月不雨,至于七年之三月,人无生意。东北流民,每风沙霾曀,扶携塞道,羸瘠愁苦,身无完衣。并城民买麻籸麦麸,合米为糜,或茹木实草根,至身被锁械,而负瓦揭木,卖以偿官,累累不绝。侠知安石不可谏,悉绘所见为图,奏疏诣合门,不纳。乃假称密急,发马递上之银台司。其略云:“去年大蝗,秋冬亢旱,麦苗焦枯,五种不入,群情惧死;方春斩伐,竭泽而渔,草木鱼鳖,亦莫生遂。灾患之来,莫之或御。愿陛下开仓廪,赈贫乏,取有司掊克不道之政,一切罢去。冀下召和气,上应天心,延万姓垂死之命。今台谏充位,左右辅弼又皆贪猥近利,使夫抱道怀识之士,皆不欲与之言。陛下以爵禄名器,驾驭天下忠贤,而使人如此,甚非宗庙社稷之福也。窃闻南征北伐者,皆以其胜捷之势、山川之形,为图来献,料无一人以天下之民质妻鬻子,斩桑坏舍,流离逃散,遑遑不给之状上闻者。臣谨以逐日所见,绘成一图,但经眼目,已可涕泣。而况有甚于此者乎!如陛下行臣之言,十日不雨,即乞斩臣宣德门外,以正欺君之罪。”疏奏,神宗反复观图,长吁数四,袖以入。是夕,寝不能寐。③

---

① 《苏轼诗集》卷四十四《次韵郑介夫二首》“施注”,第2405页。
② 《全宋诗》第58册,第36229页。
③ 《宋史》卷三百二十一《郑侠传》,第10435—10436页。

即此诗首二句"玉座见图叹,累累菜色民"所咏之事,言宋神宗览郑侠所献《流民图》,见饥民累累,面有菜色,不禁感叹不已。

《后村诗话》卷下云:"汴都角妓郜六、李师师,多见前辈杂记。郜即蔡奴也。元丰中,命待诏崔白图其貌入禁中。"①"如何崔白辈,只写蔡奴真"所言即崔白图写汴京名妓蔡奴容貌献给宋神宗之事。刘克庄将郑侠献流民图与崔白写蔡奴真相对比,二事相仿,均为臣子献图画,而性质却有云泥之别,一是为民请命,一是供君享乐。刘克庄以"如何""只写"表达异议,委婉批判,同时亦暗含对宋神宗的讽刺。以崔白之辈的卑猥为陪衬,凸显郑侠一心为民、正直刚毅的高大光明。《题坡公赠郑介夫诗三首》其二云:

> 向来与相国,投分自钟山。不入翘材馆,甘为老抱关。②

此诗则咏郑侠与王安石的早年交谊。《宋史·郑侠传》载:

> 郑侠字介夫,福州福清人。治平中,随父官江宁,闭户苦学。王安石知其名,邀与相见,称奖之。进士高第,调光州司法参军。安石居政府,凡所施行,民间不以为便。光有疑狱,侠谳议傅奏,安石悉如其请。侠感为知己,思欲尽忠。秩满,径入都。时初行试法之令,选人中式者超京官,安石欲使以是进,侠以未尝习法辞。三往见之,问以所闻。对曰:"青苗、免役、保甲、市易数事,与边鄙用兵,在侠心不能无区区也。"安石不答。侠退不复见,但数以书言法之为民害者。久之,监安上门。安石虽不悦,犹使其子雱来,语以试法。方置修经局,又欲辟为检讨,更命其客黎东美谕意。……是时,免役法出,民商咸以为苦,虽负水、舍发、担粥、提茶之属,非纳钱者不得贩鬻。税务索市利钱,其末或重于本,商人至以死争,如是者不一。侠因东美列其事。未几,诏小夫裨贩者免征,商之重者十损其七,他皆无所行。③

可见,郑侠早年在江宁即受知于王安石,在王安石入朝主持变法时,欲引以自助。郑侠只须稍加附会,即可立致富贵,这本是平步青云、飞黄腾达的绝佳机遇,而郑侠却因与王安石政见不合,拒不配合,宁可作一监门,坚持为民

---

① 《刘克庄集笺校》卷一七四《诗话》,第 6735 页。
② 《全宋诗》第 58 册,第 36229 页。
③ 《宋史》卷三百二十一《郑侠传》,第 10434—10435 页。

请命,即诗所谓"不入翘材馆,甘为老抱关"之意,足见其不慕荣利、刚直不阿、抱道自守的可贵品质。《题坡公赠郑介夫诗三首》其三云:

> 下吏语尤硬,投荒身转轻。不然玉局老,肯唤作先生。①

此诗咏郑侠事迹而以苏轼之推重为衬托。首二句写郑侠经历。在其上《流民图》后,"群奸切齿,遂以侠付御史,治其擅发马递罪"②。"惠卿执政,侠又上疏论之。……御史台吏杨忠信谒之曰:'御史缄默不言,而君上书不已,是言责在监门而台中无人也。'取怀中名臣谏疏二帙授侠曰:'以此为正人助。'惠卿暴其事,且嗾御史张琥并劾冯京为党与。侠行至太康,还对狱,狱成,惠卿议致之死。……但徙英州。既至,得僧屋将压者居之。"③"元符七年,再窜于英。徽宗立,赦之,仍还故官,又为蔡京所夺,自是不复出。布衣粝食,屏处田野,然一言一话,未尝忘君。"④虽然郑侠多次被交付司法部门审讯,但他始终保持刚毅正直的强项本色,毫无畏惧退缩,故称其"语尤硬"。即便万里投荒亦毫不以为意,泰然处之,怡然自若,故称其"身转轻":均可见其大义凛然,境界高远。

后二句援引苏轼之态度为据。因苏轼曾任玉局观提举,故自称玉局翁,他人尊称其为玉局仙或玉局老。此二句言,若非郑侠之人格可钦可敬,苏轼岂肯尊称其为"先生"? 苏轼称郑侠为先生,虽然现在我们已经看不到直接证据,但刘克庄所见之墨迹或为苏轼直接题赠郑侠者,且苏轼对郑侠之气节品行颇为推重,称其为先生亦合人情。苏轼在《乞录用郑侠王斿状》中称赏郑侠曰:"考其始终出处之大节,合于古之君子杀身成仁、难进易退之义,朝廷若不少加优异,则臣等恐侠浩然江湖,往而不返,若溘先朝露,则有识必为朝廷兴失士之叹。"⑤苏轼对郑侠许之以"古之君子",足见其推重之意。因此刘克庄以此表达对郑侠的赞赏,并呼应此诗标题,收束全篇。

《题坡公赠郑介夫诗三首》诗虽为三首五言绝句,篇幅虽短,但不重属对,剪裁精当,言约义丰,涵盖了郑侠献《流民图》,交好王安石却保持人格独立、见重于苏轼等典型事迹和重要人物,均表现出郑侠的刚正本色和高贵品

---

① 《全宋诗》第 58 册,第 36229 页。
② 《宋史》卷三百二十一《郑侠传》,第 10436 页。
③ 同上书,第 10436—10437 页。
④ 同上书,第 10437 页。
⑤ 《苏轼文集》卷二十七《乞录用郑侠王斿状》,第 794—795 页。

格,足见其剪裁熔铸之功。若将此三首诗与其后期专重属对的五言咏史诗相比,更见可贵。此外还有《米元章有帖云老弟山林集多于眉阳集,然不袭古人一句,子瞻南还,与之说,茫然叹久之,似叹渠偷也,戏跋二首》诗,咏及米芾和苏轼,诗云:

> 大令云亡笔不传,世无行草已千年。偶然遗下鹅群帖,生出杨风与米颠。①
> 二集一传一不传,可能宝晋胜坡仙。苏郎不醉常如醉,米老真颠却辨颠。②

其一论米芾书法,首二句从王献之魏晋笔法说起,言王献之去世,笔法不传,世上无行草书已近千年。因米芾有临王献之《群鹅帖》,杨凝式有《韭花帖》,均为名帖。杨凝式为躲避政治迫害而佯狂,时人谓之杨风子,米芾因行止脱俗,倜傥不羁,人称"米颠"。故后二句言王献之偶有《群鹅帖》流传于世,被杨凝式、米芾临摹、学习,因此产生了杨疯(子)和米颠。咏米芾而以杨凝式陪说,意在取二者同为书家又有疯癫之状。

其二回归本题,论米芾诗歌创作。本诗题言米芾将其《山林集》与苏轼诗集相较,且自言"不袭古人一句",为苏轼所哂。刘克庄此诗首二句言米、苏二人之诗集,苏集传承有序,米集早已亡佚,岂能言米胜于苏?暗示诗题中米芾言论荒谬,故后二句言米芾确实是疯癫失智,不仅如此,还"自辨非颠"③,刘克庄此诗自注:"世传米老有《辨颠帖》。"而以苏轼"不醉常如醉"陪说。此二诗虽是评骘米、苏,但其中依然体现出刘克庄对北宋名公宿望的倾慕之意。

在这一时期,刘克庄除吟咏本朝史事外,对其他时期历史的咏诵之作也取得了很高的成就,代表了刘克庄这一阶段咏史诗的创作水准,比如《读金銮密记》诗:

> 仗下千官走似麕,仓皇谁扈属车尘。禁中陆九艰危共,殿上朱三苦死嗔。当日横身抗岐汴,暮年避地客瓯闽。小窗细读金銮记,始信香奁

---

① 《全宋诗》第 58 册,第 36278 页。
② 同上书。
③ 元戚辅之《佩楚轩客谈》云:"米老与时书,自辨非颠,世谓之'辨颠帖'。"《说郛》卷二十七(顺治三年刊本)。

属别人。①

据"陆九""朱三"可知此诗前两联言中唐史事。建中四年(783)九月,唐德宗征发泾原等各道兵马援救襄城。十月,五千泾原兵来到长安,顶风冒雪,艰辛跋涉,希望能得到朝廷的优厚赏赐,结果一无所得,群情激奋,发生哗变。泾原士卒进入皇宫府库,大肆掠夺金银。同时德宗带领部分皇妃、太子、诸王仓皇出逃至奉天。后来朱泚被乱军拥立为帅,并进一步称帝,称大秦皇帝,公开亮出了反唐的旗号。然后进攻奉天,亲自督战,围攻了一个月,形势极为危急,史称"奉天之难"。次年二月,李怀光反,唐德宗又逃至梁州。"仗下千官走似麛"即言唐德宗逃难之情状,"殿上朱三苦死嗔"言朱泚围攻奉天之史事。"殿上朱三"暗示其称帝,"苦死嗔"写朱泚攻击奉天之紧急与猛烈,当时制造了大型云梯、轒辒车等攻城器具,集中进攻城的西北角,箭石如雨下,城内死伤不可胜数。

在唐德宗逃难过程中,陆贽始终追随左右。《旧唐书·陆贽传》云:

> 建中四年,朱泚谋逆,从驾幸奉天。时天下叛乱,机务填委,征发指踪,千端万绪,一日之内,诏书数百。贽挥翰起草,思如泉注,初若不经思虑,既成之后,莫不曲尽事情,中于机会,胥吏简札不暇,同舍皆伏其能。……(兴元元年)二月,从幸梁州,转谏议大夫,依前充学士。……贽初入翰林,特承德宗异顾,歌诗戏狎,朝夕陪游。及出居艰阻之中,虽有宰臣,而谋猷参决,多出于贽,故当时目为"内相"。②

可见陆贽起草诏书,参谋机要,颇得唐德宗依赖与倚仗。"仓皇谁扈属车尘""禁中陆九艰危共"二句所写即陆贽随驾勤王之事。上述史事看似与此诗题《金銮密记》(唐昭宗时韩偓所作)了无干涉,实则另有深意。

光化三年(900),宦官刘季述发动宫廷政变,幽禁唐昭宗,立太子李裕为帝。次年初,韩偓协助宰相崔胤平定叛乱,迎昭宗复位,成为功臣之一,任中书舍人,深得昭宗器重,此后,崔胤想借朱温之手杀宦官,而韩全海等宦官情急之下劫持昭宗到凤翔投靠李茂贞。"(韩)偓夜追及鄠,见帝恸哭。至凤

---

① 《全宋诗》第 58 册,第 36269 页。
② 《旧唐书》卷一百三十九《陆贽传》,第 3791—3817 页。

翔,迁兵部侍郎,进承旨"①。朱温追到凤翔城下,要求迎还昭宗。韩全诲矫诏令朱温返镇。天复二年,朱温再次围攻凤翔,多次击败李茂贞。凤翔被围日久,城中食尽,冻饿死者不可胜计。李茂贞无奈,于天复三年(903)正月杀韩全诲等人,与朱温议和。朱温挟昭宗回长安,昭宗从此成了他的傀儡,对朱温唯命是从。朱温先杀掉宦官数百人,天祐元年(904)又迁都洛邑,对唐昭宗严密监视,完全控制,最后安排手下将唐昭宗弑杀。韩偓《金銮密记》即作于随驾凤翔之时。《郡斋读书记》卷二上云:"《金銮密记》一卷,右唐韩偓撰。偓,天复元年为翰林学士,从昭宗西幸。朱温围岐三年,偓因密记其谋议及所见闻事,止于贬濮州司马。"②唐昭宗被劫凤翔,韩偓随驾,后来受到朱温围攻,与唐德宗避难奉天,陆贽相伴,同时遭到朱泚围困,情形十分相似。刘克庄此诗前两联"仗下千官走似麕,仓皇谁扈属车尘。禁中陆九艰危共,殿上朱三苦死嗔",明写唐德宗、陆贽、朱泚事,实写唐昭宗、韩偓、朱温事,一笔两枝,彼此映射,含蓄蕴藉,巧妙绝伦。颔联"陆九"对"朱三",不仅属对精切,还另有深意。《新唐书·陆贽传》云:"始,贽入翰林,年尚少,以材幸,天子(唐德宗)常以辈行呼而不名。"③则"禁中陆九"可谓史有明文,尤切;而朱泚、朱温皆行三,均有"朱三"之称,故"殿上朱三"关合二人,极妙!称陆九见亲切,言朱三示鄙夷:同称行第,却态度悬隔。总之,此联精警而不凑泊,意蕴深微,自然成趣,不禁令人拍案称绝。

颈联"当日横身抗岐汴,暮年避地客瓯闽"才显露出韩偓的身份,直书其事。韩偓随唐昭宗回京后,见朱温专横跋扈,十分不满,甚至产生了正面冲突,险些丧命。《新唐书·韩偓传》载:

> 初,偓侍宴,与京兆郑元规、威远使陈班并席,辞曰:"学士不与外班接。"主席者固请,乃坐。既元规、班至,终绝席。全忠、胤临陛宣事,坐者皆去席,偓不动,曰:"侍宴无辄立,二公将以我为知礼。"全忠怒偓薄己,悻然出。……全忠见帝,斥偓罪,帝数顾胤,胤不为解。全忠至中书,欲召偓杀之。郑元规曰:"偓位侍郎学士承旨,公无遽。"全忠乃止,贬濮州司马。④

---

① 《新唐书》卷一百八十三《韩偓传》,第 5388 页。
② 《郡斋读书志校证》卷六,第 251 页。
③ 《新唐书》卷一百五十七《陆贽传》,第 4931 页。
④ 《新唐书》卷一百八十三《韩偓传》,第 5389—5390 页。

韩偓先后被贬为濮州司马、荣懿尉、邓州司马等职。晚年无心仕途,"天祐二年,复召为学士,还故官。偓不敢入朝,挈其族南依王审知而卒"①。天祐三年九月到福州,辗转各地,在闽地度过了晚年时光,并终老于此。②颈联两句简略概括了韩偓一生的主要事迹。前半生伴随唐昭宗抵抗李茂贞、朱温等军阀,晚年避地客居瓯闽之地。岐汴,分别指凤翔节度使李茂贞、宣武镇节度使朱温。前者治所在岐州,后者治所在汴州,故以二地代指二人。

　　最后"小窗细读金銮记,始信香奁属别人"二句,照应诗题的同时,再宕开一笔,提出《香奁集》并非韩偓所作的说法。自注:"《香奁集》,和凝作,非致光也。"《香奁集》写男女之情,风格纤巧,后世颇有异议,刘克庄本人对《香奁集》即持严厉的批判态度,《题方海丰诗卷》诗云:"盛年出手追风雅,莫与香奁作后尘。"③刘克庄提出作者另有其人,以此为韩偓回护争议,洗刷污点,表达对其忠君爱国、坚贞刚毅的赞赏,表现出"读金銮密记"的感受。刘克庄此诗构思深,组织密,辞繁意奥,是其咏史诗最高水平的代表之一。

　　除律诗外,刘克庄还有一些咏史绝句,小巧轻盈,意趣盎然,如《咏史二首》分别咏王衍和沈约,其一云:

　　　　虏入中原力不支,洛阳名胜浪相推。可怜挥麈人如璧,半夜排墙尚未知。④

此诗咏王衍。前两句叙述西晋末年的政治形势及王衍的政治表现。魏晋时期,北方少数民族不断内迁,至西晋永嘉二年(308),匈奴贵族刘渊称帝,随后多次围攻洛阳。永嘉四年(310)刘聪继位后,派遣族弟刘曜、石勒等攻取洛阳周边的郡县,洛阳危机四伏,即此诗所谓"虏入中原力不支"之意。与此同时,西晋东海王司马越忧惧而卒,王衍被推举为统帅,不久西晋主力部队被石勒消灭,王衍被俘。《晋书·王衍传》载:

　　　　及越薨,众共推为元帅。……俄而举军为石勒所破,勒呼王公,与之相见,问衍以晋故。衍为陈祸败之由,云计不在己。勒甚悦之,与语

---

① 《新唐书》卷一百八十三《韩偓传》,第5390页。
② 陈继龙《韩偓事迹考》,上海古籍出版社,2004年,第168—198页。
③ 《全宋诗》第58册,第36535页。
④ 同上书,第36176页。

移日。衍自说少不豫事,欲求自免,因劝勒称尊号。勒怒曰:"君名盖四
海,身居重任,少壮登朝,至于白首,何得言不豫世事邪!破坏天下,正
是君罪。"使左右扶出。①

因王衍的表现辜负众望,故诗称"洛阳名胜浪相推"。

后两句讽刺王衍空有其表,空谈误国。《晋书·王衍传》云:

> 衍字夷甫,神情明秀,风姿详雅。……衍既有盛才美貌,明悟若神,
> 常自比子贡。兼声名藉甚,倾动当世。妙善玄言,唯谈老庄为事。每捉
> 玉柄麈尾,与手同色。义理有所不安,随即改更,世号"口中雌黄"。朝
> 野翕然,谓之"一世龙门"矣。……衍俊秀有令望,希心玄远,未尝语利。
> 王敦过江,常称之曰:"夷甫处众中,如珠玉在瓦石间。"②

《世说新语》亦载王戎之论:"太尉(即王衍)神姿高彻,如瑶林琼树,自然是风
尘外物。"③诗所谓"挥麈人如璧"之意即是隐括其意,表现王衍风神明秀。
在王衍被俘后,"(石勒)谓其党孔苌曰:'吾行天下多矣,未尝见如此人,当可
活不?'苌曰:'彼晋之三公,必不为我尽力,又何足贵乎!'勒曰:'要不可加以
锋刃也。'使人夜排墙填杀之。"④而诗云"可怜挥麈人如璧,半夜排墙尚未
知"即讽刺王衍虽然"自比子贡""明悟若神",却未曾预知有人半夜排墙。
"盛才美貌",却死于非命。刘克庄以此表达对王衍崇尚空谈、"误天下苍生"
的批判。《晋书·王衍传》载:"衍将死,顾而言曰:'呜呼!吾曹虽不如古人,
向若不祖尚浮虚,勠力以匡天下,犹可不至今日。'"⑤刘克庄置身于危机四
伏的南宋王朝,必于此语感触良多。《咏史二首》其二云:

> 保惜金瓯未必非,台城至竟亦灰飞。隐侯老任梁朝事,却为闲情减
> 带围。⑥

---

① 《晋书》卷四十三《王衍传》,第 1238 页。
② 同上书。
③ 南朝宋刘义庆著,余嘉锡笺疏《世说新语笺疏》,中华书局,2007 年,第 508 页。
④ 《晋书》卷四十三《王衍传》,第 1238 页。
⑤ 同上书。
⑥ 《全宋诗》第 58 册,第 36176 页。

此诗咏沈约。前两句议论，认为虽然台城在侯景之乱中灰飞烟灭，梁朝最终灭亡。但沈约作为荣宠一时的大臣，在职期间，理应尽心国事，报效朝廷，即诗所谓"保惜金瓯"。"金瓯"代指国家、国土，用梁武帝语。《南史·朱异传》载："（武帝）尝夙兴至武德合口，独言：'我国家犹若金瓯，无一伤缺。'"①言梁沈约事，用梁武帝语典，甚切。而称"未必非"者，委婉之中已含责难之意。后二句专就沈约瘦腰这一典实展开讨论。《梁书·沈约传》载：

> 初，约久处端揆，有志台司，论者咸谓为宜，而帝终不用，乃求外出，又不见许。与徐勉素善，遂以书陈情于勉曰："……百日数旬，革带常应移孔；以手握臂，率计月小半分。以此推算，岂能支久？……"勉为言于高祖，请三司之仪，弗许，但加鼓吹而已。②

沈约瘦腰，后人以为风流韵事，津津乐道，遂成典实。刘克庄则认为较之保家卫国，尽心国事，沈约却为职位变迁等小事憔悴消瘦，殊为无谓，故予以揭示，表达对养尊处优、尸位素餐的朝廷大臣的批判。以上两首七言绝句，均能紧扣其人的典型事迹、重要特征展开吟咏，数句之间，兴起波澜，翻出新意，意味充盈，蕴藉生动，代表了刘克庄七言短篇咏史诗的水平。此外还有《汉儒二首》诗，分别咏扬雄和司马相如。其一云：

> 执戟浮沉亦未迁，无端著颂美新都。白头所得能多少，枉被人书莽大夫。③

此诗咏扬雄。前两句述其生平，早年事汉成帝，"除为郎，给事黄门"④，曹植《与杨德祖书》书称其为"先朝执戟之臣"⑤。史载，"除为郎，给事黄门，与王莽、刘歆并。哀帝之初，又与董贤同官。当成、哀、平间，莽、贤皆为三公，权倾人主，所荐莫不拔擢，而雄三世不徙官"⑥。扬雄早年抱道自守，沉默守志，故刘克庄称其"亦未迁"。王莽篡汉自立，国号新。扬雄仿司马相如

---

①　唐李延寿撰《南史》卷六十二《朱异传》，中华书局，1975年，第1517页。
②　《梁书》卷十三《沈约传》，第235页。
③　《全宋诗》第58册，第36179页。
④　《汉书》卷八十七下《扬雄传》，第3583页。
⑤　三国魏曹植著，赵幼文校注《曹植集校注》卷一《与杨德祖书》，中华书局，2016年，第227页。
⑥　《汉书》卷八十七下《扬雄传》，第3583页。

《封禅文》,上《剧秦美新》。《文选·剧秦美新》李善注引李充《翰林论》曰:"扬子论秦之剧,称新之美,此乃计其胜负,比其优劣之义。"①以此对王莽歌功颂德。此事在南宋受到朱熹的严厉谴责,仿《春秋》作《通鉴纲目》,直书:"戊寅五年……莽大夫扬雄死。"②以揭露标榜扬雄臣事新朝的事实,表达对背叛旧主、谄事新朝的痛斥和鞭挞。刘克庄此诗延续此论,从世俗的角度予以评说,称其持守半生,晚年此举致使名节扫地,殊为得不偿失,故云"白头所得能多少,枉被人书莽大夫"。刘克庄在《后村诗话》中站在理学家的立场多次批评扬雄③,可见其受当时理学思想影响之深。《汉儒二首》其二云:

> 卖赋长安偶遇知,后车归载远山眉。可怜犬子真穷相,不见刘郎过沛时。④

此诗咏司马相如。首二句叙其生平重要事迹。"卖赋长安偶遇知"言其献赋长安,得汉武帝赏识。言司马相如卖赋长安,用"卖"字,形同商贾,已含鄙夷之情。称其"遇知"又下一"偶"字,示其偶然侥幸,亦有不屑之意。次句"后车归载远山眉"言卓文君夜奔相如事。《西京杂记》卷二云:"文君姣好,眉色如望远山,脸际常若芙蓉,肌肤柔滑如脂。"⑤故以"远山眉"代指卓文君,此句言司马相如携文君驰归成都。后二句对司马相如上述活动进行评价,在与高祖还乡的对比中,见其穷酸之相。"相如之临邛,从车骑,雍容闲雅甚都"见其装腔作势,一副小人得志情状。至于"相如乃与(文君)驰归成都。家居徒四壁立"⑥,"相如与俱之临邛,尽卖其车骑,买一酒舍酤酒,而令文君当垆。相如身自着犊鼻裈,与保庸杂作,涤器于市中"⑦,则穷酸之相显露无遗,故刘克庄颇为鄙夷。称相如为"犬子",颇见鄙视。虽然此名其时未必有贬义,《史记·司马相如列传》云:"司马相如者,蜀郡成都人也,字长卿。少

---

① 梁萧统编,唐李善注《文选》卷四十八,上海古籍出版社,1986年,第2148页。
② 宋朱熹撰《朱子全书》第八册《资治通鉴纲目》,上海古籍出版社,安徽教育出版社,2002年,第508页。
③ 《刘克庄集笺校》卷一七九《诗话》,第6898—6899页。
④ 《全宋诗》第58册,第36179页。
⑤ 晋葛洪撰,周天游校注《西京杂记》卷二,三秦出版社,2006年,第83页。
⑥ 《史记》卷一百一十七《司马相如列传》,第3000页。
⑦ 同上书。

时好读书，学击剑，故其亲名之曰犬子。"①但刘克庄在此自然取其卑贱之义。与相如归蜀不同，所谓"刘郎过沛"则是另一番景象。汉高祖还乡，击筑起舞，对酒当歌，慷慨激越，气势豪迈，绝非司马相如之流可比。故刘克庄在对比中凸显司马相如之卑琐。

另有《韩曾一首》诗咏韩愈、曾巩，表达对文学和文学史的看法，诗云：

> 道散斯文体尚浮，韩曾力与化工侔。山瞻泰华岩岩耸，河出昆仑混混流。长庆从官销不得，熙宁丞相挽难留。沧州奏疏潮州表，犹被人拈作话头。②

首联总论韩、曾的文学贡献。将其文章提高到道的高度，认为道丧斯文，文体尚浮，韩愈和曾巩以大化之功，道济天下之溺，文起八代之衰。颔联将二人比作山中太华巍巍高耸、水之黄河混混长流，推尊至极。颈联则二人分说，"长庆从官销不得"言长庆三年九月，就是否台参事宜与李绅有过一番争论。《旧唐书·韩愈传》载："（愈）转京兆尹，兼御史大夫。以不台参，为御史中丞李绅所劾。愈不伏，言准敕仍不台参。绅、愈性皆褊僻，移刺往来，纷然不止。"③又有《尹不台参答友人书》，据理力争，义正辞严。史载，其时"学士李绅有宠"④，竟至引起宰相李逢吉的忌妒，韩愈却毫不示弱，足见其强项个性。故诗称"长庆从官销不得"。而"熙宁丞相挽难留"则言曾巩与王安石的关系。曾、王二人始合终睽是历史事实，当时即有二人"晚年亦相睽"之说⑤。《宋史·曾巩巩传》云："少与王安石游，安石声誉未振，巩导之于欧阳修，及安石得志，遂与之异。"⑥王安石在京执政主持变法期间，曾巩却"自其求补外凡十二年"⑦，诗文唱和、书信往来很少，关系十分疏远。王安石《寄曾子固二首》诗有"哀鸿相随飞，去我终不顾"⑧句，足见王安石多有不舍和

---

① 《史记》卷一百一十七《司马相如列传》，第 2999 页。
② 《全宋诗》第 58 册，第 36176 页。
③ 《旧唐书》卷一百六十《韩愈传》，第 4203 页。
④ 《旧唐书》卷一百六十七《李逢吉传》，第 4366 页。
⑤ 宋程颢、宋程颐著，王孝鱼点校《二程集·外书》卷十二《传闻杂记·和靖语录》，中华书局，2004 年，第 2 版，第 435 页。
⑥ 《宋史》卷三百一十九《曾巩传》，第 10392 页。
⑦ 宋曾巩撰，陈杏珍、晁继周点校《曾巩集》附录《墓志》，中华书局，1984 年，第 800 页。
⑧ 宋王安石著，秦克、巩军标点《王安石全集》卷四十三《寄曾子固二首》，上海古籍出版社，1999 年，第 368 页。

挽留之意,最终因政治见解等原因,二人分道扬镳,亦即诗所谓"挽难留"之意。此二句意在表现韩、曾二人不畏权势,不恋富贵,持道自守的可贵品质。尾联"沧州奏疏潮州表,犹被人拈作话头"回到文学,韩、曾二人或贬谪,或外任,同时所作文章却得到后人的推重而津津乐道。

以上即是刘克庄在其咏史诗创作的第二阶段单篇典型咏史的基本情况,代表了其咏史诗创作的最高成就,故不避繁琐,详论如上。

三、咏史组诗

在刘克庄咏史诗创作的第二阶段,还有一个重要部分,虽然与第二类同为典型的咏史诗,但也有其特殊之处,即以较大规模的组诗形式呈现。并且这组诗在一两年之内创作完成,具有整体性,同时在形式和内容上都表现出了不同于单篇咏史的特殊之处。故此予以单独分析探讨。

这组诗名为《杂咏一百首》,共两组,实为二百首。从类目的设置来看,两组诗分别以"仙、释、妇、妾"、"医、卜、稚、女"殿后,可知自成体系,相对独立,第二组可视为第一组的续篇。但两组诗类目各异,很明显又有互相补充的考虑,因此可以作为一个整体进行考察。

关于这组诗的创作时间,刘克庄自言"忆使江东时"①。程章灿老师《刘克庄年谱》认为:"克庄使江东在淳祐四至六年,六年已入朝,五年补信州,此组诗原编《集》一三、一六之间,前后皆甲辰年诗作,故系本年。克庄史学著名于时,此组诗即视作克庄史论,亦无不可。"②《刘克庄集笺校》则认为"作于淳祐四年(一二四四)家居时"③。两家均认为作为淳祐甲辰,即淳祐四年(1244)。以下从创作主旨与审美趣尚两方面展开讨论。

(一)崇尚伦理道德

两组《杂咏一百首》共两百首,选择具有共同特征(身份、性别或特点)的古代人物(包括少量传说中的人物和文学形象)为一类,集中吟咏,十人为一组,共二十组,包括"十臣""十子""十节""十隐""十儒""十勇""十仙""十释""十妇""十妾""十豪""十辩""十智""十贪""十憸""十嬖""十医""十卜""十稚""十女",主要吟咏人物二百人(个别诗作合咏多人),具体情况详见下表:

---

① 《刘克庄集笺校》卷一一〇《跋江咨龙注梅百咏》,第 4576 页。
② 《刘克庄年谱》,第 202 页。
③ 《刘克庄集笺校》卷一四,第 813 页。

	先　秦	秦　汉	魏晋南北朝	隋唐五代
十臣	苌弘、柳下惠、乐毅、屈原	贾谊、虞翻		李白、颜真卿、陆贽、刘蕡
十子	尹伯奇、宜臼、申生、曾子、伍尚	扶苏、东海王强、姜诗	王祥	宁王
十节	伯夷、婴臼、王蠋、鲁仲连、豫子	龚胜	陶渊明	甄济、何蕃、司空图
十隐	许由、沮溺、荷蓧丈人、接舆、四皓	两生、严光、梁鸿、庞公		汾亭钓者
十儒	荀卿	穆生、伏生、辕固、申公、兒宽、刘向、周堪、郑司农		王通
十勇	孟之反、曹沫、廉颇、李牧、白起、蒙恬	魏尚、李广、马援	刘琨	
十仙	广成子、彭祖、老子、列子、徐甲、王子晋、安期生	刘安、梅福		孙思邈
十释	瞿昙、维摩、善财、达磨、卢能、马祖、德山、支遁、澄公、志公①			
十妇	卫姜、阿娇、乌孙公主、平后、辟司徒妻、冀缺妻、黔娄妻、齐人妻、儒仲妻、庐江小吏妻②			
十妾	召南媵、李夫人、冯昭仪、班婕妤、苏秦邻妾、樊通德、铜雀妓、房老、绿珠、柳家婢③			
十豪	毛遂、荆轲、项羽、陈胜、博浪壮士、朱家、田横	剧孟	孙策、周戴	
十辩	鬼谷子、二衍、韩非、庄子、侯嬴、范雎、苏秦、田光、茅焦	蒯通		
十智	墨翟、樗里子	陈平、晁错	杨修、仓舒、荀彧、刘备、杜预	李卫公

---

① 这组人物排列顺序略特殊,保持原序,暂置于首档。
② 同上。
③ 同上。

	先　秦	秦　汉	魏晋南北朝	隋唐五代
十贪	韩起	富平侯、董卓	王戎、石崇、祖珽	张说、元载、杜兼、桑维翰
十憸	尹氏、太宰嚭	吕不韦、李斯、公孙弘、孔光		李林甫、卢杞、崔昌遐、冯道
十嬖	巷伯、梁丘据、臧氏、景监、赵高	曹腾、张让		高力士、仇士良、张承业
十医	神农、素女、扁鹊、医和、李醯、夏无且	华佗、韩伯休①	壶公、陶隐居	
十卜	巫咸、史苏、詹尹	季主、洛下闳、严君平、京房	管辂	李淳风、袁天纲
十稚	项橐、甘罗、外黄儿	终童、童乌	荀陈、孔融子通子	阿宜、阿买②
十女	漆室女、东家女、散花女	缇萦、曹娥、阿承女、戴良女	木兰、投梭女	灵照

从上表我们可以看出，这两组咏史诗是经过精心编排而成的。元陆文圭《跋蒋民瞻咏史诗》云："昔西山编《文章正宗》，歌诗一门，委之刘潜夫，以世教民彝为主，凡涉闺情宫怨者皆勿取。后潜夫自作《十臣》《十佞》等五言百首，句简而括，意深而确，前无此体，视胡曾《咏史》直可唾去。"③这段论述虽然并未特别明确强调刘克庄的"五言百首"与"以世教民彝为主"选诗之间的关系，但两段话先后相从，其意在表达刘克庄咏史组诗有关"世教民彝"的意味。实则刘克庄的创作很早就呈现出了道德化、理学化、重道轻文的倾向，《汉儒二首》诗即是典型代表。刘克庄在其他作品中也有更加具体明确的论述，《陈户曹诗卷》云："诗之内等级尚多，诗之外义理无穷。先民有言：'德成而上，艺成而下。'前辈亦云：'愿郎君损有馀之才，补不足之德。'君粹然佳弟子，非不足于德者，余恐其为艺所掩也，故微致磋切之义焉。"④《姚元泰墓志铭》云："先行后艺，古也。行艺兼取，汉也。遗行取艺，唐也。坏取士

---

① 韩伯休位置特殊，后汉人，排在最后。
② 阿买为韩愈侄，排在杜牧之子阿宜后面。
③ 李修生主编《全元文》卷五六三，凤凰出版社，1998 年，第 558 页。
④ 《刘克庄集笺校》卷九九，第 4162 页。

之法,自唐始。"①可见刘克庄对文学创作伦理道德教化功能的追求是意识明确的。这两组大行咏史组诗又是这种思想观念在创作实际中的具体反映。

首先,在类目的设置、具体人物的选择方面均有具体表现。在类目的设置上,很多类目直接或间接地体现了伦理道德意味,如其中"十臣"可称"十忠","十子"可称"十孝","十节"亦为"忠"在特殊情况下的变体,"十隐"表现的是一种清节,"十妇""十妾""十女"表现的都是忠贞节烈等女德,"十贪""十憸""十嬖"则大多是通过对恶劣道德品质的批判,表达对正面伦理道德的宣扬。从类目的设置即可初步认识刘克庄的创作主旨和创作意图。

其次,类目的编排也体现了刘克庄的思想和价值观念。第一组《杂咏一百首》中,以男性居前,而以女性,即"妇"和"妾"殿后。在男性世界中,体现最基本人伦关系的"臣""子"类排在前面,而两类方外之士"仙""释"则排在最后。在女性人物中,"妇""妾"分别,"妇"居"妾"前。第二组《杂咏一百首》中,首先依然是男性人物居前,女性人物殿后。在男性世界中,成人居前,童稚殿后,成人世界中,帝王将相文人儒士居前,"医""卜"等技艺之士居后。这样的编排次序符合当时社会主流价值观对人物的地位和价值序列的认知,体现出了严密的等级观念和价值体系。

再次,同一类人物,基本按照时间先后顺序排列(只有个别失序之处,当为疏忽所致),并且在人物的选择上,体现从先秦到唐五代的贯穿和覆盖意识。大部分类目之内都注意从春秋战国到隋唐五代的跨度和覆盖,即便不能均匀分布,对上限和下限人物的选择也十分讲究,基本可称为先秦至唐五代的通代人物类传,汲取了通史类传的编排体例。在时间排序的前提下,其中个别类目之内也有伦理道德和价值观念的体现。如在"十妇"中,将"卫姜""阿娇""乌孙公主""平后"等有身份地位的妇人按时间顺序排在前面,而将"辟司徒妻""冀缺妻""黔娄妻""齐人妻""儒仲妻""庐江小吏妻"等下层官吏或平民的妻子按照时间顺序进行重新排序。在"十妾"类中,先按时间顺序排列"李夫人""冯昭仪""班婕妤"等有地位的妾(嫔妃),然后再重新按照从先秦到魏晋隋唐的顺序排列"苏秦邻妾""樊通德""铜雀妓""房老""绿珠""柳家婢"等六位地位更低的平民妾或贵族妓。以上种种表现,足见刘克庄在人物选择和排序中的良苦用心及其体现的等级观念和价

---

① 《刘克庄集笺校》卷一四九,第 5878 页。

值序列。

当然,刘克庄两组《杂咏一百首》对道德伦理观念的强调和宣扬,浓郁的伦理道德意味,在其具体的诗作中,有更为具体生动的表现。下文结合具体诗作予以分析阐明。

刘克庄所咏"十臣"皆为忠臣,所谓"国难识忠臣",因此所咏忠臣均为在国家危难之际,斥责奸佞、忠心为国者,但往往忠而见谤,最终受到贬斥屈辱。在赞赏这些大臣赤胆忠心的同时,也寄予了刘克庄个人屡遭诋毁、仕途坎坷的心路历程。如《颜鲁公》诗云:

> 鬼质内持衡,胡雏外握兵。一朝临白刃,乞米老儒生。①

此诗咏颜真卿,"鬼质"代指卢杞,其人形貌丑恶,郭子仪所谓"杞形陋而心险,左右见之必笑"②。"胡雏"言安禄山,因其胡人血统,故有此蔑称。前两句言颜真卿平生经历的重要政治事件,同时涉及其人生的重要活动。安禄山造反,颜真卿率义军积极抗衡,辅佐肃宗重振朝纲。后在朝为官,又以刚正不阿的姿态与宰相卢杞等人坚持斗争。后二句写因卢杞对颜真卿恨之入骨,颜真卿被派往淮西节度使李希烈处传旨,最终身陷敌营,被害身亡。颜真卿生前曾写信向李太保借米,此书传于后世,名之曰《乞米帖》,故称颜真卿为"乞米老儒生"。以"老儒生"而"临白刃",赞美颜真卿勇烈刚毅,同时鞭挞奸臣的阴险狠毒,讽刺武将的退缩怯懦。《陆贽》诗云:

> 饮食晚由窦,门庭谁敢窥。禁中无急诏,不记奉天时。③

陆贽早年有宠于唐德宗,在唐德宗"奉天之难"前后,陆贽亦追随始终,艰危与共。所谓"奉天时"即指陆贽此段经历。刘克庄《读金銮密记》诗有"仓皇谁扈属车尘""禁中陆九艰危共"④二句赞陆贽随驾勤王之事。陆贽晚年遭到裴延龄诋毁,被贬忠州别驾。《旧唐书·陆贽传》载:"除太子宾客,罢知政事。贽性畏慎,及策免私居,朝谒之外,不通宾客,无所过从。……乃贬贽为

---

① 《全宋诗》第 58 册,第 36325 页。

② 《旧唐书》卷一百三十五《卢杞传》,第 3713—3714 页。

③ 《全宋诗》第 58 册,第 36325 页。

④ 同上书,第 36269 页。

忠州别驾。"①又载:"贽在忠州十年,常闭关静处,人不识其面,复避谤不著书。"②刘克庄以"饮食晚由窦,门庭谁敢窥"写其闭门家居、不与人接之状。将陆贽晚年景况与其曾经在天子危难之时,不避艰险辛劳,尽忠王事相对照,见陆贽忠而被谤、晚遭贬斥的不幸遭际。《刘蕡》诗云:

> 貂珰窃大柄,韦布献孤忠。牓出惟风汉,无名在选中。③

此诗咏唐代著名谏臣刘蕡。写刘蕡在宦官气焰滔天之时,对策贤良,"切论黄门太横,将危宗社"④,"言论激切,士林感动"⑤。"貂珰窃大柄,韦布献孤忠"二句即宦官专权、寒素忧国之意。"牓出惟风汉,无名在选中"写在宦官的淫威之下,刘蕡落榜。史载:"谏官御史,扼腕愤发,而执政之臣,从而弭之,以避黄门之怨。"⑥刘蕡登科之后,依然一心为国,直言敢谏,不改往日之风,被宦官仇士良称为"风汉"⑦。

　　"十臣"中其他诗亦如此,《苌弘》诗言宗周衰微之际,苌弘作为王室大夫,忠于天子,尽忠王事,不吝其身,以致感天动地,赤血化碧玉。《柳下惠》诗称赞柳下惠不以君主无道而怠惰,退而不怨于穷佚,进而能安于卑小,持道而行,不卑不亢,于平实中见奇节,并引以为师范,表达崇敬之情。《屈原》诗写在国家即将灭亡、宗族即将覆灭之时,屈原宁可著《离骚》以抒牢骚,宁可死于故国,亦绝不肯投奔他国而求生。乐毅则是较为特殊的忠臣,乐毅为燕所用,报齐仇,后虽投身于赵,终身不复谋燕。即便受到不公平待遇,流窜他乡,亦不谋害故国。《乐毅》诗以韩非、伍子胥与乐毅对照,言韩非本韩公子,使于秦,为秦谋韩,然终为李斯所毁而死于狱。伍子胥报楚杀父仇,入郢,鞭楚平王尸,亦未得善终。在对比中凸显乐毅对故国忠诚的原则和底限。

　　以上"十臣"诗所咏历史人物无疑均为忠臣,而且几乎都有忠而见谤、蒙冤受屈的经历。其中既有刘克庄出于宣扬道德伦理的考虑,也与其自身的政治经历相关。

---

① 《旧唐书》卷一百三十九《陆贽传》,第3817页。
② 同上书,第3818页。
③ 《全宋诗》第58册,第36325页。
④ 《旧唐书》卷一百九十下《刘蕡传》,第5064—5065页。
⑤ 同上书,第5077页。
⑥ 同上书。
⑦ 宋李昉等编《太平广记》卷一百八十一,第1350页。

《十臣》诗所咏皆为忠臣,而《十子》诗所咏则皆为孝子,如《尹伯奇》诗云:

> 不愁儿足冻,第恐母心伤。所以子范子,惟弹一履霜。①

此诗所咏尹伯奇,为历代相传的孝子典型。《琴操》卷上载:

> 《履霜操》者,尹吉甫之子伯奇所作也。……伯奇母死,吉甫更娶后妻。生子曰伯邦。乃谮伯奇于吉甫……于是吉甫大怒,放伯奇于野。伯奇编水荷而衣之,采楟花而食之。清朝履霜,自伤无罪见逐,乃援琴而鼓之……宣王出游,吉甫从之。伯奇乃作歌以言感之于宣王。宣王闻之,曰:"此孝子之辞也。"②

"不愁儿足冻,第恐母心伤"二句所咏即其事。写尹伯奇忍辱负重,逆来顺受,以此孝敬后母,同时也是孝敬其父。陆游《老学庵笔记》载:"范文正公喜弹琴,然平日止弹《履霜》一操,时人谓之'范履霜'。"③即"所以子范子,惟弹一履霜"之意。咏尹伯奇,而以范仲淹陪说,以两位道德高尚人相互辉映。

与尹伯奇经历类似的还有宜臼、申生、王祥等人。《宜臼》诗写周幽王宠褒姒而废除太子,刘克庄认为这是违背父子至亲天性的行为,表达极大的愤慨,同时对宜臼的遭际深表同情。宜臼虽然遭受迫害,并无任何悖礼之举,自可称孝。

申生的遭遇更为凄惨。晋献公宠幸骊姬,将杀太子申生及重耳,或令去其国,申生曰:"不可,君谓我欲弑君也。天下岂有无父之国哉!吾何行如之?"④遂缢于新城。而重耳在外流亡十九年后回到晋国,成为国君,即晋文公,最终成为春秋五霸之一。《申生》诗首二句以申生之言,咏叙其事。后二句与同为世子的重耳对比,感叹其至死不肯违背父命的恭孝敦厚,其中虽然不免可惜之意,仍含赞叹之情。《王祥》诗咏王祥事后母"至孝",将之与尹伯奇类比,以此强调继母与亲母当一视同仁之礼法。

孝子不仅要面临后母的谗毁、迫害,也要面临更多的抉择与考验。如忠

---

① 《全宋诗》第 58 册,第 36325 页。
② 汉蔡邕著《琴操》,平津馆丛书本。
③ 《陆游全集校注·老学庵笔记校注》卷九,第 372 页。
④ 《礼记正义》卷六《檀弓》,阮元校刻《十三经注疏》,第 2764 页。

于父母之命与笃于夫妻之情的选择,《曾子》诗首二句申言当以勤谨报答双亲抚养之艰辛,后二句选取曾子耘瓜斩根及其妻蒸梨不熟而出之的典型事例证成其说。虽然并未作更多论述,但曾子之至孝已是理在其中,不言而喻。《姜诗》诗以"宁与闺中诀,莫令堂上饥"①,以姜诗重母轻妻的选择凸显其"事母至孝"。

再如忠于父命与生命之虞的矛盾。《伍尚》诗云:"伍奢呼二子,一至一奔焉。逃父吾无取,雠君亦未然。"②伍尚、伍胥,楚平王太子建太傅伍奢之二子。在其父危难之际,伍尚应召而归,为楚所诛,伍胥仓皇奔吴,破楚复仇。刘克庄此诗前两句所叙即其事。后二句批判伍胥不仅不顾其父兄安危,而且投奔敌国,破楚报仇,委婉表达此为不忠不孝之举。此诗虽题为"伍尚",却重点批判伍胥,通过对伍胥的批判,实现对伍尚忠孝之举赞美。

与伍尚一样遵从父命的还有扶苏,《扶苏》③诗以君父让臣子死,臣子不得不死的淳朴孝道来解释扶苏在面临父亲解除兵权并赐死的遗诏所作的抉择。刘克庄对扶苏的遭遇既深表同情,也表达赞赏,观《东海王强》诗可知。东海王刘强与公子扶苏同样面临废长立幼的局面,对待父命也采取了逆来顺受的态度。《东海王强》诗首先引用儒家经典之义,表达对"拒父"的否定,对"传贤"黜长的认可。然后赞赏东海王强以"顺"为孝,以刘据起兵反抗君父之命最终兵败身亡相对比,体现东海王强以其柔顺之道得以全身避害。

此外,《宁王》诗咏睿宗长子李成器以李隆基有讨平韦氏之功,主动力辞储君之位。玄宗即位,封为宁王,称之宁哥,卒谥让皇帝。刘克庄以之与李建成、公子纠相对比,赞赏其谦虚礼让从而避免骨肉相残的惨剧上演,亦为孝之表现。

以上所咏乃十子在其与父亲、母亲、后母、妻子、兄弟等关系中展现出来的"至孝",其中多人被纳入二十四孝之中,因此"十子"可称"十孝"。

"十节"诗所咏历史人物多为忠于先朝、不事新主的典型,或远遁山林,或英勇就义,亦可称为"十忠",只是在鼎革易代的特殊背景下表现出来的"忠"的特殊形式,其结局往往更为壮烈。

有忠于故国,不仕新朝者,如伯夷叔齐、陶渊明、司空图等,《伯夷》

---

① 《全宋诗》第58册,第36326页。
② 同上书。
③ 同上书。

诗写伯夷叔齐二人谏武王伐纣为不孝不仁,最终不食周粟,饿死于首阳山。刘克庄认为,即便西周军队为正义之师,亦不妨碍千万世之后人们对伯夷叔齐忠于宗国的瞻仰之意。《陶渊明》诗写陶渊明"不能为五斗米折腰"①而辞官归隐,刘克庄着力称赏其忠于东晋王室、不肯出仕新朝之事。《司空图》诗言唐代中后期藩镇割据,骄兵悍将飞扬跋扈,诸臣多有归附地方割据势力者,司空图却忠贞不渝,唐亡而殉国。刘克庄盛赞其不负故国,忠概梗梗。

有不受招纳,拒仕敌伪者,如王蠋、龚胜、甄济、何蕃等人。《王蠋》诗写乐毅攻齐之际,王蠋坚持义不事燕,秉持"忠臣不事二君,贞女不更二夫"②的理念而殉国,刘克庄盛赞其忠烈之举。《龚胜》诗写王莽篡国后,龚胜不肯"以一身事二姓"③,拒绝征召,刘克庄盛赞其为保持气节、绝食而亡的壮举,认为作为平民的龚胜自可使篡政之王莽惭愧难当。而甄济在安史乱中,拼死拒绝安禄山父子的征召,凸显了乱世中甄济的忠贞坚毅与特立独行。《甄济》诗言大唐国运衰微之际,甄济之行犹能使叛臣羞愧不已。《何蕃》诗言在朱泚之乱中,太学生行将归顺,"蕃正色叱之,六馆之士不从乱"④。在何蕃与其他太学生对比中,凸显其义勇。

还有更加壮烈地舍身救主、誓死复仇者,如程婴杵臼、豫让诸人。《婴臼》诗写程婴、杵臼为营救抚养赵氏遗孤付出的艰苦努力和生命代价,刘克庄不仅盛赞其贤,并以后汉托孤与曹氏,曹魏托孤于司马氏,却均遭篡权之事相对照,彰显程婴杵臼的忠贞大义。《豫子》诗咏战国时期刺客豫让。豫让受到智伯的礼遇,赵襄子灭智伯后,豫让立志为智氏报仇。豫让不肯"委质而臣事襄子"⑤"怀二心"⑥而杀之,而是"残身苦形",以极艰难的方式报仇,意在"将以愧天下后世之为人臣怀二心以事其君者"⑦,且以"忠臣有死名之义"自警。刘克庄认为豫让以自我毁灭的壮烈方式表达对智氏的忠纯之心,较之荆轲、聂政之辈的有利可图,尤为可贵。

以此可见,所咏"十节",无疑均为忠贞节烈的代表。"十臣""十子""十节"依次排在前列,且所歌咏者几乎全部为忠孝典型,足见刘克庄对忠孝等

---

① 《晋书》卷九十四《陶潜传》,第 2461 页。
② 《史记》卷八十二《田单列传》,第 2457 页。
③ 《汉书》卷七十二《两龚传》,第 3084—3085 页。
④ 《韩愈文集汇校笺注》卷四《何蕃传》,第 546 页。
⑤ 《史记》卷八十六《刺客列传》,第 2520 页。
⑥ 同上书。
⑦ 同上书。

道德人伦的凸显与强调。

与"十臣""十子"诗相近,歌咏女性群体的"十妇""十妾""十女"诗,大多也是对其忠贞孝敬、正直恬淡等美好品质的赞赏和揄扬,表现出对女范妇德的尊崇。

忠贞孝敬者如汉平帝王皇后、辟司徒妻、绿珠等。《十妇·平后》诗咏汉平帝王皇后。刘克庄将其与同时刘歆佐命、扬雄美新相较,以凸显平后的忠贞刚烈。《十妇·辟司徒妻》诗云:"仓皇问君父,忠孝两关心。绝胜杞梁妇,惟知哭藁砧。"①齐晋鞌之战中,齐师败绩,齐侯退守。辟司徒妻见齐侯,不仅"先问君后问父"②,且问君父而舍其夫,尤显忠孝之谊,故刘克庄此诗首二句以"仓皇问君父,忠孝两关心"赞之。后二句以同为齐国妇人的杞梁妻相对比。杞梁妻唯知哭夫,与辟司徒妻问君父而舍夫的做法大相径庭,故刘克庄称"绝胜杞梁妇",极力推崇辟司徒妻的忠孝精神。《十妾·班婕妤》诗写班婕妤"生当事长信,死愿奉延陵"③,赞美班婕妤虽然生前受到嫉妒冷落,但供养太后,敬奉园陵(成帝葬延陵),忠孝两全。《十妾·绿珠》诗言当石崇败落之时,昔日在金谷园中欢聚宴饮之人,如所谓"金谷二十四友"者,都烟云四散了,只有绿珠不负主恩,坠楼而亡,刘克庄以诗赞其忠贞刚烈。《十女·漆室女》诗言在三桓家族控制国政的背景下,过时不嫁的鲁漆室女不忧己身,却忧国忧民,刘克庄盛赞其高瞻远瞩和家国情怀。其他女性形象如缇萦、曹娥,为孝女的典型代表。对上述女性的吟咏,均凸显其忠孝节烈的道德品质。

安贫乐道,恬淡自守者有冀缺妻、王霸妻等。《十妇·冀缺妻》诗云:

　　　　昔有二人贫,耕田与负薪。朱妻恚求去,郤妇敬如宾。④

此诗咏冀缺妻,而以朱买臣妻陪说。首二句先从冀缺和朱买臣说起,言二人一耕田,一负薪,均一贫如洗。后二句分述其妻,买臣妻嫌贫爱富,愤恚求去,郤缺妻始终相伴,相敬如宾:在对比中凸显郤缺妻的高尚品格。与之类似的还有王霸之妻,《十妇·儒仲妻》诗云:

①　《全宋诗》第 58 册,第 36334 页。
②　《春秋左传正义》卷二十五"成公二年"注,阮元校刻《十三经注疏》,第 4114 页。
③　《全宋诗》第 58 册,第 36335 页。
④　同上书,第 36334 页。

彼雏饰容服,吾稚业耕锄。不以贫惭富,贤哉妇儆夫。①

王霸字儒仲,虽然自有高节,连征不仕,然见故人之子"容服甚光,举措有适"②,而其子"蓬发历齿,未知礼则,见客而有惭色"③,亦不免惭愧自责,以致"久卧不起"④,幸得其妻以清节宿志警醒之,"遂共终身隐遁"⑤,故刘克庄盛赞其贤。《十妇·黔娄妻》诗云:

夫节独高古,妇贤传至今。既为加美谥,复不用邪衾。⑥

此诗咏黔娄妻之贤。《列女传·鲁黔娄妻》载:

鲁黔娄妻,鲁黔娄先生之妻也。先生死,曾子与门人往吊之。……上堂,见先生之尸在牖下……覆以布被,首足不尽敛,覆头则足见,覆足则头见。曾子曰:"斜引其被,则敛矣。"妻曰:"斜而有馀,不如正而不足也。先生以不斜之故,能至于此。生时不邪,死而邪之,非先生意也。"曾子不能应,遂哭之曰:"嗟乎!先生之终也,何以为谥?"其妻曰:"以康为谥。"……其妻曰:"……彼先生者,甘天下之淡味,安天下之卑位,不戚戚于贫贱,不忻忻于富贵,求仁而得仁,求义而得义。其谥为康,不亦宜乎?"⑦

刘克庄此诗所咏即据此段文字而成,盛赞黔娄妻之正直不苟、乐贫行道。

　　安顺谦卑,柔从自守者有刘兰芝、召南媵等。《十妇·庐江小吏妻》诗咏焦仲卿妻刘兰芝,写其顺从姑嫜之命,离开夫家,忽略焦母的蛮横无理,突出刘兰芝对夫家的恋恋不舍之意,对姑嫜的惟命是从之德,以此表现刘兰芝的柔顺妇德。《十妾·召南媵》诗赞美召南媵任劳任怨,安分守己,谦恭自卑,德行纯备。认为即便遇到吕后、武后这样残酷暴虐的正室,亦可将其感化为大任、周姜一般的贤妃。"贵贱有定分"体现出刘克庄对儒家正庶尊卑思想

----

① 《全宋诗》第 58 册,第 36334 页。
② 《后汉书》卷八十四《列女传·王霸妻》,第 2782 页。
③ 同上书,第 2782—2783 页。
④ 同上书,第 2782 页。
⑤ 同上书,第 2783 页。
⑥ 《全宋诗》第 58 册,第 36334 页。
⑦ 《列女传补注》卷二《鲁黔娄妻传》,第 78 页。

的明确肯定与大力宣扬。其他如《十女·阿承女》①《十女·戴良女》②《十女·投梭女》③赞其人重言德、安贫贱、循古礼，均是从儒家道德观念、女德闺范出发，对女性高尚品德的赞美。

此外，在其他伦理道德色彩并不明显的类别中，亦有对道德品质的推崇和揄扬的诗作，如《十智·荀彧》诗从忠奸、顺逆的角度歌咏荀彧，诗云：

> 杀身明逆顺，濡足救危亡。未必荀文若，甘为操子房。④

荀彧晚年冒杀身之祸以触曹操，刘克庄认为荀彧此举意在辨明顺逆、拯救危亡，从而得出荀彧未必甘心情愿作曹操之"张良"的结论，体现出对荀彧正统观念和忠诚品质的推崇。《十勇·孟之反》诗云：

> 弃甲争先去，收兵殿后回。但云马不进，应自圣门来。⑤

此诗咏鲁国大夫孟之反。《论语·雍也》云："子曰：孟之反不伐，奔而殿，将入门，策其马，曰：'非敢后也，马不进也。'"⑥邢昺疏曰："孟之反贤而有勇，军大奔，独在后为殿，人迎功之，不欲独有其名，曰：'我非敢在后拒敌，马不能前进。'"⑦孟之反以此言自掩其功，故孔子盛赞其"不伐"。刘克庄此诗即据《论语》孔子之论敷衍而成，虽列为"十勇"之一，刘克庄却独推其谦逊不伐而许其出自圣门。再如《十豪·周戴》诗，咏周处、戴若思二人虽以少年豪荡列入"十豪"，但落脚点却在"岁晚两忠臣"⑧，突出其尽忠竭诚，以身许国。

刘克庄对列入"十勇"的秦国大将白起、蒙恬的吟咏，却着重批判其涂炭生灵的残暴。《十勇·白起》诗中，刘克庄认同白起临终的看法，认为在长平之战中无辜被坑杀的四十万赵国士卒，告诉上天，致使白起无罪而"伏剑铓"。这也是站在儒家仁义的立场上，表达对滥杀无辜的强烈反对。《十

---

① 《全宋诗》第 58 册，第 36347 页。
② 同上书。
③ 同上书。
④ 同上书，第 36339 页。
⑤ 同上书，第 36330 页。
⑥ 《论语注疏》卷六《雍也》，阮元校刻《十三经注疏》，第 5383 页。
⑦ 同上书。
⑧ 《全宋诗》第 58 册，第 36337 页。

勇·蒙恬》诗亦采纳司马迁之说,在认可蒙恬纵横大漠、抵御匈奴之功的同时,又从儒家民本观念出发,认为蒙恬修筑长城,不仅破坏地脉,而且劳民伤财,丧失民心,可惜蒙恬至死不悟。

刘克庄对白起、蒙恬滥杀无辜、劳民伤财之举强烈批判,同时对能活人性命者亦大加赞赏,如《十辩·茅焦》诗以惊叹不已、难以置信的语气,对茅焦能于极为危险的境地中救人性命、成全孝道的行为表达赞叹之意。同样建立"活人"之功的还有外黄儿。《十稚·外黄儿》对外黄儿能"尽活一城人"表达称赏之情。

除了正面揄扬忠孝节烈等可贵的道德品质,刘克庄还对贪婪、邪辟、奸佞等负面品行集中吟咏,表达对这类历史人物的批判和鞭挞,如"十贪"写贪婪无厌之人。《十贪·韩起》诗写韩宣子身居高位,珍宝丰盈,带颁自内府,枕出于古陵,却于奉命出使郑国之际,向郑伯求取玉环,被子产称为"贪淫甚矣"①。故刘克庄作诗讥之。《十贪·富平侯》诗讽刺富平侯张安世热衷于聚财积货,以致"童作夫人纺,藏钱百万多"②。《十贪·董卓》诗以"可怜脐里烛,不照坞中金"③尖锐讽刺董卓聚敛无厌,罪大恶极,而终至焚尸扬灰,死无葬身之地,再也不能享用坞中的金银谷物。《十贪·王戎》诗以"惜李常钻核,商财自执筹"④写王戎之贪吝至极。《十贪·石崇》诗以"南交来处悖,东市悔何追"⑤写石崇之劫财自毁。《十贪·元载》诗写元载贪财纳贿,奢靡无度,至死不悟。《十贪·杜兼》诗写"尚豪侈"⑥,"极奢欲"⑦的杜兼,虽然堆钱百屋,亦皆为后代破散而尽。《十贪·桑维翰》诗虽然对桑维翰敬重有加,仍以其受贿积财而引为憾事,发出"使无孔方癖,犹是晋名臣"⑧的感慨。其他如《十贪·祖珽》⑨诗讥讽祖珽宴席间藏金叵罗于髻上,《十贪·张说》⑩诗讥讽张说受贿而作谀墓之文。总之,《十贪》诗都是对贪婪无度、奢侈靡费的人物及其行为的讽刺和鞭挞。

"十憸"诗所咏太宰嚭、吕不韦、李斯、李林甫、卢杞、崔昌遐、冯道诸人,

---

① 《春秋左传正义》卷四十七"昭公十六年",阮元校刻《十三经注疏》,第 4515 页。
② 《全宋诗》第 58 册,第 36340 页。
③ 同上书。
④ 同上书。
⑤ 同上书。
⑥ 《新唐书》卷一百七十二《杜兼传》,第 5204 页。
⑦ 同上书。
⑧ 《全宋诗》第 58 册,第 36340 页。
⑨ 同上书。
⑩ 同上书。

几乎都是历史上臭名昭著的奸佞邪僻、祸国殃民之徒。《十憾·太宰嚭》诗云:

> 西子宴姑苏,灵胥赐属镂。如何居上宰,忠越不忠吴。①

此诗讽刺太宰嚭虽任太宰,得吴王宠幸,却奸邪叛国,助敌为虐,进献西施,谮杀伍子胥,最终导致吴国的灭亡。《十憾·吕不韦》诗云:

> 豫建无长虑,旁窥有贩心。绝嬴由吕相,继马乃牛金。②

此诗咏吕不韦。首二句言当时秦孝文王在册立太子的问题上未能长远考虑,中了一直以来精心谋划的吕不韦的计策,最终导致吕氏绝嬴的结局,最后以东元宣帝为牛金之子、即"牛继马后"事陪说。再如《十憾·冯道》诗云:

> 坐阅数朝主,竟为何代人。汉官扬历遍,更作虏师臣。③

冯道,五代十国时期著名宰相,历经后唐、后晋、后汉、后周四朝,事十代君王,世称"十朝元老"。故刘克庄此诗首二句"坐阅数朝主,竟为何代人"讽刺之。不仅在汉廷始终担任将相、三公、三师之位,冯道还曾向辽太宗称臣,故刘克庄称其"汉官扬历遍,更作虏师臣"。此诗罗列事迹,不加议论,"竟""更"二字即将其不知廉耻、毫无底线的奸佞之相显露无遗。

此外,《十嬖》诗咏便嬖之臣,多为宦官,其中阿谀奉承、奸佞贪酷者居多。《十嬖·赵高》诗云:

> 归自沙丘后,因专定策功。国由中府令,帝在望夷宫。④

此诗咏赵高,仅叙其事迹,以见其奸邪狡诈。赵高以宦者任中车府令,秦始皇死后,发动沙丘政变,立胡亥为帝,是为秦二世。即诗首二句"归自沙丘

---

① 《全宋诗》第 58 册,第 36341 页。
② 同上书。
③ 同上书,第 36342 页。
④ 同上书。

后,因专定策功"之意。此后以定册之功,独揽大权,结党营私,横征暴敛,并将秦二世弑杀于望夷宫。"国由中府令,帝在望夷宫"二句以简练的笔法,交代赵高和胡亥的基本情况,以此暗示二世时代秦国的政治状态。全诗简叙赵高的主要事迹,不做任何评论,即将其嬖佞残暴显露无遗。《十嬖·仇士良》诗云:

> 国老辞机密,阍儿叩绪馀。殷勤传一诀,莫遣上观书。①

《新唐书·仇士良传》云:"士良之老,中人举送还第,谢曰:'诸君善事天子,能听老夫语乎?'众唯唯。士良曰:'天子不可令闲暇,暇必观书,见儒臣,则又纳谏,智深虑远,减玩好,省游幸,吾属恩且薄而权轻矣。为诸君计,莫若殖财货,盛鹰马,日以球猎声色蛊其心,极侈靡,使悦不知息,则必斥经术,暗外事,万机在我,恩泽权力欲焉往哉?'众再拜。"②刘克庄此诗即叙此段逸事,仇士良此论可称其祸乱心法,则"士良杀二王、一妃、四宰相,贪酷二十馀年"③,亦不足为奇了。其他如《十嬖·梁丘据》《十嬖·臧氏》等诗都对嬖幸之臣谄媚、奸邪、残暴的本性及行径进行揭露、鞭挞,或明或暗地表达了憎恶和讽刺。

通过上述论述,我们可以很清楚地看到,刘克庄这两组《杂咏一百首》"以世教民彝为主",突出强调伦理道德,具有很强的道德教化意义,也是刘克庄这两组诗歌最主要的创作意图。

(二) 彰显世俗趣味

刘克庄两组《杂咏一百首》的类目的设置、吟咏对象的选择、类目的编排以及具体作品中对道德主题的凸显,都鲜明地体现出其崇尚伦理道德的创作旨趣。然而创作实践和主观意图之间难免会有距离和分歧,就刘克庄的创作实际来看,突出和强调伦理道德的作品大概占一半左右,然所咏人物事迹趋于雷同,"十子"诗中这种情况表现尤为突出,评论的标准往往刻板甚或迂腐,多有不近人情之处,即是世俗化、庸俗化的表现。还有另外一半左右的作品,主题并不统一鲜明,伦理道德色彩也不浓郁,从中我们还可以看到这两组诗歌的另外一面,则表现出了更为明显的通俗化、世俗化的倾向。

---

① 《全宋诗》第 58 册,第 36343 页。
② 《新唐书》卷二百七《仇士良传》,第 5874—5875 页。
③ 同上书,第 5875 页。

　　首先,在组织形式上,采用组诗的形式,十人成一类,十类成一组,每组一百首,共两组二百首。这种大型咏史组诗形式始于晚唐,体现着求多求全、以量取胜的思维方式,本身就是咏史诗通俗化的表现。

　　其次,在类目设置上,在二十类中,盛赞忠孝贞节、批判邪僻奸佞等凸显伦理道德的类别和诗作,大约占一半左右,还有一半的类别和诗作,则是对"仙""释""辩""医""卜"等儒释道、医工、卜祝等三教九流人物的吟咏,与伦理道德主题自然有一定的距离,并且往往具有奇异色彩。另外,所吟咏的大量女性形象,也并非都是妇德女范的代表,而是反映出世俗视野中对女性群体的特别关注。

　　当然,在具体内容和艺术表达上,这种通俗化、世俗化的体现更为具体和丰富。

　　在思想内容上,刘克庄对儒家之外的异端思想呈现极大的包容态度,乃至大加赞赏,体现出其思想庞杂的一面。这一点与南宋初的王十朋有很大的差别。刘克庄在《杂咏一百首》中对释、道二家人物及思想都表现出了尊重和称扬,如《十释·达磨》诗云:

　　　　直以心为佛,西来说最高。始知周孔外,别自有英豪。①

达摩作为禅宗初祖,自称"传佛心印",觉悟众生本有之佛性,刘克庄此诗对其学说给予很高评价,认为在儒家周公、孔子之外,佛家达摩也堪称"英豪"。再如《十仙·老子》诗云:

　　　　了不见矜色,晬然真德容。先生新沐发,弟子叹犹龙。②

此诗咏老子,虽然是直叙其事,且皆有本源。《庄子》云:

　　　　孔子见老聃,老聃新沐,方将被发而干,慹然似非人。孔子便而待之,少焉见,曰:"丘也眩与,其信然与?向者先生形体掘若槁木,似遗物离人而立于独也。"③

---

① 《全宋诗》第 58 册,第 36332 页。
② 同上书,第 36331 页。
③ 《庄子集释》卷七下《田子方》,第 711 页。

《史记·老子韩非列传》云：

> 孔子适周,将问礼于老子。老子曰:"子所言者,其人与骨皆已朽矣,独其言在耳。且君子得其时则驾,不得其时则蓬累而行。吾闻之,良贾深藏若虚,君子盛德,容貌若愚。去子之骄气与多欲,态色与淫志,是皆无益于子之身。吾所以告子,若是而已。"孔子去,谓弟子曰:"鸟,吾知其能飞;鱼,吾知其能游;兽,吾知其能走。走者可以为罔,游者可以为纶,飞者可以为矰。至于龙吾不能知,其乘风云而上天。吾今日见老子,其犹龙邪!"①

这些有关老子的叙述,从某种角度来看,是颇有争议的。有些儒家学者对此并不认同,如叶适则认为,"教孔子者必非著书之老子,而为此书者必非礼家所谓老聃,妄人讹而合之尔"②,试图否认孔子所师事之老子即道家之老子,从而从本质上消解这一故事儒道争胜的意义。刘克庄对此毫不以为意,并无从儒家立场进行避讳掩饰之意,完全站在道家的立场上,直据史文,大加称颂。将达磨与周公、孔子并列,推崇老子直引孔子的"犹龙"之说,足见其思想的庞杂不纯。

在正大主题的总体规划之下,对诸多正面人物(形象)的吟咏中,刘克庄也往往着意转换角度,翻新出奇,追求理趣,按照通俗咏史的路数进行创作,从而出现大量忽略或偏离总体主题方向的诗作,如《十臣·贾谊》诗云:

> 寄声谢绛灌,勿毁洛阳人。岁晚治安策,谆谆礼大臣。③

《史记·屈原贾生列传》云:

> 天子议以为贾生任公卿之位。绛、灌、东阳侯、冯敬之属尽害之,乃短贾生曰:"雒阳之人,年少初学,专欲擅权,纷乱诸事。"于是天子后亦疏之,不用其议,乃以贾生为长沙王太傅。④

---

① 《史记》卷六十三《老子韩非列传》,第 2140 页。
② 宋叶适著《习学记言序目》卷十五,中华书局,1977 年,第 209 页。
③ 《全宋诗》第 58 册,第 36324 页。
④ 《史记》卷八十四《屈原贾生列传》,第 2492 页。

可见贾谊早年曾受到周勃、灌婴等人的谗毁,刘克庄首二句对绛灌之举表达异议,故云"寄声谢绛灌,勿毁洛阳人"。《汉书·贾谊传》又云:"是时,匈奴强,侵边。天下初定,制度疏阔。诸侯王僭儗,地过古制,淮南、济北王皆为逆诛。谊数上疏陈政事,多所欲匡建。"①所上之疏即所谓《治安策》,曾建议对近臣"遇之有礼","婴以廉耻","厉廉耻、行礼谊",所谓"廉耻节礼以治君子"、"体貌大臣而厉其节"②。即诗所谓"岁晚治安策,谆谆礼大臣"之意。此诗咏贾谊,为"十臣"之一,此组诗大部分歌咏臣子忠贞不渝。贾谊其人也确属忠鲠之臣,然刘克庄却并未从其这个角度进行歌咏,而是从贾谊早年受汉文帝近臣谗毁,后来却劝谏汉文帝尊礼近臣这个新颖的角度,为贾谊抱打不平,鸣冤叫屈,进而对绛灌诸人隔空喊话。此诗从贾谊与权臣关系这一新颖视角出发进行吟咏,无疑大大偏离了"忠臣贾谊"这一主题。再《十隐·四皓》诗:

> 去避坑焚祸,来成羽翼功。留侯不自语,驱使紫芝翁。③

四皓为"十隐"之一,此类诗歌皆咏其人远离尘嚣,不慕名利,保持清节。而此诗首二句言四皓逃离暴秦,羽翼汉主,尚属正面事迹。而后二句从张良献计的角度,言其"不自语"而"驱使"四皓,则四皓颇有中计的嫌疑,羽翼新主也就显得并不高明了。此诗后二句角度新颖,议论出奇,但无疑也偏离了题旨,可见刘克庄不惜代价地追求翻新出奇。再如《十隐·严光》诗云:

> 幸自沉冥去,无端物色求。蓑衣亦堪钓,何必被羊裘。④

此诗咏严子陵。《后汉书·严光传》云:

> 严光字子陵,一名遵,会稽馀姚人也。少有高名,与光武同游学。及光武即位,乃变名姓,隐身不见。帝思其贤,乃令以物色访之。后齐

---

① 《汉书》卷四十八《贾谊传》,第 2230 页。
② 汉贾谊撰、吴云、李春台校注《贾谊集校注》附录二《治安策》,天津古籍出版社,2010 年,第 356 页。
③ 《全宋诗》第 58 册,第 36328 页。
④ 同上书。

国上言："有一男子,披羊裘钓泽中。"帝疑其光,乃备安车玄纁,遣使聘之。三反而后至。①

此诗言严子陵幽居匿迹,本来无处可寻,偏偏"披羊裘"而钓,标新立异,从而被访得。因此以"蓑衣亦堪钓,何必被羊裘"相诘难,其中亦含有严子陵隐而不尽、隐而非衷之意,无疑是一个别致的角度。然而如此立论却与"十隐"主题,与作为著名隐士的严子陵的定位,暌违甚远。再如《十隐·庞公》诗云:

> 采药栖迟稳,燃其篡夺危。景升不爱子,却念德公儿。②

此诗咏庞德公。《后汉书·庞公传》云:

> 庞公者,南郡襄阳人也。居岘山之南,未尝入城府。夫妻相敬如宾。荆州刺史刘表数延请,不能屈,乃就候之。谓曰:"夫保全一身,孰若保全天下乎?"庞公笑曰:"鸿鹄巢于高林之上,暮而得所栖;鼋鼍穴于深渊之下,夕而得所宿。夫趣舍行止,亦人之巢穴也。且各得其栖宿而已,天下非所保也。"因释耕于垄上,而妻子耘于前。表指而问曰:"先生苦居畎亩而不肯官禄,后何以遗子孙乎?"庞公曰:"世人皆遗之以危,今独遗之以安,虽所遗不同,未为无所遗也。"表叹息而去。后遂携其妻子登鹿门山,因采药不反。③

首二句言其时国家篡乱不断,争斗激烈,庞公采药鹿门,安稳栖迟,概括了当时的社会环境以及庞德公的主要事迹。后二句就刘表与庞德公的对话而论。刘表从为子孙计的角度奉劝庞德公出仕作官,本是设身处地、转换身份的寻常游说方式,曹操曾言"刘景升儿子若豚犬耳"④,因此刘克庄以刘表不关心自己的儿子,却十分挂念庞德公的儿子予以讽刺,也是选取了一个比较特殊的角度进行吟咏,但无疑喧宾夺主,将对隐士庞德公的吟咏转移到了对刘景升的讽刺了。《十勇·曹沫》诗云:

---

① 《后汉书》卷八十三《严光传》,第 2763 页。
② 《全宋诗》第 58 册,第 36328 页。
③ 《后汉书》卷八十三《庞公传》,第 2776—2777 页。
④ 《三国志》卷四十七《吴主传》注,第 1119 页。

数战数败北,宁非将略疏。收功一匕首,安用读兵书。①

此诗咏曹沫,首二句言其三战三败,丧师失地,似乎其人谋略不足,同时为下文张本。最终在齐鲁两国会盟于柯时,"曹沫执匕首劫齐桓公"②,"于是桓公乃遂割鲁侵地,曹沫三战所亡地尽复予鲁"③,即所谓"曹沫三北,而收功于柯盟"④。因此此诗后二句得出"收功一匕首,安用读兵书"的结论,认为曹沫即便谋略不足亦不影响其建立奇功。前人对曹沫大多全面称道,而刘克庄此诗却点出其谋略不足的一面,可谓翻案之论。《十勇·刘琨》诗云:

除却祖生外,馀皆在下风。老奴口耳小,安得肖司空。⑤

此诗咏刘琨,首二句总体评价,言仅有祖逖可与之相提并论,其馀诸人,皆在下风。后二句则笔锋一转,突发异想。《晋书·桓温传》云:

初,温自以雄姿风气是宣帝、刘琨之俦,有以其比王敦者,意甚不平。及是征还,于北方得一巧作老婢,访之,乃琨伎女也,一见温,便潸然而泣。温问其故,答曰:"公甚似刘司空。"温大悦,出外整理衣冠,又呼婢问。婢云:"面甚似,恨薄;眼甚似,恨小;须甚似,恨赤;形甚似,恨短;声甚似,恨雌。"温于是褫冠解带,昏然而睡,不怡者数日。⑥

后二句即从这段趣事脱化而出,以桓温之攀附表现刘琨之卓异。桓温以似刘琨而"大悦",以似而有异则"不怡",从侧面表现刘琨之丰神无可比拟。角度虽新,但歌咏刘琨却多写桓温,未免喧宾夺主,列于"十勇"却着眼其貌,未免偏离主题。再如《十豪·项羽》诗云:

顿无英霸气,尚有妇儿仁。闻汉购吾首,持将赠故人。⑦

---

① 《全宋诗》第 58 册,第 36330 页。
② 《史记》卷八十六《刺客列传》,第 2515 页。
③ 同上书,第 2516 页。
④ 《晋书》卷六十二《刘琨传》,第 1682 页。
⑤ 《全宋诗》第 58 册,第 36331 页。
⑥ 《晋书》卷九十八《桓温传》,第 2571 页。
⑦ 《全宋诗》第 58 册,第 36336 页。

此诗咏项羽,乃"十豪"之一,却重点言其临终之时已无英霸之气,仍有妇人之仁。后二句以垓下之围中,项羽以首赠故人之事阐说,表现项羽的妇人之仁。虽有新意,却不能表现项羽之"豪",即是为了翻新出奇而不惜偏离主题的表现。《十智·樗里子》诗云:

> 石马残陵下,金凫出藏中。谁云樗里智,卜墓近秦宫。①

《史记·樗里子甘茂列传》载:

> 樗里子滑稽多智,秦人号曰"智囊"。……昭王七年,樗里子卒,葬于渭南章台之东。曰:"后百岁,是当有天子之宫夹我墓。"樗里子疾室在于昭王庙西渭南阴乡樗里,故俗谓之樗里子。至汉兴,长乐宫在其东,未央宫在其西,武库正直其墓。秦人谚曰:"力则任鄙,智则樗里。"②

此诗即就其安葬之地议论翻案。史书以其言后世应验而称奇,刘克庄就"樗里子疾室在于昭王庙西"而表达异议,认为"卜墓近秦宫"并不高明,其墓亦因宫庙被毁而受池鱼之殃,即此诗首二句所描述的景况:"石马残陵下,金凫出藏中",是对史书称樗里子"滑稽多智""智则樗里"之说的翻案,不合于"十智"的主题。《十智·刘备》诗云:

> 华容芦荻里,一炬可无遗。叹息刘玄德,平生见事迟。③

《三国志·魏志》卷一《魏武帝纪》裴松之注引《山阳公载记》曰:"公船舰为备所烧,引军从华容道步归,遇泥泞,道不通,天又大风,悉使羸兵负草填之,骑乃得过。羸兵为人马所蹈藉,陷泥中,死者甚众。军既得出,公大喜,诸将问之,公曰:'刘备,吾俦也。但得计少晚;向使早放火,吾徒无类矣。'备寻亦放火而无所及。"④此诗所咏即其事。《十智·杜预》诗云:

---

① 《全宋诗》第 58 册,第 36338 页。
② 《史记》卷七十一《樗里子甘茂列传》,第 2307—2310 页。
③ 《全宋诗》第 58 册,第 36339 页。
④ 《三国志》卷一《武帝纪》,第 31 页。

征南满腹智,实似小儿痴。汉水有涸日,沉碑无出时。①

《晋书·杜预传》:"预好为后世名,常言'高岸为谷,深谷为陵',刻石为二碑,纪其勋绩,一沈万山之下,一立岘山之上,曰:'焉知此后不为陵谷乎!'"②此诗所咏即杜预沉碑事,而以"汉水有涸日,沉碑无出时"称其痴似小儿。刘备、杜预均为"十智"之一,而一言其"得计少晚",一称其"似小儿痴",均非"智",亦是为求新求异而导致所咏之内容与所咏之主题偏离或相悖。

"十嬖"类咏十位嬖臣,以宦官为主。这一群体在历史上多为贪宠耽幸、狡诈弄权之辈,欧阳修《新五代史·宦者传》序云:"自古宦、女之祸深矣!明者未形而知惧,暗者患及而犹安焉,至于乱亡而不可悔也。"③"十嬖"与"十贪""十憸"前后相属,自是作为负面人物而设置。具体诗作中,不仅所咏之人并非尽为恶人,而且即便是对以负面形象存在的人物,或忽略其恶,甚或表彰其善,出现了具体诗旨与总体主题的背离。如《十嬖·巷伯》诗:

哆哆何其甚,忧伤只自知。虽经夫子笔,不废寺人诗。④

即据《诗经·小雅·巷伯》诗而论,《毛诗注疏》卷十九《小雅·巷伯》序云:"《巷伯》,刺幽王也。寺人伤于谗,故作是诗也。"⑤笺曰:"巷伯,奄官。寺人,内小臣也。奄官上士四人,掌王后之命,于宫中为近,故谓之巷伯,与寺人之官相近。谗人谮寺人,寺人又伤其将及巷伯,故以名篇。"⑥以寺人之诗,虽经圣人笔削,亦予以保留在三百篇中,可见其亦有可贵之处。从《诗经》经孔子整理的角度对寺人之作进行肯定。《十嬖·高力士》诗云:

五十年间事,浑如晓梦馀。三郎南内里,何况老家奴。⑦

高力士作为历史上著名的太监,权倾朝野,贪赃弄权,亦可谓劣迹斑斑。然

---

① 《全宋诗》第 58 册,第 36339 页。
② 《晋书》卷三十四《杜预传》,第 1031 页。
③ 《新五代史》卷三十八《宦者传》,第 403 页。
④ 《全宋诗》第 58 册,第 36342 页。
⑤ 《毛诗传笺》卷十二《巷伯》,第 289 页。
⑥ 同上书。
⑦ 《全宋诗》第 58 册,第 36343 页。

此诗却将"十嬖"之一的高力士作为忠臣予以歌咏,侧重其一生忠心耿耿追随唐玄宗之事,五十年间,时易世变,如梦幻无常。唐玄宗晚年被软禁在南内,高力士的处境更加凄惨。基于高力士一生的忠贞不渝,刘克庄此诗对其人其事表达了同情赞赏之意。同样以忠臣面貌出现的宦官,还有张承业。《十嬖·张承业》诗云:

> 敕使为唐患,忠唐独有君。晚知王自取,误杀老监军。①

高力士的忠心或出于私恩,而张承业的忠心则是出于公义。《新五代史·张承业传》云:

> 天祐十八年,庄宗已诺诸将即皇帝位。承业方卧病,闻之,自太原肩舆至魏,谏曰:"大王父子与梁血战三十年,本欲雪家国之雠,而复唐之社稷。今元凶未灭,而遽以尊名自居,非王父子之初心,且失天下望,不可!"庄宗谢曰:"此诸将之所欲也。"承业曰:"不然,梁、唐、晋之仇贼,而天下所共恶也。今王诚能为天下去大恶,复列圣之深雠,然后求唐后而立之。使唐之子孙在,孰敢当之?使唐无子孙,天下之士,谁可与王争者?臣,唐家一老奴耳!诚愿见大王之成功,然后退身田里,使百官送出洛东门,而令路人指而叹曰'此本朝敕使,先王时监军也',岂不臣主俱荣哉?"庄宗不听。承业知不可谏,乃仰天大哭曰:"吾王自取之!误老奴矣。"肩舆归太原,不食而卒,年七十七。②

此诗因张承业坚决反对后唐庄宗李存勖称帝,指出虽然敕使乃唐之大患,而作为敕使的张承业却是例外,是唐之忠臣,表达张承业此举的激赏与称赞。《十仙·壶公》诗云:

> 跳入无人见,谁知有路通。长房非黠者,草草出壶中。③

此诗咏壶公,"十仙"之一,而重点论费长房。《神仙传》云:

---

① 《全宋诗》第 58 册,第 36343 页。
② 《新五代史》卷三十八《张承业传》,第 405 页。
③ 《全宋诗》第 58 册,第 36344 页。

　　(壶公)常悬一空壶于坐上,日入之后,公辄转足跳入壶中,人莫知所在,唯长房于楼上见之,知其非常人也。长房乃日日自扫除公座前地,及供馔物,公受而不谢。如此积久,长房不懈,亦不敢有所求,公知长房笃信,语长房曰:"至暮无人时更来。"长房如其言而往,公语长房曰:"卿见我跳入壶中时,卿便随我跳,自当得入。"长房承公言,为试展足,不觉已入。……乃命啖溷,溷臭恶非常,中有虫长寸许,长房色难之,公乃叹,谢遣之,曰:"子不得仙也,今以子为地上主者,可寿数百馀岁。"为传封符一卷,付之曰:"带此可举诸鬼神。尝称使者,可以治病消灾。"长房忧不能到家,公以竹杖与之曰:"但骑此到家耳。"长房辞去,骑杖忽然如睡,已到家,家人谓之鬼,具述前事,乃发视棺,中惟一竹杖,乃信之。①

　　此诗言费长房虽然见壶公"跳入壶中"而"知其非常人",与之同入壶中,却未能成仙,草草而出。刘克庄因此称之"非黠者",即不算聪明,此论亦是从世俗得失的角度而出。

　　其他如《十躄·景监》②诗重点言商鞅"因孝公宠臣景监,以求见孝公"事,《十将·白起》③诗不言其英勇善战,而言其滥杀无辜最终伏诛事。《十辩·苏秦》④诗以苏秦自言"且使我有雒阳负郭田二顷,吾岂能佩六国相印乎!"⑤,知"无恒产至此",进而质疑孟子,以苏秦无田而得以佩六国相印,作孟子"无恒产而有恒心者,惟士为能。若民,则无恒产,因无恒心"之论的翻案文章。《十智·晁错》诗云:"危晁知不免,削楚虑空长。东市哀朝服,西京号智囊。"⑥似智而非智。这些都是具体吟咏与整体主题设定之间的暌违与偏离,大多皆为角度新颖而偏离主题,体现了刘克庄在具体创作中的两个方向,两条路线。

　　刘克庄对历史事件和人物的吟咏,重视故事性、传奇性,甚至涉及激烈的矛盾冲突,包括忠臣与佞臣的冲突,孝子与生父的冲突,孝子与后母的冲突,仇敌斗争的冲突等等。这些人物和故事都因情节曲折、冲突激烈而具有

---

① 晋葛洪撰,胡守为校释《神仙传校释》卷九,中华书局,2010年,第307—308页。
② 《全宋诗》第58册,第36342页。
③ 同上书,第36330页。
④ 同上书,第36338页。
⑤ 《史记》卷六十九《苏秦列传》,第2262页。
⑥ 《全宋诗》第58册,第36339页。

很强的吸引力和感染性。《尹伯奇》诗所咏尹伯奇,其事迹即包括孝子与后母的冲突,事实上隐藏在诗歌背后的故事中,尹伯奇、尹吉甫及其后妻,三者之间关系都非常紧张,虽然诗歌未能展示,但整个矛盾复杂、冲突激烈的故事是作为整体存在的。《宜臼》诗背后的故事,包括周幽王、褒姒、申后、宜臼、申侯之间的矛盾冲突,而以褒姒与宜臼之间的冲突最为激烈。《申生》诗中晋献公、骊姬、申生、重耳之间矛盾冲突与尹伯奇、宜臼相似,但更为激烈,后果更为惨烈,最终以申生自缢告一段落。《伍尚》诗云:

> 伍奢呼二子,一至一奔焉。逃父吾无取,雠君亦未然。①

在这首诗中,楚平王、伍奢、伍尚、伍胥四者之间涉及君臣关系、父子关系,涉及尽忠、尽孝与生死存亡的取舍问题,都是关系人生大伦与性命攸关的重要问题,其中充满了复杂的关系处理与激烈的矛盾冲突。《曾子》诗云:

> 亲劬何以报,子职贵乎勤。梨本非难熟,瓜殊未易耘。②

此诗中人物之间矛盾虽然没有那么激烈,只有曾晢、曾子后母、曾子、曾子妻之间关系也十分复杂而微妙。虽然所涉均为小事,如蒸梨不熟、耘瓜斩根之类,但都上纲上线,上升到母子关系、父子关系、夫妻关系的处理问题。这些平凡小事既关系伦常大道,又充满着紧张关系。《姜诗》诗云:

> 晨兴风色恶,日晏汲归迟。宁与闺中诀,莫令堂上饥。③

在这个故事中,姜诗在尽孝与睦妻之间产生矛盾,并作出选择处理,姜诗妻因无心小误而被休,仍然无怨无悔,默默尽孝,其中都包含紧张而微妙的关系。《王祥》诗云:

> 礼律通称母,宁分继与亲。乃知履霜子,绝似卧冰人。④

---

① 《全宋诗》第 58 册,第 36326 页。
② 同上书,第 36325 页。
③ 同上书,第 36326 页。
④ 同上书。

王祥，《初学记》引师觉《孝子传》云："王祥少有德行，失母，后母憎而谮之，祥孝弥谨。盛寒河冰，网罟不施，母欲得生鱼，祥解褐叩冰求之，忽冰少开，有双鲤出游，祥垂纶而获之。于时人谓至孝所致也。"①在王祥的故事中，不仅有后母与孝子之间紧张的关系，还有双鱼出水的奇异现象。这样的孝子故事，因故事曲折、冲突激烈，具有很强的吸引力和感染性。

在其他类人物的吟咏中，亦存在类似的情况。如《十医·夏无且》诗云：

> 秦法严堂陛，秦兵绕殿庐。如何危急际，只有一无且。②

夏无且，"十医"之一，但此诗所咏并非侧重其御医的身份，而是其在荆轲刺秦王时的表现。《史记·刺客列传》载："荆轲乃逐秦王。而卒惶急，无以击轲，而以手共搏之。是时侍医夏无且以其所奉药囊提荆轲也。"③在荆轲与秦王搏击的千钧一发之际，"夏无且以其所奉药囊提荆轲"，在这个历史性的环节留下来闪亮的身影，刘克庄在以秦兵众多、护卫森严与夏无且一人出手相救对比中，凸显夏无且的勇敢无畏。关于夏无且，史书记载只此一处，刘克庄选择夏无且，正是看中了荆轲刺秦的这个充满激烈冲突的故事以及万分紧急的搏斗场面。

刘克庄选择矛盾冲突激烈，故事性、传奇性强烈的人物事件入诗，正是从世俗趣味出发作出的选择。

为了达到对故事性、趣味性的追求，刘克庄咏史诗在题材选择上做了很大的突破和勇敢的尝试。两组《杂咏一百首》中涉及非历史人物，且题目并无"咏史"字样，就涉及这两组作品的性质问题，或者说这些歌咏非历史人物的诗作算不算咏史诗的问题。这可以从刘克庄本人的意见以及后人的看法，予以考察。刘克庄《江咨龙注梅百咏》云："忆使江东时，作五言咏史绝句二百首，游丞相爱之，置书笈中，虽入省以自随。书谓余曰：'每篇虽二十言，实一篇好论，宜令子弟注出处板行。'然余子弟竟未暇为。"④所言正是这两组《杂咏一百首》，而刘克庄自称其为"五言咏史绝句二百首"，可见刘克庄是将这二百首诗整体当作咏史诗进行创作的。元陆文圭《跋蒋民瞻咏史诗》云："昔西山编《文章正宗》，歌诗一门，委之刘潜夫，以世教民彝为主，凡涉闺

---

① 唐徐坚著《初学记》卷三，中华书局，2004年，第2版，第60页。
② 《全宋诗》第58册，第36344页。
③ 《史记》卷八十六《刺客列传》，第2535页。
④ 《刘克庄集笺校》卷一一〇《跋江咨龙注梅百咏》，第4576—4577页。

情宫怨者皆勿取。后潜夫自作《十臣》、《十佞》等五言百首,句简而括,意深而确,前无此体,视胡曾《咏史》直可唾去。《选》诗如《昭君》、《秋胡》、《罗敷》等辞,直铺其事而已,未有断有己意者。杜牧《桃花夫人》、《赤壁》等绝,则拗峭为工,而断以己意矣。然仅一二首而止,不如潜夫之多。"①陆文圭在为蒋民瞻的《咏史诗》所作跋语中,论及刘克庄《杂咏一百首》诗,以之与胡曾《咏史》、杜牧《桃花夫人》《赤壁》等咏史诗进行比较,足见陆文圭亦将其视为咏史诗。从刘克庄本人以及后人两个角度,均可见刘克庄两组《杂咏一百首》作为咏史诗的性质是毋庸置疑的。在这一前提下,刘克庄在题材选择上的特殊表现,则非偶然情况,而是出于某种目的,有意作出的努力和尝试。

作为咏史诗的两组《杂咏一百首》,取材非常广泛,突破了传统观念对历史的界定,不仅包括官方正史,涉及儒家经典中的人物和事件,还旁及稗史小说和文学形象,可以说是选取了一个十分泛化的历史概念,其效果就是增强了所咏人物、事件的故事性、传奇性和趣味性。

有的诗作所吟咏的对象是实有其人的历史人物,但往往加入传说故事、笔记小说的内容,以增强诗作的故事性和趣味性,如《十臣·苌弘》诗云:

> 宗周危可悯,苌叔死非难。臣血三年碧,臣心一寸丹。②

苌弘其人见于《左传》,是一位拥护周天子的忠臣。而赤血化碧玉的故事则见于《庄子·外物》"苌弘死于蜀,藏其血三年而化为碧"③的记载,十分奇异,故刘克庄采纳吟咏。《十臣·李白》诗云:

> 幸自忤将军,那堪触太真。世无郭中令,谁赎谪仙人。④

其中郭子仪营救李白事,虽然见于《新唐书》,实出于笔记小说,属"轶事遗闻,真实与否,仍待考辨"⑤。因其具有很强的故事性、传奇性、趣味性,以至

---

① 《全元文》卷五六三,第558—559页。
② 《全宋诗》第58册,第36324页。
③ 清郭庆藩撰,王孝鱼点校《庄子集释》卷九上《外物》,中华书局,2012年,第3版,第920页。
④ 《全宋诗》第58册,第36325页。
⑤ 周祖譔主编《旧唐书文苑传笺证》卷三,凤凰出版社,2012年,第546页。

于李白、郭子仪的故事后来敷衍成话本小说,刘克庄选择作为吟咏的诗材亦着眼于此。再如《十臣·刘蕡》诗云:

> 貂珰窃大柄,韦布献孤忠。牓出惟风汉,无名在选中。①

所咏唐代著名谏臣刘蕡事迹,首二句所咏根据《旧唐书·刘蕡传》。而后二句所咏"风汉"之说则取材《太平广记》引《玉泉子》所记当时轶事。这一风趣的故事在一本正经的忠臣吟咏中注入了诙谐的趣味。再如《十儒·郑司农》诗云:

> 新笺传后学,古训发先儒。不拟狂年少,灯前骂老奴。②

咏郑玄遍注群经,发明古训,而加入王弼的故事,《类说》卷一一引《幽明录》"郑玄老奴"云:"王辅嗣注易,笑郑玄云:'老奴甚无意。'夜久,忽闻外间有着屐声,须臾而入,自云是郑玄,曰:'君少年,何以穿凿文句,妄讥老子?'言讫而去,辅嗣暴卒。"③很明显这个记载具有强烈的笔记小说的意味,故事曲折生动,颇具传奇色彩。《十仙·刘安》诗云:

> 忽弃国中去,疑为方外游。早知守都厕,何似莫仙休。④

淮南王刘安,《史记》有传,事迹颇多。刘克庄偏偏关注其修仙之事,而将其列入"十仙"。此诗后二句所咏出自《神仙传》,见《太平广记》卷八引"刘安"条,云:"安少习尊贵,稀为卑下之礼,坐起不恭,语声高亮,或误称寡人。于是仙伯主者奏安云不敬,应斥遣去。八公为之谢过,乃见赦,谪守都厕三年。"⑤《孙思邈》诗云:

> 药品用昆虫,遂亏全活功。至今仙未得,只在蜀山中。⑥

---

① 《全宋诗》第 58 册,第 36325 页。
② 同上书,第 36330 页。
③ 宋曾慥编纂,王汝涛等校注《类说校注》卷十一,福建人民出版社,1996 年,第 328 页。
④ 《全宋诗》第 58 册,第 36332 页。
⑤ 《太平广记》卷八,第 53 页。
⑥ 《全宋诗》第 58 册,第 36332 页。

孙思邈是古代著名神医,后人尊称"药王",《旧唐书》有传。刘克庄却将其列入"十仙",此诗所咏其因用昆虫为药不得轻举事却来自《仙传拾遗》或《宣室志》,见《太平广记》卷二一"孙思邈"条,云:"尝有神仙降谓思邈曰:'尔所著《千金方》,济人之功亦已广矣,而以物命为药,害物亦多,必为尸解之仙,不得白日轻举矣。昔真人桓闿谓陶贞白事亦如之,固吾子所知也。'其后思邈取草木之药以代宦虫水蛭之命,作《千金方翼》三十篇,每篇有龙宫仙方一首,行之于世。及玄宗避羯胡之乱,西幸蜀,既至蜀,梦一叟,须鬓尽白,衣黄襦,再拜于前,已而奏曰:'臣孙思邈也,庐于峨眉山有年矣。'"①《十辩·茅焦》诗云:

> 焦子如天胆,秦王似屋嗔。如何刀机上,活得解衣人。②

此诗咏茅焦,其事虽见于《史记·秦始皇本纪》,但诗中所咏"秦王似屋嗔""刀机""解衣人"等情景、细节显然不是《史记》所有,而是源于《说苑》的纪述。

除了在吟咏真实历史人物时,加入稗史小说中的故事,刘克庄还将仅见于笔记小说、真伪难辨的人物,当作历史人物加以吟咏,如《房老》诗:

> 残香犹在笥,旧曲尚书裙。不及新歌舞,樽前奉主君。③

此诗所咏乃石崇爱婢,其人其事迹史无明文,而见于笔记小说。晋王嘉《拾遗记》卷八云:"石季伦爱婢名翔风,魏末于胡中得之。年始十岁,使房内养之,至十五,无有比其容貌,特以姿态见美。……及翔风年三十,妙年者争嫉之,或者云'胡女不可为群',竞相排毁。石崇受谮润之言,即退翔风为房老,使主群少,乃怀怨而作五言诗曰:'春华谁不美,卒伤秋落时,突烟还自低,鄙退岂所期!桂芳徒自蠹,失爱在娥眉。坐见芳时歇,憔悴空自嗤!'石氏房中并歌此为乐曲,至晋末乃止。"④刘克庄此诗即本于此。《樊通德》诗云:

---

① 《太平广记》卷二十一,第 142 页。
② 《全宋诗》第 58 册,第 36338 页。
③ 同上书,第 36335 页。
④ 晋王嘉撰,梁萧绮录,齐治平校注《拾遗记校注》卷九,中华书局,1981 年,第 214—215 页。

妆束姑随世，风流亦动人。等闲拥髻语，千载尚如新。①

樊通德取自于《赵飞燕外传》所附伶玄自叙，亦难辨真伪。《柳家婢》诗云：

> 忽见牙郎态，吁嗟悔失身。不虞小婢子，曾是柳家人。②

此诗所谓柳家婢乃唐柳仲郢之婢，所咏之事见于唐孙光宪《北梦琐言》卷四，"柳婢讥盖巨源"条云：

> 唐柳仆射仲郢镇郫城，有一婢失意，将婢于成都鬻之。盖巨源使君乃西川大校，累典雄郡，宅在苦竹溪。女侩具以柳婢言导，盖公欲之，乃取归其家，女工之具悉随之，日夕赏其巧技。或一日，盖公临街窥窗，柳婢在侍。通衢有鬻绫罗者从窗下过，召俾就宅。盖公于束缣内选择边幅，舒卷撰之，第其厚薄，酬酢可否。柳婢失声而仆，似中风恙，命扶之而去，一无言语，但令舆还女侩家，翌日而瘳。诘其所苦，青衣曰："某虽贱人，曾为柳家细婢，死则死矣，安能事卖绢牙郎乎？"蜀都闻之，皆嗟叹也。清族之家，率由礼门，盖公暴贵，未知士风，为婢仆所讥，宜矣哉！③

史有名文的婢妾甚多，刘克庄偏偏选择笔记小说的记载，其人其事，真伪难辨，正因其所关注的重点不在真伪，而在强烈的故事性、趣味性和新奇性。

为了追求趣味性，刘克庄对于一些出于想象和杜撰的历史人物或文学作品中的人物形象都一概纳入咏史的范围，如《徐甲》诗云：

> 白骨因谁活，青牛与尔俱。未酬再生德，更索积年逋。④

此诗所咏徐甲，其人很可能出于杜撰，亦非著名神仙，刘克庄选择将其列入"十仙"加以吟咏，主要还是看重其故事十分神奇而有趣。《太平广记》引《列仙传》云："老子有客徐甲，少赁于老子，约日雇百钱，计欠甲七百二十万钱。甲见老子出关游行，速索偿不可得，乃倩人作辞，诣关令以言老子。而为作

---

① 《全宋诗》第58册，第36335页。
② 同上书。
③ 五代孙光宪撰，贾二强校点《北梦琐言》卷四，中华书局，2002年，第86页。
④ 《全宋诗》第58册，第36331页。

辞者亦不知甲已随老子二百馀年矣,唯计甲所应得直之多,许以女嫁甲。甲见女美,尤喜,遂通辞于尹喜,得辞大惊,乃见老子。老子问甲曰:'汝久应死,吾昔赁汝,为官卑家贫,无有使役,故以太玄清生符与汝,所以至今日,汝何以言吾。吾语汝到安息国,固当以黄金计直还汝,汝何以不能忍?'乃使甲张口向地,其太玄真符立出于地,丹书文字如新,甲成一聚枯骨矣。喜知老子神人,能复使甲生,乃为甲叩头请命,乞为老子出钱还之。老子复以太玄符投之,甲立更生,喜即以钱二百万与甲,遗之而去。"①

刘克庄甚至将传说人物或文学虚构形象纳入吟咏范围,如《庐江小吏妻》《苏秦邻妾》《东家女》《散花女》所咏人物事迹,则分别出自乐府诗《孔雀东南飞》、苏秦杜撰寓言故事、宋玉《登徒子好色赋》以及佛典,这些都是绝不可视作历史人物者。

总之,刘克庄两组《杂咏一百首》作为咏史之作,其取材十分广泛,遍及四部,旁涉九流,甚至将明显出于想象和杜撰的人物也作为历史人物吟咏,其关注点正在其故事性、趣味性,这种对历史的泛化以及趣味性的取向也正是其世俗化、通俗化的重要表现。

刘克庄两组《杂咏一百首》除了在思想、题材方面的通俗化、世俗化的表现外,在具体诗作的表现手法、思维方式以及语言风格上也有相应的体现。

对于没有明确主题的吟咏对象,比如"十仙""十释"等,刘克庄往往着力翻新出奇,以追求趣味,出现了很多为了翻案而翻案,实则并不高明的作品,如《李牧》诗云:

> 说客为秦谍,君王信郭开。向令名将在,兵得到丛台。②

此诗叙长平之战前夕,"秦多与赵王宠臣郭开金,为反间,言李牧、司马尚欲反"③,赵王斩李牧而废司马尚,最终导致赵国灭亡。此诗首二句叙其事,后二句作假设语,言若李牧、司马尚带兵,赵国必不至于亡,以此表达新颖之见。以假说设辞,生发新见,这也是自晚唐以来通俗咏史诗的一个惯用手法。再如《十仙·彭祖》诗云:

---

① 《太平广记》卷一,第 4 页。
② 《全宋诗》第 58 册,第 36330 页。
③ 《史记》卷八十一《廉颇蔺相如列传》,第 2451 页。

活得如彭老,忧愁八百春。频为哭殇叟,屡作悼亡人。①

此诗咏彭祖。彭祖素以长寿闻名,历来为人企羡不已。曾自言:"吾遗腹而生,三岁而失母。遇犬戎之乱,流离西域,百有馀年,加以少枯。丧四十九妻,失五十四子,数遭忧患。"②因此刘克庄称其"频为哭殇叟,屡作悼亡人",因长寿而屡屡悼亡、哭殇,忧愁不断,如此,则长寿亦非乐事。《十释·卢能》诗云:

明镜偷神秀,菩提犯卧轮。更将旧衣钵,占断不传人。③

此诗咏六祖慧能,首二句言慧能作偈二事。因慧能此二偈均在他人之作的基础上,翻出一义,因此刘克庄称其"偷神秀""犯卧轮"。慧能二偈,历来为人称道,刘克庄此论,言其虽然高明,亦有所凭借,并非独创。《五灯会元》载:"卢行者跪受衣法,启曰:'法则既受,衣付何人?'祖曰:'昔达磨初至,人未之信,故传衣以明得法。今信心已熟,衣乃争端,止于汝身,不复传也。且当远隐,俟时行化,所谓受衣之人,命如悬丝也。'"④此诗后二句即就此而言,言在六祖之后,衣钵不再传授,故刘克庄称慧能独占衣钵。如此翻案,则有刻意之嫌,既不高明,更显俗气。

刘克庄在咏史诗中,还往往表现出浓郁的世俗思维方式,《汉儒二首》诗其一咏扬雄云:"执戟浮沉亦未迁,无端著颂美新都。白头所得能多少,枉被人书莽大夫。"⑤刘克庄此诗认同朱熹对扬雄的批判,从世俗的角度予以评说,称其持守半生,晚年此举致使名节扫地,殊为得不偿失,故云"白头所得能多少,枉被人书莽大夫"。罗大经《鹤林玉露》丙编卷六对刘克庄此论表达严正的批判,云:"余谓名义所在,岂当计所得之多少!若以所得之少,枉被恶名为恨,则三公之位,万钟之禄,所得倘多,可以甘受恶名而为之乎!此诗颇碍理,余不可以不辨。"⑥刘克庄此论的症结在世俗化的得失盈亏思维,也是罗大经批判的着力点所在。在两组《杂咏一百首》中,也有类似的情况,如

---

① 《全宋诗》第 58 册,第 36331 页。
② 《太平广记》卷二,第 9 页。
③ 《全宋诗》第 58 册,第 36333 页。
④ 《五灯会元》卷一,第 52—53 页。
⑤ 《全宋诗》第 58 册,第 36179 页。
⑥ 宋罗大经撰,王瑞来点校《鹤林玉露》卷六,中华书局,1983 年,第 341 页。

《剧孟》诗云：

> 向令从七国，是自列陪臣。太尉空称赏，非知剧孟人。①

《史记·游侠列传》云："雒阳有剧孟。周人以商贾为资，而剧孟以任侠显诸侯。吴楚反时，条侯为太尉，乘传车将至河南，得剧孟，喜曰：'吴楚举大事而不求孟，吾知其无能为已矣。'天下骚动，宰相得之若得一敌国云。"②此诗所论即就此段史事而发。刘克庄设身处地，为剧孟权衡利弊，认为若从七国造反，则为陪臣，若从朝廷大军，则为大臣，前者贱，后者贵，故辅佐朝廷。因此认为条侯周亚夫未得其心，称赏失当，亦是从凡俗市民权衡利弊得失处取舍，在翻新出奇间，也显示出了世俗凡庸的一面。再如《壶公》诗云：

> 跳入无人见，谁知有路通。长房非黠者，草草出壶中。③

此诗言费长房虽然见壶公"跳入壶中"而"知其非常人"，与之同入壶中后，却未能成仙，草草而出。刘克庄因此称之"非黠者"，即不算聪明，此论亦是从世俗得失的角度而出。再如《莲社图》称"老僧翻折本，收不得陶公"，从世俗盈亏的商业视角考虑其事。这些都是从得失盈亏的世俗思维观察其事，吟咏成诗，也是一种通俗化、世俗化的表现。

在具体的表现手法上，刘克庄善用对比、类比等比较的手法表达历史见解，这本来是咏史诗创作中常用的方法，然而刘克庄对这种手法的使用过于频繁，有超过五分之一的诗作使用了这种手法，从而成为一种近于程式化的表达手段，也是其咏史诗创作思维方式的通俗化趋向的一种表现。比如《乐毅》诗："忿怼及韩驹，荒唐入郢鞭。乐生端可拜，宁死不谋燕。"④以乐毅与韩非子、伍子胥相对比。《申生》诗"可怜共世子，死不恨骊姬"⑤，将申生与重耳对比。《东海王强》诗"据以兵求胜，强能智自全"⑥，将刘强的忍辱求全与刘据的起兵造反相对比。《宁王》诗"智出建成上，贤于子纠多"⑦，将宁王

---

① 《全宋诗》第 58 册，第 36337 页。
② 《史记》卷一百二十四《游侠列传》，第 3184 页。
③ 《全宋诗》第 58 册，第 36344 页。
④ 同上书，第 36324 页。
⑤ 同上书，第 36325 页。
⑥ 同上书，第 36326 页。
⑦ 同上书。

李成器与李建成、公子纠相对比。如此诗例甚多,不胜枚举。

与对比、比较思维类似的,在语言表达上刻意追求对偶,着力在历史事件中寻求偶对的因素和语词,继而出之以对偶的形式。《苌弘》诗"臣血三年碧,臣心一寸丹",《柳下惠》诗"不怨穷并佚,能安小与卑",《颜鲁公》诗"鬼质内持衡,胡雏外握兵"①,《李白》诗"幸自忤将军,那堪触太真"②等等,皆是其例,在两组《杂咏一百首》中,有超过半数的诗作都运用了对偶的手法,有的作品有一组对偶,有的有两组对偶,有的对偶比较工整自然,有的则未免牵强凑泊。总之,在这两组咏史诗中,刘克庄有意甚至是刻意追求对偶,形成模式化、程式化的倾向,从而使这种手法变得通俗熟烂。

两组《杂咏一百首》的语言明白晓畅,通俗易懂,同时也出现了含蓄不足、缺乏诗意的问题,甚至出现了毫无诗意、近于禅偈的诗句。如《虞翻》诗云:"不道投荒客,交州白了头。"③《荷蓧丈人》诗云:"客云自孔氏,不觉喜逢迎。止宿见二子,孰云无世情。"④《侯嬴》诗云:"魏王备它盗,曾不备如姬。"⑤《富平侯》诗云:"不知三箧内,还记旧书么。"⑥《神农》诗云:"安知尝试者,百死百生来。"⑦《李醯》诗云:"未应除扁鹊,世上便无人。"⑧《袁天纲》诗云:"请君看秘记,若个泄天机。"⑨这些诗句都直白行文,平易如话,表现出了语言上通俗化的倾向。

第三节　暮年潦倒:刘克庄后期的咏史诗

刘克庄咏史诗创作的第三阶段是淳熙六年(1246)直至咸淳五年(1269)去世。在这二十多年中,刘克庄只是偶尔在朝为官,长期赋闲里居,生活经历没有第二阶段丰富,加之年事已高,精力有限,使得这一阶段的咏史诗创作也表现出明显的阶段性特征。从诗歌题材和创作方式来看,这一时期的

---

① 《全宋诗》第 58 册,第 36325 页。
② 同上书。
③ 同上书,第 36324 页。
④ 同上书,第 36328 页。
⑤ 同上书,第 36338 页。
⑥ 同上书,第 36340 页。
⑦ 同上书,第 36343 页。
⑧ 同上书。
⑨ 同上书,第 36345 页。

诗歌可以分为两大类。

第一类是创作了大量读书诗,包括众多小型咏史组诗以及自命题而作的诗歌,如《冬夜读几案间杂书得六言二十首》《春夜温故六言二十首》《夜读传灯杂书六言八首》《录汉唐事六言五首》《杂题十首》《梦与尤木石论史感旧七绝句》《杂咏七言十首》《读秦纪七绝》《叙伦五言二十首》《题杂书卷六言三首》《古宫词十首》《处士妻十首》《记汉事二首》《(记汉事)又六言二首》《杂记六言五首》《咏史五言二首》《道释六言二首》《记汉事六言二首》《两朝口号六言二首》《记汉唐事六言二首》《杂咏五言八首》《杂咏六言八首》等小型咏史组诗,而《商翁》《涑水》《高光》《二世》《质子》《郡宴》《隐者》《秦纪》《齐俗》《源里》《中说》《轵道》《求凤曲》《刺客》《古墓》《范雎魏齐》《盘龙栾大》《达生》《儒释》《诸侯客》《郄谢》《梅妃》则明显是自命题而作。这些诗作虽然承续上一阶段《杂咏一百首》诗,但二者又有很大的区别,《杂咏一百首》诗是在短时间内集中创作完成的,是充分组织、严密安排、精心选择的大型咏史组诗,在思想主题和审美取向都能看到作者的追求和努力。第三阶段的众多小型咏史组诗,从这些诗作的题目我们即可发现,大多是在百无聊赖的背景下,诗人或读书有得,或命题自作,进而发为词章,题目类型趋同,摇笔而作,没有创作主旨,没有创作意图,完成数首即冠以一总题而成编。不仅组织松散,偶然随机,而且大多不是有感而发,有为而作,而是近于一种思维训练和文字游戏。

第二类是创作了大量题画诗,如《跋唐贤论史图》《跋张敞画眉图》《题四贤像》《题四梦图》《达摩渡芦图》《游东山图》《唐二妃像》《三醉图》《四快图》《三笑图》《卧雪图》《莲社图》《赤壁图》《过水罗汉图》《石虎礼佛图》《梁武修忏图》《老子出关图》《孔子问礼图》《明皇幸蜀图(二首)》《记杂画》《击壤图》《题读碑图》《郦生长揖图》《题崔白访戴图》《题赚兰亭图》《题画六言一首》《题赵昌花一首》《题桃源图一首》《赵昌花》等,其中大多数都是历史题材,这类诗作之前就有《孟浩然骑驴图》《苏李泣别图》《锁谏图》等诗作,在这一阶段又大量集中出现①,也是咏史诗的一种表现形式,无论是画作内容还是诗歌表现,都体现了咏史诗通俗化、世俗化的特色,并且出现了有特色、有水平的作品,成为这一阶段的咏史诗创作的一抹亮色,值得注意。

这一时期的咏史诗创作,在具体表达上形成了统一的特色和风格,一是

---

① 从创作实际来看,这类题画咏史诗未必均产生于第三阶段,但无从考证,只能暂且依据文集编排的顺序展开讨论。

创作了大量的六言、五言绝句,二是无论是六言诗还是五言诗,都着力追求对偶的妥帖,这是刘克庄此前创作中即有的习气。嘉熙三年(1239)任广东提举期间,就已经出现了一些纯粹追求属对的诗歌,比如《东坡故居三首》诗,在第三阶段变本加厉,单纯属对成为重点使用的艺术手法。至于思想和主题往往含糊闪烁,若隐若现。总之,刘克庄第三阶段的咏史诗创作水平下降,整体呈现平庸化、模式化倾向,内容往往掉书袋,堆砌史事,情思单薄,议论亦疲弱乏力,不疼不痒。以下结合具体创作对两类咏史诗进行分析。

一、读书咏史诗

读书咏史类作品如《冬夜读几案间杂书得六言二十首》诗,从其诗题可见,为读书而作,所作诗亦皆为咏史诗。其一云:

> 叔夜真龙凤矣,嗣宗犹蜿蠃然。一以广陵散死,一以劝进表全。

此诗以阮籍和嵇康对比而论。首二句,将嵇康比作龙凤,当本于《晋书·嵇康传》"人以为龙章凤姿"[①]之语,将阮籍比作蜿蠃,或借用刘伶《酒德颂》"二豪侍侧焉,如螺蠃之与蜾蠡"[②]。后二句,言嵇康临终弹奏广陵散,阮籍曾经醉草劝进表。前后二句均对仗熨帖,不差分毫。除第二句借用属对外,其他均据史实,第二句借用,亦用同时人语,见其用心之处。对嵇康、阮籍一褒一贬,态度截然分明,属对工稳贴切,以这种精巧的形式表达对嵇、阮的评价,是一首很不错的六言咏史诗。其三云:

> 有教圣愚无类,非人父子勿传。此乃靖欲反矣,是亦羿有罪焉。[③]

首二句议论,言有教无类,圣愚不计,若非其人,父子勿传。后二句列举事实,一是李靖传侯君集兵法不尽事,《新唐书·侯君集传》云:"始,帝命李靖教君集兵法,既而奏:'靖且反,兵之隐微,不以示臣。'帝以让靖,靖曰:'方中原无事,臣之所教,足以制四夷,而求尽臣术,此君集欲反耳。'"[④]一是逢蒙

---

① 《晋书》卷四十九《嵇康传》,第 1369 页。
② 《晋书》卷四十九《刘伶传》,第 1376 页。
③ 《全宋诗》第 58 册,第 36459 页。
④ 《新唐书》卷九十四《侯君集传》,第 3828 页。

学射于羿,尽羿之道而杀羿事,《孟子·离娄下》云:"逢蒙学射于羿,尽羿之道,思天下惟羿为愈己,于是杀羿。"①二事相似而小异,结果亦截然不同。因此得出首二句之结论,殊为允恰自然。其五云:

> 鬼谷弟子捭阖,东方先生滑稽。彼哉妾妇道也,上以俳优畜之。②

此诗咏张仪和东方朔,本于《孟子》和《史记》。张仪为鬼谷子的弟子,行合纵之术。《孟子》称其事君"以顺为正者,妾妇之道也"③,注云:"张仪,合从者也。"④"从君顺指,行权合从,无辅弼之义,安得为大丈夫也"⑤,故称之为"妾妇之道"。东方朔,以滑稽善对著称,入《史记·滑稽列传》,故云"东方先生滑稽"。《汉书》又有"(东方)朔、(枚)皋不根持论,上颇俳优畜之"⑥之言,故稍作变化作"上以俳优畜之",与"彼哉妾妇道也"相对。此诗着眼以张仪为代表的纵横家和以东方朔为代表的文学之士在察言观色、巧言善对、恭顺承旨方面的相似之处,予以吟咏,摘录、点化经史语句而成对,妥帖自然,颇见用心。其六云:

> 举世尽兄孔方,无人敢卿五郎。客喜大夫粪苦,奴夸太尉足香。⑦

此诗借历史典故咏世态。首句用称钱为孔方兄典,见晋鲁褒《钱神论》⑧,以"举世尽兄孔方"称举世逐利。次句言张易之事。《旧唐书·宋璟传》云:"当时朝列,皆以二张内宠,不名官,呼易之为五郎,昌宗为六郎。"⑨故诗云"无人敢卿五郎",代指众人趋炎附势。上下两句分别指向钱与势,属对妥帖。后二句用两史事。《新唐书·郭弘霸传》云:"郭弘霸,舒州同安人。……再迁右台侍御史,大夫魏元忠病,僚属省候,弘霸独后入,忧见颜间,请视便液,即染指尝,验疾轻重,贺曰:'甘者病不瘳,今味苦,当愈。'喜甚。元忠恶其

---

① 《孟子正义》卷十七《离娄下》,第 580 页。
② 《全宋诗》第 58 册,第 36459 页。
③ 《孟子正义》卷十二《滕文公下》,第 417 页。
④ 同上书,第 416 页。
⑤ 同上书,第 417 页。
⑥ 《汉书》卷六十四上《严助传》,第 2775 页。
⑦ 《全宋诗》第 58 册,第 36459 页。
⑧ 《晋书》卷九十四《鲁褒传》,第 2437 页。
⑨ 《旧唐书》卷九十六《宋璟传》,第 3030 页。

媚,暴语于朝。"①"客喜大夫粪苦"所咏即郭弘霸此事。《仇池笔记》卷下"太尉足香"条云:"方李宪用事,士大夫或奴事之,穆衍、孙路至为执袍带。……彭孙本一劫盗,招出,气陵公卿。韩持国至诣其第,出妓饮,酒酣慢持国,持国不敢对。然尝为李宪濯足,曰:'太尉足何香也。'"②"奴夸太尉足香"所咏即彭孙事。二事均为谄媚无耻至极之事,时事不同而谀媚无别,究其根底则是首二句所言逐利趋势所致。刘克庄以寥寥数语,抨击世情,讽刺小人,或有为而作,其一九云:

> 宁置寒冰隘巷,勿长妇人深宫。儿□昭仪箧内,孙毙季龙抱中。③

此诗首二句议论,用语典。"宁置寒冰隘巷",用《诗经・大雅・生民》诗语。"勿长妇人深宫"用《汉书・景十三王》赞语,云:"昔鲁哀公有言:'寡人生于深宫之中,长于妇人之手,未尝知忧,未尝知惧。'"④在比较取舍中表达深宫之凶险。后二句以史事具体阐述。《汉书》载"赵昭仪(合德)倾乱圣朝,亲灭继嗣"⑤,并怂恿汉成帝害死了许美人所生皇子,置之箧中将其掩埋⑥。"儿□昭仪箧内"所言即此事。石虎晚年,太子石宣造反被杀,并连累妻子。史载,"宣小子年数岁,季龙甚爱之,抱之而泣。儿曰:'非儿罪。'季龙欲赦之,其大臣不听,遂于抱中取而戮之,儿犹挽季龙衣而大叫,时人莫不为之流涕,季龙因此发病。"⑦"孙毙季龙抱中"所言即此事。两段史事中孩童无辜被杀皆为残酷激烈的宫廷斗争所致,因此刘克庄得出"宁置寒冰隘巷,勿长妇人深宫"的结论,十分自然允当。

上述所论诸诗,皆以两组工整的对偶句,叙事议论,尤其是将不同时代却又颇为相似的人物、事件放在对偶句式中,以相同的句式叙述相似的事件,内容和形式的双重相似取得了很好的艺术效果。但这样的诗作读过五首,则难免乏味,更何况并不是所有诗作都是形式整饬,内容充实,并且说理允恰。我们可以从《冬夜读几案间杂书得六言二十首》的其他诗可见一斑,如云:

---

① 《新唐书》卷二百九《郭弘霸传》,第 5910—5911 页。
② 宋苏轼撰,孔凡礼整理《仇池笔记》卷下,大象出版社,2019 年,第 224 页。
③ 《全宋诗》第 58 册,第 36460 页。
④ 《汉书》卷五十三《景十三王传》,第 2436 页。
⑤ 《汉书》卷九十七下《孝成赵皇后》,第 3996 页。
⑥ 同上书,第 3993—3994 页。
⑦ 《晋书》卷一百七《石季龙载记》,第 2784 页。

盘龙恨庾长史，太宰哀李崖州。达人能和大怨，壮士不报细雠。
（其二）①

阴德必食阳报，忮心终为馁魂。智伯死而无后，愚公子又生孙。
（其四）②

昔有初祖见性，今无导师指迷。死底埋震旦东，活底在葱岭西。
（其七）③

人言美恶必复，孰若亲冤两忘。僧乃谤第二祖，佛不嗔哥利王。
（其八）④

横议游侠四出，清流标榜自贤。血染瓜田方止，尸投浊河可怜。
（其九）⑤

笺疏虫鱼小物，抉挑草木微情。兔葵累刘梦得，燕泥辜薛道衡。
（其一〇）⑥

宋玉口多微词，曼倩言不纯师。陈赋讽荐枕女，抗义斩卖珠儿。
（其一二）⑦

南朝有脂粉气，李唐夸锦绣堆。接休文声响去，梦太白脚板来。
（其二〇）⑧

其二言刘毅怀恨庾悦，刘邺可怜李德裕后人，进而论及释怨报仇，无甚意趣。其四以智伯灭族无后与愚公子孙绵长相对比，亦无太大意义，加上两句不相关的议论，殊为无谓。其七、其八各言佛教、禅宗事，所论史事毫无关联，对比讨论亦无意义，句式则有意模仿禅宗诗偈，近于口语，殊少诗味。其一〇写刘禹锡因《再游玄都观绝句》而被贬，薛道衡因《昔昔盐》"空梁落燕泥"句而杀身，都是因文获罪的例证，所表达的意蕴情思仅此而已。虽然刘克庄亦曾有过相似的经历，因落梅诗而得罪，但在此诗中我们看不到其主体情感的注入。其一二言宋玉赋《高唐赋》以讽，东方朔以斩董偃而谏，二事相类，虽然"朔言不纯师"语出《汉书》，"卖珠儿"与"荐枕女"均有来历，在工整的属对

---

① 《全宋诗》第 58 册，第 36459 页。
② 同上书。
③ 同上书。
④ 同上书。
⑤ 同上书。
⑥ 同上书。
⑦ 同上书。
⑧ 同上书，第 36460 页。

中,难免诗意单薄、回味不足之感。其二〇言南朝和李唐文学,以"脂粉气"与"锦绣堆"概括,又以沈约和李白为代表,即便"梦太白脚板来"更有语典,诗意仍显简淡。

上述诗作在形式上仍然保持着属对和整饬,但往往流于相似人物和事件的对比以及语言形式的追求,从而形成太过整饬则失于板滞,辞胜其理则显得单薄的缺点。尤其是大部分诗作都是一个模式,比如一首诗由两句议论和两句史事组成,呈现程序化的倾向,读来令人乏味。这是这一时期刘克庄咏史诗的主要特色,也是重要缺陷。

同时所作还有《春夜温故六言二十首》,在艺术和表现上,与《冬夜读几案间杂书得六言二十首》别无二致,只是在题材内容上多咏本朝史事,亦是刘克庄咏史题材上的一大特色。如其二云:

> 私怨有公论者,反噬非人情哉。颖叔发修阴事,资深叹轼奇才。[1]

此诗依然是两句史事,两句议论,各为偶对。"颖叔发修阴事",言蒋之奇(字颖叔)诬告欧阳修事,《宋史·蒋之奇传》云:"初,之奇为欧阳修所厚,制科既黜,乃诣修盛言濮议之善,以得御史。复惧不为众所容,因修妻弟薛良孺得罪怨修,诬修及妇吴氏事,遂劾修。神宗批付中书,问状无实,贬监道州酒税,仍榜朝堂。至州,上表哀谢,神宗怜其有母,改监宣州税。"[2]蒋之奇为欧阳修所擢拔,后反而诬告弹劾欧阳修,故刘克庄称其"反噬",斥其所为"非人情哉"。"资深叹轼奇才"言李定罗织罪名陷害苏轼,却衷心钦佩苏轼之才。《宋史·李定传》云:"元丰初,召拜宝文阁待制、同知谏院,进知制诰,为御史中丞。劾苏轼湖州谢上表,摘其语以为侮慢。因论轼自熙宁以来,作为文章,怨谤君父,交通戚里。逮赴台狱穷治。当会赦,论不已,窜之黄州。方定自鞫轼狱,势不可回。一日,于崇政殿门外语同列曰:'苏轼乃奇才也。'"[3]其中诬告陷害其人出于"私怨",钦佩感叹其才则出于公心,"私怨有公论者"所谓即此意。所论二事均为北宋事,且为同时事,一个恩将仇报,忘恩负义,一个虽有私怨,不废公论,相反相形,巧合成趣。其三云:

> 鼎镬烹东都党,烟瘴磨元祐人。但看纸上陈迹,始知陛下至仁。[4]

----

[1] 《全宋诗》第 58 册,第 36467 页。
[2] 《宋史》卷三百四十三《蒋之奇传》,第 10915 页。
[3] 《宋史》卷三百二十九《李定传》,第 10602 页。
[4] 《全宋诗》第 58 册,第 36467 页。

此诗咏党争,将东汉党锢之祸与北宋元祐党争相比,东汉末年,士大夫集团在与宦官集团斗争的过程中,受到残酷镇压,其中李膺等百馀人被下狱处死。而北宋的元祐党争,最严厉的处分不过贬谪蛮荒烟瘴之地,对士大夫加以磨砺,这是史有明文的。刘克庄认为,仅就纸上文字,即可知北宋哲宗皇帝"至仁"。此诗从东汉与北宋党争中对士大夫惩罚情况的差异,见本朝礼遇大臣、制度优越,所论亦允当合理。以"鼎镬"、"烟瘴"代指两朝对士大夫的刑罚,贴切巧妙,属对工整。"但看纸上陈迹,始知陛下至仁"二句流水对,自然之中见工巧,而"纸上"与"陛下"相对尤其巧妙。此诗论事虽简,然议论属对能自然工巧,殊为难得。其八云:

> 出入息顷冷暖,翻覆手间雨云。斩颐从教万段,卖敛不直分文。①

此诗首二句议论,后二句分言二事。"斩颐从教万段"乃邢恕言,《续资治通鉴长编》卷四九三载:"颐素与邢恕善,而恕雅不乐林希,谋与谏官共攻之。颐编管,盖希力。希意恕必救颐,则因以倾恕,恕语人曰:'便斩颐万段,恕亦不救。'闻者笑之。"②"卖敛不直分文"乃王安石事。王铚《默记》载:"刘贡父与王介甫最为故旧,荆公常拆贡父名曰:'刘敛不值一分文。'谓其名也。贡父复戏拆荆公名曰:失女便成宕,无宀真是妬。上交乱真如,下交误当宁。荆公大叹而心衔之。"③此二事皆瞬息而变,翻覆无端,即所谓"随好恶而改化,视胜负为向背"④,故首二句感叹"出入息顷冷暖,翻覆手间雨云"。

《春夜温故六言二十首》其三、其八两诗涉及党争与北宋政治的论述,刘克庄在其《跋山谷书范滂传》⑤一文表达了类似的观点,而且更加完整深入,可资参看,亦可见其晚年所作诗或是有为而作有感而发,只是本事全部隐去,后人无从察知。此外尚有数首论北宋史事者。其五云:

> 燕山张皇薄伐,艮岳文饰太平。黼贺克复受赏,瑾忧分裂有萌。⑥

---

① 《全宋诗》第58册,第36467页。
② 《续资治通鉴长编》卷四百九十三"哲宗·绍圣四年",第11705页。
③ 宋王铚撰,朱杰人点校《默记》卷中,中华书局,1981年,第26页。
④ 《刘克庄集笺校》卷一〇一《跋山谷书范滂传》,第4254页。
⑤ 同上书,第4253—4254页。
⑥ 《全宋诗》第58册,第36467页。

此诗咏北宋末年四事，"燕山张皇薄伐"言宋末宋金联合实施"海上之盟"伐辽事，"艮岳文饰太平"指徽宗自作《艮岳记》粉饰太平。"黼贺克复受赏"言宋金灭辽后，金拒绝执行盟约，王黼等人花费重金购得燕京及其六州以邀功事。《宋史·王黼传》载："括天下丁夫，计口出算，得钱六千二百万缗，竟买空城五六而奏凯。率百僚称贺，帝解玉带以赐，优进太傅，封楚国公，许服紫花袍，驺从仪物几与亲王等。"①"瓘忧分裂有萌"记陈瓘语。陈瓘《论蔡京疏》有"重南轻北，分裂有萌"之语。此诗所咏虽是一时之事，一三两句前后关联，二四两句关系不大，如此则看似属对工稳，实则意脉散滞。其九云：

> 京桧皆黄发老，攸熺各黑头公。当时号为小相，至今叹作顽童。②

此诗言合咏北宋蔡京和南宋秦桧，不仅二人均权倾朝野，而且其子蔡攸、秦熺也都因而得势，虽然当时声望甚隆，后世却臭名昭著。其一〇云：

> 选人片言授钺，贵臣万里建侯。平洮致绿石研，复燕得碧云油。③

此诗咏北宋两大战事，一为攻羌而收复河湟，一为灭辽而恢复幽燕。"选人片言授钺"言王韶上《平戎策》三篇，至通远军知军事，收复熙、河、洮、岷等六州。"贵臣万里建侯"言灭辽后童贯、王黼等人以恢复燕京及其六州先后被封王公，童贯以"复全燕之境""封广阳郡王"④，王黼被封为楚国公。前二句或有封赏放滥之意，但更多为后二句张本。后二句言两大战事的收效。"绿石研"为洮州特产，宋赵希鹄《洞天清录》"洮河绿石砚"条云："除端、歙二石外，惟洮河绿石北方最贵重。绿如蓝，润如玉，发墨不减端溪下岩。然石在临洮大河深水之底，非人力所致，得之为无价之宝。耆旧相传，虽知有洮砚，然目所未睹。"⑤足见其珍贵。"碧云油"，刘克庄此诗自注云："燕山面膏也。"刘一止有《许师正秀才游燕中得膏面碧云油见示因作二绝句》⑥诗，可知"膏面碧云油"亦为燕地特产，时人珍之，可与刘克庄自注相参。北宋规模

---

① 《宋史》卷四百七十《王黼传》，第 13683 页。
② 《全宋诗》第 58 册，第 36467 页。
③ 同上书。
④ 《宋史》卷四百六十八《方腊传》，第 13661 页。
⑤ 宋赵希鹄撰，钟翀整理《洞天清录》，大象出版社，2019 年，第 229 页。
⑥ 《全宋诗》第 25 册，第 16724 页。

巨大的战事,恢复河湟、幽燕等地,所得却是特产珍玩,一见战事收获甚微,如燕京城只是空城而已,一见徽宗但知享乐,如大兴花石纲之类。此诗婉而含讥,意味深长。其一五云:

> 一部日录付壻,三经新义传儿。跻翁超乎亚圣,赞父光于仲尼。①

此诗以王安石中心,咏其婿及其子。王安石在熙宁执政年间将君臣奏对之语记录下来,即《日录》,其婿蔡卞在绍圣年间将《日录》纳入史局,以重修《神宗实录》,并进而引发了一系列政治斗争。《宋史·蔡卞传》云:"初,安石且死,悔其所作日录,命从子防焚之,防诡以他书代。至是,卞即防家取以上,因芟落事实,文饰奸伪,尽改所修实录、正史。"②即诗所谓"一部日录付壻"。"三经新义传儿"言王安石之子王雱曾参与修撰《三经新义》,积极支持其父施行变法。《宋史·吕惠卿传》云:"召为天章阁侍讲,同修起居注,进知制诰,判国子监,与王雱同修《三经新义》。"③

"跻翁超乎亚圣"言蔡卞力主王安石配享孔子,且位在孟子之上。黄震云:

> 震尝闻大学博士陆鹏升云:"初制颜、孟配享,左颜而右孟,熙、丰新经盛行,以王安石为圣人,没而跻之,配享位颜子下,故左则颜子及安石,右则孟子。未几,安石女婿蔡卞当国,谓安石不当在孟子下,迁安石于右,与颜子对,而移孟子位第三,次颜子之下,遂左列颜、孟而右列安石。又未几蔡卞再欲升安石,压颜子,渐次而升,为代先圣张本。优人有以艺谏于殿下者,设一大言之士,戏薄先圣,颜子出争之不胜,子贡出争之不胜,子路出而盛气争之,又不胜。然后设为公冶长有击其首而叱之,曰'汝何不出一争,汝且看他人家女壻'。盖蔡卞,安石壻。而公冶长,先圣壻也。蔡卞闻之,遂不敢进安石于颜子上。颜、孟左而安石右,遂为定制。南渡后,安石罢配享,宜迁孟子以对颜子如旧制。议者失于讨论,故安石既去,其右遂虚,而颜、孟并列于左。"岳珂尝记其事。近岁增曾子、子思,又并列于左,亦未有讨论者,虚右至今。④

---

① 《全宋诗》第 58 册,第 36468 页。
② 《宋史》卷四百七十二《蔡卞传》,第 13729 页。
③ 《宋史》卷四百七十一《吕惠卿传》,第 13706 页。
④ 宋黄震撰,王廷洽等整理《黄氏日抄》卷三十二,大象出版社,2019 年,第 180—181 页。

黄震所言,正是南宋人对蔡卞不断提升王安石地位的印象,进而有"王安石配享躐位说"。①

"赞父光于仲尼"言王雱赞其父之道超越孔子。宋邵博《闻见后录》卷二十载:"王荆公之子雱作荆公画像赞曰:'列圣垂教,参差不齐,集厥大成,光于仲尼。'是圣其父过于孔子也。雱死,荆公以诗哭之曰:'一日凤鸟去,千年梁木摧。'是以儿子比孔子也。父子相圣,可谓无忌惮者矣。"②此诗通过蔡卞、王雱的出格言行,委婉表达了对王安石的讽刺和批判。其一六云:

> 惩舒之志甚锐,祚宋之言可悲。浓墨书奸党石,长绳拽粹德碑。③

此诗论北宋党争。绍圣、崇宁年间,变法派官员往往打着继承神宗事业、恢复新法的旗号,不遗余力地对旧党成员予以政治打击。故诗首二句称"惩舒之志甚锐,祚宋之言可悲",即言新党打击政敌,假公济私。后二句分言二事以实之。一为绍圣年间,章惇执政,欲对司马光发冢斫棺,哲宗不许,最终夺其谥号,推倒其墓碑④,此碑哲宗篆额"忠清粹德之碑"⑤,即"长绳拽粹德碑"之意。一为崇宁年间,蔡京当政,将旧党士人及其政敌纳入"元祐党籍",由蔡京书写碑文及成员姓名,刻石颁行天下,即著名的元祐党籍碑。"浓墨书奸党石"即指此事。此诗言新党以变法为借口对政敌进行打击报复,成了政治斗争的手段。

以上所咏为北宋重要政治人物、军事事件,亦有言本朝学术上奇怪现象者,如其一一云:

> 拔舌犯世深忌,枕肱夸师绪言。徂徕生为鬼怪,伊川死尚还魂。⑥

此诗咏二事,且无关联,以怪异反常为特征,故连类而咏。一事为石介排诋佛老,《宋史·石介传》云:"介为文有气,尝患文章之弊、佛老为蠹,著《怪

---

①　详参郭畑《道统与政统——王安石与宋代孔庙配享的位向问题》,《河南大学学报》(社会科学版)2016 年第 1 期。

②　宋邵博撰,李剑雄、刘德权点校《邵氏闻见后录》卷二十,中华书局,1983 年,第 158 页。

③　《全宋诗》第 58 册,第 36468 页。

④　《宋史》卷三百三十六《司马光传》,第 10769 页。

⑤　《续资治通鉴长编》卷三百八十七"哲宗·元祐元年",第 9415 页。

⑥　《全宋诗》第 58 册,第 36468 页。

说》、《中国论》,言去此三者,乃可以有为。"①石介有诸多谤佛言论,如言"吾谓天地间必然无者有三:无神仙,无黄金术,无佛"②,认为"佛、老以妖妄怪诞之教坏乱之"③。佛家认为毁谤妄语之人死后当入拔舌地狱,《法苑珠林》卷七十云:"又缘其妄语,便致两舌。今身言无慈爱,谗谤毁辱,恶口离乱,死即当堕拔舌、烊铜、犁耕地狱,于遐劫中受诸苦恼。"④即此诗"徂徕生为鬼怪""拔舌犯世深忌"之意。另一事言伊川三魂。宋李心传《建炎以来朝野杂记·甲集》卷八"赵元镇用伊川门人"条云:"赵元镇初相,喜用程伊川门下士,当时轻薄者遂有伊川三魂之目:谓元镇为尊魂;王侍郎居正为强魂,以其多忿也;谓杨龟山为还魂,以其身死而道犹行也。时龟山初亡,朱内翰震言于朝,恩数甚厚,故有还魂之目焉。"⑤宋俞文豹《吹剑录外集》云:"明年,赵忠简(鼎)为相,尹和靖(焞)以布衣入讲。士大夫多称托伊川门人进用,桐庐喻樗自选人除正字,中书王居正行诰词。时号伊川三魂,鼎为尊魂,居正为强魂,杨时为还魂,言时死而道犹行也。"⑥尹焞为程颐直传弟子。所谓"枕肱夸师绪言""伊川死尚还魂"即言程颐死后其弟子称师说、行师道之事。《春夜温故六言二十首》中除上述咏北宋史事外,尚有言其他事者,如其一三咏孔子作《春秋》褒贬有道,隐讳有法,其一四论伏生、申公之出处。刘克庄在第三阶段所作六言咏史诗,尚有《夜读传灯杂书六言八首》《录汉唐事六言五首》等,其作法与上述诸诗如出一辙,大多堆砌典实,机械属对,不再一一赘论。

在刘克庄第三阶段的咏史诗中,除了大量六言诗,还有很多五言之作,如《杂题十首》《叙伦五言二十首》《古宫词十首》《处士妻十首》《杂咏五言八首》诗,近于第二阶段创作中的《杂咏一百首》,兹略举二三首,以见一斑。如《杂题十首》其二云:

　　　雁足书良是,鸾胶事已非。如何子卿内,不待薰砧归。⑦

① 《宋史》卷四百三十二《石介传》,第12833页。
② 宋石介著,陈植锷点校《徂徕石先生文集》卷八《辨惑》,中华书局,1984年,第93页。
③ 《徂徕石先生文集》卷五《怪说下》,第63页。
④ 唐释道世著,周叔迦、苏晋仁校注《法苑珠林校注》卷七十《恶报部》,中华书局,2003年,第2070页。
⑤ 宋李心传撰,徐规点校《建炎以来朝野杂记·甲集》卷八"赵元镇用伊川门人",中华书局,2000年,第159页。
⑥ 南宋俞文豹撰,许沛藻、刘宇整理《吹剑四录》,大象出版社,2019年,第204页。
⑦ 《全宋诗》第58册,第36516页。

此咏苏武妻。苏武留滞匈奴,虽然后来假托雁足传书,回归汉廷,却早已物是人非,其妻不待夫归,改嫁他人。故称"鸾胶事已非""不待藁砧归"。《杂题十首》其三云:

> 人事多翻覆,由来不可量。安知议郎女,远嫁左贤王。①

此诗咏蔡邕之女蔡文姬。《后汉书·董祀妻传》云:"陈留董祀妻者,同郡蔡邕之女也,名琰,字文姬。博学有才辩,又妙于音律。……兴平中,天下丧乱,文姬为胡骑所获,没于南匈奴左贤王,在胡中十二年,生二子。"②蔡邕曾作议郎,《后汉书·蔡邕传》云:"召拜郎中,校书东观。迁议郎。"③故称蔡文姬为议郎女。此诗以蔡邕之女远嫁匈奴,感叹世事无常。《杂题十首》其八云:

> 父魄下沉渊,儿声上彻天。向令逢孔氏,是亦女参骞。④

此诗咏曹娥。《后汉书·列女传》云:"(娥父)溺死,不得尸骸。娥年十四,乃沿江号哭,昼夜不绝声,旬有七日,遂投江而死。"⑤此诗前两句"父魄下沉渊,儿声上彻天"所咏即其事。后二句评论道,若曹娥得遇孔子,跻身孔门,亦是曾参、闵子骞之类的孝子。曾、闵二人均以孝行闻名于世,故刘克庄以曹娥类比,以示推尊之意。

《叙伦五言二十首》诗咏二十种人伦关系,如父子、君臣、母子、祖孙、兄弟等,以相应的历史人物事件进行论述阐说。其二咏君臣关系,云:

> 千古灵胥怒,惟知有伍奢。安知崇伯子,北面事重华。⑥

此诗咏二事,一是伍子胥以杀父之仇,投奔吴国,最终引吴兵破楚。一是夏禹之父鲧(又称崇伯)治水不利,为尧臣舜所杀。《国语》云:"其在有虞,有崇

---

① 《全宋诗》第 58 册,第 36516 页。
② 《后汉书》卷八十四,第 2800 页。
③ 《后汉书》卷六十下《蔡邕传》,第 1990 页。
④ 《全宋诗》第 58 册,第 36516 页。
⑤ 《后汉书》卷八十四《孝女曹娥传》,第 2794 页。
⑥ 《全宋诗》第 58 册,第 36673 页。

伯鲧,播其淫心,称遂共工之过,尧用殛之于羽山。"①注曰:"有虞,舜也。鲧,禹父。崇,鲧国。伯,爵也。尧时在位,而言有虞者,鲧之诛,舜之为也。……舜臣尧,殛鲧于羽山。"②舜之于大禹,同有杀父之仇,而大禹依然臣事之,并继续治水,最后成功。伍子胥与大禹,与君同有杀父之仇,应对方式却截然不同,一逆一顺,对比鲜明。刘克庄在此从君臣大义出发,称赞大禹而否定伍子胥。其三咏母子关系,诗云:

> 博览劳丸胆,精思恐呕心。可怜亲养薄,难报母恩深。③

此诗首二句分别咏二事。"博览劳丸胆"言柳仲郢。《新唐书·柳仲郢传》云:"仲郢字谕蒙。母韩,即皋女也,善训子,故仲郢幼嗜学,尝和熊胆丸,使夜咀咽以助勤。"④"精思恐呕心"言李贺。李商隐《李贺小传》云:"(李贺)恒从小奚奴骑距驴,背一古破锦囊,遇有所得,即书投囊中。及暮归,太夫人使婢受囊,出之,见所书多,辄曰:'是儿要当呕出心始已耳。'"⑤二事均表现出慈母对儿子的深切关爱。因此后二句感叹"可怜亲养薄,难报母恩深",即孟郊"谁言寸草心,报得三春晖"之意。其六咏夫妇,诗云:

> 翁子妻求诀,羞惭婿负薪。不如辟纑妇,保守灌园人。⑥

首二句言朱买臣(字翁子)妻以其负薪穷困,愤而求去。后二句言陈仲子妻"擘纑以易衣食"⑦。楚王闻仲子贤,欲以为相,仲子夫妇"遂相与逃而为人灌园"⑧。相形之下,朱买臣妻之鄙吝立见。

这组诗的其他作品以及《古宫词十首》《处士妻十首》《杂咏五言八首》等诗,大体与上论诸作相似,与《杂咏一百首》几无二致,然直叙其事者多,议论精警者少,多了平稳而少了峭劲,亦是求新求变意识减弱、创新创造能力下

① 春秋左丘明撰,徐元诰集解,王树民、沈长云点校《国语集解·周语下》,中华书局,2002年,第94页。
② 《国语集解·周语下》,第94页。
③ 《全宋诗》第58册,第36673页。
④ 《新唐书》卷一百六十三《柳仲郢传》,第5023页。
⑤ 唐李商隐著,刘学锴、余恕诚校注《李商隐文编年校注》,中华书局,2002年,第2265页。
⑥ 《全宋诗》第58册,第36673页。
⑦ 熊明辑校《汉魏六朝杂传集·高士传》,中华书局,2017年,第1243页。
⑧ 《汉魏六朝杂传集·高士传》,第1243页。

降的结果。若与同时期的六言咏史相较,笔法自然生动,章法灵活多变,没有六言咏史刻板平淡的弊端。总体而言,这些咏史诗基本延续第二阶段《杂咏一百首》的路数,且呈式微之势。

二、题画咏史诗

在刘克庄第三阶段的咏史诗中,还有一类比较特殊的类型,即题画咏史诗。所题之画大多数都是历史题材,因此所题之诗,亦大多咏史。这些作品题材范围更广,内容更为丰富,思想内涵以及艺术表现也都各有不同,较之这一阶段的典型咏史诗,更加生动,更有特色。

在刘克庄咏史诗创作的第二阶段,就有少量题画之作,如《孟浩然骑驴图》诗云:

> 坏墨残缣阅几春,灞桥风味尚如真。摩挲只可夸同社,装饰应难奉贵人。旧向集中窥一面,今于画里识前身。世间老手惟工部,曾伏先生句句新。[①]

此诗不难解,然做法颇有特色。题画诗往往略画图而重画意,而此诗是一首典型的题画诗,兼顾“孟浩然骑驴”与“图”两个方面,并且往往彼此交融,并不分裂两端,如“坏墨残缣阅几春,灞桥风味尚如真”二句,“坏墨残缣”言图画,“灞桥风味”含骑驴。“旧向集中窥一面”由诗及人,“今于画里识前身”由画及人,“摩挲只可夸同社,装饰应难奉贵人”言画,“世间老手惟工部,曾伏先生句句新”论人。总之,画意与画作相互交融,迭相隐现。虽然人画兼顾,但画意分明,“灞桥风味”,见骑驴之散淡情怀,“句句新”诗,论创作之清新婉丽,是一首典型的有咏史意味的题画之作。《苏李泣别图》诗则是另一番景象,诗云:

> 风云惨凄,草树枯死。笳鸣马嘶,弦惊鹊起。熟看境色非人间,祁连山下想如此。手持尊酒别故人,此生再面真无因。胡儿汉儿俱动色,路傍观者为悲辛。归来暗洒茂陵泪,子孟少叔方用事。白头属国冷如冰,空使穹庐叹忠义。茫茫事往赖画存,每愁岁久缣素昏。即今画亦落人手,古意凄凉谁复论。[②]

---

① 《全宋诗》第 58 册,第 36189 页。
② 同上书,第 36240 页。

此诗则重在画意,从开篇至"空使穹庐叹忠义",主要描绘图画内容,状塞外惨淡风物,叙苏李离别愁苦,叹苏武凛然风义。后四句则归在"画"上:往事因画而留存,岁久缣素亦黄昏,画亦落人手,古意无复论。句句言画,而"古意"二字纽结全篇,也算章法谨严。虽然古体诗非刘克庄所长,写景叙事皆少了边塞诗情思豪放、音节铿锵的腾逴跳宕之美,于刘克庄本人而言,仍然是难得的古体佳作。《锁谏图》云:

> 谠言直触大单于,赖有阏氏上谏书。若把汉唐宫苑比,玉环飞燕总输渠。①

《孟浩然骑驴图》诗是七律,《苏李泣别图》诗是古体,而此诗则是一首七绝,是刘克庄诗作中诗体变化最为丰富的一组诗。所谓"锁谏图"者,即前赵皇帝刘聪篡位后,立刘娥为后,"将起鸯仪殿以居之,其廷尉陈元达切谏,聪大怒,将斩之"②。"元达先锁腰而入,及至,即以锁绕树,左右曳之不能动。聪怒甚。刘氏时在后堂,闻之,密遣中常侍私敕左右停刑,于是手疏切谏,聪乃解"③。这是历史上著名的苦谏典故,因此形之图画。刘克庄此诗所咏即此画。既名为"锁谏",其中心和重点必然是陈元达,而此诗所咏却侧重刘娥,首二句陈述刘娥上疏营救陈元达事,后二句将其与汉唐后妃比较,称赞赵飞燕、杨玉环不足相提并论,以此歌颂刘娥的深明大义、见解不凡。此诗叙事简洁,议论明快,是一首比较典型的咏史绝句。

刘克庄于第三阶段作了更多的题画咏史诗,如《跋张敞画眉图》诗云:

> 列岫新眉淡复浓,黛螺百斛不堪供。回头却笑张京兆,只扫闺中两点峰。④

此诗咏张敞画眉事。前二句写张敞热衷闺中画眉,想象其耗费百斛黛螺,供不应求。后二句言此事为世人所笑。此诗笔法疏畅自然,略无修饰装点,在这一阶段的咏史诗中实属难得。《达摩渡芦图》诗云:

---

① 《全宋诗》第58册,第36241页。
② 《晋书》卷九十六《刘聪妻刘氏传》,第2519页。
③ 《晋书》卷一百二《刘聪载记》,第2663—2664页。
④ 《全宋诗》第58册,第36375页。

长啸生风白浪起，高桅千尺如折棰。佛狸百万不敢渡，师跣双髁踏一苇。视鲁叟桴差简捷，比博望槎尤俶诡。岂小儿女狡狯然，亦大神通游戏尔。老胡西来纷文字，遍东西旦撒种子。塔藏共礼熊耳骨，壁观谁得少林髓。吾闻至人未尝死，岁晚翩翩携只履。学人其如初祖何，应身已度葱岭矣。①

此诗题《达摩渡芦图》，即咏禅宗初祖菩提达摩一苇渡江事。关于达摩东来，渡江北去，驻锡少林事，《五灯会元》卷一《初祖菩提达磨大师》云："祖泛重溟，凡三周寒暑，达于南海，实梁普通七年丙午岁九月二十一日也。广州刺史萧昂具主礼迎接，表闻武帝。帝览奏，遣使赍诏迎请，当大通元年丁未岁也。（普通八年三月改元）十月一日至金陵。……祖知机不契，是月十九日，潜回江北。"②达摩渡江，但云"潜回江北"，唐宋佛家正统文献基本如此。至北宋始有一苇渡江之说。如杨杰《休老堂铭》有"门外老胡，一苇横度"③句，李纲《过长芦》诗有"达磨当时一苇杭，栖栖暗度白沙江"④句，均为现在可见较早的说法。至南宋类似于达磨渡芦像、达摩渡芦图、达摩渡芦赞之类的诗作渐夥，刘克庄此诗即其中之一。

此诗前八句咏画图之意，描绘议论达摩渡芦事。首四句从长江风急浪高、世称难渡写起，引出祖师"踏一苇"轻松渡江事，以见其神奇。次四句议论其事，认为达磨渡芦，较之孔子乘桴更简捷，比于张骞乘槎更诡谲，非小儿之狡狯，乃神通之游戏。后八句咏达摩震旦传教事。至达摩西来，佛法东传已近五百年，文字纷繁，教义难明，故诗云"老胡西来纷文字，遍东西旦撒种子"。菩提达摩另辟蹊径，不立文字，教外别传，直指人心，见性成佛。《五灯会元》卷一《初祖菩提达磨大师》云："当魏孝明帝孝昌三年也，寓止于嵩山少林寺，面壁而坐，终日默然。人莫之测，谓之壁观婆罗门。"⑤又云："端居而逝……葬熊耳山。起塔于定林寺。"⑥故诗云"塔藏共礼熊耳骨，壁观谁得少林髓"言其生前身后事。《五灯会元》卷一《初祖菩提达磨大师》又载其不死事，云：

①　《全宋诗》第 58 册，第 36393 页。
②　宋普济著，苏渊雷点校《五灯会元》卷一，中华书局，1984 年，第 38 页。
③　《全宋诗》第 12 册，第 7890 页。
④　《全宋诗》第 27 册，第 17630 页。
⑤　《五灯会元》卷一《初祖菩提达磨大师》，第 38 页。
⑥　同上书，第 46 页。

时魏氏奉释，禅隽如林，光统律师、流支三藏者，乃僧中之鸾凤也。睹师演道，斥相指心，每与师论义，是非蜂起。祖遐振玄风，普施法雨，而偏局之量，自不堪任，竞起害心，数加毒药。至第六度，以化缘已毕，传法得人，遂不复救之，端居而逝。……后三岁，魏宋云奉使西域回，遇祖于葱岭，见手携只履，翩翩独逝。云问："师何往？"祖曰："西天去！"云归，具说其事，及门人启圹，唯空棺，一只革履存焉。举朝为之惊叹。奉诏取遗履，于少林寺供养。①

即诗所谓"吾闻至人未尝死，岁晚翩翩携只履。学人其如初祖何，应身已度葱岭矣"之意。"学人"或指光统律师、流支三藏等人。

此诗为七言古体题画诗，较之前期所作《苏李泣别图》诗大有进益。此诗由画而及人，既有对画作的想象、描绘，又有对人物事迹的勾勒、议论，描绘如画，叙事简洁，议论风生，内容丰富充实，笔法强劲有力，布局开阔，章法谨严，是刘克庄咏史诗创作中难得的大制作，尤其在其以五言绝句为主要诗体的第三创作阶段，尤为可贵。与之类似，《游东山图》诗也是一首出色的七言古体诗，诗云：

> 亭榭缥缈无点尘，竹树苍翠溪粼粼。宝钗导前瑶簪后，三君高展华阳巾。颀然锦衣者谁氏，道韫诸姑姊长妹。当时偶动寂寂叹，藁砧不答高掩鼻。棋边指麾百万秦，温浩二子非其伦。中原热血方相泼，江表有此暇整人。暮年功高忧谗慝，回首故山归不遂。岂知王郎袖有柎，空听桓伊筝垂泪。②

所谓《游东山图》者，指东晋谢安栖迟东山之时携众游赏之图。故此诗分两部分，前八句描摹图画，并引出下文。后八句歌咏此图的核心人物——谢安。

在前八句中，首六句描绘图画内容：亭榭缥缈，竹树苍翠，溪光粼粼，众女眷盛装华服，前呼后拥，中有三人，脚着高屐，戴华阳巾，意态雍容。进而以自问自答的方式，引出"锦衣者"的身份，即谢道韫的诸姑姊妹。其中自然包括谢安之妻刘氏。《晋书·谢安传》云："安妻，刘惔妹也，既见家门富贵，

---

① 《五灯会元》卷一《初祖菩提达磨大师》，第46页。
② 《全宋诗》第58册，第36394页。

而安独静退,乃谓曰:'丈夫不如此也?'安掩鼻曰:'恐不免耳。'"①即诗次二句所谓"当时偶动寂寂叹,藥砧不答高掩鼻"之意,从而引出《东山图》以及本诗的中心人物——谢安。

后八句咏谢安,首先自然是其一生最重要的功绩——淝水大捷,以及与之同时发生的围棋赌墅的传奇故事。"棋边指麾百万秦,温浩二子非其伦。中原热血方相泼,江表有此暇整人"四句所咏即此事。《晋书·谢安传》载:

> 时符坚强盛,疆场多虞,诸将败退相继。安遣弟石及兄子玄等应机征讨,所在克捷。……坚后率众,号百万,次于淮肥,京师震恐。加安征讨大都督。玄入问计,安夷然无惧色,答曰:"已别有旨。"既而寂然。玄不敢复言,乃令张玄重请。安遂命驾出山墅,亲朋毕集,方与玄围棋赌别墅。安常棋劣于玄,是日玄惧,便为敌手而又不胜。安顾谓其甥羊昙曰:"以墅乞汝。"安遂游涉,至夜乃还,指授将帅,各当其任。玄等既破坚,有驿书至,安方对客围棋,看书既竟,便摄放床上,了无喜色,棋如故。客问之,徐答云:"小儿辈遂已破贼。"既罢,还内,过户限,心喜甚,不觉展齿之折,其矫情镇物如此。以总统功,进拜太保。②

显然,赌墅之围棋与闻捷之围棋为前后两次,前者见其成竹在胸,后者见其雅量镇浮,故刘克庄以"棋边指麾百万秦"赅括此二事,辅之以"温浩二子非其伦",以桓温、尹浩两位东晋大将为陪衬,见其功盖当世。而"中原热血方相泼,江表有此暇整人"二句,在中原热血酣战与江东闲整游嬉的强烈对比中,尤见谢安建立盖世功业之气定神闲、举重若轻,以及因而体现出来的魏晋风度。

最后咏谢安晚年故事。《晋书·谢安传》云:"时会稽王道子专权,而奸谄颇相扇构,安出镇广陵之步丘,筑垒曰新城以避之。帝出祖于西池,献觞赋诗焉。安虽受朝寄,然东山之志始末不渝,每形于言色。及镇新城,尽室而行,造泛海之装,欲须经略粗定,自江道还东。雅志未就,遂遇疾笃。……寻薨,时年六十六。"③言谢安晚年遭人谗忌,移镇新城,不久去世,东山之志,未能实现,即"暮年功高忧谗慝,回首故山归不遂"二句之意。然后又宕

① 《晋书》卷七十九《谢安传》,第 2073 页。
② 同上书,第 2074—2075 页。
③ 同上书,第 2076 页。

开一笔,引入桓伊弹筝讽谏事,补充谢安"暮年功高忧谗"之意,并以王敦击鼓陪说,收束全篇,强劲有力。《晋书·桓伊传》载:

> 时谢安女婿王国宝专利无检行,安恶其为人,每抑制之。及孝武末年,嗜酒好内,而会稽王道子昏醟尤甚,惟狎昵谄邪,于是国宝谗谀之计稍行于主相之间。而好利险诐之徒,以安功名盛极,而构会之,嫌隙遂成。帝召伊饮燕,安侍坐。帝命伊吹笛。伊神色无迕,即吹为一弄,乃放笛云:"臣于筝分乃不及笛,然自足以韵合歌管,请以筝歌,并请一吹笛人。"帝善其调达,乃敕御妓奏笛。伊又云:"御府人于臣必自不合,臣有一奴,善相便串。"帝弥赏其放率,乃许召之。奴既吹笛,伊便抚筝而歌怨诗曰:"为君既不易,为臣良独难。忠信事不显,乃有见疑患。周旦佐文武,金縢功不刊。推心辅王政,二叔反流言。"声节慷慨,俯仰可观。安泣下沾衿,乃越席而就之,捋其须曰:"使君于此不凡!"帝甚有愧色。①

即"听桓伊筝垂泪"所咏之事,而以"王郎袖有枒"陪说。"王郎"指王敦。《晋书·王敦传》载:

> 敦眉目疏朗,性简脱,有鉴裁,学通左氏,口不言财利,尤好清谈,时人莫知,惟族兄戎异之。经略指麾,千里之外肃然,而麾下扰而不能整。武帝尝召时贤共言伎艺之事,人人皆有所说,惟敦都无所关,意色殊恶。自言知击鼓,因振袖扬枹,音节谐韵,神气自得,傍若无人,举坐叹其雄爽。②

"岂知王郎袖有枒,空听桓伊筝垂泪"二句以不知王敦击鼓雄爽,而能听桓伊抚筝垂泪,既以桓伊弹筝的著名掌故,写出谢安晚年遭际,同时又表达了对王敦之流的蔑视,笔法奇崛拗峭,布局疏宕开阔,颇具宋诗风神。

虽然此诗前半从画图过渡到谢安其人,略费周章,颇显生硬,然瑕不掩瑜,与《达摩渡芦图》诗不仅是刘克庄题画诗中的杰出之作,置于刘克庄全部咏史作品中,也是难得的上乘之作,在刘克庄晚年的作品中尤为可贵。

---

① 《晋书》卷八十一《桓伊传》,第2118—2119页。
② 《晋书》卷九十八《王敦传》,第2566页。

在刘克庄晚年的题画咏史诗中,除了上述少量七绝、七古之外,更多的作品则受同时期的整体创作影响,为五言绝句。这类作品与前一阶段的《杂咏一百首》以及同期的读书咏史诗相似,都呈现出世俗化、通俗化的倾向,整体水平不高,如《题四贤像》诗,分别咏陈抟、魏野、林逋、邵雍。其中《题四贤像·陈希夷》诗云:

> 钱子非仙者,种郎岂隐哉。先生闭门睡,弟子下山来。①

此诗虽咏陈希夷,却着重表现其两位弟子钱若水和种放。《邵氏闻见录》卷七载"钱若水为举子时,见陈希夷于华山",后"登科为枢密副使"②。又载:"种先生放,字明逸,隐居终南山豹林谷。闻华山陈希夷先生之风,往见之。……希夷挽之而上曰:'君岂樵者? 二十年后当为显官,名声闻于天下。'……明逸在真庙朝,以司谏赴召。帝携其手,登龙图阁,论天下事,盖眷遇如此。及辞归山,迁谏议大夫。东封,改给事中。西祀,改工部侍郎。"③首二句"钱子非仙者,种郎岂隐哉"所言即此二事,言陈抟之二弟子求仙归隐却均位至通显。《宋史·陈抟传》云:"(抟)又止少华石室。每寝处,多百馀日不起。"④故诗戏云钱、种二人乃是乘其熟睡之际,私自下山为官。所谓"先生闭门睡,弟子下山来"是也。《题四贤像·魏处士》诗云:

> 曾箴王太尉,亦讽寇莱公。无端两丞相,有愧一山翁。⑤

"曾箴"二句,《王文正遗事》云:"处士魏野……以诗赠公曰:'从来辅相皆频出,君在中书十五秋。西祀东封今已毕,此回好伴赤松游。'公览之,喜见于色,以酒茗药物为答。素编先公遗札,有公自写此诗,数本皆存。"⑥《五朝名臣言行录》卷十引《仁宗政要》云:"野谓寇准曰:'自古功名盖世,少有全者。'因与诗曰:'好去上天辞将相,归来平地作神仙。'及贬,始悔不用野之言云。"⑦首二句"曾箴王太尉,亦讽寇莱公"所咏即此二事,并以此赞其有先见

---

① 《全宋诗》第 58 册,第 36376 页。
② 《邵氏闻见录》卷七,第 70 页。
③ 同上书,第 69—70 页。
④ 《宋史》卷四百五十七,第 13420 页。
⑤ 《全宋诗》第 58 册,第 36376 页。
⑥ 宋王素撰,张其凡、张睿点校《王文正公遗事》,中华书局,2017 年,第 65 页。
⑦ 宋朱熹撰《朱子全书》第十二册《五朝名臣言行录》,第 313 页。

之明,故曰"无端两丞相,有愧一山翁"。《题四贤像·林和靖》诗云:

> 吟共僧同社,居分鹤伴间。魂归应太息,亭榭遍孤山。①

此诗咏林逋,首二句"吟共僧同社,居分鹤伴间",称其生前隐居孤山,远避尘嚣,与僧同社吟诗,与鹤相伴而居。后二句"魂归应太息,亭榭遍孤山"言,而今孤山上亭榭遍野,人声熙攘,非复往日景象,故林逋魂归,当感慨太息。之所以发生如此巨大的变化,南宋建都临安,孤山已是京郊之地,无疑是最重要的原因。刘克庄或以孤山之变寓偏安东南之慨,只是不甚显明而已。《题四贤像·邵康节》诗云:

> 晚喜獾郎学,前知杜宇声。乃知常处士,不及邵先生。②

此诗咏邵雍,而以常秩陪说。一三两句言常秩。宋邵博《闻见后录》卷二十二云:

> 欧阳公在政府,寄颍州处士常秩诗云:"笑杀汝阴常处士,十年骑马听朝鸡。"公将休致,又寄秩诗云:"赖有东邻常处士,披蓑戴笠伴春锄。"盖公先为颍州,得秩于民伍中,殊好之,至公休致归,每接宾客,必返退士初服。秩已从王荆公之招,公独朝章以见,愧之也。秩入朝极其谀佞,遂升次对。蚤日著《春秋学》数十卷,自许甚高,以荆公不喜《春秋》,亦绝口不言,匿其书不出。适两河岁恶,有旨青苗钱权倚阁。王平甫戏秩曰:"君之《春秋》,亦权倚阁矣。"后神宗遇秩浸薄,荆公亦鄙之。秩失节,怏怏如病狂易,或云自裁以死。荆公尚表于墓,盖其失云。③

邵博《闻见后录》卷三〇又云:"傅献简云:'王荆公之生也,有獾入其室,俄失所在,故小字獾郎。'"④"晚喜獾郎学"即言常秩"从王荆公之招"入朝为官,亦或暗示其"极其谀佞"失节之事。

二四两句言邵雍事。邵伯温《闻见录》卷十九云:"康节先公……治平

---

① 《全宋诗》第58册,第36376页。
② 同上书。
③ 宋邵博撰,李剑雄、刘德权点校《邵氏闻见后录》卷二十二,中华书局,1983年,第174页。
④ 《邵氏闻见后录》卷三十,第237页。

间,与客散步天津桥上,闻杜鹃声,惨然不乐。客问其故,则曰:'洛阳旧无杜鹃,今始至,有所主。'客曰:'何也'? 康节先公曰:'不三五年,上用南士为相,多引南人,专务变更,天下自此多事矣!' ……至熙宁初,其言乃验,异哉!"①言邵雍以杜鹃之声预知王安石变法,变乱朝政,以见其有先见之明,较之常秩之后知后觉,故云"乃知常处士,不及邵先生"。再如《唐二妃像》分别咏杨妃、梅妃。其一咏杨妃云:

> 不但烹三庶,东宫亦屡危。元来玉环子,别有锦绷儿。②

此诗咏杨贵妃而从武惠妃说起。唐刘肃《大唐新语·惩戒》云:"李林甫秉政,阴中计于武妃,将立其子以自固。武妃亦结之。乃先黜九龄而废太子。太子同生鄂王瑶、光王琚同日并命,海内痛之,号为三庶。"③"不但烹三庶,东宫亦屡危"所咏即此事,然"三庶"中已包括太子李瑛,此二句认为东宫太子另有其人,或为刘克庄疏忽所致。后二句方咏及正题,言武惠妃虽然陷害了三位皇子,却万万没料到,杨玉环还有一个义子安禄山。《资治通鉴》载:"召禄山入禁中,贵妃以锦绣为大襁褓,裹禄山,使宫人以彩舆舁之。上闻后宫欢笑,问其故,左右以贵妃三日洗禄儿对。上自往观之,喜,赐贵妃洗儿金银钱,复厚赐禄山,尽欢而罢。"④所谓"锦绷儿"即本于此。刘克庄论及杨贵妃以安禄山为子事,用意有二:一是暗示安禄山混乱宫闱。《资治通鉴》载:"自是禄山出入宫掖不禁,或与贵妃对食,或通宵不出,颇有丑声闻于外,上亦不疑也。"⑤二是安禄山以造反的方式觊觎大位,正与武惠妃之谋相冲突,因此强调安禄山作为杨贵妃之子的身份,亦顺理成章。总之,此诗借武惠妃谋害王子事,讽刺杨贵妃及其安禄山的非正常关系。其二咏梅妃云:

> 素艳羞妆额,红膏妒雪肤。宁临白刃死,不受赤眉污。⑥

首二句言其美貌。曹邺《梅妃传》称其"尝淡妆雅服,而姿态明秀,笔不可描

---

① 《邵氏闻见录》卷十九,第 214 页。
② 《全宋诗》第 58 册,第 36394 页。
③ 唐刘肃撰,许德楠、李鼎霞点校《大唐新语》卷十一《惩戒》,中华书局,1984 年,第 172—173 页。
④ 《资治通鉴》卷二百一十六"天宝十载",第 6903 页。
⑤ 同上书。
⑥ 《全宋诗》第 58 册,第 36394 页。

画"①。唐玄宗题其画像云:"铅华不御得天真。"②此诗称其"素艳""雪肤"即本于此。后二句赞其贞节。曹邺《梅妃传》载:"妃曰:'昔陛下蒙尘,妾死乱兵之手,哀妾者埋骨池东梅株傍。'"③又载:"得尸……视其所伤,胁下有刀痕。"④故诗称其"宁临白刃死,不受赤眉污",以赤眉军代指安史叛军,称其宁死不屈,保守贞洁,亦是从道理伦理角度的赞美和拔高。《莲社图》诗云:

> 但见篮舆出,安知酒榼空。老僧翻折本,收不得陶公。⑤

南宋《东林莲社十八高贤传》之《不入社诸贤传》载:"(陶渊明)尝往来庐山,使一门生、二儿舁篮舆以行,时远法师与诸贤结莲社,以书招渊明,渊明曰:'若许饮则往。'许之,遂造焉,忽攒眉而去。"⑥此诗所咏即此事。言慧远以饮酒为诱饵拉其入社,最终却未能如愿。《明皇幸蜀图》诗其一云:

> 狼烟起幽蓟,鸟道幸岷峨。穆满尚八骏,隆基惟一骡。⑦

首二句言安史乱起,明皇幸蜀。后二句言周穆王驭八龙之骏,驰行天下。而唐明皇却仅骑一蹇骡,狼狈入蜀。相形之下,寒俭可见。《明皇幸蜀图》诗其二云:

> 失守文皇业,来听望帝声。向令曲江在,吾岂有兹行。⑧

首二句言唐玄宗离开京城,没能守住祖宗的社稷,来到蜀地,经常听到杜鹃的鸣叫。《新唐书·张九龄传》载:"九龄曰:'禄山狼子野心,有逆相,宜即事诛之,以绝后患。'帝曰:'卿无以王衍知石勒而害忠良。'卒不用。帝后在蜀,

---

① 李剑国辑校《唐五代传奇集》第三编卷十一《梅妃传》,中华书局,2015年,第1361页。
② 《唐五代传奇集》第三编卷十一《梅妃传》,第1363页。
③ 同上书。
④ 同上书,第1364页。
⑤ 《全宋诗》第58册,第36395页。
⑥ 亡名氏《东林莲社十八高贤传》,《说郛》卷五十七下,影印文渊阁四库全书本。
⑦ 《全宋诗》第58册,第36396页。
⑧ 同上书。

思其忠,为泣下,且遣使祭于韶州,厚币恤其家。"①后二句即以唐玄宗的身份表达懊悔之意,自言若当初听从张九龄的进谏,必不至这步田地!

这一阶段题画咏史诗,除了上述几首古体外,大部分都表现出以下两方面的特点:一是与读书咏史诗相同,表现对属对的追求。大部分五言绝句都至少有一组对仗,其中有较为精警的,但大多都不算高明,甚至拙劣,如《赤壁图》诗云:

> 共餐鲈一箸,各饮酒三升。客去主人睡,明朝醉未兴。②

此诗乃据苏轼《后赤壁赋》之意敷衍而成。首二句属对,其中"鲈一箸"有依据,"酒三升"则是凑泊而成,故不佳。再如《题四贤像·陈希夷》诗"钱子非仙者,种郎岂隐哉。先生闭门睡,弟子下山来"③,《老子出关图》诗"去国有华发,出关无送车"④句,其属对亦十分拙劣。二是在思维方式和思想意蕴上表现出世俗化的倾向。往往从世俗的角度理解历史人物和历史事件,如《莲社图》称"老僧翻折本,收不得陶公",从盈亏得失的角度考虑其事,颇有俗趣。又往往以世俗思维作翻案文章,如《卧雪图》诗云:

> 冻合千门闭,传呼一市惊。岂无僵卧者,辇毂未知名。⑤

《后汉书》李贤注引《汝南先贤传》曰:"时大雪积地丈馀,洛阳令身出案行,见人家皆除雪出,有乞食者。至袁安门,无有行路。谓安已死,令人除雪入户,见安僵卧。问何以不出。安曰:'大雪人皆饿,不宜干人。'令以为贤,举为孝廉。"⑥此诗首二句所咏即此事,言其轰动一时。世人皆以袁安卧雪称其安贫清高,克己自损,而刘克庄却另辟蹊径,作翻案文章,认为下雪之日,千家万户皆闭门不出,袁安此举所在多有,本不足奇,只是因未被皇帝知晓从而像袁安一样闻名天下,指出了袁安垂名青史的偶然性。虽然刘克庄有意忽略了主观故意与客观被动的区别,但其所言似乎也有一定的道理。再如《过

---

①　《新唐书》卷一百二十六《张九龄传》,第4430页。
②　《全宋诗》第58册,第36395页。
③　同上书,第36376页。
④　同上书,第36396页。
⑤　同上书,第36395页。
⑥　《后汉书》卷四十五《袁安传》,第1518页。

水罗汉图》诗云:

> 陟浅犹须杖,谁云佛有神。乃知杯渡者,只是热瞒人。①

以罗汉涉水尚需扶杖,毫无神力可言。因此推知"乘木杯渡水"②者,不过是欺世盗名而已。又如《老子出关图》诗云:

> 去国有华发,出关无送车。未能尽韬晦,紫气作前驱。③

此诗咏老子出关事,首二句铺垫,暮年出关,故云"有华发",一主一仆,故云"无送车"。但有紫气相随,《史记·老子韩非列传》云"莫知其所终",司马贞《索隐》引汉刘向《列仙传》云:"老子西游,关令尹喜望见有紫气浮关,而老子果乘青牛而过也。"④世人皆以老子出关、紫气东来为神异之相,刘克庄却作称其敛藏未尽,泄露行踪,故云"未能尽韬晦,紫气作前驱"。这样作法,较之平铺直叙之作,稍有新意,一旦成为思维方式和写作程序,则新意渐消,俗气渐长,殊为无味。

小结:刘克庄咏史诗的通俗化

刘克庄文名久盛,当时被推为文坛宗主,有"中兴一大家数"之誉(林希逸《后村居士集序》)。作诗四千五百多首,影响尤大,被陆文圭与陆游、杨万里并称为"渡江三大家"(陆文圭《苔石先生效颦集跋》)。这样的评价是在南宋后期诗坛整体萎靡的背景下产生的。刘克庄咏史诗创作呈现综合集成的特征,就思想内容而言,其咏史诗既有如陆游一样表达对国家民族的关怀与忧虑,也有如王十朋一样从儒家伦理道德角度进行的思考和探索,然较之陆放翁,少了关怀的热烈,失于平淡;较之王龟龄,少了独立的思考,更加迂腐。就咏史诗艺术而言,刘克庄部分咏史诗,用思精深,意蕴沉雄,笔力遒健,继承了宋诗创作的经验,展现了宋代咏史诗在南宋后期的创作水准,也奠定了

---

① 《全宋诗》第 58 册,第 36395 页。
② 《法苑珠林校注》卷六十一,第 1813 页。
③ 《全宋诗》第 58 册,第 36396 页。
④ 《史记》卷六十三《老子韩非列传》,第 2141 页。

刘克庄在南宋咏史诗史上的地位，这是不容怀疑和抹杀的。但刘克庄的咏史诗创作也出现了通俗化、世俗化的特色，这既是刘克庄咏史诗创作体现的时代特点，也是宋代咏史诗下行趋势的重要表现，因此其咏史诗创作整体呈现出雅俗杂糅的特征。通俗化和世俗化无疑是其咏史诗创作最重要的特点。上文对各个阶段创作的论述中均已涉及，以下全面总结一下，主要表现在三个方面。

刘克庄的咏史诗在题材的选择上做了很大的突破和勇敢的尝试。突破了传统观念对历史的界定，不仅包括官方正史，涉及儒家经典中的人物和事件，往往加入诸子文献、笔记杂著、稗史小说的故事，以增强诗作的故事性和趣味性。如《越台》①诗因越台而歌咏尉佗，竟然一本正经地采纳唐传奇故事作为其生平事迹付诸吟咏。再如《杂咏一百首·十辩·茅焦》诗云："焦子如天胆，秦王似屋嗔。如何刀机上，活得解衣人。"②茅焦事迹虽见于《史记·秦始皇本纪》，但诗中所咏"秦王似屋嗔""刀机""解衣人"等情景、细节显然不是《史记》所有，而是源于《说苑》的纪述。刘克庄还将仅见于笔记小说中真伪难辨的人物，当作历史人物加以吟咏，乃至将完全出于想象和杜撰的传说人物或文学虚构形象都一概纳入咏史的范围，如徐甲、苏秦邻妾、庐江小吏妻、东家女等。总之，刘克庄咏史诗取材十分广泛，遍及四部，旁涉九流，将一切具有故事性、情节性的文字均作为历史，极大地颠覆了传统历史的概念，是其世俗化、通俗化的重要表现。

刘克庄在咏史诗中，往往表现出浓郁的世俗思维方式，如以儒家伦理道德为标准对历史人物及其行为进行评判时，缺乏独立的思考和判断，不敢越雷池一步，表现出刻板教条的倾向而流于迂腐，比如《杂咏一百首》对"十子"的吟咏，其思想和思维即表现为机械运用理学观念考量人物及其行事作为。刘克庄咏史诗还时常流露出得失盈亏思维，缺少精神追求和道德持守的思想高度，表现为格调不高的世俗化倾向，如《汉儒二首》诗其一咏扬雄云："执戟浮沉亦未迁，无端著颂美新都。白头所得能多少，枉被人书莽大夫。"③认同朱熹对扬雄的批判，从世俗的角度予以评说，称其持守半生，晚年此举致使名节扫地，殊为得不偿失，因此遭到罗大经严正的批判，《鹤林玉露》丙编卷六论此诗云："余谓名义所在，岂当计所得之多少！若以所得之少，枉被恶名为恨，则三公之位，万钟之禄，所得倘多，可以甘受恶名而为之乎！此诗颇

---

① 《全宋诗》第 58 册，第 36308 页。
② 同上书，第 36338 页。
③ 同上书，第 36179 页。

碍理,余不可以不辨。"①称之为"碍理"主要是因为其思维方式世俗化所致。再如《莲社图》诗称"老僧翻折本,收不得陶公",从盈亏的商业思维考量其事。这些都是从得失盈亏的市民思维出发,吟咏成诗,也是一种通俗化、世俗化的表现。

此外,刘克庄在咏史诗中过于频繁运用对比、类比思维,有超过五分之一的诗作使用了这种手法,从而成为一种近于程序化的表达手段,同样是其咏史诗创作思维方式通俗化趋向的表现,如《宁王》诗"智出建成上,贤于子纠多"②,将宁王李成器与李建成、公子纠相对比,其例不胜枚举。

刘克庄咏史诗世俗化的第三个重要表现是其审美趣味的世俗化。如其少作《孙伯符》诗咏孙策,颈联"不分老瞒称猘子,便呼公瑾作姨夫"③,所述孙策与周瑜的连襟关系与所要表现孙策的英雄气概颇为疏离,显示出了刘克庄咏史世俗趣味的端倪。《杂咏一百首》诗中重视故事性、传奇性,甚至涉及激烈的矛盾冲突,包括忠臣与佞臣的冲突,孝子与生父的冲突,孝子与后母的冲突,仇敌斗争的冲突等等,如尹伯奇、宜臼、申生、曾子、王祥,都涉及与生父、后母的双重矛盾冲突,姜诗则涉及夫妻之情与尽孝之义的矛盾,《伍尚》则涉及伍胥、伍尚尽忠与尽孝的矛盾、尽忠尽孝与生命安全的矛盾。这些人物和故事都因情节曲折、冲突激烈而具有很强的吸引力和感染性。诸如此类,都表现出了从传统诗歌静态的意象美向通俗文艺的动态的冲突美的转变。

此外,刘克庄咏史诗在艺术表现上缺少变化与个性,表现为模式化、格套化、同质化的特点,也是其创作力不足,审美格调不高的重要表现。如《曾公岩》《伏波岩》二诗先后而作,结构完全一致。《清凉寺》诗云"惟应驻马坡头月,曾见金舆夜纳凉。"④《孺子祠》诗云:"白鸥欲下还惊起,曾见陈蕃解榻时。"⑤《愚溪二首》诗其一云:"伤心惟有溪头月,曾识仪曹半面来。"⑥《湖南江西道中十首》诗其八云:"惟有多情篷上月,相随客子过丰城。"⑦同为绝句而运用相同或相似的思路和意象。其他如对比手法的反复运用,对偶技巧的过度追求等等,都是刘克庄咏史诗流于率易、滑熟、浅露的重要原因,也是其咏史诗审美通俗化的重要表现。

---

① 宋罗大经撰,王瑞来点校《鹤林玉露》卷六,第 341 页。
② 《全宋诗》第 58 册,第 36326 页。
③ 同上书,第 36738 页。
④ 同上书,第 36143 页。
⑤ 同上书,第 36146 页。
⑥ 同上书,第 36225 页。
⑦ 同上书,第 36226 页。

参 考 文 献

清阮元校刻《十三经注疏》,中华书局,2009 年。

《通志堂经解》,江苏广陵古籍刻印社,1996 年。

顾颉刚、刘起釪著《尚书校释译论》,中华书局,2005 年。

汉毛亨传,汉郑玄笺,唐陆德明音义,孔祥军点校《毛诗传笺》,中华书局,2018 年。

清方玉润撰,李先耕点校《诗经原始》,中华书局,1986 年。

清孙希旦撰,沈啸寰、王星贤点校《礼记集解》,中华书局,1989 年。

杨伯峻编著《春秋左传注》(修订本),中华书局,1981 年。

宋黄仲炎撰《春秋通说》,影印文渊阁四库全书本。

清刘宝楠撰,高流水点校《论语正义》,中华书局,1990 年。

程树德撰,程俊英、蒋见元点校《论语集释》,中华书局,1990 年。

清焦循撰,沈文倬点校《孟子正义》,中华书局,1987 年。

清陈寿祺撰,王丰先整理《五经异义疏证》,中华书局,2014 年。

汉许慎撰,清段玉裁注《说文解字注》,上海古籍出版社,1981 年。

汉司马迁撰《史记》,中华书局,1959 年。

汉班固撰《汉书》,中华书局,1962 年。

宋范晔撰,唐李贤等注《后汉书》,中华书局,1965 年。

晋陈寿撰《三国志》,中华书局,1959 年。

唐房玄龄等撰《晋书》,中华书局,1974 年。

梁沈约撰《宋书》,中华书局,1974 年。

梁萧子显撰《南齐书》,中华书局,1972 年。

唐姚思廉撰《梁书》,中华书局,1973 年。

唐姚思廉撰《陈书》,中华书局,1972 年。

唐李百药撰《北齐书》,中华书局,1972 年。

唐令狐德棻等撰《周书》,中华书局,1971年。

唐魏徵、唐令狐德棻撰《隋书》,中华书局,1973年。

唐李延寿撰《南史》,中华书局,1975年。

后晋刘昫等撰《旧唐书》,中华书局,1975年。

周祖譔主编《旧唐书文苑传笺证》,凤凰出版社,2012年。

宋欧阳修、宋祁撰《新唐书》,中华书局,1975年。

宋薛居正等撰《旧五代史》,中华书局,1976年。

宋欧阳修撰,宋徐无党注《新五代史》,中华书局,1974年。

元脱脱等撰《宋史》,中华书局,1977年。

元脱脱等撰《金史》,中华书局,1975年。

明宋濂等撰《元史》,中华书局,1976年。

宋司马光编著,元胡三省音注《资治通鉴》,中华书局,1956年。

宋李焘撰《续资治通鉴长编》,中华书局,1979年。

清黄以周等辑注,顾吉辰点校《续资治通鉴长编拾补》,中华书局,2004年。

宋陈均编,许沛藻、金圆、顾吉辰、孙菊园点校《皇朝编年纲目备要》,中华书局,2006年。

宋王称撰,孙言诚、崔国光点校《东都事略》,齐鲁书社,2000年。

清陆心源撰,吴伯雄点校《宋史翼》,浙江古籍出版社,2016年。

明陈邦瞻撰《宋史纪事本末》,中华书局,2015年。

春秋左丘明(旧题)撰,徐元诰集解,王树民、沈长云点校《国语集解》,中华书局,2002年。

晋皇甫谧撰,徐宗元辑《帝王世纪辑存》,中华书局,1964年。

唐吴兢撰,谢保成集校《贞观政要集校》,中华书局,2009年。

宋李心传撰,徐规点校《建炎以来朝野杂记》,中华书局,2000年。

宋杜大珪编《名臣碑传琬琰之集》,宋刻元明递修本。

张纯一校注,梁运华点校《晏子春秋校注》,中华书局,2014年。

清王照圆撰,虞思征点校《列女传补注》,华东师范大学出版社,2012年。

熊明辑校《汉魏六朝杂传集》,中华书局,2017年。

宋王素撰,张其凡、张睿点校《王文正公遗事》,中华书局,2017年。

裴汝诚点校《王安石年谱三种》,中华书局,1994年。

宋范成大撰,孔凡礼点校《骖鸾录》,中华书局,2002年。

宋范成大撰,孔凡礼点校《吴船录》,中华书局,2002年。

徐公喜、管正平、周明华点校《闽中理学渊源考》,凤凰出版社,2011年。

晋常璩撰,任乃强校注《华阳国志校补图注》,上海古籍出版社,1987年。

北魏郦道元著,陈桥驿校证《水经注校证》,中华书局,2007年。

唐李吉甫撰,贺次君点校《元和郡县图志》,中华书局,1983年。

宋乐史撰,王文楚等点校《太平寰宇记》,中华书局,2007年。

宋王象之编著,赵一生点校《舆地纪胜》,浙江古籍出版社,2013年。

宋祝穆撰,宋祝洙增订,施和金点校《方舆胜览》,中华书局,2003年。

方志远等点校《大明一统志》,巴蜀书社,2017年。

清顾祖禹撰,贺次君、施和金点校《读史方舆纪要》,中华书局,2005年。

唐莫休符撰《桂林风土记》,影印文渊阁四库全书本。

宋施宿等撰《会稽志》,影印文渊阁四库全书本。

宋周应合撰《景定建康志》,清嘉庆七年孙忠愍祠仿宋刻本。

宋范成大撰,陆振岳点校《吴郡志》,江苏古籍出版社,1999年。

宋龚明之撰,孙菊园校点《中吴纪闻》,上海古籍出版社,1986年。

宋范成大撰,孔凡礼点校《桂海虞衡志》,中华书局,2002年。

宋周去非著,杨武泉校注《岭外代答校注》,中华书局,1999年。

元张铉撰《至大金陵新志》,影印文渊阁四库全书本。

明曹学佺撰,杨世文校点《蜀中广记》,上海古籍出版社,2020年。

马蓉、陈抗、钟文、栾贵明、张忱石点校《永乐大典方志辑佚》,中华书局,2004年。

[嘉靖]《惠大记》,《天一阁藏明代方志选刊续编》本。

明张鸣凤著,杜海军、阎春点校《桂胜》,中华书局,2016年。

[万历]《丹徒县志》,明万历刻本。

清孙诒让《温州经籍志》,民国十年刻本。

清吴征鳌著《临桂县志》,光绪三十一年重刊本(1963年桂林市档案馆翻印)。

宋张敦颐撰《六朝事迹编类》,影印文渊阁四库全书本。

宋江少虞撰《宋朝事实类苑》,上海古籍出版社,1981年。

元刘大彬撰《茅山志》,上海古籍出版社,1996年。

元马端临撰《文献通考》,中华书局,2011年。

宋晁公武撰,孙猛校证《郡斋读书志校证》,上海古籍出版社,1990年。

宋陈振孙撰,徐小蛮、顾美华点校《直斋书录解题》,上海古籍出版社,1987年。

宋赵明诚撰《宋本金石录》,中华书局,1991年。

清永瑢等撰《四库全书总目》,中华书局,1965年。

宋范祖禹撰《唐鉴》,上海古籍出版社,1981年。

宋吕中撰,张其凡、白晓霞整理《类编皇朝大事记讲义》,上海人民出版社,2013年。

清王夫之《读通鉴论》,中华书局,1975年。

清王鸣盛著《十七史商榷》,中华书局,2010年。

王国轩、王秀梅译注《孔子家语》,中华书局,2009年。

杨朝明、宋立林主编《孔子家语通解》,齐鲁书社,2013年。

王永辉、高尚举辑校《曾子辑校》,中华书局,2017年。

清王先谦撰,沈啸寰、王星贤点校《荀子集解》,中华书局,1988年。

汉桓宽撰集,王利器校注《盐铁论校注》,中华书局,1992年。

宋黎靖德编,王星贤点校《朱子语类》,中华书局,1986年。

清郭庆藩撰,王孝鱼点校《庄子集释》,中华书局,1961年。

汉刘安编,何宁撰《淮南子集释》,中华书局,1998年。

汉刘安编,刘文典撰,冯逸、乔华点校《淮南鸿烈集解》,中华书局,2013年。

王明著《抱朴子内篇校释》(增订本),中华书局,1986年。

南朝宋刘义庆撰,梁刘孝标注,朱铸禹汇校集注《世说新语汇校集注》,上海古籍出版社,2002年。

南朝宋刘义庆撰,梁刘孝标注,杨勇校笺《世说新语校笺》,中华书局,2006年。

唐范摅撰《云溪友议》,古典文学出版社,1957年。

汉班固撰集,清陈立疏证,吴则虞点校《白虎通疏证》,中华书局,1994年。

北齐颜之推撰,王利器集解《颜氏家训集解》,中华书局,1993年。

唐徐坚著《初学记》,中华书局,2004年。

宋李昉等编《太平广记》,中华书局,1961年。

汉刘向撰,向宗鲁校证《说苑校证》,中华书局,1987年。

晋葛洪撰,周天游校注《西京杂记》,三秦出版社,2006年。

晋王嘉撰,梁萧绮录,齐治平校注《拾遗记校注》,中华书局,1981年。

唐刘肃撰,许德楠、李鼎霞点校《大唐新语》,中华书局,1984年。

唐段成式撰,许逸民校笺《酉阳杂俎校笺》,中华书局,2015年。

五代孙光宪撰,贾二强校点《北梦琐言》,中华书局,2002年。

宋田况撰,张其凡点校《儒林公议》,中华书局,2017年。

宋钱世昭撰《钱氏私志》,影印文渊阁四库全书本。

宋庞元英撰(旧题),金圆整理《谈薮》,大象出版社,2019年。

宋欧阳修撰,李伟国点校《归田录》,中华书局,1981年。

宋司马光撰,邓广铭、张希清点校《涑水记闻》,中华书局,1989年。

宋苏轼撰,王松龄点校《东坡志林》,中华书局,1981年。

宋苏轼撰,孔凡礼整理《仇池笔记》,大象出版社,2019年。

宋何薳撰,张明华点校《春渚纪闻》,中华书局,1983年。

宋魏泰撰,李裕民点校《东轩笔录》,中华书局,1983年。

宋邵博撰,刘德权、李剑雄点校《邵氏闻见后录》,中华书局,1983年。

宋王辟之撰,吕友仁点校《渑水燕谈录》,中华书局,1981年。

宋孔平仲撰,杨倩描、徐立群点校《孔氏谈苑》,中华书局,2012年。

宋叶适著《习学记言序目》,中华书局,1977年。

宋吴曾撰,刘宇整理《能改斋漫录》,大象出版社,2019年。

宋费衮撰,金圆整理《梁溪漫志》,大象出版社,2019年。

宋魏了翁撰《鹤山渠阳经外杂抄》,《丛书集成初编》影印《宝颜堂秘籍》本,商务印书馆,1937年。

宋叶绍翁撰,冯惠民、沈锡麟点校《四朝闻见录》,中华书局,1989年。

宋罗大经撰,王瑞来点校《鹤林玉露》,中华书局,1983年。

宋祝穆《古今事文类聚》,影印文渊阁四库全书本。

宋赵希鹄撰,钟翀整理《洞天清录》,大象出版社,2019年。

宋俞文豹撰,许沛藻、刘宇整理《吹剑四录》,大象出版社,2019年。

宋黄震撰《黄氏日抄》,元后至元刻本。

宋黄震撰,王廷洽等整理《黄氏日抄》,大象出版社,2019年。

元李治撰,刘德权点校《敬斋古今黈》,中华书局,1995年。

清王士禛撰,湛之点校《香祖笔记》,上海古籍出版社,1982年。

李剑国辑校《唐五代传奇集》,中华书局,2015年。

唐李肇撰《唐国史补》,上海古籍出版社,1957年。

唐陈翰编,李小龙校证《异闻集校证》,中华书局,2019年。

宋释文莹撰,郑世刚、杨立扬点校《湘山野录》,中华书局,1984年。

宋佚名《宣和遗事》,古典文学出版社,1958年。

唐释道世著,周叔迦、苏晋仁校注《法苑珠林校注》,中华书局,2003年。

宋普济著,苏渊雷点校《五灯会元》,中华书局,1984年。

宋赞宁撰,范祥雍点校《宋高僧传》,中华书局,1987年。

晋葛洪撰,胡守为校释《神仙传校释》,中华书局,2010年。

梁萧统编,唐李善注《文选》,上海古籍出版社,1986年。

清彭定求等编《全唐诗》,中华书局,1960年。

陈贻焮主编《增订注释全唐诗》,文化艺术出版社,2001年。

《唐宋诗醇》,影印文渊阁四库全书本。

北京大学古文献研究所编《全宋诗》,北京大学出版社,1998年。

陈新等补正《〈全宋诗〉订补》,大象出版社,2005年。

汤华泉辑撰《〈全宋诗〉辑补》,黄山书社,2016年。

曾枣庄、刘琳主编《全宋文》,上海辞书出版社,安徽教育出版社,2006年。

李修生主编《全元文》,凤凰出版社,1998年。

宋郭茂倩编《乐府诗集》,中华书局,1979年。

王仲荦注《西昆酬唱集注》,中华书局,1980年。

清周桢、王图炜注《西昆酬唱集》,上海古籍出版社,1985年。

郑再时笺注《西昆酬唱集笺注》,齐鲁书社,1986年。

宋孔延之撰《会稽掇英总集》,影印文渊阁四库全书本。

元方回选评,李庆甲集评校点《瀛奎律髓汇评》,上海古籍出版社,1986年。

清吴绮《宋金元诗永》,《四库全书存目丛书》本。

清姚鼐编选,曹光甫标点《今体诗抄》,上海古籍出版社,1986年。

清陈衍评选,曹中孚校注《宋诗精华录》,巴蜀书社,1992年。

清吴之振等编选《宋诗钞》,中华书局,1986年。

战国屈原著,金开诚、董洪利、高路明校注《屈原集校注》,中华书局,1996年。

汉贾谊撰,吴云、李春台校注《贾谊集校注》,天津古籍出版社,2010年。

三国曹操著《曹操集》,中华书局,2013年。

三国曹植著,赵幼文校注《曹植集校注》,中华书局,2016年。

唐杜甫著,清仇兆鳌注《杜诗详注》,中华书局,1979年。

唐韩愈著,马其昶校注,马茂元整理《韩昌黎文集校注》,上海古籍出版社,1986年。

唐韩愈著,刘真伦、岳珍校注《韩愈文集汇校笺注》,中华书局,2010年。

唐韩愈著,清方世举编年笺注,郝润华、丁俊丽整理《韩昌黎诗集编年笺注》,中华书局,2012年。

唐柳宗元著《柳宗元集》,中华书局,1979年。

唐柳宗元撰,尹占华、韩文奇校注《柳宗元集校注》,中华书局,2013年。

唐刘禹锡撰,卞孝萱校订《刘禹锡集》,中华书局,1990年。

唐杜牧撰,吴在庆校注《杜牧集系年校注》,中华书局,2008年。

唐李绅著,卢燕平校注《李绅集校注》,中华书局,2009年。

唐白居易著,谢思炜校注《白居易诗集校注》,中华书局,2006年。

唐李商隐著,刘学锴、余恕诚集解《李商隐诗歌集解》,中华书局,2004年。

唐李商隐著,刘学锴、余恕诚校注《李商隐文编年校注》,中华书局,2002年。

宋徐铉撰《徐公文集》,《四部丛刊》影黄丕烈校宋本。

宋田锡撰,罗国威校点《咸平集》,巴蜀书社,2008年。

宋王禹偁撰《王黄州小畜集》,《四部丛刊》影宋本配吕无党抄本。

宋范仲淹撰,李勇先、王蓉贵校点《范仲淹全集》,四川大学出版社,2002年。

宋范仲淹撰,李勇先等点校《范仲淹全集》,中华书局,2020年。

宋梅尧臣著,朱东润编年校注《梅尧臣集编年校注》,上海古籍出版社,1980年。

宋石介著,陈植锷点校《徂徕石先生文集》,中华书局,1984年。

宋欧阳修著,李逸安点校《欧阳修全集》,中华书局,2001年。

宋曾巩撰,陈杏珍、晁继周点校《曾巩集》,中华书局,1984年。

宋王安石著,秦克、巩军标点《王安石全集》,上海古籍出版社,1999年。

宋王安石撰,宋李壁注《王荆文公诗李壁注》,上海古籍出版社,1993年。

清沈钦韩注《王荆公诗文沈氏注》,中华书局,1959年。

宋程颢、宋程颐著,王孝鱼点校《二程集》,中华书局,2004年。

宋苏轼著,清冯应榴辑注,黄任轲、朱怀春校点《苏轼诗集合注》,上海古籍出版社,2001年。

　　宋苏轼撰,清王文诰辑注,孔凡礼点校《苏轼诗集》,中华书局,1982年。

　　曾枣庄主编《苏诗汇评》,四川文艺出版社,2000年。

　　宋苏轼撰,明茅维编,孔凡礼点校《苏轼文集》,中华书局,1986年。

　　宋苏轼著,邹同庆、王宗堂校注《苏轼词编年校注》,中华书局,2007年。

　　宋苏辙著,陈宏天、高秀芳点校《苏辙集》,中华书局,1990年。

　　宋苏辙撰,蒋宗许等笺注《苏辙诗编年笺注》,中华书局,2019年。

　　宋黄庭坚撰,刘尚荣点校《黄庭坚诗集注》,中华书局,2003年。

　　宋释德洪撰,夏卫东点校《石门文字禅》,浙江古籍出版社,2019年。

　　宋陆游著,钱仲联、马亚中主编《陆游全集校注》,浙江古籍出版社,
2015年。

　　朱东润选注《陆游选集》,上海古籍出版社,1979年。

　　宋杨万里撰,辛更儒笺校《杨万里集笺校》,中华书局,2007年。

　　宋朱熹撰,朱杰人、严佐之、刘永翔主编《朱子全书》,上海古籍出版社,
安徽教育出版社,2002年。

　　宋张栻著,杨世文点校《张栻集》,中华书局,2015年。

　　宋戴复古著,金芝山点校《戴复古诗集》,浙江古籍出版社,2012年。

　　宋刘克庄著,辛更儒笺校《刘克庄集笺校》,中华书局,2011年。

　　元王恽著,杨亮、钟彦飞点校《王恽全集汇校》,中华书局,2013年。

　　金王若虚撰,胡传志、李定乾校注《滹南遗老集》,辽海出版社,2006年。

　　清颜元著,王星贤、张芥尘、郭征点校《颜元集》,中华书局,1987年。

　　宋阮阅编,周本淳校点《诗话总龟》,人民文学出版社,1987年。

　　宋朱弁撰,陈新点校《风月堂诗话》,中华书局,1988年。

　　宋计有功撰,王仲镛校笺《唐诗纪事校笺》,中华书局,2007年。

　　宋胡仔纂集,廖德明校点《苕溪渔隐丛话》,人民文学出版社,1962年。

　　清王士禛著,张宗柟纂集,戴鸿森校点《带经堂诗话》,人民文学出版社,
1982年。

　　清薛雪著,杜维沫校注《一瓢诗话》,人民文学出版社,1979年。

　　清赵翼著,江守义、李成玉校注《瓯北诗话校注》,人民文学出版社,
2012年。

　　清翁方纲著,陈迩冬校点《石洲诗话》,人民文学出版社,1981年。

　　清郑方坤编辑《全闽诗话》,福建人民出版社,2006年。

　　丁福保辑《历代诗话续编》,中华书局,2006年。

丁放撰《元代诗论校释》,中华书局,2020 年。

郭绍虞主编,富寿荪校点《清诗话续编》,上海古籍出版社,1983 年。

胡适《胡适文集》,北京大学出版社,1998 年。

葛兆光《中国思想史》,复旦大学出版社,2001 年。

刘咸炘《刘咸炘学术论集》,广西师范大学出版社,2010 年。

余英时《士与中国文化》,上海人民出版社,1987 年。

蔡尚思《孔子思想体系》,上海古籍出版社,2013 年。

漆侠《宋学的发展和演变》,人民出版社,河北人民出版社,2011 年。

刘子健《两宋史研究汇编》,联经出版事业公司,1987 年。

王瑞明《宋代政治史概要》,华中师范大学出版社,1989 年。

何忠礼《宋代政治史》,杭州大学出版社,2007 年。

孙立尧《宋代史论研究》,中华书局,2008 年。

郭学信《宋代士大夫文化品格与心态》,天津人民出版社,1997 年。

祝尚书《宋代科举与文学》,中华书局,2008 年。

陈植锷《北宋文化史述论》,中国社会科学出版社,1992 年。

邓小南《祖宗之法——北宋前期政治述略》,三联书店,2006 年。

何冠环《宋初朋党与太平兴国三年进士》,中华书局,1994 年。

刘学斌《北宋新旧党争与士人政治心态研究》,河北大学出版社,2009 年。

刘子健著,赵冬梅译《中国转向内在——两宋之际的文化转向》,江苏人民出版社,2012 年。

余英时《朱熹的历史世界——宋代士大夫政治文化的研究》,三联书店,2004 年。

中国科学院文学研究所中国文学史编写组编写《中国文学史》,人民文学出版社,1962 年。

游国恩等《中国文学史》,人民文学出版社,1981 年。

钱锺书《谈艺录》(补订重排本),三联书店,2001 年。

缪钺《诗词散论》,上海古籍出版社,1982 年。

巩师本栋《思想与文学:中国文学史及其周边》,北京大学出版社,2021 年。

许总《宋明理学与中国文学》,百花洲文艺出版社,1999 年。

邬国平选注《汉魏六朝诗选》,上海古籍出版社,2005 年。

林继中《文化建构文学史纲(魏晋—北宋)》,北京大学出版社,2005 年。

章培恒《中国中世文学研究论集》,上海古籍出版社,2006 年。

闻一多《唐诗杂论》,上海古籍出版社,1998 年。

高步瀛《唐宋诗举要》,上海古籍出版社,1959 年。

钱锺书《宋诗选注》,人民文学出版社,1958 年。

田耕宇《中唐至北宋文学转型研究》,中国社会科学出版社,2009 年。

张兴武《五代作家的人格与诗格》,人民文学出版社,2000 年。

程千帆先生《宋诗精选》,江苏古籍出版社,2002 年。

王水照《宋代文学通论》,河南大学出版社,1997 年。

王水照《首届宋代文学国际研讨会论文集》,复旦大学出版社,2001 年。

许总《宋诗史》,重庆出版社,1992 年。

莫师砺锋《唐宋诗歌论集》,凤凰出版社,2007 年。

周裕锴《宋代诗学通论》,上海古籍出版社,2007 年。

张毅《宋代文学思想史》(修订本),中华书局,2006 年。

余英时《宋明理学与政治文化》,广西师范大学出版社,2006 年。

程杰《北宋诗文革新研究》,内蒙古教育出版社,2000 年。

萧庆伟《北宋新旧党争与文学》,人民文学出版社,2001 年。

沈松勤《北宋党争与文学》,人民出版社,1998 年。

降大任、张仁健《咏史诗注析》,山西人民出版社,1985 年。

季明华《南宋咏史诗研究》,文津出版社,1997 年。

李翰《汉魏盛唐咏史诗研究:"言志"之史学传统及士人思想的考察》,广西师范大学出版社,2006 年。

韦春喜《宋前咏史诗研究》,中国社会科学出版社,2010 年。

赵望秦、张焕玲《古代咏史诗通论》,中国社会科学出版社,2010 年。

陈继龙《韩偓事迹考》,上海古籍出版社,2004 年。

徐规《王禹偁事迹著作编年》,中国社会科学出版社,1982 年。

曾枣庄《论西昆体》,台湾丽文文化公司,1994 年。

周益忠《西昆研究论集》,台湾学生书局,1999 年。

傅蓉蓉《西昆体与宋型诗建构》,文汇出版社,2004 年。

张明华《西昆体研究》,人民文学出版社,2010 年。

李德身《王安石诗文系年》,陕西人民教育出版社,1987 年。

黄宝华《黄庭坚选集》,上海古籍出版社,1991 年。

郑永晓《黄庭坚年谱新编》,社会科学文献出版社,1997 年。

黄宝华《黄庭坚评传》,南京大学出版社,1998 年。

钱志熙《黄庭坚诗学体系研究》,北京大学出版社,2003 年。

黄君主编《黄庭坚研究论文选》,江西教育出版社,2005 年。

杨庆存《黄庭坚研究》,光明日报出版社,2019 年。

莫师砺锋《漫话东坡》,凤凰出版社,2008 年。

孔凡礼《苏轼年谱》,中华书局,1998 年。

郑定国《王十朋及其诗》,花木兰文化出版社,2013 年。

程章灿《刘克庄年谱》,贵州人民出版社,1993 年。

后　记

　　书稿修改完成，付梓在即，前尘往事纷至沓来，思绪杂乱，况味良多。最开始我对这一题目的难度估量不足，写作过程并不顺利，初期成果也不理想。历经十年，如今能够初步完成，告一段落，离不开一路以来众多师友的教导和帮助，十分必要在此表达感激之情。

　　感谢恩师莫砺锋教授。十五年前，承蒙莫师不弃，将我收入门下。经过三个学期的读书之后，在莫师的指导下，选定宋代咏史诗研究作为博士论文的题目。在随后的写作过程中，莫师悉心指导，倾囊相授，提供了很多宝贵的经验和中肯的建议。论文写作完成后，经过老师逐字逐句地审读修改，最终以相对完整的北宋部分提交答辩，也成为这部书稿的雏形。在日后的增补修订过程中，不仅老师当初的指导和教诲时常回响在脑海当中，让我深受启发，而且我还总是借助登门拜访的机会，屡屡向老师请教。莫师为这部书稿的最终完成提供了持续的学术指导和精神动力。

　　感谢恩师巩本栋教授。刚刚步入南大，即与巩师结下不解之缘。在巩师的耐心指导下，走入学术研究之门，并顺利完成硕士研究生阶段的学习。在博士论文写作以及这部书稿的修改完善过程中，巩师始终关心挂念，时时鼓励引导，在不同的场合以各种不同的方式提出宝贵建议，教诲良多。

　　感谢恩师潘百齐教授。博士研究生阶段的学习结束后，追随潘师三年之久，并且继续以咏史诗作为对象开展研究。在潘师的指导下，我将研究时段延伸到唐代，以比较的方法开展研究，让我对咏史诗研究有了新的认识，从而在一个更广阔的学术视野下进行博士论文的增补修订工作，为这部书稿的完成注入了新的动力。

　　博士论文答辩委员会中，除巩师外，还有程杰教授、陈书录教授、程章灿教授、徐兴无教授，他们认真地指出存在的问题，诚恳地给出改进意见，成为日后修订书稿的重要依据，在此一并致以诚挚的谢意。

　　上海人民出版社的崔燕南老师、黄玉婷老师负责本书的出版工作，两位

488

老师和煦如春的工作方式令我十分感动,谨此致以由衷的感谢。

这项研究得到了国家社科基金后期资助项目的支持,在申请的过程中,匿名评审专家既给予了充分的肯定,也提出了中肯的修改建议,让我受益良多。在项目完成过程中,多有变故,也得到了国家社科规划办的理解和宽容,使我最终得以完成这项工作。对于这些不知姓名的助力者,只能在这里表达谢意。

感恩一切,感谢所有!

2023 年 7 月 2 日

图书在版编目(CIP)数据

宋代咏史诗研究/周小山著.—上海:上海人民
出版社,2024
ISBN 978-7-208-18646-0

Ⅰ.①宋… Ⅱ.①周… Ⅲ.①宋诗-咏史诗-诗歌研
究 Ⅳ.①I207.22

中国国家版本馆 CIP 数据核字(2023)第 215959 号

责任编辑 崔燕南
封面设计 夏 芳

.

宋代咏史诗研究

周小山 著

出　　版　上海人民出版社
　　　　　(201101　上海市闵行区号景路 159 弄 C 座)
发　　行　上海人民出版社发行中心
印　　刷　上海商务联西印刷有限公司
开　　本　720×1000　1/16
印　　张　31
插　　页　4
字　　数　518,000
版　　次　2024 年 9 月第 1 版
印　　次　2024 年 9 月第 1 次印刷
ISBN 978-7-208-18646-0/I·2121
定　　价　138.00 元